그저 좋은 사람

UNACCUSTOMED EARTH
Copyright ⓒ 2008 by Jhumpa Lahiri
All rights reserved.

Korean Translation Copyright ⓒ 2009 by Maumsanchaek
Korean edition published by arrangement with Jhumpa Lahiri c/o Janklow&Nesbit
Associates through Imprima Korea Agency.

이 책의 한국어판 저작권은 Imprima Korea Agency를 통해
Jhumpa Lahiri c/o Janklow&Nesbit Associates와의 독점계약으로 마음산책에 있습니다.
저작권법에 의해 한국 내에서 보호를 받는 저작물이므로 무단 전재와 무단 복제를 금합니다.

그저 좋은 사람

줌파 라히리
박상미 옮김

마음산책

그저 좋은 사람

1판 1쇄 발행 2009년 9월 5일
1판 20쇄 발행 2023년 10월 5일

지은이 | 줌파 라히리
옮긴이 | 박상미
펴낸이 | 정은숙
펴낸곳 | 마음산책

등록 | 2000년 7월 28일(제2000-000237호)
주소 | (우 04043) 서울시 마포구 잔다리로 3안길 20
전화 | 대표 362-1452 편집 362-1451   팩스 | 362-1455
홈페이지 | www.maumsan.com
블로그 | blog.naver.com/maumsanchaek
트위터 | twitter.com/maumsanchaek
페이스북 | facebook.com/maumsan
인스타그램 | instagram.com/maumsanchaek
전자우편 | maum@maumsan.com

ISBN 978-89-6090-060-8 03840

* 책값은 뒤표지에 있습니다.

인간의 본성도 감자와 같아서
오랜 세월 한곳에 또 심으면 땅이 메말라 번성하지 못할 터이다.
내 아이들은 모두 다른 곳에서 태어났고,
그들의 운명이 내 손에 달려 있는 한
길들지 않은 땅에 그 뿌리를 내리리라.

─너대니얼 호손, 『주홍 글자』 중 「세관」에서

그녀는 더 이상 자기를 신뢰하지 않을 남편과
이제 막 울기 시작한 아이와 그날 아침 쪼개져 열려버린
자기 가족을 생각했다.
여느 가족과 다르지 않은,
똑같이 두려운 일들이 기다리고 있는.

□ 차례 □

1

길들지 않은 땅 • 11

지옥-천국 • 77

머물지 않은 방 • 105

그저 좋은 사람 • 155

아무도 모르는 일 • 211

2

헤마와 코쉭

일생에 한 번 • 269

한 해의 끝 • 305

뭍에 오르다 • 355

옮긴이의 말 • 403

1

길들지 않은 땅

지옥-천국

머물지 않은 방

그저 좋은 사람

아무도 모르는 일

■ 일러두기

1. 신문, 잡지, 영화, 그림, 사진의 제목은 〈 〉로 묶었고, 단행본의 제목은 『 』로 묶었다.
2. 옮긴이 주는 글줄 상단에 맞추어 표기하였다.

길들지 않은 땅

루마의 어머니가 세상을 떠난 후, 루마의 아버지는 평생 다니던 제약회사에서 퇴직하고 전에는 가본 적이 없던 대륙인 유럽을 여행하기 시작했다. 전해엔 프랑스와 네덜란드에 갔었고, 최근엔 이탈리아에 다녀왔다. 모르는 사람들과 다니는 패키지 투어였다. 교외로 나갈 땐 버스를 탔고, 모든 식사와 미술관과 호텔은 미리 정해졌다. 한 번 갈 때마다 2주, 3주, 어떤 때는 4주씩 걸렸는데, 루마의 아버지는 여행을 떠나면 통 연락이 없었다. 여행 때마다 루마는 비행 정보를 출력해서 냉장고 문에 자석으로 붙여놓고 아버지가 비행기를 타는 날짜엔 뉴스를 지켜봤다. 세계 어디선가 혹시 비행기 사고가 나진 않았는지 걱정이 되어서였다.

가끔가다 루마와 아담 부부, 아들 아카시가 사는 시애틀로 엽서가 날아오긴 했다. 늦은 오후 햇살에 부드러워진 교회의 파사드, 돌조각 분수, 사람들로 붐비는 광장, 테라코타 지붕을 찍은 사진이 담긴 엽서였다. 루마는 유럽에 한 번 가본 적이 있었다. 거의 15년 전

일이었다. 대학을 졸업하고 나서 변호사 보조원을 해서 모은 돈으로 여자 친구 두 명과 함께 한 달 동안 유레일을 타고 여행을 다녔다. 허름한 숙소에서 자면서 그 나이엔 잘 몰랐던 빠듯한 생활을 했고, 다니며 산 거라곤 지금 아버지가 보내오는 것과 같은 엽서뿐이었다. 아버지는 보고 한 일만 간단하고 무뚝뚝하게 적어 보냈다. "어제는 우피치 갤러리. 오늘은 아르노 강 건너편을 걸어 다님. 내일은 시에나로 갈 예정." 가끔씩 날씨를 언급하기도 했다. 하지만 그곳에 실제로 아버지가 있었다는 느낌은 전혀 없었다. 옛날에 부모님이 캘커타에 다녀와서 펜실베이니아에 잘 도착했다고 친척들한테 보내던 전보와 비슷했다.

이 엽서들은 루마가 아버지에게 처음 받아보는 우편이었다. 루마가 살아온 38년 동안 아버지가 편지를 쓸 이유는 없었다. 엽서는 아버지 쪽에서만 왔는데, 그 여행이 루마가 답장을 쓸 정도로 길지는 않았고, 그랬다 해도 여행 중인 아버지 쪽에서 답장을 받을 수 있는 것도 아니었다. 아버지의 필체는 작고 또렷했고 다소 여성적이었다. 루마의 어머니는 글씨가 대문자와 소문자로 뒤죽박죽이었는데, 마치 한 글자당 대문자나 소문자 한 가지만 있다고 배운 듯했다. 엽서들은 루마 앞으로 왔다. 아담의 이름을 언급하는 일도, 아카시 얘기도 없었다. 끝에 가서야 가족에게서 온 엽서라는 느낌이 들었다. 아버지는 "행복하길, 사랑을 전하며, 아빠"라고 끝을 맺었는데, 행복이란 게 그렇게 간단하게 얻어질 수 있다는 투였다.

8월에 루마의 아버지는 프라하로 다시 여행을 떠날 예정이었다. 하지만 이번에는 여행을 떠나기 전에 일주일 동안 루마네 집에 다녀가기로 했다. 지난봄, 브루클린에 살던 루마와 아담은 아담의 직장 때문에 시애틀 동쪽 교외에 집을 사서 이사했다. 집에 들르겠다고 한 건 아버지였다. 새 부엌에서 저녁을 준비하다가 전화를 받은 루마는 놀랐다. 어머니가 돌아가시고 나서 루마는 매일 저녁 의무적으로 아버지에게 안부 전화를 드렸지만 요즘은 뜸해져서 대개 일주일에 한 번, 일요일 오후에 통화를 했다. "아무 때나 오셔도 되는 거 아시죠, 아빠." 전화로 이렇게 말하곤 했다. "물어보실 필요가 없다는 것도요." 어머니라면 묻지 않았다. "우리 7월에 간다." 어머니는 비행기 표까지 사고 나서 이렇게 통보해서 루마를 화나게 하기도 했다. 하지만 그런 막무가내식 행동이 지금은 오히려 그리웠다.

아담은 그 주에 또 출장으로 집을 비울 예정이었다. 헤지펀드에서 일하는 아담은 이사 온 후 연이어 2주 이상 집에 머문 적이 없었다. 따라다닐 만한 출장도 아니었다. 출장지는 주로 북서부나 캐나다 같은, 루마와 아카시가 특별히 할 일이 없는, 별로 흥미롭지 않은 곳이었다. 아담은 몇 달만 지나면 출장이 줄어들 거라고 루마를 달랬다. 자기도 둘만 두고 다니는 게 싫다고, 특히 루마가 또 임신을 했으니 더 그렇다고 했다. 그러니 베이비시터를 쓰라고, 도움이 된다면 입주도 좋다고 했다. 하지만 루마는 시애틀에 아는 사람이 없었고, 낯선 곳에서 자기 아이를 돌봐줄 사람을 찾느니 차라리 직접 하는 편이 낫다고 생각했다. 어차피 여름만 나면 되었다. 9월이면 아카시가 유치원에 다닐 테니까. 게다가 루마는 일도 하지 않았고, 이제 직접 할 시간도 있는데 돈까지 쓰며 남을 시키는 것도 내키지 않았다.

뉴욕에선 아카시가 태어나고 나서, 다니던 법률회사에 얘기해서 목요일과 금요일엔 파크슬로프에 있는 집에서 파트타임으로 일할 수 있었다. 아이를 돌보며 일을 하기에 최고의 일정이었다. 회사에선 처음엔 협조적이었지만, 중요한 재판이 다가오는데 어머니가 돌아가셨을 때는 쉽지 않았다. 어머니는 수술을 받다가 심장마비로 돌아가셨다. 흔한 담석 수술 중에 일어난 마취 쇼크였다.

부모상으로 받은 휴가 2주를 보내고 나자 루마는 다시 일을 할 수가 없었다. 고객의 미래를 돌보는 일, 남의 유서를 작성하고 은행 융자를 다시 받는 일이 황당하게만 느껴졌다. 그냥 집에서, 목요일과 금요일만이 아니고 매일 아카시와 있고 싶었다. 그러던 중 기적적으로 아담에게 새 직장 제의가 들어왔고, 연봉은 루마가 일을 그만두어도 좋을 만큼 넉넉했다. 루마에게 이젠 집이 직장이었다. 우편으로 수도 없이 배달되는 카탈로그를 일일이 훑어보고 포스트잇으로 표시를 해서 아카시 침대에 깔 용 무늬 침대보를 주문했다.

"아주 잘됐네." 루마에게 아버지가 오실 거라는 얘기를 들은 아담이 말했다. "내가 없는 동안 당신을 도와주시면 되겠다." 하지만 루마는 생각이 달랐다. 어머니라면 도움이 될 터였다. 부엌일을 맡고, 아카시에게 노래를 불러주고, 또 벵골 어로 동요를 가르쳐주고, 빨랫감을 세탁기에 넣어주고. 하지만 루마는 아버지와 단둘이 일주일을 보낸 적이 없었다. 아카시가 태어나고 브루클린에 왔을 때도 아버지는 늘 거실 안락의자에 앉아 조용히 〈뉴욕 타임스〉만 넘겼다. 가끔 아기의 턱 밑에 손가락을 가져다 댈 뿐, 그저 시간이 지나기만 기다리는 것 같았다.

루마의 아버지는 이제 밥을 손수 해 먹으며 혼자 지냈다. 아버지와 통화를 할 때 그 주변이 어떨지 루마는 상상하기 힘들었다. 아버지는 펜실베이니아에서 루마가 잘 모르는 동네에 있는 원베드룸 아파트로 이사했다. 살림살이를 정리하고, 루마와 남동생 로미가 자란 집도 처분했다. 그 사실도 계약이 끝나고 나서 알려왔다. 로미는 지난 2년 동안 독일 다큐멘터리 영화 팀에서 일하느라 뉴질랜드에서 지냈고, 자연히 별로 개의치 않았다. 어머니가 꾸민 방들이 있고, 어머니가 십자말풀이를 하고 부엌에서 요리를 하던 집이었다. 루마도 아버지에게 집이 이젠 휑할 거라 생각했다. 그래도 집을 팔았다는 소식은 충격이었다. 그 외과 의사처럼 어머니의 존재를 그런 식으로 지워버리다니.

아버지를 모실 필요가 없다는 건 알았지만 바로 그 이유로 더 죄책감을 느끼기도 했다. 인도였다면 아버지를 모시지 않는 건 있을 수 없는 일이었다. 루마의 아버지는 그런 가능성에 대해 언급을 피했고, 예전 아파트는 너무 좁았기 때문에 어머니가 세상을 떠난 직후엔 그럴 수도 없었다. 하지만 시애틀에선 남는 방들이 있었다. 아무 쓸모도 없이 비어 있는 방들이었다.

루마는 아버지를 책임져야 할까 봐 두려웠다. 아버지가 자기 가족에 얹혀사는 부담스러운 존재가 되는 것도 싫었고, 그녀 자신도 누군가를 짐처럼 지고 사는 것도 익숙하지 않았다. 자기 가족에게 해가 될 수도 있었다. 루마 자신과 아담, 아카시, 그리고 이사 오기 직전에 임신한, 1월에 태어날 아이까지. 어머니처럼 끼니를 챙기며 아버지를 돌본다는 건 상상할 수도 없었다. 하지만 모시고 살지 않는 것도 마음이 편치 않았다. 아담은 이해하지 못하는 딜레마였다. 언제든 얘기를 꺼낼 때마다 아담은 다 아는 얘기만 했다. 키워야 할 어린애가 있고 곧 하나가 더 태어날 거라고. 아버지는 나이에 비해 건강하고 지금 있는 곳에서 만족한다고. 그렇다고 모시는 것을 반대하지는 않았다. 그가 모시겠다는 의도는 친절하고 관대했고, 그게 루마가 아담을 사랑하는 이유였지만 걱정도 되었다. 그에겐 정말 상관이 없는 걸까? 루마는 아담이 돕고 싶어한다는 걸 알았지만 동시에 그의 인내심에도 한계가 있다고 느꼈다. 루마가 일을 그만두고 싶어해서 그러라고 했고, 큰돈을 들여 좋은 집을 샀고, 둘째를 갖는 데도 동의한 그였다. 루마를 행복하게 하기 위해서라면 할 수 있는 일은 모두 했다. 하지만 아무것도 그녀를 행복하게 하지 못했고, 최근 어떤 얘기 끝에 그는 이 사실을 지적했다.

요즘은 얼마나 홀가분한지, 혼자 여행을 하니 가방은 하나만 부쳐도 되었다. 북서부는 가본 적이 없었고, 이민 온 나라의 어마어마한 크기도 좋다고 생각한 적이 없었다. 그가 미대륙을 횡단해서 비행한 적은 한 번밖에 없었다. 보통은 캘커타에 갈 때 동쪽으로 가는 비행기를 타는데, 그의 아내가 로열타이에어라인에서 로스앤젤레스를 경유하는 비행기 표를 끊은 적이 있었다. 비행기 뒤쪽 흡연석에 있는 좌석 네 개에 앉아 가던 걸 아직도 기억했다. 여행은 끝도 없이 길었다. 또 다른 경유지인 방콕에 내렸을 때는 모두 관광을 할 기력이 없어 항공사가 제공한 호텔에서 내내 잠만 잤다. 수상시장을 본다고 들떴던 아내는 저녁도 거르고 잠을 잤고, 그는 호텔에서 로미와 루마만 데리고 저녁을 먹었다. 정원이 내려다보이는 선룸에서 이제껏 먹어본 것 가운데 제일 매운 음식을 먹는 동안, 아이들의 얼굴 주위론 모기떼가 맹렬하게 웽웽거렸다. 어떻게 가건 인도로 가는 길은 언제나 대장정이었다. 갈 때마다 느꼈던 스트레스가 아직 생생했다. 그 많은 짐을 싸서 공항으로 옮기고 서류를 빠짐없이 챙겨 몇천 킬로미터나 떨어진 곳으로 가족을 안전하게 이동시켜야 했다. 하지만 이 여행은 아내에겐 삶의 전부였다. 그리고 그건 그에게도 마찬가지였다. 적어도 그의 부모님이 돌아가시기 전까지는. 그래서 그들은 돈이 들어도, 아이들이 커가면서 싫어해도, 갈 때마다 슬프고 수치스러워도 인도에 갔다.

그는 창밖으로 선반 같은 구름을 보고 있었다. 수십 킬로미터나 차곡차곡 쌓인 눈 같아서 꼭 그 위를 걸을 수 있을 것 같았다. 눈을 보고 있으니 마음이 평화로워졌다. 이게 그의 삶이었다. 하고 싶은 대로 할 수 있었고, 이 구름을 가리는 게 없듯 가족에 대한 책임감도 없었다. 인도에 가는 건 해야 했던 일이었고, 미국에 사는 친구들도 그건 마찬가지였다. 박치 부인만 예외였다. 그녀는 어릴 때부터 좋아하던 남자와 결혼했는데, 결혼한 지 2년 만에 남편이 오토바이 사고로 죽었다. 재혼시키려는 부모를 피해 그녀는 26살에 미국으로 건너왔다. 롱아일랜드에 살았는데, 인도 여자가 그곳에 혼자 사는 건 흔한 일이 아니었다. 통계학으로 박사를 마치고 70년대부터 그곳 스토니브룩 대학에서 학생들을 가르치면서 살아온 것이다. 캘커타에 돌아갔던 건, 30년 통틀어 단 한 번, 부모님 장례식 때뿐이었다. 요즘은 그녀의 이름인 미낙시라고 불렀지만 그는 아직도 그녀를 박치 부인이라 생각했다.

투어엔 벵골 사람이 둘뿐이었고, 그들은 자연스레 얘기를 나누게 되었다. 함께 밥을 먹었고, 버스에서도 옆에 앉았다. 겉모습과 언어가 같으니 사람들은 그들을 부부라고 생각했다. 처음엔 별 감정이 없었다. 둘 다 그런 쪽으론 관심이 없었기 때문이었다. 그는 박치 부인과 함께 있어서 좋았지만 몇 주가 지나면 그녀는 다른 도시로 가는 비행기를 타고 가버릴 터였다. 하지만 이탈리아 여행 후 그녀가 점점 더 생각났고, 하루에도 컴퓨터를 대여섯 번씩 들여다보며 이메일을 기다렸다. 당분간은 여행할 때만 만나자고 했지만, 맵퀘스트로 그녀가 사는 동네까지 차로 얼마나 걸리는지도 알아봤다. 가는 길은 낯이 익었다. 브루클린에 사는 루마를 보러 갈 때 아내와 함께 다녔던 길이었다.

조만간 박치 부인을 프라하에서 다시 만나기로 했다. 이번엔 한 방을 쓰기로 했고 겨울에 함께 멕시코 만으로 크루즈 여행을 갈까 생각 중이었다. 그녀는 결혼을 하거나 남자와 한집에 살 생각이 전혀 없었고 그래서 그 만남은 더 매력적이었다. 눈을 감고 아직도 탱탱한 그녀의 얼굴을 떠올렸다. 아마도 예순에 가까웠고, 죽은 아내보단 겨우 대여섯 살 아래일 뿐이었다. 옷도 서양식으로, 카디건에 검정 바지를 입었고, 숱 많은 검은 머리를 쪽을 지었다. 가장 매력적인 건 목소리였다. 언제나 알맞은 톤으로 절제된 단어를 사용했다. 하루에 하고 싶은 말의 양이 한정된 것 같았다. 그런 그녀는 원하는 것이 별로 없었고, 그래서인지 그는 아내를 대할 때보다 너그럽고 자상했다. 암스테르담에서 안네 프랑크 생가를 보고 운하 앞으로 나왔을 때였다. 처음으로 박치 부인에게 포즈를 취해달라고 하면서 그는 얼마나 수줍어했는지.

✿

루마가 공항까지 마중 나가겠다고 했지만, 그는 굳이 차를 렌트해서 인터넷에서 뽑은 약도로 찾아가겠다고 했다. 자갈이 깔린 진입로에 차가 들어오는 소리가 들리자 루마는 거실 바닥에 흩어진 장난감을 주웠다. 플라스틱 동물 인형을 치우고 아카시가 제일 좋아하는 페이지에 펼쳐놓은 책을 덮었다. 아이는 안 덮겠다고 떼를 썼다. "텔레비전 끄자, 아가야." 아이를 향해 소리를 높였다. "너무 가까이서 보지 마. 자, 가자, 할아버지 오셨다."

아카시는 턱을 괴고 바닥에 엎드려 꼼짝도 하지 않았다. 아이는 루마와 아담의 완벽한 조합이었다. 길게 자란 곱슬머리와 따뜻한 금빛 살결, 다리에 보송한 금색 털까지 루마에게 아이는 한 마리 사자 새끼 같았다. 가늘고 끝이 처진 초록빛 눈을 한 얼굴도 사자를 닮았다. 이제 겨우 세 살이었지만 루마는 이미 아이가 저항하는 걸 느꼈다. 사춘기가 되어야 나타날 거라고 생각했던 심한 벽 같은 거였다. 이사 오고 나서 더 힘들어졌다. 환경이 바뀐 탓도 있고, 아담이 집을 자주 비워 루마가 지친 탓도 있었다. 예고도 없이 바닥에 그냥 나동그라질 때가 있었는데, 배 속에 키우던 아이였지만 그럴 때면 완전히 적대적이어서 자기 아이 같지가 않았다. 그러지 않으면 밥 하고 있을 때 안아달라고 매달리며 떼를 썼다.

루마는 아이에게 둘째를 가졌다는 얘기는 한 적이 없었지만 아이가 어떻게 알아차렸고, 동생에게 밀려났다고 느낀 게 분명하단 생각이 들었다. 자신에게도 변화가 있었다. 참을성이 없어지고, 아이에게 설명을 해주는 대신 바로 안 된다고 하는 일이 잦아졌다. 이렇게 사는 게 얼마나 일이 많은지, 얼마나 고립된 건지 몰랐었다. 아담처럼 아침마다 옷을 입고 나갔으면 좋겠다고 바란 적도 있었다. 어머니는 어떻게 하셨을까 알 수 없었다. 어머니의 전철을 밟으면 안 된다고, 그러니까 결혼 때문에 낯선 곳으로 이사 와서 아이들을 돌보고 살림만 하고 살면 안 된다는 애기를 들으며 자랐다. 하지만 이제 그게 루마의 삶이었다.

루마는 거실을 가로질러 텔레비전을 껐다. "엄마가 말할 땐 대답을 해야지, 아카시. 일어나, 어서 가자."

아버지가 타고 온 갈색 소형 렌터카를 보자 루마는 속이 상했다. 자란 곳에서 수천 킬로미터 떨어진 서부에서 산다는 사실을 새삼 확인한 것이다. 부모님이 아는 사람 하나 없고 지금까지 와본 적조차 없는 곳이었다. 루마네 가족이 미국이란 나라와 쌓아온 관계, 그러니까 펜실베이니아와 뉴저지에 있던 부모님의 벵골 인 친구들, 아버지가 다니던 회사, 루마와 로미가 다니던 학교는 여기 없었다. 루마가 아버지를 마지막으로 본 건 7개월 전이었다. 집을 팔고, 짐을 싸고, 이사하고, 새집을 정리하는 동안, 아버지가 자주 여행을 다니시는 동안 벌써 반년이 넘는 시간이 지났다.

아카시가 일어나 제 엄마를 따라 나왔다. 그들은 함께 서서 루마의 아버지가 트렁크를 열고 검정색 여행용 가방을 꺼내는 걸 지켜봤다. 그는 '폼페이'라고 쓴 야구 모자를 쓰고, 밤색 면바지에 하늘색 폴로셔츠를 입고, 흰색 가죽 운동화를 신고 있었다. 아버지가 그 나이에 얼마나 미국 사람 같은지 루마는 새삼 놀랐다. 옅은 피부색에 백발이니 인종조차 알기 힘들었다. 이 축축한 북부 풍경에서 튀는 사람은 아버지보단 어머니였을 것이다. 현란한 사리를 입고, 동전만 한 적갈색 빈디를 찍고, 장신구를 하고 다니던.

아버지가 진입로를 따라 가방을 끌었지만 자갈이 울퉁불퉁해서 바퀴가 잘 끌리지 않았다. 그러자 가방을 손잡이로 들고 집 쪽으로 난 잔디를 가로질러 걸었다. 힘들게 가방을 드는 아버지의 모습을 보고 루마는 아담 생각이 났다.

"우리 아카시냐?" 루마의 아버지는 얼결에 영어로 말했다. "참 많이 컸구나." 루마는 전에 아카시에게 벵골 어를 좀 가르쳐주었지만 지금은 다 잊었다. 아이는 문장을 제대로 말하기 시작하면서 영어만 했고, 루마는 벵골 어를 고집할 만큼 엄하지 못했다. 게다가 벵골 어로 아이에게 소곤대거나 이건 뭐고 저건 뭐다 손가락으로 가리키며 단어를 가르칠 때와 권위 있게 제대로 가르치는 건 달랐다. 루마는 벵골 어를 하면 어른 같은 느낌이 들지 않았다. 그나마도 점점 잊고 있었다. 어머니는 벵골 어에 엄격했고 루마는 어머니에게 영어로 말한 적이 없었다. 하지만 아버지는 개의치 않았다. 드물게 벵골 어를 해야 할 때, 캘커타에 사는 숙모나 삼촌이 '비요야'힌두의 여신이 악을 물리친 것을 기념하는 기간. 인도의 힌두교 축제인 두르가 푸자의 마지막 날부터 한 달간 계속된다를 잘 지내라고, 아카시에게 생일 축하한다고 전화를 하면 루마는 말이 엉기고 시제를 틀렸다. 그래도 벵골 어는 그녀가 이 세상에 태어나 첫 1년간 사용한 유일한 언어였다.

"이제 몇 살이지? 세 살? 아니면 삼백 살인가?" 그녀의 아버지가 물었다.

아카시는 대답이 없었다. 제 할아버지가 없는 것처럼 행동하며, "엄마, 목말라" 했다.

"좀 이따가, 아카시."

아버지는 여전했다. 칠순의 나이에도 손이나 얼굴에 주름이 없이 깨끗했다. 체중도 줄지 않았고, 머리숱도 많아서 아마 자기보다 많을 거란 생각이 들었다. 루마는 아카시를 낳고 나서 매일 밤 머리카락이 한 움큼씩 빠졌다. 아침에 눈을 뜨면 제일 먼저 눈에 들어오는 게 베개 위 구겨진 머리카락이었다. 의사는 머리카락이 새로 날 거라고 안심시켰지만, 아직도 루마의 욕실은 두피에 좋은 샴푸로 가득했다. 아버지는 피곤한 기색 없이 얼굴이 좋아 보였는데, 이 또한 루마와 달랐다. 루마는 요즘 집 밖에 나갈 일이 없을 때도 눈 밑에 컨실러를 발랐다. 게다가 체중이 불고 있었다. 아카시를 뱄을 때는 첫 3개월간 살이 빠졌는데 이번엔 12주밖에 안 됐는데도 벌써 4.5킬로그램이나 불었다. 아이가 먹다 남긴 걸 먹고, 요즘은 걷는 대신 어디나 운전을 하고 다닌 탓이기도 하다. 벌써 카탈로그를 보고 고무줄 치마와 바지를 주문했고, 거울로 땡땡한 얼굴을 볼 때마다 기분이 좋지 않았다.

"아카시, 할아버지께 인사드려야지." 아이의 어깨를 살짝 밀며 이렇게 말하고, 아버지 볼에 입을 맞추었다. "오시는 데 얼마나 걸리셨어요? 밀리진 않았나요?"

"얼마 안 걸렸다. 너희 집은 공항에서 35킬로미터 거리니까." 아버지는 멀건 가깝건 언제나 거리를 헤아리는 습관이 있었다. 맵퀘스트가 있기 전에도 집에서 사무실까지, 장을 보던 슈퍼마켓까지, 친지들의 집까지 정확한 거리를 알고 있었다.

"여긴 기름 값이 비싸더구나." 아버진 이렇게 덧붙였다. 별 뜻 없이 한 얘기 같았지만 루마는 여태 그래 온 것처럼 아버지가 나무라는 듯이 느꼈다. 펜실베이니아보다 시애틀에서 기름 값이 비싼 게 자기 잘못인 것 같았다.

"긴 비행이었는데 피곤하시겠어요."

"잠잘 때나 돼야 피곤하지. 자, 이리 와봐." 가방을 내려놓고 앞으로 몸을 약간 숙여 팔을 뻗으며 아카시에게 말했다.

하지만 아카시는 루마의 다리에 얼굴을 묻으며 움직이려 하지 않았다.

집 안으로 들어온 그녀의 아버지는 몸을 숙여 운동화 끈을 풀었다. 한 발씩 들어올리니 몸이 약간 비틀거렸다.

"아빠, 거실로 들어오세요. 소파에 앉아서 하시면 더 편하시잖아요." 루마가 말했다. 하지만 그는 계속해서 운동화를 벗고 나서 우편물을 올려놓는 협탁 옆 현관에 신발을 놓았다. 그제야 몸을 펴고 주변을 둘러봤다.

"할아버지는 왜 신발을 벗어?" 아카시가 루마에게 물었다.

"그게 더 편하시니까 그렇지."

"나도 신발 벗을래." 아카시는 샌들을 신은 발로 바닥을 굴렀다.

집 안에서 신을 벗는 버릇은 어른이 되면서 없어진 어린 시절 습관 중 하나였다. 언제부터인지 자연스레 그렇게 되었다. 루마는 아카시의 말을 무시하고 아버지에게 집을 구경시켜주었다. 집은 루마가 자란 집보다 크고 고급스러웠다. 아카시는 뒤를 졸졸 따라오다 혼자 뛰어다니곤 했다. 집은 1959년에 지어졌는데, 건축가가 디자인한 자기 집이었다. 루마와 아담은 그 시대 가구로 천천히 집을 채워나갔다. 심플한 디자인의 값비싼, 무채색 모직 소파나 발이 밖으로 향한 낮고 기다란 책장 같은 거였다. 언덕길로 몇 블록 아래 워싱턴 호수가 있었다. 거실 커다란 창에서 그 호수가 보였다. 식당 쪽 테라스에도 유리를 씌웠는데 그곳은 전경이 더 좋았다. 왼쪽으론 시애틀의 스카이라인이 보였고 정면으론 올림픽 산이 보였다. 산꼭대기에 덮인 눈은 그 위를 흘러가던 흰 구름에서 베어내 얹어놓은 듯했다. 루마와 아담은 원래는 교외에 살 생각이 없었지만 앞 건물의 벽만 보이는 아파트에서 5년을 살다 보니 앉아서 석양이 보이는 호숫가의 집을 물리치기 힘들었다.

루마는 호수를 가로지르는 두 개의 다리 중 하나를 가리키며, 물이 깊어 부교浮橋로 지었다고 설명했다. 루마의 아버지는 창밖을 내다보며 아무 말이 없었다. 어머니였다면 전경에 대해 어떻다 말도 하고, 초록색 커튼보단 미색이 나았겠다는 얘기도 하고 그랬을 것이다. 아버지는 잠자코 거실 한쪽에서 다른 한쪽까지 걸었다. 속으로 길이를 재고 있는 것 같았다. 예전에 기숙사로, 또 졸업 후에 첫 번째 아파트로 이사하는 걸 도와줄 때도 그랬었다. 아버지는 여행을 가도 그러리라는 생각이 들었다. 광장의 한쪽 끝에서 다른 끝까지 걸어보고, 교회의 중앙을 가로질러 걷고, 도서관이나 미술관으로 올라가는 계단이 몇 개인지 세어보는 아버지를 상상했다.

루마는 손님방이 있는 아래층으로 아버지를 안내했다. 방은 아코디언 문이 두 공간으로 나누고 있고 한쪽엔 침대와 옷장, 다른 한쪽엔 책상과 소파, 책장, 탁자가 있었다. 루마는 화장실 문을 열고 빨래를 넣는 대바구니를 알려주었다. 또 아코디언 문을 닫으며 설명했다. "이렇게 닫으시면 돼요."

"별 필요 없을 거다." 그녀의 아버지가 말했다.

"다 닫아봐, 엄마." 아카시가 손잡이를 당기자 접힌 크림색 패널이 앞뒤로 흔들렸다. "끝까지 닫아봐."

"안 돼, 아카시."

"내가 크면 이게 내 방이야." 아카시가 선언했다.

"저 구석에 있는 텔레비전이 나오는데 케이블은 안 나와요." 루마가 아버지에게 말했다. "9번이 피비에스예요." 아버지가 좋아하던 채널을 기억하고는 덧붙였다.

"얘, 내 침대 위에서 신발 신고 걸어 다니지 마라." 갑자기 아버지가 아카시에게 소리쳤다. 아카시가 그새 침대 위에 올라가 침대보 위를 성큼성큼 걷고 있었다.

"아가야, 내려와."

아카시는 말을 듣지 않고 한동안 그대로 침대 위를 밟으며 걸어 다녔다. 그러다 멈추더니 미심쩍은 눈으로 할아버지에게 물었다. "왜요?"

루마가 설명하기 전에 그녀의 아버지가 대답했다. "그러면 내가 악몽을 꾸니까."

놀랍게도 아카시가 고개를 푹 숙이더니 바로 내려왔다. 그러더니 다시 아기가 되었다는 듯 바닥을 기어 다녔다.

그들은 다시 부엌이 있는 2층으로 올라갔다. 부엌은 루마가 가장 뿌듯해 하는 공간이었다. 동석으로 만든 조리대에 벚나무 수납장을 들여놓은 부엌을 보이며 아담과 성공적인 결혼 생활을 은근히 자랑했다. 하지만 아버지는 별로 대단치 않다는 듯 말이 없었고 루마는 인정받지 못한다고 느꼈다.

"이거 다 아담이 심었냐?" 루마의 아버지가 부엌 창문으로 정원을 내다보며 처음으로 아담의 이름을 입 밖에 내었다.

"아니요. 전부터 있던 거예요."

"참제비고깔은 물을 좀 줘야겠다."

"어느 거요?" 루마가 자기 집 정원에 있는 식물의 이름도 모르는 사실에 창피해 하면서 물었다.

아버지가 손가락으로 가리키며 말했다. "저기 보라색 키 큰 것들 말이다." 루마는 아버지가 정원 일을 그리워할지도 모르겠다는 생각이 들었다. 기억나지도 않을 만큼 오래전부터 아버지는 정원 가꾸는 일을 좋아했다. 여름에는 집에 돌아오자마자 정원에서 살다시피 했고 벌레에 물리고 땀띠에 시달리면서도 어두워질 때까지 일을 했다. 이건 아버지가 혼자 하는 일이었다. 로미나 루마는 정원 일을 돕는 데 관심이 없었고, 아버지도 도와달라 하지 않았다. 루마의 어머니는 저녁이 9시까지 늦어지는 걸 불평하곤 하셨다. 루마였다면, "먼저들 먹어라" 했겠지만 평생 남편을 먼저 대접하는 데 익숙한 어머닌 그런 일은 상상도 못했다. 토마토와 가지, 호박 외에도 아버지는 어머니가 요리할 때 필요한 쓴 오이와 고추, 부드러운 시금치를 심어 가꿨다. 어머니가 삶에서 원하는 다른 것들엔 무심한 채 아버지는 말을 듣지 않는 토양을 달래가며, 고된 일을 계속했다.

그는 두꺼운 빨간색 손잡이가 달린, 화구 6개짜리 가스오븐레인지를 쳐다보더니 묻지도 않고 수납장을 열어보기 시작했다.

"뭐 찾으시는데요?"

"주전자 있냐?"

찬장을 열며 그녀가 말했다. "제가 차 끓일게요, 아빠."

"참제비고깔부터 물을 주자. 저래선 하루도 더 못 살겠다." 아버지는 루마의 손에서 주전자를 받아 싱크대에서 물을 채웠다. 그러고 나서 주전자를 들고 천천히, 조심스레 부엌문을 열고 밖으로 나갔다. 루마는 창가에 서서 아버지를 바라봤다. 이상할 정도로 잔 걸음걸이를 보니 맑은 피부와 눈빛에도 불구하고 처음으로 아버지가 많이 늙었다는 생각이 들었다. 물을 주느라 고개를 숙인 아버지의 눈썹이 추켜올라갔다. 물줄기가 힘차게 끊이지 않고 땅에 떨어지는 소리를 들으니, 왠지 아버지가 자기 앞에서 소변을 보는 것 같아 멋쩍었다. 물소리가 멈춘 후에도 아버지는 거기 서서 주전자를 기울여 마지막 남은 물방울을 떨어뜨렸다. 할아버지를 따라 나간 아카시는 몇 발짝 떨어져서 호기심 어린 눈길로 올려다보고 서 있었다.

아카시는 할머니를 기억하지 못했다. 할머니는 아이가 두 살 때 세상을 떠났고, 요즘은 제 엄마가 사진 속의 할머니를 가리키면 항상 "할머니는 죽었어"라고 말했다. 할머니가 특별하고 대단한 일을 했다는 투였다. 엄마가 저를 낳았을 때 할머니가 집에 와 지내면서 돌봐준 건 알 리 없었다. 루마가 산후 피로로 지쳐 아침에 늦잠을 잘 때면 어머니는 카프탄 차림으로 아카시를 안아줬다. 아이를 눕히지도 않고, 때로는 몇 시간씩 안고 있었다. 새로 태어날 아이는 어머니에 대해 전혀 알지 못할 것이다. 아카시 입으라고 떠주었던, 이제는 작아서 못 입는 스웨터는 결국 그 아이가 입게 되겠지만 말이다. 별무늬를 넣은, 반쯤 뜨다 말아 아직 바늘에 꿴 카디건은, 루마가 간직한 몇 안 되는 어머니의 유품이다. 어머니의 사리는 218벌이었는데, 그중에서 루마는 세 벌만 챙겼고 나머지는 어머니 친구들에게 나눠주었다. 사리는 지퍼가 달린 누비 백에 담아 옷장에 넣어두었다. 어머니는 바로 이 순간을 예상했었다. 바지와 스커트만 입는 딸에게 자기가 입던 옷을 물려주지 못하겠다고 어머니는 늘 한탄했었다.

❦

그는 아래층으로 내려가서 짐을 풀었다. 바지 두 벌은 옷장 서랍에 넣고 체크무늬 여름 셔츠 넉 장은 옷걸이에 걸어놓고, 실내에서 신는 슬리퍼를 내놨다. 빈 가방을 닫아 옷장에 넣고 세면도구가 든 가방은 화장실 세면대 옆에 두었다. 아내가 집을 마음에 들어했을 거란 생각을 했다. 루마와 아담이 아파트에 살 때는 지낼 방이 따로 없다는 걸 내내 마땅찮아하던 아내였다. 뒤뜰을 내다봤다. 양쪽으로 집이 있었지만 아늑해 보였다. 거기선 호수나 산은 보이지 않고 땅만 보였다. 고속도로에서 보던, 시애틀엔 어디나 있는 상록수로 빽빽한 땅이었다.

위층 베란다에서 루마가 차를 준비하고 있었다. 쟁반에 다질링 차를 넣은 찻주전자와 차를 거르는 체, 우유와 설탕, 나이스 비스킷 한 접시를 담아 가지고 나갔다. 그는 비스킷을 보면 아내 생각이 났다. 투명한 설탕 결정이 박힌 비스킷은 코코넛 향이 배어 있었고, 아내가 그 맛을 좋아해서 부엌 찬장엔 언제나 그 비스킷 상자가 있었다. 차에 담가 먹을 때마다 비스킷이 풀어져 찻잔 밑엔 베이지색 덩어리가 남았다.

그는 앉아서 선물을 나눠주기 시작했다. 아카시에겐 빨간 프로펠러가 달린 작은 나무 비행기와 피노키오 꼭두각시 인형을 주었다. 아이는 바로 장난감을 갖고 놀았고, 금세 피노키오의 줄을 엉키게 하더니 루마에게 풀어달라고 졸랐다. 루마에겐 손으로 색칠한, 옆에 '올리오^{olio}'라 적힌 기름병을, 아담에겐 클립 따위를 담아놓는 작은 대리석 무늬 상자를 주었다. 모두 박치 부인이 골라주었는데, 장난감은 손자도 없는 그녀가 장난감 가게에서 거의 한 시간을 골랐다. 그는 루마나 로미에게 박치 부인 얘기는 하지 않았고, 또 할 생각도 없었다. 게다가 루마는 아이까지 가졌으니 괜히 놀라게 할 필요도 없었다. 예전에 아이들이 부모가 못 하게 하던 일을, 부모가 알면 펄쩍 뗄 일을 몰래 할 때 이런 기분이었을까 싶었다.

사실 그가 갔던 첫 번째 유럽 여행은 루마와 아내가 가기로 했던 여행이었다. 죽기 전해부터 아내는 안 하던 얘길 하기 시작했었다. 펜실베이니아에서 캘커타로 갈 때 유럽 대륙 위를 수없이 날아다녔지만 실제로 베니스의 운하도, 에펠탑도, 네덜란드의 풍차나 튤립도 못 봤다고 했다. 그러는 아내의 모습에 놀랐다. 결혼 생활을 하는 동안 비행기를 탈 정도의 일은 오로지 가족을 보러 캘커타에 갈 때뿐이었고 그건 물을 필요조차 없는 당연한 일이었다. "여행 채널을 보면 좋은 곳이 참 많아요." 아내는 저녁때 종종 이런 말을 꺼내곤 했다. "이제 갈 돈도 있고, 당신 휴가도 안 쓰고 지나가잖아요." 하지만 당시에 그는 그런 여행을 할 생각이 없었고, 아내의 갑작스런 여행 요구에 들은 척도 하지 않았다. 게다가 단둘이 여행을 한 적은 살면서 단 한 번도 없었다.

루마가 아내의 예순네 번째 생일 선물로 파리로 가는 패키지 여행을 준비하고 있었다. 여름에 가기로 했고, 그동안 아담은 아카시를 마서스비니어드Martha's Vineyard, 뉴잉글랜드 지방 케이프 코드 연안에 있는 섬으로 케네디 가를 비롯해 미국의 대통령과 유명인들이 휴가를 보내는 곳으로 알려져 있다에 있는 루마의 시댁에 데리고 가기로 했었다. 루마는 여행사에 예약금을 내고 아내에겐 프랑스 어 회화 테이프와 총천연색 사진이 담긴 가이드북을 보냈다. 그가 직장에서 돌아오면 한동안 아내가 바느질하는 방에서 프랑스 어로 숫자를 세고 요일을 말하는 소리가 들리곤 했다. 담석 수술 날짜도 여행 스케줄에 맞추어 잡았다. 의사는 6주면 여행할 수 있을 정도로 회복할 거라고 했다. 그럴 필요 없다고 말렸지만, 루마는 수술을 본다고 일부러 하루 휴가를 받아 아카시와 함께 내려왔었다. 그는 그날 대기실에서 너무 오래 기다린다는 생각에 얼마나 짜증이 났는지를 기억하고 있다. 그 기억은 생생한 데 비해 외과 의사가 와서 전해준 말은 흐릿했다. 그 말과 이후에 일어난 일, 그러니까 아내가 근육이완제인 로큐로니엄에 거부반응을 일으켜 죽었다는 말을 듣고 나서, 루마와 교대로 아카시를 돌보면서 시신을 보러 가던 일은 기억이 희미했다. 루마가 자원봉사를 했던, 로미가 축구하다가 팔이 부러졌을 때 응급실로 갔던, 바로 그 병원이었다. 장례식이 끝나고 몇 주 지나서 동료 한 명이 휴가나 다녀오면 어떠냐고 했을 때 그는 루마와 아내가 계획했던 여행이 생각났다. 루마에게 그 여행을 갈 건지 물어봤고, 루마가 가지 않겠다고 하자 자기 이름으로 여행을 예약해도 되겠느냐고 물었다.

"이탈리아 좋으셨어요?" 루마가 이제야 물었다. 그녀는 피노키오를 무릎에 놓고 앉아 엉킨 줄을 서투르게 풀고 있었다. 그는 그렇게 하면 안 된다고, 중간에 있는 매듭부터 풀어야 한다고 말하고 싶었다. 하지만 그 말 대신 딸의 질문에 대답을 했다. 이탈리아가 아주 좋았다고, 날씨는 쾌적했고 광장도 많이 봤고 사람들은 미국 사람들과 달리 날씬하더라고 얘기해주었다. 그는 손가락을 치켜들어 담배 피우는 시늉을 하며 말했다. "그런데 사람들이 아직도 담배를 많이 피우더라고. 나도 한 대 피울 뻔했다." 루마가 어렸을 때 그는 담배를 피웠다. 인도에서 시작했고, 40대가 되자 끊은 습관이었다. 루마와 로미, 아내가 끊으라고 귀찮게 하던 일이 기억났다. 아이들은 윈스턴 담뱃갑을 감추거나, 몰래 담배를 빼고 안에 휴지를 말아 넣어 놓곤 했다. 한 번은 루마가 밤새 운 적도 있었다. 학교에서 선생님이 흡연은 위험하다고 한 얘기를 듣고 와서 아버지가 곧 죽을 거라고 슬피 울었다. 그때는 아이를 달래주지도 않았고, 딸이 무서워하는데도 계속 담배를 피웠다. 집에 있는, 신발 끝이 뾰족하게 말려 올라가는 나그라이 슬리퍼 모양의 작은 놋재떨이를 끼고 살았다. 담배를 끊고 나서 그가 다른 재떨이를 다 버릴 때, 희한하게도 루마는 아버지가 제일 좋아하던 그 놋재떨이를 씻어 장난감 속에 놔두었다. 딸과 친구들이 재떨이가 마치 신데렐라의 유리 구두인 양 플라스틱 인형의 발에 신겨보며 놀던 걸 기억하고 있었다.

"그래서요?" 루마가 물었다.

"뭘?"

"이탈리아에서 담배를 한 대 피우셨느냐고요."

"에이, 아니야. 그러기엔 너무 늙었지." 그렇게 말하며 눈을 호수 쪽으로 돌렸다.

"식사는 어떻게 하셨어요?"

그는 투어에서 처음 먹은 식사가 생각났다. 메디치 궁전에서 가까운 음식점이었다. 코스가 몇 개씩 되고, 음식 양이 많아 놀랐었다. 양념을 한 채소만 해도 그에겐 충분했을 텐데, 그다음에 라비올리, 다음엔 구운 고기가 나왔다. 그날 오후 그를 포함한 그룹에서 상당수가 나머지 관광을 하지 않고 호텔로 돌아가 쉬기로 했었다. 다음 날 가이드가 점심은 옵션이라고, 정해진 시간과 장소에 모두 모이기만 하면 된다고 말해주었고, 그와 박치 부인은 그룹에서 다시 빠져나왔다. 점심을 가볍게 때우면서, 예전에는 인도에서 하듯 점심을 많이 먹을 수 있었는데 지금은 그렇지 못한 게 신기하다는 얘기를 했다.

"파스타 몇 종류 먹어봤고." 그가 차를 마시며 말했다. "하지만 주로 피자를 먹었지."

"이탈리아에 3주를 계셨으면서 겨우 피자만 드셨어요?"

"피자가 맛있더라고."

그녀가 고개를 저었다. "하지만 거기 음식이 얼마나 맛있는데……."

"비디오도 있다." 그가 화제를 돌렸다. "나중에 너 시간 되면 보여주마."

저녁은 일찍 먹었다. 루마는 아버지가 여독으로 시장할 거라 말했고, 아버지도 일찍 잤으면 좋겠다고 했다. 동부보다 세 시간이 느리니까 더했다. 루마는 지난 이틀 동안 음식 준비를 했다. 냉장고 선반에 음식이 차곡차곡 쌓였고, 루마는 피곤했다. 아담과 인도 음식을 먹을 땐 대충 했다. 달 삶은 콩을 넣고 끓인 인도식 수프은 아예 만들지 않거나, 초초리 겨자 기름에 야채를 고루 넣어 볶은 음식 대신 샐러드를 냈다. "그게 다야?" 어머니가 전화로 루마에게 저녁을 뭘 만드는지 물어보고는 믿을 수 없다는 듯 이렇게 말하곤 했다. 루마는 그럴 때마다 아내로서 자기 역할이 어머니와는 얼마나 다른지 깨달았다. 어머니는 뭐하나 쉽게 만든 적이 없었다. 펜실베이니아에 살면서 인도에 사는 시어머니의 까다로운 눈에 들려고 노력하는 듯했다. 어머니는 요리를 잘했지만, 아버지는 한 번도 칭찬한 적이 없었다. 다른 집에 가서 음식을 먹어본 후에야, 집으로 돌아오는 길에 불평을 하곤 했다. 그제야 아내의 솜씨를 얼마나 인정하는지 알 수 있었다. 루마의 요리솜씨는 그 근처에도 못 미쳤지만, 딸이 준비한 음식을 하나하나 맛보며 연방 음식이 맛있다고 말했다.

루마는 아버지처럼 손가락으로 음식을 먹었다. 몇 달 만에, 시애틀에 이사 오고 나서 처음이었다. 아카시는 두 사람 사이에서 보조 의자에 올라앉아 저도 손가락으로 먹으려 했지만, 이건 루마가 그동안 굳이 가르치지 않았었다. 그들은 어머니나 로미에 대해선 아무 얘기도 하지 않았다. 로미는 루마와 우스울 정도로 이름이 비슷했지만 공통점은 하나도 없는 동생이었다. 그렇다고 임신에 대한 얘기를 하기도 그랬다. 어머니와 있었다면 지난 임신과 어떻게 다른지 얘기했을 터였다. 그저 별 말이 없었고, 어차피 아버지는 식사 도중 말이 없었다. 아버지가 말이 없는 걸 어머니는 싫어했고, 루마의 역할 중 하나가 아버지 대신 어머니의 말상대를 하는 일이었다.

"아직도 밖이 밝구나." 저녁을 먹는데 처음으로, 먹던 음식에서 눈도 들지 않은 채 그가 결국 입을 떼었다. 주변에는 언제나 무심해 보이는 아버지였다.

"여름에는 9시가 넘어야 해가 져요." 루마가 대답했다. "베구니가 이렇게 되어 죄송해요. 기름이 더 뜨거울 때 넣어야 했는데."

"괜찮다. 자, 먹어봐라." 그는 아카시에게 말했다. 지난 4개월 동안 아이는 저녁으로 마카로니와 치즈 외엔 먹지 않았다. 루마에게 아카시의 접시를 가리키며 그가 다시 말했다. "왜 저런 걸 사놓냐? 화학첨가물 덩어리인데." 아카시가 더 어렸을 땐 어머니가 말한 대로 인도 음식에 맛을 들이게 하려고 닭고기와 채소를 삶아 계피와 열대 생강, 향을 내는 클로브를 넣어 먹이곤 했었다. 요즘 아이는 인스턴트 음식만 먹는다.

"난 그거 싫어." 아카시는 제 할아버지의 접시를 보며 얼굴을 찡그렸다.

"아카시, 그렇게 말하는 거 아니야." 그동안 그렇게 노력을 했는데도, 어머니가 그토록 두려워한 고집 세고 편식하는 미국 애로 커가고 있었다. 루마 자신도 그런 아이가 되지 않으려고 조심했었다. 아카시가 아기였을 때는 할머니가 만들어준 걸 먹었다. "너 예전에 할머니가 해주신 거 다 먹었잖아. 할머니가 이런 거 다 만들었잖아."

"난 할머니 기억 안 나." 아카시가 이렇게 말하며 고개를 저었다. 할머니가 언젠가 존재했었다는 사실조차 거부한다는 투였다. "난 기억 안 나. 할머닌 죽었어."

루마가 아카시를 재우려고 책을 읽어주고 있는데, 아버지가 조용히 방문을 두드리더니 무선 전화의 수화기를 건네주었다. 오른손을 가슴 앞에 어색하게 들고 있었는데, 설거지를 했는지 비눗물이 묻어 있었다.

"아담한테 전화다."

"아빠, 설거지는 제가 해요. 가서 주무세요."

"얼마 안 된다."

아버지는 식사 뒤엔 언제나 설거지를 도맡았는데, 식후 15분 동안 서 있으면 소화에 도움이 된다고 했다. 루마와 달리, 그녀의 어머니나 다른 어떤 사람과도 달리, 아버지는 그릇에 비누칠을 모두 할 때까지 물을 틀어놓지 않았다. 접시와 냄비를 헹굴 준비를 다 할 때까지 기다렸고, 그때까진 스펀지 문지르는 소리만 조용히 들렸다.

루마는 전화기를 받았다. "룸^{Rum}." 아담의 목소리가 들렸다. 그들이 만난 지 얼마 후부터 아담은 루마를 이렇게 불렀다. 처음으로 편지를 썼을 때 아담은 첫머리부터, "Dear Room"이라고 철자를 틀리게 썼다.

루마는 출장 간 남편이 묵을 캘거리의 호텔 방을 떠올렸다. 그는 구두를 벗고 넥타이를 느슨하게 풀고 발목을 겹친 채 침대에 누워 전화하고 있을 터였다. 서른아홉의 남편은 아직도 소년같이 잘생겼다. 풍성한 금갈색 곱슬머리는 아카시가 그대로 물려받았고, 마라톤 선수 같은 몸매와 광대뼈는 루마가 내심 부러워할 정도였다. 깊고 굵은 목소리와 요즘 멀리 볼 때 쓰는 안경만 아니라면 아직도 무사태평하고 운동이나 좋아하는 대학생 같았다.

"아빠 오셨어."

"응, 통화했어."

"뭐라고 하셔?"

"만날 똑같지. '잘 지내냐, 부모님 안녕하시냐?'" 사실이었다. 아담에게 하는 말은 언제나 그게 전부였다.

"저녁은?"

아담이 바로 대답을 안 했다. 통화하면서 텔레비전을 보는 게 분명했다. "좀 이따 고객하고 저녁 먹으러 나가야 해. 아카시는?"

"여기 있어." 루마는 아이의 귀에 전화기를 갖다 댔다. "아빠한테 인사해."

"여보세요." 아카시가 성의 없이 말했다. 아이는 그러고는 말이 없었고, 전화기에선 아담의 목소리가 들렸다. "잘 지내냐, 아들? 할아버지랑 재밌게 지내고 있어?" 하지만 아카시는 더 이상 대답하지 않고 보던 책만 들여다봤다. 루마는 결국 수화기를 다시 자기 귀로 가져왔다.

"졸린가 봐. 막 잠들려고 그랬어."

"나도 잠이나 잤으면 좋겠다. 너무 피곤해."

남편이 새벽부터 떠났다는 것도, 하루 종일 일한 것도, 저녁도 일하면서 먹어야 한다는 걸 알면서도 아무런 연민이 느껴지지 않았다.

"아빠와 함께 사는 게 상상이 안 돼." 루마가 말했다.

"그러면 그렇게 말하지 마."

"이번에 오신 게 그 말씀이잖아."

"그러면 그러시라고 하든가."

"그러다가 진짜 오시겠다고 하면?"

"그럼 모시고 살면 되지."

"말씀을 먼저 드려야 하나?"

아담이 참느라 코로 숨을 내쉬는 소리가 들렸다. "룸, 우리 이 얘기 백번도 더 했잖아. 당신 결정이야. 당신 아버지고."

루마는 아무 말 없이 아카시 책의 책장을 넘겼다.

"이제 가봐야겠다. 둘 다 보고 싶어."

"우리도."

루마는 전화를 끊고 협탁 위 사진 액자 옆에 수화기를 내려놨다. 결혼식 날 케이크를 자르는 모습이었다. 어머니가 죽은 후 이 결혼 생활이 왜 이렇게 됐는지 알 수가 없었다. 아담을 처음 만난 이래, 그러니까 보스턴에서 루마가 법대를 다니고 아담이 MBA를 할 때 친구의 저녁 파티에서 만난 이후 벽을 느낀 건 처음이었다. 단순히 자기가 경험한 걸 아담이 하지 못했다는 이유, 시부모님은 그가 자란 매사추세츠 주 링컨에 아직도 살아 있다는 게 이유일지도 몰랐다. 물론 그렇게 생각하면 안 되지만, 실제로 자기와 아담은 각자 다른 인생을 사는 남남이란 생각이 들었다. 그가 집을 자주 비우는 바람에 고립감이 깊어졌다. 그렇다고 아담이 집에 있다고 해서 더 하면 더했지 나아지진 않았다. 아카시를 돌봐야 했지만, 그녀의 기분이 어떤지 걱정하며 왔다 갔다 하는 아담 없이 혼자 있는 게 더 편해졌다.

10년 전에 루마의 어머니는 루마를 아담과 결혼시키지 않으려고 갖은 노력을 다했다. 그가 결국 이혼을 할 거라고, 결국 미국 여자를 원할 거라고 했다. 그런 일은 일어나지 않았지만, 루마는 자기가 펄펄 뛰는 어머니에 어떻게 그렇게 맞섰는지 가끔 신기할 때가 있었다. 아무 말도 하지 않는 아버지는 더 잔인했다. "너 부끄러운 줄 알아야 해. 넌 인도인이야. 그게 제일 중요한 거야." 어머니는 루마에게 이렇게 말하고 또 말했다. 루마는 이 일이 부모님에게 얼마나 충격인지 알고 있었다. 그때까지 다른 미국 남자들과 사귄 사실은 비밀로 하다가 갑자기 아담과 약혼했다고 말했다. 시간이 지나면서 어머니는 반대를 접었을 뿐 아니라 심지어 그 사실조차 부인했다. 외국에서 소원하게 사는 로미 대신 아담을 아들처럼 사랑했다. 루마가 없을 때도 아담과 통화를 했고, 이메일도 주고받았고, 인터넷으로 스크래블 게임을 하기도 했다. 루마네 집에 올 때면 집에서 만든 미시티를 아이스박스에 가득 채워 오셨다. 루마는 만들 줄 모르는, 손이 많이 가는 이 달콤한 크림 혼합 음료를 아담은 몹시 좋아했다.

루마가 아이를 낳고 나서 어머니와 관계가 좋아졌다. 할머니가 되자 어머니는 달라졌다. 루마는 어머니가 그렇게 행복하고 기운 찬 모습을 본 적이 없었다. 그동안 부모의 기대를 저버리고 때로 기피하기도 한 것을 처음으로 용서받은 기분이었다. 밤마다 어머니와 통화하는 걸 기다렸다. 그날 한 일을 보고하고, 아카시가 뭘 새로 배웠는지 말해주었다. 어머니는 심지어 운동까지 시작했다. 손자가 장가갈 때까지 살고 싶다면서 새벽 5시에 일어나 루마가 입던 낡은 콜게이트 스웨트셔츠를 입고 운동을 나갔다. 때로 루마는 죽은 어머니가 더 가깝게 느껴졌다. 너무 자주 생각해서, 너무 그리워해서 얻은 친밀감이었다. 하지만 루마는 이게 환영이고 신기루라는 걸 알고 있었다. 그들 간의 거리는 이제 잴 수도, 달라질 수도 없었다.

설거지를 마치고 그릇의 물기를 닦은 그는 싱크대 안까지 씻은 후 물기를 닦았다. 배수구에 걸린 음식 찌꺼기를 비우고 남은 음식은 냉장고에 넣었다. 묶은 쓰레기 봉지는 집에 들어오다가 본 커다란 쓰레기통에 갖다 버리고 문이 모두 잠겼는지 체크했다. 그는 식탁에 앉아 소스 냄비를 살펴봤다. 설거지하다 보니 손잡이가 흔들거렸다. 서랍을 열어봤지만 스크루드라이버가 없어서 스테이크 나이프의 끝으로 냄비를 고쳤다. 할 일을 다 끝내고 아카시 방문을 열고 들여다보니 아이와 루마가 모두 잠들었다. 그는 한동안 문간에 서 있었다. 그동안 딸의 모습이 많이 달라졌다. 죽은 아내와 너무 닮아 똑바로 쳐다보기 민망할 정도였다. 아까 아카시와 잔디에 서 있는 모습을 처음 봤을 때 놀라서 쓰러질 뻔했었다. 이제 얼굴도 아내처럼 나이가 들어 보였고, 느슨하게 꼰 머리를 고무줄로 동여맨 거나 관자놀이 근처에 흰머리가 생기는 것도 비슷했다. 아내가 죽고 나서 그런지 비슷한 생김새가 더 끔찍했다. 눈 모양과 색깔, 웃을 때 왼쪽에 보조개가 생기는 모습까지 똑같았다.

시차가 있는데도 잠이 오질 않았다. 이따금씩 호수를 가로지르는 모터보트 소리 때문이었다. 그는 침대 위에 일어나 앉아 비행기 좌석에서 뽑아 온 〈유에스 뉴스 앤 월드 리포트〉를 뒤적이다가, 봐두면 좋겠다는 생각이 들어 침대 옆 탁자 위에 놓인 시애틀 관광가이드북을 펼쳤다. 사진으로 새로 지은 도서관이며 카페, 얼음 위에 진열해놓은 연어 등을 보았고, 연평균 강수량과 이곳엔 눈이 거의 오지 않는다는 것도 알게 되었다. 지도를 보니 시애틀이 태평양에서 산을 사이에 두고 꽤 떨어져 있었다. 시애틀은 유럽에 가는 거리였지만 이국적인 느낌은 없었다. 유럽에 가면 미국에 온 지 얼마 되지 않았을 때가 생각나곤 했다. 사람들 말은 한두 단어 정도만 알아들었고, 섞인 동전들을 가려내야 했다. 여기선 펜실베이니아의 여름밤과 다르지 않게 창밖에서 나방이 파닥거리고 가끔씩 곤충이 놀랄 정도로 세게 날아와 창문에 제 몸을 부딪히곤 했다.

침대 위에 앉아 있으니 가구가 별로 없는 널찍한 방이 한눈에 들어왔다. 그가 루마 나이였을 때, 아내와 아이들과 함께 뉴저지 가든시티에 있는 조그만 아파트에 살았었다. 루마 다음 로미가 태어났을 때 붙박이장을 헐어 아이들 공간으로 만들었다. 그런 아파트 단지에서 사는 게 불안했지만(로비에 설치된 보안 카메라는 마음을 편하게 하긴커녕 오히려 불안하게 만들었다) 그때는 아직 생화학 박사 과정에 있을 때라 구할 수 있는 집은 그 정도가 전부였다. 아내는 부엌에 있는 조그만 가스레인지에 음식을 했고, 요리가 끝나면 음식 종류에 상관없이 온 집 안에 냄새가 진동했다. 아파트는 14층에 있었는데, 아내는 좁은 발코니 난간에 사리를 하나하나 널어 말렸다. 로미와 루마를 밴 침실은 아침 해도 안 드는 음침한 방이었지만, 그는 지금까지도 그 방을 가장 성스러운 곳이라 생각했다. 아이들이 집 안을 뛰어다니던 모습이며, 어릴 적 목소리가 기억났다. 이 시기의 삶은 그와 아내만 알고 있다. 아이들은 뒤뜰에 버드나무가 있는, 교외에 있던 커다란 집만 기억할 것이다. 각자 방이 있고 지하실엔 장난감이 가득했던 집. 하지만 그 집도 지금 루마가 사는 집과 비교하면 아무것도 아니었다. 구조가 엉성해서 성냥불이라도 잘못 붙으면 온 집채가 타버릴까 봐 그는 언제나 두려웠다.

혼자가 되고 나서 사람들은 루마와 함께 살 거냐고 묻곤 했다. 심지어 박치 부인까지 그 얘기를 했다. 그러면 그는 사람들에게 루마는 의무감 없이 자란 애라고 말해주었다. 루마는 제 삶을 살았다고, 원하는 대로 결정하고 미국 남자랑 결혼했다고. 루마가 그를 모실 거라 기대하지 않았고, 진심으로 그 애를 탓하지도 않았다. 자신은 어땠나? 아버지가 임종에 가까웠을 때, 어머니가 혼자되었을 때 어떻게 했나? 그때 로미와 루마는 10대였다. 인도로 돌아가는 것도, 팔순 어머니를 펜실베이니아로 모신다는 것도 불가능했다. 어머니는 돌아가실 때까지 형제들이 돌봐드렸다.

그가 먼저 죽었다면 아내는 두 번도 생각 않고 루마와 함께 살았을 것이다. 나팔꽃이 음지에서 자랄 수 없는 것처럼 아내는 원래 혼자 살 수 있는 사람이 아니었다. 그런 면에서 아내는 박치 부인과 정반대였다. 미국 교외의 고립된 삶, 그러니까 아내가 불평하고 그가 책임을 느껴왔던 그 삶을 아내는 감당할 수 없을 정도로 외로워했다. 하지만 그는 외로움을 좋아했고, 박치 부인 역시 그랬다. 이제는 퇴직했고, 집에서 컴퓨터로 펜실베이니아 민주당에 자원봉사를 하고, 여행을 다니고, 이렇게 여기 오는 일만으로도 충분히 바빴다. 옛날 집을 건사할 필요가 없으니 다행이었다. 잔디를 깎고, 잡초를 뽑고, 여름에는 덧창을 모기장으로 갈아 끼우고, 계절이 지나면 다시 갈아 끼우는 일이었다. 다른 곳으로 이사한 것도 다행이었다. 익숙할 정도로 가까웠지만 새롭게 느껴질 만큼 먼 곳이었다. 옛날 집에서 살았다면 예전 삶에 갇혀 지낼 터였다. 저녁이면 걱정하는 친지들 전화를 받는 일도 그랬고, 이들은 또 정기적으로 치킨 카레 따위를 만들어 오기도 했다. 그가 적적할 거라고 일요일 오후엔 예고도 없이 불쑥 찾아오곤 했다.

그는 갑자기 피로감을 느꼈다. 눈이 침침해져서 가이드북에 있는 글자가 책장 위로 둥둥 떠다니는 것 같았다. 몇 권 쌓인 책 옆으로 전화기가 있었다. 책을 내려놓고는 수화기를 들어 발신음을 확인하고 다시 내려놓았다. 시애틀에 오기 전에 박치 부인에게 딸네 집 전화번호를 이메일로 보내주었지만, 그녀가 전화를 하지 않아도 이해할 만했다. 박치 부인이 2년 동안 살았던 남편을, 그가 거의 40년을 산 아내를 사랑한 것보다 더 사랑했다는 건 분명했다. 아직도 지갑에 남편 사진을 넣고 다녔다. 깨끗하게 면도를 하고 가르마를 깊게 탄 20대 청년이었다. 그는 개의치 않았다. 한편으론 그녀의 마음이 다른 남자에게 있다는 게 편했다. 일흔 살 나이에 여자를 만나는 건, 아무리 비밀이라 해도 열정 때문이 아니었다. 그보단 오랜 결혼 생활에서 얻은, 곁에 누가 항상 있었던 습관 때문이었다.

아내가 죽고 나서 죽음에 대한 생각이 그를 괴롭혔다. 자기도 언제 그렇게 갈지 모르는 일이었다. 그는 죽음을 그렇게 가까이서 경험한 일이 없었다. 부모와 친척들이 세상을 떠났을 때는 항상 멀리 있었기에 죽음이 수반하는 끔찍한 광경을 본 적이 없었다. 하지만 생각해보면 아내의 죽음조차 지키지 못했다. 아내가 숨을 거두는 순간 그는 병원 카페테리아에서 차를 마시며 잡지를 읽고 있었다. 그렇다고 죄책감을 느끼진 않았다. 그보단 모든 일을 너무 쉽게 생각한 것이 잘못이었다. 수술이 잘될 거라고, 아내가 병원에서 하룻밤을 보내고 집에 돌아올 거라고, 2주가 지나면 친구들이 집에 찾아와 저녁을 먹을 거라고, 또 그로부터 몇 주가 지나면 아내가 프랑스 여행을 갈 수 있을 거라고 너무 쉽게 생각했던 게 잘못이었다. 아내의 수술이 인생에서 겪는 대단치 않은 시련이라 생각했지, 그 마지막이라곤 생각지도 않았었다. 그날 루마는 어릴 때 자전거를 타다 넘어지거나 벌에 쏘였을 때처럼 자기 팔에 안겨 울었다. 그때처럼 아빠 노릇을 하느라 정작 자신은 아내의 죽음에 눈물 한 방울 흘리지 못했다.

한밤중에 아카시 침대에서 잠을 깬 루마는 자기 침대로 들어와 잤다. 보통은 새벽에 아카시가 안방 침대로 와서 옆에서 몇 시간 더 자다가 엄마를 깨우고 시리얼을 달라고 했다. 아카시가 자기 침대에 와서 자는 게 싫지 않았고, 특히 아담이 없을 때는 더 그랬다. 하지만 오늘 아침 루마의 옆은 비어 있었다. 이젠 아침에 입덧을 하지 않았다. 대신 눈을 뜨면 먹을 것부터 생각났다. 오늘은 버리토나 파크 슬로프에 살 때 집 근처 베이글 가게에서 팔던 계란 치즈 샌드위치가 먹고 싶었다. 잠자는 동안 몸이 열심히 일을 해서 그럴 거였다. 부엌으로 가니 조리대 한편에 씻고 말린, 저녁 먹은 그릇이 보였다. 식기 건조대 안에는 깨끗한 공기와 숟가락, 주스 잔, 머그컵이 있었다. 가스레인지 옆에는 접시 위에 한 번 우려낸 티백이 놓여 있었다. 바깥 어디에서 아카시의 목소리가 들렸지만 창문으론 아이 모습이 보이지 않았다. 베란다 쪽으로 갔더니 목소리가 또렷해졌다. "근데

난 거북이를 못 봤어요"라고 말하는 아이 목소리가 들렸고, 루마는 아버지가 아카시를 호수에 데려갔었나 보다고 생각했다.

루마는 산모용 비타민을 먹고 찻물을 올렸다. 토스트를 만드는데 아버지와 아카시가 부엌문으로 들어왔다.

"우리 호수에도 갔었고, 할아버지가 나 영화도 찍어줬어." 아카시가 아버지 목에 매달린 비디오카메라를 가리키며 신나게 말했다.

"다 젖었네." 루마는 아카시의 샌들과 반바지 앞쪽이 물에 젖어 색이 진해진 걸 보았다. 아버지를 보며 물었다. "어떻게 된 거예요?"

"아무것도 아니다. 거북이가 있는 줄 알고 아카시가 만지려고 그랬다." 그가 루마에게 말했다. "아카시가 시리얼 달라던데."

"이리 와. 옷부터 갈아입어야겠다." 루마가 아카시에게 말했다. 부엌으로 돌아오니 아버지가 수납장을 열고 치리오스 박스를 들고 있었다. "이게 애가 먹는 거냐?"

루마가 고개를 끄덕였다. "언제 일어나신 거예요, 아빠?"

"오, 5시도 안 돼서 일어났지. 베란다에 앉아서 아침을 먹는데 아카시가 일어나 나왔길래 같이 나갔다."

"제가 할게요." 아버지가 시리얼 그릇에 우유를 붓는 걸 보고 루마가 말했다.

"괜찮다. 어서 가서 먹어."

루마는 냉장고를 열어 버터와 잼을 꺼내고 차를 끓였다. 루마가 제 찻잔에 물을 따르자 아버지가 아껴두었던 티백을 건조대에 있던 컵에 넣고, 거기에 주전자에 남아 있는 끓는 물을 부었다.

"할아버지, 밖에 나가요." 아카시가 할아버지의 바지를 잡아당기며 말했다.

"좀 이따, 아가. 이거 다 마시고."

아침을 먹으며 루마는 아버지가 있는 동안 가볼 만한 곳을 얘기했다. 아버지가 오기 전에 개장 시간과 입장료를 알아봤고, 매일 할 일이 있도록 머릿속으로 갈 곳을 생각해놓았다. 루마도 아직 시애틀 시내를 돌아다닐 만한 시간이나 에너지가 없었기에 아버지와 보내는 일주일이 좋은 기회라고 생각했다. "우선 스페이스 니들이 있고요." 루마가 가볼 곳을 말하기 시작했다. "그리고 파이크 플레이스 마켓도 있어요. 부둣가에 가면 아카시를 데리고 가보고 싶었던 수족관도 있고요. 퓨젯 해협을 건너는 페리도 좋을 거예요. 하루 날을 잡아 빅토리아 섬에 갈 수도 있어요. 또 아빠가 원하시면 보잉 공장에도 가봐요. 투어를 시켜주거든요."

"그래." 아버지가 말했다. 안경을 쓰면 눈이 작아 보이는 아버지는 좀 피곤해 보였다. "그런데 솔직히 그런 거 다 안 해도 난 괜찮다."

루마는 잠시 혼돈스러웠다. 아버지가 요즘 전 세계를 돌아다니는 걸 보면 비디오카메라를 가지고 시애틀 구경도 하고 싶어할 줄 알았다. "음, 아니면 여긴 별로 할 일이 없어요."

"나 즐겁게 해주려고 일부러 신경 안 써도 된다."

"그런 뜻이 아니었어요. 아빠 좋으실 대로 하세요."

잠시 헷갈리다가 곧 걱정이 되었다. 아버지가 뭔가 말하지 않는 게 있는 듯했다. 새로 이사한 아파트가 어떤지, 혹시 계단을 걸어 올라가야 하는 건 아닌지, 이웃 중에 아는 사람이나 챙겨주는 사람이 있는지 걱정스러웠다. 오래 살던 부부는 한쪽이 죽으면 다른 한쪽도 2년 내에 죽는다는 걸, 결국은 상심해서 죽는다는 통계를 본 적이 있었다. 하지만 루마가 알기로 자기 부모는 그 정도로 금슬이 좋지는 않았다.

"괜찮으신 거예요?"

시리얼을 다 먹어가는 아카시에게 우스꽝스러운 표정을 지어 보이며 몸을 기울였던 그가 루마를 올려다봤다.

"제 말은 몸은 괜찮으시냐고요?"

"괜찮아. 그저 여행을 계속했더니 쉬어야겠다는 생각을 했다. 여행도 나름대로 일이지 않니." 그가 말했다.

루마가 고개를 끄덕였다. "맞아요." 루마는 진짜 그렇게 생각했고, 아버지가 별일 없다는 걸 누구보다 잘 알고 있었다. 인정하기 싫었지만 어머니의 죽음이 짐을 덜어준 것처럼, 아버지는 요즘 예전보다 좋아 보였다. 그녀와는 반대였다.

아버지는 오래된 듯한 흰 손수건을 주머니에서 꺼내 아카시 얼굴에 묻은 우유와 시리얼을 닦아주었다. 그 모습을 보니 자신의 어린 시절이 생각났다. 옷에 뭘 흘리거나 코를 풀어야 할 때, 또는 무릎이 까졌을 때 아버지가 와서 챙겨주었다. "며칠 지내보자. 그러다 보트를 타러 갈 수도 있겠지."

❦

아침을 먹은 후 아카시의 수영 강습이 있었다. 루마는 아버지가 집에 있을 줄 알았는데, 아버지는 함께 가겠다며 비디오카메라를 들고 따라나섰다. 아버지가 수영장까지 렌터카로 운전하겠다고 했지만, 카시트가 SUV에 있어서 운전은 루마가 하기로 했다. 루마는 고등학교 때 운전을 배우긴 했지만 그동안 도시에 오래 살면서 차가 없었기 때문에 운전은 부모님 댁 갈 때만 했다. 비디오를 반납하거나 어머니와 함께 쇼핑몰에 갈 때 차를 몰았다. 운전은 시애틀로 이사 오면서 익숙해져야 하는 일 중 하나였다. 차에 기름을 넣고, 타이어에 바람이 빠졌는지 체크도 해야 했다. 길에 익숙해지긴 했지만, 고속도로의 출구나 산이나 빛의 질감이 낯설었고, 또 사람들도 그랬다. 이웃들과는 가볍게 농담 정도만 주고받았을 뿐이다. 한쪽엔 은퇴한 부부가 살았고, 다른 한쪽엔 워싱턴 대학에서 교수를 하는 게이 커플이 살았다. 수영장에서 아카시를 지켜보며 여자들과 얘기를 몇 마디 나누긴 했지만, 강습이 끝날 때 따로 만나자고 하는 사람은 없었다. 그 나이에 사람을 새로 사귄다는 일이 영 어색하기도 했다.

루마는 브루클린에서 사귄 친구들에게 익숙했다. 산모 요가에서 만난 여자들, 아이를 낳고 나서 엄마들 모임에서 친해진 여자들은 루마의 삶을 속속들이 알고 있었다. 진통이 시작될 때도 함께 있었고, 아이들이 입다가 작아진 옷과 담요를 물려주기도 했다. 그 친구들은 루마가 살던 아파트에서 걸어서 5분, 10분 거리에 살았고, 심지어 몇몇은 같은 건물에 살아 파트타임으로 일할 때는 미리 약속도 하지 않고 만나 프로스펙트 공원으로 함께 유모차를 끌고 나가곤 했다. 주말엔 루마의 어머니가 왔었기에 그들은 어머니도 알게 되었고, 몇몇 친구들은 장례식 때 펜실베이니아까지 와주기도 했었다. 이사 오고 처음에는 친구들이 이메일도 보내고 놀이터에 앉아 휴대폰으로 전화를 걸어오기도 했다. 하지만 시차도 있고 항상 아이들이 있었으니 제대로 얘기를 나누기는 힘들었다. 그 친구들과 그렇게 시간을 보냈어도 뿌리는 깊지 않았고, 요즘은 이메일을 읽어도 답장을 쓸 생각이 별로 들지 않았다.

길들지 않은 땅

차 안은 조용했다. 바퀴가 길 위를 구르는 소리와 반대편 차가 쌩쌩 스치는 소리 외엔 들리지 않았다. 아카시는 장난감 기차를 차문과 운전석 뒤편으로 굴리며 놀고 있었다. 루마는 자신이 운전하는 걸 잠자코 지켜보는 아버지의 시선을 느꼈다. 가끔씩 계기판을 들여다보고, 차선을 바꿀 때는 같이 주변을 둘러봤다. 루마는 요즘 장을 보는 마켓이나 오늘은 흐려서 보이지 않는 레이니어 산을 손가락으로 가리켰다.

"저건 아담이 직장 갈 때 나가는 출구예요." 그녀가 말했다.

"얼마나 멀다?"

어렸을 때 같으면 아버지가 한 말을 고쳐주었을 것이다. 마치 아버지의 실수가 자신의 단점이라는 듯이 바로 "얼마나 먼데?"라고 짜증 섞인 소리로 말했을 터였다. "잘 모르겠어요. 편도에 아마 40분쯤 걸릴 거예요."

"굉장히 멀구나. 왜 좀 가까운 데 집을 구하지 그랬냐?"

"상관없어요. 그리고 우린 그 집이 좋았어요." 루마는 아버지가 이 말을 경박하다고 여길지도 모르겠다고 생각했다.

"그러면 너는? 이사 와서 새 직장을 찾았니?"

"법률회사에서 파트타임을 구하긴 쉽지가 않아요. 유치원은 겨우 12시까지고, 아담하고 전 아카시를 탁아소에 맡기기 싫어요."

"여기서 일하려면 변호사 시험을 다시 봐야 하나?" 아버지가 물었다.

"아뇨. 뉴욕에서 땄으면 괜찮아요."

"그러면 왜 일자리를 알아보지 않냐?"

"아직 준비가 안 됐어요, 아빠." 사실 시애틀에서는 법률회사를 알아보지 않았다. 예전에 다니던 회사의 파트너 중 한 사람이 소개한 신탁 및 자산 관리 변호사에게도 전화를 안 했다. 그는 루마에게 건당으로 일을 맡아 사건 개요서 정도 작성하는 일을 하면 어떻겠냐고 했었다. 그러고 보니 아버지에겐 앞으로 5년간 집에 있으려고 한다는 말은 정확하게 한 적이 없었다. "아직 자리가 안 잡혔잖아요."

"그건 이해한다. 계획이 어떤지를 묻는 거야."

"둘째가 유치원에 갈 때쯤이 될지도 모르겠어요."

"하지만 그건 지금부터 5년이나 지난 후가 아니냐. 지금이 경력을 쌓고 한창 일할 때이지 않니."

"아빠, 저도 일하고 있어요. 곧 애를 둘이나 키우게 될 텐데요. 엄마처럼 말예요."

"그래서 행복할 수 있겠냐?"

루마는 대답하지 않았다. 어머니라면 이 결정을 이해해주고, 잘했다면서 자랑스러워했을 텐데. 루마는 그동안 일주일에 50시간을 일하면서 여섯 자리 이상 연봉을 벌어왔다. 로미가 겨우 연명하고 있을 때 말이다. 부모님은 언제나 자기에게 부당한 역할을 요구해왔다. 아버지는 장남으로, 어머니는 두 번째 남편으로.

"아이들은 영원히 아이들이 아니다, 루마야." 아버지가 말을 이었다. "아이들이 크면 어쩔 거냐?"

"그러면 다시 일을 하죠."

"그때면 넌 마흔이 넘을 거야. 그렇게 쉽지 않을 수도 있어."

루마는 길에서 눈을 떼지 않고 라디오 버튼을 눌러 켰다. 기자의 단조로우면서 확신에 찬 목소리가 차 안을 채웠다. 그녀는 어머니에게 했던 식으로 아버지에게 대든 적이 없었다. 안 그래도 아버지와의 불안한 관계가 의견 차이로 더 나빠질까 봐 두려웠는지도 모른다. 아이비리그에 못 들어갔을 때도 아버지를 실망시켰다. 아버지가 로미를 자랑스러워한다는 걸 루마는 잘 알고 있었다. 동생은 돌아다니며 불안하게 살아도 프린스턴 대학을 나와 풀브라이트 장학금으로 외국에 나갔다. 루마가 아버지와 다툰 일은 다섯 손가락 안에 꼽을 정도였다. 고등학생 시절 운전면허를 땄을 때도 아버지는 루마가 혼자서 운전하고 다닐 수 있도록 가족 자동차보험에 이름을 올려주지 않았다. 대학에서 전공을 결정할 때 아버지는 루마에게 역사 대신 생물학을 하라고 했다. 로스쿨에 간다고 했을 때는 그 비용에 난감해 하더니, 노스이스턴에 들어가니 아무 말 않고 학비를 대주었다. 아담과 결혼을 준비할 때도 야외에서 하는 건 현명한 일이 아니라면서, 아담과 루마가 좋아하던 마서스비니어드의 절벽 대신 일반 예식장에서 하라고 했다. 결혼식 날 날씨는 완벽했고, 혼인서약을 할 때 바다 위에서 해가 눈부시게 빛났다. 하지만 루마는 아직도 하얀 텐트와 접이의자와 수많은 하객들이 비에 홀딱 젖는 악몽을 꾸다 깨어나곤 했다.

    루마는 수영장 건물 주차장에 차를 세우고 건물 안으로 들어갔다. 아버지에게 유리창으로 수영 강습을 볼 수 있는 벤치에 앉아 잠시 기다리라고 하고는 아카시를 수영복으로 갈아입히러 탈의실로 데리고 들어갔다. 벤치로 나왔을 때 아버지는 카메라에 새 테이프를 넣고 세팅을 조정했다. "아카시 저기 있네요." 아이가 타월로 몸을 감싼 채 강습이 시작되기를 기다리며 앉아 있는 곳을 가리키면서 루마가 말했다. 엄마 없이 물에 들어가기엔 너무 어린 것 같아 부모와 함께하는 그전 단계 강습을 받으려고 했었다. 하지만 그 강습 시간엔 자리가 없었고, 처음부터 아카시는 갈색 머리 10대 강사의 팔에 가서 안기며 엄마와 쉽게 떨어졌다.

루마의 아버지는 다음 30분 동안 쉴 새 없이, 아카시를 비디오카메라로 찍었다. 물에 뜨는 보조기구를 등에 메고 수영장에 뛰어들어 거품을 내며 발차기를 하는 모습이었다. 아버지는 루마와 함께 앉은 벤치에서 일어나 렌즈가 거의 유리창에 닿을 정도로 카메라를 들이대고 있었다. 루마와 로미가 자랄 때는 그런 열성을 보인 적이 없었다. 수영 강습을 지켜보던 것은 그녀의 어머니였다. 아이들이 사다리를 올라가 손을 흔들고 다이빙대에서 뛰어내리기까지 숨죽이고 지켜봤다. 아버지는 로미에게 야구를 가르쳐주지도 않았고, 동네 뒤에 있는 숲 건너 겨울마다 얼어붙는 호수로 데려가 스케이트를 가르쳐주지도 않았다.

집으로 돌아오는 길 차 안에서 아버지가 루마의 일 얘기를 다시 꺼냈다. "일은 중요하다, 루마야. 경제적인 안정도 주지만 정신적인 안정도 있다. 내 평생, 열여섯 살 때부터 난 쭉 일을 해왔다."

"이제 은퇴하셨잖아요."

"하지만 아무 일도 안 하고는 못 지낸다. 그래서 내가 여행을 그리 많이 다니는 거다. 사치라고 할 수도 있지만 그동안 모아놓은 돈을 크게 쓸 데가 있는 것도 아니고."

"스스로 살아갈 수 있는 능력은 중요하다, 루마야." 그는 말을 이었다. "인생은 놀랄 일의 연속이야. 오늘은 네가 아담한테, 아담 수입에 의존할 수 있다고 하지만 내일은 또 모르는 거야."

루마가 한순간 길에서 눈을 떼어 아버지를 돌아보며 말했다. "그래서 아버지가 말씀하시는 게 뭔데요? 무슨 말씀을 하고 싶으신 건데요?"

"그런 것 없어. 다만 네가 직장이 없다는 게 난 불안하다. 나를 위해서가 아냐. 내가 걱정하는 건 바로 너다. 난 죽을 때까지 쓰고도 남을 돈이 있어."

"누가 또 죽었어?" 아카시가 뒷좌석에서 소리쳤다.

"아무도 안 죽었어. 할아버지랑 엄마가 그냥 쓸데없는 얘기를 하고 있어요. 아아, 아카시는 정말 멋진 기차가 있구나. 기차가 벌써 역을 떠난 거냐?" 아버지가 아카시를 돌아보며 물었다.

그날 밤 저녁을 먹고 나서 아버지는 비디오를 보여주었다. 먼저 수영 강습 시간에 찍은 걸 보는데, 아카시는 좋아서 난리였다. 그다음에 유럽에서 찍은 비디오를 봤다. 교회의 벽화나 비둘기가 사람들 머리 위로 날아가는 풍경이었다. 대부분은 버스 안에서 관광지를 지나며 가이드의 설명을 들으며 차창 밖을 찍은 거였다. 그는 될 수 있는 대로 박치 부인을 찍지 않도록 조심했지만 딸네 집 텔레비전 화면에서 확대된 비디오를 보는 내내 그녀의 흔적이 있었다. 박치 부인이 팔을 버스 창가에 올리고 있다거나, 벤치 위에 푸른색 가죽 가방이 보이는 식이었다.

"저 사람이 루이기다." 카메라가 잠시 이탈리아 인 가이드에 머물자 그가 이렇게 말했다.

"투어에 오는 사람들은 어떤 사람들이에요?" 루마가 물었다.

"대부분 나 같은 사람들이지. 퇴직하거나 할 일이 없는 사람들. 일본인들이 많아. 나라가 바뀔 때마다 그룹이 달라지고."

"친구는 사귀셨어요?"
"가면 다들 친하게 지낸다."
"몇 명이나 함께 가는데요?"
"대충 열여덟에서 스무 명쯤 될 거다."
"그 사람들과 하루 종일 함께 있어야 해요, 아니면 혼자 다닐 시간도 있는 건가요?"
"가끔 한 시간씩 자유시간이 있지."
"저게 누구예요?" 갑자기 루마가 물었다.
그가 깜짝 놀라 텔레비전 화면을 쳐다보니 몇 초 동안 박치 부인의 모습이 보였다. 어느 카페의 작은 탁자에 앉아 작은 컵에 티스푼으로 설탕을 녹이고 있었다. 그때 함께 여행하던 야마타 씨에게 렌즈를 한번 들여다보라고 했던 게 기억났다. 자기도 모르게 녹화 버튼을 눌렀던 모양이었다. 박치 부인은 화면에서 사라졌고, 다시 나타나지 않았다. 방이 어두워서 딸이 자기의 얼굴을 볼 수 없었던 것이 천만다행이었다. "누구 말이냐?"
"이제 없어졌어요. 인도 사람처럼 생긴 여자가 있었는데."
루마에게 말할 수 있는 좋은 기회였다. 생각했던 것보다 딸네 집에 와 있는 게, 하루 종일 딸과 함께 있는 게 쉽지 않았다. 딸에게 거짓말을 하고 있는 자신이 한심하게 느껴졌다. 하지만 뭐라고 하겠는가? 그에게 새 친구가 생겼다고? 여자친구라고? 그는 이런 단어조차 생소했고 입 밖으로 내긴 더더욱 어려웠다. 평생 여자친구라는 존재를 가져본 적이 없는 그였다. 로미에겐 얘기하기가 수월했을 수도 있다. 그 애라면 별로 대단치 않게 받아들일 것이고, 심지어 다행이라 생각할지도 몰랐다. 하지만 루마는 달랐다. 그는 언제나 아내

대신 딸이 자기를 미워한다고 생각했다. 아내와 루마는 한편이었다. 그는 딸이 자길 미워하는 걸 견뎠고, 한 번도 자기 입장은 얘기하지 않았다. 아내는 지나치게 요구하는 것이 많았고, 열심히 일해서 가져다준 삶에 감사하지 않았다고.

이제 루마가 제 엄마처럼 이 낯선 곳에서 친구도 없이, 혼자 아이를 키우며 힘들어했다. 그런 루마를 보니 막 결혼했을 때가 생각났다. 아내는 그 세월 때문에 자신을 결코 용서하지 않았다. 그는 루마의 인생은 언제나 다를 것이라 생각했었다. 기억하는 한 루마는 언제나 일을 했다. 고등학교 때도 그렇게 반대했는데도 여름마다 동네 레스토랑에서 웨이터의 조수로 일을 했다. 인도의 친척들이 알았다면 여자아이의 집안과 교육 수준에 어울리지 않는다고 흉을 봤을 것이다. 하지만 딸은 이제 더 이상 그의 책임이 아니었다. 결국 그도 그런 나이였다.

"그게 내가 여행을 다니며 느낀 거다." 시에나의 경사진 광장이 화면에서 사라질 때 그가 말했다. 박치 부인은 광장의 인파 속에 섞여 보이지 않았다. "요즘은 어딜 가나 인도 사람들이 있더라고."

❦

다음 날 아침 아카시가 일어나 안방으로 달려 들어왔다. 그러고는 루마의 팔을 잡아당겨 깨웠다. "할아버지가 갔어."

"무슨 얘기야?"

"할아버지가 없어졌어."

그녀는 자리에서 일어났다. 8시 15분 전이었다. "아마 산책 가셨을 거야, 아카시." 하지만 창밖을 내다보니 진입로에 있던 렌터카가 보이지 않았다.

"할아버지 다시 오셔?"

"가만있어, 아카시, 생각 좀 해보자." 루마의 심장이 뛰기 시작했다. 놀이터에서 몇 초 동안 아카시의 모습이 보이지 않을 때와 비슷했다. 부엌에 가보니 식기 건조대에 공기와 숟가락이 없고 가스레인지 옆에 한 번 마신 티백도 없었다. 아침을 먹지 않은 듯했다. 혹시 어디가 아파서 차를 몰고 아스피린이나 알카셀처를 사러 약국에 간 건 아닐까 하는 생각이 들었다. 아버지라면 깨우지 않고 그럴 수 있었다. 한번은 아무 말 없이 치과에서 근관 수술을 받고 나서 퉁퉁 부은 입에 거즈를 잔뜩 물고 집에 들어온 적도 있었다. 혹시 아버지가 호숫가 부두에 묶인 보트를 발견하고 그중 한 대를 끌고 나갔을지도 모른다는 생각도 들었다. 아버지는 휴대폰이 없었으니 연락할 방법은 없었다. 경찰에 연락할까도 생각해보았지만, 렌터카의 번호판 번호도 알지 못했다. 어쨌거나 그녀는 전화기를 들었고, 어떻게 하면 좋을지 아담에게 물어보기로 했다. 그때 자갈 위로 타이어 구르는 소리가 들렸다.

"대체 어디 다녀오셨어요?" 루마는 아버지를 다그쳤다. 아버지의 모습에서 무슨 일이 있었던 흔적은 없었고, 손에는 제과점에서 사온 듯한, 끈이 묶인 상자가 들려 있었다.

"어제 수영장에 가다가 '너서리'^{nursery} 여기선 화원이란 뜻를 봤거든. 다시 가서 언제 문을 열고 닫는지 보려 했었지."

"하지만 우린 벌써 아카시의 '너서리' 여기선 유아원이란 뜻를 결정했어요."

길들지 않은 땅

"학교 말고. 화초 파는 곳 말이다. 뒤뜰에 해도 잘 들고, 토양도 기름져 보이더라." 그가 창밖을 내다보며 말했다. "비가 많이 오는 기후는 정원 가꾸기에 좋아. 네가 좋다면 내가 꽃나무를 좀 심어 정원을 채우마."

"아."

"너희 집에서 겨우 10킬로 거리야. 제과점 있지? 그 옆집이더라. 자, 여기." 그가 상자를 열어 아카시에게 보여주었다. "어느 거 먹을래?"

"아빠, 정원 일 꼭 하실 필요 없어요. 쉬고 싶다고 하셨잖아요."

"그게 쉬는 거야."

지금껏 뒤뜰에 꽃을 심는다는 생각은 하지 못했었다. 하지만 아버지의 제안에 귀가 솔깃했다. 아버지가 자기 집에 관심을 가진다는 것도, 더 예쁘게 꾸며주려는 욕심도 은근히 기분이 좋았다.

"나가실 때는 말씀을 하시지 그러셨어요." 루마가 말했다.

"했다. 아래층 서랍장 위에 메모를 남겼는데. 차 갖고 나갔다 오겠다고."

루마는 아카시를 돌아봤다. 크루아상을 뜯어 먹으며 잠옷 바지 위에 빵가루를 온통 흘리고 있었다. 아침부터 아버지의 방을 찾아보고 호들갑을 떤 아카시를 탓하고 싶었다. 하지만 아카시는 서랍장 위를 보기에도, 메모를 읽기에도 너무 어린 나이였다.

화원이 문을 열 시간이 되자 루마의 아버지는 다시 나갔다. 카시트를 렌터카로 옮겨 이번에는 아카시를 데리고 갔다. 차가 나가는 걸 보면서 루마는 아버지에게 아카시를 완전히 맡기는 일은 이번이 처음이라는 생각을 했다. 집에 혼자 있자니 이상했다. 혹시 아카시가 갑자기 엄마를 찾지는 않을까 걱정이 되었다. 아카시가 아기일 때, 두 시간에 한 번씩 젖을 먹일 시절엔 잠시만 떨어져도 이상한 기분이 들었다. 한 시간 후 아버지와 아카시가 흙 몇 봉지와 꽃이 가득한 납작한 상자와 삽과 갈퀴, 고무호스를 들고 들어왔다. 아버지가 아담이 안 입는 옷이 있느냐고 물었고, 루마는 아담이 구세군에 가져다준다고 치워두었던 카키 바지와 해진 면 셔츠와 조깅화를 내왔다. 옷은 아버지에게 너무 커서, 셔츠는 어깨까지 내려왔고 바지는 걷어 입어야 했다. 그날 내내 아카시는 할아버지가 쌓아놓은 흙을 가지고 그 옆에서 흙장난을 했다. 아버지는 해를 너무 쬐지 않게 야구 모자를 쓰고 힘찬 소리를 내며 삽으로 풀을 걷어내고 땅을 골랐다. 점심때 아카시와 함께 땅콩버터와 잼을 바른 샌드위치를 먹으러 잠깐 쉰 것 이외에는 쉬지 않고 일했다. 해질녘쯤에야, 모기가 있다며 집으로 들어왔다.

다음 날 아침 루마의 아버지는 다시 차를 몰고 화원에 갔다. 물이끼 한 더미, 뿌리덮개와 퇴비 몇 봉지 등을 사기 위해서였다. 이번에는 정원 용품과 함께 어린이용 고무풀장을 사 왔다. 머리에서 물을 뿜는 악어 모양이었다. 그는 뒤뜰에 풀장을 설치하고 호스로 물을 채웠다. 아카시는 하루 종일 바깥에서 고무풀장에서 물장구를 치고 정원에 물을 뿌리거나 할아버지가 파낸 벌레를 찾으며 놀았다. 그날도 아버지는 해질녘까지 거의 쉬지 않고 일을 했다. 아카시가 밖에서 놀아주니 루마는 밀린 집안일을 할 시간이 났다. 그동안 미루어 두었던 크고 작은 일이었다. 말일이 기한인 공과금을 내고, 살다 보면 쌓이는 서류를 파일로 정리하고, 아카시의 옷장도 정리했다. 작아서 못 입게 된 옷을 서랍에서 골라내고, 지하실 플라스틱 통 안에 보관해두었던 더 큰 옷을 꺼내 정리했다. 태어날 아이가 아들이냐 딸이냐에 따라 작아진 옷을 놔두거나 아니면 누군가에게 주어야 한다. 양수 검사를 하기까지 아직 4주가 남았고, 그때쯤에야 태아의 성별을 알 수 있을 것이다. 배도 아직 많이 안 나왔고, 배 속의 아이가 배를 차는 게 느껴지지도 않았다. 하지만 지난번과는 달리 배 속에 생명체가 들어 있다는 사실은 의심하지 않았다.

루마는 임부복도 꺼냈다. 머지않아 밑위를 길게 댄 바지와 튜닉이 필요할 터였다. 옷 정리가 끝나고 루마는 아카시 방으로 가서 아직 못 끝낸 책장 정리를 했다. 보스턴에서 10년도 전에 산 책장인데 페인트칠을 해서 법률 책을 넣어놓는다고 하고선 아직 하지 못한 채였다. 장난감과 책을 모두 꺼내 구석에 놓았다. 루마는 아버지에게 도와달라고 해서 책장을 뒤뜰로 꺼내 페인트칠을 할 생각이었다. 그러고 있는데 아카시가 들어와 루마를 놀라게 했다. 제 방 물건에 손댄다고 화내지 않을까 싶었는데, 구석에 쌓인 장난감을 보고도 아무 말 없더니 거기서 장난감을 집어내기 시작했다.

"그건 뭐하려고?" 루마가 물었다.

"기르려고."

"응? 뭘 기르는데?"

"이거 다." 이렇게 말하곤 팔에 장난감을 한 아름 안고 방을 나갔다. 따라가보았더니 아버지가 아카시에게도 신문지만 한 땅을 마련해주고, 그 안에 간격을 두어 얕은 구덩이를 파주었다. 그녀는 아카시가 제 할아버지처럼 땅에 구부리고 앉아 장난감 묻는 모습을 지켜보았다. 분홍색 고무공, 레고 트럭 몇 대, 별이 새겨진 나무 블록이었다.

"너무 깊게 묻지 마라." 그녀의 아버지가 말했다. "손가락 깊이만큼이면 돼. 아직 손으로 만져져?"

아카시가 고개를 끄덕였다. 그러곤 플라스틱 공룡을 집어 땅속으로 밀어 넣었다.

"그게 무슨 색깔이지?" 아버지가 물었다.

"빨간색."

"벵골 어로는?"

"랄."

"맞았다."

"그리고 저건 닐!" 아카시가 하늘을 가리키며 소리쳤다.

아버지가 샤워하는 동안 루마는 차를 준비했다. 차를 마시는 건 루마가 좋아하는 일종의 의식이었다. 아직 해는 지지 않았어도 낮이 저녁으로 바뀌고 있다는 걸 형식을 갖춰 인정하는 거라 할 수 있었다. 혼자 있을 때는 이런 시간도 대충 보내기 마련인데, 아버지와 함께 베란다에서 차와 캐슈넛과 나이스 비스킷을 먹을 수 있으니 고마운 생각이 들었다. 호수를 바라보고 있으면 들리는, 거대한 산들바람이 나무를 스치는 소리가 좋았다. 아카시가 아기였을 때 깊이 잠들면 내던, 만족스런 한숨소리를 확성한 것 같았다. 나뭇잎은 마치 나무 속에서 나오는 빛을 받아 빛나고, 차갑지 않은 공기 속에서 떨고 있는 듯했다. 아카시는 하루 종일 밖에서 놀아 피곤했는지 벌써 잠이 들었고, 집 안은 조용했다.

"내가 여기 살았으면 여름엔 여기 나와 자겠다." 이윽고 아버지가 이렇게 말했다. "야영 침대를 내다놓고 말이야."

"하실 수 있어요."

"뭐?"

"여기서 주무시는 거요. 공기를 넣는 매트리스가 있거든요."

"그저 하는 말이지. 난 내가 있는 방이 편하다."

"하지만……." 그가 계속했다. "할 수 있다면 이런 베란다를 짓고 싶다."

"하시지 그러세요?"

"아파트에서 허가를 안 해주지. 옛날 집에 이런 게 있었다면 좋았을 텐데."

아버지가 옛날 집 얘기를 하자 루마의 눈에 눈물이 돌았다. 어쩌면 어머니가 보지 않은 집에 살고 있어 다행인지도 몰랐다. 어머니와 마지막으로 나눈 대화 중에 하나가 아담의 새 직장 얘기였다. 그때는 별 가능성이 없는 얘기였지만 병원으로 가는 길에 얘기를 꺼냈었다. "가지 마라." 어머니가 자동차 앞자리에서 그렇게 말했었다. "너무 멀어. 그러면 언제 보겠니." 이 말을 하고 여섯 시간 후 어머니는 세상을 떠났다. 루마는 갑자기 아버지에게 묻고 싶어졌다. 그 전에도 여러 번 묻고 싶었던 것. 어머니를 그리워하는지, 어머니가 돌아가시고 한 번이라도 운 적이 있는지. 하지만 루마는 묻지 않았고, 아버지도 그랬다고 먼저 말하지 않았다.

"만약 짓는다면 어디에 지으셨을 건데요?"

그는 잠시 생각했다. "식당 옆이겠지. 그 집에서 그쪽이 가장 서늘하거든."

그녀는 옛날 집이 그렇게 바뀐 모습을 상상해보았다. 한쪽 벽이 허물어진 식당과 어머니와 통화하는 장면을 떠올렸다. 뒤에서 공사하는 소리가 들리고 어머니는 불평을 했을 거였다. 그러고는 부모님이 그늘에서 등나무 의자에 앉아 차를 마시고 있는 모습을 그려보았다. 지금 자신과 아버지처럼. 옛날 집을 떠올리면 어머니가 그 안에서 살아 있는 모습이 떠올랐다. 어머니의 모습을 지우고 집을 떠올리기는 불가능했다. 아카시를 낳고서, 아이의 갑작스럽고도 완벽한 존재를 보면서 루마는 생전 처음 경외감을 느꼈다. 아카시를 보면 아직도 놀랄 때가 있다. 그저 아이가 숨 쉬고 있다는 사실이, 몸의 모든 장기가 제자리에 들어 있다는 사실이, 저 작고 단단한 몸속으로 피가 조용하면서도 제대로 돌고 있다는 사실이 놀라웠다. 아카시가 태어나던 날 어머니는 아이가 루마의 피와 살이라는 말을 했다. 다만 어머니는 "아이는 너의 고기와 뼈로 만들어진 거야"라고 직설적으로 표현해서 그 말의 의미가 더 새롭게 들렸다. 이로 인해 루마는 일상에서 일어나는 기적을 믿을 수 있었다. 하지만 죽음 또한 경외감을 일으키는 힘을 갖고 있다는 사실을 이제 알고 있었다. 사람이 몇 년이고 살다가, 생각하고 숨 쉬고 먹으며, 수백 가지 걱정과 감정과 생각을 지니고, 이 세상에서 조그만 공간을 차지하고 살다가 한순간 존재를 그치고 눈앞에서 사라지는 것이다.

"새 아파트에 못 가봐서 죄송해요." 그녀가 아버지에게 말했다. "아담이 한동안 휴가를 못 낼 것 같아요. 하지만 이 아이를 낳으면 찾아뵐게요."

"와봐야 볼 것도 없어. 텔레비전, 소파하고 몇 가지가 다야. 너희가 와도 지낼 데도 없다. 여기랑 달라."

"그래도 가보고 싶어요. 호텔에 있으면 되죠."

"루마야, 그럴 필요 없다. 겨우 아파트 보자고 먼 길을 올 필요가 없지." 아버지가 말했다. "이제 너도 엄마가 되었다." 그가 말을 이었다. "아이들을 그렇게 끌고 다닐 필요가 없어."

"하지만 아버지와 엄마는 그렇게 하셨잖아요. 우리를 데리고 인도로 그렇게 다니셨잖아요."

"우린 다른 방도가 없었잖니. 할아버지 할머니는 여행을 안 하셨으니까. 하지만 너를 보러 난 또 올 수 있어." 만족스런 표정으로 멀리 바라보더니 차를 한 모금 마시면서 이렇게 말했다. "난 이곳이 좋다."

"아빠가 요즘 뒤뜰에 꽃을 심고 계셔." 그날 저녁 루마가 아담에게 전화로 말했다.

"그거 가꾸시면서 집에 계실 거래?"

남편의 생각 없는 말투가 귀에 거슬렸고, 아버지 편을 들고 싶은 마음이었다. "잘 모르겠어."

"루마, 이제 목요일이야. 언제까지 스스로 괴롭힐 작정이야?"

이제 괴롭다는 생각은 들지 않았다. 루마는 그 얘기를 아담에게 할 생각이었으나, 마음을 바꿨다. 대신 이렇게 말했다. "며칠 더 기다려보려고. 서로 어울려 지내도록 노력하면서 말야."

"맙소사, 루마. 당신 아버지야. 평생을 알아왔잖아."

하지만 이제까지 아버지를 잘 몰랐다는 생각이 들었다. 루마는 아버지가 그렇게 혼자 알아서 할 수 있는지 몰랐다. 생각해보니 아버지가 오고 나서 루마는 설거지를 한 번도 한 적이 없었다. 저녁식사도 융통성이 있어 인도 음식 재료가 떨어졌을 때 생선이나 닭가슴살을 구워도 잘 드셨고, 점심을 통조림 스프로 때울 줄도 아셨다. 하지만 아버지의 몰랐던 면을 가장 잘 알게 된 건 아카시 덕분이었다. 저녁때 루마가 욕실에서 아이의 팔꿈치와 무릎에 꼬질꼬질하게 낀 때를 문질러가며 씻길 때마다 아버지는 그 옆에 서 있었다. 아이가 잠옷을 갈아입고 이를 닦고 젖은 머리를 빗는 것도 거들었다. 아카시가 어느 날 오후 거실 카펫 위에서 잠들자 아버지는 아이 머리 밑에 베개를 넣어주고 면 담요를 덮어주었다.

아카시가 아버지와 처음 같이 자던 밤, 루마는 아카시가 잠이 들었나 보려고 아래층에 내려갔었다. 방문 밑으로 가느다란 빛이 새어 나오고, 『초록색 달걀과 햄』을 읽어주는 아버지의 목소리가 들렸다. 둘이 이불 속에 누워, 베개에 머리를 비스듬히 기대고 책을 가운데 놓고는 아버지가 읽으면 아카시가 책장을 넘기고 있을 터였다. 아버지가 책의 내용을 모르는 건 당연했다. 아버지로선 평생 처음 하는 일이었다. 그는 떠듬떠듬, 문장마다 멈추어가며 읽었는데, 말할 때와는 달리 책 읽는 목소리가 이상하리만치 고조되었다. 그래도 애쓰는 게 고마웠고, 문 앞에 서서 책 읽는 소리를 듣던 루마는 아버지가 처음으로 사랑에 빠졌다는 걸 깨달았다. 노크를 하고 아버지에게 아카시 잘 시간이 지났다고, 불을 꺼야 잔다고 말하려 했었다. 하지만 그만두고 2층으로 올라가려 몸을 돌리는 순간, 잠시였지만 자기 아들이 부러웠다.

정원은 점점 구색을 갖추어갔다. 이래 봐야 소용없는 일이라는 걸 그도 모르지 않았다. 자기 딸이나 사위가 뭘 해야 하는지 살펴가며 제대로 정원을 돌볼 리는 없었다. 몇 주만 지나면 잡초가 무성하고 나뭇잎은 민달팽이가 다 갉아먹었을 것이다. 하지만 어쩌면 정원사를 고용할지도 모르는 일이다. 채소를 심었다면 더 좋았겠지만, 그건 꽃보다 손이 더 많이 갔다. 정원은 소박한 편이었다. 나무 밑에는 천천히 자라는 은매화와 협죽초를 심고, 진달래 관목 두 그루, 비비추 한 줄, 그리고 베란다에 있는 기둥을 타고 올라가라고 클레마티스도 심었다. 아내가 좋아하던 수국도 자그마한 걸로 심었다. 부엌 뒤쪽으로 심은 금잔화와 봉선화 옆에, 결국 토마토 몇 그루를 심었다. 가을에 조금 수확을 할 수 있을 만큼 시간이 있었다. 그는 참제비고깔을 간격을 넓혀 심은 다음 버팀대에 묶어주었다. 그리고 글라디올러스의 구근도 몇 뿌리 땅에 심었다. 이렇게 밖에서 일하는 게 그리웠었다. 무릎 밑에 느껴지는 단단한 땅, 손톱 밑으로 스며드는 흙, 샤워를 마친 후에도 몸에 밴 그 냄새가 그리웠다. 옛날 집이 그립다면 정원이 그리웠고, 정원을 생각할 때 아내 생각이 가장 간절해졌다. 아내는 죽으면서 그에게서 정원을 빼앗아갔다. 아이들이 다 자란 후, 오랫동안 아내와 둘뿐이었지만 아내는 그가 만들 줄 모르는 각종 음식에 넣으며 이래저래 채소를 다 썼다. 게다가 아내가 살아 있을 때는 손님 초대가 잦았다. 손님들에게 감자를 뒤뜰에서 길렀다고 하면 모두 신기해 했고, 집에 돌아갈 때는 한 봉지씩 손에 들려 보냈다.

그는 아카시의 조그만 땅을 들여다보았다. 흙이 장난감 주위를 조심스레 덮었고, 볼펜과 연필이 땅 위로 불쑥불쑥 솟아 있었다. 동전도 있었다. 자기 주머니 속에 있던 전부였다.

"언제 식물들이 나와요?" 아카시가 고무풀장 속에서 작은 요트 위로 몸을 숙이고 서서 소리쳤다.

"곧 나오지."

"내일?"

"그렇게 당장은 아니고. 이런 것들은 시간이 걸린단다, 아카시. 오늘 아침에 가르쳐준 거 아직 생각나니?"

아카시가 벵골 어로 하나부터 열까지 세었다.

그날 밤 아카시가 옆에서 잠이 든 후에 그는 박치 부인에게 엽서를 썼다. 이쪽이 루마의 컴퓨터로 이메일을 보내는 것보다 안전하리라고 생각했다. 컴퓨터로 하는 소통은 아직 완전히 믿지 못했다. 철물점에서 아카시 수영장을 사면서 엽서도 샀었다. 사진은 엘리엇 만에 뜬 페리를 찍은 풍경이었는데, 그가 가보지 않은 곳이었다. 유럽에서 엽서를 살 때는 가본 곳의 엽서만 사려고 조심하는 편이다. 안 그러면 거짓말을 하는 것 같았기 때문이었다. 하지만 여기선 다른 방도가 없었다. 그는 루마가 읽지 못하는 벵골 어로 편지를 썼다. "루마네 정원을 가꾸어주고 있어요." 편지는 이렇게 시작했다. "아카시가 커서 수영을 배우러 다닙니다. 날씨는 쾌적하고, 여름엔 비가 없어요. 프라하를 기대하고 있습니다." 여기서 끝을 맺었다. 이름은 적지 않았다. 지갑을 열어 박치 부인의 주소를 적어놓은 쪽지를 찾았다. 그가 갖고 다니는 주소는 몇 되지 않았다. 아들과 딸, 그리고 지금 박치 부인이다. 모두 쪽지에 적어 운전면허증과 사회보장카드 뒤에 넣어두었다. 주소는 영어로 쓰고 마지막으로 꼭대기에 그녀의 이름을 적었다.

그는 가장 가까운 우체국이 어딜까 생각했다. 우표를 한 장 달라고 하면 루마가 이상하게 생각할까? 펜실베이니아로 들고 가 거기서 부칠 수도 있었지만 그러자니 좀 우스웠다. 결국 루마에겐 공과금을 부칠 거라고 말하기로 했다. 여기서 3킬로미터를 가면 우체통이 있었고 떠나기 전 언제 시간을 내어 그곳에서 부치면 될 터였다. 이제 엽서를 어디다 둘지가 문제였다. 뭘 숨기기에 좋은 방이 아니었다. 가구 위는 깨끗했고, 구석도 눈에 잘 들어왔고, 옷장도 셔츠 몇 장을 빼면 텅 비어 있었다. 언젠가 낮에, 언제인지 정확히 알 수 없지만 루마가 이 방에 내려왔었다. 침대를 정리하고, 빨랫감을 모으고, 그가 이를 닦고 면도를 하다가 세면대 옆으로 튀긴 물을 닦고 갔다. 여행용 가방의 주머니에 넣을까 생각해봤지만 일어나기가 귀찮았다. 대신 엽서를 협탁 위에 있던 시애틀 관광가이드북의 갈피에 끼운 다음 더 조심하려고 책을 서랍 속에 넣었다.

자고 있는 손자의 얼굴을 들여다봤다. 긴 속눈썹과 둥근 뺨이 아이들 어릴 때 모습을 닮았다. 문득 아카시가 어른이 되는 건 보지 못하겠다는 생각이 들었다. 아카시가 중년이 되는 걸 볼 수 없다는 사실, 자신이 늙었다는 단순한 사실에 서글퍼졌다. 몇 년이 지나면 아카시가 바로 이 방을 차지하고, 루마와 로미가 했던 식으로 문을 닫아놓을 것이다. 그건 피할 수 없을 일이었다. 하지만 동시에 그 자신도 부모에게 등을 돌려 미국으로 건너왔다는 사실을 알고 있었다. 지금은 더 이상 개의치 않게 된, 야망과 성취라는 것 때문에 그들을 저버렸었다. 아카시의 이마에 가볍게 입을 맞추고 곱슬곱슬한 금발머리를 손으로 쓰다듬고 전등의 불을 끄니, 어둠이 금세 방을 채웠다.

루마의 아버지가 떠나기로 했던 날의 바로 전날인 토요일 아침, 정원이 완성되었다. 아침을 먹고 그는 루마에게 정원을 보여주었다. 관목은 아직 작았고, 사이사이 간격이 있고, 밑동에 뿌리덮개를 덮어놓아 구분할 수 있었다. 하지만 아버지 말로는 이들이 자라면 지금보다 간격이 좁아질 거라고 했다. 아버지는 손을 들어 내년 여름까지 자랄 높이를 보여주었다. 얼마나 자주 물을 주어야 하는지, 또 해가 진 후 얼마나 기다려야 하는지도 알려주었다. 그리고 사놓은 비료 한 병을 보여주면서 언제 물과 함께 주어야 하는지도 말해주었다. 아카시가 풀장을 들락거리며 놀고 있었다. 루마는 아버지의 설명을 참을성 있게 들었지만 무슨 말인지는 거의 알아듣지 못했다.

"이 딱정벌레를 조심해야 한다." 그가 나뭇잎에 붙은 곤충을 튕겨 버리면서 말했다. "올해는 수국이 크게 피지 않을 거다. 땅의 산도에 따라 분홍색이 될 수도 있고 파란색이 될 수도 있어. 결국은 가지치기를 좀 해줘야 할 거야."

루마는 고개를 끄덕였다.

"그게 네 엄마가 가장 좋아하는 꽃이었다." 아버지가 말을 이었다. "그러니까 이 나라에서."

루마는 가장자리가 톱니 모양으로 삐죽삐죽한 짙은 녹색 잎의 꽃나무를 보았다. 루마가 모르던 사실이었다.

"토마토는 땅에 닿지 않게 주의해라." 그는 몸을 숙여 그중 하나를 제대로 세우며 말했다. "이 받침대가 아마 충분할 텐데, 만약 그렇지 않으면 줄로 묶어도 된다. 마르면 안 된다. 해가 너무 강하면 하루에 물을 두 번 줘. 토마토가 익기 전에 서리가 내리면 따서 신문지에 싸둬라. 그리고 참제비고깔 줄기는 가을에 잘라줘라."

"아버지가 하셔도 되잖아요." 루마가 이렇게 말했다.

그는 한 손을 허벅지에 짚고 어정쩡하게 몸을 일으켜 세웠다. 야구 모자를 벗고 팔로 이마를 닦았다. "나는 여행을 해야 하잖니. 비행기 표도 벌써 다 사놨고."

"다녀오신 다음에 말예요, 아빠."

그녀의 아버지는 흙이 낀 손톱을 내려다보고 있더니, 이제 얼굴을 들어 주변의 정원과 나무를 둘러봤다.

"여긴 좋은 곳이다, 루마야. 하지만 이건 네 집이지, 내 집은 아니다."

아버지가 마다할 것을 예상했던 루마는 얘기를 계속했다. "아래층 전체를 쓰시면 되잖아요. 여행은 언제라도 가고 싶으실 때 가시면 돼요. 못 가시게 안 할게요. 아카시, 어떻게 생각해?" 그녀가 소리를 높여 물었다. "할아버지가 우리와 함께 여기서 살까? 아카시는 그게 좋아?"

아카시가 수영장 안에서 펄쩍펄쩍 뛰었다. 플라스틱 돌고래로 물을 뿜으며 고개를 끄덕였다.

"큰 이사가 된다는 건 알아요." 루마가 계속했다. "하지만 아버지한테 좋으실 거예요. 우리 모두한테도요." 이제 루마는 울고 있었다. 아버지는 다가서며 달래주지 않았고 그 순간이 지나길 기다리며 잠자코 있었다.

"난 짐이 되고 싶지 않다." 한참 후에 그가 말했다.

"그렇지 않을 거예요. 오히려 도움이 되실 거예요. 지금 결정하실 필요는 없어요. 그냥 생각해보시겠다고 약속만 해주세요."

고개를 들어 루마의 얼굴을 보았다. 결국 그녀가 믿을 정도로 슬픈 표정을 잠시 지어 보인 후 고개를 끄덕였다.

"오늘이 마지막 날인데 뭐 특별한 거 하시겠어요?" 루마가 물었다. "점심 먹으러 시애틀에 갈까요?"

그는 루마의 말에 얼굴이 밝아지는 듯했다. "그 보트 타는 거 어떠냐? 그거 아직 할 수 있는 거냐?"

루마가 아카시의 옷을 갈아입히고 스케줄을 보겠다며 안으로 들어갔다. 그는 갑자기 못 견디게 떠나고 싶어졌다. 앞으로 남은 24시간이 끔찍하게 느껴졌다. 내일이면 펜실베이니아로 돌아간다고 스스로를 타일렀다. 그리고 2주 후면 박치 부인과 함께 프라하를 여행하면서 매일 밤 그녀 옆에서 자게 될 거라고. 딸이 여기서 함께 살자고 했지만 그건 그를 위해서가 아니라는 걸 알고 있었다. 제 자신을 위해서였다. 전에는 딸이 그를 필요로 한다고 느낀 적이 없었다. 하지만 지금, 딸은 평생 그가 해준 것에 더하여 그를 필요로 했다. 그래서 딸의 제안이 더 언짢았다. 자신의 일부는 언제나 아버지라는 사실 때문에 그 제안을 뿌리쳐선 안 될 것 같았다. 하지만 자신이 원하는 건 달랐다. 즐거운 경험이긴 했지만 일주일을 지내보니 그 사실이 더 확실해졌다. 그는 다시 가족의 일부가 되고 싶지 않았다. 그 복잡함과 불화, 서로에게 가하는 요구, 그 에너지 속에 있고 싶지 않았다. 딸 인생의 주변에서, 그 애 결혼 생활의 그늘에서 살고 싶지 않았다. 더구나 아이들이 커가면서 잡동사니로 가득 찰 커다란 집에서 사는 것도 싫었다. 그동안 소유했던 모든 것, 책과 서류와 옷가지와 물건을 최근에 정리하지 않았던가. 인생은 어느 시점까지 규모가 불어난다. 그는 이제 그 시점을 넘겼다.

한 가지 아쉬운 건 손자였다. 하지만 아이는 금방 잊는다. 아이보단 루마가, 아버지가 살아 있어도 자기를 생각해줄 사람은 아무도 없다는 사실에 새록새록 서운할 것이다. 요즘 아카시 뒤를 쫓아다니며 집 안을 치우고, 바닥에 묻은 오줌을 닦으며 아이를 키우는 루마를 보고 있으면 아내가 저런 일을 할 때 얼마나 어렸나, 거의 애였다는 생각이 들었다. 아내가 루마 나이일 때 아이들은 이미 청소년이었고 커갈수록 부모와는 이질적이 되었다. 말투나 옷차림도 달랐고 모든 게 외국인 같아서 머릿결부터 손이나 발 모양까지도 다르게 느껴졌다. 오히려 반쪽만 벵골이고 성조차 벵골이 아닌 손자가 자기와 살을 나눈 피붙이 같았다. 다른 사람에게서 자신을 보는, 그런 느낌이었다.

아이들이 대학에 다닐 때 방학을 맞아 집에 오면 새로운 독립심으로 가득해 그와 아내를 못 견뎌 했고 언제나 집을 떠나고 싶어했다. 이런 모습에 아내는 무척 괴로워했고, 한 번도 인정하진 않았지만 그 자신도 마음이 아팠다. 그럴 때마다 그는 아이들이 어렸을 때가 생각났다. 자신의 떨리는 품에 안겨 있던 연약한, 생존을 위해 아버지를 필요로 하던, 부모밖에 모르던 존재였다. 하지만 결국 부모는 아이들에게 있으나 마나 한 존재가 되었고, 때로는 관계가 끊어질 지경에 이르기도 했다. 루마도 결국 그런 식으로 자식들을 잃어갈 터였다. 아이들은 점점 남처럼 멀어지고 제 엄마를 피할 것이다. 하지만 루마는 그의 딸이었고 평생 그래 온 것처럼 그런 사실에서, 결혼 생활이라는 건 어쩔 수 없이 나빠진다는 사실에서 딸을 보호하고 싶었다. 결과를 보면 그가 두려워했던 것들이 사실로 드러났다. 가족을 이루는 일 자체, 이 땅에 아이들을 낳는다는 자체가 때로 만족감을 주는 만큼 애초부터 어딘가 잘못된 일이다. 하지만 이건 그저 노인네의, 이제는 아이처럼 되어버린 노인네의 생각일 뿐이었다.

루마의 아버지는 다음 날 아침 일찍, 아카시가 잠들었을 때 떠났다. 루마는 공항까지 배웅을 나가겠다고 했지만, 아버지는 저번보다 더 강하게 말렸다. 아카시의 하루 일과를 깨뜨리고 싶지 않다고 했다. 어제 시애틀에 다녀온 후로 모두들 피곤한 게 사실이었다. 배를 타고 난 후 스페이스 니들에 올라갔다가 파이크 플레이스 마켓에서 저녁까지 먹고 집에 돌아왔다. 루마가 부엌으로 내려왔을 때 아버지는 이미 시리얼을 다 먹고 그릇과 숟가락은 건조대에 놓아두었다. 나중에 다시 우려 마시려고 아껴두던 티백은 이제 그 자리에 없었다.

"다 챙기셨어요?" 문 앞에 놓인 여행용 가방을 보고 그녀가 물었다. 올 때는 선물을 가져왔지만 갈 때는 가져가는 것이 없었다. 지난 한 주 동안 그가 화원과 철물점에서 산 모든 것은 루마를 위해서였다. 둘둘 만 호스와 정원 기구와 쓰다 남은 흙이 담긴 봉지는 이제 베란다에 가지런히 정리되어 있었다.

"집에 도착하시면 전화주세요." 루마의 어머니가 헤어질 때 아이들에게 하던 말과 비슷했다. 루마는 아버지의 비행 정보를 물어 냉장고에 붙어 있던, 아담의 일정이 적힌 종이 맨 밑에 적어놓았다.

"아담은 오늘 저녁 돌아오냐?"

루마가 고개를 끄덕였다.

"잘됐다. 모든 게 제대로 돌아가겠구나."

루마는 아버지와 지낸 것이 얼마나 제대로였는지 말하고 싶었다. 하지만 차마 입 밖으로 꺼내지 못했다. 아버지는 시계를 보더니 차를 빨리 식히려고 접시에 조금 부었다. 그러고는 접시의 가장자리를 입에 가져다 대고 차를 마셨다.

"한 주 아주 잘 보냈다, 루마야. 하루하루가 아주 즐거웠다."

"저도 그래요."

"아카시와 함께 시간을 보낸 게 아주 커다란 선물이었다." 목소리가 부드러워졌다. "네가 원하면 아이를 낳을 때 내가 올 수 있다. 네 엄마만큼 도움이 되진 않겠지만."

"그렇지 않아요."

"하지만 너도 이해해라. 난 혼자 있는 게 편하다. 살 곳을 옮기기엔 난 너무 늙었다."

아버지의 부드러운 목소리가 너무 빠르고 무겁게 그녀의 가슴에 내려앉았다. 아버지는 생각할 필요가 없었다는 걸, 애초에 이 집에 올 생각은 없었다는 걸 알 수 있었다.

"그리고 시간을 내서 이곳 법률회사를 알아봐라." 그가 말을 이었다. "그렇게 노력한 걸 허사로 돌리지 말고."

루마가 말리기도 전에 아버지는 일어나서 컵과 받침을 씻어 역시 건조대에 넣었다. 이제 떠날 시간이었다.

"아래층에 내려가서 아카시 얼굴이라도 보고 와야겠다." 이렇게 말하고는 방을 나가려다가 멈추었다. "혹시 남는 우표 있냐? 공과금 부칠 게 있거든."

"복도에 있는 작은 탁자 서랍 속에요. 두루마리가 하나 있을 거예요."

서랍 여닫는 소리, 슬리퍼를 신고 계단 내려가는 소리가 들렸다. 2층으로 다시 올라온 아버지는 현관으로 가서 신발을 신고 끈을 매고 슬리퍼는 여행용 가방 앞주머니에 넣었다. 그는 루마의 뺨에 입을 맞추었다. "잘 지내라. 정원이 어떻게 돼가는지도 알려주고." 그러고는 루마의 배를 내려다보며 덧붙였다. "좋은 소식 기다리고 있겠다." 몸을 돌려 밖으로 나가 트렁크에 가방을 넣었다. 루마는 서서 그가 시동을 걸고 후진하는 모습을 지켜보며 언제 또 아버지를 볼 수 있을까 싶었다. 우편함에서 그는 잠시 멈추었는데, 루마는 아버지가 창문을 내려 공과금을 그 안에 넣을 거라 생각했다. 하지만 그는 창문 안에서 그녀 쪽으로 몸을 기울여 손을 흔들었을 뿐이었다. 아버지 얼굴에 잠시 당황한 표정이 스치는 듯하더니, 이내 차는 시야에서 사라졌다.

"할아버지 어디 갔어?" 루마가 차를 다 마실 때쯤 아카시가 나왔다.

"할아버지 오늘 집에 가셨어."

"왜?"

"왜냐하면 할아버지가 거기 사시니까."

"왜?" 아들의 조그만 얼굴에서 루마는 자신이 느꼈던 종류의 실망감을 보았다.

"오늘 밤 아빠 오신다." 루마가 화제를 바꾸었다. "우리 케이크 만들까?"

아카시는 부엌문으로 가서 손잡이를 잡으며 유리창으로 뒤뜰을 내다봤다. "난 할아버지 보고 싶어."

루마는 문을 열어주면서 아카시를 따라 밖으로 나갔다. 둘 다 맨발이었다. 루마는 조심스레 땅을 밟았지만, 아카시는 돌이나 나뭇가지를 밟을까 무서워하지 않았다. 생각보다 밖은 추웠다. 햇살이 온기를 가져오기엔 아직 일렀다. 루마는 스웨터를 가지러 안으로 들어가야겠다고 생각했다. "아가, 춥지 않니?" 루마가 팔짱을 끼며 물었지만 아카시는 대답이 없었다. 그러더니 할아버지가 베란다 밑에 놓아둔 빈 물뿌리개를 들고 자기의 조그만 땅에 물을 주는 시늉을 했다. 루마는 땅 위로 삐져나온 물건들, 볼펜과 연필, 빨대, 아이스바의 막대기 따위를 보았다. 종이도 있었다. 광고용 우편물도 있었고, 잡지에 끼워진 구독신청 카드는 땅 위에 작은 텐트처럼 접혀 있었다. 그러다가 다른 종이보다 좀 뻣뻣한 종이가 눈에 들어왔다. 몸을 숙여 보니 아버지의 글씨체가 보였다. 아버지가 그녀에게 보낸 엽서를 아카시가 냉장고 문에서 떼어 왔거나 아니면 복도 탁자 위 바구니에서 가져왔구나 생각했다. 하지만 자세히 보니 우체국 소인이 없는 걸로 보아 아직 부치지 않은 엽서였다. 벵골 어가 적혀 있었고, 영어로 적힌 주소는 롱아일랜드에 사는 사람 앞이었다. 미낙시 박치 부인.

　루마는 엽서를 주워들었다. "아카시, 이게 뭐지?"

　아카시가 보더니 엽서를 빼앗으려 했다. "그거 내 거야."

　"이게 뭔데?" 이번에는 좀 더 거세게 물었다.

　"내 정원에 심은 거야."

　"할아버지가 주신 거야?"

　아카시는 화난 듯 고개를 세게 젓더니 울기 시작했다.

　루마는 엽서를 들여다보았다. 그리고 수술대에서 어머니에게 무슨 일이 있었는지 의사의 표정으로 알아챈 것처럼, 바로 알 수 있었다. 비디오 속의 그 여자가 바로 아버지가 여행을 자주 다니시고, 요즘 기분도 좋고, 시애틀에 와서 살고 싶지 않은 이유라는 것을. 또 그날 아침 아버지가 우표를 찾으신 이유였다는 것도. 루마가 읽지도 못하는 이 한 줌의 문장이, 아버지가 사랑에 빠진 건 아카시만이 아니라는 설명이고 증거였다.

그는 공항 안 서점에서, 게이트 앞에서 기다리면서 읽을 신문을 샀다. 그때 계산대 옆 스탠드에서, 루마네 집 침대 밑에 있던 시애틀 관광가이드북과 똑같은 책이 눈에 들어왔다. 그 책을 찾는다고 침대 보까지 뒤집어보느라 아카시를 거의 깨울 뻔했다. 쓰지도 않았던 서랍까지 열어보고 옷장 속 선반 위를 샅샅이 보고, 매트리스 밑으로 손이 닿는 곳까지 더듬어보았다. 미리미리 부치지 않은 자신을 욕하면서. 결국 아카시가 자던 쪽 침대 밑에서 책을 찾았다. 책장을 한 장 한 장 미친 듯이 넘겨보고, 책등을 잡고 흔들어보기도 했지만 엽서는 없었다. 순간적으로 아이를 깨워 엽서를 보았느냐고 어디에 두었느냐고 물을 뻔했다. 화장실도 찾아보았다. 빨래통과 그날 아침 목욕을 한 욕조까지 들여다보았다. 비행기 시간도 있었고, 결국 더 이상 찾지 못하고 떠났다. 셔츠 주머니 속에서 루마에게 얻은 우표 한 장이 떠돌고 있었다. 엽서에 필요한 것보다 비싼 우편료가 찍힌, 아무 무게도 없는 것이 그를 초조하게 했다.

루마는 아카시를 집 안으로 데리고 들어와 눈물을 닦고 안아주었다. 아이가 조용해지자 아침을 준비했다. 아카시가 텔레비전을 봐도 되느냐고 물었을 때 된다고 했고, 아이에게 시리얼 그릇을 주고 거실 탁자 앞에 앉혔다. 루마는 부엌으로 돌아와 다시 엽서를 보았다. 처음에는 조각조각 찢어버리려 했지만 그러지 않기로 했다. 그리고 어렸을 때 어머니가 가르쳐주다가 포기한 벵골 어 글자들을 쳐다보았다. 어머니라면 금방 읽을 수 있었을 것이다. 이 글자들은 어쩌면 어머니의 장례식보다 어머니의 부재를 강하게 증명해주었다. 삶은 이렇게 계속되는데, 할 말이 아직도 이렇게 많은데 어머니는 대체 어디로 갔다는 말인가?

루마는 밖으로 나가 잔디밭을 가로질러 아버지가 심어놓은 수국을 보았다. 토양에 따라 분홍색이 되기도, 푸른색이 되기도 하는 꽃. 루마에게 그 꽃은 아버지가 어머니를 사랑했었다는, 아니 어머니를 그리워한다는 증거조차 되지 못했다. 하지만 아버지는 그 꽃을 거기에 심었다. 그리고 다른 여자에게 돌아갔다. 루마는 엽서를 손으로 눌러 펴고, 우편번호 위에 묻은 흙을 손톱으로 긁어냈다. 엽서를 뒤집어보니 아버지가 여기 온 기념으로 고른, 별 특징 없는 풍경이 눈에 들어왔다. 루마는 집 안으로 들어가 탁자가 있는 복도로 갔다. 서랍에서 두루마리 우표를 꺼낸 다음 그중 하나를 떼어 엽서에 붙였다. 그날 오후 우편배달부가 오면 엽서를 가져갈 수 있도록.

지옥-천국

프라납 챠크라보티는 우리 아빠의 친동생은 아니었다. 캘커타에서 온 우리 같은 벵골 인으로, 엄마와 아빠의 사교 생활이 거의 전무하던 1970년대 초반, 어쩌다 알게 된 사람이었다. 당시 우리 가족은 센트럴스퀘어에 있는 아파트에 월세로 살고 있었고, 지인이라곤 다섯 손가락에 꼽을 정도였다. 나는 미국에 친삼촌이 없었고, 그래서 엄마와 아빠는 그를 프라납 삼촌으로 부르라고 했다. 자연스레 그는 아빠를 샤말 형이라 부르며 언제나 존댓말을 썼고, 엄마는 아파르나라는 이름을 부르는 대신, 벵골 사람들이 형의 부인을 부르는 대로 형수님이라 불렀다.

프라납 삼촌이 부모님과 친해지면서 고백한 사실에 따르면 삼촌은 그날 오후 내내 엄마와 나를 쫓아다녔다. 학교가 파한 후 엄마와 나는 케임브리지 주변을 배회하고 있었다. 우리는 매사추세츠 애브뉴로 해서 엄마가 자주 들르던 가정용품 할인점 하버드 쿠프에 갔었는데, 그는 우리 뒤를 따라와 상점을 들락거리다가 하버드 야드까지

어슬렁거리며 쫓아왔다. 엄마는 날씨가 좋으면 그곳 잔디밭에 앉아 학생들과 교수들이 길거리를 가득 채우며 지나는 광경을 구경하기 좋아했다. 내가 화장실에 가느라고 와이드너 도서관의 계단을 올라가고 있을 때 그는 결국 엄마의 어깨를 살짝 건드리며 영어로 벵골인이냐고 물었다. 대답이 너무 뻔한 질문이었다. 엄마는 벵골의 기혼녀들이 하는 빨간색과 흰색 팔찌를 차고, 흔한 탕가일 사리를 입고 있었다. 가르마에는 진홍색 파우더를 발랐고, 동그란 얼굴형과 짙고 커다란 눈은 영락없는 벵골 여자의 얼굴이었다. 삼촌은 엄마가 빨갛고 흰 팔찌와 함께 찬, 가는 금팔찌에 옷핀을 두세 개 끼워놓은 것을 보았다. 옷핀들은 블라우스의 후크가 빠졌을 때나 페티코트에 줄을 끼울 때 쓰려고 엄마가 비상용으로 갖고 다녔는데, 캘커타에 있는 그의 어머니와 여동생들도 그랬었다. 게다가 프라납 삼촌은 쿠프에서 엄마가 나에게 벵골 어로 아치Archie 사에서 나온 만화책을 사주지 않겠다고 하는 말까지 엿들었다고 한다. 그런데도, 그때 당시 삼촌에겐 미국이란 나라가 너무 낯설어서 아무것도 자연스레 받아들일 수가 없었고, 아주 당연한 것조차 믿을 수 없었다고 했다.

우리 가족은 당시 센트럴스퀘어에서 3년째 살고 있었다. 그전에는 베를린에서 살았다. 그곳에서 내가 태어났고 아빠는 미생물학 공부를 마치고 나서 매사추세츠 종합병원의 연구직을 맡아 미국으로 왔다. 베를린 전에 부모님은 인도에 살았고, 그곳에서 서로 알지도 못하는 상태로 정략결혼을 했다. 센트럴스퀘어는 내가 기억하는 아파트 중 첫 집이었다. 애쉬버튼 플레이스에 있던 고동색 건물로, 거긴 언제나 프라납 삼촌이 있었다. 삼촌이 즐겨 말하던 이야기에 따르면, 그날 오후 우리 엄마는 삼촌을 집으로 데리고 와서 둘이서 차를 마셨다. 3개월도 넘도록 제대로 된 벵골 음식을 먹지 못했다는 얘기를 듣자 엄마는 그 전날 저녁에 먹다 남은 고등어 카레와 밥을 차려주었다. 삼촌은 그날 저녁 아빠가 오신 후에 함께 저녁을 또 먹었고, 그 후론 거의 매일 저녁을 먹으러 집으로 왔다. 우리 집 네모난 포마이카 식탁의 네 번째 의자를 차지하면서 호칭뿐 아니라 실제로 가족이 되었다.

삼촌은 캘커타에서 꽤 잘사는 집안 출신이었다. 미국으로 건너와 MIT에서 공학을 전공하기 전까지 자기 손으로 물 한번 따라본 적이 없었다. 보스턴에서 대학원생의 생활이란 그에게 잔인하고 충격적이었다. 첫 달에는 살이 거의 9킬로나 빠졌다. 삼촌이 이곳에 온 건 눈보라 치던 1월이었고, 일주일을 살아보고는 평생 고생해서 얻은 기회를 다 포기하고 짐을 챙겨 로건 공항으로 가려고 했었다. 결국 막판에 마음을 돌렸지만 말이다. 삼촌은 트로브리지 스트리트에 있는, 아이가 둘 딸린 이혼녀의 집에 세 들어 살았다. 아이들은 언제나 소리를 지르며 울었다. 방은 다락방이었고, 부엌은 정해진 시간에만 쓸 수 있었고, 가스레인지를 쓴 후에는 언제나 윈덱스를 묻힌 스펀지로 닦아야 했다. 우리 부모님은 그건 너무 악조건이라면서 우리가 방이 있었다면 내어주었을 거라고 했다. 대신 집에 와서 밥을 먹으라고, 언제든지 놀러오라고 했다. 머지않아 삼촌은 공강 시간이나 학교에 가지 않는 날 우리 집에 왔고, 집엔 언제나 다녀간 흔적이 있었다. 거의 다 피운 담뱃갑이나 신문, 뜯지 않은 우편물이 놓여 있거나 벗어놓았다가 잊고 간 스웨터가 의자에 걸려 있었다.

나는 삼촌의 쾌활한 웃음소리를 기억한다. 이 아파트에 먼저 살던 사람들이 쓰던 우중충하고 어울리지도 않는 소파나 의자에 그 기다란 몸을 기대거나 뻗고 있었다. 삼촌의 얼굴은 눈에 띄었다. 넓은 이마에 콧수염을 두껍게 길렀고, 길고 헝클어진 머리로 다녔다. 엄마는 삼촌의 머리 때문에 그때 흔하던 미국 히피 같다고 했다. 삼촌은 언제나 긴 다리를 아래위로 흔들며 앉아 있었다. 담배를 끼운, 길고 우아한 손가락도 가늘게 떨면서 엄마가 따로 마련해준 찻잔에 쉴 새 없이 담뱃재를 털었다. 과학자였는데도 경직되거나 틀에 박히거나 정리된 구석은 보이지 않았다. 삼촌은 언제나 배가 고팠다. 보통 점심을 안 먹었다고 소리치며 집에 들어와 엄마가 튀기고 있는 튀김을 뒤에서 손을 뻗어 집어 먹곤 했다. 엄마가 빨간 양파 샐러드와 함께 제대로 상을 차릴 틈을 주지 않았다. 엄마와 아빠는 삼촌이 없을 때 그를 두고 굉장한 수재라고 말했다. 자다브푸르에서 스타 학생이었고 MIT에 올 때 이미 경력이 상당했다고 했다. 하지만 프라납 삼촌은 거드름을 피우는 편이어서 수업은 자주 빼먹었다. "이 미국 사람들은 내가 우샤 나이일 때 배우던 방정식을 가르치고 있어"라고 불평하곤 했다. 그는 내가 2학년인데 숙제가 없다는 사실, 일곱 살이나 되었는데 아직도 제곱근과 파이의 개념을 배우지 않았다는 사실에 경악하곤 했다.

삼촌은 사전 예고 없이, 전화도 없이 집에 찾아왔다. 캘커타에서 하는 식으로 문을 두드리며 엄마가 문을 열어줄 때까지 "형수님!" 하고 불렀다. 삼촌을 알기 전에 엄마는 내가 학교에서 돌아오면 벌써 트렌치코트를 입고 지갑을 무릎에 놓고 기다리고 앉아 있었다. 혼자 있던 그 아파트에서 조금이라도 빨리 벗어나기 위해서였다. 하지만 이제 엄마는 부엌에 있었다. 보통은 일요일에 아빠와 나를 위해 만들던 루치를 만든다고 밀가루 반죽을 밀거나 아니면 울워스에서 새로 산 커튼을 달고 있었다. 그때 나는 잘 몰랐다. 엄마가 하루 종일 프라납 삼촌이 오기만을 기다렸다는 사실을. 그가 문을 열고 들어서는 순간을 기대하며 사리를 갈아입고 머리를 빗었고, 아무렇지도 않게 스낵을 내놓기 위해 며칠 전부터 준비해놨다는 사실을 말이다. 삼촌이 문 앞에서 "형수님!"이라고 부르는 순간을 위해 살았고, 그가 나타나지 않는 날엔 엄마의 기분이 엉망이었다는 것을 나는 알지 못했다.

나 또한 삼촌을 기다렸다는 걸, 엄마는 아마 은근히 반가워했을 터였다. 삼촌은 나에게 카드 속임수와 자기 엄지손가락을 뚝 자르는 마술을 보여주었고, 학교에서 배우기 전에 구구단을 가르쳐주었다. 삼촌은 취미가 사진이었고, 비싼 카메라를 갖고 있었다. 셔터를 누르기 전에 생각을 해야 하는 종류였다. 동그란 얼굴에 앞니가 빠지고 두껍게 자른 앞머리가 거의 눈에 닿은 나는, 금세 삼촌이 제일 좋아하는 모델이 되었다. 그때 삼촌이 찍은 사진들은 아직도 내가 가장 좋아하는 사진들이다. 이제 내게는 없는, 어린 시절의 자신감이 담겨 있기 때문이다. 특히 카메라 앞에서 그런 자신감은 이제 없다. 하버드 야드에서 내가 움직이는 모습을 찍는다고, 삼촌이 카메라를 들고 서 있는 동안 그 앞을 뛰어서 왔다 갔다 하거나, 대학 건물 계단이나 길거리, 아니면 나무에 등을 대고 서서 포즈를 취하기도 했다. 엄마가 나오는 사진은 딱 한 장 있다. 나를 무릎 위에 안고 앉아 있는데, 엄마는 머리를 내 쪽으로 기울이고 있고, 손은 못 들게 하려는 듯 내 귀를 덮고 있다. 그 사진 구석에 카메라를 얼굴까지 들어올린 프라납 삼촌의 양팔이 그림자를 만들었고, 그 결과 어둡고 형체가 없는 그의 그림자가 엄마의 몸 위로 포개졌다. 우리 셋은 언제나 함께 있었다. 그가 집에 올 때는 항상 내가 있었다. 엄마가 혼자 있을 때 아파트에 오는 건 보기에 좋지 않았고, 그건 따로 말하지 않아도 지켜지는 일이었다.

엄마와 아빠가 그렇지 않은 반면, 엄마와 삼촌은 공통점이 많았다. 음악, 영화, 좌파 정치, 그리고 시를 좋아했다. 같은 북캘커타 출신이었고 알고 보니 집은 걸어서도 갈 수 있는 거리에 있었다. 정확한 위치를 주고받더니 서로 그 비슷한 집을 기억한다고 했다. 다니던 상점도 같았고, 버스나 트램 노선도 같았고, 젤라비나 모글라이 파라타를 제일 맛있게 하는 구멍가게도 알고 있었다. 반면에 우리 아빠는 캘커타에서 32킬로쯤 떨어진 교외가 고향이었고, 엄마는 그곳을 촌동네라 생각했다. 그래서 엄마는 아무리 향수병이 심할 때라도 적어도 남편이 그런 시댁에서 살지 않게 해준 걸 감사하게 생각했다. 시댁에 있었다면 언제나 사리 끝으로 머리를 덮어야 하고, 구멍에 발판을 놓은 것이 전부인 집 밖의 변소를 사용해야 하고, 그림 한 점 없는 방에서 살아야 했을 것이다. 몇 주 지나지 않아 프라납 삼촌은 오픈릴 식의 테이프 플레이어를 우리 집으로 가져와 어릴 때 듣던 힌두 영화 음악을 엄마에게 연달아 들려주었다. 음악은 밝은 곡조의 사랑 노래였고 덕분에 조용하던 집이 달라졌다. 무엇보다 아빠와 결혼하면서 떠나야 했던 그 세상을 엄마는 다시 맛볼 수 있었다. 엄마와 프라납 삼촌은 노래를 들으며 어떤 장면에서 나오던 노래였는지, 배우는 누구였는지, 뭘 입고 있었는지 기억을 더듬었다. 엄마는 라지 카푸르와 나르지스가 빗속에서 우산을 쓰고 노래 부르던 장면이나 데브 아난드가 고아 해변에서 기타를 치던 장면을 기억했다. 엄마와 프라납 삼촌은 그런 얘기를 하다가 때로 열띠게 논쟁을 벌이곤 했다. 장난 섞인 이 전투에서 맹렬하게 서로 맞서곤 했는데, 엄마와 아빠에게선 그런 모습을 본 적이 없었다.

삼촌이 엄마의 손아래였기 때문에 엄마는 삼촌을 그냥 프라납이라 불렀다. 아빠는 한 번도 이름으로 부른 적이 없었는데 말이다. 당시 아빠는 서른일곱이었고 엄마보다 아홉 살 많았다. 프라납 삼촌은 스물다섯이었다. 아빠는 말이 없고 혼자 있기를 좋아했다. 결혼만 하면 집을 떠나도 반대하지 않겠다는 부모님의 뜻에 따라 엄마와 결혼했다. 하지만 아빠가 결혼한 건 연구와 일이었고, 엄마나 내가 뚫고 들어갈 수 없는 어떤 단단한 공간 속에 살고 있었다. 대화는 아빠에게 따로 노력을 들여야 하는 허드렛일이었고, 그 노력조차 실험실에서 쓰려고 아끼는 편이었다. 아빠는 뭐든 낭비하는 걸 싫어했다. 검소한 일상 외의 것을 원하거나 필요하다고 생각하지도 않았다. 아침에는 시리얼과 차를 마시고, 집에 와서 또 차를 한 잔 마신 후 저녁으로 두 가지 채소 요리를 먹었다. 프라납 삼촌처럼 왕성한 식욕으로 먹는 적은 없었다. 아빠는 생존자적 사고방식을 갖고 있었다. 때때로 다른 사람들과 있을 때, 별로 관련 있는 화젯거리가 없을 때도 이런 말을 하곤 했다. 스탈린 체제에서 굶주리던 러시아 인들은 벽지 뒤에 붙은 풀을 떼어내 먹어야 했을 정도였다고. 아빠가 프라납 삼촌이 집을 자주 들락거리는 것에 대해, 그 때문에 엄마의 행동과 기분이 달라진 것에 대해 질투를 하거나 적어도 의심스러워했을 거라 생각하는 사람이 있을지도 모른다. 하지만 내 추측으론 아빠는 프라납 삼촌이 와주는 걸 고마워했다. 엄마를 인도에서 떠나게 했던 죄책감에서 조금 해방된 기분이었을 수도 있고, 어쩌면 엄마가 행복해 하는 모습에 다행스러워했을지도 몰랐다.

여름에 프라납 삼촌은 차를 샀다. 짙은 남색 폭스바겐 비틀이었다. 그 차에 엄마와 나를 태우고 보스턴과 케임브리지를 돌아다녔고, 곧 고속도로를 타고 교외로 나갔다. 프라납 삼촌은 워터타운에 있는 인디아 티앤스파이시즈에 데려다주었고, 한번은 산을 보러 뉴햄프셔까지 갔다 오기도 했다. 날씨가 더워지면서 일주일에 한두 번씩은 월든 호수에 갔다. 엄마는 언제나 삶은 계란과 오이 샌드위치를 만들어 소풍을 준비했다. 어린 시절에 가던 겨울 소풍을 엄마는 다정하게 기억하곤 했는데, 친척들 50명 정도가 모두 기차를 타고 서벵골의 시골로 가는 큰 나들이였다. 프라납 삼촌은 이런 얘기를 흥미롭게 들으면서 엄마의 사라져가는 과거사를 다 흡수하려는 듯했다. 삼촌은 아빠처럼 엄마의 그리움에 등을 돌리거나 또는 나처럼 이해도 못 하면서 듣는 척만 하는 게 아니었다. 월든 호수에서 삼촌은 엄마를 설득해 숲을 건너가 가파른 경사 길로 해서 호숫가로 내려갔다. 엄마는 거기서 준비해 온 음식을 꺼내놓고 앉아 우리가 수영하는 모습을 지켜봤다. 삼촌의 가슴은 진하고 숱이 많은 체모로 뒤덮여 있었고 체모는 허리까지 내려왔다. 삼촌의 몸은 약간 이상했는데, 다리는 장대처럼 가늘고 배는 안 나왔지만 살이 늘어졌다. 꼭 늘씬했던 여자가 아이를 낳은 후 관리하지 않은 배 같았다. "형수님 때문에 제가 살이 찝니다." 엄마가 만들어준 음식을 정신없이 먹고 나서 이렇게 투덜거리곤 했다. 삼촌은 수영이 서툴렀고 그래서 수영을 할 때는 시끄러웠다. 어떻게 숨을 내쉬고 언제 숨을 멈추어야 하는지도 몰랐고, 머리를 항상 물 밖에 내놓고 수영했다. 나도 수영 강습에서 배워 알고 있었는데 말이다. 어딜 가나 우리를 모르는 사람들은 프라납 삼촌을 아빠로, 엄마는 삼촌의 아내로 보았다.

이제 내가 봐도 엄마가 삼촌을 사랑하는 건 분명했다. 삼촌은 다른 남자가 한 적이 없는 방식으로, 남편의 동생이 줄 만한 순수한 애정으로 엄마의 마음을 사로잡았다. 실제로 내게는 삼촌과 나이 많은 큰 오빠의 중간쯤 되는 가족 같았다. 엄마와 아빠가 삼촌을 자식처럼 보살피고 신경 써주었기 때문이었다. 그는 아빠를 따랐다. 언제나 서양에서 살아가는 일에 대해 조언을 구했고, 은행 구좌를 만드는 일이나 직장을 찾는 일, 키신저나 워터게이트 사건 등에 대해서도 아빠의 의견을 물었다. 가끔 엄마는 삼촌을 놀렸다. MIT의 인도 여학생들이 어떠냐고도 했고, 인도에 있는 엄마의 어린 사촌들의 사진을 보여주기도 하면서 "얘 어때요?"라고 묻곤 했다. "예쁘지 않아요?" 엄마는 프라납 삼촌과 이루어질 수 없다는 걸 잘 알고 있었고, 그렇게 해서라도 가족으로 가까이 두고 싶어하는 것 같았다. 하지만 더 중요한 건, 처음에 그가 엄마에게 완전히 의존했다는 사실이었다. 아빠가 결혼 생활 내내 그랬던 것보다 더 엄마를 필요로 했다. 그는 엄마에게 처음이자 유일한, 순전한 행복을 가져다주었다. 내가 태어난 것도 엄마를 기쁘게 하지는 않았을 것이다. 나는 엄마에게 아빠와 결혼했다는 일종의 증거물이었고, 배운 대로 사는 삶이 낳은 예상된 결과물이었다. 하지만 프라납 삼촌은 달랐다. 삼촌은 엄마의 삶에서 전혀 예상치 못했던 즐거움이고 기쁨이었다.

1974년 가을, 프라납 삼촌은 데보라라는 래드클리프에 다니는 미국인 여대생을 만났다. 그들은 함께 우리 집에 드나들기 시작했다. 나는 데보라를 엄마, 아빠가 하듯 이름으로 불렀지만, 프라납 삼촌은 데보라에게 아빠를 샤말 아주버님, 엄마를 형님이라 부르도록 했고, 데보라는 기꺼이 따랐다. 처음으로 둘이 함께 저녁을 먹으러 오던 날, 나는 거실을 치우고 있는 엄마에게 데보라를 숙모라고 불러야 하느냐고 물었다. 프라납이 삼촌이면 데보라는 숙모가 되어야 하지 않을까 해서였다. "그러면 뭐 하니?" 엄마가 뒤돌아보며 날카롭게 말했다. "몇 주 지나면 시들해져서 떠날 텐데." 하지만 데보라는 삼촌 곁에 남았고, 프라납 삼촌이 엄마 아빠와 함께 다니던 주말 파티에도 계속 모습을 보였다. 데보라만 빼고 모두 벵골 사람들인 파티였다. 데보라는 키가 무척 컸다. 우리 엄마나 아빠보다 컸고 거의 프라납 삼촌만 했다. 데보라는 구릿빛 머리카락에 엄마처럼 가운데 가르마를 탔지만, 따는 대신 느슨하게 하나로 묶은 모습은 엄마와 달랐다. 때론 머리를 어깨와 등 위로 늘어뜨리곤 했는데 엄마는 이걸 정숙하지 못하다고 생각했다. 철학을 전공하던 데보라는 조그만 은테 안경을 쓰고 화장기가 전혀 없었다. 나는 데보라가 무척 예쁘다고 생각했지만 엄마에 따르면 데보라는 얼굴에 점이 있고 엉덩이가 너무 작았다.

프라납 삼촌은 한동안 일주일에 한 번씩은 혼자서 저녁을 먹으러 왔다. 와서는 엄마에게 데보라가 어떠냐고 물었다. 삼촌은 엄마가 인정해주길 바라면서 데보라의 아버지는 보스턴 대학의 교수이자 시인이었고, 부모 둘 다 박사 학위가 있다고 했다. 엄마는 삼촌이 없을 때 데보라에 대해 불평을 했다. 데보라가 오면 음식을 덜 맵게 해야 하고(데보라가 매운 음식을 좋아한다고 했는데도), 달에 튀긴 생선 머리를 넣는 것도 신경 쓰인다고 했다. 프라납 삼촌은 데보라에게 커브 발로^{매우 좋다}나 아차^{알겠어} 같은 벵골 어 단어를 가르쳐주고, 어떤 음식은 포크 대신 손가락으로 먹으라고 알려주었다. 때로 삼촌과 데보라는 서로의 입가에 손가락을 가까이 가져가며 먹여주곤 했는데, 그럴 때면 엄마와 아빠는 앞에 놓인 접시로 눈을 피하며 그 순간이 지나기를 기다렸다. 모임에 가면 그들은 사람들 앞에서 손을 잡고 입을 맞추기도 했다. 그러면 엄마는 안 보이는 데서 다른 벵골 여자에게 말하곤 했다. "예전엔 저러지 않았는데 말예요. 어떻게 사람이 갑자기 저렇게 달라질 수 있는지 모르겠어요. 이건 정말 지옥-천국이에요." 엄마가 혼자서 영어로 지어낸, 앞뒤가 바뀐 은유를 사용해 말했다.

 데보라가 오는 걸 엄마가 싫어할수록, 나는 삼촌과 데보라를 기다렸다. 나는 데보라에게 반했다. 어린 여자아이들이 엄마 외에 어떤 여자들에게 때로 반하듯이 말이다. 데보라의 차분한 회색 눈빛, 그녀가 입는 판초, 데님 랩 스커트, 샌들까지 좋았다. 데보라는 길고 곧은 머리카락을 내가 온갖 스타일로 매만지도록 놔두었다. 나는 데보라의 캐주얼한 옷차림을 꿈꿨다. 모임이 있을 때마다 나는 엄마가 맥시라 부르는, 발목까지 오는 드레스를 입어야 했다. 촌스러운 빅토리아 스타일이었다. 그러곤 머리는 양옆을 따서 뒤에서 머리핀으로 고정시키는, 파티 머리를 해야 했다. 파티에 가면 데보라는 적당할 때 자기 또래 벵골 여자들에게서 빠져나와 나하고 놀았다. 그건 벵골 여자들에게도 다행스런 일이었다. 거기 모인 다른 아이들은 나보다 나이가 너무 어렸지만, 데보라와는 대화가 통했다. 데보라는 내가 읽은 책은 모두 읽었고, 『내 이름은 삐삐 롱스타킹』이며 『빨간 머리 앤』도 알고 있었다. 그녀는 우리 엄마 아빠가 돈이 없거나 생각지 못해 사주지 않은 온갖 선물을 내게 주었다. 언젠가 커다란

『그림 동화』 책을 주었는데, 두껍고 매끄러운 종이 위에 수채화 삽화가 있고 털실 머리카락이 달린 나무 인형이 들어간 책이었다. 데보라는 가족에 대해서도 말해주었다. 위로 언니가 셋 있고 남동생이 둘 있는데, 막내가 내 나이에 가깝다고, 언젠가는 자기 부모님 댁에 다녀와서 『낸시 드루』1930년대 에드워드 스트레이트마이어가 탄생시킨 청소년용 추리물 시리즈. 10대 소녀가 탐정으로 등장한다 세 권을 가져왔는데, 첫 장에는 여자아이가 쓴 듯한 글씨로 데보라의 이름이 적혀 있었다. 옛날 장난감도 가져다주었다. 종이로 만든 극장이었는데, 성이나 연회장, 널찍한 평야로 배경 막을 바꿀 수 있었다. 데보라와 나는 자유롭게 영어로 얘기했다. 당시 나는 벵골 어보다 영어가 편했지만, 집에서는 여전히 벵골 어를 써야 했다. 때로 데보라는 내게 벵골 어로 이건 뭐고 저건 뭐냐고 물어봤는데, 한번은 아소보가 뭐냐고 물었다. 나는 머뭇거리다가 뭔가 크게 못된 짓을 하면 엄마가 그렇게 부른다고 설명해주었더니 데보라의 얼굴이 어두워졌다. 나는 그녀를 보호해주고 싶었다. 사람들이 데보라를 달가워하지도 좋아하지도 않는다는 걸, 게다가 좋지 않은 얘기까지 수군거린다는 걸 나는 알고 있었다.

폭스바겐을 타고 가는 나들이는 이제 네 명이 하게 되었다. 데보라가 앞에 탔고, 뒤엔 엄마와 내가 탔다. 프라납 삼촌이 기어를 잡고 있으면 데보라의 손이 그 위로 포개지는 모습이 뒤에서 보였다. 머지않아 엄마는 두통이 있거나 감기가 올 것 같다며 자리를 피했고, 나는 새로운 삼인조의 일원이 되었다. 놀랍게도 엄마는 내가 그들과 함께 미술관으로, 공원으로, 수족관으로 다니도록 허락했다. 엄마는 삼촌의 연애가 끝나기를 기다렸다. 데보라가 프라납 삼촌을 차버리고 떠나서 상처받은 삼촌이 후회하며 돌아오길 바랐다. 하지만 삼촌과 데보라 사이에 그런 기미는 전혀 보이지 않았다. 서로 애정을 겉으로 드러내고 행복감을 쉽게 표현하는 건 내게 너무 낭만적이었다. 뒷좌석에 나를 태우고 다니며 프라납 삼촌과 데보라는 미래를 연습하고, 앞으로 가족을 꾸릴 생각을 시험해보는 듯했다. 데보라와 내가 함께 찍은 사진은 수도 없었다. 데보라의 손을 잡고 무릎에 앉아 있거나 아니면 볼에 입을 맞추고 있는 사진들이었다. 데보라와 나는 우리만 아는 웃음을 주고받았고 (적어도 난 그렇게 생각했다) 그럴 때마다 나는 데보라가 이 세상 누구보다 나를 잘 이해하고 있다고 생각했다. 데보라가 언젠가 좋은 엄마가 되리라는 건 누구나 알고 있었다. 하지만 엄마는 그걸 인정하려 하지 않았다. 그때 엄마가 날 프라납 삼촌과 데보라와 다니게 했던 이유는 나중에 알았다. 엄마는 그때 나 이후로 다섯 번째 임신을 하고 있었고, 너무 몸이 안 좋고 피곤한 데다가 또 아이를 잃을까 봐 거의 하루 종일 잠만 잤기 때문이었다. 10주가 지나 엄마는 또 유산을 했고, 의사는 이제 아이를 가지려는 노력을 포기하라고 말했다.

여름이 되자 데보라의 왼손에는 다이아몬드 반지가 끼워 있었다. 반지는 엄마가 받아보지 못한 것들 중 하나였다. 프라납 삼촌도 미국에 가족이 없으니 반지를 주기 전에 엄마 아빠에게 덕담을 들으러 우리 집에 왔었다. 반지 상자를 꺼내 보여주고 상자를 열어 그 안에서 반지를 꺼냈다. 삼촌은 "실제로 손에 끼면 어떤지 보고 싶어요"라고 말하면서 엄마가 반지를 껴보길 원했지만 엄마는 싫다고 했다. 결국 손을 내민 사람은 나였고 반지는 무겁게 내 손가락 밑으로 매달렸다. 그러고는 엄마 아빠에게 부탁을 하나 더 했다. 삼촌의 부모님에게 그들이 데보라를 만나봤고, 좋은 신붓감이라 생각한다는 편지를 써달라는 것이었다. 삼촌은 긴장한 듯했다. 가족들에게 미국 여자와 결혼하고 싶다는 소식을 알리는 일이었으니 떨리는 것도 당연했다. 삼촌은 부모님께 우리 가족 얘기를 다 했었고, 언젠가는 엄마 아빠 앞으로 편지가 오기도 했다. 자기 아들을 그렇게 잘 돌봐주어서, 미국에서 번듯한 가정을 제공해주어 고맙다는 편지였다. "길 필요는 없어요." 프라납 삼촌이 말했다. "그냥 몇 줄만 써주시면 돼요. 형님이 써주신다면 더 쉽게 받아들이실 거예요." 아빠는 데보라를 좋게도 나쁘게도 생각하지 않았고, 엄마처럼 이러쿵저러쿵하거나 비판을 한 적도 없었다. 아빠는 프라납 삼촌에게 그 주말쯤 캘커타로 편지를 띄우겠다고 약속했다. 엄마도 옆에서 고개를 끄덕이며 승낙을 했다. 하지만 다음 날 부엌 쓰레기통엔 프라납 삼촌이 그동안 재떨이로 쓰던 찻잔이 산산조각 나서 버려져 있었다. 그 뒤 엄마의 손에는 반창고가 세 군데 붙어 있었다.

프라납 삼촌의 부모님은 외동아들이 미국 여자와 결혼하겠다는 소식에 기겁을 했고, 몇 주 후 우리 집에선 한밤중에 전화벨이 울렸다. 샤카보티 씨가 아빠에게 전화를 걸어 어떻게 그런 결혼을 축복해줄 수 있느냐고 한 것이다. 그건 있을 수 없는 일이라고, 만약 자기 아들이 그래도 데보라와 결혼하겠다고 하면 아들이라고 생각지 않겠다고 했다. 그러곤 그 부인이 전화를 받아 우리 엄마를 바꾸어 달라고 했고, 엄마랑 친하기라도 한 것처럼 어떻게 그런 관계를 보고도 놔두었냐고 따졌다. 캘커타에 이미 정해둔 신붓감이 있고, 애초에 미국에 갈 때부터 공부가 끝나면 돌아와서 그 처녀와 결혼할 예정이었다고 했다. 옆 건물에 프라납과 신부를 위해 아파트까지 장만해두었고, 아파트는 아들이 돌아올 때까지 비워두었다고 했다.

"우리는 댁들을 믿었는데, 정말 배신감을 느낍니다." 삼촌의 어머니가 이렇게 말했다. 아들에게 내지 못하는 화를 모르는 사람에게 내고 있었다. "미국에 사는 사람들은 다 이런 겁니까?" 엄마는 프라납 삼촌의 편을 들면서 데보라는 좋은 집안에서 온, 얌전한 처녀라며 두 사람의 약혼을 변호해주었다. 프라납 삼촌의 부모님은 제발 아들의 마음을 되돌려달라고 부탁했지만 아빠는 휘말릴 일이 아니라며 거절했다. "우리가 부모도 아니고……." 아빠가 엄마에게 말했다. "프라납에겐 그냥 부모님이 반대하셨다고만 얘기하고 다른 얘긴 말자고." 그리고 엄마와 아빠는 프라납 삼촌에게 그의 부모님이 얼마나 펄펄 뛰며 따졌는지, 아들로 삼지 않겠다고 협박했다는 얘기는 일절 하지 않았다. 그저 축복해주지 않았다고만 했다. 반대한다는 얘길 들은 프라납 삼촌은 그저 어깨를 으쓱했다. "상관없어요. 다들 형님과 형수님처럼 이해심이 넓을 수는 없으니까요." 삼촌은 이렇게 말했다. "난 형님과 형수님의 축복이면 충분해요."

프라납 삼촌과 데보라는 약혼했고 그 후로 우리 가족과 점점 멀어졌다. 그들은 엄마와 아빠가 위험하다고 생각하는 동네인 보스턴 사우스엔드에 있는 아파트에서 함께 살기 시작했다. 우리도 이사를 했다. 나틱에 있는 주택이었다. 엄마와 아빠는 집을 사긴 했지만 아직도 세 들어 살듯 살았다. 벽이 긁히면 남은 페인트로 칠했고, 못을 박는 것도 꺼렸다. 오후에 거실 창문으로 햇살이 들어오면 엄마는 새로 들인 가구가 바랜다며 블라인드를 내렸다. 결혼하기 몇 주 전, 엄마와 아빠는 삼촌만 집으로 불러 총각 시절을 마감하는 뜻으로 특별한 저녁을 차려주었다. 이 식사가 삼촌의 결혼 중 유일하게 벵골

식이었다. 나머지는 모두 미국식으로 케이크와 목사가 있었고, 데보라는 하얀 웨딩드레스를 입고 베일을 쓸 예정이었다. 그날 저녁을 먹을 때 찍은 사진이 있다. 아빠가 찍었는데 내가 알기로 엄마와 프라납 삼촌이 함께 나오는 유일한 사진이었다. 사진은 약간 초점이 흐리게 나왔다. 프라납 삼촌이 아빠에게 어떻게 카메라를 사용하는지 설명하느라 식탁에서 올려다보며 입을 벌린 채, 기다란 팔을 뻗어 손가락으로 뭔가 가리키고 있는 모습이었다. 아마 아빠에게 노출계를 어떻게 읽는지 따위를 설명하고 있었을 것이다. 삼촌 앞엔 엄마가 잔뜩 차린 음식이 펼쳐져 있었고, 엄마는 옆에서 한 손을 삼촌의 머리 위에 올리고 축복하는 자세로 있었다. 평생 엄마가 삼촌의 몸에 손을 댄 것은 이게 처음이자 마지막이었을 것이다. "그 여자는 결국 프라납을 버릴 거야." 나중에 엄마는 친구들에게 이렇게 말했다. "프라납은 인생을 내던지는 거라고."

결혼식은 입스위치에 있는 한 교회에서, 피로연은 컨트리클럽에서 했다. 조촐한 결혼식이라고 해서 엄마와 아빠는 300~400명이 오는 대신 100~200명쯤 오겠구나 생각했다. 결혼식장에 하객이 서른 명이 채 안 되는 걸 보고 엄마는 무척 놀랐다. 게다가 하객 중에 벵골 사람은 우리밖에 없는 걸 보고 기분 좋다기보다 이상하게 생각했다. 식장에서 우리는 다른 하객들과 함께 처음엔 교회의 긴 나무 의자에, 나중엔 점심이 준비된 긴 탁자에 앉았다. 그날 온 하객 중에 우리가 프라납 삼촌에겐 제일 가족에 가까운 사람들이었지만, 컨트리클럽에서 가족사진을 찍을 때 우리는 부르지 않았다. 데보라의 부모님과 조부모님, 여러 형제들이 함께 사진을 찍었을 뿐이다. 또 엄마와 아빠는 일어나서 축사를 하거나 건배를 청하지도 않았다. 데보라가 쇠고기를 먹지 않는 엄마와 아빠를 위해 다른 사람들처럼 필레미뇽 대신 생선을 대접하도록 특별히 신경을 썼는데도 엄마는 별로 고마워하지 않았다. 엄마는 계속 벵골 어로, 결혼식이 너무 형식적이고, 턱시도를 입은 프라납 삼촌이 탁자를 돌며 사돈들을 챙기느라 바빠 우리에겐 거의 말조차 걸지 않는다고 불평했다. 평소처럼 아빠는 엄마의 말에 대꾸하지 않고 조용히, 차근차근 음식만 먹었다. 손으로 먹는 데 익숙한 아빠는 이따금씩 그릇의 표면을 포크와 나이프로 소리 나게 긁었다. 아빠는 음식을 다 먹은 후, 못 먹을 정도라며 먹지 않은 엄마 것까지 먹고는, 과식을 해서 배가 아프다고 했다. 엄마가 억지로라도 웃어 보인 것은 데보라가 엄마 뒤로 다가와 볼에 입을 맞추며 좋은 시간을 보내고 있느냐고 물었을 때였다.

사람들은 춤을 추었고, 엄마 아빠는 자리에 앉아 차를 마셨다. 그리고 두세 곡이 나간 후에 엄마 아빠는 집에 갈 시간이라 생각했다. 나는 프라납 삼촌과 데보라와 다른 아이들과 함께 원을 만들어 춤을 추고 있었는데, 엄마가 나를 건너다보며 그런 눈치를 주었다. 집에 가기 싫었지만 마지못해 엄마 아빠 자리로 갈 때 데보라가 나를 따라왔다. "형님, 우샤를 놀다 가게 해주세요. 재밌게 놀고 있는데." 데보라가 엄마에게 부탁했다. "그쪽 방향으로 가는 사람들이 많으니까 좀 이따가 우샤를 데려다줄게요." 하지만 엄마는 이미 실컷 놀았다고, 안 된다고 하면서 드레스의 긴 퍼프소매 위로 억지로 코트를 입혔다. 식장에서 집으로 돌아오며 나는 엄마에게 증오한다고 말했다. 그런 말은 한 건 처음이었지만, 마지막은 아니었다.

이듬해 우리는 프라납 삼촌 내외에게 아이를 낳았다는 카드를 받았다. 쌍둥이 여자 아기 사진이 들어 있었는데 엄마는 사진을 앨범에 넣지도, 냉장고 위에 붙여놓지도 않았다. 아기 이름은 스라바니와 사비트리였지만, 보니와 사라라고 불렀다. 결혼 선물에 대한 답례로 받은 감사 카드를 빼면 이게 그동안 주고받은 소식의 전부였다. 프라납 삼촌이 높은 연봉을 받고 스톤앤웹스터 사로 옮긴 후 집을 샀을 때도 우리는 초대받지 않았다. 한동안 부모님과 지인들은 삼촌 내외를 모임에 초대했지만 그들은 나타나지 않거나, 오더라도 한 시간 만에 가버리곤 해서 더 이상 초대를 하지 않았다. 부모님과 지인들은 삼촌 내외가 뜸해지자 데보라 탓을 했다. 다들 데보라가 삼촌의 태생뿐 아니라 자유도 빼앗아갔다고 했다. 데보라는 적이었고, 삼촌은 희생물이었다. 그리고 이 사실은 하나의 경고이자, 국제 결혼은 결국 불행하다는 증거가 되었다. 가끔가다 두르가 푸자 때 쌍둥이들을 데리고 나타나 몇 시간 있다 가서 모두 놀라곤 했다. 똑같이 생긴 여자아이들은 벵골 사람처럼 보이지도 않았고 영어만 했다. 나나 다른 아이들과는 다르게 자란다는 걸 알 수 있었다. 여름마다 캘커타에 가지도 않았고, 미국인들과 다른 식으로 살면서 아이들에게도 똑같이 살 것을 요구하는 부모도 없었다. 데보라 덕분에 그렇게 살지 않아도 되었고 그 이유로 난 그들을 부러워했다. "우샤, 어머나, 많이 크고 참 예뻐졌구나." 데보라는 나를 볼 때마다 이렇게 말했고 그러면 잠시나마 예전의 우정이 다시 살아나는 듯했다. 언젠가 길고 아름답던 머리를 자르고 단발머리를 하고 있었다. "머지않아 베이비시터를 할 수 있겠다"라고 말했다. "전화할게. 아이들이 아주 좋아할 거야." 하지만 전화는 오지 않았다.

중학교에 들어가면서 나는 애티를 벗었다. 그즈음 같은 반에 좋아하는 미국 남자애가 생겼다. 좋아해봤자 소용은 없었다. 데보라가 칭찬을 해주었지만 그 나이에 나는 눈에 띄지 않았다. 하지만 엄마는 어디서 무슨 소릴 들었는지 매달 마지막 금요일 날 학교 카페테리아에서 열리던 댄스파티에 못 가게 했고, 무언의 법칙처럼 데이트는 금지였다. "미국 사람과 결혼할 수 있을 거라곤 꿈도 꾸지 말아라. 프라납 삼촌처럼 말이야." 엄마는 가끔 이렇게 말했다. 난 그때 열세 살이었고 결혼은 당시 내 인생과 전혀 관계가 없었다. 그래도 엄마의 말에 화가 났고, 나를 옭아맨 사슬이 조여 오는 것 같았다. 브래지어를 하겠다고 해도, 친구와 하버드 스퀘어에 가고 싶다고 해도 엄마는 심하게 역정을 냈다. 나와 다투는 와중에도 엄마는 종종 데보라를 자기와는 반대인 사람, 바람직하지 못한 여자의 전형으로 들먹이곤 했다. "그 여자가 네 엄마라면 아마 네가 원하는 대로 다 하게 해주었을 거다. 왜냐하면 상관하지 않을 테니까. 그게 네가 원하는 거니, 우샤? 자식이 어떻게 되든 상관하지 않는 엄마를 원하는 거야?" 9학년이 되기 전 여름 나는 생리를 시작했고, 엄마는 설교를 했다. 남자애가 절대 몸에 손대지 못하도록 하라고 당부하면서 여자가 어떻게 임신을 하는지 아느냐고 물었다. 나는 엄마에게 과학시간에 정자와 난자가 어떻게 수정되는지 배웠지만 정확히 어떻게 일어나는지는 모르겠다고 말했다. 사실 나는 알고 있었지만 겁먹은 엄마의 눈빛 때문에 그런 건 선생님이 설명해주지 않았다고 거짓말을 했다.

　엄마에게 비밀로 하는 일이 생기기 시작했다. 친구들의 도움을 받아 엄마를 속이고 친구 집에 가서 잔다고 하고선 파티에 가서 맥주를 마시며 놀았다. 소파나 차의 뒷좌석에서 남자아이들이 내게 입을 맞추고, 가슴을 만지고, 발기된 성기를 엉덩이에 대고 있게 놔두었다. 나는 엄마의 삶을 딱하게 여기기 시작했다. 나이가 들수록 엄마의 삶이 얼마나 황폐한지 알게 되었다. 엄마는 일을 한 적이 없었고 낮에는 드라마를 보며 시간을 보냈다. 엄마의 유일한 일은 아빠와 나를 위해 청소하고 밥을 하는 것뿐이었다. 외식은 드물었다. 아빠는 싸구려 음식점에서조차, 집에서 먹는 것보다 얼마나 비싼지 항상 지적하는 사람이었으니까. 엄마가 교외에서 사는 게 얼마나 싫고 얼마나 외로운지 불평을 할 때마다 아빠는 위로의 말 한마디 하지 않았다. "그렇게 불행하면 캘커타로 돌아가지"라고 하면서, 떨어져 있어도 자긴 별 상관이 없다는 사실을 분명히 했다. 나도 아빠에게 엄마를 다루는 방법을 배웠고, 그래서 엄마를 두 배로 외롭게 했다. 내가 전화를 너무 오래 하거나 방에만 있다고 엄마가 소리를 지르면 맞받아 소리치는 걸 배웠다. 엄마가 한심하다고, 나에 대해선 아는 게 없다는 말도 했다. 내게 더 이상 엄마가 필요하지 않다는 사실이, 엄마와 내게 모두 갑작스레 분명해졌다. 프라납 삼촌이 그랬던 것처럼 말이다.

내가 대학에 들어가던 해, 삼촌 내외는 추수감사절 저녁식사에 우리 가족을 초대했다. 우리 가족뿐 아니라 예전 케임브리지에서 알고 지내던 사람들을 모두 초대한 걸 보니 프라납 삼촌과 데보라는 당시 지인들과 모이는 기회를 만들려 했던 것 같았다. 우리 집은 보통 추수감사절을 쇠지 않았다. 여러 사람이 식탁에 둘러앉아 그날 먹는 음식을 먹는다는 게 엄마 아빠에겐 의미가 없었다. 추수감사절은 우리 집에서 현충일이나 참전군인의 날과 다르지 않았다. 미국에서 기념하는 휴일 중 하나일 뿐이었다. 하지만 우리는 차를 몰고 삼촌이 사는 마블헤드로 갔다. 앞면을 돌로 장식한 멋진 집이었고, 반원형의 자갈이 깔린 진입로는 차들로 붐볐다. 집은 바다에서 가까웠다. 가는 길에 차갑게 빛나는 대서양을 굽어보는 항구를 지나쳤는데, 차에서 잠깐 내리자 갈매기와 파도 소리가 우리를 반겼다. 거실에 있던 가구는 대부분 지하실로 옮겼고, 본 식탁에 다른 탁자를 덧붙여 커다란 U 자형 식탁이 만들어져 있었다. 식탁보를 덮은 식탁 위에 하얀 식기와 은식기가 차려져 있었고, 중앙에는 호리병으로 꾸민 장식물이 놓여 있었다. 나는 집 여기저기 수많은 장난감과 인형들을 보고, 개들이 긴 노란 털들을 사방에 흘리고 돌아다니는 걸 보고 놀랐다. 보니와 사라와 데보라의 사진으로 벽을 장식한 것도 모자라 냉장고 위까지 빈틈이 없었다. 우리가 도착했을 때도 음식은 완전히 준비가 끝나지 않았고, 그건 우리 엄마가 항상 못마땅해 하는 부분이었다. 부엌은 사람들과 온갖 음식 냄새와 더러워진 커다란 그릇으로 정신없이 북적였다.

데보라의 가족들도 와 있었다. 결혼식에서 본 게 어렴풋이 기억났다. 데보라의 부모님과 형제, 자매들, 그 남편과 부인들, 남자친구들, 그리고 그 아이들이었다. 데보라의 언니들은 30대였지만 모두들 청바지와 아란 스웨터를 입고 클로그를 신고 있어 데보라처럼 대학생이라 해도 믿을 정도였다. 결혼식에서 원을 그리며 함께 춤을 추었던, 데보라의 남동생 매티는 이제 앰허스트 대학 1학년이었다. 매티는 초록빛 눈에 미간이 넓었고, 보드라운 갈색 머리에 쉽게 피부가 빨개지곤 했다. 부엌에서 음식을 썰고 저으며 농담을 하고 있는 데보라의 남매들을 보는 순간 나는 엄마에게 화가 치밀었다. 떠나기 전에 수선을 피우며 내게 억지로 샬와르 카미즈를 입게 했었다. 내 옷을 보고 그들은 내가 그들보단 다른 벵골 사람들과 비슷하다고 생각할 게 뻔했다. 다행히 데보라는 나에게 일거리를 주었다. 매티와 함께 사과를 깎으라고 했고, 부모님이 안 보이자 맥주를 가져다주었다. 음식이 준비되었고, 식탁에서 어디 앉을지 알려주었다. 남녀가 번갈아 돌아가도록 배치한 건 벵골 부모들을 불편하게 했다. 식탁 위에 와인 병이 줄줄이 올라갔고, 칠면조가 두 마리 나왔다. 한 마리는 소시지를 넣었고, 한 마리는 넣지 않은 것이었다. 음식을 보자 나는 군침이 돌았지만, 나중에 집에 돌아갈 때 음식이 모두 얼마나 맛없었는지 엄마가 불평할 게 분명했다. "말도 안 돼요." 누군가 엄마의 잔에 와인을 조금 따르려 하자 엄마가 잔 위로 손을 내저으며 이렇게 말했다.

데보라의 아버지 진이 식사 기도를 하려고 일어났다. 식탁에 앉은 사람들 모두에게 손을 잡으라고 부탁하더니, 그는 고개를 숙이고 눈을 감았다. "하나님 아버지, 오늘 이렇게 풍성한 음식을 주셔서 감사합니다"라고 기도를 시작했다. 엄마와 아빠는 나란히 앉았는데 따라서 기도하는 모습에 난 깜짝 놀랐다. 아빠의 갈색 손이 엄마의 흰 손을 살짝 잡고 있었다. 맞은편에 앉은 매티가 제 아버지가 기도하는 동안 날 쳐다보고 있었다. 모두 아멘을 외치고 나서 진은 와인 잔을 들고 이렇게 말했다. "용서를 먼저 구하겠습니다. 하지만 이렇게 말하는 기회가 올 거라곤 생각지 않았었거든요. 인디언들과 보내게 된 추수감사절을 위하여!" 이 농담에 웃은 사람은 몇 되지 않았다.

그러곤 프라납 삼촌이 자리에서 일어나 모두 와주어서 고맙다는 인사를 했다. 삼촌은 술로 조금 풀어졌고 말랐던 몸에 살이 붙기 시작한 걸 알 수 있었다. 그는 케임브리지에서 살던 옛날 일을 감상적인 톤으로 말하기 시작했다. 그러다 갑자기 나와 엄마를 처음으로 만난 얘기를 꺼냈고, 그날 오후 어떻게 우리를 따라왔는지 손님들에게 얘기해주었다. 우리를 모르는 사람들은 그 얘기에 웃었다. 어떻게 만났는지, 그때 프라납 삼촌이 얼마나 힘들었는지 재밌어하면서 말이다. 삼촌은 방을 한 바퀴 돌아 엄마의 자리로 와서 기다란 팔로 엄마의 어깨를 감싸며 엄마를 잠깐 일으켜 세웠다. "여기 계신 이 여성이." 삼촌은 옆으로 엄마를 바짝 당기며 이렇게 선언했다. "이분이 미국에서 제 첫 번째 추수감사절 음식을 대접해주신 분입니다. 5월의 어느 오후였겠지만 그날 형수님 댁에서 먹은 첫 번째 식사가 제겐 추수감사절이었습니다. 그 음식을 먹지 않았다면 저는 아마 캘커타로 돌아갔을 것입니다." 엄마는 당황하면서 고개를 돌리고 있었다. 엄마는 서른여덟이었고, 머리카락은 벌써 희게 세었다. 삼촌 나이보단 아빠 나이에 가까워 보였다. 삼촌은 허리가 굵어지긴 했지만 그 잘생기고 분방해 보이는 외모는 여전했다. 프라납 삼촌은 식탁 끝, 데보라의 옆에 있는 자기 자리로 돌아가 얘기의 끝을 맺었다. "만약 그랬다면 내가 당신을 만나지 못했겠지, 사랑하는 여보." 그러고는 사람들 앞에서 데보라의 입술에 입을 맞췄고, 사람들은 모두 박수를 쳤다. 마치 새로 결혼식이라도 올리는 것 같았다.

 칠면조를 먹은 후, 디저트용 포크를 받았다. 데보라의 언니들이 웨이트리스처럼 세 가지 파이 중 어떤 파이를 원하는지 조그만 노트에 적으며 주문을 받았다. 디저트를 먹고 나서 개들을 산책시켜야 했고, 프라납 삼촌이 가겠다고 자원했다. "해변으로 산책할 사람?"

이라고 묻자 데보라 쪽 식구들은 좋은 생각이라며 따라나섰다. 벵골 사람들 중엔 가겠다는 사람이 없었고, 대신 모여 앉아 차를 마셨다. 식사 도중 미국 사람들과 억지로 재미없는 이야기를 주고받다가 마침내 방의 한쪽 끝에서 자유롭게 얘기를 나눌 수 있었다. 매티가 내 옆에 있는, 이제는 빈 의자에 와서 앉더니 함께 산책을 가자고 했다. 나는 옷차림과 구두를 가리키며 망설였다. 물론 우리 둘이 함께 있는 걸 본 엄마가 말은 안 해도 화가 났다는 것도 모르지 않았다. 매티는 이렇게 말했다. "데브가 옷을 빌려줄 수 있을 거야." 그러고 함께 2층으로 올라가자 데보라는 청바지와 두꺼운 스웨터와 운동화를 빌려주었다. 이제 나는 데보라나 그 언니들과 다르지 않았다.

데보라는 마치 친구처럼 침대 끝에 앉아, 옷을 갈아입는 나에게 남자친구가 있느냐고 물었다. 내가 없다고 하자 데보라가 말했다. "매티가 널 예쁘다고 생각하던데."

"그렇게 얘기했어요?"

"아니, 하지만 보면 알 수 있잖아."

데보라의 말에 나는 자신만만해져서 아래층으로 내려갔다. 청바지의 밑단을 접어 입어야 했지만, 비로소 나를 찾은 것 같았다. 엄마가 찻잔에서 눈을 들어 쳐다봤지만 아무 말도 하지 않았고, 나는 프라납 삼촌과 그의 사돈들, 그리고 개들과 함께 밖으로 나갔다. 길을 따라 가파른 나무 계단을 내려가면 바다가 나왔다. 데보라와 언니 중 한 명이 뒷정리를 하고 남은 사람들의 시중을 들기 위해 집에 있기로 했다. 처음에는 모두 함께 모래밭 위에 한 줄로 서서 걸었다. 그러다 매티가 처지는 듯하더니 우리 둘이 뒤에서 걷게 되었다. 다른 사람들과 거리가 점점 벌어졌다. 우리는 서로 관심 있는 눈길을 주고받으며 지금은 기억나지 않는 이야기를 나눴다. 결국 바위가 쌓여 있는 데로 들어갔고 매티는 주머니에서 대마초를 꺼냈다. 우리는 바람에 등을 돌리고 앉아 그걸 피웠다. 그 와중에 우리의 차가운 손가락이 스쳤고, 대마초를 만 종이의 축축해진 부분에 입술이 번갈아 닿았다. 처음엔 아무것도 느껴지지 않았지만, 어떤 밴드에 있다고 말하는 그의 목소리가 멀리서 들려오는 것 같더니 갑자기 웃고 싶은 충동을 느꼈다. 그 얘기가 그리 웃기지도 않았는데 말이다. 사람들과 떨어진 지 몇 시간이나 지난 듯했다. 하지만 모래밭으로 나오니 아직 저쪽으로 사람들이 보였고, 우리는 석양을 보러 벼랑 쪽으로 다가갔다.

집으로 돌아가는 길은 이미 어두워진 후였다. 아직 취한 기운이 있는데 엄마와 아빠를 볼 생각을 하니 끔찍했다. 하지만 집에 들어가니 데보라가, 부모님이 피곤해 하며 먼저 떠났다고 얘기해주었다. 나중에 누군가 나를 집에 데려다주는 걸 허락하셨다고 했다. 벽난로에 불을 지피기 시작했고, 사람들은 나에게 편안히 앉으라고, 파이를 더 먹으라고 했다. 남은 음식이 치워지고, 거실은 천천히 정리가 되었다. 물론 나를 집에 데려다준 건 매티였다. 엄마 아빠의 집 앞에서 차를 세우고 나는 그와 입을 맞추었다. 가운을 입은 엄마가 잔디로 걸어 나와 우리를 볼까 봐 떨리기도 했지만 스릴도 있었다. 나는 매티에게 전화번호를 주었다. 몇 주 동안 그 애 생각만 하면서 바보처럼 전화가 오기를 기다렸다. 하지만 전화는 오지 않았다.

결국 엄마의 말은 맞았다. 그 추수감사절에서 14년이 지난 후, 결혼 생활 23년 만에 프라납 삼촌과 데보라는 이혼했다. 하지만 마음이 변한 건 삼촌이었다. 어느 벵골 유부녀와 사랑에 빠지면서 동시에 두 가정을 파탄시켰다. 잘 알지는 못했지만 엄마 아빠도 아는 여자였다. 데보라는 40대였고, 보니와 사라는 대학에 다니고 있었다. 충격과 비탄에 잠긴 데보라는 다른 사람도 아닌 엄마에게 전화를 걸어 울곤 했다. 그 세월 내내 데보라는 반쯤은 우리를 시집 식구라고 생각했다. 할아버지와 할머니가 돌아가셨을 때도 꽃을 보내고 내가 대학을 졸업했을 때는 콤팩트형 옥스포드 영어사전을 선물로 주었다. "그이를 잘 아셨잖아요. 어떻게 이럴 수가 있어요?" 데보라가 엄마에게 물었다. 그러고는 "이 일을 알고 계셨어요?"라고 묻기도 했다. 엄마는 몰랐다고 했고 그건 사실이었다. 그들은 한 남자에게 실연을 당한 셈이었다. 단지 엄마는 오래전에 다친 상처가 아물었을 뿐이었다. 그리고 이상하게도 엄마와 아빠는 나이가 들면서 애정이 생기는 것 같았다. 특별한 이유가 있지 않다면, 아마 살다 보니 습관처럼 그렇게 된 것 같았다. 내 생각에 내가 대학에 가면서 집을 떠난 것과 관련 있는 듯했다. 집에 들를 때마다 전에 없던 다정함이 있었고, 조용히 서로 장난을 치는가 하면, 동지의식도 느껴졌고, 둘 중 하나가 아프면 걱정을 해주는 게 눈에 띄었다. 엄마와 나도 사이가 좋아졌다. 내가 엄마의 딸인 동시에 미국 아이라는 사실을 인정했다. 엄마도 서서히 내가 미국 남자와 데이트하는 걸 받아들이기 시작했다. 한 사람 이후 또 다른 사람, 그 사람 이후 또 다른 사람을 만났고, 같이 잠을 잤고, 그중 한 사람과는 동거를 하기도 했다. 엄마는 내 남자친구들을 집으로 불렀고, 일이 잘되지 않으면 더 좋은 사람을 만날 거라고 말해주었다. 그 세월 내내 아무것도 하지 않던 엄마는 쉰이 되던 해, 근처 대학에서 학위를 받기 위해 문헌정보학을 공부하기로 했다.

전화로 데보라는 엄마가 놀랄 만한 얘기를 했다. 그동안 데보라는 프라납 삼촌의 반쪽하고만 살아왔다고, 다른 반쪽은 자기에게 완전히 닫혀 있었다고 털어놨다. "그때 난 형님께 너무 질투가 났어요. 내가 결코 알 수 없는 그이의 어떤 부분을 아셨을 테니까요. 그는 자기 가족에게 등을 돌렸고, 결국 형님 댁에도 그랬어요. 하지만 그래도 나는 두려움이 없어지지 않았어요. 그게 극복이 안 됐어요." 데보라는 엄마에게 그동안 죽 프라납 삼촌을 부모님과 화해시키려 노력했다고 말했다. 그리고 다른 벵골 사람들과도 어울리라고 했지만 삼촌이 극구 그렇게 하지 않았다고 했다. 추수감사절에 우리를 초대한 것도 데보라의 생각이었다. 공교롭게 그 다른 여자도 그때 거기 있었다. "그이를 빼앗아갔다고 절 탓하지 않으셨으면 해요, 형님. 전 형님이 그러실까 봐 늘 걱정스러웠어요."

엄마는 데보라에게 그녀를 탓하지 않는다고 말했다. 몇십 년 전에 자신이 느꼈던 질투에 대해선 끝내 말하지 않았다. 그저 그런 일이 안됐고 가족에게 정말 슬프고 끔찍한 일이라고 했다. 프라납 삼촌의 결혼식 뒤 몇 주 후 있었던 일을 엄마는 데보라에게 말하지 않았다. 내가 걸스카우트 미팅에 가고 아빠가 일하러 가셨을 때 엄마는 서랍과 양철통에 든 옷핀을 모두 모았다. 팔찌에 끼워놓았던 옷핀까지 더했다. 옷핀을 충분히 모은 후 엄마는 입고 있던 사리에 하나씩 채웠다. 앞판과 그 뒤에 있는 옷감을 겹마다 이어 옷핀을 채워 입은 옷을 벗길 수 없도록 했다. 그러곤 점화용액 한 통과 부엌에서 쓰는 성냥 한 갑을 들고 밖으로 나갔다. 쌀쌀한 뒤뜰엔 치우지 않은 나뭇잎이 잔뜩 쌓여 있었다. 엄마는 사리 위에 무릎까지 오는 라일

락 색 트렌치코트를 입고 있었고, 이웃의 눈엔 잠깐 바람을 쐬러 나온 것처럼 보였다. 엄마는 코트 깃을 열고 점화용액 통의 뚜껑을 열어 용액을 몸에 부은 후 다시 단추를 채우고 벨트를 조였다. 그리고 집 뒤에 있는 쓰레기통으로 가서 용액을 버린 후 뒤뜰 한가운데로 돌아왔다. 코트 주머니 속엔 성냥 한 갑이 들어 있었다. 거의 한 시간이 되도록 엄마는 거기 서서 집을 쳐다보며 성냥불을 그을 용기를 내고 있었다. 엄마를 살린 건 나도, 아빠도 아니었다. 엄마와 그다지 친하지도 않던, 옆집에 사는 홀콤 부인이었다. 그날 뒤뜰에 낙엽을 치우러 나왔다가 엄마를 보고 노을이 너무나 아름답다고 말을 걸었다. 그러곤 "이제 한참을 보셨지요" 했다. 엄마는 그 말에 수긍했고 몸을 돌려 집 안으로 들어갔다. 그날 저녁 일찍 아빠와 내가 집에 왔을 때 엄마는 부엌에서 여느 날처럼 저녁밥을 짓고 있었다.

 엄마는 데보라에게 이런 말은 하지 않았다. 엄마가 이 얘기를 한 것은 내가 결혼하려던 남자와 헤어진 후 실연의 상처를 견디고 있을 때였다.

머물지 않은 방

❦

 겉보기에 호텔은 괜찮아 보였다. 고풍스러운 스키 산장처럼 가파르게 경사진 지붕에, 초콜릿 색 벽에 빨간 창틀을 댄 건물이었다. 하지만 채드윅 인의 로비에 들어갔을 때 아밋은 실망하고 말았다. 파스텔 색으로 개보수한 실내는 아무 특색도 없었고, 벽지에는 잉크가 나오는지 써본 것처럼 낙서 같은 회색 선이 찍혀 있었다. 프런트 데스크 옆에 버크셔의 관광 브로슈어가 잔뜩 꽂혀 있었고, 아밋이 체크인하는 동안 메건은 브로슈어를 한줌 챙겼다. 방에는 2인용 침대 두 개가 놓여 있었다. 메건은 가져온 브로슈어들을 그중 한 침대에 던져놓고는, 어떤 브로슈어를 펼쳐 지도를 보았다. "여기가 정확히 어디야?" 그녀가 물었다. 메건의 손가락은 너무 북쪽으로 올라가 있었다.
 "여기." 아밋이 그 동네를 손가락으로 가리켰다. "저기 호수가 있잖아. 토끼처럼 생긴 호수 말이야."
 "난 잘 모르겠는데……." 메건이 말했다.
 "여기 있잖아." 아밋이 메건의 손가락을 그 지점으로 갖다 댔다.

"그게 아니라, 호수가 토끼 같진 않다는 얘기야."

뉴욕에서 차로 올라오는 데 시간이 꽤 걸렸고, 아밋은 술 생각이 났다. 하지만 방 안에는 미니바도, 룸서비스도 없었다. 두 침대 위엔 모두 자주색 꽃무늬 이불이 덮여 있었다. 침대 건너편 커다란 서랍장 위엔 텔레비전이, 침대 사이에 놓인 네모난 탁자 위엔 지역 케이블 채널이 적힌 종이 피라미드가 세워져 있었다. 방에서 유일하게 괜찮은 건 들보가 노출된, 성당식 천장이었다. 그래도 방은 어두웠다. 발코니로 열리는 커튼을 모두 열어놓아도 불을 켜야 할 정도였다.

여기 온 건 팸 보든의 결혼식 때문이었다. 그날 저녁 랭포드 아카데미에서 결혼식이 열릴 예정이었다. 팸의 아버지는 그 기숙학교의 교장이었고, 아밋은 18년 전에 그곳을 졸업했다. 8월이라 기숙사가 비어 있었고, 하객들은 1인당 20달러에 기숙사에서 하룻밤을 잘 수 있는 옵션이 있었다. 하지만 아밋은 체드윅 인에서 편안히 지내기로 했다. 체드윅 인은 교정에서 좀 떨어져 있고, 수영장과 테니스 코트와 별 두 개짜리 레스토랑이 있었다. 호텔은 학교 다닐 때 카약과 카누를 배우던 호수의 그늘진 쪽으로 이어져 있었다. 딸들은 메건과 의논을 해서 롱아일랜드에 있는 처가댁에 맡기기로 했다. 팸의 결혼식을 핑계로 둘만의 휴가를 즐기기로 한 거였다.

아밋은 미닫이 창문을 열고 발코니로 나갔다. 시멘트 바닥 위에 플라스틱 의자 두 개가 놓여 있었다. 북동부엔 폭염이 계속됐고, 산속인데도 더웠다. 하지만 솔향기가 스민 맑은 공기를 마시니 기분이 상쾌했다. 주변이 너무 조용하니 적응이 안 됐다. 서로 소리를 지르는 아이들의 목소리도 없었고 메건이 야단치거나 어르는 소리도 없었다. 차를 몰자 여느 때처럼 메건은 잠들었지만 뒷좌석은 비어 있었다. 하지만 그는 아이들이 졸거나 싸우거나 베이글 따위를 먹고 있을 모습을 기대하며 습관적으로 백미러를 들여다봤다. 의자 두 개 중 하나에 앉아봤지만 별로 편하지 않았다. 속은 기분이었다.
"이런 방이 하루에 250달러나 하다니 믿을 수가 없어"라고 말했다.
"정말 미쳤어." 메건도 동의했다. "하지만 그러고도 별 상관 안 하겠지. 주변에 아무것도 없으니 말이야."
그 말이 맞았다. 정말 주변엔 아무것도 없었지만 그에겐 그렇게 느껴지지 않았다. 그는 지도를 보지 않고도 고속도로에서 나와 이 마을까지 어떻게 오는지 알고 있었다. 하지만 이 호텔에 온 적은 한 번도 없었다. 부모님은 인도 뉴델리에 살았고, 그가 랭포드에 다닐 때 부모 방문 주말에도 부모님은 오시지 않았다. 졸업식 때도 마찬가지였다. 오려고 했었지만 델리에서 최고 안과의사였던 아밋의 아버지가 국회의원에게 백내장 수술을 해달라는 요청을 받았고, 졸업식엔 워체스터에 있는 부모님의 벵골 인 지인들이 대신 참석했다. 졸업을 한 후에 아밋은 랭포드 친구들과 연락을 하지 않았다. 학교를 그리워한 적은 없었다. 동문 기부를 요청하는 편지나 동문회 초청장이 와도 아밋은 뜯지도 않고 쓰레기통에 넣었다. 팸과 약간의 친분, 가슴팍에 새겨진 학교 이름이 이제는 구깃구깃해진 스웨트셔츠를 제외하면 그 시절을 떠올릴 만한 건 없었다. 딸들을 랭포드에 보내는 건 상상하기 힘들었다. 부모님은 자기를 이 학교로 보냈지만 그는 딸들을 떠나보낼 수 없을 것 같았다.
그는 호텔 부지를 내려다봤다. 발코니 바로 앞에 자란 소나무가 전경을 거의 가렸다. 수영장은 작고 볼품이 없었다. 주변에 쇠사슬 울타리가 쳐 있고, 수영을 하거나 선탠을 하는 사람은 없었다. 오른

쪽으로 테니스 코트가 있었는데, 주변에 소나무가 많았는데도 공이 오가는 소리가 들려 그의 귀에 거슬렸다.

"이 나무는 정말 실수한 거야." 그가 말했다.

"조금만 떨어진 곳에 심었어도." 메건이 맞장구를 쳤다.

"다른 방을 달라고 할까 봐. 이러는 게 우리가 처음이 아닐 거야."

아밋과 메건은 호텔 방을 바꾸는 습관이 있었다. 만나고 처음 갔던 푸에르토리코 여행에선 1층 방을 받았는데, 화장실에 도롱뇽이 죽어 있었다. 메건이 불평하자 호텔에선 청록 빛 바다가 황홀하게 내려다보이고 파란 하늘이 보이는 디럭스 스위트룸으로 바꾸어주었다. 그 방에 머무르던 내내 밖이 보이도록 커튼을 열어두었다. 침대 위에서 그쪽으로 몸을 돌리고 사랑을 나눴고, 아침엔 전경을 보며 잠에서 깼다. 침대와 그들까지 방 전체가 바다 위에 둥둥 떠 있는 기분이었다. 결혼 1주년 기념으로 갔던 베니스에서도 비슷한 일이 있었다. 하룻밤을 돌벽을 마주 본 방에서 잔 다음 날, 운하 옆에 있는 방으로 옮겼고, 운하엔 아침마다 작은 배가 와서 과일과 채소를 팔았었다. 하지만 아밋이 생각해보니 이번 경우에 방은 이미 호텔의 좋은 쪽에 있었고, 다른 쪽 방들에서는 주차장이 보일 터였다.

"겨우 이틀 밤 자는데 그럴 필요까지 없어." 메건이 말했다. 그녀는 의자에서 몸을 약간 구부려 발코니의 난간 위로 목을 빼며 내다 봤다. "결혼식이 호텔에서 열려?"

"말했잖아, 랭포드에서 할 거라고."

"그래? 다른 커플이 저쪽 전망대에서 식을 올리는 것 같은데. 들러리들이 보여."

아밋은 소나무 건너편을 쳐다봤다. 호텔 레스토랑의 테라스에서 널돌이 깔린 길 위로 사람들이 쏟아져 나왔다. 사진사가 삼각대 위로 몸을 기울이고 있었는데, 주변엔 장비가 든 가방이 놓여 있었다. 그 앞에는 라벤더색 드레스를 맞추어 입은 젊은 여자들이 포즈를 취하고 있었다.

"팸의 결혼식은 다를 거야." 그가 말했다.

"무슨 말이야?"

"들러리는 안 할 거란 얘기야."

"어떻게 알아?"

"그냥 그런 스타일이 아니야."

"알 수 없지." 메건이 말했다. "여자들이 결혼식 날 자기 성격에 안 맞는 걸 할 때가 얼마나 많은데. 팸 같은 여자도 예외는 아닐걸."

메건의 조소하는 듯한 태도가 그를 자극했지만 넘어갈 만했다. 팸의 결혼식 초대를 받아들인 사실에 메건이 좀 놀란 걸 알고 있었다. 그동안 팸과 별로 교류가 없었던 걸 생각하면 무리도 아니었다. 메건이 반대한 건 아니었지만, 어느 정도는 자기가 여기까지 끌고 온 셈이었다. 모르는 사람들이 가득한 낯선 곳으로, 메건과 함께한 삶과는 아무 관계가 없는 과거 속으로 끌어들인 거였다. 틀림없이 부인할 터였지만, 메건은 팸에게 질투 섞인 감정이 있었다. 한두 번 만난 적이 있는데 그럴 때마다 팸이 아밋의 옛 애인인 것처럼 방어적으로 굴었다. 아밋과 메건은 처음 만났을 때 서로의 과거를 주고받았다. 둘이 만나기 전까지 이어진 연애사들을 모두 밝혔지만 팸에 대해 그런 맥락으로 얘기한 적이 없었다. 그가 팸을 사랑하긴 했지만 사귄 건 아니었기 때문에 할 말도 없었다. 그는 의자에 몸을 늘어뜨렸다. 딱딱한 플라스틱 의자 위로 목을 기대고 눈을 감았다. "술 한잔하고 싶다."

그들은 냉방이 된 방 안으로 들어왔다. 그는 이번 주말 둘이 함께 쓰는 여행용 가방을 열어 두꺼운 봉투를 꺼냈다. 청첩장과 약도, 식장과 연회장을 형광펜으로 표시해놓은, 랭포드 교정의 지도가 들어 있었다. 아밋은 침대에 앉아 베개더미에 몸을 묻었다. 베개는 너무나 폭신하고 감촉이 부드러웠다. 그러곤 침대 옆 탁자 위, 종이 피라미드 옆에 놓인 디지털시계를 봤다. "벌써 한 시간 있으면 결혼식이네. 우리도 집에 이런 부드러운 베개를 사놔야겠어."

"그러면 준비를 해야지." 메건이 의사로서 환자를 볼 때 짓는, 예의 걱정스런 표정으로 쳐다봤다. "왜 그래?"

"아무것도 아냐. 결혼식 전에 좀 시간이 있어서 산책을 하거나 호수에서 수영을 했으면 좋겠다고 생각했었지. 올라오는 길 내내 수영할 생각을 했었어. 그렇게 차가 막힐 줄 몰랐지."

"수영은 내일 하면 되잖아." 그녀가 말했다. "주말 내내 있을 건데."

그는 고개를 끄덕였다. "맞아." 그러곤 자리에서 일어나 면도도 할 겸 샤워하러 욕실로 갔다. 이런 일상적인 일이 지겹게 느껴졌다. 양복까지 입고 청소년기의 유령들을 만난다는 게 신나지 않았다. 그는 옷을 벗고 거울 앞에 서서 얼굴에 면도 크림을 발랐다. 3년 전 모니카가 태어난 이후로 딸들 없이 여행하는 건 처음이었다. 휴가를 보낼 때가 되긴 했다. 보통 여름이면 에이디론댁스에 2주 동안 오두막집을 빌리곤 했었다. 하지만 메건이 마운트사이나이 병원에서 레지던트로 일하는 마지막 해였고, 일정이 너무 바빠 움직일 수가 없었다. 얼마 전에 심장중환자 팀에서 로테이션을 마쳤는데, 36시간

교대였기 때문에 새벽에 집에 들어왔고, 아밋과 아이들이 하루를 시작할 무렵에 잠자리에 들었다. 의학 저널에서 편집장으로 일하는 아밋은 일정에 융통성이 있었다. 여름은 보통 한가해서 6월부터는 그가 아이들의 아침을 챙기고, 목욕을 시키고, 다른 아이들과 함께 노는 시간을 짜고, 마야를 아침에 주간 캠프에 데려다 주고 데려왔다. 웨스트 75번가의 브라운스톤에 두 층을 차지한 아파트를 새로 사면서 저축을 모두 써버렸고, 여름에 베이비시터에게 들어가는 비용을 줄일 수밖에 없었다.

마야와 모니카가 없으니 메건이 홀가분해 했다. 아밋도 그러고 싶었다. 팸에게 청첩장이 오고 계획을 세우고 난 다음부터 여름내 기다리던 해방감이었다. 하지만 막상 아이들을 떨어뜨리고 와보니 모니카가 콧물이 나던 것이며, 장모가 마야에게 딸기 알레르기가 있는 걸 기억할지 걱정스러웠다. 메건에게 물어보고 싶었지만 친정 식구들을 못 믿는다 타박할까 봐 그만두었다. 둘 중에 메건이 아이들에게 덜 수선을 떨었고, 덜 조심스럽기도 했다. 쉬는 날이면 아이들 버릇을 망칠 정도로 잘해주었다. 부엌에서 과자와 케이크를 구웠고, 아이들이 너무 많이 먹어 저녁을 건너뛰어도 신경 쓰지 않았다. 그러는 게 자신이 덜 꼼꼼하다는 죄의식 탓도 있었지만, 천성이기도 했다. 메건은 마야가 놀이터에서 땅에 붙은 껌을 떼어 입속에 넣었을 때도 그가 놀란 만큼 놀라지 않았다. 센트럴파크로 소풍을 갔을 때 모니카가 돌아다니다 그 작은 손가락으로 개똥을 만지작거린 걸 보고도 마찬가지였다. 메건은 그럴 때마다 웃어넘기며 아이들의 손과 얼굴을 닦아주었다. 자기 아이들은 어떤 일이 있어도 괜찮을 거란 확신이 있는 것 같았다. 죽음과 싸우는 사람들과 지내서 그런지,

아이들의 팔꿈치가 좀 까지거나 38도가 넘도록 열이 나도 대수롭지 않게 생각했다.

사람의 몸이 얼마나 연약한지 알 정도로 인체를 공부한 건 정작 아밋이었다. 해부도 할 만큼 해봐서 흉부 절개를 하면 뭐가 보일지 훤하게 알고 있었고, 자기 딸들이 질병이나 사고에 얼마나 약한지 늘 걱정스러워했다. 돌이 된 모니카가 자연사 박물관에서 말린 살구를 먹다 목에 걸릴 뻔했던 걸 생각하면 아직도 진저리를 쳤다. 옆 탁자에 앉은 여자가 마침 간호사였고, 모니카가 기침하는 소리를 듣고 달려와 아이의 입에 손가락을 넣어 음식물을 꺼냈다. 그는 의대에서 2년을 공부했지만 그렇게 단순하고 본능적인 대처를 할 정도의 자신감도 없었던 것이다. 그날 그는 두 딸을 볼 면목이 없었고, 박물관에서도 보는 둥 마는 둥 했다. 계속 모니카의 기도에 걸린 살구 조각만 생각이 났고, 영영 딸을 보지 못했을 수도 있다는 끔찍한 생각에 시달렸다. 신문에서 택시가 갑자기 도보로 뛰어드는 사고로 보행자 여섯 명이 죽었다는 기사를 읽었을 때는 모니카와 마야의 손을 잡고 거기 서 있던 자신을 상상했다. 아니면 여름에 일주일에 한 번쯤 아이들과 함께 가는 존스 해변의 파도를 상상했다. 그가 발치에서 잡지를 뒤적이고 있을 동안 파도가 둘 중 하나를 물속으로 삼키거나 아이가 모래 더미에 눌려 숨이 막히는 상상이었다. 이런 상상에서 언제나 그는 살아남고, 그가 보호해야 했던 아이들이 죽었다. 그런 일이 있으면 당연히 메건은 자신을 탓할 테고, 이혼을 당할 건 뻔했다. 메건과 아이들과 꾸린 삶은 모두 끝장날 거였다. 잠시 한눈을 팔았다간 영영 인생을 망칠 수 있다는 걸 그는 알고 있었.

면도기를 내려놓고 욕실을 데우려고 샤워기를 틀어놓았다. 노크하는 소리가 들리더니 메건이 문을 열었다.

"난 결혼식에 못 가겠어." 메건이 고개를 저으면서 말했다. 아이들에게 텔레비전을 더 볼 수 없다고, 아니면 욕조에서 더 놀면 안 된다고 말할 때처럼 단호한 어조였다.

"무슨 소리야?"

"이거 봐." 입은 치마를 가리키며 그녀가 말했다. 치마 위엔 브래지어만 했는데, 살색 브래지어의 어깨끈이 거무죽죽했다. 발목까지 내려온 치마는 하늘거리는 얇은 회색 감이 그보다 약간 진한 색의 실크 위에 덧대어졌다. 메건이 치마 한 부분을 집어 들자 바로 감에 묻은 얼룩이 눈에 들어왔다. 처음엔 얼룩인 줄 알았는데 자세히 보니 뭔가에 탄 자국이었고, 겉감 언저리에 그을린 작은 구멍이 있었다. 그 밑으로 드러난 실크는 상처의 딱지를 억지로 떼어냈을 때 밝은 살색이 드러난 것처럼 보기 흉했다.

"너무 흉해." 그녀가 말했다. "가릴 방법도 없고."

"옷 한 벌 더 안 챙겨 왔어?"

메건은 고개를 저으며 짜증 섞인 눈초리로 그를 보았다. "당신은 챙겨 왔어?"

아밋은 타월에 손을 닦고 변기 뚜껑 위에 앉았다. 감 두 겹 사이로 손을 밀어 넣어봤다. 거즈 같은 감이 손바닥을 스치고 손등엔 실크가 닿았다. 의대에 다닐 때 인체의 가장 섬세한 조직을 봉하는 걸 배우며 외과 의사가 될 거라고 생각했었다. 하지만 그는 수련 과정까지 가지 못했고 교과서와 실습을 통해서만 배웠을 뿐이었다. 그가 보건대 치마를 수선할 방법은 없었다. 그 구멍 속으로 이제 그의 손가락이 보였다. 너무나 단순하고 투명한 디자인이었기에 그 작은 구멍이 옷을 망친 것이다.

"짐을 챙길 때 어떻게 이걸 못 봤는지 믿을 수가 없어." 메건이 말했다. "지난번에 입었을 때 난 자국일 거야. 담뱃불 같은 게 튄 거야."

그녀의 잘못은 아니었지만, 왜 더 조심하지 않았는지 탓하고 싶었다. 어쩌면 팸의 결혼식을 피하고 일을 망치려는 무의식적인 행동은 아니었을까. 메건의 치마를 핑계로 결혼식에 아예 가지 말고 호텔 방에서 영화나 볼까 하는 생각이 스쳤다. 어차피 하객으로 붐빌 테고 그들이 안 간다고 눈치 챌 사람은 없었다. 웨이터들은 그들의 자리를 무시하고 계속해서 음식을 나를 것이다. 채드윅 인이 조금만 좋았더라도 그렇게 했을지도 몰랐다.

"이 근처에 가게가 없을까?" 메건이 물었다. "당신 준비하는 동안 빨리 가서 사올 만한 가게 말이야."

"근처에 쇼핑몰이 있었는데, 그래도 여기서 한 시간 거리야. 이 동네엔 옷가게가 있었던 것 같지 않고. 적어도 좋은 데는 없어."

메건이 치마를 다른 쪽으로 돌리니 앞에서 탄 자국이 보이지 않았다. 그러곤 그녀는 세면대 거울 앞에서 아밋의 옆에 섰다. 두 사람 팔의 맨살이 닿았다. 메건은 보통 화장을 하지 않았지만 결혼식에 간다고 붉은 립스틱을 바르고 있었다. 그는 그 얼굴이 너무 정신없어 보인다고, 지적이고 고전적인 맨얼굴이 더 예쁘다고 생각했다. 메건은 인도에서 전혀 알지 못하던 전 세대 미국에서, 지금보다 삶이 훨씬 단순하던 시대에 살았을 만한 얼굴이었다. 언제나처럼 얼굴과 긴 목을 드러내며 짙은 갈색 머리를 뒤로 올렸고 안경을 썼다. 타원형 무테 렌즈는 메건의 섬세한 눈빛을 보호하는 데 필요한 어떤 장치처럼 보였다. 그들은 키가 175센티로 똑같았다. 여자로는 큰 키고 남자로는 작은 듯한 키였다. 메건이 마흔둘이니까 그보다 다섯 살 위였지만, 둘을 처음 봤을 때 중년처럼 보이는 건 스물아홉에 머리가 완전히 세어버린 아밋이었다. 흰머리가 나기 시작한 건 바로 이곳 랭포드에서 졸업반이었을 때다. 처음은 몇 가닥 되지 않아서 까만 머리 틈에 가려 보이지 않았었다. 하지만 컬럼비아 대학에서 2학년이 될 즈음엔 까만 머리를 손으로 꼽을 정도가 되었다. 큰 상처를 겪으면 젊을 때 머리가 셀 수도 있다는 글을 어디선가 읽은 적이 있었다. 하지만 누가 갑자기 죽거나 사고를 당한 기억은 없었고, 삶에서 커다란 변화를 겪은 것도 아니었다. 부모님이 그를 랭포드로 보낸 것 외에는.

"당신이 저녁 내내 바로 내 옆에 서 있으면 아무도 눈치 못 채겠다." 메건이 그 옆으로 바짝 달라붙으며 말했다. 그녀의 팔에서 온기가 전해지는 순간 살짝 성욕을 느꼈지만 행동으로 옮기기엔 너무 피곤했다.

"내 옆을 떠나지 않고 저녁내 버틸 수 있겠어?" 그가 물었다.

"당신만 할 수 있다면 난 할 수 있어." 메건의 목소리에서 도전적인 기미가 느껴졌고, 재밌는 아이디어란 생각에 아밋은 웃음이 나왔다. 뭔가 구체적인 역할이 주어진 것 같아서 당장 결혼식에 가고 싶어지기까지 했다. 생각해보면 그들이 사랑에 빠졌을 때는 이런 일쯤은 문제도 아니었다. 두 사람의 몸이 저녁내 맞닿아 있는 건 당연한 일이었다.

"그래, 좋아." 그가 말했다.

그들은 서서 거울에 비친 모습을 바라보았다. 그녀는 때 묻은 브래지어에 구멍 난 치마를 입고, 그는 벌거벗은 채 축 처진 성기를 드러내고 얼굴엔 새하얀 면도 크림을 묻히고 있었다. 메건이 고개를 저었다.

"우리 둘 엄청 볼 만하겠네."

◆

애초에 학교엔 걸어갈 생각이었다. 학교는 길 건너편이었고, 경사진 잔디밭을 걸어 몇 분 걸리지 않았다. 하지만 메건이 하이힐에 흙을 묻히고 싶어하지 않아서 차를 타고 가기로 했다. 차 안엔 딸들의 흔적이 가득했다. 책과 작은 인형 들, 마야가 모으기 시작한 플라스틱 말들이 흩어져 있었다. 주말에 애들이 가 있는 처가댁에 넘겨준 보조좌석만 없었다. 그는 할아버지, 할머니와 함께 있을 아이들을 생각했다. 아이들이 올 때를 위해 장인이 지은 나무 위의 집에서 놀거나, 할머니가 티타임을 하라고 만들어준 파운드케이크를 먹으며 팩 주스를 마시는 모습을 떠올렸다. 딸들은 아밋이나 그의 가족을 전혀 닮지 않았다. 아밋은 부모님과 가깝지 않았지만 이 사실만은 언제나 꺼림칙하고 죄송스러웠다. 자기 어머니와 아버지가 자식에게 신체적으로 물려준 것이 하나도 없다는 걸 뜻했으니까. 마야와 모니카 모두 메건을 닮아, 아밋의 짙은 피부색이나 까만 눈동자는 흔적도 보이지 않았다. 그래서 인도식인 듯한 이름을 빼면 아이들은 완벽한 미국 애들이었다. "친아빠세요?" 그가 혼자서 가게나 공원 놀이터로 아이들을 데리고 가면 사람들이 가끔씩 이렇게 물어 오곤 했다.

2분도 안 되어 길가에 차를 대고 학교의 정문으로 이어지는, 나무가 늘어선 진입로로 접어들었다. 반질거리는 나뭇잎이 풍성했다. 하지만 그가 기억하는 건 가을에 붉게 물든 나무나 산을 굽이굽이 덮는 연보랏빛 그림자와 겨울에 정문을 덮은 눈이었다. 학교 자체는 기억과 크게 다르지 않았다. 지나치게 크고 잘 가꾸어졌고, 잔디밭 여기저기엔 둥그런 추상 조각이 놓여 있었다.

"여기 교정이 내가 다닌 대학보다 좋은걸." 메건이 교정을 가로지르며, 깔끔한 건물과 조각에 감탄했다.

"좀 심한 편이지." 그가 말했다. 그들이 처음 만났을 때 메건은 그가 사립학교를 다닌 사실에 은근히 놀라기도 했지만, 동시에 놀리기도 했다. 잘사는 사람들에게 불만이 있는 건 아니었지만 편견이 없는 것도 아니었다. 아밋이 인도 사람이 아니었다면 메건은 그와 같은 사람을 멀리했을 것이다. 메건은 다섯 형제 중 막내였고, 아버지는 경찰, 어머니는 유치원 선생이었다. 고등학교 졸업 후 낮에는 복사 가게에서, 밤에는 텔레마케터로 일을 했고 스무 살이 되어서야 대학에 들어갔다. 대학에 들어간 후에도 일을 계속해야 했기 때문에 파트타임으로 학교에 다녔다. 그런 면에서 메건은 그가 아는 어느 누구보다—성공한 아버지와 벵골 인 지인들을 포함해서— 열심히 살았다. 메건의 평범한 배경을, 나이가 다섯 살 연상이라는 사실도 그의 부모는 마음에 들어하지 않았다. 얼굴이 유난히 예쁜 것도, 굳이 콘택트렌즈를 끼지 않는 것도, 키가 큰 것도 좋아하지 않았다. 의사라는 지위조차 모든 걸 덮을 수는 없었고, 오히려 부모는 아밋에게 더욱 실망했다.

몇몇 건물에 새로 덧붙여 지은 동이 눈에 들어왔다. 벽돌과 흰

돔에 철과 유리 같은 현대적인 요소를 가미했다. 아밋의 부모는 그가 자란 매사추세츠 주 윈체스터에 있던 공립학교에서 그를 빼내 이곳으로 보냈었다. 아밋이 9학년일 때 부모님은 인도로 돌아가기로 결정했기 때문이었다. 아직도 부모님이 이 계획을 얘기하던 날 밤을 기억하고 있었다. 케이프코드에 있는 코튜이트의 해산물 레스토랑에서 바다가 보이는 자리에 앉아 있었고, 식탁 위엔 선홍색 집게발과 껍데기가 산처럼 쌓여 있었다. 아버지가 모두를 위해 능숙하게 살을 발라낸 후였다. 아버지는 하버드 의대 교수들에게 점점 쌓여가는 불만을 털어놓는 내용으로 시작해서 뉴델리에 있는 병원에 자리가 났다는 얘길 했다. 아밋은 부모님의 결정에 충격을 받았다. 지금껏 부모님은 매사추세츠 주에 사는 다른 벵골 사람들과 달리 인도를 무시하는 편이었고 때로 비판적이기도 했다. 고향을 그리워하거나 감상적이 되는 법은 없었다. 어머니는 머리를 짧게 자르고 바지를 입고 다녔고, 특별한 때만 사리를 입었다. 아버지는 술을 넣어놓는 캐비닛을 두고 식사 전에 진토닉을 즐겨 마셨다. 둘 다 부유한 가정 출신이어서 힐스테이션인도 식민지 시대에 만들어진, 구릉지에 있는 상류층의 피서지에서 여름을 보냈고, 인도에서는 기숙학교를 다녔다. 미국의 상대적인 부유함에 감동받은 적은 없었다. 인도에서 훨씬 선택받은 삶을 살았지만 한번 그곳을 떠나자 뒤돌아보지 않았다.

레스토랑에서 아버지는 랭포드의 입학 서류를 꺼내 캠퍼스 사진을 보여주었다. 교실 탁자에 둘러앉아 웃고 있는 학생들과 칠판 앞에 서 있는 선생들의 모습이 카메라 렌즈에 포착되었다. 학업 성적으로 보면 이 학교가 그가 다니던 곳보다 훨씬 월등하다고 아버지가 설명했다. 랭포드 졸업생의 아이비리그 입학률도 말해주었다. 아밋은 그 말을 들으며 아버지가 뉴델리에 난 자리를 이미 수락했고, 윈체스터의 집도 내놨다는 걸 짐작했다. 아밋이 뉴델리에 있는 학교로 옮길 이유는 없었다. 어차피 미국 대학에 다니게 될 텐데 다른 나라에 있는 학교에 적응하느라 시간 낭비할 필요가 없다는 게 아버지의 말이었다.

  랭포드에 다닐 때 크리스마스 때와 학기가 끝나면 아밋은 뉴델리로 부모님을 보러 갔다. 치타라얀 공원에 있는, 하인들로 가득한 아파트에 그를 위해 따로 마련해놓은 텅 빈 방에서 지냈다. 그는 뉴델리에서 즐겁게 지내본 적이 없었다. 서투른 벵골 어는 그 도시에서 통하지 않았다. 그래서 그는 전에 가던, 친척들이 있는 캘커타가 그리웠다. 부모님이 델리로 이사 간 건 인디라 간디가 암살당한 해였고, 이어서 일어난 폭동 때문에 부모님은 통금과 심한 감시 속에서 살아야 했다. 아밋 역시 거기선 친구도 없고 할 일도 없이 집 안에 갇혀 지내야 했다. 그래서 어떤 면에선 이 평화로운 곳으로 돌아오는 게 그에겐 다행스런 일이었다. 4년 후 부모님은 다시 미국으로 돌아왔고, 이번에는 휴스턴이었다. 뉴델리에서 아버지는 난시를 교정하는 레이저 시술을 완벽한 수준으로 끌어올렸고 덕분에 전 세계 병원에서 의사와 교수 자격으로 줄곧 초청을 받았다. 휴스턴에서 5년을 지낸 후 부모님은 스위스의 로잔으로 이사했고, 지금은 사우디아라비아에서 살고 있다.

  랭포드에서 아밋은 유일한 인도 학생이었다. 사람들은 언제나 그가 매사추세츠가 아닌, 인도에서 태어나고 자랐다고 생각했다. 언제나 발음이 좋다고, 영어를 잘한다고 칭찬을 했다. 그가 이곳에 온 건 열다섯 살 때, 그러니까 고2 때였는데, 랭포드에선 그걸 4학년이라 불렀다. 그때쯤엔 반에서 친한 친구나 그룹들이 이미 정해진 뒤였다. 윈체스터의 학교에서 그는 스타 학생이었는데, 여기 오니 갑자기 따라가느라 열심히 공부해야 하는 처지가 되었다. 아침마다 수업에 가려면 재킷을 입어야 했고, 선생님들을 '스승님'이라 불러야 했으며 일요일에는 채플에 가야 했다. 랭포드에 다니는 애들과 비교하면 자기 부모님의 재산은 우습지도 않다는 걸 깨달았다. 결국 빠져나갈 곳은 없었다. 누구에게도, 심지어 주말마다 전화를 하는 부모님에게도 말은 안 했지만 집이 그립고 부모님이 보고 싶어 죽을 지경이었다. 처음 몇 달간은 불쑥불쑥 눈에 눈물이 고였다. 주변 사람들 사이에서 부모님의 모습을 찾아보려 했지만 랭포드에 있는 어떤 것도, 어떤 사람도 부모님을 떠올리게 할 수 없었다. 첫 학기 때는 이 세계에 최대한 빠져보려 노력했다. 수영 선수도 하고, 성으로 아이들의 이름을 부르고, 청바지를 못 입게 하니까 매일 카키 바지를 입어가면서. 다른 아이들처럼 어머니와 아버지 없이 사는 방법을 배웠고 아직 어렸지만 날마다 부모에게 기대는 버릇을 없애갔다. 그리고 결국 그렇게 사는 걸 즐기기까지 했다. 하지만 그는 아직도 부모님을 용서하지 않았다.

추수감사절마다 팸의 가족은 그를 비롯해서 갈 데 없는 학생들을 받아주었다. 산티아고나 테헤란같이 왕래가 힘든 나라에서 왔거나 아밋의 부모님보다도 더 자주 이사를 다니는 외교관이나 언론인 자녀들이었다. 그들은 캠퍼스 한쪽 끝에 있는 보든의 집에서 식사를 했다. 팸과 그녀의 삼형제들과 함께였는데 다들 다른 기숙학교에 다녔지만 명절이면 항상 집에 왔다. 아밋에게 그날은 한 해의 하이라이트였다. 그를 비롯한 다른 남학생들 모두 팸을 좋아했다. 팸은 가족 중에서도, 교정에서도 유일한 여자애 같았다. 실제로 그때 팸은 세상에 존재하는 유일한 여자애처럼 느껴졌다. 다들 식탁에서 팸 옆에 앉기를 고대했고 그 후 몇 주 동안은 그애 얘기를 했다. 노스필드 마운트 허먼 학교에서 팸의 생활은 어떨지, 가슴은 어떻게 생겼을지, 곧은 연갈색 머리카락은 만지면 어떤 느낌일지, 아침에 등 위로 헝클어져 있을 때는 어떤 모습일지 상상을 했다. 집에 오면 지내는, 2층에 있는 팸의 방도 궁금해 했다. 남자애들은 팸이 조류를 먹는지 육류를 먹는지 지켜봤고, 어느 해 팸이 더 이상 칠면조를 먹지 않는 걸 눈치 챘다.

팸은 자신이 남자애들의 숭배의 대상이라는 걸 잘 알고 있었다. 친절했지만 선은 분명히 그었다. 그녀는 드물고도 희한한 존재였다. 자기가 가진 성적 매력을 벌써 알고 있으면서도 정작 남자에게 관심은 없는. 그녀는 다른 여자애들과는 달리 이성을 불편해 하지 않았는데, 남자 형제가 많은 집에서 자란 영향인 것 같았다. 보든 가 사람들은 허물이 없었고, 그 집 아이들까지도 명절날 집에 온 학생들에게 친절하게 대접하는 훈련이 되어 있었다. 팸은 아밋과 다른 아이들에게 먼저 말을 걸었고, 열다섯 살이 아니라 어머니뻘이라도 된다는 듯이 무슨 과목을 듣는지 물어봤다. 그러고 나면 이듬해까지 그들은 그녀의 의식 속에서 사라졌다. 식사가 끝나면 보든 교장선생님은 아이들을 잔디밭으로 데리고 나가 아들들과 함께 풋볼 경기를 했다. 아니면 그냥 집 안에서 학교에서 프랑스 어를 가르치던 보든 사모님이 주축이 되어 꽤 어려운 단어 게임이나 낱말 맞추기 게임을 했다.

랭포드에서 마지막 해, 아밋은 컬럼비아 대학에 합격했다. 그 반에서 같은 학교로 가는 학생은 없었는데, 어느 날 보든 교장선생님이 아밋에게 팸도 컬럼비아에 가기로 했다고 말해주었다. "팸을 잘 부탁하네." 교장선생님은 이렇게 말했지만 그에게 먼저 전화를 걸어 온 것은 팸이었다. 그녀도 뉴욕이나 대학 생활이 낯설었을 텐데 자기 부모가 하던 식으로 친선 대사처럼 행동했다. 팸이 그렇게 마음을 먹었으므로 그들은 갑자기 친구가 되었다. 일주일에 두 번씩, 함께 들던 종교 수업이 끝나면 저녁을 먹으러 갔다. 카페 페르투티에 가서 크림 소스 파스타를 먹거나 라로지타에 가서 카페콘레체와 밥과 콩을 먹었다. 저녁 후엔 버틀러 도서관의 작은 방에서 서로 마주보고 안락의자에 앉아 밀턴과 마르크스를 읽었다. 엉뚱한 것들 때문에 그녀를 사랑하게 되었다. 그녀는 배낭이나 가방에 책을 넣지 않고 앞가슴에 안고 다녔고, 언제나 옷을 얇게 입어서 모두들 모직과 오리털을 입을 때 아직도 술이 달린 스웨이드 재킷을 입고 다녔다. 그녀 이름의 마지막 두 글자가 자기 이름의 첫 두 글자와 일치한다는 점도 있었다. 바보처럼 들릴 것 같아 말하지 않았지만 그 사실 덕분에 둘이 결국 맺어질 거라고 믿었다.

처음엔 희망이 있었지만, 머지않아 팸이 다른 사람들을 만나고 있다는 걸, 자신은 단순한 친구일 뿐이라는 걸 깨달았다. 팸은 자기 형제들처럼 자신을 보호해주고, 믿을 수 있고, 딴생각 없이 함께 다니는 남자들에게 둘러싸여 지내는 데 익숙했다. 다만 대학시절 동안 그 역할을 아밋에게 준 것이다. 관심 있는 남자애들에 대해 알아봐 달라고 했고, 데이트를 할지 결정하기 전에 그들의 평판은 어떤지, 과거는 어떤지 물어봤다. 그 대가로 팸은 아밋에게 어떻게 여자애들에게 접근하는지, 어떻게 하면 잘 꼬실 수 있는지 조언을 해주었다.

아밋이 대학에서 처음으로 엘렌 크래도크와 사귀었을 때도 팸이 코치를 해주었다. 팸은 아밋과 그녀가 칼리지 워크에 함께 가게 도와준다고 엘렌과 친구가 되기까지 했었다.

아밋이 팸에게 용기를 내어 뭔가를 시도한 건 단 한 번뿐이었다. 2학년 때 파티에서 술에 취해 그녀에게 입을 맞추고 진녹색 터틀넥 스웨터 위로 젖가슴을 더듬었다. 그녀도 함께 입을 맞추고 가슴을 만지도록 놔두었지만 잠시 후 그를 밀쳐냈다. 언젠가 이런 일이 있을 줄 알았다는 듯한 여유였다. "너나 나나 이제 어떤 느낌인지 알게 됐네"라고 그녀가 말하는 순간 아밋은 불가능하다는 걸, 팸이 자길 이성으로 좋아하지 않는다는 사실을 절감했다. 모든 가가 1년에 한 번 아밋을 집으로 들여 대접한 것처럼 팸은 그를 받아들였지만, 지극히 일부만 보여주고 나서 문을 닫아버렸다.

팸은 아직 문학 에이전시에서 해외저작권 일을 하며 뉴욕에 살고 있었다. 하지만 요즘 그들은 고작 1년에 한두 번, 그것도 우연히, 지하철이나 길거리에서, 또는 메트로폴리탄 미술관의 붐비는 전시에서 마주칠 뿐이었다. 그래도 팸은 그의 주소를 갖고 있었고, 크리스마스나 심지어 생일에도 카드가 왔다.(팸은 이런 걸 챙기는 타입이었다.) 아밋과 메건이 결혼한 사실을 알았을 때 그녀는 티파니에서 촛대를 사 보냈다. 아이들이 태어났을 때도 유럽 브랜드의 드레스나 유모차에 까는 캐시미어 담요 같은 비싼 선물을 보내왔다. 그러곤 결혼한다는 전화는 없이 청첩장만 왔다. 시간이 그렇게 흘렀는데도 아밋은 은근히 기쁘면서도 가슴이 떨렸다. 팸이나 보든 가족에게 연락을 받으면 언제나 그랬다. 만사를 제쳐두고 그들에게 모든 신경을 기울였다.

하객들이 아름다운 나무 밑으로 모여들었다. 나무 밑에는 식이 시작되기 전 칵테일을 만들어주는 바가 차려졌다. 하얀 접이의자가 잔디 위에 줄줄이 놓여 있고, 그 뒤로 믿을 수 없을 정도로 부드럽고도 푸른 산이 펼쳐졌다. 그 위로 해가 지고 있었다. 바로 여기, 정확히 이 자리에서 졸업을 했었다. 그땐 지금과 달랐다. 몸도 날씬했고 머리카락도 대체로 검었다. 대학 다닐 때 염색을 못 하게 한 건 팸이었다. 특이하다고, 여자들이 좋아할 거라고 했다. 처음엔 믿지 않았지만 팸의 말이 맞았다. 사귀었던 여자들 모두 어느 시점에선가 그의 흰머리가 섹시하다고 고백했다.

"반대쪽이야." 사람들 속으로 섞이며 메건이 말했다. 메건의 왼쪽으로 가서 보조를 맞추어 칵테일을 기다리는 줄에 나란히 섰다. 흔한 술병과 레모네이드가 가득한 펀치 그릇 두 개가 있었다. "믹스해 드릴까요?" 바텐더가 물었다. 술을 믹스한 칵테일 두 잔을 들고, 달콤하면서도 알코올이 강한 음료를 홀짝이며 잔디밭 쪽으로 걸었다. 아밋은 주변 사람들의 얼굴을 둘러봤다. 어깨에 아이들을 태운 남자들과 갓난아이들에게 조용히 하라고 입에 손가락을 갖다 대는 여자들, 뛰어다니는 아이들을 쫓아다니는 베이비시터들이 보였다. 나이가 어려 보이는 걸 보니 여기 오느라고 고용한 고등학생들 같았다. 아이들을 데리고 온 아버지들은 나무들을 가리키고, 계곡으로 흩어지며 움직이는 구름을 가리켰다. 아는 사람은 아무도 없었고, 딸들이 보고 싶었다.

"애들이 많이 왔네." 메건이 말했다.

"우리 애들도 왔으면 좋아했겠다."

"하지만 그랬으면 우리가 즐길 수 없었겠지. 자, 건배."

"건배." 나란히 서 있는 탓에 얼굴도 보지 않고 잔을 앞으로 들어 올렸다.

학교에서 술을 마시자니 좀 이상한 기분이 들었다. 예전에 비밀리에 하던 파티가 생각났다. 금요일 밤이나 토요일 밤이면 사감에게 들키지나 않을까 걱정하면서 기숙사 안으로 몰래 술을 가지고 들어왔었다.

메건에게 "이제 나도 많이 늙은 것 같아"라고 말하던 차에, 낯익은 사람이 웃으며 그에게 다가왔다. 세련된 뿔테 안경은 못 보던 거였지만 다정한 푸른 눈과 곱슬곱슬한 갈색 머리, 갈라진 턱은 기억하고 있었다. 수업을 여러 번 함께 들었고, 실습 시간에 파트너가 된 적도 있었다. 화학 시간이었다는 게 갑자기 기억났다. 그 친구의 아버지와 팸의 아버지는 고향 친구였고, 그가 교장선생님을 "보든 삼촌"이라 불렀었다. 성이 슐츠라는 건 기억이 났는데 이름이 기억나지 않았다.

"사르카르." 슐츠가 말을 걸었다. "아밋 사르카르, 맞지?"

아밋이 손을 내미는 순간 슐츠의 이름이 떠올랐다. "아, 반가워. 집사람 메건이야. 메건, 이쪽은 팀이야."

슐츠의 얼굴에서 웃음이 사라졌다. "내 이름 테드야."

"테드, 그렇지, 테드. 아, 미안하네. 테드, 집사람 메건이야. 인사해." 아밋은 자신이 바보 같았다. 랭포드에 처음 왔을 때, 사람들에게 잘 보이려고 그토록 노력하던 시절, 실수를 저질렀을 때처럼 당혹스러웠다. 얘기하면서 자연스럽게 나오도록 하지 않고 이름을 먼저 말한 자신을 탓했다. "용서하게." 테드가 메건과 악수를 나눌 때 아밋이 다시 말했다. "운전을 너무 오래해서 그런가 봐."

"아, 신경 쓰지 말라고." 테드가 이렇게 말했고 아밋은 더 미안한 생각이 들었다. "부모님 아직 인도에 계시나?"

"돌아오셨지. 그랬다가 다시 떠나셨어."

"지금은 어디 계시는데?"

알고 봤더니 테드도 맨해튼에 살고 있었다. 이혼했고, 법률회사에서 일하고 있었다.

"신랑, 아는 사람이야? 우리 중 한 명 대신 택일한 사람 말이야."

"라이언은 만난 적이 없어." 아밋이 말했다. 테드가 한 말을 메건이 어떻게 생각할지 염려되었다.

"내가 들은 건 방송작가라는 게 전부야." 테드가 말했다. "내 직업을 그럴듯하게 보여주는 그 법률 드라마 중에 하나라는데. 그래서 L.A.로 이사 가는 거래. 그 드라마에 나오는 배우 한 명이 결혼식에 온다고 했는데."

그들은 유명인처럼 보이는 사람이 있나 둘러봤다. 하객들은 매력적인 사람들이었고, 여자들은 대부분 검은 칵테일 드레스를 입고 있었다. 아밋은 메건의 스커트가 생각났고, 아내 곁으로 한 발짝 다가서며 허리에 팔을 둘렀다.

"둘이 어떻게 만났어요?" 테드가 물었다.

"의대 다닐 때요." 메건이 말했다.

"와. 사르카르 의사 선생님. 굉장한데."

"집사람만이야." 아밋이 말했다. "집사람은 해냈고, 난 못 했어."

현악 4중주단의 연주가 시작되자 사람들도 자리를 찾아 앉았다. 아밋과 메건은 뒤쪽으로 자리를 잡았고, 메건은 구두 굽이 잔디에 빠진다고 투덜댔다. 빈 술잔은 의자 밑에 놓았다. 팸의 신랑 될 사람이 객석 사이를 걸어 나오자 모두 몸을 돌렸고, 그는 목사가 서 있는 중앙에 자리를 찾아 섰다. 라이언은 마흔이 훌쩍 넘어 보였다. 키가 크고 그은 피부에, 턱수염은 희끗희끗했고, 잘생긴 얼굴엔 주름이 있었다. 이어서 팸이 아버지와 함께 입장했고, 그 뒤를 어머니와 형제들이 따랐다. 보든 부인은 변한 데가 없었다. 손질하기 편하게 짧게 자른 모래 빛 머리카락도, 날씬한 몸매도 그대로였다. 양옆에 앉은 하객에게 고개를 돌려 깍듯이 인사를 했다. 보든 가족은 평생 이런 큰 규모의 행사들을 주관해왔고, 이 결혼식도 매주 하는 회의나 홈커밍 게임, 졸업식 같은 행사와 다르지 않았다. 가족 중에 처음 본 사람은 열두 살 정도 되어 보이는 여자아이였다. 예쁜 얼굴에 제법 심각한 표정을 짓고 꽃다발을 들었는데, 팸의 조카이거나 나이 어린 사촌동생인 듯했다. 팸은 뒤가 길게 끌리는, 민소매 드레스를 입었다. 드레스는 일부러 구깃거리게 디자인한 아이보리색 원단이었고, 드레스라기보단 침대보를 몸에 감은 것 같았다. 캐주얼했지만 완벽한 모습이었다. 팸은 한 손에 노란 프리지아를 아무렇게나 들고 웃으면서 다른 손은 하객을 향해 흔들었다. 지금껏 아밋에겐 그녀가 세상에서 가장 아름다운 여인이었다.

  신랑 신부는 하객들에게 등을 보이고, 목사와 산과 노을을 향해 서 있었다. 식은 짧고 간단했고, 신부 들러리도, 신랑 들러리도 없었다. 아밋이 예상한 대로였다. 누군가 일어나 시를 낭송했는데 마이크가 없어서 잘 들리지 않았다. 하지만 그냥 보기만 해도 멋진 광경이었다. 산 너머 하늘은 복숭앗빛과 자줏빛이 짙게 섞이며 어두워졌고, 아무것도 없는 싱그러운 초원에서 결혼식이 열리는 모습이 인상적이었다. 아밋은 팸의 머리카락을 보고 있었다. 그 위를 지나는 바람에 머리가 흩어졌고, 여자들이 어깨 위로 숄을 둘렀다. 이 시간쯤엔 언제나 차가운 산 공기가 낮에 더워진 공기를 밀어냈다. 팸은 이제 서른일곱, 그와 동갑이었지만 뒷모습은 열아홉 같았다. 하지만 그녀는 결혼이 늦었고, 특히 그에 비하면 훨씬 늦었다.

결혼식을 지켜보며 아밋은 팸과 미미하나마 관계를 지속한 게 다행이란 생각을 했다. 그러니까 여기 앉아 결혼하는 모습을 지켜보고 삶의 중요한 시작을 직접 볼 수 있었던 게 아닌가. 그가 알고 있는 삶은 계속될 것이다. 메건과 그의 직장, 뉴욕에서의 삶, 그리고 아이들. 자신의 인생에서 가장 심오한 일, 마야와 모니카를 가진 일은 이미 일어났다. 이처럼 인생을 뒤바꾼 사건도 없을 것이다. 그는 이 중에서 어느 것 하나 바꾸고 싶지 않았지만, 마음속 한 구석에선 메건과 처음 만났을 때로 돌아가 앞으로의 일을 기대하고 경험하는 즐거움을 다시 맛보고 싶기도 했다.

팸과 라이언이 흥분해서 눈을 뜬 채 키스를 했고, 하객들이 박수를 쳤다. 음악이 시작되면서 신랑 신부가 잔디밭 길을 따라 퇴장했다. 아밋은 일어나, 이번에는 말하지 않아도 알아서 메건의 왼쪽에 섰다. 그러고는 신랑 신부에게 인사를 하기 위해 기다리는 사람들 줄에 함께 가서 섰다. 팸은 사람들의 말에 고개를 젖히며 웃거나 몸을 굽혀 키스하거나 자연스럽게 사람들의 팔 위에 손을 올려놓기도 했다. "그 예쁜 아이들은 어디 두고 온 거야?" 아밋을 보자마자 팸은 이렇게 소리치면서 그가 뺨에 키스하도록 고개를 내밀었다. 그러곤 다른 쪽 뺨도 내밀었다. 당황스러울 정도로 부드러운 피부는 변함이 없었지만, 가까이서 보니 보든 부인의 눈가에 있던 주름이 이제 팸에게도 잡히기 시작했다.

"메건 부모님께 맡겼지. 둘이서 주말을 자유롭게 보내려고."

"새벽 5시까지 놀 거예요." 메건이 신나는 목소리로 말했다. "밤새 놀다가 발코니에서 해 뜨는 걸 보려고요."

아밋은 메건을 쳐다봤다. 그런 말은 한 적이 없었다. 메건의 이번 주말 여행의 목표는 방해받지 않고 잠을 자는 거라고 생각했었다. "정말이야?"

메건은 그 말에 대답하는 대신 팸에게 이렇게 말했다. "너무 예뻐요. 드레스가 정말 예쁘네요." 메건의 말은 진심이었고, 예전처럼 팸에게 질투를 느끼는 것 같지 않았다. 팸이 이제 결혼해서 완전히 다른 남자에게 가버렸으니 아밋에게 돌아올 건 손톱만큼도 남지 않았다고 생각할지도 몰랐다.

아밋 부부는 라이언과 악수를 나누었다. "팸에게 말씀을 너무 많이 들었어요." 라이언이 아밋에게 말했다.

"축하드립니다." 아밋이 답했다. "행복하세요."

"저 사람이 캘리포니아 여자가 될 수 있는지 한번 보지요."

"라이언의 아이들이 이 근처 어디선가 놀고 있을 텐데." 팸이 말했다. "꽃을 들고 있던 애가 클레어였어." 그러곤 라이언의 뺨에 입을 맞추며 자기가 한 말을 정정했다. "미안해, 자기. 우리 아이들이지." 그녀는 자신이 새엄마라는 걸 믿을 수 있겠느냐고 묻는 눈빛으로 아밋을 쳐다봤다. 그러니까 이 결혼은 라이언에겐 재혼이었고, 다른 여자와 가진 아이들이 딸린 거였다. 결혼식 때 슬픈 얼굴로 입장한 아이는 이제 팸의 딸이기도 했다. 그런 복잡한 결혼을 하리라고 생각지 못했었다. 원한다면 어떤 남자라도 가질 수 있었던 팸이었다.

"네 아이들을 진짜 보고 싶었는데." 팸이 말했다. "혹시 사진 있어?"

메건이 백을 들여다봤다. 하지만 구슬이 박힌 작은 이브닝 백을 들고 오느라 지갑은 호텔에 놔두고 왔다.

"나한테 몇 장 있을 거야." 아밋은 사진 두 장을 꺼냈다. 마야와 모니카가 갓난아이였을 때 찍은 사진이었다. 눈이 반짝거리고 입가가 뾰족했었다. "지금은 이때랑 전혀 다르지."

"아이들을 데리고 L. A.에 와. 바닷가에 있는 라이언의 별장에 놀러 와야 해." 팸은 웃으며 말했다. "아니, 우리 별장."

"정말 가보고 싶어요." 메건이 말했다. 하지만 아밋은 그런 일은 일어나지 않을 거라는 사실을 알고 있었다. 이게 마지막이고, 팸의 세상에 다시 발을 들여놓을 이유는 별로 없었다.

"내일 학교에서 브런치가 있어." 팸이 말했다. "거기서 보는 거지?" 마치 급하게 의논할 게 있다는 듯 아밋을 쳐다보며, 예전 같은 말투로 말했다. 시험 보는 데 필요한 노트나 그가 최근에 좋아하게 된 여자 얘기가 있을 때 하던 식이었다.

"물론이야." 그가 말했다.

"아밋, 와줘서 정말 고마워. 널 보게 돼서 정말 기뻐." 팸이 말했다. 잠시나마 예전에 친했을 때의 끈끈함을, 어떻게 보면 좀 미묘했던 우정의 잔재를 느낄 수 있었다. 그는 언제나 충성을 다했고, 팸도 언젠가 인정했듯 그녀의 친형제들보다도 잘했다. 그렇게 말하는 팸의 시선에서 그녀가 그 사실을 새삼 인정하고 있다는 걸 느꼈다.

"당연히 와야지 무슨 소리야." 그가 말했다.

다음 차례가 기다리고 있었고, 인사를 마친 그들은 파티 인파 속으로 섞여 들어갔다. 메건이 화장실에 가야 한다고 했다. "화장실 어디 있는지 알아?"

그는 주변을 둘러봤다. 잔디밭 건너편에 사람들이 서서 전채를 먹는 곳이 학생처 건물이었다. 포치로 둘러싸인 웅장한 빅토리아 식 건물이었고, 뒷문으로 웨이터들이 쟁반을 들고 바쁘게 들락거렸다. 부모님과 함께 면접을 보러 그 문으로 들어가던 일이 기억났다. 플롯킨 씨라는 기분 나쁜 사람이 면접을 봤는데, 왜 랭포드에 오고 싶은지를 물었다. 부모님이 밖에서 기다리고 있기도 했고, 아밋은 사실대로 부모님이 인도로 돌아가면서 그곳 학교에 보내고 싶어하지 않는다고 대답했다. "그 대답은 랭포드 학생의 수준이 아닌 것 같네만, 사르카르 군." 아밋의 성적표와 추천서가 놓인 책상을 건너 플롯킨 씨가 말했다. 그러곤 두 손을 포개곤 아밋이 대답을 제대로 할 때까지 기다렸다.

"아마 저 건물에 화장실이 있을 거야." 메건에게 이렇게 말하고는 잊지 않고 왼쪽으로 붙어 건물까지 걸었다. 안으로 들어가자 여자 화장실 앞에 긴 줄이 보였다.

"어떻게 하지?" 메건이 목소리를 낮추어 말했다.

"난 함께 줄을 못 서지. 다 여자들 아냐. 아무도 스커트는 눈치 못 챌 거야."

"그럴까?" 메건이 이브닝 백을 든 손을 이리저리 움직여 탄 자국을 가렸다. 스커트 위엔 흰 셔츠를 받쳐 입었는데, 열린 단추 사이로 안에 입은 분홍색 캐미솔이 보였다. 목엔 목걸이가 없었다. 그의 어머니가 해준 보석을 메건은 결국 한 번도 하지 않았다. 그녀의 취향에 비해 너무 장식이 많았다.

"당신 오늘 예쁜데." 그가 말했다. 진심이었지만 아직 말하지 않았다. "내가 가서 칵테일을 더 가지고 올 테니 여기서 만나. 레모네이드 칵테일 할 거지?"

"응, 알았어."

아직도 백을 스커트 위로 이리저리 움직여보는 메건을 두고 건물에서 나왔다. 칵테일을 받는 데 생각보다 시간이 오래 걸렸다. 바에서 기다리는 줄에는 옛날 선생님들도 몇 보였다. 대부분은 중년으로 접어든 지 오래였고, 몇몇은 퇴직을 앞둘 나이였다. 물리 선생이었던 랜들 선생님에겐 손을 흔들었고 플롯킨 선생님의 눈은 피했다. 그러곤 네이글 선생님을 봤다. 영어 선생 중 한 명이었는데, 아밋이 기자로 일하다 결국 편집을 맡았던 학보 〈랭포드 레전드〉를 감수하기도 했었다. 네이글 선생님은 당시 교사 중 가장 어린 축이었다. 대학을 갓 졸업하고 들어왔었는데 아직도 상당히 젊어 보였다. 짙은 머리와 구불구불한 콧수염 때문에 키가 작고 날씬한 링고 스타 같았다. 네이글 선생님은 윈체스터 출신에 그곳 고등학교를 나왔기에 아밋은 언제나 그가 가깝게 느껴졌다.

"내가 맞춰볼게. 〈뉴욕 타임스〉 기자?" 네이글 선생님이 말했다.

"의학 저널에서 일합니다."

"아, 그런가? 과학엔 별 흥미가 없는 줄 알았는데."

과학엔 흥미가 없었다. 기자가 되고 싶었던 것도 맞았다. 여덟 페이지짜리 주간 신문에서 일하는 게 좋았다. 네이글 선생님과 편집팀과 함께 일주일에 한 번씩 그 지역 신문사에 가서 레이아웃을 잡는 것도 재밌었다. 도서관에 앉아 기삿거리를 생각하거나 교사나 학교에 특별 강연을 하러 온 유명인들을 인터뷰하던 일이 생각났다.

그 학교에 다니기 싫었지만 기자로 활발히 활동하면서 그나마 학교생활을 견딜 수 있었다. 하지만 기자는 그가 택할 수 있는 직업이 아니었다. 부모님은 상상도 못 할 일이었고 그 싸움만은 이겨낼 자신이 없었다. 그가 의대에 가서 아버지처럼 의사가 될 거라는 부모님의 기대는 차마 저버릴 수가 없었다.

아밋은 과학을 곧잘 했고, 그래서 컬럼비아 대학에서 생물을 전공한 다음 의대에 진학할 수 있었다. 2년이나 버틸 수 있었던 건 그곳에서 메건을 만나 사랑에 빠졌기 때문이었다. 하지만 메건을 알아갈수록 그런 열정과 헌신의 자세가 자신에겐 없다는 걸 깨달았다. 어느 날 밤 약학 공부를 하다가 커피를 마시러 나갔다. 산책 삼아 브로드웨이를 따라 걷다가 좀 더 걸어 내려갔다. 그러곤 브로드웨이를 따라서, 워싱턴하이츠에서 링컨센터까지, 그리고 저 아래 차이나타운까지 블록이 100개도 넘는 거리를 계속해서 걸었다. 새벽이 되니 어지러웠고 결국 더 못 가고 멈췄다. 트럭에서 생선과 채소를 내리고 있었고 거리에 사람들이 보이기 시작했다. 그는 한 제과점에 들어가 뜨거운 차 한 잔과 코코넛 빵을 먹으며 제과점 뒤쪽 원탁에 앉아 산처럼 쌓인 시금치를 다듬는 중국 여자들을 지켜봤다. 지하철을 타고 업타운으로 올라왔고 시험 시간엔 내내 잠을 잤다. 수업을 하나둘씩 빠지기 시작했다. 일주일이 지나자 거의 하는 일이 없었지만 뭔가 대단한 걸 성취한 기분이었다. 결국 그는 자퇴를 했고 그 학기가 끝날 때까지 부모님껜 알리지 않았다. 메건이 그를 떠날 거라 생각했지만 그녀는 그 결정을 존중했고, 아밋의 곁에 남았다. 의대에서 자퇴한 후 해보는 셈 치고 컬럼비아의 언론학과에 지원했지만 떨어졌다. 메건은 프리랜서로 일하면서 계속 글을 쓰라고 격려했다. 하지만 의학 저널에서 하는 일은 어렵지 않은, 대체로 뻔한 일이었다. 그의 전부를 던지지 않아도 되는 종류의 일이었지만 이제 아밋은 그 일 외에 다른 일을 한다는 건 상상할 수 없었다.

"난 자네가 신문 기자가 될 거라고 생각했었네." 네이글 선생님이 말했다. "자네가 졸업하던 해 우리 신문사가 그 좋은 상도 받지 않았나. 그 후로 다시는 그런 상을 받지 못했어. 아직도 도서관에 가면 상패가 진열되어 있네."

다른 사람이 대화에 끼어들었다. 새로 동문 회장을 맡았다며 아밋에게 인사를 했다. 그는 아밋에게 바로 관심을 가지면서 다음 동문회에 참석할지 물었고, 랭포드에 새로 지을 체육관에 대해서도 설명을 했다.

"아, 실례합니다." 아밋은 대화가 잠깐 잠잠해진 틈을 타서 말했다. "와이프를 찾아야 해요." 네이글 선생님과 얘기하면서 칵테일 한 잔을 다 마신 걸, 이젠 메건에게 줄 것뿐이라는 걸 깨달았다. 다시 줄을 서서 레모네이드 칵테일을 한 잔 더 받았다. 하객들 사이를 헤쳐 학생처 건물로 가서 메건을 찾아봤다. 하지만 그를 찾아 건물 밖으로 나갔는지 메건은 거기 없었다. 날이 어두워지고 있었고 모두 앉아 식사를 할 텐트에만 불이 켜져 있었다. 메건을 찾았을 때 그녀는 아직 왼손을 스커트 위에 갖다 댄 채 테드 슐츠와 얘기하고 있었다. 테드를 보자 아까 이름을 잘못 부른 일이 생각나 다시 바보가 된 느낌이었다.

"당신 거 가져왔어." 아밋이 메건에게 칵테일을 건네주며 말했다.

"아." 그녀는 술잔을 보더니 고개를 저었다. 다른 손엔 샴페인 잔이 들려 있었다. "웨이터들이 쟁반으로 갖다주길래 하나 집었어."

"메건한테 우리가 여기 다닐 때 얘길 하고 있었네." 테드가 말했다. "저 흉측한 새 건물이 올라가기 전에 말이지. 자넨 기숙사가 어디였지?"

"첫 해엔 잉걸스였고, 다음은 하크니스였어." 그는 이름이 맞는지 자신이 없었다. 아까처럼 또 틀릴 것만 같았다.

"문제가 있어." 메건이 말했다. "여기선 휴대폰이 안 터져. 애들한테 전화를 걸었는데 연결이 안 되네."

"어딘가 공중전화가 있을 거야." 아밋이 말했다. "아이들 자기 전에 내가 전화를 할게." 아밋은 계속 서 있었더니 피곤해서 앉고 싶었고, 속이 비어서 뭘 좀 먹고 싶은 생각이 간절했다. 나이든 사람들 몇몇과 아이에게 우유를 먹이는 엄마들이 벌써 텐트에 마련된 좌석에 앉아 있었는데, 자기도 가서 앉아도 괜찮을까 하는 생각이 들었다. 테드와 메건의 대화가 끊기는 틈을 기다려 좌석으로 가겠다는 얘길 하려는 참이었다. 누군가 어깨를 치기에 돌아봤더니 팸의 부모님이었다. 그는 안부와 근황을 묻고 축하를 하고 아이들의 사진을 다시 지갑에서 꺼내 보여주었다. "둘 다 엄마를 꼭 닮았네." 보든 부인이 거침없는 투로 말했다.

돌아보니 메건의 샴페인 잔이 비어 있었다. 아내는 테드에게 더 가까이 다가가 있었고, 손으론 다이아몬드 귀고리를 만지작거리고 있었다. 떨릴 때 하는 버릇이었다. 메건이 테드에게 매력을 느끼는 걸까? 질투보다 아밋은 야릇한 해방감을 느꼈다. 메건을 즐겁게 해줘야 한다는 의무감에서 벗어난 기분이었다. 머리가 아팠다. 뇌까지 너무 빨리 올라간 알코올을 희석시키려면 물 한잔이 필요했다. 피로연은 이제부터 시작인데 몇 시간 술을 마신 기분이었다. 좀 전에 스커트를 가리고 있던 메건의 손이 이제 귀에 올라와 있었다. 술이 몇 잔 들어가니 신경 쓰지 않았고, 아밋은 더 이상 그 곁에 서 있지 않아도 되었다.

저녁식사에서 아밋과 메건은 다른 세 커플과 한 탁자에 앉았다. 두 커플은 캘리포니아에 사는 라이언의 친구들로, 소개하고 나서 서로 얘기를 시작했다. 여자들은 50대로, 둘 다 실크 재킷 차림에 무거운 은장신구들을 하고 있었다. 아밋은 텔레비전 관련 일을 하는 사람들이 아닐까 추측했다. 짙은 갈색 머리의 남자들은 말이 많고 오랜 친구 사이 같았다. 다른 한 커플은 약혼한 사이였다. 팸의 친구인 여자는 이름이 펠리시아였고, 약혼자의 이름은 제러드였다. 건축가인 제러드는 머리카락이 아주 가늘었고 누구에게든지, 무슨 일에도 웃는 스타일이었다. 하지만 알고 보니 그건 얼굴에 굳어진 표정이었을 뿐이었다. 얇은 입이 귀밑으로 당겨진 듯 올라가 있었다. 제러드가 최근에 하는 일이 병원에 새 병동을 짓는 일이었고, 아밋과 메건은 바로 대화에 낄 수 있었다. 메건은 자기가 생각하는 병원 디자인의 개선점들을 제러드에게 모두 말해주었다.

와인과 물이 채워지고 연어 테린^{전채요리의 일종으로 육류 등에 젤라틴을 넣고 굳힌 음식}이 나왔다. 펠리시아는 아밋에게 그들의 결혼 계획을 얘기했다. 그녀는 자그마했고, 소녀 같은 몸은 소매 없는 베이지색 하이네크 드레스로 폭 싸인 듯했다. 눈, 코, 입은 나름대로 괜찮았지만 얼굴에 비하면 모두 좀 작은 듯해서 뭔가 덜 찬 느낌이었고, 인중이 눈에 거슬릴 정도로 길었다. 말하는 단어마다 축 처지는 듯해서 피로하게 했다. 식을 어떻게 치를까 고민하는 중이라고, 하객을 몇 명이

나 불러야 할지 정하지 못했다고 펠리시아가 말했다.

"이 결혼식은 굉장히 큰 편이에요." 그녀가 말했다. "몇 명쯤 될 것 같으세요?"

그는 탁자들을 둘러봤다. 탁자마다 여덟 명씩 앉아 있었다. "한 200명 쯤 될 것 같은데요." 물 잔을 비우고 메건 쪽을 봤다. 불편한 기색 없이 활기에 찬 표정이었다.

"결혼식은 어디서 하셨어요?" 펠리시아가 물었다.

"8년 전에 시청에서요. 결혼식은 없었어요." 당시엔 그게 최선이라고 생각했었다. 부모님을 로잔에서 오라고 하는 것도, 메건의 부모님이 대야 하는 비용을 생각해도 그랬다. 가족 모두를 만족시키는 일도 어차피 쉽지 않을 터였다. 아밋은 스물아홉이었고 메건은 서른넷이었다. 그에겐 신나는 생각이었다. 결혼한다는 사실에 더해 모든 게 비밀이라는 거, 이런저런 계획을 세울 필요도, 다른 사람이 끼어들 필요도 없다는 사실이 좋았다. 부모님은 메건의 얼굴도 몰랐다. 그게 부모님에게 얼마나 모욕이 되었을지 그는 모르지 않았다. 다른 건 다 서양식이던 부모님은 자기 아들이 결혼만은 똑같이 교육받고 자란 벵골 여자와 하길 원하지 않았던가.

"후회 안 하세요?" 펠리시아가 물었다.

"우리 딸들이 아쉬워하는 것 같아요." 결혼식 이야기를 궁금해 하고, 엄마가 웨딩드레스를 입고 찍은 사진을 보고 싶어할 나이였다.

펠리시아는 아이들이 몇 살인지 물었고, 그는 다시 서투르게 지갑에서 사진을 꺼냈다. "메건이 갖고 있는 사진이 더 나아요. 그러니까 요즘 찍은 사진이 더 있어요. 하지만 호텔에 두고 왔대요."

"아이를 갖는 데 한동안 시도를 하셨나요?"

모르는 사람치고 꽤 대담한 질문이었다. 하지만 그는 솔직하게 답했다. 레모네이드 칵테일로 아직 술기운이 있었다. "믿을지 모르겠지만 마야는 첫 번째 시도로 낳은 애예요." 그가 말했다. 그때 얼마나 우쭐했는지, 자기가 얼마나 강하다고 느꼈는지 아직도 기억이 생생했다. 피임을 하지 않고 한 섹스는 태어나서 처음이었는데, 바로 생명이 생겼으니 말이다.

"셋째도 가지실 건가요?"

"꿈도 못 꿔요." 딸들이 아기였을 때가 생각났다. 방은 그네와 보행놀이기구로 가득 찼고, 아기 식탁의자에 달린 끈적거리는 쟁반을 밤마다 목욕탕에서 샤워기로 닦아야 했다. 이제 아이들은 둘 다 기저귀 시절에서 벗어나 서서히 알 수 없는 존재로 커가고 있었다. 방에 틀어박혀 책을 읽거나 게임을 하고, 저희들끼리만 아는 비밀 언어로 얘기를 하고, 별 이유도 없이 식탁에서 웃음을 터뜨리곤 했다. 그가 메건보다 아이들을 더 원했었다. 부모가 된다는 건 신기한 세상이었고, 일로 못 한 부분을 채워줄 수 있을 것 같았다. 둘째를 갖자고 한 것도 아밋이었다. 메건은 하나로도 충분하다며, 아이들이 많은 집에서 태어나 손해가 많았다고 했다. 하지만 아밋은 마야가 혼자 자라는 걸, 자신이 그랬던 것처럼 외로운 삶을 살기를 원치 않았다. 메건이 그에게 졌고, 마흔이 다 되어 다시 임신을 했지만 모니카가 태어난 뒤부턴 자궁 내 피임장치를 쓰기 시작했다.

숟가락으로 와인 잔을 두드리는 소리가 나자 텐트 앞쪽으로 모두 고개를 돌렸다. 그러고는 첫 건배를 했다. 팸의 고등학교 친구들에 이어 대학 친구들의 축사가 있었고, 그중엔 술집 말린에서 함께 술을 마시던 게 어렴풋이 기억나는 사람들도 눈에 띄었다. 이내 양가 가족들과 팸과 라이언의 동료들의 인사가 이어졌다. 아밋은 연한 회색빛의 거미가 식탁보 옆을 타고 올라와 제러드의 셔츠와 자켓의 소매 사이로 기어 올라가는 걸 보았다. 뭐라고 하고 싶었지만 제러드는 보지 못했다. 대신 얼굴에 붙어버린 듯한 희미한 웃음을 띠고 앉아 있었다. 틀림없이 자기 결혼식에서 사람들이 이렇게 일어나 인사를 하고 건배하는 장면을 상상하고 있을 터였다.

주요리가 나왔다. 아스파라거스와 감자를 곁들인 갈빗살 요리였다.

"하나가 둘이 되니 어떠셨어요?" 아까 하던 얘기를 이어 펠리시아가 물었다. "친구가 그러는데 하나 더하기 하나는 셋이래요. 정말 그래요?" 그녀가 갈빗살을 칼로 썰자 고기에서 흘러나온 핏물이 감자로 스며들었다.

아밋은 잠시 생각했다. "사실 둘째 이후에 우리 결혼 생활은……." 적당한 단어를 찾느라 잠시 머뭇거렸다. "사라졌어요." 좀 어색한 단어란 생각이 들었지만 이를 설명하기엔 그 단어가 유일했다. 손가락 사이로 뭔가 빠져나가듯, 뭔가 없어진 것이 틀림없었다.

"무슨 뜻이에요?" 펠리시아가 물었다. 그녀는 포크를 내려놓고는 작은 눈으로 그를 쨰려봤다. 목소리가 차갑게 식어 있었다.

그는 메건이 앉아 있는 쪽을 보았다. 오늘 저녁 내내 그랬듯 빛나는 활기에 가득 차 아직도 제러드와 얘기하고 있었다. 호텔에선 서로의 곁을 떠나지 않겠다고 맹세했는데, 지금 아내는 저렇게 멀리 있다. 그는 부엌을 치우고 마야와 모니카를 목욕시키고 재운 후 혼자서 텔레비전을 볼 때 느끼던 분노를 느꼈다. 아이들을 돌보다가 또 하루가 지났고, 메건은 그 속에 있지 않았다. 한집에 살고, 한 침대에서 잠을 잤고, 그와 아이들밖엔 모르는 아내였지만, 때로 아밋은 랭포드에 처음 입학했을 때처럼 외로웠다. 바로 이 사실 때문에 메건이 미워질 때가 있었다. 술이 아니었다면 이런 생각을 억눌렀을 것이다. 아내가 그렇게 열심히 일하는 건 그와 아이들을 위해서라는 사실을 되새기면서. 1년만 기다리면 이 생활도 바뀔 거라고, 메건이 개인 병원에 일자리를 구하면 가족끼리 휴가도 가고 친구들과 저녁 파티도 할 거라고 위안했을 터였다. 하지만 오늘 밤 투정을 가로막는 것은 없었고 그도 스스로 불만을 순순히 받아들였다. 오히려 진실을 볼 줄 아는 능력이란 생각까지 들면서.

"그냥 사라졌어요." 좀 더 강조하면서 아까 한 말을 되풀이했다. "모든 사람에게 언젠가는 일어나는 일이겠죠."

하지만 펠리시아는 얼굴이 굳어졌다. "어떻게 그런 끔찍한 말을 하지요……." 그녀는 혐오감을 숨기지 않고 말했다. "다른 데도 아니고 결혼식에서요."

그래도 아밋은 자기가 맞는 말을 했다고 생각했다. 모니카가 태어나고부터, 함께 시간을 보낼 궁리보다는 어떻게 하면 각자 혼자 시간을 보낼까 궁리하지 않았던가? 쉬는 날 아내가 아이들을 볼 동안 그는 공원에 가서 조깅을 했고, 또 거꾸로 아내가 서점에 가거나 네일 살롱에 갈 수 있도록 그가 아이들을 보았다. 생각하면 정말 끔찍하지 않은가. 혼자 있는 그 순간을 그가 얼마나 기다렸는지, 오죽하면 혼자 지하철을 타고 있을 때가 하루 중 최고의 시간이라 생각했었는지 말이다. 인생의 짝을 찾는다고 그렇게 헤매고서, 그 사람과 아이까지 낳고서, 아밋이 메건을 그리워한 것처럼 매일 밤 그 사람을 그리워하면서도, 그렇게 절실하게 혼자 있길 원한다는 건 끔찍하지 않은가. 아무리 짧은 시간이고, 그조차 점점 줄어든다 해도 사람을 제정신으로 지켜주는 건 결국 혼자 있는 시간이라는 사실이.

아밋은 이 모든 것을 펠리시아에게 설명할까 했었지만, 이제 그녀는 그와 얘기도 하고 싶어하지 않았다. 좀 전까지 아밋의 말 한 마디 한 마디를 꼬치꼬치 따지더니 이제는 은목걸이를 한 여자와 얘기하고 있었다. 시계를 보니 거의 8시 반이었다. 아이들이 잠옷을 입고 잠자기 전에 동화책을 읽고 있을 시간이었다. 그는 음식을 다 먹지 못했다. 실제로 거의 먹지 못했는데 이미 접시는 치워졌고 그의 앞엔 이제 딸기 쇼트케이크가 놓여 있었다. 고개를 드니 식탁은 거의 비어 있었다. 댄스가 시작되었고, 쌍쌍이 부둥켜안은 커플들이 까만 밤, 산으로 둘러싸인 옆 텐트에서 춤을 추었다. 밴드가 거슈윈의 음악을 연주하고 있었다. 제러드가 펠리시아를 데리고 나갔고, 다시 볼 일이 없는 사람들인데도 눈앞에서 없어지니 마음이 편했다. 우울한 대화의 흔적이 없어진 셈이었다. 제러드가 고개를 숙여 펠리시아가 뭐라고 속삭이는 말을 듣고 있었다. 아밋은 펠리시아가 자기 얘기를 할지도 모른다고 생각했다. 약혼한 사람에게 그런 얘길 한 건 정말 무례한 일이라고, 자기들 결혼에선 절대 그런 일은 없도록 하자고, 아이를 열둘을 낳아도 그런 감정은 갖지 말자고 약속하고 있을지도 몰랐다.

테드가 이쪽 탁자로 와서 메건에게 옆자리에 앉아도 좋냐고 묻는 게 보였다. "아, 너무 많이 먹었어요. 내가 결혼했을 땐 그 반도 못 먹었었는데." 테드가 말했다.

"아이들에게 전화를 해야 해요." 메건이 말했다. "전화한다고 약속했거든요."

"내가 갈게." 아밋이 자청했다. "메그, 당신은 여기 있어. 즐기면서 말야."

"도망 안 갈 테니 걱정 말게." 테드가 한쪽 눈을 찡긋하며 말했다. "약속하지."

"정말 괜찮겠어?" 메건이 아밋에게 물었다. 별 말이 없어도 그 눈길에서 아내가 자신이 술을 많이 마신 걸 알고 있다고 느낄 수 있었다. 저녁 내내 다른 남자들과 얘기하면서도 아밋을 신경 쓰고 있었던 것이다.

"괜찮아. 공중전화에서 전화하고 바로 올게. 좀 걷는 것도 좋을 거야."

"그리고 밤새 춤을 추고 해 뜨는 걸 봐야 해, 그치?" 그녀는 웃었고, 아밋은 갑작스레 자신에게 향한 아내의 사랑을 느꼈다. 그건 남편과 결혼에 대한 흔들리지 않는 믿음이었고, 아내는 오늘 밤 그가 그랬던 것처럼 그 믿음에 의문을 제기하지도, 폄하하지도 않았다.

"그러자고." 그는 메건이 앉아 있는 곳으로 가서 몸을 숙여 볼에 키스를 한 다음 화장실이 있는 학생처 건물로 올라갔다. 커다란 방 두 개가 아이들이 놀 수 있도록 열려 있었다. 어떤 애들은 뛰어다니고 어떤 애들은 울고 있고, 어떤 애들은 가죽 안락의자와 소파 위에 누워 벌써 잠이 들어 있었다. 그는 돌아다니며 공중전화를 찾았다. 하지만 학교 구내용 전화가 아니면, 책상 위에 놓인 개인용 전화밖에 없었다. 사무실의 유리문 밖으로 전화가 보여서, 손잡이를 돌려보면 모두 잠겨 있었다.

아밋은 건물 밖으로 나가 혹시 전화가 있나 찾아봤다. 어디에도 전화는 없었다. 하지만 아이들에게 전화를 해야 했다. 머릿속엔 오직 아이들 목소리가 듣고 싶다는 생각뿐이었다. 그는 호텔이 있는 쪽으로 깜깜한 잔디밭을 가로질러 걷기 시작했다. 차를 학교에 세워 둔 건 까맣게 잊고 있었다. 대신 비틀거리면서 잔디밭 위를 걸었다. 멀리서 들려오는 음악 소리와 자신의 숨소리 외엔 아무 소리도 들리지 않았다. 그는 잠시 멈추어 서서 하늘을 올려다보았다. 도시의 불빛이 없는 그곳에서 별과 별자리들은 그를 쏘아보듯 빛났다. 메건이 생각났고, 다시 돌아가서 호텔에 갔다 오겠다고 말해야 하지 않을까 싶었다. 하지만 그는 계속 걸었고, 땅 위를 걷고 있는 자신의 두 발은 보이지 않았다.

주위엔 별빛뿐이었고, 호텔이 정확히 어느 쪽인지 확신이 가지 않았다. 다시 멈추어 서서 호숫가에서 개구리들이 우는 소리를 들었다. 마치 오케스트라의 연주가 시작되기 전 한없이 현악기를 조율하는 소리 같았다. 그동안 잊고 있던 소리였다. 열다섯 살의 8월 말, 랭포드 기숙사에서 처음으로 밤을 보낼 때 잠 못 이루게 하던 바로 그 소리였다. 신입생들은 모두 새 방에서, 낯선 침대 위에서 집과 부모님을 그리워하면서 이 소리를 듣고 있었을 것이다. 첫 학생 회의에서 개구리들은 친구를 찾아 우는 거라고, 겨울이 오기 전 진흙 속에 몸을 묻기 전에 물가의 자기 영역을 지키느라 우는 거라는 얘기를 들었다. 그때처럼 오늘도 이 시끄러운 소리는 세상에는 그가 볼 수도, 이해할 수도 없는 것들이 존재하고 있다는 사실을 알려주는 듯했다.

이제 호텔이 보였다. 별로 시간이 걸리지 않았으니 메건이 그가 멀리 온 것을 눈치 채지 못할 수도 있었다. 그는 방으로 들어가 옷가지와 가방이 놓인 침대 옆 빈 침대 위에 앉아 전화를 들었다. 방을 한번 둘러봤다. 아까는 실망스럽던 방이 이젠 아늑했다. 그는 처갓집의 지역 번호를 돌렸다. 그런데 나머지 전화번호가 생각나지 않았다.

전화를 무릎 위에 올려놓고 번호를 떠올리려 하면서 한참을 앉아 있었다. 하지만 언제나 전화는 메건이 했었고 그는 번호를 외운 적이 없었다. 침대 밑 종이 피라미드에 답이 쓰여 있기라도 한 것처럼 사방으로 들여다봤지만 텔레비전 채널뿐이었다. 결혼식장으로 다시 돌아가서 메건에게 물어보고 다시 호텔로 돌아와야 하나 싶었다. 아무래도 그래야 할 것 같았다. 그는 일어서 방을 가로질러 문까지 갔는데 문득 전화번호 안내 서비스에 물어보면 된다는 생각이 들었다. 다시 전화기로 가서 버튼을 누르려 하는데 갑자기 머리가 쿵쿵 울리며 어지러웠다. 침대 옆 탁자 위에 있던 종이 피라미드가 갑자기 둥둥 떠다니고 누워야겠다는 생각밖엔 없었다. 그러곤 침대 위 베개 위로 머리가 떨어졌다.

잠에서 깨니 양복을 입은 채였고, 잘 닦은 구두까지 아직 신고 있었다. 어두운 방엔 불이 켜져 있었고, 발코니로 나가는 문에는 커튼이 닫혀 있었다. 처음엔 아직도 밤인 줄 알고 결혼식으로 돌아가야 한다는 생각을 했다. 하지만 탁자 위에 놓인 시계를 보니 아침 11시였다.

"메건?" 그가 소리를 질렀다. 말조차 제대로 발음이 되지 않았다. 목소리가 갈라졌고 오래 잠들었다는 걸 깨달았다. 몹시 목이 말랐다. 겨우 일어나 앉았지만 머리가 으스러지는 것 같았다. 옆 침대를 보니 열린 가방과 옷가지들이 그대로였고, 아무도 자지 않았다는 걸 알 수 있었다.

머물지 않은 방

간신히 몸을 일으켜 앉은 다음 일어섰다. "메건?" 그는 다시 메건을 불렀다. 재킷을 벗고 화장실로 가서 세면대에서 물을 마셨다. 불빛을 견디지 못할 것 같아 불도 켜지 않았다. 어젯밤의 일이 조각조각 머릿속에 떠올랐다. 변기 뚜껑 위에 앉아 메건의 치마를 들여다보던 게 바로 몇 분 전 일처럼 느껴졌다. 그러곤 팸 보든이 결혼하던 것과 칵테일을 받으려고 긴 줄에 서서 기다리던 것, 그 약혼한 여자와 얘기하던 게 생각이 났다. 메건을 다른 남자와 함께 두고 온 것도 기억이 났다. 갑자기 스위치를 올려 불을 켰고 세면대 옆을 봤다. 메건이 보통 자기 전에 안경을 벗어두는 곳에 안경이 보이지 않았다. 호텔로 돌아오지는 않은 것 같았다.

그는 잠들었던 침대로 돌아가 메건이 잔 흔적이 있나 다시 살펴봤다. 하지만 그쪽의 침대보는 젖혀지지 않은 그대로였다. 자기가 누웠던 자리에만 주름이 져 있었다. 다시 방을 가로질러 옷장 문을 열어봤다. 빈 옷걸이 몇 개가 걸려 있을 뿐이었다. 호텔의 프런트로 가서 그녀가 돌아왔는지 물어보기로 했다. 몸이 으스스해서 웃옷을 다시 입었다. 그때 발코니로 나가는 문이 조금 열려 있는 게 눈에 들어왔다.

메건은 청바지와 산에서 추울지도 모른다며 챙겨 온 등산용 기모 티셔츠를 입고 의자에 앉아 있었다. 마야를 낳고 나서 그가 선물한 다이아몬드 귀걸이가 귀에서 반짝이고 있었다. 종이컵으로 커피를 마시며 전경을 가린 소나무를 보고 있었다.

"내가 말했던 대로 해가 뜨는 걸 봤어." 그녀가 말했다. "오늘은 해 뜨는 게 보이지 않았지만 말이야." 그는 하늘을 봤다. 밝은 편이었지만 전체적으로 회색빛이었다. 공기가 차가웠고, 비가 올 것 같았다.

메건 옆에 있는 의자를 봤지만 반기지 않을 것 같았다. 메건이 돌아보지도 않았고, 그는 팔짱을 낀 채 몸을 떨며 뒤쪽에 서 있었다.

"언제 왔어?" 그가 물었다.

"아, 한 3시쯤? 그때쯤 파티가 끝났어. 발이 아파 죽겠어. 그렇게 춤을 춘 건 몇 년 만에 처음이야."

그 말을 듣고 있으니 기억이 악몽의 일부처럼 느껴졌다. "우리가 어젯밤 결혼식에서 춤을 추었던가?"

"한 시간 정도 걱정이 돼서 미칠 것 같았어. 당신을 찾느라고 엄청 헤맸다고. 모르는 남자를 시켜 화장실 변기 밑까지 보라고 했어. 경찰에 신고를 할까도 생각을 했는데, 당신이 여기 와 있을 거란 생각이 들잖아. 그래서 호텔로 전화를 했더니 아니나 다를까 그렇다고 하더라고." 메건은 앞에 있는 소나무에게 말하듯 모든 얘길 차분하게 했지만, 단어마다 화가 실려 있었다.

"공중전화를 못 찾았어." 그가 말했다.

메건이 그제야 의자를 돌려 그를 쳐다보았다. 눈에는 눈물이 글썽였다. "나도 못 찾았어. 하지만 팸의 아버지에게 말했더니 사무실 문을 열어주더라고."

아밋이 흙이 묻은, 날개 모양의 구두코를 내려다보았다. "차를 두고 왔는데. 차는 가져왔어?"

"무슨 수로? 당신 양복 주머니에 열쇠가 있는데?"

"그럼 어떻게 여기까지 왔어?" 테드가 그 밤중에 메건을 여기까지 데려다주었다고 생각하니 속이 메슥거렸다.

"아, 같은 탁자에 앉았던 그 친절한 커플이 데려다줬어. 제러드와 펠리시아."

아무 일이 없었다는 걸, 거짓말이 아니라는 걸 알 수 있었다. 하지만 그 순간 펠리시아가 메건에게 무슨 말을 하지 않았을까 다시 속이 거북해졌다. "아이들은 어때?"

"잘 있어. 아주 재밌어하면서. 엄마, 아빠께 오늘 오후까지 들어간다고 했어."

"하지만 우리 내일까지 있기로 했잖아. 그게 계획이었잖아."

"좀 그렇지 않아? 날씨도 그렇고? 프런트에서 그러는데 날씨가 더 나빠질 거래."

10년 전 같았으면 날씨 따윈 상관없었을 것이다. 비 따윈 아랑곳없이 산책을 나가고, 그러곤 방으로 숨어들 듯 들어와 사랑을 나눴을 것이다.

"미안해, 메그. 술이 바로 올라왔어. 그렇게 많이 마셨는지 기억도 안 나. 당신을 버리고 올 생각은 없었다고."

메건은 사과에 답하지 않았다. 대신 이렇게 말했다. "난 아침 먹었어. 비가 오기 전에 차를 가져올 테니 당신은 짐을 싸. 호텔 음식점이 나쁘지 않아. 뭐 좀 먹어야 하잖아. 나 피곤하니까 갈 때는 당신이 운전해."

"당신은 항상 피곤하지." 또 이렇게도 말하고 싶었다. "몇 년 동안 당신이 피곤하지 않은 적은 어젯밤뿐이었어"라고. 하지만 그는 지금 메건을 나무랄 처지가 아니었다.

"알았지?" 그녀가 말했다.

"브런치가 있었지." 그가 이 생각을 해내곤 갑자기 활기를 띠었다. 아직도 결혼식이 일부 남아 있었고, 거기 얼굴을 보이고 그가 놓친 걸 만회할 수 있었다. "아침은 거기서 먹으면 돼. 가서 팸과 라이언에게 인사도 하고." 그가 말했다. "같이 가자고. 응?"

메건이 무슨 말을 하려고 입을 열었다가 그만두었다. 아밋은 머리가 아직도 둥둥 울렸고 목소리는 갈라졌다. 메건의 눈에서 안됐다는 표정을 읽을 수 있었고, 자신을 한심하게 여긴다는 걸 느꼈다. 그녀가 화를 내지도, 잔소리도 하지 않는 건 자기가 불쌍해서라는 것도. "원한다면."

"함께 갈 거야?"

"난 그 결혼식에 혼자 있을 만큼 있었어."

메건이 발코니에 앉아서 지역 신문을 읽을 동안 그는 양복을 벗고 평상복으로 갈아입었다. 그러고는 짐을 챙기고 관광 브로슈어를 쓰레기통에 버렸다. 그들은 길을 건너 랭포드 쪽으로 잔디밭을 걸어갔다. 반쯤 갔을 때 비가 내리기 시작했다. 대단하지 않은 보슬비였고, 미세한 소리가 공기를 채우는 정도였지만 캠퍼스에 도착했을 무렵엔 머리가 젖고 신발도 축축해져서 발이 시렸다. 가는 길에 호수의 풍경을 보려고 잠깐 섰는데, 비가 오는데도 한 남자가 어두운 회색빛 물속을 저 멀리까지 헤엄치고 있었다.

교정 위에 있는 작은 묘지를 지나쳐 화살표와 함께 "브런치"라고 쓴 푯말 쪽으로 난 길을 따라 걸었다. 그 방향으로 걸으며 눈으로 다음 푯말을 찾았다. 어제 사람들이 저녁을 먹고 춤을 추던 텐트가 아직 쳐 있었지만 안은 비었고, 접은 탁자가 쌓여 있었다. 앉아서 결혼식을 보던 의자는 흐트러진 채 아직 잔디밭 위에 있었다. 동문회 건물 밖엔 트럭이 한 대 주차되어 있었고 작업복을 입은 관리인 두 명이 정리를 하고 있었다.

"브런치 하는 곳이 여긴가요?"

"브런치는 잘 모르겠는데요." 그중 한 명이 말했다.

그들은 교회당과 전망대 쪽으로 걸었다. 그들의 차와 차 몇 대가 서 있는 주차장도 지났다. 학교 정문이 나오자 다시 방향을 돌렸다.

"다른 푯말은 없는데." 메건이 말했다. "무슨 건물이라고 했어?"

아밋이 고개를 저었고 그들은 계속해서 걸었다. 함께 길을 찾으면서 메건이 화가 좀 풀렸는지 궁금했다. 하지만 그들은 나란히 걷지 않았고, 길은 몰랐지만 메건이 몇 발짝 앞서 걸었다. 문이 열려 있으면 안으로 들어갔다. 낡은 카펫이 깔린 복도를 지나 맨바닥을 드러낸 계단을 돌아 올라가 빈 교실들을 지나쳤다. 깨끗한 칠판과 랭포드의 학생들이 언제나 앉아 있던 나무 원탁이 놓인 교실들이었다. 한 달이 지나지 않아 저 원탁에 학생들이 돌아와 앉을 것이다. 그는 이제 학교생활에서 벗어났고, 학교가 그의 삶에 행사하던 영향력에서 자유로웠다. 하지만 그래서 다행이란 생각보단, 왠지 그 혼란스럽던 시절을 다시 살고 싶은 기분이었다. 세상을 발견해가던 그 시절을, 저 원탁에서 수업을 듣고 시험을 보며 다시 경험하고 싶었다. 러시아의 역사와 로마 황제들, 그리스 철학 등 언제나 더 공부해보고 싶은 것이 있었다. 매일 저녁 배운 내용을 복습하고, 하라는 숙제를 하고 싶었다. 여태 읽지 못한 위대한 작가들도 있었다. 하지만 앞으로 그런 책들을 읽을 기회는 없을 것이다. 딸들이 이 여정을 곧 시작할 거였고, 세상은 그들에게 그 신기하고도 온전한 실체를 드러낼 것이다. 하지만 그에겐 지금 여유가 없었다. 일요일에 신문을 다 읽을 시간조차 부족했다.

음악실이 있는 동에서 소파와 연습대가 있는 방을 발견했다. 구석에 작은 그랜드 피아노가 있고 그 앞에는 종이컵과 구겨진 제과점 상자가 가득한 쓰레기통이 두 개 있었다. 기다란 접이탁자 위엔 커피 메이커와 사용하지 않은 종이컵들이 쌓여 있었다.

"이제 찾았네." 아밋이 승리감에 차서 말했지만 이내 허탈해졌다. 탁자 위 상자 속에 에클레어가 몇 개 남아 있었다. 그걸 보자 배가 꾸르륵거렸고, 하나를 집어 들어 단숨에 먹어치웠다.

"브런치를 놓친 거 같네." 메건이 말했다. 조금 이따가 이렇게 덧붙였다. "입가에 초콜릿 묻었어."

아이들과 있을 때는 언제나 갖고 다니던 휴대용 냅킨이나 물티슈가 없어서 손등으로 입가를 문질러 닦았다. 마치 두 사람만을 위한 것처럼 교회의 종소리가 울렸다. 그는 팸과 라이언이 스코틀랜드로 신혼여행을 가기 위해 공항으로 가고 있겠다는 생각이 들었다. 다른 손님들도 기분 좋게 숙취에 젖어 집으로 돌아가고, 보든 가의 사람들은 집에서 쉬고 있을 것이다. 결혼식 저녁으로 이야기꽃을 피우며, 잘 끝냈다고 서로를 칭찬해주면서.

그들은 차를 가지러 주차장으로 향했다. 이제 비는 심하게 내리고 있었고, 나뭇잎에 빗방울 튀기는 소리가 났다. 결혼식이 어제가 아니라 오늘이었으면 어떻게 됐을까, 아밋은 혼자 생각했다. 모든 것이 달라졌을 거였다. 사람들은 교회에 모였을 것이고 모두들 비가 와서 안됐다고 한마디씩 했을 것이다. 비가 더 거세게 떨어졌고, 나란히 걷던 두 사람은 반쯤 뛰듯 속도를 내었다. 메건은 한 손으로 머리를 가린 채였다. 그들이 묵을 뻔했던 기숙사 건물인 스탠디시 홀이 앞에 있었고 현관문이 커다란 돌에 괴어 열려 있었다.

"여기서 몇 분만 기다려보자고." 아밋이 숨을 몰아쉬며 말했다. "화장실도 가야 하고."

입구에 게시판이 있었고, 그 위에 결혼식 손님들이 묵을 방을 적은 목록이 있었다. 메건을 문 앞에 있으라고 한 다음 그는 화장실에 가는 길에 그 목록에 있는 이름들을 훑어봤다. 복도로 난 문이 열려 있었고, 보를 벗겨둔 침대가 보였다. 침대 위엔 갠 침대보가 놓여 있었다. 화장실엔 회색 대리석 판으로 칸을 나눈 샤워실이 있었고 아침에 사용했는지 샤워기엔 아직도 물방울이 매달려 있었다. 그가 건물의 입구로 돌아갔을 때 메건은 보이지 않았다. 복도를 따라 내려가 보았더니 그중 한 방에서 책상 끝에 걸터앉아 있는 메건을 찾았다. 메건은 누가 밟았는지 흙이 묻은 발자국이 찍힌 복사지를 보고 있었다. "브런치는 11시에 끝났네." 그녀가 말했다.

기숙사 방은 구조가 낯익었지만 그가 여길 떠난 이후 바뀐 것도 있었다. 새 화재경보기가 들어왔고 밝은 색 나무로 만든 가구로 바뀌었다. 매트리스는 더 단단해 보였고 기억에 남아 있는 흰색과 검정색이 섞인 무명베 커버는 이제 없었다. 바닥엔 밝은 갈색 카펫이 깔려 있었다. 창문에 반쯤 내려진 블라인드도 새거였고, 잡아당기는 줄엔 고리가 달려 있었다. 전체적으로 분위기는 더 말끔해졌지만 매력은 없었고, 그런 면에서 채드윅 인의 실내와 비슷했다. 옷장을 열어보니 옷걸이가 딱 하나 걸릴 만큼의 깊이였다.

"그냥 여기서 묵을 걸 그랬어." 메건이 말했다. "200달러 안 쓰고, 당신이 공중으로 사라졌는지 알고 밤새 안 찾아도 됐고."

그는 옷장 문을 닫고 나서 방문을 닫았다. 안에서 잠글 수 있는 방법은 없었다. "낭만적인 휴일을 보내려고 한 내 잘못이지."

"하지만 이게 훨씬 낭만적이야." 그녀는 객관적으로 말했지만 그래도 후회의 기미가 있었다. 돌아보니 메건은 약간 인상을 쓰면서 뭔가에 열중해 있었다. 메건은 안경을 벗고, 등산용 기모 티를 들어 올려 안에 입은 티셔츠로 렌즈를 닦고 있었다. 뒤로 빗어 넘긴 머리가 매끈했고, 뛰어온 후라 빰이 상기되어 있었다. 안경을 다시 쓰기 전에 얼굴 앞으로 들어 올려 렌즈를 보았다. "처음 섹스를 한 데가 이런 방이었어?"

그렇게 오래 살았지만 남편에 관해 모르던 부분이었다. 화가 났는데도 남편의 과거는 메건을 괴롭혔다. 자기가 함께하지 않은 세월이 있었다는 사실 자체가 싫었는지도 몰랐다. "랭포드에선 섹스한 적 없어. 어쨌거나 그땐 남학교였으니까."

"여자애들을 몰래 끌어들이지 않았다는 걸 믿으라고?"

"그런 애들도 있었지만 난 아니었어. 여기서 내가 얼마나 비참했는지 당신에게 수백 번도 더 말해줬잖아."

"팸은?" 메건이 침대로 눈길을 주며, 가슴 앞으로 팔을 꼬면서 물었다. "팸과 섹스한 적 있어?"

"아니."

메건이 앞으로 한 발짝 다가섰다. 그의 몸에 차갑게 달라붙은 셔츠를 보더니 아밋의 눈을 똑바로 보았다. "그럼, 뭐야? 둘 사이에 뭔가 있잖아. 눈에 빤히 보일 정도로."

"아무것도 아냐, 메그. 우린 친구였고, 그동안 내가 팸을 좋아했었어. 하지만 아무 일도 없었다고. 그게 그렇게 끔찍한 거야?"

그는 결국 얘길 해버렸다. 소중해서 그동안 감추고 있었는데 말하고 나니 정말 사소하게 느껴졌다. 창밖으로 일꾼들이 빗속에서 의자를 접어 수레에 쌓고 있었다. 창가로 가 블라인드를 완전히 내렸고, 그러자 방이 어두워졌다. 그러고는 메건에게 몸을 돌려 그녀 곁으로 다가섰다. 바닥에 무릎을 꿇고 팔로 아내의 다리를 안은 채 청바지 위로 얼굴을 묻었다. 메건이 물러서면 어쩌나 두려웠지만 어색한 포옹에서 그녀는 몸을 빼지 않았다. 그러곤 그녀의 손이 머리 위에 닿는 걸 느꼈다. 메건이 기다란 손가락으로 그의 흰머리를 빗어 넘기는 순간, 그는 강렬한 발기를 느꼈다. 아내의 다리 위에 키스하면서 허리를 아래로 끌어내려 카펫 위에 함께 무릎을 꿇었다. 그러고는 도톰한 청바지 안감을 스치며 손을 안으로 밀어 넣었다. 살과 뼈와 털이 섞인 그곳에 손을 대면 어떤 느낌인지 그는 정확히 알고 있었다. 메건을 보니 얼굴을 돌리고 있었지만 몸의 긴장을 풀고 자신의 손길을 받아들인다는 걸 알 수 있었다.

"여기서는 안 되잖아." 메건이 속삭였다. 하지만 머리를 뒤로 젖혀 그가 스웨터를 올릴 수 있게 했다.

"왜 안 돼?" 그녀의 목에 키스를 한 후 열린 입에도 거세게 키스했다. 그녀가 키스를 받았고, 그는 그녀의 손을 잡아 자기의 허리 밑으로 넣었다.

그러자 그녀는 그의 눈을 보았고, 조금 다정해진 눈빛으로 머리를 저었다. "기숙사잖아, 아밋. 아이들이 사는 곳인데."

하지만 그는 멈추지 않고 아내의 손을 허리띠의 버클로 가지고 갔다. 그동안 그녀가 입은 기모 티셔츠와 그 밑에 입은 부드러운 티셔츠를 벗겼다. 그녀의 머리카락이 풀어졌다. 청바지를 내리자 그 밑으로 마치 햇볕에 익은 것처럼 빨개진, 차가운 허벅지가 드러났다. 그들은 젖은 잔디가 묻은 지저분한 구두와 양말을 벗어 카펫 위로 떨어뜨린 후 매트리스 위로 몸을 뉘었다. 집을 떠나, 집의 침실을 떠나 이래 본 적이 언제인지 기억도 나지 않았다. 집에선 언제나 아이들이 들어오지 않을까 조마조마했다. 지금도 떨렸지만 누군가에게 들킬지도 모른다는 사실에 짜릿하기도 했다. 그는 그녀의 안으로 들어갔고, 허리를 감싼 그녀의 손에서 온기를 느꼈다. 그녀의 발목이 다리를 감았고, 혀가 귓속으로 들어왔을 땐 깜짝 놀랐다. 메건이 몸을 돌리겠다고 했다. 그게 가장 빠른 방법이란 걸 알았기 때문이었다. 하지만 그는 아내의 얼굴을 보고 싶었다. 손으로 그녀의 엉덩이를 잡았고, 그의 배는 자개 같은 결이 새겨진 그녀의 배 위로 겹쳐졌다. 그 흉터는 없어지지 않을 것이고 몸이 쇠할수록 더욱 빛날 것이다. 그녀의 한쪽 젖가슴에 입을 맞추었다. 두 아이들에게 젖을 먹여 납작해진 젖가슴에서 땀 맛이 났다. 그녀의 숨소리가 거칠어지더니 소리를 질렀다. 소리가 하도 커서 옆방에 누가 있었다면 그들이 뭘 하는지 알 수 있을 정도였다. 하지만 아무도 그들을 발견하지 않았다. 일하던 인부들이 치우러 오지도, 결혼식 하객이 길을 잃지도, 어린 여자아이들이 키득거리며 방으로 들어오지도 않았다. 그는 그녀의 몸 안에 사정을 한 후 일어나 앉았다. 오래 머무를 순 없을 터였다. 그는 다시 입어야 하는 옷을 쳐다봤다. 메건의 눈은 그의 얼굴 위에 머무르고 있었고, 한쪽 팔을 뻗어 그의 가슴을 버티고 있었다. 이제 끝났으니 다시 그녀의 몸 위로 떨어지는 걸 막기라도 하는 듯했다. 하지만 그는 아내가 자길 용서해주었길 바랐고, 잠시지만 그 작은 방의 좁은 침대에 그대로 있었다. 빠르고 격렬한 심장 박동이 그녀의 손바닥으로 명료하게 전해지고 있었다.

그저 좋은 사람

애초에 라훌에게 술을 가르친 건 수드하였다. 언젠가 주말에 펜실베이니아 대학으로 수드하를 보러 온 라훌은 양철통에서 따른 맥주로 처음으로 술을 마셨고, 다음 날은 구내식당에서 처음으로 커피도 마셨다. 그러더니 두 음료 모두 불쾌하다고 선언했다. 맥주보단 쉬납스가 낫다고 했고 커피엔 각설탕을 열 개쯤 타서 마셨다. 그때가 라훌이 고등학교 11학년이었다. 다음 해 여름 수드하가 집에 갔을 때 라훌은 여섯 개짜리 맥주 한 팩을 사달라고 했다. 부모님이 코네티컷으로 1박 여행을 간 사이 파티를 한다고 했다. 말이 동생이었지 키가 180센티미터나 됐고, 이젠 교정기도 뺀 데다 입가에 수염도 났고 뺨엔 진한 여드름이 돋았다. 수드하는 근처 주류 판매점에 가서 술을 사서는 라훌이 맥주를 그의 방과 자기 방에 나누어 숨기는 걸 도왔다. 물론 부모님에게 들키지 않기 위해서였다.

부모님이 잠든 후 수드하는 맥주를 라훌의 방으로 가져왔다. 라훌은 아래층으로 몰래 내려가 얼음 한 컵을 가지고 와서 미지근한

버드와이저를 차게 해서 마셨다. 그들은 한 잔을 나누어 마셨고, 또 한 잔을 더 마셨다. 라훌의 레코드플레이어로 롤링스톤스와 도어스를 들으면서 창문을 열어놓고 모기장으로 연기를 내뿜으며 담배를 피웠다. 수드하는 고등학교 시절로 돌아간 기분이었다. 그때는 엄두도 못 내던 일을 해보는 게 재밌었고, 동생과도 새로운 연대감이 생긴 것 같았다. 애라고만 여겼었는데 이제 친구가 된 듯한 기분이었다.

수드하가 부모의 뜻을 거스르기 시작한 건 대학에 가고부터였다. 그전엔 부모님이 하라는 대로 하면서 우등생의 이미지를 유지했고 얌전한 애들하고만 어울렸다. 언젠가는 자유로워질 날이 올 거라고 자신을 타일렀다. 필라델피아에 온 이후에도 경제학과 수학을 복수전공하면서 공부를 열심히 했지만, 주말에는 풀어지는 걸 배웠고 파티에도 다니고 남자애들을 침대로 불러들였다. 술도 마시기 시작했다. 수드하의 부모는 하지 않던 일이었다. 그들은 술에 대해서 금욕적일 정도로 엄격해서 벵골 인 지인들이, 그러니까 남자들이 모임에서 위스키를 마시는 모습에 이맛살을 찌푸리곤 했다. 수드하는 1학년 때 친구들과 술을 마시다 너무 취해서 교정에서 토하고 비틀거리며 기숙사로 돌아온 적도 있었다. 하지만 그녀는 그런 경험을 통해 자기의 한계를 배웠다. 자제를 못 할 정도로 행동하는 건 그녀의 스타일이 아니었다. 능력, 궁극적으로 수드하를 정의하는 건 바로 능력이었다.

라훌이 고등학교를 졸업할 때 부모님은 매우 기뻐했다. 그들의 기준으로 미국에서 두 아이들을 성공적으로 키워낸 거였다. 라훌은 코넬에 가기로 되어 있었고, 수드하는 필라델피아에서 국제관계로 석사를 하고 있었다. 부모님은 200명도 넘게 불러 파티를 했고 이타카에서 살려면 차가 꼭 필요하다면서 라훌에게 차를 사주었다. 부모님은 학교 자랑이 대단했다. 펜실베이니아 대학보다 훨씬 좋아하는 것 같았다. "우리 일은 이제 끝났다." 파티가 끝날 때쯤 아버지가 라훌과 수드하를 양옆에 끼고 사진을 찍으며 이렇게 선언했다. 그들은 평생 다른 벵골 아이들과 비교를 당하며 자랐고, 다른 애들이 과학경시 대회에서 타 온 금메달 얘기와 전액 장학금을 받고 대학에 간 얘기들을 들었다. 수드하의 아버지는 때로 영재 과에 속하는 아이들의 얘기가 난 기사를 오려 냉장고 위에 붙여놓곤 했다. 스무 살에 박사를 딴 남자애나 열두 살에 스탠포드에 들어간 여자애들의 얘기였다. 수드하가 열네 살이 되던 해 아버지는 하버드 의대에 편지를 써서 지원서를 보내달라고 했고, 지원서가 도착하자 수드하의 책상 위에 올려놓았다.

수드하를 대학에 보내보니 그녀의 부모는 아이를 대학에 보내는 데 걱정할 건 없다고 여겼다. 라훌도 쉽게 생각했다. 수드하가 대학 가기 전 여름에 걱정을 많이 했던 것과는 달랐다. 라훌은 앞으로 겪을 변화에 대해 거의 무관심해 보였고, 수드하는 그런 모습을 보면서 동생이 언제나 자신보다 더 똑똑했다는 사실을 떠올렸다. 수드하는 우등생의 성적을 유지하려고, 환영사를 하는 졸업생 대표가 되려고 엄청 노력했었다. 하지만 라훌은 재미가 없으면 손가락 하나 까딱 안 했고, 책 표지조차 들춰보지 않았다. 그래도 세 학년을 월반할 정도로 비상한 아이였다.

여름이 끝나갈 무렵 수드하는 동생이 짐 싸는 걸 도우려고 웨일랜드 집으로 갔다. 하지만 도착해보니 아무것도 할 게 없었다. 라훌은 이미 가방을 다 쌌고, 레코드를 모아 우유 박스에 담아놓고 이불장에서 침대보와 수건을 챙겨두었고, 전자 타자기의 전선까지 둘둘 말아놓았다. 그는 누나에게 이타카까지 올 필요 없다고 말했지만, 그녀는 굳이 가겠다고 했고, 동생이 운전하는 새 차의 조수석에 앉아 함께 내려갔다. 부모님은 그 뒤를 따랐다. 학교는 유펜과는 전혀 달라서, 농장과 호수와 폭포로 둘러싸인 언덕 위에 있었다. 그녀는 다른 신입생들의 가족과 함께 상자를 들고 학교의 안뜰을 건너가 짐을 푸는 걸 도왔다. 헤어질 때가 되자 엄마는 울었고, 수드하도 열여덟이 안 된 동생을 그런 외진 곳에 두고 간다는 생각에 조금 울었다. 하지만 라훌은 버려진다고도 해방된다고도 생각하지 않는 것 같았다. 헤어질 때 아버지가 세어서 주는 돈을 받아 주머니에 넣더니 수드하와 부모님이 떠나기도 전에 등을 돌려 기숙사 쪽으로 걸어갔다.

❦

수드하가 라훌을 다시 본 건 크리스마스였다. 저녁을 먹으면서 라훌은 수업이나 교수, 새로 사귄 친구들에 대해서 별 말이 없었다. 길어서 목을 덮은 머리는 귀 뒤로 넘길 수 있을 정도였다. 체크무늬 플란넬 셔츠를 입고 손목엔 실을 엮어 만든 팔찌를 하고 있었다. 집에서 엄마가 음식을 차려주면 수드하는 아직도 많이 먹는 편인데, 라훌은 많이 먹지 않았다. 그는 따분해 보였다. 두 남매가 어렸을 때 만든 장식으로 수드하와 엄마가 함께 트리를 꾸미는 걸 보기만 했지 돕지는 않았다. 수드하는 방학이면 크리스마스에 집에 올 때마다 감기에 걸리던 게 생각이 났다. 시험 스트레스가 없어지면 긴장이 풀려 병이

나곤 했는데 라훌도 그럴지 모르겠다는 생각이 들었다. 그날 저녁 수드하가 방에서 선물을 포장하고 있는데 라훌이 방으로 들어왔다. 왠지 기운이 난 것 같았다. "누나. 어디다 숨겼어?" 그가 물었다.

"뭘 숨겨?"

"설마 집에 올 때 빈손으로 온 건 아니겠지?"

"아." 무슨 말인지 그제야 감을 잡은 그녀가 말했다. "생각 못 했어. 네가 대학에 갔으니 막연히 그렇게 생각했나 봐." 사실이었다. 여섯 캔짜리 팩을 사서 가방에 챙겨 올 생각은 하지 못했다. 게다가 수드하는 이제 와인을 마시는 편이었다. 필라델피아에서 친구들과 놀러 나가면 와인을 한 잔씩 마셨지만 웨인랜드에 와서도 술을 마실 거란 생각은 하지 못했다.

"난 아직 술을 살 수 있는 나이가 아니잖아." 자기가 찾는 게 숨겨져 있다는 듯 옷장과 서랍장, 침대를 쳐다보며 방 안을 둘러봤다. 침대 위엔 포장지와 엄마에게 줄 잠옷이 든 필렌느의 상자가 놓여 있었다.

"가게에 안 갈래?" 침대 위에 앉으며 라훌이 말했다. 풀어놓은 포장지가 구겨졌다. 손으로 선물에 다는 꼬리표와 테이프 등을 집어 들어보곤 다시 침대 위에 내려놓았다.

"지금?" 수드하가 물었다.

"저녁때 다른 할 일 있어?"

"음, 그건 아니고. 하지만 우리가 갑자기 나가면 엄마, 아빠가 이상하다고 생각하지 않을까?"

라훌이 말도 안 된다는 듯 눈동자를 굴렸다. "참, 누나. 누나는 이제 스물넷이나 됐잖아. 아직도 엄마, 아빠 눈치를 봐?"

"잠옷으로 갈아입으려던 참이었는데."

라훌은 가위를 집어 들더니 천천히 가윗날을 벌렸다 접었다 했다. 가위를 어떻게 쓰는지 처음 발견한 사람처럼 뚫어져라 가위를 들여다봤다. "언제부터 그렇게 따분해진 거야?"

농담인 줄 알았지만 그래도 그 말이 가슴을 찔렀다. "내일 가자. 약속할게."

라훌이 일어섰다. 아까 저녁 먹을 때처럼 냉랭해졌고, 수드하는 마음이 흔들렸다. "그래, 아직 열었겠지." 그녀가 시계를 보며 말했다. 그렇게 가기로 했고, 부모님에겐 쇼핑몰이 닫기 전에 사야 할 것이 있다고 거짓말을 했다. 라훌이 운전해서 누나를 데려다주겠다고 했다.

"누나가 최고야." 시내로 가는 차 안에서 라훌이 좋아하며 말했다. 그가 운전석 창문을 열자 차 안으로 차가운 공기가 밀려들어왔다. 그는 코트 주머니를 뒤져 담뱃갑을 꺼냈다. 계기판에 있는 라이터를 눌렀고 누나에게도 담배를 권했다. 수드하는 고개를 젓고는 히터를 켰다. 잠시 후 그 이듬해 런던에 갈 거라고, 런던스쿨 오브 이코노믹스에서 석사를 하나 더 하려고 지원해놓았다고 했다.

"1년 동안 런던에 간다고?"

"나 있을 때 너도 꼭 와라."

"석사를 뭐 하러 또 하는데?" 라훌의 목소리는 심란했고, 반기지 않는 것 같았다. 그런 반응은 부모님에게 예상했었던 거였다. 3학년을 옥스포드 대학에서 하겠다고 했을 때 부모님은 허락하지 않았었다. 혼자 외국에서 살기엔 너무 어리다는 게 이유였다. 그러더니 지금은 수드하가 런던에 간다는 사실에, 옛 친구들을 찾아 만나볼 수 있겠다고 둘 다 들떠 있었다. 부모님이 결혼하고 나서 처음 살림을 차린 곳이었고, 수드하를 낳은 곳도 런던이었다.

그녀는 LSE의 개발 경제 프로그램은 최고라고, 자긴 결국 NGO 쪽으로 일하고 싶다는 얘길 해줬다. 하지만 라훌은 듣고 있는 것 같지 않았다. 동생에게, 밤늦게 함께 나온 자기 자신에게도 짜증이 났다. "여섯 개짜리 팩이면 되지?" 주류 판매점에 도착했을 때 그녀가 물었다.

"이왕이면 박스로 사줘."

옛날엔 두 번 생각 않고 계산을 했지만 이젠 라훌이 지갑도 안 꺼내는 것이 거슬렸다.

"보드카도 한 병 사줘." 그가 덧붙였다.

"보드카?"

담뱃갑에서 담배를 한 대 더 꺼냈다. "방학이 길잖아."

집에 돌아오니 부모님은 이미 잠자리에 든 후였다. 하지만 수드하는 예전처럼 술을 감추어두자고 했다. 라훌이 집에 와 있는 동안 엄마가 청소를 하거나 빨랫감을 걷으러 그의 방에 들어올지도 몰랐다. 그녀는 자기 방에도 술을 감추었다. 옷장 뒤에 캔 몇 개를 감추고, 몇 개는 책장 뒤쪽에, 스미르노프 병은 오래된 스웨터에 둘둘 말아 서랍 속에 넣었다. 수드하는 라훌에게 이렇게 하는 편이 안전하다고 말했지만, 라훌은 별로 신경 쓰는 것 같지 않았다. 그날 밤 마신다고 캔 두 개를 챙겼고, 수드하가 너무 피곤하다고 했더니 더 이상 같이 마시자고 조르지 않았다. 그러고는 건성으로 누나의 뺨에 키스하고 방을 나갔다.

라훌이 태어난 건 수드하가 여섯 살 때였다. 엄마가 진통을 시작하던 밤은 성인이 되어서도 계속 떠나지 않는 첫 번째 기억이었다. 피바디에 있는 부모님의 지인 댁에서 파티를 하고 있었고, 수드하는 그 집에서 하룻밤을 자야 했다. 아빠가 엄마를 바로 보스턴에 있는 병원으로 데려가야 했기 때문이었다. 수드하가 엄마를 도와 챙겨둔 가방도 가져가지 못했다. 병원에서 쓸 칫솔이며 콜드크림이며 목욕 가운 같은 걸 챙겨두었었다. 수드하는 전에 아기가 엄마의 배를 세게 걷어차는 것도 손을 대어 느껴봤고, 곧 아기가 태어난다는 사실도 알고 있었다. 그런데도 엄마가 벽에 머리를 대고 신음하는 걸 보고 혹시 죽는 건 아닐까 무서웠다. "저리 가." 수드하가 다가가 손을 잡으려 했을 때 엄마는 이렇게 쏘아붙였다. "이런 모습 네가 보는 거 싫다." 엄마와 아빠가 병원으로 떠나고 나서도 파티는 계속되었다. 수드하는 어른들이 저녁을 먹는 동안 다른 아이들과 함께 세탁기와 건조기를 둔 지하실에서 놀아야 했다. 집주인들은 아이가 없었다. 수드하는 그날 청소 용구 수납장과 다리미대 외엔 가구조차 없는 방에서 접이침대를 펴고 잠을 잤고, 아침으론 평소에 먹던 프로스트 플레이크 대신 마가린을 바른 토스트를 먹어야 했다. 어른들의 맛없는 아침을 묵묵히 먹고 있을 때 전화벨이 울렸고, 동생이 생겼다는 소식을 들었다.

여동생이었으면 좋겠다는 생각은 했었지만 그래도 기뻤다. 이제 그녀는 더 이상 외동이 아니었고 집에서 느꼈던 허전함을 채워줄 사람이 생긴 거였다. 많지 않은 집안 살림살이는 언제나 정돈이 되어 있었고, 거실 탁자 위엔 〈타임〉지 최신 호 두 권만 놓여 있었다. 수드하는 미국 친구들의 집이 부러웠다. 친구들 집에 가면 이것저것 물건이 많고 어질러져 있었다. 세면대에는 구겨진 치약이 뒹굴고, 푹신한 침대엔 이불이 흐트러져 있는 게 좋아 보였다. 결국 라훌이 태어나면서 집엔 물건도 많아지고 결국 좀 지저분해졌다. 아기의 로션과 기저귀가 서랍장 위에 쌓여갔고, 가스레인지 위 큰 냄비 속엔 언제나 아기의 젖병이 끓고 방엔 아기가 내뿜는 강한 젖비린내가 진동했다. 수드하는 자기 물건을 치운 자리에 라훌의 요람과 기저귀대를 놓고 그 위에 꿀벌 인형이 달린 모빌을 달아놓는 게 얼마나 좋았는지 모른다. 아기 침대 속엔 나중에 갖고 놀 인형과 장난감이 쌓였는데, 수드하가 가장 좋아한 건 목에 있는 태엽을 감으면 노래를 부르는 하얀 토끼였다. 밤중에 깬 라훌을 재우러 엄마가 들어와도 싫지 않았다. 엄마는 흔들의자에 앉아 벵골 어로 자장가를 불렀다. 물고기의 뼈가 조그만 아이의 발을 찌른다나 하는 내용이었는데, 그 노래를 들으며 수드하도 다시 잠에 들었다. 근처 약국에서 아기의 탄생을 알리는 카드도 샀다. 수드하가 카드를 골랐고 아빠를 도와 카드를 봉투에 넣고 젖은 스펀지로 봉투를 붙였다. 라훌이 요람에서 잠자는 모습이며 플라스틱 욕조에서 목욕하는 모습을 수도 없이 사진을 찍었다. 수드하는 이 사진을 특별히 산 앨범 속에 정리했다. 남자아이라 파란색 데님으로 싼 앨범이었다.

수드하가 어렸을 땐 달랐다. 런던에 있던 부모님은 수드하가 태어나면서 벨햄에 팰 씨라는 벵골 인 주인에게 방 두 개짜리 아파트를 빌렸다. 수드하의 몇 장 안 되는 아기 사진은 그 집주인이 찍어준 거였다. 세례받을 때 입는다고 산 하얀 레이스 드레스를 입고 찍었는데, 엄마는 그저 그 드레스가 예쁘다고 입혔었다. 팰 씨는 엄마가 수드하를 가졌을 때 기꺼이 문을 열어준 사람이다. 전 집주인이었던 영국인 할머니가 자기 집에선 애들을 키울 수 없다고 했을 때 살 곳을 내준 것이다. 1960년대 런던에 있던 월세 아파트의 절반은 "백인 전용"이었기에, 아빠는 인도 사람인 데다가 임신까지 한 엄마를 인도로 보낼 생각까지 했었다고 했다. 수드하에게 이런 일화는 마치 그리스 신화나 성경 속에 나오는 이야기처럼 들렸다. 축복과 전조로 가득 한 이야기 속에서 자기 가족은 낯설고 거친 바다를 헤쳐 살아남은 생존자 같았다.

4년 후 아빠가 회사를 배저에서 레이테온으로 옮기면서 매사추세츠 주로 이사 왔다. 런던에서 살던 시절의 흔적은 없었다. 유일하게 따라온 게 있다면 그녀의 엄마가 좋아하던 맥비티스 비스킷뿐이었다. 평생 영국의 제빵 기술을 신뢰했던 엄마가 아침마다 차와 함께 먹던 비스킷이었고, 가끔 영국에 있는 친구들에게 부쳐달라 부탁했었다. 하지만 수드하의 장난감이나 아기일 때 입던 옷, 이불 따위는 대서양을 건너오지 못했다. 초등학교 다닐 때 수업시간에 '자서전' 발표 과제가 있었는데, 이 과제에서 아이들은 자기가 쓰던 담요나 낡은 신발, 까매진 숟가락 따위를 갖고 와서 발표를 했다. 수드하는 팰 씨가 찍은 사진이 든 봉투만 들고 교실 앞에 서서 반 아이들을 지루하게 했다.

라훌이 태어나자 이런 건 하나도 상관없었다. 수드하의 어린 시절은 주목받지 못하고 지나갔지만, 남동생만은 미국의 어린아이로서 제대로 된 기억을 남겨주겠다고 마음먹었다. 그래서 동생에게 줄 장난감을 찾는다고 동네 중고 가게를 돌아다니며 피셔프라이스 장난감 집과 통카 트럭, 동물 울음소리가 나는 스피크엔세이, 그리고 친구들과 놀다가 발견한 다른 장난감을 끌어모았다. 수드하가 처음

학교에 들어갔을 때 선생님들이 읽어준 책 『토드 씨 이야기』를 동생에게 사주라고 부모님을 졸랐지만, 부모님은 "글도 못 읽는 애한테 무슨 책이냐?"라고 물었다. 틀리지 않은 말이었고, 수드하는 도서관에 가서 그 책을 빌려다가 라훌에게 직접 읽어주었다. 부모님에게 잔디밭에 스프링클러를 설치해서 동생이 여름에 물을 맞으며 뛰어다니게 하라고 했고, 아빠를 설득해 마당에 그네도 달았다. 핼러윈이 되면 요란한 의상을 생각해냈다. 자기 의상은 언제나 가게에서 산 싸구려 앞치마나 가벼운 마스크 정도였지만, 동생은 코끼리나 냉장고로 만들어주었다. 어쩌면 라훌의 세상 속에서 사는 건 라훌이 아니라 그녀 자신이었다. 이미 다 커버렸는데도 학교에 갔다 오면 그네를 탔고, 링컨 로그 블록으로 몇 시간 동안 집을 짓고 동네를 만드는 것도 수드하였다. 그러면 라훌이 팔을 한번 휘둘러 다 망가뜨리곤 했다.

수드하는 동생을 끔찍이 생각했지만 사소한 일들로 동생을 부러워했다. 월경을 시작하고 나서 조금씩 살이 붙기 시작하자 동생의 가느다란 팔다리가 부러웠고, 사람들이 '라울'이라 부를 수 있어서 이름을 몇 번씩 말하지 않아도 되는 것도 부러웠다. 게다가 동생은 잘생겼다. 어렸을 때부터 자라서 미남이 될 얼굴을 갖추었다. 동생은 부모님 중 특별히 한쪽을 닮은 얼굴은 아니었다. 수드하는 아빠의 둥근 턱과 엄마의 좁은 이마를 닮아 그들의 자식이라는 게 분명했던 반면 라훌은 둘 다 닮지 않아서 유전자가 부모에게서 바로 온 게 아니라 더 멀리, 잊혀진 근원에서 온 듯했다. 얼굴색은 더 진해서 눈에 띄는 갈색이었고 그녀나 부모처럼 흐릿하지 않고 윤곽이 강했다. 동생은 여름에 학교에서 운동을 할 때 반바지를 입을 수 있었지만, 그녀는 그럴 수 없었다. 엄마가 여자는 그러면 안 된다고 생각했기 때문이었다. 모든 게 동생이 남자인 데다가 어렸고, 게다가 그즈음엔 부모님도 미국식 생활에 익숙해졌기 때문이라고 수드하는 생각했다. 그녀는 자신의 어린 시절에 조금도 애정이 없었다. 자기 모습이나 자기 행동에 감상적인 애정조차 없었다. 대신 어린 시절을 생각하면 알 수 없는 후회가 밀려왔는데 그 이유는 정확히 알 수 없었다. 물론 그녀는 아주 평범했다. 검은 머리를 허리까지 길러 땋고 다니다가 이듬해엔 도로시 해밀_{미국의 세계적인 피겨스케이팅 선수. 소년처럼 보이는 짧은 머리 스타일을 유행시켰다}처럼 짧게 자르곤 했다. 친구네 집에서 자고 오는 파자마 파티에 가고 학교 악단에서 클라리넷을 연주했고 집집마다 다니며 초콜릿을 팔았다. 하지만 그녀는 자신을 용서할 수 없었다. 어른이 되어서도 다시 옛날로 돌아가 모든 걸 바꿀 수 있었으면 하고 생각했다. 예전에 입었던 촌스런 옷들과 열등감, 크게 잘못이랄 것도 없는 작은 실수까지 모두.

라훌 덕분에 부모님의 이상한 결혼 생활의 목격자가 한 명 늘어난 셈이었다. 부모님의 결혼 생활은 행복하지도 불행하지도 않았다. 수드하가 가장 이해할 수 없었던 건 불행하든 행복하든 감정이 있어야 하는데 둘 사이엔 아무 감정도 없다는 사실이었다. 싸워도 이해할 수 있고, 설사 이혼을 한다 해도 이해할 수 있었을 것이다. 그녀는 언제나 어떤 애정의 증거를 보고 싶었지만 런던에 살 때 찍었던 사진 몇 장 정도가 위안이 되어줄 뿐이었다. 사진 속 엄마는 알아보지 못할 정도로 날씬했고, 미장원에서 손을 본 머리를 하고 있었다. 원뿔 모양으로 엮은 핸드백이 팔꿈치에 걸려 있었다. 입고 있는 사리조차 화려했다. 가는 줄무늬로 바틱 염색한 사리를 몸매가 드러나도록 꽉 조였다. 아빠는 약간 그 시대 멋쟁이들처럼 진한 색 가느다란 넥타이에 양복을 입고 선글라스를 끼었다. 수드하는 그때만 해도 이민이란 게 멋진 모험일 수 있겠다는 생각을 했다. 파라핀 난로를 때고 난생처음으로 눈을 보는 모험.

그에 비하면 웨일랜드는 충격이었다. 갑자기 미국의 교외에 갇혀 평생 외국인으로 살아야 할지도 모른다는 현실에 부딪힌 것이다. 런던에서 수드하의 엄마는 몬테소리 교육 자격증을 따려고 일하고 있었지만 미국에 오고 나선 일하지 않았고 운전조차 하지 않았다. 라훌이 태어나고 나서 엄마는 9킬로나 몸이 불었고, 아빠는 멋쟁이 양복을 치우고 시어즈 백화점에서 양복을 샀다. 웨일랜드에서 그들은 누가 시키기라도 하듯 조심스럽게 뉴잉글랜드 지방^{미국 북동부 지방을 일컫는 말로, 코네티컷, 로드아일랜드, 뉴햄프셔, 매사추세츠, 버몬트, 메인 주 등이 포함된다}의 작은 마을의 관습에 따라 살았다. 그건 세계에서 가장 큰 도시 둘을 조화시키며 사는 것보다 헷갈리는 일이었다. 그들은 아이들에게, 특히 수드하에게 의지했다. 아빠에게 긁어모은 낙엽을 집 건너편 숲 앞에 두지 말고 비닐 백에 담아두라고 설명한 것도 수드하였다. 그녀는 완벽한 영어로 리치미어의 A/S 센터에 전화를 걸어 가정용품을 수리받았다. 라훌은 그런 식으로 부모님을 돕는 건 자기 일이 아니라고 생각했다. 수드하가 부모님이 인도에서 떠나와 사는 것을 기복이 심한 암 같은 병 같다고 생각했던 반면, 라훌은 부모님 삶의 그런 측면에 냉담했다. "누가 끌고 온 것도 아니잖아." 그는 이렇게 말하곤 했다. "아빠는 부자가 되려고 인도를 떠났고, 엄마는 다른 할 일이 없었으니까 아빠와 결혼했고." 가족들의 약점을 언제나 인식하고 있었던 라훌은 수드하가 대면하고 싶지 않은 사실조차 조금도 덮어두지 않았다.

다시 라훌을 본 건 한 학기가 지난 후였다. LSE에 합격한 후 6월에 일주일간 웨일랜드 집에 다녀가기로 했다. 집에 있는 동안 수드하는 최대한 부모님과 시간을 보냈다. 아빠와 함께 텔레비전으로 윔블던 대회를 함께 보고 엄마가 요리하는 걸 거들고 침실에 새로 블라인드를 주문하는 일을 도왔다. 수드하는 항상 집에 있었던 반면 라훌은 아무 말도 없이 집을 들락거렸다. 그는 56킬로쯤 떨어진 사이튜에이트에 있는 해산물 레스토랑에서 파트타임으로 웨이터 일을 했다. 저녁 담당이라 낮에는 내내 잠을 자고 일이 끝나면 친구들과 어울렸다. 유치원 때부터 고등학교까지 함께 다닌, 수드하가 알던 친구들이 아니었다. 대신 레스토랑에 일하면서 알게 된 사람들이고, 집에는 초대하지 않을 부류였다.

수드하는 라훌이 말이 없는 게 마음에 걸렸지만 부모님들은 거기에 별 말이 없었다. 그는 언제나 약간 기분이 상한 듯했고 당장 어디에 가야 하는 사람처럼 굴었다. 일하러 가든지, 웨이트 운동을 하러 헬스클럽에 가든지, 다른 사람들이 다 잘 때 혼자 보는 외국 영화를 돌려주러 비디오 가게에 가든지 등등의 이유였다. 수드하는 라훌과 싸우는 법이 거의 없었지만 때로 복도에서 마주치거나 또는 리모컨을 달라고 했을 때 순간적으로 동생이 자신을 경멸하고 있다는 걸 느꼈다. 라훌이 특별한 말을 하거나 행동을 해서가 아니었다. 자기를 피할 때조차 예의가 바른 동생이었으니까. 하지만 그녀에 대한 라훌의 생각과 태도가 언젠가 달라진 게 분명했다. 예전엔 누나를 우러러보고 비밀 얘기도 하던 동생은 이제 그녀가 뭘 해도 신경질만 내는 어떤 사람이 되어버렸다. 동생이 다시 술을 사러 가게에 가자고 할지 은근히 기다리기도 했지만 아무 얘기가 없었다. 혼자서 술을 구해 어딘가 숨겨놨을 거란 생각이 들었다. 어느 날 밤인가 잡지를 읽느라 늦게까지 자지 않고 있었는데, 아래층 냉장고에서 얼음 내리는 소리와 유리잔에 얼음이 떨어지는 소리가 들렸다.

엄마에게서 라훌의 두 번째 학기 성적이 좋지 않다는 얘길 들었다. 첫 번째 학기엔 가장 나쁜 학점이 B였는데, 이번 학기엔 거의 C를 받았다고 했다. 생물과 유기 화학을 수강 철회하고 대신 영화와 영문학을 신청했다고 했다. "네가 가서 얘기 좀 해볼래?" 엄마가 수드하에게 말했다. "뭐가 잘못됐는지 알아볼래?" 수드하는 라훌을 변호하는 쪽으로 얘기했다. 고등학교에서 대학교에 가면 엄청 적응을 해야 하고 대부분의 학생들이 힘들어한다고. 아빠도 라훌에게 직접 대놓고 뭐라고 하진 않았지만 불편한 심기를 감추진 않았다. 아빠는 어느 날 수드하에게 "애가 방황하는 것 같다"라고 했다. 겨우 라훌이 수업시간에 프랑스 영화나 보라고 그 엄청난 학비를 댈 수는 없다고 했다. 아빠는 실패나 방종에 전혀 인내심이 없었다. 언제나 자기는 그런 혜택 없이 자랐다는 얘길 했고, 그래서 수드하가 아무리 잘해도 그건 부모를 잘 만난 덕이지 자신이 열심히 한 결과라는 생각은 하기 힘들었다. 부모님은 둘 다 넉넉지 못한 환경에서 자랐다. 외할머니나 친할머니 모두 장신구를 팔아서라도 집안 살림에 보탰다. 지겨운 얘기였지만 이런 정신 덕분에 부모님이 서로를 이해하고 존중한다는 사실을 수드하는 알고 있었고, 부모님이 헤어지지 않고 살아갈 수 있었던 것도 결국 그 덕분이 아닐까 생각했다.

어느 날 밤늦게 수드하는 라훌의 방문을 두드렸다. 그는 헤드폰을 끼고 침대에 누워서 음악을 들으며 베케트의 낡은 희곡집을 읽고 있었다. 그녀가 들어오는 걸 보고 책은 가슴 위로 내려놨지만 헤드

폰은 벗지 않았다. 침대 옆 바닥에 놓인 머그잔이 눈에 들어왔다. 투명한 액체 속에 얼음이 가득 담겨 있었다. 그는 아무것도 권하지 않았다. 예전에 함께하던 일을 이제 그는 혼자 하고 있었다.

"그래, 학교는 어떠니?" 수드하가 물었다.

그가 올려다보았다. 눈이 벌게져 있었다. "방학이잖아."

"학점이 좋지 않더라, 라훌. 공부를 좀 더 열심히 해야 하는 거 아니니?"

"공부 열심히 했어." 그가 말했다.

"첫해가 힘들다는 건 나도 알아."

"공부 열심히 했다고." 그가 반복해서 말했다. "교수들이 날 싫어해. 그게 내 잘못이야?"

"교수들이 널 왜 싫어하겠니?" 그녀가 말했다. 수드하는 방을 건너가 침대 끝에 앉을까 생각했지만 그대로 서 있었다.

"누나가 씨발 뭘 알아?" 그가 이렇게 말했고, 그녀는 깜짝 놀랐다.

"야, 난 그저 도우려는 것뿐이야."

"누나더러 누가 도와달라고 했어? 누나가 뭘 고칠 수 있다고 생각하지 마. 내 인생은 이대로 너무 좋다는 거 혹시 생각이나 해봤어?"

그 말에 수드하는 완전히 할 말을 잃었다. 자기가 동생의 삶에 간섭하는 건 사실이었다. 제멋대로 하려는 건 아니더라도 뭔가 나아지게 하려는 의도는 있었다. 언제나 동생을 책임져야 한다고 생각했고 그게 아니라면 누나 노릇이라는 게 어떤 건지 알지 못했다.

"누난 여기 살지도 않잖아." 그가 계속 말했다. "그냥 여기 걸어 들어와서 모든 걸 완벽하게 해놓고 다시 런던으로 사라지시겠다고? 그게 누나가 하려는 거야?"

그녀는 그를 쳐다봤다. 그러고는 머그잔을 내려다봤다. 저녁에 얼마나 마셨는지 병은 어디에 감추어두었는지 궁금했다. 자기 아들이 뭘 하는지 전혀 모르는 채 복도 끝에서 잠들어 있을 부모님을 생각했다. 그리고 그들을 대신해서 화를 냈다. "라훌, 넌 똑똑한 아이야. 나보다 훨씬 똑똑하다고. 난 정말 이해가 안 간다."

그는 몸을 숙여 바닥에 있는 잔을 들었다. 한 모금 마시고 나더니 침대 밑으로 밀어 넣었다. 이제 잔이 보이지 않았다. "이해하지 않아도 돼, 누나. 언제나 모든 걸 이해할 수 있다고 생각하지 마."

수드하가 필라델피아로 돌아가기 전날 밤, 라훌은 가족들과 외식을 피하지 않아 모두를 놀라게 했다. 수드하가 영국으로 가는 걸 축하하기 위한 저녁이었다. 부모님은 기분이 좋았다. 피카디리 선의 지하철 역 순서며, 런던에서 살던 기억을 떠올렸다. 라훌도 기분이 좋았다. 수드하가 그곳에 있을 때 가봐야 할 작가들의 생가며 무덤을 말해주었다. 자기가 실제로 마르크스의 무덤에 다녀오기나 한 것처럼 굉장한 권위에 차서 얘기했다. 그러는 걸 보니 수드하는 처음으로 라훌이 부모님과 자기가 영국에서 살던 시절을, 자기가 존재하지 않던 시절을, 질투하는 게 아닌가 하는 생각을 했다. 그는 싱가폴 슬링을 한 잔 시켜놓고 저녁을 먹으며 천천히 조금씩 마셨다. 나중에 갈 데가 있다거나 하는 소린 하지 않았는데 계산하기 전에 시계를 보더니 자리에서 벌떡 일어났다. 어디 가야 하는데 늦었다며 자기 차를 몰고 떠났다.

수드하는 부모님과 함께 집으로 돌아와서 늦게까지 비디오로 〈스펠바운드〉를 보고 있는데 전화벨이 울렸다. 라훌이었고, 지금 지역 경찰서에 있다고 했다. 밀폰드 근처 한적한 도로에서 차를 흔들리게 몰자, 경찰이 세운 것이다. 혈중 알코올 농도가 그리 높지 않았지만 스물한 살 미만이었기 때문에 체포되기에 충분했다. 그는 수드하에게 현금 300달러를 가지고 혼자서 경찰서로 와달라고 했다. 하지만 이미 자정이 넘은 데다가 부모님의 자동차 열쇠는 아빠 바지 주머니 속에, 그러니까 침실에 있었다. 아빠를 깨워 옷을 입으시라고 했고 보석금을 내고 라훌을 빼내기 위해 둘이 함께 집을 나섰다. 아빠가 운전을 했다. 얼굴엔 아직 자다가 생긴 주름이 있었고, 오랜 세월 살아온 동네이지만 어디로 가야 할지 몰라 당황하는 표정이었다. 현금자동인출기 앞에 멈춰 돈을 뽑았다. "네가 가라." 경찰서에 도착하자 아빠가 말했다. "난 차에서 기다리마." 아빠의 목소리는 떨리고 있었다. 수드하가 대학에 다니던 어느 날 전화로 할아버지가 돌아가셨다는 소식을 전할 때와 같았다. 결국 그녀는 아빠가 당할 수치와 고통을 대신해 범죄자들이 붙잡혀 오는 그곳으로 들어갔다. 라훌을 만났을 때 이미 술에서 깬 상태였고 손가락엔 잉크가 묻어 까맸다. 일요일 밤이었고 법원 심리는 다음 날로 잡혀 있었다. "나랑 함께 가줄래?" 차로 걸어가면서 그가 물었고, 그녀가 그러겠다고 다짐해야 할 정도로 라훌은 놀란 상태였다.

"말도 안 돼." 다음 날 아침 라훌이 자고 있을 때 엄마가 말했다. 과잉단속이라고 경찰을 탓했다. "사고가 난 것도 아니고, 겨우 65킬로 정도로 가고 있었을 뿐인데. 아마 인도 사람이라 세웠을 거다." 아빠는 아무 말도 없었다. 식탁에 앉아 차를 마시며 〈선데이 글로브〉를 읽었다. 돌아오는 길에도 아무 말이 없었던 아빠였다.

"그렇지 않아요." 수드하는 천천히 운을 떼었다. 차가운 버터를 억지로 토스트 위에 펴 발랐다.

"무슨 말이냐, 수드하?" 엄마가 약간 역정이 난 듯한 목소리로 물었다. 아빠는 신문을 내려놓지는 않았지만 기사를 읽다가 멈췄다는 걸 알 수 있었다. 부모님은 지금 그녀가 하려는 말을 어느 정도 예상하면서도 본능적으로 두려워한다는 걸 수드하는 알고 있었다. 마치 매를 기다리는 아이들 같았다. 그리고 그 매를 드는 건 수드하 자신이었다.

"라훌이 알코올 중독 증상이 있는 것 같아요."

"수드하, 말도 안 된다." 엄마가 말했다. 잠시 멈추었다가 말을 이었다. "미국 대학에 다니는 애들은 다 술을 마신다고 생각한다." 엄마는 술 마시는 것이 마치 대학생들의 취미인 것처럼, 일시적으로 겪는 시기인 것처럼 얘기했다.

"그런 말이 아녜요."

"너는 대학 다닐 때 술 안 마셨냐?"

"그런 말이 아녜요." 수드하가 되풀이해서 말했다. 체포될 정도론 아니었다고 말하려다 그만두었다.

"그게 이 나라의 문제다." 엄마가 말했다. "너무 자유가 많고 너무 놀기 좋아한다는 거. 우리가 젊을 때는 재미를 보는 게 인생의 전부가 아니었다."

수드하는 엄마가 불쌍하고 한심했다. 자기가 모르던, 불쾌하고 인정하기 힘든 사실이라는 이유로 그걸 받아들이지 못하고, 자기 아들을 탓하는 대신 미국과 그 법을 탓하고 있었다. 아빠는 이해한 듯했지만 대화에 끼려고 하지 않았다. 라훌이 샤워를 하고 아래층에 내려와서 잘못했다고 다시는 그런 일이 없을 거라고 했을 때도 아빠는 말 한마디 없었다. 그녀의 부모는 자식들이 괴로워하는 일은 언제나 보지도, 이해하지도 못했다. 학교에서 피부색 때문에 놀림을 받거나 엄마가 점심 도시락으로 이상한 음식을 싸주어서 비웃음을 사는 것도, 감자 카레 샌드위치를 싸면 원더브레드가 초록색이 된다는 사실도 알지 못했다. 세상에 불행하다고 생각할 게 뭐가 있느냐? 부모님은 이렇게 생각했다. '우울증'이란 단어는 외국어였고 미국의 것이었다. 고생과 부당함은 인도를 떠날 때 두고 왔고, 자기 자식들은 절대 그런 일을 겪을 리 없다고 생각했다. 소아과 의사가 아이들에게 평생 고통 없이 살라고 면역 주사라도 놔주었다는 식이었다.

수드하는 런던에 대한 기대감에 부풀어 있었다. 자기가 태어난 곳이었다. 떠나기 전 그녀는 영국 여권을 신청했다. 자기가 태어났을 때 부모님이 미처 만들지 않은 서류였다. 히스로 공항에서 여권을 보여주었을 때 이민국 직원은 고향으로 돌아온 걸 환영한다고 했다. 부모님도 함께 가서 열흘 동안 머무르면서 수드하가 토튼햄코트 로드 근처에 있는 기숙사에 입주하는 걸 도왔다. 길 건널 때 조심하라고 당부했고, 마크앤스펜서에서 겨울에 입을 카디건까지 몇 벌 사주었다. 지하철을 타고 벨햄에 가서 수드하가 신생아일 때 살던 집을 보여주었다. 함께 런던에서 세 시간 떨어진 시골에 있는 셰필드에 다녀오기도 했다. 팰 씨와 그 가족이 사는 동네였다. 라훌에 대해선 아무 얘기도 하지 않았다. 친지들이 물어봐서 얘기를 해야 하는 경우엔 부정할 수 없는, 듣기 좋은 사실만 말했다. 코넬 대학에 다니고 있고, 이제 2학년이라는. 이 사실 덕분에 그들의 부모에겐 미약

하나마 희망이 있었다. 아들을 망쳐놓은 학교가 기적적으로 그를 되돌려놓을 수 있을 거라 생각했다.

부모님이 떠난 후 그녀는 수업 때문에 점점 바빠졌다. 전 세계에서 모여든 사람들을 만나게 되었고, 함께 공부하고 관광하고 퍼브에서 술을 마시며 친구가 되었다. 태어난 곳이어서 그런지 런던이 바로 친근하게 느껴졌고, 길은 잘 몰라도 고향 같았다. 부모님과 그녀 사이에 이제 바다가 가로놓였지만 어쩐지 더 가까워진 느낌이었다. 하지만 태어나서 처음으로 가족이란 무게에서 해방된 것 같기도 했다. 그래도 술만 마시면 라훌 생각이 났고 집에 들어가기 전 두 번째 잔을 비우고 나서 만족스러울 때도 라훌은 이걸로 충분하지 않겠구나 하는 생각이 떠나지 않았다. 그때 수드하는 북적대는 법정에서 라훌과 함께 이름이 불리길 기다렸고, 혐의를 읽어줄 때도 라훌과 함께 들었다. 동생 곁에 있기 위해, 힘이 되어주려고 법정엔 함께 갔지만 정작 그의 편은 아니었다. 그는 6개월 동안 운전면허 정지를 당했고, 이타카에서 음주 교육 수업을 들어야 했다. 아빠는 결국 벌금과 법정 비용으로 거의 2,000달러를 내야 했다. 동생이 체포된 사실은 〈웨일랜드 타운 크라이어〉에 실렸고, 이는 부모님이 받아보는 신문이었다.

수드하는 11월에 런던국립박물관을 돌아다니다가 한 남자를 만났다. 관객이 한 무리 지나가기를 기다렸다가 반 에이크의 〈아르놀피니 결혼〉 앞에 서서 감탄하며 그림을 바라보고 있었다. 남녀 한 쌍이 침실에서 손을 잡고 서 있고 발밑에 작은 개 한 마리가 있는 그림이었다. 남자는 가장자리에 모피가 달린 망토를 입고 있고 지나치게 커 보이는 챙 넓은 까만 모자를 쓰고 있다. 여자는 에메랄드색 가운을 입었는데, 손으로 가운을 모아 쥐고 있었지만 가운은 무거운 커튼처럼 바닥에 흘렀다. 머리엔 하얀 베일을 썼고 임신한 것도 같았지만 확실치는 않았다. 남자 뒤엔 창문이 있었고 창턱엔 살구인지 귤인지 과일이 하나 놓여 있었다. 벽에 달린 볼록거울은 그림 속의 모든 걸 비추고 있었다.

"더 가까이 와야 해요." 수드하의 옆에 있던 남자가 말했다. 시야를 막는 사람이 없도록 그녀를 그림 앞으로 몇 발자국 더 다가서게 했다. "안 그러면 그림을 진짜로 볼 수가 없어요." 그는 거울에 대한 얘기를 시작했다. 거울이 어떻게 그림의 중심이 되는지, 바닥과 천장과 방뿐만 아니라 바깥세상까지 비추고 있는지 설명해주었다. 그러고 보니 거울 속엔 커플만 있는 게 아니라 복도에 남자 두 명이 서 있었고, 자기처럼 방 안을 들여다보고 있었다. "그들 중 한 명이 반 에이크예요." 남자가 말했다. "거울 위에 새긴 문장이 바로 그 얘기예요. 라틴어로 '반 에이크가 여기 있었다'라는 뜻이지요." 남자가 마치 수드하와 단둘이 있듯 나지막이 말했다. 벌써 수드하의 억양에 영향을 주고 있는, 리드미컬한 영국식 억양이었다. 그의 짙은 머리는 약간 길었고 얘기할 때 얼굴로 흘러내리는 머리를 손으로 빗어 넘겼다. 살에서 비누 향기가 났다. 트위드 재킷에 코듀로이 바지를 입었고, 트렌치코트는 팔에 걸쳤다. 그림 속 복도에 선 두 남자는 이 한 쌍의 결합을 목격하는 역할을 하고, 이 그림은 일종의 결혼서약서로 그린 것이라 했다. "물론 한 가지 해석이지요." 남자가 말했다. "어떤 사람들은 약혼식 장면이라고도 해요."

수드하는 남자가 얘기해주는 디테일과 선명한 색을 찬찬히 바라보았다. 둘이 함께 그림을 바라보고 있다는 사실을 의식했다. "구두

는요? 어떤 뜻이 있는 건가요?" 수드하는 그림 앞쪽에 벗어놓은 나막신 한 켤레를 가리키며 이렇게 물었다. 카펫 옆에 빨간 슬리퍼도 있었다.

그때 남자가 몸을 돌려 수드하를 보았다. 생각했던 것보다 나이가 많았다. 눈을 보니 마흔에 가까워 보였다. 맑고 파란 두 눈동자가 그녀의 얼굴 구석구석을 찬찬히 살피고 있었다. 얼굴 표정은 진지하면서도 평화로웠지만 이제 입가에 웃음이 번졌다. "내 생각에 그들이 성스러운 곳에 있다는 뜻인 것 같아요. 아니면 여자가 방금 쇼핑을 끝내고 들어온 것일 수도 있어요."

수드하는 그날 본 그 그림이 그렇게 유명한지 몰랐었다. 하지만 남자는 한 번도 무식하다고 느끼게 하지 않았다. 다른 그림들도 함께 보았다. 수드하 쪽으로 고개를 기울이며 그림에 대해서 얘기했고 결국 간단하게 식사를 함께하자고 했다. 그의 이름은 로저 페더스톤이었다. 미술사학으로 박사를 받았고 미술 잡지의 편집자였다. 르네상스 초상화에 관한 책을 쓰기도 했다. 그 후로 로저는 수드하에게 적극적으로, 로맨틱하게 다가왔다. 집에 올 때마다 꽃을 가져왔고 장갑과 귀고리와 향수를 선물했다. 그는 외동아들이었고 영국의 기숙학교에 다녔다. 아버지는 싱어 재봉틀 회사에서 해외 업무를 담당했었는데, 양친은 이제 모두 돌아가셨다. 로저는 인도에서 태어났고 봄베이에서 세 살 때까지 살았지만 아무것도 기억하지 못했다. 20대 때 케임브리지 대학에서 만난 여자와 결혼했지만, 2년 만에 여자는 남편을 포함하여 가족과 소유물을 버리고 티베트에 있는 사원으로 들어갔다.

그는 잘 챙기는 스타일이었다. 연극표를 미리 사고, 레스토랑을 예약하고 피크닉에 필요한 것들을 챙겨 햄스테드 히스로 수드하를 데리고 갔다. 데이트를 했던 남자 중에 약속에 절대 늦지 않고, 전화하겠다고 했을 때 꼭 전화를 하는 사람은 처음이었다. 수드하는 머지않아 그가 자신과 비슷한 종류의 능력을 가진 남자라는 걸 깨달았다. 그는 먹는 걸 좋아했고 요리를 즐겼다. 일찍 일어나 좋아하는 제과점에 가서 갓 구운 페이스트리를 사다가 수드하를 놀라게 할 줄도 알았다. 셰퍼즈부시에 있는 그의 아파트에서 처음으로 함께 보낸 아침, 그는 쟁반에 아침식사를 가져다주었다. 그는 오랫동안 혼자 살았지만 때가 되니 기꺼이 삶을 오픈할 줄도 알았다. 열쇠를 만들어주었고 자기 옷장의 서랍을 내어주었고, 화장실 캐비닛의 유리 선반 하나를 비워두었다. 젊었을 때 화가가 되고 싶어서 첼시아트스쿨에 들어갔지만 선생님에게 대성할 생각은 하지 말라는 얘기를 듣고부터 캔버스엔 손도 대지 않았다. 그렇게 인생의 행로가 바뀐 데 대해 그는 한을 품지도, 누굴 원망하지도 않았다. 자신의 한계를 아는 사람이었고, 이는 수드하와 비슷했다. 동시에 그는 잡지에 엄격하고 냉철한 비평을 썼고 레스토랑에선 최고로 좋은 자리를 잡을 것을 언제나 고집했으며 와인이 좋지 않을 땐 돌려보냈다. 수드하처럼 술은 적당히 마셨다. 언제나 와인을 병으로 주문했지만 한두 잔 이상은 마시지 않았다.

크리스마스가 다가왔지만 수드하는 부모님에게 할 일이 많다며 집에 가지 않았다. 대신 로저와 함께 세비야로 해서 코스타델솔로 휴가를 갔다. 스페인에서 돌아왔을 때 기숙사 게시판에 부모님에게서 온 메시지가 붙어 있었다. 전화를 하라는 내용이었다. 기숙사 로비에서 공중전화로 전화를 했더니 부모님은 라훌의 성적이 나아지지 않았고 담당 교수에게 걱정하는 내용의 편지를 받았다고 했다. 크리스마스 방학이라 지금 웨일랜드에 와 있는데, 한번 대판 싸우고 나서 지금은 말도 안 한다고 했다. 로저가 옆에 없는 게 다행이었다. 택시 안에서 굿바이 키스를 하고 자기 아파트로 돌아갔었다. 그녀는 로저에게 희미하기만 할 자기 가족의 이미지를 떠올렸다. 마치 책 끝에 달린 주석처럼 자신 안에 있는 무엇이었지만 보이지 않게 감추어져 있었다. "빨리 만나 뵙고 싶다." 그가 이렇게 말했었고, 그 말이 암시하는 건 분명했다. 적어도 그녀는 그렇게 바랐다. 가족에 대해선 기본적인 일 외에 그는 캐묻지 않았다. 그래서 그녀도 라훌의 음주 문제에 대해서, 구속되었던 사실에 대해서, 동생과 얘기한 지 몇 달도 더 되었다는 것도 말하지 않았다.

부모님은 수드하에게 라훌과 얘기를 좀 해보라고 하면서 지금은 산책을 나갔으니 좀 이따 다시 전화하라고 했다. 하지만 수드하는 며칠 동안 전화를 하지 않았다. 몇 달이 지났는데도 아직까지 마음이 상한 자신에게 스스로 놀랐다. 부모님도 그랬다. 아직도 그녀에게 의지하고 도움을 청하는 게 야속했다. 로저가 일하러 갔을 때 로저의 아파트에서 전화카드로 라훌에게 전화를 걸었다. 지난 1월 첫째 주에 스무 살이 된 라훌에게, 그녀는 말 한마디 없이 지나갔었다. 라훌이 전화를 받았고, 그제야 그녀는 생일 축하한다고 말했다. 매사추세츠는 정오였고, 런던은 초저녁이었다. 로저 아파트의 부엌 창문으로 보이는 하늘은 어두웠다. 수드하는 로저가 돌아오면 함께 먹으려고 조리대 위에 치즈와 크래커와 올리브를 차리고 있었다.

"별일 없니?" 그녀가 물었다.

"별일 없어. 엄마 아빠는 아무것도 아닌 일에 완전히 난리를 치더라." 라훌은 그들 사이에 아무 일도 없었다는 듯 런던은 어떠냐고 물었다.

"너 두 과목이나 낙제했다며."

"어차피 들을 것도 없는 과목들이었어."

"너 수업에나 들어가는 거니?"

"누나, 그만해." 갑자기 변한 어조로 그가 말했다.

"들어가는 거냐고?" 그녀가 지지 않고 다그쳤다.

그리고 아무 말도 없었다. 라이터를 켜는 소리가 들렸고 담배를 첫 모금 깊게 빨았다가 내쉬는 숨소리가 들렸다. "나 이거 하고 싶지 않아."

"그럼 도대체 하고 싶은 게 뭔데?" 수드하가 짜증을 숨기지도 않고 물었다.

"나 희곡 쓰고 있어."

이 말에 그녀는 놀랐지만 적어도 동생이 뭔가 하고 있다는 사실에 마음이 놓였다. 그는 언제나 글을 잘 썼다. 한번은 고등학교 다닐 때 수드하가 유펜에서 집으로 가져온 철학 숙제에 동생이 답을 쓴 적이 있었다. 플라톤의 『대화편』에 대한 문제였는데, 교수가 그 답에 평을 길게 달면서 칭찬을 했었다.

그녀는 올리브 한 알을 입에 넣고 얇은 보라색 씨를 뱉어 로저와 세비야에서 함께 사온 알록달록한 접시 위에 올려놓았다. "그래? 좋은데. 하지만 공부도 해야 해, 라훌."

"난 자퇴하고 싶어."

"엄마 아빠가 허락하지 않으실 거야. 일단 대학을 졸업해. 그러면 네가 원하는 걸 할 수 있잖아."

"이젠 시간 낭비하는 게 정말 지긋지긋하단 말야. 그리고 차도 이제 돌려줬으면 좋겠어. 운전을 안 하니까 답답해서 미칠 것 같아."

부모님이 그가 운전하는 걸 퍽이나 믿겠다고 말하고 싶었지만 참았다. "네 인생에서 겨우 2년 더 하는 거야, 라훌. 그냥 하도록 해봐. 안 그러면 후회하게 될 거야."

"제길, 누나는 엄마 아빠랑 말하는 게 똑같아." 이렇게 말하고 그는 전화를 툭 끊어버렸다.

수드하는 4월에 보스턴으로 돌아왔다. 봄 학기가 끝난 후 방학 때였다. 로저가 준 다이아몬드 반지는 목걸이에 걸어 스웨터 속에 숨긴 채였다. 가족으로부터 자신을 보호해줄 보호막이라도 입은 기분이었다. 지난 1월 이후 부모님은 라훌 일로 다시 그녀를 귀찮게 하지 않았다. 지난번에 물었을 때 다시 학교로 돌아갔다고만 했다. 부모님에게 더 의논 상대가 되지 못한 것에, 라훌과 좀 더 얘기해보지 않은 것에 죄책감을 느꼈다. 경제규제철폐에 관한 10,000자짜리 논문을 써야 했고, 게다가 로저도 있었다. 그땐 이미 로저와 함께 살고 있었다. 공항에 부모님과 함께 서 있는 라훌을 보았을 때 그녀는 깜짝 놀랐다. 세 사람 모두 얼굴이 안 좋아 보였고, 각자 딴생각에 빠져 있는 듯했다. 가방을 잔뜩 쌓은 손수레 뒤로 그녀를 발견하고서야 부모님은 표정이 환해졌다.

"헤이." 그녀는 이렇게 말하며 다가가 동생을 끌어안았지만 그의 두 팔은 몸 옆에서 움직이지 않았다. "얼굴 보니 반갑다."

"잘 왔어." 그가 이렇게 말하며 한 발짝 물러섰을 때 그 얼굴엔 웃음조차 없었다.

"학기가 벌써 끝났니?"

그는 고개를 저으며 계속 눈을 피했다. 그러곤 짧게, 이상한 웃음을 지었다. "나 이제 여기 살아."

로저 얘기를 하려고, 런던으로 아주 이사를 해서 그와 결혼하려고 한다는 얘기를 하러 집에 왔지만 먼저 라훌 얘기부터 해야 했다. 공항에서 집으로 오는 길에 어떻게 된 일인지 대충 들었다. 얘기는 엄마가 했고, 아빠는 운전을 했다. 아빠는 차가 막힌다고 가끔씩 혼잣말을 했고, 라훌은 택시를 탄 것처럼 줄곧 창밖만 내다봤다. 크리스마스가 지나고 라훌은 이타카로 돌아갔지만 수업에 빠지기 시작했고 2주 전 학교에서 퇴학 통보를 받아 웨일랜드로 돌아온 것이다.

수드하가 보기에 동생은 방학 때처럼 집에서 지내고 있었다. 방에 틀어박혀 있거나 낮엔 텔레비전을 봤다. 부모님이 차를 팔아버렸고 그는 집 밖에 나가지 않았다. 전에 부모님과 냉전 중일 땐 금세 폭발할 것처럼 어딘가 까칠한 데가 있었다. 하지만 지금은 그런 에너지가 없었다. 부모님에게나 집에 틀어박혀 있는 사실에 대해서도 별로 화난 것 같지 않았다. 한동안 부모님은 지인들에게 아들이 휴학을 하고 있다고 했고 나중엔 보스턴 대학으로 전학을 준비 중이라고 말했다. "라훌은 도시에 살아야 클 아이야." 그들은 이렇게 말하곤 했다. 하지만 라훌은 다른 학교에 지원하지 않았다. 그들은 라훌이 일자리를 찾고 있다고 했고, 그러더니 거짓말은 날로 훌륭해져서 그가 집에서 컨설팅 일을 한다고 했다. 하지만 실제로 집에서 하루 종일 아무것도 하지 않았다. 항상 아이들과 한 지붕 아래 살기를 원했던 엄마도 막상 그렇게 되니 수치스러워했다.

결국 라훌은 웨일랜드에 있는 빨래방의 매니저로 일주일에 세 번 일하게 되었다. 부모님이 사준 싸구려 중고차로 라훌은 시내에 나갈 수 있었다. 수드하는 부모님이 그 일을 창피해 한다는 걸 알고 있었다. 예전엔 설거지하는 일을 해도 아무렇지도 않더니 이젠 자기 아들이 남의 빨래를 저울에 다는 걸 누가 볼까 봐 전전긍긍했다. 아는 벵골 사람들은 모두 라훌에 대해 수군거렸고 자신의 아이들이 그렇게 인생을 망치지 않기를 기도했다. 그렇게 라훌은 모든 부모가 두려워하는 인물이 되었다. 벵골의 아이들이 전국에서 변호사로, 과학자로, 〈뉴욕 타임스〉의 1면에 기사를 싣는 기자로 이룬 성공의 대열에 끼지 못한 채 오점, 낙오자가 된 것이다.

반면 수드하는 그 성공적인 아이들 중 한 명이었고, 그녀가 받은 학위증은 부모님 집 2층 복도를 장식하고 있었다. 수드하는 가난한 나라에 소액 융자 사업을 하는 런던의 한 단체에서 프로젝트 매니저로 일했다. 또 그녀는 약혼했다. 여름에 로저가 수드하와 함께 매사추세츠에 와서 가족을 만났고 정식으로 청혼을 했다. 로저가 원한 대로 그들은 웨일랜드에서 머물지 않고 보스턴에 있는 호텔에서 지냈다. 그즈음엔 그녀는 로저가 해변에서 햇빛을 가리듯 자기 가족에게도 자신의 일부만 드러낼 거라는 것쯤은 알고 있었다. "처음부터 이런 건 확실히 해두는 게 좋아." 로저는 수드하에게 친절하지만 확고한 어조로 말했고, 그녀는 이게 그의 책임감 있는 성격에서 온다고 생각했다. 함께할 그들의 인생을 조심스럽게 출발하는 것이기도 했다. 호텔에서 자는 건 별 무리 없이 넘어갔다. 부모님은 라훌 때문에 더 이상 싸울 힘도 없는 것 같았다. 결혼식 없이 런던에서 신고만 하고 매사추세츠에서 피로연만 하겠다고 했을 때도, 로저가 결혼 경력이 있다고 했을 때도, 그와 수드하의 나이 차가 14년이라 했을 때도 모두 순순히 받아들였다. 그의 학력을 맘에 들어했고, 그 능력도 인정했다. 그가 유산을 잘 투자해서 수드하와 함께 킬번에 집을 장만할 수 있다는 것도 좋아했다. 그가 인도에서 태어난 사실, 미국인이 아닌 영국인이란 것도 도움이 되었다. 커피 대신 차를 마시고 "지ᵘ"라고 하지 않고 "제드ᶻ"라고 하는 사소한 사실에 부모님은 친밀감을 느끼는 듯했다. 수드하는 부모님이 로저를 가족으로 받아들이기보단 그가 그녀를 데려가는 걸 그저 허락하고 있다는 느낌을 받았다. 하지만 라훌은 호락호락하지 않았다. 로저에게 이것저것 물어봤고, 부모님은 좋다고 하며 치워둔 로저의 미술 잡지를 꼼꼼히 뒤져봤다. 누나의 예비 신랑감의 흠잡을 데를 찾아내는, 동생의 역할을 하려는 듯했다.

"로저는 좋은 사람이더라." 부엌에서 접시를 닦으며 그녀와 둘만 있었을 때 라훌이 말했다. "축하해."

"고마워. 네가 여기 있어주어서 고마워." 그녀가 말했다. 진심이었다. 남자를 집에 데려온 적은 이번이 처음이었고, 이렇게 떨릴 줄은 몰랐었다.

"다른 데 갈 데도 없는데, 뭐."

"그래, 어떻게 지내니?" 그녀가 물었다. "집에서 지내는 게 힘들진 않아?"

"그렇게 나쁘진 않아."

라훌이 말대꾸라도 해주는 게 고마웠다. 부담을 주고 싶지 않았다. 이제 둘 사이에 존재하는 불균형을 잘 알고 있었다. 자신의 인생이 그의 인생처럼 박살나지 않은 게 미안했다.

"빨래방은 어때?"

그가 어깨를 으쓱했다.

"희곡은 아직 쓰고 있니?"

"바보 같은 짓이었어."

무슨 말을 해야 할지 몰라 그저 안아주려고 한 발짝 다가서자 달콤하고 강한, 도저히 놓칠 수 없는 술 냄새가 났다. 점심을 먹는 동안 식탁에서 잠깐 일어났었는데, 그때 술병을 숨겨놓은 곳으로 갔던 거였다. 취하지는 않았고, 한 모금 이상 마신 게 티가 날 만한 행동도 하지 않았다. 하지만 몰래 술을 마시고, 술 없이 가족 모임을 견디지 못하는 걸 보니 그가 단순히 술을 좋아하는 게 아니라는 사실이 확실해졌다. 사교성으로 마시는 것도, 그저 많이 마시는 것도 아니었다. 이제까지 그녀는 그런 식으로 정당화했었다.

"런던에 언제라도 놀러와." 이렇게 말했지만 진심이 아니라는 사실에 슬퍼졌다.

"돈이 어디 있어."

"아빠가 비행기 표는 사주실 거야."

"아빠가 주는 돈은 싫어." 라훌이 말했다.

너는 아빠 집에서 살고 있어, 라고 말해주고 싶었다. 엄마가 차려주는 음식을 먹는다고, 부모님이 넣어주는 휘발유로 차를 몰고 다닌다고도 하고 싶었다. 하지만 아무 말도 하지 않았다. 만약 그랬다면 그나마 열린 문조차 눈앞에서 다시 쾅 닫혀버릴 것 같았다.

수드하의 결혼 피로연은 가을에 치르기로 했고 그즈음 라훌은 엘레나라는 여자와 사귀고 있었다. 엘레나는 배우 지망생이었고 월탬에 있는 간이식당에서 웨이트리스로 일했다. 그는 피로연을 열흘 앞두고 혼자 웨일랜드에 와 있는 수드하에게 이런 얘기를 했다. 로저는 피로연만 하고 갈 예정이었다. "누나, 이런 감정은 처음이야." 그가 말했다. 피로연 며칠 전에 그는 엘레나를 집으로 데려왔다. 수드하는 이제 결혼을 했지만 로저가 곁에 없으니 보호막이 없어진 것 같아 불안했다. 엘레나의 나이는 서른, 그러니까 라훌보다 여덟 살이 많았다. 하지만 고등학생이라고 해도 믿을 정도였다. 달라붙는 청바지에 탱크톱을 입고 긴 갈색 머리는 한쪽 옆으로 모아 핀을 꽂았다. 눈 주위엔 검은 라이너를 칠했다. 그녀는 말이 없었고 묻는 말에 대답하는 정도였다. 로저처럼 부모님의 환심을 사려 노력하지 않았다. 엘레나는 마타포이세트에서 자랐고 에머슨 대학을 나왔다고 했다. 또 쌀을 먹으면 몸이 붓는다며 수드하의 엄마가 점심으로 내온 밥을 먹지 않았다. 라훌은 그녀의 가녀린 어깨를 감싸고 있었고, 모두 보는 앞에서 꿈꾸는 듯한 표정으로 입을 맞췄다. 그는 엘레나가 언젠가 알레르기 약 광고에 나온 적이 있다고 그녀를 대신하여 말했다. 그는 계속 크리스탈이라는 이름을 언급했는데, 알고 보니 크리스탈은 엘레나가 전 남자친구와 낳은 딸의 이름이었다.

수드하의 부모님은 이런 얘기가 나오는데도 아무 말이 없었다. 그들은 엘레나를 환영해주었고, 로저에게 했던 것처럼 그녀를 위해 식사를 차려주었다. 빅딕Big Dig, 보스턴 지하도로 건설 프로젝트에 대해 이야기를 했고 수드하와 로저의 피로연 때 나올 메뉴 얘기도 했다. 그런데 수드하와 엄마가 차와 시럽 속에 든 판튜아우유, 버터, 설탕 등을 넣어 만든 인도 설탕 과자를 내오는 순간 라훌은 엘레나와 약혼했다고 선언했다.

수드하는 나누어주려던 티스푼을 손에 쥔 채 의자 뒤에서 얼어붙었다. 식당이 한쪽으로 기우는 것 같았다. 마치 바람이 몰아쳐 모든 걸 날려버리기 직전처럼 식탁을 누르며 버텼다. 그녀는 자기 손가락에 있는 다이아반지를 내려다보며 손에 같은 반지를 끼고 있는 엘레나의 모습을 상상했다. 동생이 무슨 돈으로 반지를 살지 싶었다. 내온 다질링은 찻주전자 속에서 점점 진해지고 있었고 적갈색 판튜아는 커다란 접대용 그릇 속에 아직 그대로였다.

"그건 안 된다." 아빠가 단호한 어조로, 그동안 지켜오던 침묵을 깨며 말했다. 수드하 생각에 아빠가 입을 연 건 1년 만인 것 같았다.

"왜 안 되는데요?" 라훌이 물었다. 아직도 엘레나에게 팔을 두르고, 검지로 그녀의 목덜미를 쓸어내리고 있었다.

"넌 아직 어린애일 뿐이다. 경력도, 목표도 없고, 앞으로 가야 할 길조차 모르고 있어. 결혼을 할 만한 입장이 아니야. 그리고 이 여자는……." 아버지는 엘레나의 존재를 잠시 의식하더니 돌아서며 이렇게 말했다. "거의 네 엄마뻘이 아니냐."

이렇게 말할 수 있다면 그들은 이제 비겼다고 할 수 있었고, 방 안에 평정이 이루어진 듯했다. 하지만 수드하는 평정과는 거리가 멀다는 걸, 이건 거의 전쟁이라는 걸 알고 있었다.

"아빠는 속물이야." 라훌이 말했다. "아빠는 늙고 한심한 속물 말고는 아무것도 아니야." 그의 목소리는 차분했다. 수드하가 예상했던 공격성은 전혀 없었다. 그는 자연스럽게 일어났고, 마치 팔이 엘레나의 몸에 자석처럼 달라붙어 있다는 듯 그녀를 일으켰다. 그러곤 집을 떠났다. 수드하와 부모님은 엘레나의 차가 진입로를 빠져나가는 소리가 날 때까지 기다렸다. 그러곤 엄마는 차를 따랐다.

"그동안 생각을 해봤는데." 아빠가 수드하를 보며 말했다. 두 번째로 침묵을 깨는 셈이었다. "피로연 하는 레스토랑 말이다. 거기 바가 있냐?"

"아빠, 바가 없는 레스토랑이 어디 있어요?"

"라훌이 걱정돼서 하는 얘기다. 애가 자제력이 없어서……." 그는 사용하려는 단어를 찾듯 잠시 말을 멈췄다. "그 부분에선 자제력이 없으니 말이다."

수드하는 눈물이 나올 것 같아서 눈을 질끈 감았다. 그동안 부모님이 라훌의 문제를 인정하길 기다려왔는데 막상 아빠가 그렇게 말을 하니, 게다가 방금 있었던 일까지 해서 너무 벅찼다.

"다른 곳에서 하면 어떠냐?" 엄마가 제안을 했다. "술이 없는 다른 곳에서."

"이제 너무 늦었어요. 그리고 그건 너무 불공평해요." 수드하가 말했다. 결혼식 피로연에서 술을 마시는 건 당연했다. 왜 라훌 때문에 모두가 벌을 받아야 하는가?

"그날만 너무 많이 마시지 말라고 네가 얘기해보면 어떠니?" 엄마가 물었다.

"못 해요." 수드하가 의자를 밀어 일어서며 말했다. 만지작거리고 있던 티스푼을 바닥에 던졌고, 티스푼은 카펫이 깔린 식당 바닥에 소리 없이 떨어졌다. "이제 저도 걔한테 얘기 못 해요. 내가 걔를 바꿀 수는 없어요. 이 집의 문제를 내가 계속 해결할 순 없다고요." 이렇게 말하고 방금 자기 동생이 한 것처럼 식당을 확 나가버렸다.

피로연에서 라훌은 건배를 청하며 축사를 했다. 수드하와 로저를 위한 축배였지만, 수드하는 그가 얘기하는 동안 숨죽여야 했고, 그가 빨리 앉아주기만을 바랐다. 엘레나는 함께 오지 않았다. 그녀와 함께 뛰쳐나갔던 날 그는 혼자 풀이 죽어 돌아왔었다. 수드하는 엘레나가 그와 끝냈을까 궁금했지만 묻지는 않았다. 라훌조차 결혼식에 올까 싶었는데, 그는 한 시간 전에 레스토랑에서 와서 가족으로서 할 일을 하고 있었다. 하객들을 맞이하고 방명록에 이름을 적도록 안내했다. 온 사람들은 거의 수드하 부모님의 친지들이자 벵골인들이었다. 로저 쪽에서 온 사람은 아무도 없었다.

축사가 계속되면서 라훌은 혀가 꼬이기 시작했다. 피로연 전에 그녀의 아빠는 바텐더에게 라훌이 술을 마시면 특별히 신경을 써달라 부탁했다. 수드하는 라훌이 이미 그 수위를 넘었다고, 다른 남자들이 주머니에 지갑을 갖고 다니듯 술병을 갖고 다닌다는 말은 하지 못했다. 사람들 앞에서 마신 샴페인 두 잔은 그저 쇼에 지나지 않았다. 라훌은 수드하가 어릴 때 일을 얘기하기 시작했고, 오래전에 바 하버로 휴가를 갔을 때 있었던 일을 꺼냈다. 수드하가 화장실에 가야 했는데 근방에는 주유소가 없었다고 했다. 그때 아빠가 일어나 라훌 옆에 서서 그의 귀에 대고 뭐라고 하면서 앉으라는 손짓을 했다.

"미안하지만 아직 안 끝났어요." 라훌이 웃기려고 한 얘기가 아니었다는 걸 모르는 채 사람들이 웃었다. 일부러 웃기려고 꾸민 거라 생각했다. 뒤이어 마이크에서 쇠 긁는 소리가 났다.

아빠가 일어서 그의 팔을 잡아끌었고 라훌은 몸을 움츠리며 팔을 뿌리쳤다. "내 몸에 손대지 마." 라훌이 목소리를 죽여 으르렁거렸지만 소리는 마이크를 통해 큰 소리로 울려 퍼졌다.

부모님 친구 중 한 명이 서둘러 일어나 축사를 했지만 수드하는 귀에 들어오지 않았다. 사람들은 분홍색 탄두리가 놓인 식탁에서 수군댔지만, 수드하는 동생이 곧장 바 쪽으로 간 걸 알고 있었다. 그를 찾으러 나갔을 때에는 이미 보이지 않았고, 차도 주차장에 없었다. 그녀는 부모님에게 이 사실을 알렸고, 경찰에서 또 전화가 올 거라 마음의 준비를 했다. 하지만 피로연이 진행되고 있었고 그를 찾으러 갈 만한 사람은 없었다. 게다가 라훌이 없으니 부모님은 오히려 마음이 편해지는 듯싶었다. 수드하만 마음을 놓을 수가 없었다. 로저가 걱정 말라고 했다. 그야말로 샴페인을 많이 마셨다. "힘든 시기를 보내고 있는 거야." 춤을 추자고 연회장으로 그녀를 잡아끌며 그가 별 감정 없이 말했다. "젊잖아."

그녀는 남편을 쳐다보았다. 자기는 더 이상 그럴 수 없는데 그를 믿고 있다는 사실에 소리라도 지르고 싶었다. 예전에 함께 맥주를 숨기곤 하던 이야기를 로저에겐 한 적이 없었다. 이제 그녀를 고문하듯 괴롭히는 사실이었다. 하지만 다시 한 번 그녀는 로저에게 아무 말도 하지 않았다. 그녀를 탓할까 봐, 라훌을 나쁘게 볼까 봐 두려웠다. 어쩌면 런던에서 처음 함께 본 그 그림과 비슷했다. 뒤에 있는 작은 거울에 처음 방을 보았을 때보다 더 많은 내용이 담겨 있는 사실이. 굳이 로저를 가까이 다가가게 해서 자기는 보기 싫어도 봐야 했던 사실을 보여주는 게 무슨 의미가 있단 말인가?

알고 보니 라훌은 멀리 가지 않았다. 집에 가 있었고, 밤늦게 돌아가 보니 자기 방에 잠들어 있었다. 다음 날 아침 로저와 수드하는 신혼여행을 떠났다. 비행기 안에서 모두 일은 머릿속에서 지워진 것 같았다. 부자연스러울 정도로 강한 햇살이 전날 밤의 일을 표백해주듯이. 하지만 세인트 토머스에 내리자마자 지저분한 기억이 다시 밀려왔다. 라훌이 마이크에 씩씩대는 소리가 들리는 듯했고 사람들 앞에서 망신스럽게 아빠를 함부로 밀치던 모습이 눈앞에 선했다. 하지만 삶은 계속되었고 수드하와 로저는 런던으로 돌아와 새집에 정착했다. 피로연에 왔던 손님들에게 그런 특별한 날을 함께 해주어 감사하다는 카드를 썼다. 하지만 수드하는 라훌이 저지른 일을 용서할 수가 없었다. 그가 마이크를 잡고 서 있던 그 끔찍한 몇 분 동안이 피로연 사진을 보며 떠오르는 전부였다. 잔디밭 위에서 웃으며 포즈를 취한 사진들을 보아도 생각나는 건 그 순간뿐이었다.

그러고 나서 라훌은 완전히 사라졌다. 쪽지도 없고 설명도 없었다. 어느 날 밤 그냥 집을 나갔고 그러곤 돌아오지 않았다고 부모님이 말했다. 그즈음엔 하도 불규칙적으로 들락거려서 그가 집을 떠난 걸 제대로 알아채는 데 며칠이 걸렸다고 했다. 욕실에 칫솔이 없고, 지하실에 있던, 인도에 갈 때나 쓰던 커다란 여행용 가방이 없어진 걸 발견하고 나서야 집을 나갔다는 걸 알 수 있었다. 부모님은 친구 집에 며칠 다니러 간 게 아니냐고 했지만 라훌의 새 친구들에 대해서 아는 게 없었으니 전화 한 통화 걸 수 없었다. 대신 그들은 차가 없어졌다는 신고를 했는데, 다음 날 차는 프레이밍햄에 있는 버스 터미널에서 발견되었다. 로저는 돕겠다는 생각으로 엘레나에게 연락을 해보면 어떠냐고 했지만 그들은 엘레나의 성조차 알지 못했다.

일주일이 지나 편지가 한 장 왔다. 소인은 오하이오 주 콜럼버스였다. 받는 사람 난엔 이름이 없었다. 가족의 성조차 적어 넣지 않았다. "내가 여기 있을 거라고 생각지 마세요." 그는 이렇게 썼다. "여기선 하룻밤만 지내고 갈 거예요. 찾지도, 연락하려고도 하지 마세요. 제발 그냥 내버려두세요." 돈도 없이 어떻게 오하이오까지 갔을까, 히치하이크를 했나 싶었다. 일주일 후 엄마는 서랍 깊숙이 영국제 브래지어들 뒤에 숨겨두었던, 평생 모아온 패물이 든 지퍼가 달린 백을 열어보았다. 남편이 미국에서 성공했다는 사실을 상징하는 물건들이었고, 대부분은 라훌이 결혼하는 여자에게 주려고 했던 것들이었다. 그 백 안은 텅 비어 있었다.

라훌이 집을 나가고 2개월이 지난 후 수드하는 임신 사실을 알았다. 불행했던 신혼여행의 어느 밤 그녀의 몸은 생명을 만든 것이다. 안 좋은 일 와중에 갑자기 이 기쁘고 좋은 소식을 들은 부모님은 다시 살아난 듯 기뻐했다. 임신 중에 수드하는 라훌 생각을 자주 했다. 동생과 함께 보낸 어린 시절의 기억과 꿈이 문득문득 떠올랐고, 그 둘을 길러낸 삶과 자기 내부에 저장된, 한편으로 잊혀진 기억들이 떠올랐다. 로저는 알지도, 이해하지도 못하는 부분이었다. 첫 3개월 동안은 감정의 변화가 극심했다. 좋은 날은 라훌이 자기 삶을 추스르려면 떠날 필요가 있었다고 생각했고, 나쁜 날은 경찰이 길가에서 라훌의 시체를 발견해 부모님에게 알려오는 걸 상상했다. 다음 크리스마스에 수드하와 로저는 웨일랜드에 갔지만 그는 나타나지 않았고, 수드하가 닐을 낳은 날 런던 병원에도 오지 않았다. 그러는 동안 그녀는 동생을 볼 수 없다는 사실에 점차 익숙해져갔다.

닐의 탄생과 함께 그녀의 부모도 익숙해졌다. 기회가 있을 때마다 런던에 와서 갓 태어난 손자를 보며 라훌이 남기고 간 무지막지한 빈자리를 메웠다. 그들은 몇 시간 동안 요람을 들여다봤다. 로저의 흰 살결과 수드하의 검은 머리를 물려받은, 하지만 운명만은 제 것인 보드라운 생명체였다. 몇 달이 지난 후 수드하는 다시 일을 시작했다. 처음엔 일주일에 사흘만 일하다 닷새로 늘렸고, 8시 반에 집에서 나가 6시에 퇴근했다. 집에 돌아오면 베이비시터에게 아이를 넘겨받아 두 시간을 함께 보냈다. 먼저 목욕을 시키고 흔들의자에서 젖을 먹이며 아이를 재웠다. 수드하는 언제나 죄책감을 느꼈다. 하루 중 실제로 닐을 돌볼 수 있는 시간은 얼마 되지 않았다. 하지만 아이가 그런 일로 엄마를 미워하기는 너무 어리다고 자신을 달랬다. 아이는 엄마를 보기만 해도 얼굴이 환해졌고, 엄마가 이 세상에서 가장 착하고 훌륭한 사람이라도 된다는 듯 품속으로 힘차게 뛰어들었다.

바로 그때였다. 수드하가 인생에서 가장 힘들고도 행복한 시간을 보내고 있을 때, 어느 추운 토요일, 장을 보고 집에 돌아왔을 때 문 안쪽에서 편지를 발견했다. 미국에서 온 거였고, 라훌의 글씨였다. 그동안 바꾸려고 생각해왔던 갈색과 금색 벽지를 바른 현관에 서서 이 단순하고도 확실한, 라훌이라는 존재의 증거를 노려보고 있었다. 그 애가 어떻게 자기 주소를 알았을까 싶었는데, 피로연에서 돌아온 후 집 주소를 적은 종이를 냉장고에 붙여놨던 게 기억났다. 닐은 유모차에서 자기 삼촌의 존재에 대해, 엄마의 눈이 눈물로 그득하다는 걸 전혀 모르는 채 잠들어 있었다. 소인이 흐릿하게 찍혀 있었고 봉투 뒤엔 뉴욕 주에 있는 우체국 사서함 주소가 적혀 있었다. 봉투를 열기 전에 지도를 찾아봤다. 이타카 북쪽에 있는 동네 주소였다. 될 수 있는 한 멀리, 오리건이나 캘리포니아로 갈 줄 알았는데 그곳에 있다니 놀라웠다. 그렇게 보란 듯이 실패한 장소로 돌아갈 줄은 생각지도 못 했었다. 봉투 안에는 타자기로 쓴 듯한 종이 한 장이 들어 있었다.

누나에게

이 주소가 맞기를 바라. 먼저 미안하다는 말을 하고 싶어. 모두 다. 내가 다 망쳤지만 지금은 많이 좋아졌어. 요즘 난 레스토랑에서 요리 일을 하고 있어. 내가 요리를 정말 좋아한다는 걸 알았거든. 대단한 건 아니지만 오믈렛을 이젠 아주 잘 만들어. 또 희곡도 쓰고 있어. 여기서 만난 사람에게 보여줬는데, 아직 손볼 데는 많지만 계속 해보라고 했어! 시러큐스에서 연출을 몇 개 했던 사람이야. 그리고 엘레나와 함께 살고 있어. 엘레나 기억하지? 그동안 우린 다시 합쳤고 이리로 오라고 내가 설득했어. 크리스탈은 이제 5학년이고 엘레나는 대학교 인사과에 일자리를 구했어. 엘레나를 어떻게 생각할지 모르겠지만 그래도 엘레나 덕분에 알코올 중독 치료를 시작했어. 그러니까 말한 대로 모든 게 나아졌어. 아무튼 내가 다 잘못했어, 누나. 누나와 로저 결혼식 때 내가 바보처럼 군 걸 용서해준다면 좋겠어. 모두 축하하고, 난 진심으로 기뻐. 그리고 괜찮다면 언제 런던으로 가서 누나를 보고 싶어. 돈을 좀 모았고 이번 여름에 레스토랑에서 휴가를 받을 수 있거든. 부모님께는 아무 말 안 할 거라 생각할게.

라훌

수드하는 바로 답장을 썼다. 편지를 다시 읽지도 않았고, 로저에게 라훌이 여기 와서 지내도 되겠느냐고 묻지도 않았다. 전화 옆에 메시지를 적으려고 두었던 공책을 한 장 찢어 이렇게 썼다.

그저 좋은 사람

라훌에게

이 주소 맞아. 그동안 아이가 태어났어. 닐이라는 남자아이야. 10개월 됐고, 네가 와서 이 애를 만나봤으면 한다.

그녀는 여기까지 쓰고 서명을 했다. 그 외엔 달리 할 말이 없었다.

피로연 날 밤 이후로 지금껏 라훌을 보지 못했다는 사실이 믿을 수 없었다. "잘 있었어, 누나?" 수드하가 문을 열었을 때 라훌이 이렇게 말했다. 부모님이 가르쳐준 전통적인 호칭을 아직도 쓰고 있었다. 그녀도 어색하지 않았다. 1년 반이 넘도록 보지 못하던 그가 지금 현관에 서 있었다. 임신해서 입지 못하다가 다시 입게 된 옷처럼 그동안 잃어버렸던 자신의 일부를 되찾은 기분이었다.

"여기 있어." 그녀가 닐을 고쳐 안으며 라훌에게 말했다. 닐은 다이제스티브 비스킷을 쥔 손을 내밀고 있었다. 그러고는 앞에 있는 처음 보는 사람에게 인사를 하듯 뭐라고 옹알거렸다.

"그래, 맞다." 라훌이 검지의 등으로 닐의 볼을 어루만지며 말했다. "네 망나니 삼촌이 이제야 널 보러 왔다"라고 하면서 못 믿겠다는 듯 고개를 저으면서도 닐의 얼굴을 익히려는 듯 자세하게 들여다봤다. 수드하는 이미 그 코와 눈과 입과 머리카락을 평생 보아온 느낌이었다. 변한 건 라훌이었다. 이제 살이 붙었고, 섬세하게 잘생겼던 얼굴이 평범해 보였다. 목과 허리도 두꺼워졌다. 나이 먹고 정해진 건 없는 남자처럼 등이 구부정했다. 머리는 뒤로 빗어 넘겼는데, 관자놀이 위쪽 머리가 벗어졌고 구레나룻은 길게 자라 있었다. 청바지는 후줄근했고 밑단이 해져 있었다. 세로 줄무늬 재킷은 중고 옷

가게에서 산 것처럼 소매가 약간 짧았다.

"네가 태어났는데 내가 모르고 있었다니 믿을 수 없구나. 이렇게 잘생겼는데 말이야." 그는 닐에게 말했다. 라훌은 수드하와 닐을 번갈아 보다가 다시 수드하를 보며 말했다. "애, 누나를 쏙 빼닮았네."

"그러니? 난 로저를 닮은 것 같던데."

라훌은 고개를 저었다. "아냐, 누나. 애는 머리부터 발끝까지 우리 무커지 씨 집안이야."

그녀는 집 구경을 시켜주었다. 부엌과 지하실에 있는 작은 화장실, 1층의 응접실, 2층의 침실 두 개와 욕실, 그리고 처마 밑 로저의 서재까지. 층은 많았지만 집은 작았고 그들은 계속 계단을 오르락내리락해야 했다. 요즘은 닐까지 계단을 오르려 했다. 계단은 요즘 무릎에 활액낭염을 앓고 있는 수드하의 아빠에겐 너무 힘들었고 지난번 런던에 왔을 때는 교외에 있는 친구 집에 머물렀다. 로저는 라훌이 자기 서재에 있는 침대에서 자는 걸 허락했다. 평소엔 원고로 뒤덮인 낮잠 자는 침대였다.

"피곤하면 낮잠을 좀 자도록 해." 그녀는 이렇게 말했지만 라훌이 싫다고 했다. 대신 수드하가 감자를 까고 닭을 굽는 동안 닐을 팔에 안고 놓아주지 않았다. 그는 낮은 천장에 흑백 바둑판 모양의 바닥이 깔린 식당을 둘러봤다. 식탁 위엔 언제나 뭔가 어질러져 있었고 노란색 벽 위엔 스포드 접시와 푸딩 동판 틀이 걸려 있었다. 벽은 로저가 직접 칠했고 마지막 칠은 스폰지로 찍어 모양을 냈다. 라훌은 요리책과 액자를 둔 선반 앞에 섰다. 대부분은 닐의 사진이었다. 태어나고 얼마 지나지 않았을 때, 부모님에게 안겨 있을 때, 집 밖에서 유모차에 앉아 있을 때 찍은 사진들이었다. 라훌의 사진은 없었다.

"이건 언제 찍은 거야?" 그가 물었다.

"어느 거?"

"아나프라잔 같은데."

"아, 그거." 그녀가 레몬에 포크를 꽂으며 말했다. 몇 달 전에 닐이 처음으로 밥을 먹은 날이었고, 부모님도 런던으로 날아왔었다. "그냥 집에서 조촐하게 했어." 그녀는 이렇게 말했다. 그게 라훌이 참석하지 않은 사실에 핑계라도 되듯이. 주로 아이에게 밥을 먹이는 건 외삼촌이 했다. 닐의 경우엔 할아버지가 주는 밥을 받아먹었다.

그는 식당을 가로질러 도마 앞에 서 있는 수드하에게로 가서 뒷주머니에 있는 지갑을 꺼냈다. 한 손으로 지갑을 열더니, 주근깨 얼굴에 갈색 머리를 두 갈래로 묶은 조그만 여자아이가 웃고 있는 학교 사진을 보여주었다. "크리스탈이야." 그가 자랑스레 말했다. 그러면서 크리스탈이 학교에서 돌아올 때쯤 집에 가서 간식을 만들어주고 엘레나가 돌아오기 전 아이에게 저녁을 먹인 후 레스토랑에 일을 하러 간다고 했다. 엘레나의 사진은 꺼내지 않았지만 수드하는 그날 점심 먹으러 왔던 때를 생생하게 기억하고 있었다. 수드하는 라훌이 엘레나와 결혼했는지, 함께 아이를 가질 건지 묻지 않았다. 동생을 도우려 했었지만 수드하는 실패했고, 엘레나는 결국 성공했다. "정말 착한 아이야." 이렇게 말하고 나서 크리스탈의 사진을 집어넣었다. "돌아갈 때 조그만 찻잔 세트를 사다줄까 해. 아주 영국적인 거 있지? 아마 되게 좋아할 거야."

그는 닐을 높이 들어 올려 아이 몸을 신나게 흔들어주었다. 라훌이 닐의 배에 얼굴을 대고 비볐더니 아이가 자지러지게 웃었다.

"조심해라." 수드하가 경고를 했다.

라훌이 말을 들으며 아이를 내려 꼭 껴안아주었다. 그러곤 아이를 간질이니 아이가 다시 자지러졌다. "누나, 안심해. 나도 이제 아빠라고."

수드하와 로저는 저녁을 먹으면서 화이트와인을 마셨지만 라훌은 클럽소다에 오렌지주스를 섞어달라고 해서 마셨다. 식사는 정원에서 했는데, 정원 파티오에 있는 작은 탁자에 앉아 있으면 수드하와 로저의 무관심에도 잘만 자라고 있는 장미 덤불이 보였다. 그녀는 라훌 앞에서 와인을 마셔야 하나 말아야 하나 망설였었다. 얼마 전 집들이 때 마시고 남은 스카치와 보드카 몇 병을 부엌 찬장 속에 두었는데, 수드하는 병들을 모아 자기 옷장 뒤와 침대 발치에 둔 스웨터 장롱 속에 감추었다. 로저는 눈치 채지 못할 거라고 생각했다. 닐은 라훌의 무릎 위에 앉아 로저가 손가락으로 조금씩 주는 으깬 감자를 받아먹고 있었다.

"런던엔 처음이지?" 로저가 라훌에게 물었다.

"캘커타 가는 길에 히스로 공항을 수십 번 거쳐 간 걸 빼면 그렇죠." 라훌의 말에 수드하는, 어린 시절 친척들을 보러 가기 위해 했던 여행을 떠올렸다. 다시는 할 일이 없는 여행이었다. 그들은 한 침대에서 잠을 잤고 가끔 목욕도 함께 해서 두 눈으로 볼 것은 다 봤었다.

라훌은 일주일 동안 보고 싶은 곳을 꼽았다. 대영박물관, 프로이트 생가, 빅토리아와 앨버트 박물관에 가보고 싶다고 했고, 당일로 스트래트퍼드어폰에이븐Stratford-upon-Avon, 셰익스피어의 출생지로 현재 생가와 묘지 등이 보존되어 있다에 다녀올 수 있느냐고도 물었다. 그동안 방에만 처박혀 있다가 갑자기 세상을 보고 싶어 못 견디기라도 하는 듯했다. 로저는 박물관이 언제 열고 지금 무슨 전시를 하는지 알려주었다. 수드하는 자기 남편과 동생이 얼마나 서로 모르고 지냈는지, 그동안 거의 남남이었다는 사실에 새삼스레 놀랐다. "닐과 시간을 많이 보내고 싶어." 라훌이 말했다. "공원이나 동물원에 데려갈 수도 있고."

수드하는 라훌에게 있는 동안 하고 싶은 거 하라고, 낮에는 봐주는 사람이 있으니 밤에 조카를 독차지하면 될 게 아니냐고 했다.

"그래, 다음은 언제예요?" 라훌이 닐을 무릎 위에 다시 앉혀 아래위로 무릎을 흔들며 물었다.

"다음 뭐?" 로저가 물었다.

"다음 아이요."

"너 엄마랑 짰니?" 수드하가 이렇게 말하며 웃다가 갑자기 멈췄다.

"넌 뭐가 좋으냐?" 라훌이 위를 올려다보는 닐의 얼굴을 보며 물었다. "나 같은 남동생, 아니면 여동생?"

부모님 얘기가 나왔으니 수드하는 라훌에게 소식을 전하기로 했다. 아빠가 연말에 은퇴를 하셨고, 부모님은 지금 캘커타에서 아파트를 보러 다니고 있다고. "지금 거기 계셔." 그녀가 말했다.

"웨일랜드에 안 계시고?"

"응." 이런 사정 덕분에 수드하는 라훌의 부탁대로 부모님에게 그가 왔다는 얘기를 자연스레 하지 않아도 되었다.

"아주 가시는 거야?"

"그럴지도 몰라." 그녀는 아빠의 무릎에 대해서, 물을 빼려면 수술을 받아야 한다고 말해주었다. 언젠가는 더 심각한 일이 닥칠 것이고, 라훌이 부모님을 안 보는 이상 그 자신이 다시 혼자 자식 노릇을 해야 한다는 걸 알고 있었다.

저녁을 먹고 로저가 식탁을 치우는 동안 수드하는 2층으로 올라가 닐을 목욕시켰다. 라훌이 따라 올라왔다. 그녀가 바닥에 쭈그리고 앉아 아이를 비누칠하고 씻기는 동안 라훌은 변기에 앉아 닐에게 주려고 가져온 비눗방울을 불었다. 닐은 방울을 몹시 좋아했다. 플라스틱 막대에서 방울이 부풀어 오를 때까지 눈을 크게 뜨고 기다렸고, 팔을 뻗어 방울을 터뜨리고 더 불어달라고 소리쳤다.

"오케이, 꼬마 선생, 이제 잘 시간이다." 몇 분 후에 그녀가 말하며 발 달린 욕탕의 고무마개를 뽑아 물을 뺐다. 닐의 수건을 가져다가 자기 어깨에 걸치고 아이를 들어 올렸다. 수건으로 아이의 몸을 감싸 닦은 후 머리를 닦아주었다. "삼촌에게 안녕히 주무세요, 해." 그녀가 말했다.

"그 사람들은 뭐라고 불러?" 라훌이 물었다.

"누구?"

"엄마, 아빠 말야."

그녀는 잠시 망설였지만 답을 찾는 데 시간이 걸리지는 않았다. "할머니, 할아버지라고 하지."

"우리랑 똑같이 부르는구나." 그의 목소리가 잦아들었다. "조그만 왕처럼 너를 대해주시겠구나." 그가 닐에게 말했다.

"그렇지 뭐. 크리스마스 선물 중에 아직 못 푼 것도 있어."

"다음 크리스마스는? 계획이 있어?"

"부모님이 런던으로 오실 거야." 수드하는 이렇게 말을 꺼내고 반응을 살폈다. "물론, 너도 환영이야." 말도 안 되는 생각이란 건 알

앉지만 계속 말했다. "모두 말야. 엘레나와 크리스탈도. 호텔에서 지내면 되잖아."

거기서 말을 멈췄다. 그가 다시 한 번 자기 삶에서 걸어 나가길 기다리며 숨죽이고 있는 자신을 발견했다. 하지만 그는 이렇게 말했다. "생각해볼게." 이 말을 들으니 숨이 더 막혔다. 공식적인 휴전도 없이 싸움이 끝났고 그는 돌아오고 싶어했다.

다음 날 아침 수드하가 아래층으로 내려왔을 때 라훌은 벌써 일어나 로저와 함께 식탁에 앉아 있었다. 붉은 그의 몸 위로 티셔츠가 달라붙어 있었고 땀에 젖은 머리카락은 얼굴에 붙어 있었다. 반바지 밑으로 드러난 갈색 다리털은 생각했던 것보다 훨씬 곱슬곱슬했다. 로저는 차를 마시면서 라훌에게 지하철 노선도를 보여주고 있었다. 어느 지하철이 어디로 가는지, 또 그가 달리기를 할 수 있는 공원도 알려주었다.

"어디 갔었니?" 그녀가 라훌에게 물었다. 커피를 올리고, 닐에게 먹일 위타빅스 시리얼에 넣을 우유를 데웠다. 아이가 깰 시간이었다.

"나도 몰라." 그가 말했다. "그냥 한 시간 동안 뛰다 왔어. 달리기가 내 새로운 중독이야." 도착한 이후로 알코올 중독 문제를 간접적으로라도 언급한 건 이번이 처음이었다. "그리고 커피."

커피가 다 되었을 때 커피를 따라주었고 그가 설탕을 세 스푼 넣는 모습을 지켜봤다. 대학으로 누나를 본다고 놀러 왔을 때 처음으로 맥주를 건네주던 순간을 떠올렸다. "오늘은 뭐 할 거니?"

라훌이 어깨를 으쓱했다. "아마 미술관에 가겠지. 그냥 좀 돌아다니고 싶어."

"20분 안에 준비하라고. 내가 지하철 역에 내려줄 테니까." 로저가 마음을 썼다.

직장에서 수드하는 동생이 뭘 하고 있을까 궁금했고, 런던 시내의 그 많은 술집이 그의 마음을 흔들지나 않을까 걱정스러웠다. 한편으론 뭔가 그를 자극해서 또 사라져버리는 게 아닌가 걱정도 되었다. 하지만 저녁에 집으로 돌아왔을 때 라훌이 계단에서 굶주린 사자 시늉을 하며 닐을 쫓아 엎드려 있었다. 그날 밤 카레를 먹으러 나갔을 때도 그는 술을 마시지 않았다. 대신 식탁에 깔린 종이 위에 정교한 그림을 그렸다. 또 수드하가 목욕을 시킬 때 함께 욕실에 앉아 있었고 다음 날 아침엔 조깅을 했다. 그 주 동안 그는 한다고 했던 일을 했고, 집에 올 땐 언제나 닐에게 줄 조그만 선물을 들고 들어왔다. 라훌이 와 있는 동안 대부분의 시간을 일을 한다는 게 좀 걸리긴 했다. 하지만 수드하는 함께 있는 시간을 아침과 저녁때로 제한하는 것, 로저와 닐과 함께 보내는 게 더 낫고 더 안전하다고 생각했다.

토요일 아침, 라훌은 텔레비전에서 요리사가 하듯 능숙하게 버섯과 양파를 다져 오믈렛을 만들었다. 그러고 나선 그가 가자고 한 런던 동물원에 갔다. 라훌은 자기가 닐을 맡겠다고 했지만 당치 않은 일이었다. 그 주 동안 수드하와 로저는 라훌이 집에 있는 덕을 톡톡히 보면서, 계란이나 빵을 사러 잠깐 나가야 했을 때 닐을 5분이고 10분이고 라훌과 함께 남겨두곤 했는데도 말이다. 하지만 일단 동물원에 도착하고 보니 로저와 수드하는 할 일이 없다는 사실을 깨달았다. 라훌이 닐을 내내 어깨에 태우고 다녔고 수드하는 핸드백만 놓인 유모차를 밀고 다녔다. 닐 역시 정이 푹 들었는지 라훌이 화장실만 가도 울음을 터뜨렸다. 라훌은 뭐든지 자기가 돈을 내겠다고 했다. 입장권도 샀고, 샌드위치와 소다도 샀고, 닐에게 아이스크림도 사주었고, 그날 오후 그들의 머리 위에 떠다니던 연두색 풍선도 그가 샀다.

"내가 나중에 영화를 볼까 했었는데……." 집에 돌아온 후 라훌이 말했다. 아직도 팔에 닐을 안고 있었다. "난 그냥 애랑 집에 있을까 봐."

"무슨 소리야." 수드하가 말을 받았다. "하루 종일 애 봤잖아. 이제 넌 좀 쉬어도 돼."

라훌이 고개를 저었다. "난 내일 떠나는데, 아직도 같이 있었던 시간이 충분하지 않아." 그러고는 이렇게 말했다. "쉬어도 되는 사람들은 바로 두 사람이야. 둘이 같이 영화를 본 게 언제야?"

말이 되는 생각이었고, 어쩌면 완벽한 계획이었지만 당연히 석연치 않았다. 그녀는 로저를 쳐다봤고, 라훌이 그걸 봤다. "왜, 날 못 믿어서 그래?"

"물론." 로저가 말했다. 그는 수드하를 돌아보았다. "그럼 그렇게 할까, 수?"

휴대폰도 있고 극장은 집에서 차로 10분 거리라고 스스로를 달랬다. 저녁 일찍 상영하는 걸 보면 닐 목욕시킬 시간에 돌아올 수 있을 터였다. "무슨 영화 하는지 전화해볼게." 그녀가 답했다.

◆

"우린 집에서 얌전히 있을게." 라훌이 닐과 거실에서 벽돌쌓기를 하면서 수드하를 올려다보며 다짐했다. 그녀는 억지로라도 라훌을 믿기로 했다. 열쇠도 주지 않았고, 갈 만한 곳도 없었다. 닐에게 줄 우유를 빨대 달린 컵에 부어놓고 목에 걸릴 위험이 없는 푹 익힌 마카로니를 내놨다. 라훌에게 닐과 계단에서 놀 때 조심하라고 당부했다. 영화 보는 중에도 휴대폰 벨은 켜놨다. 청바지 속에서 진동하는 것도 못 믿어서였다. 처음 한 시간이 지나고 나서 그녀는 로비로 나가 전화를 걸었다.

"아무 일 없니?"

"아무 일 없어." 라훌이 말했다. "배고픈 것 같아서 뭣 좀 먹으려고." 뒤에서 닐이 자기 식탁의자에서 컵이나 숟가락으로 쟁반을 두드리는 소리가 났다.

"그렇구나. 고마워. 금방 갈게." 그녀가 말했다.

"천천히 놀다 와." 라훌이 말했다. 돌아오는 길에 로저가 시장에 들르자고 했고 시장에서 치즈와 잼 같은 필요한 식품을 샀다. 저녁으로 좋은 스테이크용 고기를 세 덩이 샀고, 로저는 디저트로 타르트를 만들겠다고 했다.

돌아와 보니 거실에 있을 줄 알았던 라훌과 닐이 보이지 않았다. 카펫 위엔 장난감만 흩어져 있었고, 텔레비전에는 어린이 프로가 나오고 있었지만 보는 사람은 없었다. 부엌에 있는 닐의 의자는 닦지 않아서 파스타 조각이 쟁반에 흘린 물과 섞여 있었다. 동물원에서 가져온 풍선은 의자 옆에 묶여 거의 천정까지 닿아 있었다. 찬장 위쪽 문이 모두 열려 있었지만 그 안에 있는 것들은 모두 그대로였다. 수드하는 재빨리 문을 닫았다. 식은땀이 입술 위에 맺혔다.

"집에 있는 것 같은데. 유모차가 그대로인 걸 보니." 로저가 말했다.

계단을 뛰어올라가자 물을 첨벙거리는 소리가 들렸고, 당황한 자신을 꾸짖었다. "괜찮아요." 그녀가 소리쳤다. "라훌이 닐을 목욕시키나 봐요."

욕실에 가보니 닐이 욕조 안에서 빨대 달린 컵에 물을 채웠다가 따라버리면서 놀고 있었다. 평소에 앞으로 쓰러지지 말라고 앉혀놓는 플라스틱 보조기 없이 물속에 앉아 있었다. 아이는 떨고 있었지만 물을 자기 가슴에 따라 부으며 기분 좋게 놀이에 열중하고 있었다. 돌봐주는 사람 없이 그가 물속에 혼자 앉아 있는 걸 보는 순간 수드하는 저도 모르게 계속 소리를 질렀고 다리가 후들거려 바닥에 주저앉았다. 물은 다 식어 있었다. 조금만 잘못했어도 물에 얼굴을 박았을지 몰랐다. 바로 눈앞에서 아이의 실 같은 머리카락이 방사상으로 퍼진 채 물속에서 흐늘거리고 있었을지도 모르는 일이었다. 몸은 미동도 없이.

"삼촌은 어디 갔어?" 닐이 아직 답을 할 수 없는데도 로저는 이렇게 물었다. 그는 닐을 욕조에서 들어 올렸고 그 바람에 닐이 울음을 터뜨렸다.

라훌은 로저의 서재에서 잠들어 있었다. 침대 밑으로 유리잔이 보였다. 침실에 가 보니 스웨터 장롱이 활짝 열려 있었고 스웨터 사이로 술병의 목이 삐져나와 있었다. 그들은 로저의 서재로 다시 가서 라훌을 깨웠지만 그는 일어나지 않았고, 수드하는 닐을 안고 아이의 어깨를 흔들었다. 로저가 라훌의 더플백을 열고 그의 옷을 담기 시작했다.

"뭐 하는 거예요?" 그녀가 물었다.

"뭐 하는 것처럼 보여, 수드하?"

"일어나면 하게 놔두세요."

로저가 일어났다. 친절한 표정이라곤 조금도 없었다. "도와주는 것뿐이야. 당신 동생은 이제 내 집이나 내 아이 근처에 얼씬도 못 해." 라훌에게 소리를 지를 수 없으니 둘이 서로 소리를 질렀다. 욕조에서 애를 혼자 발견하고 나서 이상할 정도로 조용했는데, 그 침묵이 이제 깨진 거였다.

"걔를 믿는다고 한 건 당신이었잖아요." 그녀가 말했다. "당신이 나가자고 했고요."

"여기서 내 탓 하지 마." 로저가 말했다. "난 쟤를 알지도 못해. 여기서 내 탓을 할 생각은 하지도 말라고."

"당신 탓하는 거 아녜요." 그녀가 이렇게 말하며 울기 시작했다. "미안해요. 내가 말을 했어야 했어요."

"무슨 말?"

그녀는 이제 말을 하기 힘들 정도로 울고 있었다. 닐도 따라 울었다. 로저가 그녀에게 다가가 팔을 뻗어 어깨를 잡았다. "무슨 말?"

심하게 울고 있었지만 남편에게 말을 했다. 라훌이 유펜에 처음 놀러 왔을 때 라훌은 맥주조차 좋아하지 않았다는 것, 몇 년 동안 둘이 몰래 술을 감춰놓고 마시던 것이 라훌에겐 놀이가 아니라 삶이 되어버렸다는 것, 그 때문에 가족과 멀어지고 그의 인생을 망쳤다는 얘기였다.

로저는 서재를 한 바퀴 둘러보았다. 책으로 덮인 벽과 파일로 가득한 캐비닛이 보였고, 책상 위엔 귀족의 초상화가 그려진 엽서가

핀으로 꽂혀 있었다. 그의 얼굴이 경멸로 일그러졌다. 그러고 수드하를 쳐다봤는데 그녀를 경멸하는 표정 또한 확연했다. "당신 거짓말을 했어. 나는 당신에게 거짓말 안 해, 수드하. 이런 사실을 숨기진 않았을 거라고."

그녀가 고개를 끄덕였다. 닐을 꼭 끌어안고 아직도 울고 있었다. 로저는 그녀의 팔에서 아들을 빼앗아 수드하를 라훌과 단둘이 남겨둔 채 방을 나가버렸다. 라훌은 침대 위에 누워 있었다. 한쪽 다리는 침대 밖으로 삐져나와 흔들거렸고, 그의 처진 얼굴은 벽을 향하고 있었다.

수드하는 밤새 한잠도 자지 못했다. 로저는 판자처럼 뻣뻣하게 돌아누워 잤다. 그들은 스테이크 세 덩이를 냉동실에 던져놓고 빈 속으로 잠자리에 들었다. 라훌은 깨어나지 않았다. 그녀는 로저가 옳다는 것을 인정했다. 만약 그의 형제가 그랬다면 그녀도 똑같이 했을 것이다. 부모님 생각이 났다. 자식들이 반드시 성공할 거라고 믿었지만 하나가 실패했을 때 어쩔 줄 몰라 하던. 라훌이 무슨 일을 해도 부모님은 라훌을 저버리지 않았고 내쫓은 적도 없었다. 그를 잘라버리는 일은 할 수 없었다. 하지만 로저는 가능했다. 수드하는 뜬 눈으로 밤을 지새면서, 자기도 그럴 수 있을 거라고 생각했다.

새벽녘에 잠깐 잠이 들었다가 한 시간쯤 후에 샤워 소리에 잠을 깼다. 샤워 소리는 오래 계속됐다. 그녀는 불안했고 가서 노크를 해볼까 싶었는데, 그 순간 물소리가 그치고 문이 열리는 소리가 났다. 잠시 후 계단을 내려가는 발소리가 들렸다.

"닐의 의자를 치우려고 내려왔어." 그녀가 부엌으로 내려오자 라훌이 말했다. 그는 로저의 목욕 가운 중에 하나를 입고 있었고, 땅 밑에서 방금 나온 사람처럼 눈을 찡그렸다. 목소리는 잠긴 채, 조심스럽고 어색하게 움직이고 있는 그를 보니 어젯밤 음주의 흔적이 역력했다. 그는 주전자에 물을 부은 다음, 가스 불을 켜고 커피를 재어 유리포트에 넣었다. "미안해."

"너 나아졌다고 생각했어."

그는 잠깐 그녀를 쳐다봤다. 그녀의 눈에 그는 둔하고 멍청한 바보처럼 보였다.

"도대체 무슨 일이 있었던 거야, 라훌?"

그는 말이 없었다.

"나 때문이니?" 그녀가 물었다. 밤새 잠을 자지 않고 그녀는 이런 생각을 했었다. 그녀를 보니 옛날 생각이 난 게 아닐까, 미지근한 맥주를 얼음이 든 컵에 따르던, 그들만의 연대를 만들며 함께 부모님에게 반항하던 그 밤이 생각났던 게 아닐까 싶었다.

물이 끓자 주전자에서 가느다란 휘파람 소리가 났다. 그녀는 가스 불을 끄고 물을 커피포트에 따랐다. "너 공항으로 떠나라." 그녀가 말했다.

"저녁 비행기야."

"지금 떠나, 라훌. 옷 입고 당장 가라고. 넌 닐을 욕조에 혼자 뒀어." 그녀의 목소리가 떨리면서 커졌다. 그 끔찍한 장면이 다시 그녀의 눈앞을 가렸다.

"내가?"

"그래, 라훌." 방금 터져 나온 눈물이 얼굴을 흘러내렸다. "넌 술에 취해 뻗었고 아이는 욕조에 혼자 됐어. 애가 죽을 수도 있었어, 알아들어?"

그는 등을 보이며 돌아섰다. 찬장에 머리를 대고 좌우로 비볐다. 숨소리 중간 중간 자기에게 욕하는 소리가 들렸다. 그러고는 그녀를 돌아보지 않고 말했다. "하지만 애는 괜찮잖아, 맞지, 누나? 오늘 아침에 들여다봤더니 제 침대에서 잘 자고 있던데."

"지금 나가." 거의 말소리조차 나오지 않았다. 고장 난 전축 같다는 것을 알고 있었다. 밤새 화가 몸속에 먹구름처럼 쌓였고 그게 비가 되어 쏟아진 후였다. 이젠 그저 피곤할 뿐이었다.

"정말 몇 달 동안 입에도 안 댔어." 그가 말했다. "나도 어떻게 된 건지 알 수가 없어. 그냥 조금 마셨는데……."

"그만해." 그녀가 말을 막았고 그는 멈추었다. "난 네 변명 듣고 싶지 않아. 알아들어? 듣고 싶지 않다고!"

그는 다시 말을 하지 않았다. 다만 2층으로 올라가 옷을 갈아입고 가방을 챙겨 내려왔다. 그녀가 히스로로 가는 택시를 부를 동안 거실에 서 있었다. 그녀는 택시 값으로 50파운드를 내밀었고 그는 돈을 받았다. 그러고는 택시가 오기도 전에 길거리로 나갔다. 택시가 집 앞에 도착했을 때 수드하는 창가로 가서 레이스 커튼을 들고 라홀이 뒷좌석에 타는 모습을 지켜봤다. 택시는 떠났고 그녀는 택시가 떠난 잿빛 아침 햇살 속을 멍하니 바라봤다. 어느새 자신이 더 이상 울고 있지 않다는 걸 깨달았고, 갑자기 정신이 맑아졌다. 2층에서 닐이 침대 속에서 뒤척이는 소리가 들렸다. 조금 있으면 엄마를 찾으며 소리를 치고 아침을 달라고 할 것이다. 아이는 아직 어렸고, 수드하는 아이에게 그저 좋은 사람일 뿐 다른 의미는 없었다. 그녀는 부엌으로 가서 찬장을 열어 위타빅스 한 봉지를 꺼내고 우유를 냄비에 데웠다. 발목에 뭔가 스쳐서 내려다보니 닐의 식탁에 묶여 있던 풍선이었다. 이제 줄 위에 떠 있지 못하고, 다시 부풀어 오르지 못할 정도로 바람이 빠진 채 바닥을 굴러다니고 있었다. 줄을 가위로 잘라 통째로 쓰레기통에 구겨 넣었더니 놀랍게도 그 속에 쏙 들어갔다. 그녀는 더 이상 자기를 신뢰하지 않을 남편과 이제 막 울기 시작한 아이와 그날 아침 쪼개져 열려버린 자기 가족을 생각했다. 다른 가족들과 다르지 않은, 똑같이 두려운 일들이 기다리고 있는.

아무도 모르는 일

이따금씩 남자들이 전화를 걸어 생^{Sang}을 찾았다. 그들의 용건은 결혼이었다. 생이 모르는 남자들이 대부분이었고, 때로는 들어본 적도 없는 사람들이었다. 하지만 어디선가 예쁘고 똑똑하고 서른 살씩이나 된 벵골 여자가 미혼이란 얘기를 들은 이 남자들은—이들도 대부분 벵골 인이었다— 부모님의 친구의 친구쯤 되는 사람들에게 전화번호를 얻었다. 생에 따르면 그녀의 부모님은 딸이 시집을 안 가서 안달이 난 상황이었다. 또한 이 남자들은 생에 관해서 조금씩 잘못 알고 있다고 했다. 물리학을 공부했다고 알고 있었지만, 사실 생은 철학을 공부했고, 컬럼비아 대학을 나온 줄 알았지만, 실제론 뉴욕 대학을 나왔고, 그녀는 늘 생으로 불렸는데도 산지타라고 불렀다. 하버드에서 박사 과정을 하고 있는 줄 알고 굉장히 감동했지만, 실제로는 한 학기를 다니다 중퇴한 상태였다. 그리고 하버드 스퀘어에 있는 서점에서 파트타임으로 일하고 있었다.

생의 하우스메이트인 폴과 헤더는 구혼자들이 전화를 하면 대번에 알 수 있었다. 생이 가짜 호두나무 식탁에 앉아 때로 초록빛을 띠는 회색 눈동자를 굴리며 "아, 안녕하세요?"라고 어색하게 말하면 그런 전화였다. 마치 역과 역 사이에서 멈춰버린 지하철에 앉아 있는 사람처럼, 싫지만 체념한 표정으로 의자에서 구부정하게 전화를 받았다. 그런데도 생은 이 남자들에게 한 번도 무례하게 대하지 않아서 폴은 약간 실망스러웠다. 그녀는 그들이 자신과의 복잡하고도 황당한 관계를 설명할 동안 가만히 듣고만 있었다. 폴은 생과 한집에 살면서 부엌을 함께 쓰고 〈글로브〉 지도 같이 구독을 했지만, 그 남자들이 생과 이어지는 관계가 부러웠다. 전화는 멀게는 로스앤젤레스에서, 가깝게는 워터타운에서도 걸려 왔다. 폴과 헤더가 들은 얘기에 따르면 생은 언젠가 실제로 한 남자와 만난 적이 있었다. 그 남자는 생을 차에 태우고 I-93 고속도로를 북쪽으로 타고 올라가 그가 일하는 회사를 손가락으로 가리켰다. 그러곤 던킨 도넛으로 데려가더니 꽈배기 도넛과 커피를 시켜놓고 청혼을 했다.

생은 통화 도중에 때로 전화 옆에 놓인 메모지에 대화 내용을 끼적이기도 했다. 남자의 이름을 받아 적거나, 또는 "카네기 멜론"이라고 쓰거나, 또는 "추리 소설을 좋아함"이라고 쓰다가 이내 별이나 틱택토 게임을 그리면서 낙서를 했다. 예의상 몇 가지 질문도 했다. 경제학자나 치과의사나 야금 공학자로 일하는 걸 좋아하느냐고 물었다. 그들이 와인을 마시거나 저녁을 먹자는 제안에 퇴짜를 놓는 방법은 언제나 똑같은 악의 없는 거짓말이었다. 하버드에 다니기 때문에 수업이 너무 바빠서 시간이 없다고 했다. 폴이 식탁에 앉아 있으면 그녀는 통화 도중 끼적인 글을 보여주었다. 전화기를 귀에 댄 채로 "꼭 열두 살짜리 같아." 또는 "완전 멍청이야." 또는 "이 남자 옛날에 우리 집 수영장에서 토한 적 있어"라고 적은 메모패드를 폴의 눈앞에 흔들었다.

전화를 끊고 나서야 그녀는 투덜거리기 시작했다. 어떻게 이런 전화를 할 수 있지? 이렇게 말하곤 했다. 어떻게 자기 번호를 알아낼 수 있느냐고, 사생활 침해라고, 성인을 모욕하는 거라고, 한심하다고 했다. 폴과 헤더가 그 남자들이 말하는 걸 들어본다면 얼마나 답답한지 알 거라고 했다. 그쯤 되면 헤더는 가끔 한마디 했다. "제발, 생, 불평을 하는 게 말이 되니? 수십 명씩 되는, 그것도 성공한 남자들이, 어쩌면 잘생겼을지도 모르는데, 보지도 않고 너와 결혼하고 싶다는 거잖아. 그런데 너를 불쌍하게 여기길 바라는 거야?" 보스턴 법대를 다니는 헤더는 5년이 넘도록 싱글이었고, 그래서 불평도 많았다. 그녀는 생에게 그런 결혼이 낭만적이라고 했고, 생은 고개를 저었다. "사랑이 아니잖아." 생에게 이건 거의 정략결혼이나 마찬가지였다. 이 남자들은 그녀 자체에 관심이 있는 게 아니었다. 그들이 관심 있는 건 사람들의 입에서 입으로 전해진 가상의 인물이었다. 생은 오랫동안 바랏나티암^{인도 전통 무용}을 배우고 SAT에서 만점을 받았으면서도 잊혀진 채 나이를 먹어가는 여자의 상징이나 마찬가지였다. 만약 그들이 그녀가 그런 점수를 받고도 지금 뭐 하는지 알고 있다면, 그러니까 계산대에서 계산을 하고 페이퍼백을 피라미드처럼 쌓아올리면서 먹고사는 걸 알게 된다 해도 그녀와 결혼하고 싶을까? "그리고 게다가." 생은 언제나 폴과 헤더에게 잊지 않고 덧붙였다. "난 남자친구가 있어."

"넌 거의 페넬로페구나." 어느 날 저녁 폴이 이런 말을 던졌다. 봄에 있을 영문학 구두시험 준비 때문에 최근 라티모어의 번역판으로 호머를 다시 읽고 있었다.

"페넬로페?" 밥을 데우느라 전자레인지 앞에 서 있던 그녀가 물었다. 폴은 생이 밥이 든 접시를 꺼내 냉장고 속 그의 땅콩버터 옆에서, 매운 고추를 넣은 라임 장아찌 병을 꺼내 한 숟가락 떠서 밥과 비비는 모습을 지켜보았다.

"『오디세이아』에 나오는 페넬로페?" 폴이 가볍게, 그녀의 질문처럼 질문으로 대답했다. 그는 키가 컸지만 여윈 편은 아니어서 손가락도 종아리도 제법 단단했다. 볏짚 색깔 머리카락이 가늘고 고왔다. 그의 외모 중에 가장 눈에 띄는 부분은 비싼 브랜드의 안경테였다. 완전히 동그란 적갈색 테였는데, 비컨 스트리트에 있는 안경점에서 예쁘게 생긴 점원의 꼬드김에 넘어가 산 거였다. 폴은 처음부터 그 테를 좋아하지 않았고, 사고 나서 자기 얼굴에 맞게 조정할 때도 그랬고, 지금도 좋아하지 않았다.

"그래, 『오디세이아』." 생이 식탁에 앉으며 말했다. "페넬로페. 뜨개질만 안 할 뿐이지."

"베를 짜는 거야." 그가 말을 바로잡았다. "페넬로페가 결혼하자는 남자들을 쫓으려고 머리를 써서 베를 짰다가 풀었다가 했지."

생은 포크로 밥을 한술 떠서 입으로 가져가 호호 불었다. "그러면 뜨개질을 한 여자는 누구였지?" 그녀가 폴을 쳐다봤다. "넌 알겠다."

폴은 말이 없었다. 그녀에게 잘 보이고 싶었지만 머릿속에서 아무 생각이 떠오르지 않았다. 디킨스 소설에 나오는 인물인 것 같았고, 자기 방에 그 책이 있었다. "금방 올게" 하며 일어났다가 안심하는 표정으로 다시 앉았다. "『두 도시 이야기』." 그가 말했다. "드파르주 부인."

7월의 어느 토요일 아침 9시, 생이 처음 전화했을 때 폴이 전화를 받았었다. 그와 헤더는 〈피닉스〉에 하우스메이트를 구한다는 광고를 냈었다. 전화 때문에 잠에서 깬 그는 목욕가운 바람으로 서서 도대체 무슨 이름이 생일까 생각했었다. 그리고 반쯤은 일본 여자가 나타날 거라 예상했다. 그녀가 보증금으로 수표를 쓸 때 본명이 산지타 비스와스라는 걸 알았다. 매달 배달되는 그 두껍고 거추장스러운 〈보그〉 잡지나 그녀 이름으로 내기로 한 전기료 고지서 위에서만 보는 이름이었다. 생이 도착해서 초인종을 두 번 묵직하게 눌렀을 때 헤더는 샤워를 하고 있었고 폴이 혼자 생을 맞았었다. 그때는 긴 머리를 내리고 있었는데, 평소엔 잘 그러지 않는다는 걸 폴은 이제 알고 있다. 뒤에서 걸으며 폴은 마치 긴 머리가 그녀를 보호하듯 어깨뼈를 덮고 있는 모양이 보기 좋다고 생각했다. 다른 사람들처럼 그녀도 집 중앙에 있는 화려한 계단을 보고 난간에 손을 가져다 대보며 감탄했다. 코냑색으로 반짝이는 나무 계단은 여섯 단마다 한 번씩 직각으로 꺾어졌다. 이 집에서 유일하게 아름다운 부분이고 그래서 2층에 있는 집을 오해하게 만들었다. 그 집 부엌에 있는 갈색 캐비닛은 보기 흉했고, 화장실엔 곰팡이가 피고 타일이 군데군데 빠졌고, 아래층에 사는 집주인에게 소음이 들리지 않도록 어디나 오트밀 색깔 카펫이 덮여 있었다.

그녀는 집이 크다고 하면서 층계참에서 왔다 갔다 해보더니 폴이 있는 빈방으로 들어왔다. 구석에는 도리아 식 기둥 장식과 유리를 댄 문이 달린 붙박이장이 있었고, 생은 그 문을 열었다 닫았다. 폴은 그 방은 원래 식당이었고, 붙박이장은 식기장이었다고 말해주었다. 화장실이 층계참 건너에 있었고, 폴과 헤더는 위층에 있는 큰 화장실을 함께 사용했다. "냉장고 속에 서 있는 기분이네요." 전에는 파란색이던 벽 위에 흰색을 한 번 칠했더니 천장에 있는 빛을 받아 방은 굉장히 차가운 느낌이었다. 그녀는 벽 위로 손을 가만히 스치더니 조심스럽게 그 위에 붙은 테이프를 떼어 냈다. 전에 식당과 부엌을 연결하던 아치 모양 입구를 이제는 막아버렸는데, 생은 회벽 위에 아직 상처처럼 남은 아치의 흔적을 보았다.

생이 집에 와 있을 때 광고를 본 다른 사람에게 전화가 걸려 왔지만 그땐 이미 그녀가 보증금을 치른 상태였다. 헤더도 그 전에 나와 생과 인사를 나누었다. 세 사람은 페인트가 벗겨진 내민창이 있는 거실에서 푹신거리고 더러운 소파와 둥그런 파파산 의자에 앉아 얘기를 나눴다. 집안일을 어떻게 분담하는지, 집주인은 어떤 사람들인지 하는 얘기들이었다. 집주인은 둘 다 브리검앤위민스 병원의 의사였다. 그들은 집엔 전화 잭이 하나밖에 없고 부엌에 있다는 얘기도 해주었다. 전화선은 아주 길어서 각자 방까지 끌고 들어갈 수 있었지만 너무 멀리 가면 종종 지지직거리는 소음을 감당해야 했다.

"다른 선을 놓을까도 생각해봤지만 너무 비싸더라고." 헤더가 말했다.

"난 상관없어." 생이 말했다.

전화를 쓰는 일이 거의 없는 폴은 아무 말도 하지 않았다.

아무도 모르는 일

생은 집안 살림이 거의 없었다. 부엌에 들여놓은 거라곤 하트처럼 생긴 노란 잎사귀를 떨구는 병든 화분 하나뿐이었다. 그걸 제외하면 냄비 하나 없었다. 어느 일요일 날 한 친구가 그녀의 이사를 도왔다. 남자였지만 폴이 보기엔 그저 친구이고 사귀는 건 아닌 듯했다.(왜냐하면 첫날 그녀가 남자친구는 이집트 사람이고, 지금 부모님을 만나러 카이로에 가 있으며 하버드에서 중동 역사를 가르친다고 했었다.) 그 친구의 이름은 찰스였다. 발목 운동화를 신고, 밝은 오렌지색 볼링 셔츠 차림에, 머리는 뭉툭한 포니테일이었다. 픽업트럭에서 푸통두꺼운 요와 비슷한 매트리스과 낡은 여행가방 두 개와 쇼핑백 여러 개와 박스 몇 개를 내리면서 생에게 전날 했던 데이트 얘기를 하고 있었다. 『캔터베리 이야기』를 읽으려고 데크에 나와 있던 폴이 도울 일이 없느냐고 물었다. 생은 괜찮다고, 할 게 거의 없다고 했다. 그들이 하는 얘기 때문에 집중이 되지 않았지만 폴은 난간 사이로 생을 지켜보며 그대로 앉아 있었다. 찰스는 이사 나올 때도 이렇게 쉽도록 앞으로 물건을 사지 말라고 농담했다. 생은 그 말에 웃었지만 갑자기 웃다 말고 표정이 심각해졌다. 팔에 둘둘 만 이불을 안고 집을 올려다보며 말했다. "나도 모르겠어, 찰스. 내가 얼마나 여기 있어야 할지 모르겠어."

"결혼할 때까지 아직도 같이 안 살겠대?"

그녀가 고개를 저었다.

"도대체 뭐라고 해?"

"지금 좋아서 망치고 싶지 않대."

찰스가 들고 있던 박스를 고쳐 들었다. "그래도 결혼한다고는 하지?"

그녀가 트럭 쪽으로 되돌아갔다. "'나중에 애를 낳으면 렉싱턴에 큰 집을 사자.' 뭐 이런 얘기는 해."

"너희가 이제 3년 됐지." 찰스가 말했다. "좀 구식이긴 하다. 하지만 그게 네가 그 사람을 좋아하는 이유잖아."

❦

다음 며칠 밤 생은 거실에 있는 소파에서 잠을 잤다. 방에 페인트를 칠한다고 짐들은 당분간 구석에 몰아놓았다. 폴과 헤더는 좀 놀랐다. 집에 들어올 때 둘 다 이렇게 법석을 떤 적은 없었다. 그녀는 벽 색깔로 차분한 회녹색인 '세이지'를 골랐고 목조 졸대는 연보라색을 칠했는데, 페인트 회사에선 이 색깔 이름을 '사마귀mole'라고 붙여놓았다. 생은 부엌 조리대에서 캔에 든 페인트를 세게 저으면서 폴에게 이건 자기가 생각한 사마귀 같지 않다고 말했다. 그러더니 갑자기 "너라면 이름을 뭐라고 짓겠어?"라고 폴에게 물었다. 그는 아무 생각도 나지 않았다. 방금 전에 2층에서 두꺼운 책이 잔뜩 쌓인 커다란 베니어판 책상에 앉아 혼자 아이스크림 생각을 하고 있었다. 일요일 저녁 그의 가족이 햄버거를 먹으러 뉴포트 크리머리에 가면 언제나 시켜 먹던 아이스크림이었다. 어머니는 몇 년 전에 돌아가셨고, 아버지도 바로 따라가셨다. 그의 부모는 느지막이 50대에 폴을 입양했기 때문에 사람들은 그들이 할아버지 할머니인 줄 알았다. 그날 저녁 부엌에서 생이 들어왔을 때 폴이 말했다. "검은 산딸기."

"뭐가?"

"페인트 색 말이야."

그녀는 살짝 웃었다. 뭔가를 혼동하는 아이를 보고 웃을 때처럼 조금 걱정된다는 표정이었다. "웃긴다."

"이름이?"

"아니. 여섯 시간 전에 했던 얘기를 지금 내가 기억하길 바란다니. 조금 웃겨서."

다음 날 아침 폴이 방문을 여니 방금 칠한 페인트 냄새가 지독했고, 벽 아래위로 롤러를 미는 소리가 났다. 헤더가 나가고 나서 생은 음악을 틀었다. 빌리 홀러데이의 시디가 계속됐다. 푹푹 찌는 더위였고 폴은 거실의 시원한 쪽에서 공부를 하고 있었다. 생이 있는 계단참에서 몇 발짝 떨어지지 않은 곳이었다.

"어머머." 화장실에 가면서 폴을 본 생이 소리를 질렀다. "이 음악 때문에 너 미칠 뻔했겠다." 그녀는 청바지를 잘라 만든 반바지와 브래지어 같은 끈이 달린 까만 탑을 입고 있었다. 맨발이었고, 드러난 종아리와 허벅지엔 페인트가 튀어 있었다.

가끔 음악을 들으며 공부한다고 그는 거짓말을 했다. 붓을 씻고 큰 통에 든 요거트를 먹으러 생이 부엌에 자주 간다는 걸 눈치 챈 폴은 다음 날부터 부엌으로 거처를 옮기다시피 했다. 찻주전자에 차도 만들었는데 우리는 시간을 잰다고 손목시계 알람까지 맞추어 놓은 걸 보고 생이 신기해 했다. 오후에 생의 언니가 런던에서 전화를 했다. 생과 목소리가 똑같아서 폴은 순간적으로 생이 자기 방에서 어떻게 전화를 거는 줄 알았다. "지금 통화 못 해. 내 방을 '세이지'와 '사마귀'로 칠하는 중이야." 그녀는 신나게 언니에게 보고했다. 진한 밤색 수화기를 내려놨을 때 수화기엔 '사마귀' 색 지문이 묻어 있었다.
  폴은 생이 왔다 갔다 하는 데서 공부하는 것이 좋았다. 생은 그가 박사 학위를 거의 끝내가고 있다는 사실에 감탄했다. 그리고 1년 전에 하버드 대학에서 자퇴했을 때 그녀의 엄마는 일주일 동안 자기를 방 안에 가두어놨고, 아빠는 아예 얘기조차 하지 않았었다고 말해주었다. 생은 학교라는 곳이 얼마나 경쟁이 심하고 사람을 수도승처럼 살게 만드는지 신물이 나 있었다. 그게 그녀의 남자친구의 일이었다. 언제나 하루의 대부분을 세상을 차단한 채 전화선도 뽑아놓고 집에서 다음 학술회의에 낼 논문을 썼다. "넌 잘할 거야." 그녀는 폴을 격려해주었다. "네가 일에 정말 열심이라는 거, 보기만 해도 알 수 있어." 시험 내용이 뭐냐고 그녀가 물었을 때 그는 시험은 세 시간이고, 교수 세 명이 앉아서 질문을 하는데 질문은 3세기 영문학 전반을 커버한다고 말해주었다.
  "아무 질문이나 할 수 있는 거야?" 그녀가 궁금해 했다.
  "어떤 범위 내에서."
  "와아."
  그는 작년에 시험을 한 번 본 적이 있고 떨어졌다는 사실은 말하지 않았다. 심사위원들과 학생들 몇 명밖엔 모르는 일이었지만, 그는 그들을 피하느라 주로 집에서 공부했다. 그가 시험에 떨어진 건 공부를 안 해서가 아니었다. 그 화창하던 5월의 아침 그의 머리가 제대로 말을 듣지 않았었다. 잠을 자다가 발에 쥐가 나는 것과 비슷했다. 질문을 잔뜩 적은 노트북을 들고 교수들이 그를 노려보고 있을 때 커먼웰스 애브뉴로 기차가 지나가고 또 왔다. 길고 긴 그 5분

동안 그는 첫 번째 질문에 대답하지 못했다.『리처드 3세』에 나오는 코믹한 악행에 관한 질문이었다. 그는 그 희곡을 하도 많이 읽어 매 장면을 떠올릴 수 있을 정도였다. 무대에서 공연되는 장면이 아니라 『펠리컨 셰익스피어』펭귄 출판사에서 나온 셰익스피어 작품 시리즈 제목 책의 희미해진 글자가 이루는 장면이었다. 그는 얼굴이 달아오르는 걸 느꼈다. 시험 전 몇 달 동안 그가 꾸던 바로 그 악몽이었다. 질문하는 교수들은 참을성 있게 기다렸고, 그에게 기회를 주려고 다른 질문을 했다. 그는 그 질문에도 비참하게 버벅거리다가 생각을 한참 하는 듯싶더니 답을 잇지 못했다. 결국 교수 중 한 명이 교통순경이 차를 세울 때처럼 팔을 앞으로 뻗었다. 대머리에 눈 맞은 화환을 쓴 것처럼 흰 머리가 난 교수였다. "이 후보는 전혀 준비가 안 되었네요." 폴은 그 길로 걸어서 집으로 돌아왔다. 시험 때문에 준비한 넥타이는 주머니 속에 구겨 넣은 채였다. 그리고 일주일동안 집 밖에 나가지 않았다. 다시 학교에 돌아왔을 때 그는 5킬로그램이나 살이 빠져 있었고, 학과 비서는 그에게 애인이 생긴 거냐고 물었다.

생이 이사한 지 일주일쯤 지나 한 구혼자에게 전화가 왔다. 페인트칠이 끝나고 칙칙한 방이 완전히 달라진 다음이었다. 생이 방에서 유리창 가장자리에 붙은 마스킹테이프를 떼고 있는데 폴이 전화가 왔다고 했다. 제네바에 있는 아심 바타카리아라는 사람이라고 했다. "없다고 해줘." 그녀가 머뭇대지 않고 말했다. 폴은 전화 건 사람에게 철자를 불러달라고 해서 조심스럽게 이름을 받아 적었는데, 남자는 끊기 전에 이렇게 말했다. "그냥 핑쿠라고 전해주세요."

더 많은 남자들에게 전화가 왔다. 한 사람은 폴에게 실망스러운 목소리로 생의 남자친구냐고 물었다. 전혀 모르는 사람이 한 말이었는데도 가슴이 철렁했다. 이 집에서 그런 일은 한 번 있었다. 하우스메이트 두 명이 사랑에 빠졌고, 결혼해서 이사 나갔었다. "아닌데요." 그가 전화를 건 남자에게 말했다. "그냥 하우스메이트예요." 그렇게 말을 했는데도 그날 내내 그 질문 때문에 마음이 무거웠다. 전화를 받은 것 자체가 잘못인가 싶었다. 며칠 후 그는 생에게 이 얘기를 했다. 그녀는 웃었다. "내가 남자랑 산다는 사실에 아마 굉장히 놀랐을 거야." 생이 말했다. "다음에는 남자친구 맞다고 해."

한 주가 지나고 셋 다 부엌에 있을 때였다. 감기에 걸린 헤더가 하루 종일 수업을 들어야 했기에 보온병에 이키네시아 차를 끓여 담고 있었다. 생은 커피 잔을 옆에 두고 신문 위로 몸을 구부리고 앉아 있었다. 전날 밤 화장실에 한참 들어가 있었는데, 탈색을 했는지 이제 머리에 붉은 톤으로 결이 나 있었다. 전화가 와서 폴이 받았는데 생의 다른 구혼자들처럼 약간 외국인 억양이 있기에 또 그런 사람인 줄 알았다. 하지만 이 사람은 어색하기보단 세련된 억양이었다. 차이가 있다면 산지타가 아닌, 생을 바꾸어달라고 했다. 폴이 누구냐고 물었을 때 그는 약간 짜증난 목소리로 "남자친구인데요"라고 했다. 이 말은 폴의 가슴 위로 청진기처럼 뭉툭하면서도 아프게 떨어졌다. 이미 의자를 뒤로 민 채 그의 얼굴을 쳐다보고 있는 생의 얼굴을 보았다.

"내 전화야?"

그가 고개를 끄덕였고 생은 전화를 방으로 가져갔다.

"남자친구." 폴이 헤더에게 알려주었다.

"이름이 뭐래?"

폴이 어깨를 들썩이며 말했다. "말 안 했어."

"이제 물 만난 고기처럼 신났네." 헤더가 무뚝뚝하게 내뱉더니 보온병의 뚜껑을 돌려서 닫았다.

폴은 빨갛게 튼 코에 허리가 굵은 헤더가 안됐다고 생각하면서도 보호해주고 싶은 건 생이었다. "무슨 뜻이야?"

"이제 애인이 왔으니 다른 남자들한테 다 꺼지라고 할 수 있을 거 아냐."

폴이 도서관에서 하루 종일 복사를 하고 자전거를 타고 돌아오던 길이었다. 집 앞 인도 위에서 생과 남자친구가 함께 집을 올려다보고 있었다. 암녹색 BMW가 길가에 주차되어 있었고 둘은 짐짓 다정한 모습으로, 검은 머리를 맞대고 서 있었다.

"옷 갈아입을 땐 창가에서 떨어져야겠다." 남자친구가 이렇게 말하는 소리가 폴에게 들렸다. "커튼이 훤히 들여다보이잖아. 안쪽으론 방이 없었니?" 폴은 그들과 좀 떨어진 곳에 자전거를 세우고 배낭끈의 길이를 조정하고 있었다. 후줄근한 차림이란 생각에 불편해졌다. 그는 짧은 바지에 버켄스탁 샌들을 신고 낡은 다트머스 대학 티셔츠를 입었는데, 창백한 다리 위엔 금빛 털이 텁수룩했다. 남자친구는 몸에 잘 맞는 빛바랜 청바지에 흰 셔츠와 남색 재킷을 입고 갈색 가죽 구두를 신었다. 그는 윤곽이 뚜렷했고, 부담 없이 잘생겼다는 소리를 들을 만했다. 하지만 머리가 길어서 얼굴이 좀 화려하고 특이해 보이는 것도 사실이었다. 그는 생보다 대여섯 살 많아 보였지만 어떤 면에선 굉장히 닮았다고 폴은 생각했다. 키도 비슷했고, 황금빛 피부색도 그랬고, 입가에 점이 많은 것도 그랬다. 폴이 그쪽으로 걸어갈 때도 생의 남자친구는 집을 쳐다보고 있었다. 짙은 노란색 빅토리아 식 주택을 무슨 흠이라도 잡을 듯이 보고 있다가 개 짖는 소리에 갑자기 고개를 돌렸다.

"같이 사는 친구들이 개가 있어?" 남자친구가 물었다. 그는 다소 이상한 걸음걸이로, 마치 댄스 스텝을 밟듯 생 뒤로 몸을 반쯤 숨겼다.

"아냐, 바보같이." 생이 그의 뒷머리를 쓰다듬으며 놀리듯 말했다. "개도 없고, 담배 피우는 사람도 없는 집. 자기 때문에 그런 집만 찾아서 봤잖아." 개 짖는 소리가 그치자 정적이 이어져 말이 더 또렷이 들렸다. 목에는 청금석 구슬로 만든 목걸이가 걸려 있었는데, 손가락으로 만지작거리는 모양새로 보아 선물인 것 같았다. "폴, 이쪽은 파룩이야. 파룩은 개를 무서워해." 그녀는 파룩의 뺨에 키스를 했다.

"프레디." 파룩이 악수를 청하는 대신 고개를 까딱하며 말했다. 폴보단 생에게 하는 말 같았다. 그녀는 고개를 저었다.

"아무리 그래도 난 자기를 프레디라고 안 불러."

파룩은 웃지 않고 그녀를 쳐다보았다. "왜? 너는 사람들한테 생이라고 불러달라고 하면서."

그녀는 까딱하지 않았다. "그건 다르지. 생은 내 본명의 일부니까."

"폴이라고 해요. 전 다르게 부를 만한 이름은 별로 없어요." 폴이 이렇게 말했고, 아무도 웃지 않았다.

그러곤 생이 집에 있는 날이 갑자기 줄어들었다. 집에 있을 때는 거의 자기 방에서 문을 닫고 전화를 했고 저녁 먹을 때쯤이면 나가고 없었다. 냉장고 안 그녀가 쓰던 선반에는 커다란 요거트 통과 크래커와 타불리가 아무도 손대지 않은 채 남아 있었다. 요거트 위엔 결국 푸른 곰팡이가 피었고, 나중에 생이 뚜껑을 열었을 때 역해서 소리를 지를 정도였다. 둘이서만 있고 싶어하는 건 당연하다고 폴은 생각했다. 놀랍게도 동네에 있는 작은 고급 식품점에서 생을 마주쳤을 때 그녀가 든 바구니에는 집에는 한 번도 사오지 않던 음식이 가득 쌓여 있었다. 보라색 그물망에 든 샬롯^{서양 파의 일종으로 양파와 비슷하게 생겼다}과 기름에 든 염소 치즈, 기름종이에 싼 고기가 보였다. 비가 오고 있었고, 차를 가져온 폴이 데려다주겠다고 했다. 그녀는 사양했고, 하버드 야구 모자를 쓴 채 시장 본 백을 끌어안고 지하철 역으로 향했다. 폴은 파룩이 어디 사는지 몰랐는데, 브래틀 스트리트 어딘가 프렌치 도어와 예쁜 몰딩으로 장식된 아름다운 집을 상상했다.

    집에서 파룩을 보면 언제나 좀 놀라웠다. 가끔씩 집에 왔는데 오가는 흔적도 없이 사라지곤 했다. 폴이 창밖으로 언제나 자작나무 아래 똑바로 주차된 BMW를 발견하지 않는 한 그가 집에 있는지 알기는 불가능했다. 오간다는 인사도 없이 생이 그 집에 혼자 사는 사람처럼 행동했다. 거실이나 부엌에 앉아 있는 법은 없었다. 딱 한 번 자전거를 타고 나갔던 폴이 집에 돌아오다가 머리 위로 둘이 테라스에 나와 점심을 먹고 있는 모습을 본 적이 있었다. 다리를 꼬고 나란히 앉아서, 생은 한 손으로 동그랗게 밑을 받쳐 파룩의 입으로 포크를 가져다 대고 있었다. 폴이 집 안으로 들어왔을 때 그들은 이미 방으로 들어가 있었다.

    파룩과 함께 있지 않을 때 생은 그의 일을 했다. 그가 쓴 논문에 잘못된 철자가 없나 교정을 보거나 병원 진료 시간을 예약했다. 언젠가는 아침 내내 전화번호부를 뒤지며 타일 가격을 알아봤는데, 파룩이 부엌을 개조할 계획을 하고 있기 때문이었다.

9월 말이 되자 폴은 그들의 스케줄을 파악했다. 월요일엔 생이 서점에서 일을 하고 파룩이 점심을 먹으러 집에 왔다. 둘은 그녀의 방에서 점심을 먹었다. 때로 먹으면서 이야기하는 소리나 숟가락이 그릇에 부딪히는 소리, 또는 쇼팽의 야상곡이 들렸다. 그들의 섹스는 조용한 편이었다. 지난 세월 그가 감당했던 다른 커플들에 비하면 이건 다행스러운 일이었다. 그럼에도 불구하고 언젠가 살짝 열린 방문 틈으로 파룩이 청바지 지퍼를 올리는 걸 보고 당황한 다음부터 그들이 함께 있는 월요일엔 도서관에 다녔다. 그의 유일한 여자친구 테레사와 헤어진 게 3년 전이었다. 그 후에 그는 데이트한 적이 없었다. 보스턴에서 대학원에 간 건 테레사 때문이었다. 몇 달 동안 그는 세인트보톨프 스트리트에 있는 그녀의 아파트에서 함께 살았다. 추수감사절엔 디어필드에 있는 그녀의 집에 함께 갔다. 관계가 끝난 건 바로 거기서였다. "미안해, 폴. 나도 어쩔 수가 없어. 네가 키스하는 스타일이 마음에 안 들어." 잠자리에 들고 나서 그녀가 말했다. 문득 이 방을 다시 볼 수 없을 거란 사실을 깨달으면서 침대 한편에 벌거벗은 채로 멍하게 앉아 있던 순간을 기억하고 있었다. 그는 그녀의 말에 맞서지 않았다. 모멸감 때문인지 그 이후로 이상하게 그녀뿐 아니라 모든 사람에게 눈치 빠르고 순순한 사람이 되었다.

어느 날 밤늦게 폴이 침대에 앉아 책을 읽고 있는데 집 앞에 차서는 소리가 들렸다. 책상 위에 있는 시계를 보니 2시 20분이었다.

그는 불을 끄고 일어나서 창밖을 내다봤다. 11월이었다. 보름달이 인적 없이 횅한 도로를 비추었고, 길 위엔 쓰레기 봉지와 재활용 쓰레기통이 줄줄이 나와 있었다. 집 앞엔 택시가 한 대 서 있었고, 엔진 소리가 들렸다. 생이 택시에서 혼자 내렸고, 거의 1분 동안 인도에 혼자 서 있었다. 그는 창가에 그대로 서서 그녀가 현관까지 올라온 다음, 계단을 올라와서 방문을 닫는 소리까지 들었다. 그날 오후 파룩이 데리러 왔고 폴은 그녀가 차에 오르는 걸 봤다. 싸웠나 싶었지만, 불화의 기미는 보이지 않았다. 아까 그녀가 파룩과 무슨 비디오를 빌릴지 기분 좋은 목소리로 통화하는 것을 들었었다. 하지만 그날 밤에도 비슷한 시각에 똑같이 집에 들어왔다. 세 번째 되는 날 밤에 그는 그녀가 집에 들어오는지 보려고 일부러 깨 있었다.

다음 날 아침은 일요일이었고, 폴과 헤더와 생은 부엌에서 팬케이크를 함께 먹었다. 폴이 무쇠 프라이팬 두 개를 꺼내 팬케이크를 굽는 동안 생은 자기 방에 루이 암스트롱의 시디를 틀어놓았다.

"케빈 오늘 여기서 잘 거야." 헤더가 말했다. 최근에 만난 남자였고, MIT에 있는 물리학자였다. "괜찮겠지?"

"물론이야." 폴이 답했다. 그는 케빈을 좋아했다. 케빈은 종종 맥주를 사 들고 저녁 먹으러 집에 왔고, 식사가 끝나면 설거지를 도왔다. 헤더와 이야기하듯 폴에게도 말을 걸고 이야기를 나눴다.

"나는 계속 엇갈리네. 정말 좋은 사람인 것 같은데." 생이 말했다.

"두고 보지 뭐." 헤더가 말했다. "다음 주면 한 달이 되니까."

생이 웃으며 대단하지 않은 기념일이 큰 의미라도 띠는 것처럼 이렇게 말했다. "축하해."

헤더가 검지와 중지를 겹쳐 보였다. "아무래도 다음 단계는 주말을 함께 보내는 걸 텐데 말이야."

폴은 생을 쳐다보았다. 생은 아무 말이 없었다. 그리고 일어나 지하실에서 끝난 빨래를 한 바구니 갖고 5분 후에 돌아왔다.

"팬티 좋은데." 헤더가 빨래 더미 위에 개놓은 남자 팬티를 보며 말했다.

"파룩 거야." 생이 말했다.

"그 사람은 세탁기 없대?" 헤더가 캐물었다.

"있어." 헤더의 못마땅한 톤을 눈치 채지 못하고 생이 말했다. "근데 동전 세탁기라서."

싸움이 시작된 건 추수감사절 즈음이었다. 폴은 생이 자기 방에서 전화통에 대고 우는 소리를 들었다. 회색 전화선이 리놀륨이 깔린 바닥으로 계단참을 지나 그녀의 방문 밑으로 사라졌다. 싸움 중에 하나는 생이 초대받은 파티에 파룩이 가고 싶어하지 않아서 벌어진 거였다. 다른 싸움은 파룩의 생일 즈음에 있었다. 생은 하루 종일 케이크를 만들었다. 집 안에선 오렌지와 아몬드 향이 진동을 했고 한밤중에 전기 믹서 돌아가는 소리가 들렸다. 하지만 다음 날 오후 케이크는 쓰레기통에 들어가 있었다.

한 번은 학교에서 돌아오는데 파룩의 BMW가 집 앞에 주차된 걸 보았다. 무지하게 추운 12월이었고, 그날 아침엔 그해 첫 눈발이 날렸다. 생의 방 앞을 지나는데 폴은 그녀가 언성을 높인 말을 들었다. 왜 자기 친구들을 만나지 않느냐고 따지고 있었다. 왜 추수감사절에 그의 사촌네 집에 자기를 초대하지 않았느냐고, 왜 함께 밤을 보낼 수 없느냐고도 했다. 그리고 왜, 적어도 집까지 데려다주지도 못하는 거냐고.

"택시비 주잖아." 파룩이 조용하게 답했다. "도대체 무슨 차이가 있어?"

"난 싫어, 파룩. 정상이 아냐."

"옆에 누가 있으면 잠을 잘 못 잔다는 걸 너도 알잖아."

"그래서 결혼은 어떻게 할 건데?" 그녀가 다그쳤다. "영원히 이렇게 따로따로 살 거야?"

"생, 제발." 파룩이 말했다. "좀 조용히 해. 네 룸메이트들이 다 듣겠다."

"룸메이트 얘기 좀 그만할래?" 생이 소리를 질렀다.

"너 완전 히스테리다." 파룩이 말했다.

그녀는 울기 시작했다.

"내가 전에 경고했지, 생." 파룩이 말했다. 목소리가 절박했다. "이런 소란 피우는 여자랑 같이 살 일은 없을 거라고."

"개새끼."

접시였는지 유리컵이었는지 뭔가 벽을 때렸고 바닥에서 깨졌다. 그리고 방 안은 조용해졌다. 한참 생각하다가 폴이 방문을 조용히 노크했다. 아무도 답을 하지 않았다. 몇 시간이 지난 후에 폴은 화장실에서 핑크색 목욕 수건을 두르고 나오는 생과 거의 부딪힐 뻔했다. 젖은 머리카락이 헝클어졌고 머리 옆엔 조그만 둥지처럼 혹이 불거졌다. 그동안 폴은 이런 식으로 마주칠 날을 고대했었지만 막상 그녀의 맨다리와 팔, 젖은 얼굴과 어깨를 보니 당황했다.

"안녕." 그가 빠르게 지나치며 말했다.

"폴." 몇 초 후 그녀가 그를 불렀다. 그와 마주친 걸 그제야 깨달았다는 듯했다. 그는 돌아서서 그녀를 보았다. 4시가 겨우 지난 시각이었지만 거실 창문 너머로 벌써 지기 시작한 해가 복도에 선 그녀의 어깨 위로 금빛 조각처럼 떨어져 빛나고 있었다.

"응?" 그가 말했다.

그녀는 몸 앞으로 팔을 둘러 두 손으로 양 어깨를 감쌌다. 이마 위엔 치약 얼룩 같은 게 튀어 있었다. "아까 미안했어."

"괜찮아."

"아냐. 넌 시험 준비도 해야 하는데."

그녀의 눈이 반짝이는 듯싶더니 입가에 뻣뻣한 웃음이 번졌다. 입술이 살짝 벌어져 있었다. 그도 웃어 보이려는 순간 곧 울음을 터뜨릴 것 같은 그녀의 얼굴을 보았다. 그는 고개를 끄덕였다. "상관없어."

일주일 동안 파룩에게 전화가 없었다. 하지만 전화벨 소리만 나면 생은 뛰어가서 받았다. 저녁엔 나가지 않고 집에 있었고, 런던에 있는 언니와 긴 통화를 했다. "들어보고 이게 정상인지 봐." 폴이 부엌에 가다가 대화를 엿들었다. "옛날에 운전을 하고 가는데 파룩이 나한테 냄새가 난다는 거야. 땀 냄새. 겨드랑이를 닦으라고 하더라. 그러더니 계속해서 그건 나한테 흠을 잡는 게 아니고 사랑하는 사람들이라면 이런 얘기도 할 수 있어야 한다는 거야." 하루는 찰스가 생을 데리러 와서 함께 나갔고 저녁때 돌아올 때는 키터리에 있는 아웃렛에서 산 쇼핑백들을 들고 들어왔다. 또 어느 날 밤엔 폴과 헤더와 케빈과 함께 쿨리지로 영화를 보러 가겠다고 했는데, 막상 매표소에 도착해선 머리가 아프다며 걸어서 집에 갔다. "헤어진 게 틀림없어." 자리를 잡고 난 후 헤더가 이렇게 말했다.

하지만 그 다음 주 생이 일 가고 없을 때 파룩이 전화를 했다. 파룩은 누구라는 얘기를 하지 않았지만 폴은 서점으로 전화를 걸어 생에게 메시지를 남겼다.

그들의 사이는 다시 예전으로 돌아간 듯했지만 폴은 파룩이 이제 집에 발을 들여놓지도 않는다는 걸 알 수 있었다. 초인종조차 누르지 않았다. 길가에 차를 세우고 시동은 끄지 않은 채 세 번 경적을 울렸다. 그가 기다린다는 신호였고 그러고 나면 그녀는 집에서 사라졌다.

겨울 방학 동안 생은 런던에 가 있었다. 그녀의 언니가 최근에 남자아이를 낳았고 생은 아기에게 주려고 선물을 샀다. 똑딱 단추가 잔뜩 달린 놀이옷, 문어 인형, 조그만 스트라이프 티셔츠, 어두울 때 반짝거리는 별이 달린 모빌 등이었다. "이제 생 마쉬라고 날 부르겠지." 그녀는 폴에게 그 선물을 보여주며 흥분해서 말했다. 그리고 '마쉬'는 벵골 어로 '이모'를 뜻한다고 설명해주었다. 생의 발음은 좀 어색했다. 그녀는 벵골 어를 한 적이 거의 없었다. 언니나 구혼자들에게도 벵골 어를 하지 않았고, 다만 미시간에 있는 부모님들과 주말에 통화할 때 이따금씩 한두 단어 정도 말할 뿐이었다.

"'좋은 여행이 되길 바란다'는 말은 어떻게 해?" 폴이 물었을 때 그녀는 잘 모르겠다고 했다.

생이 떠나고 나면 신경 쓸 일이 없어지고 머리가 맑아질 테니 폴이 공부하긴 더 좋을 터였다. 이제 시험이 6개월도 남지 않았다. 5월

첫째 주 화요일 10시로 날짜와 시간도 정해졌다. 책상 위에 붙어 있는 달력엔 그 날짜에 × 표시를 해두었다. 여름 이후로 해오던 대로 하면서 공부해야 할 시와 평론과 희곡을 요약해서 컴퓨터에 저장해왔다. 그는 이 요약을 뽑아 구멍을 세 개 뚫은 바인더에 끼워 정리했다. 그리고 요약을 다시 요약한 다음 색인카드에 정리해서 구두 상자에 넣어놓고 잠자기 전에 공부했다. 크리스마스엔 다른 해처럼 버펄로에 있는 이모 댁에서 오라고 했지만 이번 해엔 시험을 이유로 못 간다고 하고 선물은 우편으로 부쳤다. 헤더도 케빈과 함께 버몬트로 스키 타러 가느라 집에 없었다.

새해를 맞이해서 폴은 새롭게 일과를 바꿨다. 온 집 안을 돌아다니며 공부하는 거였다. 아침에는 식탁에서 시를 공부하고, 점심 후엔 거실에서 평론을 공부했다. 셰익스피어의 희곡은 잠들기 전 침대 위에서 했다. 또 공부하는 데 필요한 자료를 방에 늘어놓고 다니기 시작했다. 바인더, 구두 상자, 책 들을 식탁과 계단 위 거실 탁자 위에 늘어놓았다. 눈이 내리던 어느 오후, 파파산 의자에 몸을 파묻고 아리스토텔레스의 『시학』을 정리한 글을 읽고 있는데 초인종이 울렸다.

택배 기사가 생 앞으로 온 소포를 가져왔다. 제이크루^{중가 의류 브랜드}에서 온 거였다. 폴이 서명을 하고 집으로 가지고 올라왔다. 소포를 생의 방문에 세워놓았는데 그 바람에 방문이 조금 열렸다. 폴은 방문을 꼭 닫았다. 그리고 나서 문의 손잡이를 놓지 않고 잠시 서 있었다. 생이 런던에 있는데도 그는 노크를 하고 나서 방에 들어갔다. 깔끔하게 정돈된 푸통 위로 빨간 바틱 침대보가 덮여 있었다. 녹색 벽엔 궁정의 장면을 그린 인도 세밀화 두 점 이외엔 아무것도 걸려 있지 않았다. 물담배를 피우며 쿠션에 비스듬히 몸을 기댄 남자들과 배를 드러내고 춤추는 여자들을 그린 그림이었다. 무슨 이유에서인지 그녀의 방을 지날 때마다 좀 어질러진 방을 떠올렸는데, 창 너머 바깥세상만이 눈보라로 고요하게 어지러웠다. 눈은 무질서하게 빙빙 돌며 떨어졌지만 갈색 난간에 페인트를 칠한 것처럼 깔끔하게 쌓였다. 인도산 박직 리넨으로 만든 커튼 한 장이 생이 가끔 목에 두르는 살구색 실크 스카프로 묶여 있었다. 덕분에 커튼은 가느다란 모래시계 같았다. 폴은 스카프를 풀었고 커튼이 창문을 가렸다. 스카프를 얼굴에 채 갖다 대지는 않고 실크에 스민 향기를 맡았다. 그는 푸통으로 가서 앉았다. 오트밀색 카펫 위로 다리를 뻗고 곧 구두와 양말을 벗었다. 푸통 옆에 있는 와인 상자 위엔 거품이 인 물 한 잔과 조그만 바셀린 통이 놓여 있었다. 그는 벨트를 풀었지만 갑자기 욕망이 사라졌다. 그녀가 방에 없는 것처럼 욕망도 그 안에 있지 않았다. 그는 벨트를 다시 채우고 침대보를 들췄다. 침대보는 푸른색과 흰색이 섞인 플란넬 감이었고 붓꽃 모양의 문장 패턴이 새겨져 있었다.

잠깐 잠이 들었는데 전화벨 소리에 깼다. 그는 맨발로 생의 방에서 나왔고 부엌으로 갔다. 바닥에 깔린 리놀륨이 차가웠다.

"여보세요."

상대편은 아무 말이 없었다. 그냥 끊으려고 하는데 개 짖는 소리가 들렸다.

"여보세요?" 그가 다시 말했다. 생일지도 모른다는 생각이, 런던에서 걸어서 통화 상태가 안 좋을지도 모른다는 생각이 들었다. "생이니?"

저쪽에서 전화를 끊었다.

그날 저녁 밥을 먹고 났는데 전화벨이 다시 울렸다. 수화기를 드니 아까 들었던 개 짖는 소리가 또 들렸다.

"발타자, 쉿!" 폴이 "여보세요" 하자마자 여자가 말했다. 그녀는 머뭇거리다가 생이 있느냐고 물었다.

"없는데요. 뭐라고 전할까요?"

그녀는 디어드라 프레인이라고 이름을 대면서 전화번호도 불러주었다. 폴은 메모패드에 받아 적었다. 그 위엔 파르타 마줌다르라는 이름이 적혀 있었다. 아침에 클리블랜드에서 전화 온 구혼자였다.

다음 날 디어드라에게 다시 전화가 왔다. 폴은 다시 생이 없다고, 주말에나 돌아온다고 말했다.

"어디 갔는데요?" 디어드라가 물었다.

"해외에 있어요."

"카이로인가요?"

그녀의 말에 폴이 놀랐다. "아니, 런던인데요."

"런던이군요." 그녀가 말을 되풀이했다. 안심을 한 것 같았다. "런던, 알겠어요. 고마워요."

네 번째 전화는 밤늦게 걸려왔다. 폴은 자려고 이미 누워 있었다. 그는 아래층으로 내려가 어둠 속을 더듬거려 전화를 받았다.

"디어드라예요." 그녀는 좀 숨이 찬 것 같았다. 전화기로 뛰어온 게 그가 아니고 그녀였던 것처럼.

그는 스위치를 올려 불을 켰고 안경 속으로 눈을 비볐다. "음, 말씀드렸지만 생은 아직 안 왔어요."

"생과 통화하려는 게 아니에요." 그녀는 말을 얼버무리며 빠르게 말하다가 생의 이름을 과장되게 발음했는데, 조금 잔인하게 들렸다.
 폴은 음악 소리를 들었다. 감상적인 톤의 조용한 트럼펫 연주였다. "아니라고요?"
 "맞아요." 그녀가 말했다. "사실은 물어볼 게 있어서요."
 "질문이요?"
 "예." 잠시 말이 없었다. 유리잔에 얼음이 떨어지는 소리가 들렸다. 갑자기 애교 섞인 목소리로 물었다. "근데, 이름이 뭐예요?"
 그는 안경을 벗고 초점 없이 방을 쳐다봤다. 여자가 자기에게 이런 식으로 말을 건 게 언제인지 기억도 나지 않았다. "폴이에요."
 "폴." 그녀가 말을 되풀이했다. "질문을 하나 더 해도 돼요, 폴?"
 "뭔데요?"
 "생에 관한 거예요."
 그의 몸이 굳었다. 이번에도 그녀는 냉랭한 톤으로 생의 이름을 말했다. "생에 관한 어떤 거요?"
 디어드라는 잠시 말이 없었다. "생이 하우스메이트 맞지요?"
 "맞아요."
 "음, 제가 궁금하던 건요, 혹시 아시나 해서요. 그들이 사촌인 거 맞나요?"
 "누구요?"
 "생과 프레디 말예요."
 안경을 쓰자 주변이 다시 명료해졌다. 그는 이 여자가 어떻게 감히 이런 걸 물을 수 있나 황당했다. 당신이 알 바 아니라고 말하고 싶었다. 하지만 그가 그 말을 하기 전에 디어드라는 조용히 흐느꼈다.
 그는 가스레인지에 달린 시계를 봤다. 새벽 3시가 다 되어가고 있었다. 이렇게 늦은 시각에 전화를 받은 게 잘못이었다. 여자에게 자기 이름을 말해준 것이 후회스러웠다.

"디어드라." 그는 조금 이따가 더 이상 듣고 있을 수가 없어 말을 했다. "여보세요?"

그녀가 울음을 멈췄다. 거친 숨소리가 귀에 거슬렸다.

"난 당신이 누군지 몰라요." 폴이 말했다. "그리고 당신이 왜 이런 전화를 하는지도 모르겠고요."

"난 그를 사랑해요."

그는 그냥 전화를 끊었다. 가슴이 쿵쾅거렸다. 샤워를 하고 싶었다. 메모패드에서 그녀의 이름을 지워야겠다는 생각도 들었다. 수화기를 노려봤다. 그 위엔 아직도 생이 남긴, '사마귀' 색 지문이 여기저기 묻어 있었다. 겨울 방학이 시작된 이후, 이 집에서 처음으로 외로움을 느꼈다. 잘못 걸린 전화일 거였다. 여자가 얘기하는 생은 아마도 다른 여자일 것이다. 아니면 생의 인도인 구혼자와 짜고 전화를 걸었을 수도 있었다. 의심하게 만들어서 파룩을 멀리하게 하려고. 생이 런던으로 떠나기 전에 싸움은 가라앉았고 둘의 사이는 예전으로 돌아갔다. 적어도 폴이 보기엔 그랬다. 거실에서 생은 갈색 가죽 가방과 남자용 운전 장갑을 포장했었다. 떠나기 전날 비바에 두 사람 저녁식사도 예약했었다. 그녀를 공항까지 데려다 준 것도 파룩이었다.

다음 날 아침 폴은 전화벨 소리에 잠을 깼다. 그는 침대에 그대로 누워 창밖으로 잿빛 나뭇가지들을 바라보며 전화벨 소리를 듣고 있었다. 전화벨은 열두 번 울린 후 끊어졌다. 한 시간 후 전화벨이 다시 울렸고, 그는 받지 않았다. 세 번째 전화가 왔을 때 그는 부엌에 있었다. 전화벨이 멈췄을 때 코드를 뽑아버렸다.

그 후부터는 조용하게 공부를 할 수 있었지만 정신이 산만했다. 그날 저녁 부엌에서 벽돌만 한 두께의 스펜서 책을 읽었다. 집중은 잘 안 되는데 주석이 너무 많고 외울 게 많아 짜증만 났다. 그가 전화 코드를 뽑은 후에 디어드라가 몇 번이나 전화했을까 궁금했다. 이제 포기했을까? 전화 거는 폼이 강박적인 면이 있었다. 무슨 일을 저지를 사람이면 어쩌나 싶었다. 이를 테면 수면제 한 병을 한꺼번에 먹는다는지 하는.

저녁을 먹은 후에 전화 코드를 다시 연결했다. 전화는 오지 않았다. 하지만 그의 머릿속은 여전히 어지러웠다. 왠지 그녀가 다시 전화할 거란 생각이 들었다. 생이 언제 돌아올지 알려준 건 그의 실수였다. 아마도 디어드라는 생과 직접 통화를 노릴지도 몰랐다. 그리고 어쩌면 자기에게 말했던 얘기, 파룩을 사랑한다는 얘기를 생에게 할지도 몰랐다. 잠자리에 들기 전 그는 듀어스 위스키 한 잔을 따라 마셨다. 버펄로의 이모가 보내준 선물이었다. 그러곤 디어드라가 그에게 준 전화번호를 돌렸다. 그녀는 바로 전화를 받았다. 생기에 찬 목소리로 "여보세요"라고 했다.

"디어드라, 나 폴이에요."

"폴." 그녀가 천천히 말했다.

"어젯밤에 우리 집에 전화했었지요. 난 생의 하우스메이트고요."

"알지요, 폴. 당신이 전화를 그냥 끊었잖아요, 폴." 그녀는 또 한 잔한 것 같았다. 하지만 기분은 훨씬 좋았다.

"이봐요, 그건 미안해요. 당신이 괜찮은지 보려고 전화했어요."

디어드라는 한숨을 쉬었다. "친절하시네요, 폴."

"그리고 다시는 이리로 전화하지 말라고 부탁도 하고 싶었어요." 한참 말을 쉬었다가 폴이 가까스로 말했다.

"왜요?" 그녀가 당황한 목소리로 물었다.

"왜냐하면 난 당신이 누군지 모르니까요." 그가 말했다.

"나에 대해 알고 싶으세요, 폴?" 그녀가 말했다. "나 굉장히 좋은 사람이에요."

"난 지금 시간이 없어요." 그는 그녀의 기분이 상하지 않길 바라면서도 단호한 어조로 말했다. "나 말고 얘기할 다른 사람 없어요? 친구라든가?"

"프레디가 내 친구예요."

파룩의 얘기가 나오니, 그의 예명을 부르는 걸 들으니 어젯밤처럼 마음이 심란해졌다. 어제 폴은 디어드라는 아마도 하버드에서 파룩의 학생이고 아직 10대 티를 벗지 못한 채 나이 많은 남자에게 반해버린 여자일 거라고 추측했다. 강의실 뒤편에 앉아 있다가 사무실로 찾아다니고 오해를 하게 된 여학생의 모습이 떠올랐다. 그러더니 단순하고 적당한 질문 하나가 생각났다. 하지만 동시에 독이 될 수도 있었다.

"그럼, 파룩은 어떻게 알게 되었어요?" 폴은 파티에서 만난 사람처럼 가벼운 어조로 물었다.

그녀가 대답할 거라고 생각지 않았다. 어제 그가 그랬던 것처럼 그냥 전화를 끊어버릴 거라고 생각했는데 의외로 그들은 쉽게 대화를 이어갔다. 디어드라가 거의 얘기를 했다. 그녀는 밴쿠버 출신이고 20대에 보스턴으로 와서 인테리어 디자인을 공부했다고 말했다.

파룩을 만난 건 1년 반 전, 한 일요일 오후였다. 사우스엔드의 한 카페에서 걸어 나오는 그녀를 파룩이 반 블록쯤 따라와 어깨를 두드렸다. 그러고는 돌아본 그녀를 노골적인 눈길로 아래위로 훑어봤다. "아마 상상도 못 할 거예요." 디어드라가 그때를 기억하며 말했다. "그럴 때 어떤 기분인지 아마 상상도 못 할 거라고요." 그랬지만 그는 신사적으로 굴었다. 첫 번째 데이트로 그들은 월든 호수에 갔다. 후에 옥수수와 토마토를 사서 그녀의 정원에서 연어와 함께 그릴에 구워 먹었다. 파룩은 집을 무척 맘에 들어했다. 6,000평 남짓한 대지에 자리 잡은 농가였다. 그는 그녀에게 부엌을 개조할 계획이라며 디자인을 해달라고 했다. 노동절엔 수나피 산으로 함께 등산을 갔다. 그녀는 그 외에도 다른 얘기들을 했고, 폴은 듣고 있었지만 어디까지 믿어야 할지 몰랐다. 디어드라의 말이 진실이어서 파룩이 제대로 바람을 피우고 있거나 아니면 모두 거짓말이거나 둘 중에 하나였다. 외로운 알코올 중독자들은 종종 없는 얘기를 만들어낸다. 통화 도중 폴은 복도로 걸어가 생의 방문을 열어봤다. 커튼이 예전처럼 묶여 있는지 다시 확인하고 싶었다.

"당신은요?" 디어드라가 갑자기 물었다.

"나 뭐요?"

"계속 나만 얘기하고 당신은 한 마디도 안 했잖아요. 당신은 어때요, 폴? 행복하세요?"

그는 이 여자에게 한 시간을 갖다 바쳤다. 전화기를 하도 오래 대고 있어 귀 언저리가 쑤셔왔다. "이건 내 문제가 아니에요." 그가 생의 방문을 닫으며, 침을 삼키며 말했다. "생의 문제지."

"그 사람들 사촌 맞지요, 그렇지요?" 디어드라가 말했다. 거의 들리지 않을 정도로 작은 목소리였다. "그렇지요?"

그녀의 절박한 목소리가 오히려 결정적으로 확신을 주었다. 그는 그녀가 말한 내용이 거짓이 아니란 걸 깨달았다. 뭔가 크게 잘못되었다는 걸 알게 되자 예전에 시험을 망쳤을 때처럼 정신이 멍했다. 테레사가 그 말을 했을 때처럼.

"생과 파룩은 사촌 간이 아니에요." 그는 이렇게 말하면서, 묘하고 은밀하게 권력이 생기는 걸 느꼈다. 이 사실이 그녀를 완전히 파괴할 수 있다는 걸 알고 있었다.

그녀는 말이 없었다.

"그들은 사귀고 있다고요, 디어드라." 그가 말했다. "심각하게 말예요."

"아, 그래요?" 그녀가 믿을 수 없다는 투로 물었다. "얼마나 심각한데요?"

그는 잠시 생각했다. "일주일에 네다섯 번은 밤을 같이 보내요."

"정말이에요?" 디어드라가 이제야 상처받은 것 같았고, 폴은 만족감을 느꼈다.

"그래요." 그가 덧붙였다. "그리고 사귄 지 3년도 넘었어요."

"3년이요?" 말꼬리가 희미해졌다. 폴은 그녀가 다시 우는 게 아닌가 싶었다. 하지만 말을 이었을 때 목소리는 낭랑했다. "하지만, 우리도 심각한 관계예요. 어제 그가 카이로에서 돌아올 때 공항에 나간 게 나예요. 오늘 밤 그를 만났어요. 집에 저녁 먹으러 왔다고요. 여기 우리 집에요. 그리고 계단에서 섹스를 했어요, 폴. 한 시간 전에요. 그의 정액이 내 허벅지에 흘러내리던 게 아직도 생생해요."

생이 런던에서 돌아왔다. 함께 먹을 빨간 포장지에 싸인 킷캣과 해로즈에서 산 차와 마멀레이드, 그리고 초콜릿을 입힌 비스킷을 사왔다. 조카를 찍은 스냅사진을 냉장고 위에 붙여두었다. 아기가 웃는 작은 얼굴에 생의 얼굴을 맞대고 있는 사진이었다. 폴이 방에서 보니 집 앞에 생을 내려준 건 파룩이었다. 나중에 폴은 화려한 중앙 계단을 통해 아래층으로 내려갔다. 이제 그 계단을 내려올 때마다 파룩이 벌거벗은 채로 생이 아닌 다른 여자 위에 있는 모습을 떠올리지 않을 수 없었다. 부엌에 들어간 그는 찬장을 열고 듀어스를 꺼냈다.

"와아, 내가 없는 사이에 많이 바뀌었네." 생이 웃으며 말했다. 폴이 술을 따르는 걸 보면서 재밌다는 표정으로 눈썹을 추켜올렸다.

"뭐가?"

"네가 스카치를 다 마시고 있잖아. 진작에 알았으면 킷캣 대신에 면세점에서 싱글몰트라도 사오는 건데 말이야."

그녀가 그의 선물을 사는 걸 떠올리니 우울해졌다. 그들은 친근하게 지냈지만 친구는 아니었다. 그는 생에게 스카치를 권했고 그녀가 응했다. 식탁에 함께 앉자 그녀가 잔을 내밀어 그의 잔에 부딪혔다.

생은 폴이 챙겨준 우편물을 정리했다. 그녀는 머리가 몇 센티 짧아졌고 톡 쏘는 향수 냄새가 사뭇 강했다.

"난 디어드라는 사람은 모르는데." 그녀가 메모패드에 적힌 메시지를 읽다가 말했다. "용건이 뭐래?"

그는 잔을 비웠고 벌써 술기운에 좀 풀어졌다. 그가 고개를 저었다. "어떻게 해야 할지 모르겠네."

"뭘?"

"그녀에게 전화를 해야 하는지 말야."

그는 한 잔 더 마시기 위해 냉동실에서 얼음을 꺼내려고 일어났다. 그가 식탁에 돌아왔을 때 그녀는 이름 위에 연필로 × 자를 그어 지우고 있었다. "아, 됐어. 텔레마케팅이나 뭐 그런 걸 거야."

생을 피하는 건 어렵지 않았다. 이제 대학 도서관에서 공부를 하기 시작했다. 시멘트 바닥과 회색 철제 책장, 볼펜 낙서가 가득한 열람석이 싫어 그동안 꺼리던 도서관이었다. 집에선 샌드위치를 방으로 가지고 올라와서 먹으면 간단했다. 겨울이 물러가면서 내키지 않는 듯, 비와 바람이 많은 봄이 왔다. 폴의 침대 옆 창문을 비가 사선으로 때렸다. 전화벨이 울려도 그는 받지 않았다. 생이 돌아오고 처음 며칠 동안 전화벨이 울릴 때마다 분명 생과 얘기를 하려는 디어드라에게 걸려온 전화라고 생각했다. 하지만 디어드라는 전화하지 않았다. 그는 그녀의 목소리와 그 얘기가 기억 속에서 사라지길 기다렸다. 하지만 그때 나눴던 대화는 머릿속에서 그동안 공부한 희곡과 시와 평론 옆에 고집스레 자리를 잡았다. 그는 월든 호수에서 물 밖에 머리를 내놓고 수영하는 두 사람의 모습이 떠올랐다. 하지만 생은 매일매일 파룩네 집으로 저녁을 먹으러 사라졌다. 또는 식탁에 파룩의 신용카드 번호를 적은 쪽지를 들고 앉아 여름에 그가 타고 갈 카이로행 비행기 표를 예약했다. 두 달이 지났는데 디어드라는 전화를 하지 않았고, 폴도 그녀가 전화할 거라는 두려움이 없어졌다.

폴은 시험공부를 그만두고 일주일 동안 봄방학을 갖기로 했다. "너무 공부만 하지 말게. 저번 시험은 아마 그래서 그렇게 된 게야.

캐러비안 해나 다녀오라고." 지도 교수가 이렇게 조언을 했다. 폴은 어디 가지 않고 그냥 집에 있기로 했다. 하지만 공식적으로 방학이라고 선언했다. 브래틀에 있는 극장에 영화를 보러 갔고 스튜를 만든다고 이틀을 보냈다. 하루는 운전해서 웰플리트에 다녀왔는데, 마음먹고 책을 가져가지 않았다. 토요일엔 에머슨의 생가를 보러 콩코드로 자전거를 타고 가려고 했는데 아침에 보니 체인을 손봐야 했다. 그는 자전거를 들고 테라스로 올라갔다. 고개를 들었을 때 생이 거기에 서 있었다. 전화기가 손에 들려 있었고, 전화 코드가 끝까지 당겨졌다.

"방금 이상한 일이 있었어." 그녀가 말했다.

"무슨 일?"

"그 디어드라라는 여자 있잖아. 내가 없을 때 네가 메시지를 받았던."

폴이 허리를 숙여 공구통에서 뭔가를 찾는 척했다. "그 여자가 파룩을 찾는 거야." 생이 계속했다. "자기가 친구라면서, 다른 도시에 사는데 여기 와 있다면서 말이야."

"아, 그러면 그래서 전화를 했었나 보지." 디어드라가 그렇게 말했다는 사실에 안도하면서 폴이 말했다.

"파룩은 디어드라라는 사람을 얘기한 적이 없어."

"아, 그래?"

생이 전화기를 무릎에 놓은 채 휴대용 의자 위에 앉았다. 몸을 전화기 위로 숙이고 있었다. 그러고는 몸을 일으키더니 전화기를 노려보며 수화기를 들지 않고 아무렇게나 번호를 눌렀다. "파룩은 친구가 없어." 그녀가 말했다. "우리가 만나기 시작하면서는 친구를 하나도 본 적이 없어. 내가 유일한 친구야, 정말로." 그녀가 골똘하게 폴을 쳐다봤다. 순간적으로 그녀가 폴 역시 친구가 없다는 사실을 지적하지 않을까 두려웠다. 하지만 대신 그녀는 이렇게 말했다. "근데 내 전화번호는 어떻게 알았지?"

디어드라는 파룩의 전화번호부를 찾아봤다고 폴에게 말했었다. 파룩은 간편하게도 생의 전화번호를 S 섹션에 적어놓았고, 사촌의 이름이라고 했지만 석연치 않은 데가 있었다고 했다. 폴이 고개를 저으며 자전거의 브레이크를 쥐고 일어났다. "나도 모르지. 파룩한테 물어보면 되잖아."

"맞아. 파룩한테 물어보면 돼." 그녀는 일어서 집 안으로 들어갔다.

그날 저녁 폴이 콩코드에서 돌아왔을 때 생이 식탁에 앉아 있었다. 그가 냉장고로 가서 먹다 남은 스튜를 꺼내는데 그녀는 아무 말도 하지 않았다.

"파룩이 집에 없어." 그녀가 말했다. 마치 폴의 질문에 답하는 투였다. "하루 종일 집에 없어."

그는 오븐용 접시의 뚜껑을 열고 스튜 위에 물을 조금 뿌렸다. "이거 좀 먹을래?"

"아니, 괜찮아." 그녀가 인상을 썼다.

폴은 스튜를 오븐에 넣고 스카치를 따랐다. 팔과 허벅지 근육이 기분 좋게 욱신거렸다. 먹기 전에 샤워를 하고 싶었다.

"그래, 이 디어드라라는 여자가 전화를 한 게 정확히 언제야?" 생이 부엌을 나서는 폴을 불러 세우며 물었다.

그는 발꿈치를 누르며 그녀 쪽으로 몸을 돌렸다. "정확히는 기억이 안 나는데. 네가 여기 없을 때였잖아."

"무슨 말 안 했어?"

"무슨 뜻이야?"

"정확하게 뭐라고 했었냐고?"

"아무 말도 안 했어. 난 그 여자와 얘기 안 했어." 그가 말했다. 심장이 빠르게 뛰고 있었다. 이미 땀에 젖어 있어서 다행이었다. "그냥 전화해달라고 했어."

"근데 전화를 걸 수가 없지. 전화번호도 안 남겼으니까. 좀 이상한 사람 같았어?"

그는 디어드라의 흐느낌을 기억했다. "나는 그를 사랑해." 그녀는 생판 모르는 사람인 폴에게 이렇게 말했었다. 그는 잘 못 알아듣겠다는 표정으로 생을 쳐다봤다. "무슨 말이야?"

생이 못 참겠다는 듯 한숨을 내쉬었다. "그거 좀 줄래?" 그녀가 메모패드를 가리키며 말했다.

폴은 생이 넘겼던 페이지를 또 넘기며 줄마다 손가락으로 짚는 걸 지켜보았다.

"뭘 찾는 거야?" 폴이 잠시 후에 물었다.

"전화번호."

"왜?"

"전화하려고."

"왜?"

그녀는 짜증난 표정으로 그를 쏘아보았다. "왜냐하면 그러고 싶으니까. 뭐가 잘못됐어?"

폴은 위층으로 올라가 하려던 샤워를 했다. 그의 문제가 아니라고, 더운 물에 몸을 씻을 동안 자기 자신을 달랬다. 그러고는 욕실에 가득한 수증기 속에서 몸을 말리고 머리를 빗었다. 아래층으로 다시 내려왔을 때 생은 몸을 엎드리고 재활용 쓰레기통을 뒤지고 있었다. 주변엔 신문과 잡지가 잔뜩 쌓여 있었다.

"젠장." 그녀가 말했다.

"이젠 뭘 찾는데?"

"전화번호. 내가 왜 그랬는지 메모패드에서 그 페이지를 찢어서 버렸던 것 같아." 그녀는 신문과 잡지를 쓰레기통에 다시 집어넣었다. "젠장." 그녀가 다시 이렇게 말했다. 그러곤 일어서서 발로 약하게 쓰레기통을 찼다. "그 여자 성도 기억이 안 나. 넌 기억나니?"

알고 있는 사실을 무마하려는 듯 그가 숨을 들이쉬었다. 하지만 이번에는 거짓말을 하지 않아도 된다는 사실에 안도하면서 고개를 저었다. 그 역시 디어드라의 성을 잊어버렸다. 성이 한 음절이었는데 그것만 생각이 나고 다른 건 그의 뇌리에서 사라져버렸다.

"저기, 폴." 그녀가 잠시 후 외쳤다. "아까 지나쳤다면 미안해."

그는 부엌을 가로질러 오븐을 열었다. "신경 쓰지 마."

폴에게도 들릴 만큼 그녀의 배에서 꼬르륵 소리가 크게 났다. "아아, 그러고 보니 오늘 하루 종일 아무것도 안 먹었네. 결국 스튜를 좀 먹어야겠다. 내가 샐러드를 만들까?" 이게 헤더 없이 둘이서만 함께 먹는 최초의 저녁이었다. 이런 날을 언제나 기다려왔다. 생과 한방에 있으면 언제나 어색하고 할 말을 잃었었다. 이제 그는 정말 무서웠다.

"그 여자 조금 이상하긴 했어." 그가 생의 뒷모습을 쳐다보며 천천히 말했다. 싱크대에서 몸을 숙이고 상추를 씻고 있던 그녀가 몸을 돌렸다.

"어떻게? 어떻게 이상했는데?"

그는 너무 긴장한 나머지 갑자기 웃음이 터질 것 같았다. 생이 그를 뚫어져라 쳐다보고 있었다. 수돗물이 계속 흐르고 있었다. 그녀는 돌아가 수돗물을 잠갔다. 이제 방은 조용했다.

"울고 있었어." 그가 말했다.

"울어?"

"으응……"

"어떻게 울었는데?"

"그냥 울었어. 뭔가 되게 속상한 일이 있는 것처럼."

생은 뭔가 말할 것처럼 입을 벌렸는데, 한동안 그저 벌리고만 있었다. "그래, 정리를 해보자. 디어드라라는 여자가 전화를 해서 나를 찾았다고 했지."

폴이 고개를 끄덕였다. "맞아."

"그리고 너는 내가 없다고 했고."

"그래."

"그러곤 나에게 전화를 해달란다고 했고."

"그래."

"그러곤 울기 시작했어?"

"응."

"그리고 어떻게 됐는데?"

"그게 다였어. 그리고 그 여자가 전화를 끊었어."

잠깐 동안 생은 고개를 천천히 끄덕이며 수긍을 하는 듯했다. 그러더니 고개를 날려버릴 듯 세게 저었다. "근데, 이 얘기 왜 나한테 안 했어?"

그는 스튜를 같이 먹자고 한 걸 후회했다. 그날 전화를 받은 것 자체가 잘못이었다. 다른 사람이 아니고 생이 이 집에 들어온 것이, 그의 삶 속으로 들어온 것부터가 실수였다. "말했어." 머릿속에서 그녀를 밀어내면서 차분히 말했다. "그 여자한테 전화 왔었다고 말했어."
"하지만 이건 말 안 했잖아."
"안 했지."
그녀가 믿을 수 없다는 듯이 눈을 똥그랗게 떴다. "내가 알고 싶어할 거란 생각은 안 했어?"
그가 입술을 오므리며 눈길을 돌렸다.
"뭐야?" 그녀가 다그쳤다. 이제 그에게 소리를 지르고 있었다. "안 했냐고?"
그가 대답이 없자 그녀는 그에게 성큼 다가서더니 주먹을 쥐었다. 그는 얻어맞는 줄 알고 얼굴을 한쪽으로 돌렸다. 하지만 그녀는 때리지는 않았다. 대신 자기 머리 한쪽을 쥐었다. 마치 자기 자신을 붙잡는 듯했다. "미치겠다, 폴." 그 목소리는 너무 날카로워서 귀에 들리지 않을 정도였다. "도대체 넌 어떻게 된 인간이야?"

✿

이제 그를 피하는 건 생이었다. 며칠 동안 그녀는 집에 들어오지 않았다. 폴은 그녀가 주말 여행 가방을 들고 찰스의 트럭에 올라타는 걸 봤다. 그즈음 헤더는 케빈네 집에서 거의 살다시피 했기 때문에 폴은 집에 혼자였다. 생을 다시 본 건 일주일이 지나서였다. 혼자 있다는 생각에 문도 닫지 않고 있었는데 생이 그의 방으로 올라왔다. 전에 본 적이 없는 예쁜 드레스를 입고 있었다. 허리가 달라붙고 소매는 짧은 흰 면 드레스였다. 목선이 네모나게 파여서 그녀의 아름다운 쇄골이 드러났다.

"안녕." 그녀가 인사했다.

"안녕." 그는 그녀가 반갑지 않았다.

"들어봐. 그동안 있었던 일은 다 오해였다는 말을 하려고 왔어. 디어드라는 진짜로 파룩의 옛날 친구야. 옛날, 대학교 친구라고."

"나한테 설명할 필요 없어." 폴이 말했다.

"그녀는 캐나다에 살아." 생이 계속했다. "밴쿠버에."

"그렇군."

"1년에 한 번쯤 얘기한대. 예전에 우리가 처음 사귀기 시작했을 때, 그러니까 파룩이 다른 아파트에 살 때 내 이름을 얘기해줬대. 그녀는 내 이름을 기억했고. 그녀가 결혼을 하게 돼서, 파룩에게 청첩장을 보내려고 연락하려고 했는데 새 주소도 전화번호도 없었던 거야. 이름을 전화번호부에 안 올렸거든. 그래서 여기로 전화했던 거야."

그녀는 자신의 장황한 설명에 이상할 정도로 흥분한 나머지 볼이 상기되었다.

"하지만 한 가지 이상한 게 있어, 폴."

그가 올려다봤다. "뭔데?"

"파룩이 네가 말한 걸 물어보려고 디어드라한테 전화를 했었어."

"내가 말한 거?"

"울었다며." 생이 어깨를 으쓱 올렸다가 아무렇게나 다시 어깨를 내렸다. "그녀는 그런 적이 없다는 거야." 그녀는 입을 거의 벌리지 않고 빠르게 말했다.

"지금 내가 거짓말을 했다는 거야?"

그녀는 대답이 없었다.

울었다는 얘기를 한 건 그녀를 위해서였다. 그날 밤 부엌에서 샐러드를 만드는 그녀를 보면서 그는 생 주변으로 벽이 허물어지고 있는 것만 같았다. 어떤 식으로든 그녀에게 신호를 주고 싶었다. 이제는 문턱에 서 있는 그녀를 밀어버리고 싶었다.

"내가 그런 얘기를 왜 지어내는데?" 머리 한쪽에서 신경이 쿡쿡 쑤셔왔다.

그 말에 대답하는 대신 그녀는 머리를 문간에 기대며 불쌍하다는 표정을 지었다. "나도 모르겠어, 폴." 생이 자기 방에 올라온 건 이번이 처음이라는 걸 새삼 깨달았다. 잠시였지만 눈으로 앉을 자리를 찾는 것 같았다. 그녀가 머리를 들었다.

"네 생각에 그러면 내가 파룩을 떠날 줄 알았어?"

"네가 어떻게 하라고 그 말을 한 게 아냐." 폴이 말했다. 그가 어금니를 꽉 물었다. 그녀의 말에 몸이 무겁게 마비되는 듯했다. "지어낸 말이 아니라구."

"나를 좋아한 건 또 다른 문제야, 폴." 그녀가 말을 계속했다. "나에게 반한 건 또 다른 문제란 말이지. 그런 말을 지어낸다는 건······." 거기서 그녀는 멈췄다. 그녀의 입이 이 결코 웃음이라고는 할 수 없는 표정으로 일그러졌다. "한심하다고, 정말. 한심해!" 그러고는 방을 나가버렸다.

그들이 다시 마주쳤을 때 생은 소리 질렀던 일을 사과하지 않았다. 화난 것 같지도 않았고 그냥 무관심해 보였다. 그녀가 전자레인지 위에 놔둔 〈피닉스〉를 발견했는데, 부동산 섹션이 앞으로 오도록 접혀 있었고 광고 몇 개에 동그라미가 쳐 있었다. 그녀는 파룩네 집에서 왔다 갔다 했다. 그를 보면 기계적으로 약간 웃어 보였고 고개를 돌렸다. 마치 없는 사람 취급했다.

생이 서점에서 일하는 날 그녀가 집을 나갈 때까지 폴은 자기 방에 있었다. 그녀가 나간 다음 그는 부엌으로 내려와 재활용 쓰레기통을 뒤집었다. 겨우내 버리지 않았었다. 그는 잡지며 신문을 모두 펴봤다. 디어드라의 전화번호가 적힌 종이를 찾기 위해서였다. 생이 못 찾은 거라고 생각했다. 하지만 그 역시 찾을 수 없었다. 그는 그러고는 전화번호부를 꺼내 디어드라라는 이름을 마구잡이로 찾기 시작했다. 얼마나 멍청한 짓인지 신경 쓰지 않았다. 그러다가 생각이 났다. 그녀의 성이 생각난 거였다. 아무 일도 없었던 것처럼 그의 기억 속으로 돌아와주었다. 몇 달 전에 전화로 자기를 소개하던 그녀의 목소리와 함께였다. 그는 F 섹션을 찾았고, 거기서 D. 프레인이라는 이름을 발견했다. 주소는 벨몬트였다. 손톱으로 그 밑에 줄을 긋자 종이엔 손톱자국이 파였다.

다음 날 그는 전화를 걸었다. 자동응답기에 전화해달라는 메시지를 남겼다. 그는 할 일을 했다는 사실에 들떴다. 어쩌면 디어드라가 전화를 안 할지도 모른다는 생각에, 이제 그녀가 피하고 있다는 생각에 계속 전화했고 메시지를 남겼다. "디어드라, 폴입니다. 전화주세요." 매번 그는 이렇게 말했다.

그러던 어느 날 그녀가 전화를 받았다.
"할 얘기가 있어요." 그가 말했다.

그녀는 목소리를 기억하고 있었다. "알아요. 있잖아요, 폴……."
그가 그녀의 말을 끊었다. "이건 아니에요." 그가 말했다. 도서관 로비 공중전화 부스에 앉아서 경비원에게 학생증을 보이는 학생들을 바라보았다. 폴은 주머니에서 동전을 더 꺼냈다.
"난 당신 얘기를 들어줬어요. 당신에게 잘해줬다고요. 그럴 필요가 없는 상황에서요."
"알아요, 미안해요. 내 잘못이에요." 그녀는 이제 취하거나 애교를 부리거나 절박하거나 속상한 목소리가 전혀 아니었다. 완전히 정상이었고 예의 발랐지만 조심스러웠다.
"당신이 말한 다른 얘기는 하지도 않았어요." 그는 전화 부스 밖에서 통화가 끝나기를 기다리는 학생을 보았다. 폴이 목소리를 낮췄다. 그는 스스로 조금 감정적이라고 느꼈다. "얘기한 거 기억나요?"
"이봐요, 제발, 미안하다고 했잖아요. 잠깐 기다릴 수 있어요?" 전화벨 소리가 들렸다. 잠시 후 그녀가 다시 전화를 받았다. "지금 통화 못 해요. 다시 전화할게요."
"언제요?" 폴이 다그쳤다. 그를 따돌리려고 거짓말을 하고 있는지도 몰랐다. 지난 1월에는 폴이 전화를 끊으려 했지만 그녀가 붙잡았었다.
"나중에. 오늘 밤에요." 그녀가 말했다.
"언제인지 말해줘요."
그녀가 10시에 전화하겠다고 했다.
전화를 끊은 직후 그에게 아이디어가 생겼다. 수화기가 아직도 그의 손에 들려 있었다. 그는 도서관에서 나와 근처 전파상 라디오

섀크로 갔다. "전화기 하나 주세요." 점원에게 말했다. "그리고 잭이 두 개 달린 어댑터하고요."

생이 서점에서 일하던 날 밤이었다. 보통 때처럼 그녀는 9시쯤 집에 들어왔다. 우편물을 가지러 부엌으로 들어가면서 폴에게 아무 말도 하지 않았다.

"내가 디어드라에게 전화를 했어." 폴이 말했다.

"이제 우리 일에는 그만 끼어드는 게 어때?" 생이 카탈로그를 넘기면서 건조하게 말했다.

"10시에 여기로 전화할거야." 폴이 말했다. "네가 원한다면 그쪽 모르게 통화를 엿들을 수 있어. 전화기를 사서 선을 연결해놓았으니."

생이 다른 전화기를 발견하고 카탈로그를 떨어뜨렸다. "폴, 너 정말." 그녀가 쉿소리를 냈다. "정말, 믿을 수가 없구나."

생은 자기 방으로 들어갔다가 10시 5분 전에 나와 폴 옆에 앉았다. 그는 식탁 위에 나란히 전화를 갖다놓았다. 정확히 10시에서 1분이 지나자 두 전화가 모두 울렸다. 폴이 전화를 받았다. "여보세요?"

"저예요." 디어드라가 말했다.

그가 생에게 고개를 끄덕이며 손짓을 했다. 생이 천천히, 조심스럽게 다른 전화기의 수화기를 집어 들어 닿지 않을 정도로 귀에 댔다. 수화기의 아랫부분을 그녀의 입에서 멀리, 어깨 쪽으로 가도록 들고 있어 부자연스러워 보였다.

"전에도 말했지만요, 폴, 당신한테 전화해서 미안했어요. 그러면 안 되는 건데." 디어드라가 말했다.

그녀의 목소리는 편안했고, 이야기할 시간이 있는 것 같았다. 폴도 편안해졌다. "하지만 전화를 했지요."

"그래요."

"그리고 파룩 때문에 울었지요."

"그래요."

"그리고 나를 거짓말쟁이로 만들었지요."

그녀는 말이 없었다.

"모든 걸 부인했잖아요."

"프레디가 그러라고 했어요."

"당신은 거기에 장단을 맞췄고요." 폴이 말했다. 그는 생을 쳐다보았다. 고통스러운 표정으로 아랫입술을 깨물었다.

"그럼 내가 어떻게 해야 했죠, 폴?" 디어드라가 말했다. "내가 당신한테 전화했던 걸 알고 그는 펄펄 뛰었어요. 날 안 보겠다고 했고, 전화선도 뽑아놨어요. 집에 가도 문도 안 열어줬어요."

생이 식탁을 밀듯 탁자 모서리에 손을 갖다 댔는데, 앉아 있던 의자가 뒤로 물러나면서 리놀륨 바닥을 긁었다. 폴이 입술에 손가락을 가져다대는 시늉을 했지만, 디어드라에겐 그가 낸 소리로 들렸을 거란 생각이 들었다. 그녀는 계속 말했다.

"이봐요, 폴, 당신을 이런 식으로 끼어들게 해서 정말 미안해요. 전화를 한 건 정말 미안하다고요. 프레디가 계속 생을 자기 사촌이라고 하면서 내가 소개해달라고 해도 하질 않잖아요. 처음엔 나도 신경을 안 썼어요. 그러고 나서 내가 그에게 유일한 여자가 아니란 걸 깨달았어요. 하지만 그를 사랑해버리고 만 거예요." 그녀는 그를 믿고 싶었다고 했다. 자신은 서른다섯에 이혼 경력이 있었고,

이러고 있을 시간이 없다고 했다.

"하지만 이제 끝냈어요." 그녀가 사실을 전달하듯 감정 없이 말했다. "그가 정말 나 없이 못 산다고, 실제로 그렇게 생각한 적이 있었어요. 그는 여자들이 그렇게 생각하게 만들어요. 여자들에게 의지를 하니까요. 이것저것 해달라고 하면서 그 여자들이 없으면 도저히 못 살 것처럼 굴죠. 당신이 아까 오후에 전화했을 때 온 사람이 바로 그였어요. 나를 보고 싶어하면서, 아직도 나를 달아두고 싶어하죠. 그는 친구가 없거든요. 애인만 있죠. 내 생각에 다른 사람들에게 가족과 친구가 필요한 것처럼 그에겐 애인이 필요한 것 같아요." 마치 몇 년 지난 연애 얘기를 하듯 그녀는 이성적으로, 차분하게 말했다. 생은 눈을 감고 천천히 고개를 젓고 있었다. 개가 짖었다.

"우리 집 개예요." 디어드라가 말했다. "개는 프레디를 싫어했어요. 럭비공만 한 개인데, 프레디는 집에 올 때마다 계단에 보호망을 치라고 해요."

생이 숨을 깊이 들이마셨다. 수화기를 탁자에 조용히 내려놨다가 다시 집어 들었다.

"이제 가야 해요." 폴이 말했다.

"저도요." 디어드라가 동의했다. "이제 그 여자한테도 말해주는 게 좋을 것 같아요."

그는 순간 움찔했다. 디어드라가 혹시 생이 엿듣고 있는 걸 알아챈 게 아닌가 싶었다. "무슨 말을요?"

"나와 파룩의 관계 말예요. 그녀도 알아야 해요. 보니까 당신은 좋은 친구인 것 같으니까요."

디어드라는 이렇게 말하고 전화를 끊었다. 한동안 폴과 생은 정적에 귀를 기울이듯 앉아 있었다. 폴은 생의 오해를 푼 셈이었지만 그렇다고 마음이 편해지지도, 자기의 무죄를 입증한 것 같지도 않았다. 결국 생은 수화기를 내려놓고 천천히 일어나서 한동안 그대로 서 있었다. 그러고는 마치 주변과 차단된 것처럼, 아주 조금씩 움직였다. 소리를 내거나 몸을 크게 움직이면 자신의 존재가 들킬까 두려워하는 듯했다.

"나도 어쩔 수 없었어." 폴이 결국 입을 열었다.

그녀는 고개를 끄덕이더니 방으로 들어가 문을 닫았다. 잠시 후 그가 그녀를 따라가 방문 앞에 섰다. "생? 필요한 거 있으면 얘기해."

그는 거기 서서 대답을 기다렸다. 방에서 왔다 갔다 하는 소리가 들렸다. 문이 열렸을 때 생이 옷을 갈아입고 나왔다. 몸에 달라붙는 검정 웃옷에, 핑크색 우비를 팔에 걸치고 어깨 위엔 핸드백이 걸려 있었다. "나 좀 태워다 줘야겠어."

차 안에서 그녀는 길을 안내했다. 뭘 어떻게 하고 어디서 꺾어야 하는지 하기 직전에 말을 했다. 올스톤을 지나 스토로 드라이브를 따라 내려갔다. "저기야." 그녀가 손가락으로 가리켰다. 매력 없이 보기 흉한 고층 아파트였지만 강에서 케임브리지 쪽에 있으니 비싼 동네이긴 했다. 그녀는 차에서 내려 걷기 시작했다.

폴이 그녀를 따라 걸었다. "뭘 하려는 건데?"

그녀가 빠르게 걸었다. "그와 얘기를 해야겠어." 그녀가 건조하게 말했다.

"잘 모르겠다, 생."

보도에 구두 굽 소리를 내며 아까보다 더 빨리 걸었다.

로비는 베이지색 소파와 나무를 심은 화분으로 가득했다. 프런트엔 아프리카 인 경비원이 앉아서 생을 알아보고 웃었다. 라디오에서 프랑스 어 뉴스가 흘러나오고 있었다.

"안녕하세요, 미스."

"안녕하세요, 레이몬드."

"다시 추워졌지요. 아마 나중에 비가 올지도 모르겠어요."

"아마도요."

그녀는 엘리베이터가 올 때까지 단추를 손가락으로 누르고 있었다. 다른 손으론 맞은편 거울을 보며 머리를 매만졌다. 10층에서 내린 후 복도 끝까지 걸어갔다. 암갈색 광택제를 두껍게 바른 문이 이어졌다. 그녀는 문에 달린 쇠붙이를 두드렸다. 마치 조그만 놋쇠 액자를 문 위에 달아놓은 것 같았다. 안에서 텔레비전 소리가 났었는데 잠시 후 소리가 그쳤다.

"나야……." 그녀가 말했다.

생이 문고리를 다시 두드렸다. 다섯 번 연속, 그리고 열 번. 그녀는 이마를 문 위에 기댔다. "나 그 여자가 말하는 걸 들었어, 파룩. 디어드라 말이야. 그녀가 폴에게 전화를 했어. 그 여자가 말하는 걸 들었다고." 그녀의 목소리가 떨리고 있었다.

"제발 문 열어." 그녀는 손잡이를 돌리며 밀었다. 단단한 금속 손잡이는 꼼짝도 하지 않았다.

발자국 소리에 이어 체인을 푸는 소리가 들렸다. 파룩이 문을 열었고, 하루 동안 깎지 않은 수염이 얼굴을 덮고 있었다. 그는 얼룩덜룩한 아란 스웨터와 코듀로이 바지를 입고 맨발에 까만 에스파드리유를 신고 있었다. 바람둥이 같기는커녕 샌님처럼 눈에 안 띄는 분위기였다. "당신은 여기 초대한 적 없어." 그가 폴을 보더니 사납게 말했다.

폴은 모든 걸 알고 있었는데도 그 말을 들으니 자기변호조차 하기 힘들었다.

"제발 가." 파룩이 말했다. "제발, 한 번이라도 우리 사생활을 존중하라고."

"생이 함께 와달라고 했어요." 폴이 말했다.

파룩이 몸을 앞으로 기울이더니 커다란 가구라도 미는 것처럼 팔을 뻣뻣하게 뻗어 폴을 밀었다. 폴이 한 발짝 물러났지만 곧 파룩의 손목을 잡으며 버텼다. 두 남자가 복도 바닥으로 나뒹굴었고 폴의 안경이 카펫 위로 나가 떨어졌다. 파룩의 어깨를 잡아 바닥에 누르는 건 어렵지 않았다. 폴은 그의 어깨를 두터운 스웨터 깊숙이 손가락으로 꽉 눌렀다. 파룩의 근육이 풀어지는 걸, 그가 더 이상 저항하지 않는다는 걸 느꼈다. 잠시 동안 폴은 애인의 몸 위에 올라탄 것처럼 완전히 그를 누르고 앉아 있었다. 폴은 고개를 들어 생을 찾았지만 그녀는 보이지 않았다. 그는 다시 자기 밑에 깔려 있는 남자를 내려다봤다. 거의 알지도 못할뿐더러 싫어하는 남자였다. "생이 너한테 원하는 건 그저 시인하는 거야." 폴이 말했다. "최소한 그 정도는 해야 하는 거 아냐?"

파룩이 폴의 얼굴에 침을 뱉었다. 차가운 침이 얼굴에 튀어 폴이 몸을 움츠렸다. 그때 파룩이 밀치고 일어나 집으로 들어갔고 문을 거칠게 닫았다. 복도에서 다른 집 문들이 열리기 시작했다. 폴은 파룩이 체인을 거는 소리를 들었다. 그는 안경을 찾아 쓰고 일어나서 윤이 나는 나무 문 위에 귀를 갖다 댔다. 우는 소리가 들리면서 무언가 바닥에 떨어지는 소리가 연달아 났다. 그러다가 파룩이 이렇게 말하는 게 들렸다. "그만해, 제발, 제발, 네가 생각하는 그런 게 아니야." 그러자 생이 소리쳤다. "몇 번 했는데? 도대체 몇 번 했어? 여기서, 이 침대에서도 했니?"

잠시 후 엘리베이터가 열리더니 남자 한 명이 파룩의 아파트 쪽으로 걸어왔다. 흰머리에 군살이 없었고, 손에는 커다란 열쇠 뭉치가 들려 있었다. "난 이 건물의 관리인입니다. 당신은 누구시죠?" 그가 폴에게 물었다.

"이 집 안에 있는 여자와 함께 사는 사람입니다." 그가 파룩의 문을 가리키며 말했다.

"당신이 남편이오?"

"아닙니다."

관리인이 문을 두드렸다. 이웃들이 신고를 했다고 말했다. 그는 계속해서 손 주먹으로 나무 문을 두드렸고 결국 문이 열렸다.

천장에 트랙라이트가 환하게 밝혀진 복도가 보였다. 폴이 들여다보니 흰색으로 장식된 밝은 부엌엔 창문이 없었고, 조리대 위엔 요리책이 쌓여 있었다. 오른쪽 식당엔 생의 방처럼 세이지 녹색이 칠해져 있었다. 폴은 관리인을 따라 거실로 들어갔다. 미색 소파와 탁자가 놓여 있었고 발코니로 나가는 유리문이 보였다. 멀리, 석유회사 시트고 간판에 색이 사라졌다 채워졌다 했다. 한쪽 벽에 있던 책장은 바닥에 쓰러져 책이 바닥에 쌓여 있었다. 협탁 위에 놓인 수화기가 그 코드에 매달려 밑에서 흔들리고 있었다. 수화기에선 계속 가늘게 삐삐 삐삐거리는 소리가 흘러나왔다. 어질러지긴 했어도 집은 왠지 텅 빈 느낌이었다. 누군가 이사를 나가는 듯한 느낌에 가까웠다.

생이 오리엔탈 카펫 위에 무릎을 꿇고 깨진 유리 꽃병 조각들을 주워 담고 있었다. 풀어진 머리가 바닥까지 흘러내려 얼굴을 일부 가렸다. 사방이 물이었고, 붓꽃과 참나리, 수선화 등이 흩어져 있었다. 그녀는 조심스럽게 유리 조각을 주워 거실 탁자 위에 쌓았다. 머리카락에도, 얼굴과 목에도 꽃잎이 붙어 있었다. 목이 파인 까만 웃옷 위로 드러난 살에 찰싹 달라붙어 있어 마치 얼굴에 크림을 바르듯 문지른 것 같았다. 목선 위로 상처가 나 있었다. 금방 생긴 것처럼 선명한 색이었다.

남자들은 거기 서서 그녀를 쳐다봤지만 아무 말도 하지 않았다. 경찰관이 도착했다. 무전기의 소음이 정적을 깨뜨렸고, 검정 부츠와 총 때문에 집이 순식간에 가득 찬 것 같았다. 아파트 주민이 경찰서에 신고를 했다고 말했다. 그는 아직도 바닥에 앉아 있는 생에게 파룩이 때렸느냐고 물었다. 그녀는 고개를 저었다.

"여기 사십니까?" 그가 물었다.

"제가 벽에 페인트를 칠했어요." 생이 말했다. 그게 모든 걸 설명해주기라도 한다는 투였다. 폴은 그녀가 자기 방을 칠하던 날을 기억했다. 빌리 홀러데이를 들으며 맨발로 방을 칠하던 모습을.

경찰관이 몸을 숙여 카펫 위에 깨진 유리 조각과 흩어진 꽃들을 살펴봤다. 이윽고 생에게 난 상처를 보았다. "이건 뭐죠?"

"내가 한 거예요." 그녀가 말했다. 금세 눈물이 뺨을 타고 흘러내렸다. 목이 메인 목소리에는 수치심이 묻어났다. "내가 나한테 이렇게 한 거예요."

그 이후에는 모든 일이 순조롭게 진행되었다. 사람들은 서로 다른 방향으로 움직였고 마주칠 일이 없었다. 경찰관은 서류를 작성했고 생을 부축해 화장실로 데려갔다. 관리인은 파룩에게 벌금 얘기를 하더니 집에서 나갔다. 파룩은 부엌에 가서 두루마리 종이 타월과 쓰레기봉투를 가지고 와서 카펫에 무릎을 꿇고 앉아 생이 어질러놓은 것을 치웠다. 경찰관은 폴을 처음 본다는 듯이 쳐다봤다. 그는 폴이 이 일에 관련이 있는지를 물었다.

"생의 하우스메이트예요." 폴이 답했다. "전 그냥 여기까지 태워다줬습니다."

다음 날 아침, 폴은 차 문 닫는 소리에 잠을 깼다. 창밖을 내다보니 택시 기사가 트렁크를 닫고 있었다. 생은 부엌 식탁에 메모를 남겨놓았다. 언니를 보러 런던에 간다고 하면서 "폴, 어제 고마웠어"라고 써놓았다. 메모와 함께 이번 달 월세 수표도 놓여 있었다.

며칠 동안 아무 일도 없었다. 그는 그녀의 우편물을 챙겼고, 서점에서 그녀를 찾는 전화가 왔을 때는 독감에 걸렸다고 했다. 2주 후에 서점에서 다시 전화가 왔고, 이번엔 그녀가 해고되었다고 통보했다. 3주째가 되자 파룩이 전화를 하기 시작했다. 그녀를 바꾸어달라고 했다. 그는 자기가 누구라고 말하지 않았고, 폴이 밤마다 "생은 지금 없어요"라고 해도 다그치지 않았다. 그는 전과 달리 폴에게 예의를 지켰고, 고맙다고, 다음에 다시 걸겠다고 했다. 폴은 이 전화를 즐겼다. 파룩에게 생이 어디 있는지를 알려주지 않아서 재밌었다. 하지만 어느 날 그가 전화했을 때 시험공부 때문에 그 주에 집에 틀어박혀 있던 헤더가 전화를 받았다. "생은 지금 해외에 있어요." 그녀는 이렇게 말했고 더 이상 파룩에게서 전화가 걸려오지 않았다.

월세를 낼 말일이 다시 다가왔다. 폴과 헤더는 돈이 부족했다. 생의 부모님에게 연락을 하는 대신 폴은 옛날 전화요금 고지서에서 런던에 있는 생의 언니 전화번호를 찾았다. 생과 목소리가 똑같은 여자가 전화를 받았다.

"생?"

그러더니 남자가 전화를 바꾸어 받았다.

"누구요?"

"미국 브루클라인에 있는 생의 하우스메이트입니다. 폴이라고요. 생과 통화를 하고 싶은데요."

상대편에선 한참 말이 없었다. 몇 분이 흘렀고 폴은 끊고 전화를 다시 해야 해나 생각했다. 그러더니 남자가 다시 전화를 받았다. 기다리게 해서 미안하다는 말은 하지 않았다. "생은 지금 몸이 좀 불편합니다. 하지만 당신에게 전화 온 걸 고마워할 겁니다."

그 주말에 찰스가 와서 생의 짐을 쌌다. 옷을 쓰레기봉투에 던져 넣었고 푸통에서 침대보를 벗긴 다음 폴에게 밖으로 함께 옮기자고 했다. 식탁에 있던 신문지로 인도 세밀화가 담긴 액자를 싸면서 그는 폴에게 생과 통화를 했고 여름에 런던 언니 집에서 지낼 거라고 말해주었다. "내가 계속 헤어지라고 그랬다고요. 내가 그 사람 얼굴도 못 봤다는 거 믿을 수 있어요?"

찰스는 트럭에 짐을 다 실었다. 이제 집 안에 남은 생의 흔적이라곤 그녀의 방 벽에 칠한 '세이지'와 '사마귀' 색깔과 싱크대 위에 걸린 화분밖엔 없었다. "이게 다인 것 같네." 찰스가 말했다.

트럭이 시야에서 사라진 후에도 폴은 계속 서서 거리에 늘어선 집들을 바라봤다. 친구인 찰스에게도 생은 말하지 않은 거였다. 폴이 디어드라 일을 몇 달 동안 알고 있었다는 사실을. 그날 밤 파룩의 아파트에서, 생은 화장실에서 대충 씻고는 파룩의 코트를 걸어놓은 옷장으로 기어 들어가 주체할 수 없이 울었다. 그러다가 구두 한 짝으로 자기 몸을 때렸다. 그녀가 옷장에서 나오지 않자 결국 경찰관이 팔을 잡아 끌어낸 다음 몸을 질질 끌어 강제로 아파트 밖으로 끌어냈다. 폴에게 집에 데리고 가라고 했다. 꽃잎과 잎사귀가 아직도 그녀의 머리카락 속에 섞여 있었다. 생은 엘리베이터에서 폴의 손을 잡았고, 집에 올 때까지 손을 놓지 않았다. 차 안에서 무릎 사이에 얼굴을 파묻은 채 계속 울었고, 기어를 바꿀 때도 손을 놓지 않았다. 그가 안전벨트를 매줄 때 그녀의 몸은 뻣뻣해서 제대로 움직이지도 않았다. 생은 앞을 보고 있지 않았지만 집이 있는 길에 접어든 건 아는 듯했다. 그때는 울음을 그친 상태였고 계속 흐르는 콧물은 손등으로 닦았다. 가랑비가 내리기 시작했고, 얼마 지나지 않아 차창에는 생이 자기 몸에 낸 상처와 다르지 않은, 긁힌 자국 같은 빗물이 사선으로 맺혔다.

폴이 시험에 통과한 날 교수 두 명이 그를 데리고 포시즌 호텔 바에서 술을 샀다. 그날 오후 그는 술을 많이 마셨다. 계절에 비해 더운 봄날이었고 그는 얼음처럼 차가운 마티니를 거푸 마셨다. 전날 잠도 못 잔 데다가 빈속에 빨리 마셨더니 금세 취했다. 폴은 모든 질문에 답을 했고 장장 세 시간의 고초를 우수하게 통과했다. "그 일은 아예 없었던 것으로 하자고." 전해에 시험을 망친 것에 대해 교수들은 이렇게 말했다. 마지막으로 악수를 한다음, 그들은 넉넉히 등을 두드려주고 떠났다. 그는 화장실로 가서 얼굴에 물을 끼얹었다. 그러고는 고급스런 흰색 타월을 얼굴에 덮고 관자놀이를 눌렀다가 세면대 옆 가죽 케이스에 든 병을 꺼내 향수를 뿌렸다. 로비로 나오자 커다란 꽃병이 놓인 리셉션 데스크와 잘 차려입은 손님들, 비싼 여행 가방이 쌓인 금속 카트들이 마치 회전목마처럼 빙빙 돌더니 눈앞에서 하나씩 하나씩 호를 그리며 날아갔다. 한참 동안 그곳에 서서 불꽃놀이처럼 피었다가 사라지는 모습을 보며, 그는 이 순간이 끝나지 않기를 바랐다. 갑자기 돈이 있었으면 좋겠다고 생각했다. 데스크로 걸어가 방을 하나 달라고 할 수 있을 만큼. 크고 하얀 침대가 있는, 조용한 방에 들어가고 싶었다.

호텔 밖으로 나온 그는 모퉁이를 돌아 길을 건넜다. 커먼웰스 애브뉴를 향해 걸었는데, 대학 쪽에 있는 길과 비교하면 이쪽은 많이 달랐다. 가로수와 훌륭한 집이 늘어선 이 거리가 훨씬 부촌이었다. 앉아서 건축을 구경할 수 있는 벤치들도 있었다. 이 길과 만나는 길들은 알파벳순으로 나 있었다. 버클리, 클라렌든, 다트머스, 이런 식이었다. 그는 천천히 걸었다. 아직도 취해서 집에 타고 갈 택시가 혹시 있나 보며 걸었다. 엑스터 가에 왔을 때 그는 벤치에 앉아 있는 남녀를 봤다. 파룩과 어떤 여자였다. 여자는 버들가지처럼 가냘프고 초췌했고, 앙상한 코는 얼굴에 비해 너무 컸다. 그녀는 가느다란 다리를 포개고 앉아 있었다. 맑은 청록색 눈 위로 마스카라를 칠한 속눈썹은 모래알이라도 들어간 것처럼 연방 깜빡였다.

그들이 앉은 건너편 벤치가 비어 있었다. 폴은 그리로 걸어가 앉았다. 넥타이를 느슨하게 하고 파룩을 똑바로 쳐다봤다. 저 남자 때문에 디어드라는 완전히 모르는 사람에게 바보짓을 해야 했다. 바로 저 남자 때문에 생은 모든 구혼자들에 퇴짜를 놨다. 구혼자들은 그녀를 몰랐기 때문에 기회조차 없었다. "사랑이 아니야." 그녀는 이렇게 말하곤 했었다. 그들에게 아직도 가끔 전화가 왔다. 목소리는 간절하고 원하는 건 분명했다. "런던 전화번호를 아시나요?" 몇 사람이 이렇게 물었지만 폴은 이미 전화번호를 버린 후였다. 그는 고개를 이쪽저쪽으로 갸웃거리며 파룩을 뜯어봤다. 저 녀석 몸 위에 탄 적이 있었다. 저 다리와 가슴에 몸이 닿았고, 자기 몸 아래서 그의 피부와 머리카락과 날숨이 내뿜는 냄새를 맡았었다. 생과 디어드라가 공유했던, 서로 자기만 알고 있다고 생각하던 냄새이리라. 파룩과 여자가 서로 쳐다봤다. 웃을 테면 웃으라지, 폴이 생각했다. 오히려 그의 입에서 피식거리고 웃음이 새어 나왔다. 파룩이 할 수 있는 건 없었다. 옆에 여자가 있으니 그럴 수 없을 터였다. 그는 몸을 쭈그려 머리를 벤치 위에 대고 누웠다. 따뜻한 오후 햇살이 그의 몸과 얼굴에 와 닿았다. 몸을 뻗고 싶었다. 이내 눈을 감았다.

그는 누군가 팔을 쿡쿡 찌르는 걸 느꼈다. 파룩이 그의 앞에 서 있었다.

"내가 고소하지 않은 걸 다행으로 생각해." 파룩이 또박또박, 그러나 악의 없이 말했다. 지나가던 사람에게 그저 말을 걸듯이.

폴이 안경 뒤로 눈을 비볐고, 안경이 얼굴에서 조금 벗겨졌다.

"뭐요?"

"당신 때문에 내 어깨에 문제가 있어. MRI까지 찍었어. 수술을 해야 할지도 모른다고."

파룩 뒤로 몇 미터 떨어져 서 있던 여자가 뭐라고 했는데 폴에겐 들리지 않았다.

"이 자식도 알아야 해." 파룩이 그 여자에게 말했다. 언성이 언짢을 정도로 높아졌다. 그러곤 그는 어깨를 으쓱하더니 여자와 함께 걸어갔다. 그들이 걸어가는 모습이 어딘지 이상했다. 함께 걷고 있었지만 둘 사이에 애매한 거리가 있었다. 바로 그때였다. 여자가 팽팽하게 당긴 기다란 줄 끝에서 노란 빛깔의 조그만 개를 본 것은. 개는 길을 따라 여자를 끌어당기며 걷고 있었다.

2

헤마와 코쉭

일생에 한 번

한 해의 끝

뭍에 오르다

일생에 한 번

그전에도 너를 본 적은 있었어. 아마 셀 수 없을 정도로 많았을 거야. 하지만 인먼 스퀘어에 있던 우리 집에서 너희 가족 송별 파티를 했을 때부터 나는 비로소 너라는 존재를 기억하기 시작했어. 너희 부모님들은 케임브리지를 떠난다고 했어. 다른 벵골 지인들처럼 애틀랜타나 애리조나로 가는 게 아니고 완전히 인도로 돌아간다고 했어. 우리 부모님과 다른 벵골 지인들이 여기서 시작한 노력을 포기하고 말이야. 그게 1974년도였어. 난 여섯 살이었고 너는 아홉 살이었지. 내 기억에서 가장 생생한 때는 파티가 시작되기 전이야. 엄마가 손님들을 기다리며 준비했던 시간 말이야. 가구는 반짝반짝해졌고, 식탁 위엔 종이 접시와 냅킨이 차려졌고, 집 안은 양고기 카레와 풀라오 ᵖᵘˡᵃᵒ의 인도식 이름와 특별한 날 엄마가 뿌리던 레르뒤땅의 향수 냄새로 진동을 했어. 엄마는 먼저 뿌리고 나서 나에게도 향수를 뿌렸어. 그러면 입고 있던 옷 위에 동그랗고 까만 자국이 났었지. 나는 그날 캘커타에서 할머니가 보내주신 옷을 입고 있었어. 밑에서 통이 좁아지는 하얀 바지는 허리통이 하도 커서 나 같은 아이 둘이 나란히 들어갈 정도였지. 그리고 터키석 색 쿠르타무릎 아래까지 내려오는 인도풍 셔츠와 플라스틱 구슬이 박힌 까만색 벨벳 조끼를 입었어. 그 옷들은 내가 목욕을 하는 동안 부모님 침대 위에 가지런히 놓여 있었어. 손가락 끝이 하얘지고 쪼글쪼글해진 채 덜덜 떨면서 서 있으면 엄마는 엄청나게 넓은 바지춤에 옷핀으로 바지 끈을 꿰셨어. 뻣뻣한 감을 조금씩 잡아가며 결국 배에 끈을 꽉 조일 수 있었지. 바지 안쪽 솔기에는 동그라미 안에 보라색 글자가 찍혀 있었어. 섬유회사의 도장이었지. 난 그게 싫다고 다른 옷을 입겠다고 했지만 엄마는 그 도장은 자꾸 빨면 지워진다고, 쿠르타가 길어서 어차피 보이지 않는다고 나를 달랬어.

엄마는 그보단 다른 걱정거리가 많았어. 음식이 괜찮을지, 모자라지나 않을지, 그리고 날씨까지. 그날 저녁에 눈이 온다는 예보가 있었는데, 그때만 해도 부모님이나 친구분들이 차가 없었어. 너희 집도 그랬지만 대부분의 손님들이 걸어서 15분 거리 안에, 하버드와 MIT의 뒷동네 아니면 매스애브뉴 다리 바로 건너에 살았으니까. 멀든이나 메드포드 또는 월댐같이 좀 멀리 사는 사람들은 버스나 지하철을 타고 왔어. "닥터 추두리 선생이 사람들을 집에 데려다줄 거야." 엄마가 내 머리를 빗겨주며 너희 아빠 얘기를 했어. 너희 부모님은 연배가 조금 위였고 이민자로서도 경험이 있었지. 우리 부모님은 그렇지가 못 했고. 너희 부모님이 인도를 떠난 건 1962년, 외국 학생에 대한 법이 바뀌기 전이었어. 우리 아빠와 다른 아저씨들이 아직 시험을 보고 있을 때 너희 아빠는 벌써 박사를 딴 후 앤

도버에 있는 엔지니어회사까지 차를 몰고 다녔지. 버킷시트가 달린 은색 사브 자동차였어. 파티가 밤늦도록 계속되면 난 낯선 침대에서 잠이 들곤 했었고, 잠든 채 그 차에 실려 집에 돌아온 적이 한두 번이 아니었지.

너희 엄마와 우리 엄마가 만난 건 엄마가 임신을 했을 때였어. 그때 엄마는 임신한 걸 몰랐고 갑자기 어지러워서 조그만 공원에 있는 벤치에 앉았어. 그때 너희 엄마는 하늘 높이 그네를 타는 네 옆에서 그냥 그네 위에 앉아 계셨어. 그러다가 사리를 입고 가르마를 주홍으로 물들인 젊은 벵골여자를 발견한 거야. "괜찮으세요?" 너희 엄마가 존댓말로 물었어. 그러고는 너를 그네에서 내려오라고 한 다음 함께 우리 엄마를 집까지 데려다줬어. 그때 너희 엄마가 그랬대. 혹시 임신했는지도 모르겠다고. 두 분은 바로 친구가 되었고 남편들이 출근하면 함께 시간을 보냈어. 그러면서 캘커타에서 살 때 얘기를 했어. 너희 엄마는 지붕 위로 히비스커스와 장미 덤불이 피어나던 조드푸르에 있던 아름다운 집에서 살았고, 우리 엄마는 마니크탈라의 작은 아파트에 살았어. 아래층에 지저분한 펀자브 음식점이 있고, 조그만 방 세 개에 일곱 사람이 북적이던. 캘커타에 살았다면 아마 만날 일이 별로 없었을 거야. 너희 엄마는 영국식 수도원 학교에 다녔고, 캘커타에서 가장 유명한 변호사의 딸이었어. 너희 할아버지는 파이프 담배를 피우는, 영국 문화 추종자였고 토요 클럽_{영국 문화를 따르는 인도인들의 사교 클럽}의 회원이셨지. 우리 외할아버지는 우체국 직원이었고 엄마는 미국에 오기 전까지 식탁에서 밥을 먹거나 변기에 앉아본 적이 없었어. 하지만 케임브리지에서 그런 차이는 의미가 없었고 외로운 건 매한가지였어. 두 분은 같이 시장을 보면서 남편 흉을 봤고 우리 집이나 너희 집에서 함께 요리를 했고 요리가 끝나면 각자 가족이 먹을 음식을 나누었지. 같이 뜨개질도 했고 하다가 싫증이 나면 하던 것을 서로 바꿔서 떴어. 내가 태어났을 때 병원에 온 친지라곤 네 부모님뿐이었어. 나는 네가 아기 때 쓰던 식탁의자에서 밥을 먹었고 네가 타던 유모차를 타고 다녔지.

파티가 시작되었고 예보대로 눈이 내리기 시작했어. 늦게 도착한 사람들은 코트에 눈이 묻어 있어서 우리는 코트를 샤워 커튼 대에 걸어놓았어. 파티가 끝나고 너희 아빠가 사람들을 데려다주느라 얼마나 많이 왔다 갔다 하셨는지 엄마는 두고두고 말씀하셨지. 멀게는 브레인트리에 사는 부부까지 데려다주셨는데, 너희 아빠는 아무것도 아니라며 이게 아마도 그 차를 운전하는 마지막 기회라며 괜찮다 하셨어. 너희 부모님은 떠나기 전에 다시 우리 집에 들르셨어. 그땐 냄비와 프라이팬에서 부엌에서 쓰는 전자제품들, 담요와 침대보뿐 아니라 먹다 남은 밀가루와 설탕 봉지, 샴푸 병들까지 들고 오셨어. "파룰네 프라이팬 좀 가져와라" 또는 "파룰네 토스터 세기 좀 낮춰놔야겠다"라고 엄마는 말씀하곤 하셨지. 너희 엄마는 또 언젠가 내가 입을지도 모른다며 네 옷들을 쇼핑백에 가득 담아 가져오셨어. 우리 엄마는 그 백들을 잘 두셨다가 몇 년 후에 인먼 스퀘어에서 샤론에 있는 집으로 이사 갈 때 가지고 가셨어. 그리고 내가 이제 그 옷들을 입을 수 있겠다면서 내 옷장에 넣어두셨어. 네 옷들은 주로 겨울옷이었어. 인도에선 필요하지 않았겠지. 두꺼운 남색이나 밤색 티셔츠나 터틀넥 스웨터였어. 난 그 옷들이 너무 흉해서 입지 않겠다고 버텼지만 엄마는 옷들을 치우지 않으셨어. 결국 나는 네가 입던 스웨터들을 입어야 했고 비가 오는 날엔 네가 신던 고무장화를 신었어. 겨울에는 너의 코트를 입어야 했는데, 입기가 얼마나 싫었던지 나는 너까지 미워했지. 파란색이 섞인 검정색 코트였고, 안감은 오렌지색이고 모자 둘레엔 깔깔한 회색 감을 덧대었어. 나는 지퍼를 반대로 끼우는 것도, 핑크색이나 보라색 코트를 입고 오는 다른 여자애들과 반에서 그렇게 달라 보이는 것도 싫었어. 부모님께 새 코트를 사달라고 했지만 안 된다고 했어. 코트는 코트일 뿐이라고. 하지만 나는 정말로 그걸 없애버리고 싶었어. 없어지길 바랐어. 비슷한 코트를 입은 우리 반 남자애들이, 교실 옷걸이에서 그걸 실수로라도 가져가길 속으로 바랐어. 하지만 엄마는 코트 속에 내 이름표를 다림질해서 달아놓으셨어. 여성지 〈굿하우스키핑〉을 구독하면서 얻은 아이디어라고 하시면서.

한 번은 코트를 학교 버스에 놓고 내린 적도 있었어. 푸근한 겨울날이어서 버스 창문을 열어놓았고 아이들은 모두 코트를 벗어 자리 위에 올려놓았어. 나는 평소와 다른 버스에 타고 있었어. 피아노 선생님이었던 헤네시 부인의 동네에 내려주는 버스였지. 내릴 때 즈음 나는 자리에서 일어나 버스 앞으로 나갔고 운전사 아줌마가 나에게 조심해서 길을 건너라고 했어. 레버를 당겨 앞문을 여니 향긋한 공기가 버스 안으로 들어왔지. 버스에서 막 내리려는데 뒤에서 누군가 소리를 쳤어. "야, 헤마, 너 이거 두고 갔어." 버스엔 내 이름을 알 만한 애가 없었어. 그러고 보니 코트 속에 이름표가 달렸던 걸 잊고 있었던 거야.

그 이듬해 마침내 코트가 작아졌고 다행히도 자선 단체에 기부했지. 너희 부모님이 주신 다른 물건들, 그러니까 토스터와 그릇, 테플론 냄비와 프라이팬들도 서서히 다른 것들로 바뀌어가갔어. 그렇게 결국 너의 흔적은 우리 집에서 사라졌고 몇 년 동안 두 집은 서로 연락이 없었어. 친구는 친척만큼 중요하지 않았던 모양이야. 친척들에겐 우체국에서 한꺼번에 전보를 사다가 매주 한 번씩 거르지 않고 보내면서 나더러 맨 밑에 조부모님마다 똑같은 말을 세 줄씩 쓰라고 했는데 말이야. 우리 부모님은 너희 가족 얘기를 거의 하지 않았어. 아마도 다시 볼 일이 없었다고 생각한 것 같아. 너희 집은 캘커타에서 멀리 떨어진 봄베이로 이사 갔고 거긴 우리 부모님이 한 번도 가본 적이 없었어. 그래서 우리는 너희 가족을 보지도, 또 소식을 듣지도 못했어. 그러니까 1981년 새해 첫날까지 그랬지. 그날 아침 너희 아빠는 아침 일찍 우리 집에 전화하셔서 새해 인사를 하시면서 너희 가족이 다시 매사추세츠로 돌아온다는 소식을 전하셨어. 직장을 옮기게 되었다고. 또 집을 구할 때까지 우리 집에 머물러도 되겠느냐고.

그 후 우리 부모님은 너희 가족 얘기밖에 안 했어. 도대체 뭐가 잘못되었는지 궁금해 하셨지. 그때 최고의 직장이던 라센앤투브로에서 너희 아빠가 잘못된 걸까? 인도의 더러운 거리와 열기를 너희 엄마가 견딜 수 없었던 걸까? 네가 다닐 만한 학교가 없다고 판단해서였을까? 그때는 국제전화를 오래 하지 않았잖아. 물론 우리 부모님은 너희 가족에게 대환영이라고 했고, 부엌에 있는 달력에는 온다는 날을 표시해두었지. 너희 가족이 돌아오는 이유가 무엇이었든, 우리 부모님은 그걸 뭔가 포기한 증거이거나 약한 모습이라 생각했던 것 같아. "인도에 돌아가는 건 애초부터 불가능하다는 걸 알았어야지." 부모님은 친구들에게 그렇게 말하면서 너희 부모님이 두 곳에서 모두 실패했다고 결론지어버렸어. 너희 가족이 떠난 동안 우리는 여기서 이민자로 꿋꿋이 남았고, 만약 우리가 인도로 돌아갔다 해도 버틸 수 있다고 생각하는 것 같았어.

네가 오기 전까지 나는 너를 여덟아홉 살짜리 남자애로 생각하고 있었어. 내가 물려받은 그 옷 사이즈 그대로, 시간 속에서 멈춘 채 변하지 않았을 거라고 막연히 생각했었나 봐. 하지만 너는 그 두 배, 열여섯 살이었고 우리 부모님은 네게 내 방을 주고 나는 안방에서 부모님과 같이 간이침대에서 자라고 했어. 너희 부모님은 복도 끝 손님방에서 지낼 거였고. 우리 집엔 주말이면, 뉴저지나 뉴햄프셔에서 부모님 친구들이 놀러 와서 푸짐한 저녁을 먹고 늦게까지 인도 정치 얘기를 하곤 하셨어. 하지만 일요일 오후면 모두 돌아갔지. 침대 옆에서 다른 아이들이 침낭에서 자도 익숙한 편이었고, 외동이어서인지 가끔 아이들이 와도 싫지 않았어. 하지만 한 번도 내 방을 다른 사람에게 내준 적은 없었어. 나는 엄마한테 네가 간이침대에서 자야지 왜 내가 그래야 하느냐고 따졌어.

"그 애를 어디다 재우겠니?" 오히려 엄마가 내게 물으셨어. "우리 집엔 침실이 세 개뿐인데."

"1층에서 자라고 하면 되잖아." 내가 말했어. "거실에서."

"그건 보기 좋지 않아." 엄마가 말했어. "코쉭은 지금 거의 다 큰 남자가 되었을 테고 혼자 쓸 방이 필요해."

"지하실은?" 나는 아빠가 꾸민, 철제 책장이 있는 서재를 생각했어.

"손님을 그렇게 대하면 안 된다, 헤마. 특히 이분들한테 그렇게 해선 안 돼. 닥터 추두리 선생과 파룰 아줌마는 너를 낳았을 때 많이 도와주신 분들이야. 병원에서 집까지 차로 데려다주셨고 몇 주 동안 음식을 날라 대셨다. 이제 우리가 그 빚을 갚을 때야."
"무슨 의사인데?" 내가 물었어. 난 아픈 적은 없었지만 그때는 이상하게 의사가 무서웠고 한집에 의사와 같이 있는 생각만 해도 두려웠어. 의사가 집에 오면 누군가 병이라도 날 것 같았거든.
"병원 의사가 아니라, 박사 학위가 있다는 얘기야."
"아빠도 박사가 있지만 사람들이 아빠를 닥터라고 부르진 않잖아." 내가 이렇게 지적했지.
"우리가 처음 알게 되었을 때 닥터 추두리 선생이 유일한 박사였다. 존경하는 뜻에서 그렇게 부르는 거야."
나는 너희 가족이 우리 집에 얼마나 있을 건지 물어봤어. 일주일? 이주일? 엄마도 모르셨어. 얼마나 빨리 이곳 생활에 적응하고 집을 찾는지에 달려 있다고만 하셨어. 나는 내 방을 내줘야 한다는 사실에 화가 났어. 그런데 창피한 얘기지만 난 그때까지도 내 옷과 물건이 있는 내 방이 아니라, 안방에서 부모님이랑 간이침대를 펴고 자곤 했기에 속이 더 복잡했어. 엄마는 아이를 혼자 자게 하는 건 미국의 잔인한 풍속이라며 방이 남아돌아도 날 혼자 재우진 않으셨거든. 엄마는 시집 올 때까지 부모님과 한 침대에서 잤다고, 그건 완벽히 정상이라고 하셨어. 하지만 나는 그게 정상이 아니란 걸, 내 친구들은 그러지 않는다는 걸, 개들이 알면 엄청 놀릴 거라는 걸 알고 있었어. 중학교에 입학하기 전 여름, 나는 혼자 자겠다고 고집을 피웠어. 처음에는 엄마가 밤에도 나를 들여다보셨지. 자다가 숨을 멈출지도 모르는 신생아라도 되듯이 말이야. 무섭지 않느냐고 물으시곤, 바로 옆방에 있다고 나를 안심시키고 나가셨어. 사실 난 그 첫날 밤 굉장히 무서웠어. 방이 너무 조용해서 무서워 죽을 것 같았지. 하지만 그

걸 인정하지 않았어. 서너 살 때 터득해야 했던 걸 지금 터득하지 못하는 것보다 무서운 건 없었으니까. 결국 그렇게 어렵지는 않더라. 두려움에 지쳐 잠이 들었고, 아침에 깨어보니 난 혼자였어. 안방에는 들어오지 않는 동쪽 햇살에 눈을 찌푸리면서 잠에서 깨어났지.

너희 가족이 온다고 집은 거의 새 단장을 했어. 거실 소파엔 갈색 트위드 감에 밝은 오렌지색이 도드라진 쿠션을 새로 사다놓았고, 화분과 장식품들을 다시 진열했어. 또 액자에 넣은 내 졸업 사진을 벽난로 위에 걸어놨어. 엄마와 내가 받는 대로 현관 근처에 붙여놨던 크리스마스카드는 다 떼었어. 우리 부모님은 너희 아빠가 멋쟁이였다는 걸 기억했고 아침에 입을 실내 가운까지 사셨어. 엄마는 벨루어 감으로 만든 가운이었고 아빠는 스모킹 재킷처럼 생긴 걸 사셨어. 어느 날 학교에서 돌아왔더니 분홍색과 흰색이 섞인 내 침대보가 없어지고 연갈색 담요가 덮여 있었어. 욕실엔 너희 가족이 쓸 새 수건을 준비해두었는데, 우리가 쓰는 것보다 폭신폭신하고 파란색도 더 고급스러웠어. 내 옷장은 정리를 해서 옷걸이들을 걸어놓았어. 부모님은 네가 거기서 지낼 동안 나더러 들어가지 말라고 하셨고, 서랍 두 개를 비워놓고 쓸 물건들은 다 옮겼어. 잠옷과 학교에 입고 갈 옷들과 체육 시간에 신는 운동화 따위를 챙기고, 머리맡 탁자 위에 있던 도서관 책과 다른 것들도 치웠어. 나는 네가 내 물건을 보는 게 싫어서 싸구려 목걸이들이 가득한 보석함과 아봉 향수병들까지 치워버렸어. 책상 서랍에서 자물쇠가 달린 일기장도 꺼냈어. 지난 크리스마스에 선물 받은 이후로 두 번밖에 일기를 쓴 적은 없지만 말이야. 내 사진이 있는, 7학년 졸업 사진첩도 치웠어. 뒷장에 우리 반 애들이 바보 같은 말들을 써놓았거든. 거의 인도에 가기 전에 뭘 갖고 갈지 결정하는 것과 비슷했어. 이번엔 아무 데도 가지 않았지만 말이야. 그래도 여행용 가방에 내 물건들을 담아 안방까지 끌고 갔어. 지구를 여러 번 여행했던, 꼬리표와 스티커가 잔뜩 붙어 있는 가방이었어.

난 네 부모님의 사진을 유심히 들여다봤어. 앨범에 송별 파티에서 찍은 사진 몇 장이 있었거든. 그때 사진 속에서 우리 아빠의 새까만 머리를 보곤 충격이었어. 아빠는 스웨터 조끼를 입고 셔츠 소매는 걷어 올린 채 큰일이라도 난 것처럼 사진 밖에 무언가를 가리키고 계셨어. 너희 아빠는 언제나 입던 양복에 넥타이를 하고 있었지. 초록빛 눈이 유난히 눈에 띄던, 잘생긴 너희 아빠는 안경을 쓰고 누군가와 얘기를 나누느라 몸을 앞으로 기울이고 계셨어. 너희 엄마는 앞가르마를 타서서 얼굴이 더 갸름해 보였고 실크 사리를 숄처럼 어깨에 두르고 계셨고. 우리 엄마가 그 옆에 있었는데 너희 엄마보다 키는 머리 하나쯤 작고 머리도 흐트러져 귀밑으로 머리카락이 흘러내려와 있었어. 엄마들은 둘 다 술을 마신 것처럼 볼이 불그레했어. 하지만 그분들은 당시 수돗물이나 차밖엔 안 마셨고 그건 볼연지였어. 그분들이 친했다는 건 눈에 보였어. 하지만 내가 궁금한 너의 모습은 보이지 않더라. 이 사람들 중에 네가 어디 숨어 있을지 무슨 수로 알겠어? 나는 네가 안방 한구석에 놓여 있던 책상에 앉아서 갖고 온 책을 읽으며 파티가 끝나길 기다리고 있었을 거라고 상상했어.

아빠가 너희 가족을 마중하러 공항에 나가셨어. 주중이었는데 식탁은 오후부터 차려져 있었어. 엄마는 파티가 있을 때마다 이렇게 하셨지만, 주중에 그렇게 음식을 차리신 적은 없었지. 너희 가족이 도착하기 한 시간 전에 엄마는 오븐을 켰어. 팬에 기름을 가득 붓고 달과 함께 먹을, 두껍게 썬 가지를 튀기기 시작했고 집 안은 연기로 가득 찼어. 아빠가 공항에서 전화를 걸어 너희 가족은 도착했는데 가방이 하나 오지 않았다고 하셨어. 나는 벌써 배가 고팠지만 엄마한테 오븐을 열어 다 꺼내달라고 하기가 뭐했어. 엄마는 기름에 불을 끄고 나와 함께 앉아 텔레비전에서 하던 영화를 봤어. 2차 대전인가 전쟁 영화였고 지쳐 보이는 남자들이 어두운 들판을 걸어가고 있었어. 엄마가 서양 문화 중에 가장 좋아했던 건 그 시대 영화였어. 엄마는 점잖지 못하다고 치마를 입지 않았지만 오드리 헵번이 나왔던 영화는 모두, 장면마다 그녀가 입었던 옷들을 모조리 기억하고 있었으니까.

나는 엄마 옆에서 잠이 들었고 잠에서 깨어보니 소파에 혼자 누워 있었어. 텔레비전은 꺼졌고 집 저쪽에서 사람들의 목소리가 가득했어. 소파에서 일어났는데 얼굴은 화끈거렸고 팔다리는 저려서 잘 움직이지 않았어. 너희 가족은 식당에서 밥을 먹고 있었어. 식탁 위엔 음식이 담긴 팬들이 가득했고 물병 외에 조니 워커 한 병이 있었어. 너희 부모님만 술을 드셨기에 술병은 두 분 사이에 놓여 있었어. 너희 엄마는 머리가 매끄럽게 어깨까지 내려왔고 튜닉과 바지 차림에, 목엔 실크 스카프를 두르고 있었어. 사진 속에서 봤던 분인지 잘 모르겠더라. 밝은 색 립스틱에, 눈 위엔 반짝이는 아이섀도까지 칠해서 오히려 우리 엄마보다 덜 피곤해 보였어. 아직도 날씬했고 튀어나온 쇄골이 아름다우셨고 우리 엄마의 더덕더덕한 중년 살은 어디서도 보이지 않더라. 너희 아버지도 여전하셨어. 아직도 얼굴이 핸섬하셨고, 재킷에 넥타이를 매고 계셨지만, 세월이 변했다는 걸 표시라도 하듯 안경테는 새거였어. 너는 아빠처럼 살결이 하얗고 길게 자른 앞머리를 얼굴 옆으로 빗어 넘겼더라. 조금 정신이 없어 보였지만 그래도 제법 차분한 눈빛이었어. 나는 네가 그렇게 잘생겼을 줄 몰랐어. 조금이라도 매력이 있을 거라 기대조차 하지 않았어.

"어머나, 헤마. 벌써 숙녀가 되었구나. 우리 기억 안 나지?" 너희 엄마가 이렇게 말했어. 나에게 영어로 천천히 말했는데, 목소리는 예뻤고 활기가 있었어. "이리 와서 앉아라. 가엾은 것, 오래 기다렸다지. 우리 때문에 배고팠다고 엄마가 그러시더라."

소파에 잠든 모습을 네가 봤을 거란 생각에 창피해 하면서 난 자리에 앉았어. 지구를 반 바퀴 날아온 건 너였지만 잠을 잤는데도 피곤한 건 나였어. 엄마는 나한테 음식을 덜어주면서도, 너한테 신경을 쓰고 있었어. 한 그릇 더 먹지 않는다고.

"착륙하기 전에 식사를 했어요." 네가 영어로 이렇게 대답했어. 발음이 인도식이었지만 부모님들만큼 심하진 않았지. 네 목소리는 굵직했고, 더 이상 아이의 목소리가 아니었어.

"일등석에 탔더니 음식이 어찌나 많이 나오던지요." 너희 엄마가 말했어. "샴페인에 초콜릿, 캐비어까지 나오더라고요. 하지만 배를 조금 비워두었지요. 시바니의 요리 솜씨를 기억하니까요."

"일등석이요!" 우리 엄마가 숨을 들이쉬며 말했어. "어떻게 일등석에 타셨어요?"

"내 마흔 살 생일 선물이었어요." 너희 엄마의 설명이었어. 그리고 너희 아빠를 쳐다보며 웃으셨지. "일생에 한 번 있는 일이지요, 그렇지요?"

"누가 알아?" 너희 아빠가 크게 돈을 쓴 걸 자랑스러워하듯 말씀하셨지. "그게 또 나쁜 버릇이 될지."

부모님들은 옛날 케임브리지 친구들 얘기를 했어. 우리 부모님들은 어떤 사람들이 이사를 갔고, 뭘 했는지, 어떤 총각이 장가를 갔고, 누가 태어났는지 너희 부모님에게 알렸어. 레이건 대통령이 선거에서 이긴 얘기와 카터가 뭘 잘못했는지 얘기도 나누셨고. 너희 부모님은 오던 길에 로마에 들러 이틀 동안 관광한 얘기를 했어. 너희 엄마는 분수와 세 시간이나 기다려서 들어간 시스티나 성당 얘기를 했어. "성당이 너무 예쁜 게 많아요. 다 미술관 같아요. 가톨릭 신자가 되어서 기도하고 싶을 정도였다니까요."

"죽기 전에 판테온은 보셔야 합니다." 너희 아빠가 이렇게 말했고 우리 부모님은 판테온이 뭔지도 모르면서 고개를 끄덕였어. 나는 알고 있었지. 학교에서 라틴어 수업 시간에 고대 로마 문화를 배우고 있었고 백과사전과 도서관에 있는 책들을 뒤져서 그 시기 미술과 건축에 대한 긴 리포트를 쓰고 있었으니까. 너희 부모님은 봄베이에 있던 아파트 얘기를 했어. 아파트는 10층이었고 발코니에선 야자수와 아라비아 해가 보인다고 했어. "거기 놀러오셨다면 정말 좋았을 텐데요." 너희 엄마가 이렇게 말했는데, 나중에 안방에서 엄마는 아빠한테 초대한 적도 없으면서 그런 말을 한다고 하셨지.

저녁을 먹은 후 부모님은 나더러 너한테 집을 보여주고 네가 지낼 방으로 안내해주라고 했어. 난 보통은 손님에게 집 구경시키는 걸 즐기는 편이었어. 집주인처럼 이게 청소 도구를 넣어두는 장이고 아래층엔 샤워기만 딸린 화장실이 있다고 설명하면서 말이야. 하지만 네 표정이 지루해서 난 괜한 일을 한다는 생각이 들었지. 너를 보는 순간 좋아하게 돼버렸는데 단둘이 있으니 너무 떨렸어. 그때쯤 나는 내 존재조차 모르는 남자애들을 짝사랑하는 데 익숙했어. 하지만 너처럼 나이 차이가 나는 애는 처음이었고, 더군다나 부모님 세계에 속하는 애를 좋아해본 적은 없었어. 너는 나보다 먼저 계단을 올라가 문을 열고 방들을 들여다봤지만 무감동한 표정이었어.

"이게 내 방이야. 아니, 네 방." 내가 이렇게 고쳐 말했어.

그동안 방을 내주는 게 그렇게 싫더니 이젠 네가 여기서 지낼 거란 생각에 은근히 신이 나더라. 네가 나라는 존재를 그대로 흡수할 거라고 생각했어. 내가 따로 아무것도 하지 않아도 너는 나를 알게 되고, 또 좋아하게 될 거라고 생각했어. 너는 방을 가로질러 창가로 가서 창문을 열었어. 차가운 바깥공기가 방 안으로 들어왔고 넌 깜깜해진 창밖을 내다보았어.

"지붕에도 올라가니?" 네가 물었어. 그러고는 대답을 기다리지도 않고, 모기장을 들어 올리더니 사라져버렸어. 나는 달려가 창밖으로 고개를 내밀어보았지만 너는 보이지 않았어. 네가 지붕에서 미끄러져 덤불 속으로 떨어지고 이런 일이 있을 동안 멍청하게 보고만 있었다고 야단맞는 상상을 했어. "괜찮아?" 내가 소리쳤어. 네 이름을 불러야 했겠지만 왠지 그러면 안 될 것 같았어. 결국 너는 돌아와서 차고 위 경사진 곳에 앉았어. 잔디밭을 내려다보면서.

"집 뒤엔 뭐가 있니?"

"숲이야. 하지만 못 가."

"누가 그래?"

"다 그래. 부모님이랑 학교 선생님들이랑."

"왜?"

"남자아이 하나가 작년에 숲 속에서 없어졌어. 아직도 못 찾았어." 나보다 2학년 어린 케빈 맥그래스라는 아이였어. 일주일 동안 매일 헬리콥터 소리와 개 짖는 소리가 들렸어. 그 애의 어떤 흔적이라도 찾느라고 말이야.

내가 이런 말을 해도 넌 아무 반응이 없었어. 대신 이렇게 물었어.
"왜 집의 우편함마다 노란 리본을 매놓았지?"
"이란에 있는 인질들 때문이야."
"이 일이 있기 전까지 미국 사람들은 이란이란 나라가 있는 줄도 몰랐을 거야." 네가 이렇게 말해서 난 우리 동네 사람들의 애국심과 무식함이 모두 내 책임인 것 같았어.
"오른쪽에 있는 저건 뭐지?"
"그네야."

그 말이 넌 재밌었나 봐. 나를 돌아보고 웃었지. 친절한 미소는 아니었어. 내가 그 단어를 처음 지어내기라도 했다는 듯이 말이야.
"추운 날씨가 그리웠어." 네가 이렇게 말했어. "이 냉기 말이야." 그 말에 이 모든 게 너에게 새롭지 않다는 걸 깨달았지. "그리고 눈. 눈이 또 언제 올까?"
"나도 몰라. 올해는 크리스마스에도 눈이 별로 안 왔어."
너는 창문을 넘어 다시 방으로 들어왔어. 실망한 표정으로. 내가 잘 몰라서 그랬을까 봐 난 두려웠어. 너는 테두리가 하얀 내 거울을 들여다봤는데 맨 위에서 네 머리가 잘렸어. "화장실 어디 있니?" 이렇게 물었지만 너는 어느새 방문을 반쯤 벗어나 있었어.

그날 밤 나는 안방 접이침대 위에서 자정이 훨씬 넘도록 말똥말똥 누워 있었어. 엄마 아빠가 어둠 속에 누워 얘기하는 걸 들으면서.

나는 혹시 너한테도 들릴까 두려웠지. 네가 자던 침대는 바로 벽 하나를 사이에 두고 있었으니까. 내가 벽 속으로 손을 집어넣을 수 있다면 너에게 닿았을 거야. 우리 부모님은 너희 부모님을 흉보면서도 놀라워했어. 많이 변했다고 말이야. 봄베이에 살더니 케임브리지에 살 때보다 훨씬 미국 사람처럼 되었다고 엄마가 말했어. 엄마가 예상치도 못했고 이해하지도 못하는 일이었지. 너희 엄마의 짧게 자른 머리며 바지에 대해 뭐라고 했고, 저녁식사가 끝난 후 거실로 술병을 가져가 두 분이 계속 조니 워커를 마신 것도 말이야. 흉은 거의 엄마가 봤고 아빠는 듣고 있다가 피곤한 목소리로 대꾸만 했어. 우리 부모님은 주류 판매점엔 발을 들여놓은 적조차 없었기에 그 술을 어디서 살지 걱정하고 있었어. 저대로 가다간 내일이면 술이 바닥날 거라고 엄마가 말했어. 우리 엄마는 너희 엄마가 "멋쟁이"가 되었다고 했어. 칭찬이 아니었어. 그런 종류의 사치는 우리 엄마가 피하는 것이었으니까. "일등석 표 한 장 가격이면 열두 사람이 비행기를 탈 수 있어요." 엄마가 말했어. 우리 아빠는 엄마 생일을 알지도 못했고, 챙겨주지도 않았어. 내가 카드를 만들어 아빠더러 나와 함께 사인하게 한 다음 매년 6월 1일 엄마에게 드리곤 했지. 갑자기 엄마가 침대에서 벌떡 일어나더니 쿵쿵거리며 말했어. "타는 냄새가 나요." 아빠는 오븐을 껐는지 물어봤어. 엄마는 분명히 껐다고 하면서 아빠더러 가서 보고 오라고 했어.

"담배 냄새였어." 침대로 돌아오면서 우리 아빠가 이렇게 말했어. "화장실에서 누가 담배를 피웠더라고."

"닥터 추두리 선생이 담배를 피우는 줄은 몰랐네요." 엄마가 이렇게 말했어. "그럼 재떨이를 내놔야 할까요?"

아침에 너희 가족은 모두 늦게까지 잠을 잤어. 시차 때문이었지. 가방들로 복도가 붐비고 세면대에 놓인 칫솔까지, 너희 가족이 이곳에 있다는 건 분명했지만 아직 다른 곳에 속해 있다는 증거였어. 오후에 내가 학교에서 돌아왔을 때 너는 아직도 자고 있었어. 저녁 먹을 때—너에겐 아침식사였지— 너희 가족은 모두 카레를 안 먹겠다면서 토스트와 차를 달라고 했지. 처음 며칠 동안은 죽 그랬어. 우리가 잘 때 깨어 있고 우리가 깨어 있을 때 잠을 잤지. 그러니까 한 지붕 아래서 지구 정 반대편에 살듯 한 셈이야. 그래서 내 방에서 잠을 자지 않는다는 사실 말고는 달라진 건 별로 없었어. 늘 하던 대로 오렌지 주스와 시리얼을 먹고 학교 버스를 타러 나갔고, 너희 가족이 왔다는 얘긴 아무에게도 하지 않았어. 어차피 난 미국 친구들에게 세세한 집안 얘기는 안 하는 편이었거든. 어렸을 때 나는 생일이 돌아오는 게 끔찍했어. 집에 열 명도 넘는 여자아이들이 와서 우리가 사는 모습을 보는 게 싫었어. 어쨌거나 너희 가족을 사람들에게 뭐라고 했을지 모르겠다. "가족 친구"라고 했겠지.

그러던 어느 날 내가 학교에서 돌아왔는데 너희 부모님이 일어나 계셨어. 내가 보통 때〈브레이디 번치〉나〈질리안의 섬〉을 보는 소파에서 거실 탁자에 발목을 포개 다리를 올려놓고 앉아 우리 엄마와 얘기를 하고 있었어. 엄마는 안락의자에서 그릇을 무릎에 올려놓고 감자를 까고 있었어. 너희 엄마는 우리 엄마의 나일론 사리를 입고 있었는데, 크기가 다른 빨간 땡땡이가 찍힌 보라색 사리였어. 너희 엄마의 가방에 관한 좋지 않은 소식이 와 있었어. 가방이 로마에 있다고 추적되었는데 그 후에 요하네스버그로 가는 비행기에 실려버렸다고 했어. 나는 그 사리가 너희 엄마한테 더 잘 어울린다고, 그 진한 보라색이 너희 엄마의 살결과 더 어울린다고 생각했어. 네가 마당에 나가 있다는 말을 들었지만 찾으러 나가지는 않았어. 대신 피아노 연습을 했지. 어둑어둑해서야 네가 들어왔어. 내가 아직 어려서 마시지 못하는 차를 너는 받아 마시더라. 너희 부모님도 차를 드셨지만 6시가 되니 조니 워커 병이 거실 탁자 위에 나와 있었어. 우리와 머무르던 내내 그랬던 것처럼 말이야. 너는 스웨터만 입고 밖에 나갔었어. 너희 아빠의 비싼 카메라를 목에 걸고서. 네 얼굴은 추운 데 있었던 티가 났어. 눈은 타는 듯 반짝였고, 귓불은 진홍색이었고, 피부는 안에서부터 빛나는 듯했어.
"저기 냇물이 있어요." 네가 말했어. "저 숲 속에요."
우리 엄마는 네 말에 사색이 되었고, 다시는 거기 가지 말라고 했어. 엄마가 나에게 종종 주의를 준 것처럼, 네가 도착하던 밤 내가 주의를 준 것처럼 말이야. 하지만 너희 부모님은 별로 걱정하지 않는 듯했고, 그저 무슨 사진을 찍었느냐고 물었지.
"아무것도 안 찍었어요." 너는 그렇게 대답했는데, 네게 영감을 줄 만한 것이 이 주변엔 없다는 얘긴 것 같아 기분이 좀 그랬어. 이런 교외는 너와 너희 부모님에게 낯설었을 거야. 미국에 대한 너의 기억은 케임브리지에 있을 테니까. 나는 거의 기억하지 못하는 곳이지만 말이야.
너는 찻잔을 들고 내 방으로 사라졌어. 진짜 네 방인 것처럼 말이야. 그러더니 저녁 먹으라고 불렀을 때야 나와서 말없이 빨리 먹고 다시 2층으로 올라갔어. 내 기분을 맞추어준 건 너희 부모님이었어. 이것저것 물어보시면서, 내가 예의가 바르고 피아노도 잘 치고 엄마를 도와 집안일을 잘한다고 칭찬해주었어. "봐라, 코쉭. 헤마는 제

점심을 만든다." 내가 저녁을 먹은 후 다음 날 학교에 가져갈 햄이나 터키 샌드위치를 만들어 종이봉투에 넣는 모습을 보면서 너희 엄마는 그렇게 말씀하셨어. 나는 아직 아이나 마찬가지였는데, 세 살밖에 안 많은 너는 벌써 부모님의 영향력을 벗어나 있었어. 부모님께 대들지도 않았지만 그렇다고 말을 많이 하지도 않았어. 네가 밖에 나가 있을 때 너희 부모님은 엄마한테 그랬어. 네가 미국에 돌아온 걸 좋아하지 않는다고. "여길 떠날 때도 화를 내더니 이제 돌아오니까 또 화를 내더라고요." 너희 아빠가 그랬어. "어떻게 봄베이에서 아이를 전형적인 미국 애로 키웠는지 모르겠어요."

나는 식탁에서 숙제를 했어. 내 방 책상을 쓰지 못했으니까. 그 고대 로마에 대한 리포트였는데, 네가 오기 전까지 재밌었지만 네가 거기 벌써 갔었다고 생각하니 시들해졌어. 난 제발 혼자 할 수 있길 바랐는데, 너희 아빠가 오셔서 콜로세움의 구조를 오랫동안 설명했어. 그 공학적인 설명은 머릿속에 들어오지 않았고 내가 하던 숙제와 별로 관계도 없었어. 하지만 예의상 듣고 있었지. 나는 너희 아빠가, 말씀하신 걸 내가 숙제에 썼나 보자고 할까 봐 겁이 났어. 하지만 그런 일은 없었어. 너희 아빠는 가방을 뒤지더니 산 엽서들을 보여주셨고 숙제와는 아무 관계가 없었지만 나에게 10리라짜리 동전을 주셨어.

너희 가족이 시차가 나아졌을 때 우리 스테이션왜건을 타고 쇼핑몰에 갔었어. 너희 엄마에게 브래지어가 필요했거든. 풍만한 우리 엄마한테 빌릴 수 없었던 유일한 아이템이었지. 몰에서 아빠들은 화분이 있는 벤치에 앉아 기다렸고, 너는 돈을 받고 혼자 다녀도 좋다고 허락받았고, 나는 엄마들과 함께 조단 마쉬 백화점에 있는 속옷 가게로 갔어. 헤어지기 전 너희 엄마는 너희 아빠한테 신용카드를 받고는 우리를 그쪽으로 데려갔어. 우리는 주로 시어즈에 가는 편이었는데 말이야. 브래지어를 사러 가는 길에 너희 엄마는 까만 가죽 장갑과 무릎까지 오는 부츠를 샀어. 선반에서 내리기 전에 가격표를 보지도 않고서 말이야. 속옷 가게에 들어가니 점원이 나에게 걸어왔어. "방금 들어온 성장기용 브라가 있어요." 점원이 너희 엄마가 우리 엄마인 줄 알고 말했어.
"아, 아녜요. 얘는 너무 어려요." 우리 엄마가 말했어.
"그렇지만 보세요. 너무 귀여워요." 너희 엄마가 점원이 옷걸이에 걸어 보여주는 브라를 보면서 말했어. 흰 레이스 브라 가운데 장미 꽃잎이 달려 있었어. 나는 다른 애들과 달리 월경을 하지 않았고, 아직도 꽃무늬 내복을 입고 다녔어. 우리는 탈의실로 안내되었고, 나는 너희 엄마가 흡족하게 지켜보는 가운데 코트와 스웨터를 벗고 브라를 입어봤어. 끈 길이를 조정하시더니 뒤에 고리를 끼워주셨어. 너희 엄마도 브라를 입어봤는데, 아무렇지도 않게 내 옆에서 웃옷을 벗었어. 나는 그 커다란 자주색 젖꼭지와 놀랍게도 축 처진 가슴과 겨드랑이에 까맣게 난 털을 보는 게 민망했어. 겨드랑이에선 희미하게 코를 찌르는 냄새가 났는데 그렇게 불쾌하지만은 않았어. "딱 맞는다." 너희 엄마가 내 살과 브라 사이에 손가락을 넣어 죽 당겨보더니 이렇게 말했어. 그러고는 "너는 커서 아주 예뻐질 거야. 그걸 알아야 해"라고도 했어. 엄마의 반대에도 불구하고 너희 엄마는 선물이라며 내가 처음으로 하게 된 브라를 세 벌 사주었어. 또 나가는 길에 화장품 코너에서 립스틱과 향수 한 병과 각종 크림을 샀어. 목을 처지지 않게 하고 눈가를 밝게 해주는 것들이었어. 우리 엄마가 사용하는 아봉 제품들엔 관심이 없으시더라. 화장품 코너에서 사은품으로 커다란 빨간 토트백을 받았는데 책을 갖고 다니는 데 좋을 거라면서 나에게 주었어. 다음 날로 난 그 토트백을 학교에 들고 갔어.

♠

한 주가 지나고 너희 아빠는 새 직장에서 일을 시작하셨어. 우리집에서 65킬로미터쯤 떨어진 곳에 있는 엔지니어회사였어. 처음엔 우리 아빠가 일찍 일어나셔서 너희 아빠를 태워다 준 다음 노스이스턴 대학으로 가서 경제학 수업을 했어. 그러다가 너희 아빠는 스틱 아우디를 샀어. 너는 주로 엄마들과 함께 집에 있었어. 너희 부모님들이 집을 사고 나서 학교를 정하자고 했으니까. 정말 놀랍고 부럽더라. 반년 동안 학교에 가지 않아도 되다니! 더 억울한 건 너는 집에서 손 하나 까딱하지 않아도 됐다는 것. 네가 먹은 접시나 컵을 싱크대에 갖다놓을 필요도 없고, 침대를 정리할 필요도 없었어. 가끔 조금 열린 방문 사이로 들여다보면 내 방은 완전 엉망이었어. 담요는 바닥에 떨어져 있고 네 옷은 하얀 책상 위에 한 더미 쌓여 있었으니까. 너는 과일을 엄청 먹었어. 포도 한 다발을 다 먹질 않나, 사과 속까지 먹는 건 정말 신기했어. 난 그때 과일을 먹지 않았어. 씹는 느낌이나 맛이 역겨웠거든. 너는 어떤 건 맛이 이렇고, 어떤 건 맛이 없다고 불평을 했지만 우리 부모님이 스타 마켓에서 사 오는 건 다 먹어치웠어. 오후에 집에 오면 너는 언제나 소파의 같은 끝자리에 앉아 거실 탁자에 가냘픈 발가락을 대고 책을 읽고 있었어. 지하에 있는 아빠 책장에서 아이작 아시모프를 가져왔더라. 나는 〈닥터 후〉를 싫어했는데, 너는 텔레비전에서 그것만 봤어.

너를 어떻게 생각해야 좋을지 모르겠더라. 네가 인도에 살았기 때문에 나보단 우리 부모님과 더 연관이 많다고 생각했었거든. 하지만 너는 캘커타에 사는, 순진하고 착한 내 사촌들과는 달랐어. 사촌들은 내가 가면 미국이 마치 달나라라도 되는 것처럼 이것저것 물어보고 무슨 얘길 해줘도 신기해 했어. 그런데 너는 나를 조금도 궁금해 하지 않는 것 같았어. 어느 날 학교 친구가 토요일 오후에 〈제국의 역습〉을 보러 가자고 했어. 엄마는 가도 좋다고 했지만 너도 데려가야 한다고 했어. 나는 싫다고 했지. 내 친구가 너를 모른다는 이유를 대면서. 너를 좋아한 건 사실이었지만 친구한테 네가 누구고 왜 우리 집에서 지내는지 그런 얘긴 하기 싫었어.

"네가 알잖아." 엄마가 이렇게 말했어.

"하지만 걔는 나를 안 좋아해." 내가 불평을 했지.

"걔가 너를 좋아하지 왜 안 좋아해." 엄마가 이렇게 말했어. 내가 말한 뜻도 모르면서. "걔는 지금 적응을 하고 있는 거야, 헤마. 너는 그럴 필요가 없었잖니."

대화는 거기서 끝이 났어. 알고봤더니 너는 영화에 전혀 관심이 없었어. 〈스타워즈〉도 보지 않았으니 당연한 일이었지.

어느 날 네가 내 피아노 앞에 앉아 있는 걸 봤어. 검지로 아무렇게나 건반을 누르고 있다가 나를 보고는 일어나 소파로 돌아갔어.

"넌 여기가 싫으니?" 내가 물었어.

"인도에서 살 때가 좋았어." 네가 말했어. 나는 내 의견은 말하지 않았어. 인도에 가는 게 재미없었고, 저녁때 나와 벽에 붙어 있다가 형광등 속을 들락거리는 도마뱀붙이들이 싫었다고, 목욕할 때 나를 쳐다보던 그 커다란 바퀴벌레들도 끔찍했다는 말은 하지 않았어. 친척들이 내 앞에서 하는 말들도 싫었어. 내 손이 엄마의 예쁜 손을 닮지 않았다고, 어릴 때보다 얼굴이 더 까매졌다는 말들.
"봄베이는 캘커타와 달라." 네가 이렇게 말했어. 마치 내 속을 들여다보는 것처럼.
"타지마할하고 가까워?"
"아니." 네가 나를 찬찬히 들여다봤어. 처음으로 내 존재를 인식하는 듯이 말이야. "너는 지도도 안 보니?"
우리가 쇼핑몰에 갔을 때 너는 레코드를 샀어. 롤링스톤스의 무슨 앨범이었는데, 하얀 재킷에 케이크 같은 것이 그려져 있었어. 너는 내가 갖고 있는 레코드 몇 장엔 전혀 관심이 없었어. 아바와 션 캐시디, 게다가 텔레비전 광고를 보다가 내 용돈으로 주문한 디스코 모음곡이었어. 게다가 내 방에 있는 플라스틱 전축에서 네 앨범을 들어보려고도 하지 않았어. 대신 아빠가 턴테이블과 리시버를 넣어두는 캐비닛을 열어봤어. 우리 아빠는 전축에 굉장히 까다롭게 신경을 쓰는 편이어서 나는 물론이고 우리 엄마도 손대지 못할 정도였지. 전축은 아빠가 태어나서 산 것 중 가장 비싼 물건이었고, 토요일 아침이면 모든 부속을 특별한 수건으로 직접 닦으셨어. 그러고 나서 인도 가수들의 노래들을 들으셨지.
"너 그거 만지면 안 돼." 내가 말했어.
너는 나를 돌아봤어. 벌써 전축의 뚜껑이 열려 있었고 레코드가 돌아가기 시작했어. 너는 바늘을 들어 네 손가락 위에 올려놨어. "난 레코드를 어떻게 만지는 줄 알아." 짜증을 숨기지도 않고 네가 이렇게 말했어. 그러더니 바늘을 레코드 위에 떨어뜨렸어.

여자애의 물건으로 가득 찬 방에서 넌 얼마나 지겨웠을까. 하루 종일 엄마들과 같이 있는 게, 요리하고 드라마를 보는데 그 옆에 있는 게 미칠 것 같았을 거야. 요리는 이제 우리 엄마가 다했어. 너희 엄마는 우리 엄마 옆에서 가끔 뭘 깎거나 썰긴 했지만 예전에 케임브리지에서 그랬던 것처럼 요리엔 관심이 없으셨어. 너희 엄마는 자린 때문에 버릇을 망쳤다고 했어. 봄베이에서 데리고 있던, 기막힌 파시 교도 요리사였지. 가끔 너희 엄마는 영국식 트라이플_{스펀지케이크에 잼이나 커스터드, 생크림을 겹겹이 두껍게 얹어 만든 디저트. 스펀지케이크를 와인이나 셰리, 럼주에 적시기도 한다}을 만들어주겠다고, 이것만큼은 자기가 직접 만든다고 했지만 그것도 이루어지지 않았지. 계속 우리 엄마한테 사리를 빌려 입었고, 쇼핑몰에 가서 스웨터와 바지를 샀어. 잃어버린 가방은 결국 도착하지 않았고, 너희 엄마는 그 사실을 순순히 받아들이는 것 같았어. 새로운 것들을 살 수 있는 핑계가 되지 않겠느냐면서. 대신 너희 아빠가 계속 여행사와 언성을 높이며 통화하셨지만, 결국은 포기하고 마셨지.

너는 가능한 한 집에 있지 않으려고 했어. 추운 날씨에 숲이나 거리를 걸어 다녔어. 걷는 사람이라곤 너밖에 없었지. 한 번은 학교 버스 안에서 너를 봤어. 얼마나 멀리 갔는지 정말 깜짝 놀랐어. "너 그러다가 병난다, 코쉭. 그렇게 밖을 나돌아 다니다가는 말이야." 너희 엄마가 네게 이렇게 말했어. 너희 엄마는 계속 벵골 어로 말을 했어. 네가 계속 영어로 대답을 하는데도 말이야. 막상 감기로 누운 건 너희 엄마였어. 침대에만 누워 있을 구실이 생겼지. 너희 엄마는 우리 엄마가 가족들 먹으라고 만든 음식을 거부하고 오로지 캔에 든 닭고기 수프만 찾았어. 집에서 1.5킬로미터도 더 가야 있는 미니마트에 가서, 너는 닭고기 수프와 〈보그〉 〈하퍼스 바자〉를 사 왔어. "파룰 이모한테 가서 차를 드실 건지 물어봐라." 엄마는 어느 날 오후 나한테 시켰고, 나는 2층에 있는 손님방으로 올라갔어. 마침 가는 길에 화장실이 가고 싶어서 문을 열었는데 목욕 가운을 입은 너희 엄마가 욕조 끝에 다리를 꼬고 앉아 시무룩하게 담배를 피우고 있었어.

"아, 헤마!" 너희 엄마는 소리를 질렀고 거의 욕조 안으로 넘어갈 뻔했어. 많이 놀라셨는지 담배를 손에 들고 있던 스테인리스 재떨이에 끄지 않고 욕조 위에 꼈어. 재떨이는 아마 봄베이에서 가져오신 것 같았어.

"죄송해요." 내가 나가려고 몸을 돌렸어.

"아니, 아니다. 내가 나가려고 했어." 너희 엄마가 이렇게 말했어. 난 너희 엄마가 담배를 변기에 버리고, 물을 내린 다음 세면대에서 입을 헹구고, 새로 립스틱을 바르고, 크리넥스로 찍어내고 나서 그걸 휴지통에 버리는 모습을 지켜봤어. 우리 엄마는 빈디 외엔 화장을 하지 않았기 때문에 너희 엄마가 하는 걸 더 자세히 봤지. 아파서 계속 침대에만 누워 있는데도 그렇게까지 하는 데 더욱 감동해서 말이야. 너희 엄마는 피하는 기색 없이 유심히 거울을 들여다봤어. 립스틱을 잠깐 바르고 나더니 나 때문에 깨진 평정을 되찾으신 모양이었어. 너희 엄마는 거울로 자기를 보고 있는 나를 보더니 웃어 보였어. "하루에 한 대 피운다고 죽지는 않겠지, 그렇지?" 환한 표정으로 그렇게 말했어. 그러고는 창문을 열더니 화장품 가방에서 꺼낸 향수를 공중에 뿌렸어. "우리끼리 작은 비밀이다, 헤마?" 너희 엄마는 질문보단 지시에 가까운 이 말을 남기고 나가셨어.

저녁에 우리는 때로 스테이션왜건을 타고 너희 가족과 함께 집을 보러 다녔어. 너희 아빠가 새로 산 아름다운 차에는 모두가 편안하게 탈 수 없었으니까. 아빠는 조심스럽게 잘 모르는 동네를 운전했어. 잔디밭이 우리 집보다 크고 집 사이 간격도 더 넓은 동네들이었어. 너희 부모님은 학군이 좋은 렉싱턴과 콩코드를 먼저 봤어. 우리가 본 집들 중에 일부는 비어 있는 데도 있었고, 사람들이 살고 있어서 살림살이로 가득 찬 데도 있었지. 잠들기 전 엿들은 대화로 미루어보면 그 집들은 우리는 살 수 없는 비싼 집들이었어. 너희 부모님이 부동산 사람들과 가격 얘기를 하면 우리 부모님은 옆으로 물러나 있었어. 하지만 가격이 문제가 아니라 집 자체가 문제였어. 집으로 돌아오는 차 안에서 내린 결론은 언제나 집이 너무 어둡거나 천장이 낮다거나 방 배치가 이상하다는 거였어. 우리 부모님과는 달리 너희 부모님은 디자인에 신경을 썼고, 모던한 디자인을 좋아하는 듯했어. 키 큰 나무 덤불에 가려진 흰 상자 같은 건물 앞을 지나갈 때 흥분하시더라고. 게다가 수영장이 있거나 아니면 수영장을 만들 자리가 있는 집을 찾았어. 너희 엄마가 봄베이의 헬스클럽에서 수영하던 게 그립다고 하시면서 말이야. "바다 전망 있음, 이런 집을 찾아야 해요." 너희 엄마가 어느 오후 〈글로브〉의 광고 면을 보다가 이렇게 말했고, 덕분에 어려운 집 찾기는 더 어렵게 되었어. 우리는 스왐프스

코트와 덕스베리에 바다가 보이는 집을 찾아서 보러 다녔고, 숲 속에 개인 호수가 있고 전경이 펼쳐진 집도 봤어. 너희 부모님은 베버리에 있는 집을 살까 하더니, 두 번째 보러 가서는 결국 마음을 바꿨어. 너희 엄마가 집 배치가 너무 답답하다고 하면서.

우리 부모님은 너희 부모님의 화려한 취향에 기가 죽었어. 결국 소박한 우리 집을 창피해 하셨어. "여기서 너무 불편하시겠어요." 우리 부모님은 이렇게 말했지만 너희 부모님은 불평하지 않으셨어. 밤마다 잠들기 전에 우리 부모님이 그러는 것과는 달랐지. "이렇게 오래 있을 줄은 몰랐어요." 엄마가 벌써 한 달이 지난 사실을 지적했어. 너희 가족이 있는 동안 다른 사람들은 올 수가 없었거든. "다스굽타 씨 댁이 다음 주말에 오고 싶어했는데 안 된다고 했어요." 매일 밤 나는 너희 부모님들이 그동안 얼마나 변했는지, 우리가 전혀 모르는 사람에게 집을 열어주었다는 얘기를 들었어. 너희 엄마는 저녁 먹은 후 치우는 걸 돕지 않았고 아무 때나 자고 싶을 때 자고 점심시간이 다 되어서 일어난다는 불평도 들었어. 우리 엄마는 너희 아빠가 너희 엄마한테 너무 잘해준다고, 너무 챙긴다고도 했어. 언제나 새로 술을 따라줄지 물었고, 춥다고 하면 방에서 카디건을 갖다준다면서.

"아직도 이 집에 있는 건 다 코쉭 엄마 때문이에요." 엄마가 말했어. "궁전이 아니면 안 가려고 하니 말예요."

"쉽지 않은 일이잖아." 아빠는 공정하게 말씀하셨어. "새로운 직장으로 옮기고 새로운 삶을 시작한다는 게 말이야. 아마도 코쉭 엄마가 떠나고 싶어하지 않았을 거야. 그래서 코쉭 아빠가 잘해주려는 거고."

"당신은 내가 저러면 절대 안 받아줬을 걸요."
"잊어버리라고." 아빠는 엄마에게 등을 돌려 이불을 턱밑까지 끌어당기며 말했어. "영원히 여기서 살 것도 아니잖아. 조만간 떠날 거고 그러면 우리도 다시 제대로 돌아올 거라고."

그 좁은 집에서 두 가족 간에 선이 그어졌어. 한쪽에선 우리 가족이 그동안 하던 대로 살았어. 목요일 저녁이 되면 스타 마켓에 갔다가 맥도널드에서 저녁을 먹었어. 일요일엔 주마다 보는 철자법 시험 공부를 했어. 아빠가 〈60분〉을 다 보고 나면 나에게 퀴즈를 내주셨어. 너희 가족도 따로 다니기 시작했어. 너희 아빠는 가끔 집에 일찍 들어와서 너희 엄마를 데리고 집을 보러 가거나 쇼핑몰에 가서 쇼핑을 했어. 너희 엄마는 천천히, 차근차근 집에 필요한 살림살이들을 장만했어. 침대보와 담요, 그릇과 유리잔들, 그리고 작은 부엌 용품들까지도. 너희 부모님은 쇼핑백들을 수도 없이 들고 들어와서 우리 집 지하실에 쌓아놓았어. 때로 우리 엄마한테 산 걸 보여주기도 하고 때론 그냥 지나갔어. 금요일엔 너희 부모님이 모두 데리고 나가 저녁을 샀어. 시내에 있는 값만 비싸고 맛은 별로 없는 레스토랑에서 먹곤 했지. 너희 부모님은 이런 변화를 즐기는 듯했어. 스테이크나 구운 감자 따위에 맛을 들이면서 말이야. 근데 우리 부모님은 그렇지가 못 했어. 외식은 우리 엄마를 요리에서 해방해주자는 취지였겠지만 엄마는 그것도 불평을 했어.

너희 가족이 우리 집에 있는 걸 싫어하지 않은 사람은 나뿐이었어. 나는 계속 널 조용히 좋아했지만 단순치만은 않은 감정이었고,

매일매일 너를 지켜볼 수 있어서 행복했어. 너희 부모님도 좋았어. 특히 너희 엄마. 너희 엄마가 내게 베풀어주는 관심 덕분에 너의 무관심에도 견딜 수 있었지. 어느 날 너희 아빠는 로마에서 찍은 사진을 현상해 오셨어. 나는 그 사진들을 보는 것이 좋았어. 사진의 가장자리를 조심스럽게 잡고 보았지. 거의 너와 너희 엄마가 광장이나 분수대에 앉아 있는 장면들이었어. 트라얀 기둥 앞에서 찍은 사진이, 거의 똑같은 것이 두 장 있었어. "네 숙제에 써라." 너희 아빠가 한 장을 주면서 말했어. "너희 선생님이 놀랄 거다."
"하지만 사진 속에 내가 없잖아요."
"상관없어. 삼촌이 로마에서 찍은 사진을 보내주었다고 하면 되지."
사진 속엔 대신 네가 있었지. 한쪽에 서서 말이야. 너는 고개를 숙인 데다가 모자챙에 가려 얼굴은 거의 보이지 않았어. 그러니 너는 사진 속 지나가는 다른 관광객들과 별로 다를 것도 없었어. 하지만 네가 거기 있다는 사실이 마음에 걸렸어. 네가 거기 있으니 왠지 너를 향한 비밀스런 감정과 또 그 감정을 언젠가 알아주길 바라는 마음이 모두 탄로 날 것 같았어. 네 덕분에 나는 학교에서 좋아하던 남자애들을 다 잊을 수 있었고 오로지 집에 가는 것만 생각했지. 오후나 저녁때 혹시 너와 마주칠까, 네가 눈길을 주든 주지 않든 저녁을 함께 먹길 바랐어. 나는 안방 간이침대에 누워 네가 나에게 키스하는 장면을 오래오래 떠올리곤 했어. 그땐 너무 어렸고 경험이 없었기에 그 이상을 상상하긴 힘들었어. 나는 너희 아버지가 주신 사진을 리포트에 끼워서 냈어. 하지만 네가 서 있는 부분을 잘라 냈지. 잘라 낸 그 사진은 아무것도 쓰여 있지 않은 내 일기장 갈피 속에 숨겨놓았고, 몇 년 동안 거기 그대로 남아 있었어.

네가 이곳에 오고 나서 눈을 보고 싶어했는데 눈은 쉽게 오지 않았어. 가끔씩 잠깐 눈발이 날린 적은 있었는데 땅을 덮을 만큼은 아니었어. 그러던 어느 날 눈이 내리기 시작했어. 처음엔 거의 보이지도 않더니 오후가 되면서 더 내렸어. 내가 버스를 타고 학교에서 집으로 돌아올 즈음엔 거리에 2.5센티쯤 눈이 쌓여 있었어. 위험한 폭설 정도는 아니었지만 겨울의 단조로움을 잠시 잊게 해줄 만은 했어. 엄마는 그날 저녁 기분이 좋아서 주로 비올 때 해 먹는 키추리_{쌀과 달에 다른 음식을 곁들이는 인도 음식. 벵골 지방에선 감자, 꽃양배추, 고추를 곁들여 기를 얹어 낸다}를 한 냄비 만들겠다고 했어. 게다가 어쩐 일인지 너희 엄마까지 돕겠다고 부엌에 서서 감자와 꽃양배추를 튀기고 기_{ghee. 버터를 천천히 끓여 만든 정제 버터}를 만든다고 작은 냄비에 버터를 녹이셨지. 그러더니 전부터 얘기하던 트라이플을 드디어 만들겠다고 하셨어. 우리 엄마가 계란이 모자랄 거라고 했더니 너희 아빠가 나가셔서 필요한 다른 재료까지 사다주셨어. "자정이나 되어야 다 될 것 같아." 너희 엄마는 가스 불 위에서 뜨거운 우유와 계란을 섞으면서 그렇게 말했어. 그 일이 지겨워졌을 때 내가 할 수 있게 해주셨어. "다 되려면 네 시간은 더 있어야 하겠어."

"그러면 아침으로 먹으면 되겠다." 네가 이렇게 말했지. 너희 엄마가 잘라준 파운드케이크를 입에 넣으면서 말이야. 너는 부엌엔 잘 들어오지 않았지만 그날 저녁엔 자꾸 왔다 갔다 했어. 트라이플을 만든다니 좋았나 봐. 내가 한 번도 먹어본 적이 없는 그 음식을 너는 무척 좋아했어.

저녁을 먹고 나서 우리는 모두 거실로 가서 뉴스를 봤어. 눈이 계속 내린다고 했고 다음 날 우리 학교가 문을 닫고 아빠가 들어가는 수업은 취소되었다는 걸 알고 좋아했어. "당신도 하루 쉬지 그래요." 너희 엄마가 너희 아빠에게 이렇게 말했고, 놀랍게도 너희 아빠는 그런다고 하셨어.

"우리가 케임브리지를 떠나던 겨울이 생각나네." 너희 아빠가 그렇게 말했고, 너희 엄마와 함께 조니 워커를 드셨어. 우리 엄마는 어림도 없었지만 아빠는 조금 맛만 보겠다고 하셨어. "우리를 위해 해주신 그 파티 말예요." 너희 아빠가 우리 부모님 쪽을 돌아보며 계속 말했어. "기억하세요?"

"7년 전 일이지요." 엄마가 말했어. "그때만 해도 또 삶이 달랐지요." 우리 부모님들은 그때 너와 내가 얼마나 어렸는지, 또 자신들은 얼마나 젊었는지 회상했어.

"정말 멋진 저녁이었어요." 너희 엄마가 그때를 기억했고 목소리는 슬퍼졌어. 모두들 조금 그랬던 것 같아. "그땐 모든 게 달랐지요."

아침에 창문엔 고드름이 달렸고 땅엔 눈이 30센티나 쌓였어. 저녁때부터 기다리던 트라이플이 토스트와 차와 함께 나왔어. 내가 생각했던 것과는 다르더라. 가스레인지 위에서 내가 젓던 뜨거운 혼합물이 이제는 차고 미끈거렸는데, 너는 그걸 몇 그릇씩 먹어치웠어. 배탈이 날까 봐 걱정돼서 너희 엄마가 결국 치워야 할 정도였어. 아침을 먹은 후 아빠들이 삽을 들고 교대로 집 앞의 눈을 치웠어. 바람이 잦아들고 나서 나는 밖에 나가도 좋다는 허락을 받았어. 보통은 나 혼자 눈사람을 만들었지. 빼빼 마르고 거꾸로라고 부모님이 놀리곤 하셨어. 하지만 이번엔 네가 있었지. 맨손으로 눈을 만지고 들여다보며, 여기 온 이래 처음 구경하는 눈에 기쁜 표정이었어. 너는 눈으로 공을 만들어 내게 던졌어. 나는 그 눈을 피했고 너한테 눈을 던졌는데 다리에 맞혔어. 목에 카메라를 매달고 있어서 아래로 던진 거였어.

"항복." 네가 손을 들며 말했어. "너무 예쁘다." 네가 또 말했어. 눈 덕분에 달라 보이는 우리 집 잔디밭을 둘러보면서 말이야. 내가 한 건 없지만 왠지 칭찬받은 기분이었어. 네가 숲 쪽으로 걸어가기 시작했는데 나는 망설였어. 너는 거기 보여줄 게 있다고 했지. 숲은 맑고 파란 하늘을 배경으로 눈에 덮여 있었고, 잎이 다 져버린 가지들은 감출 게 별로 없이 안전해 보였어. 거기서 실종된 아이 생각은 하지 않았어. 너는 가끔 멈추어 서서 무엇엔가 카메라 초점을 맞추곤 했지만, 나더러 그 앞에 서보라는 말은 안 했지. 우리는 꽤 오래 걸었고 더 이상 눈을 치우는 소리가 나지 않았어. 처음엔 네가 뭘 하는지 잘 몰랐어. 무릎을 꿇고 앉아 그냥 눈을 치우는 것 같았어. 그러다가 네 손 밑으로 무슨 돌 같은 게 보이기 시작했는데 자세히 보니 그건 묘석이었어. 땅에 평평하게 박혀 있는 묘석 한 줄이 드러났고 나도 이제 거들기 시작했어. 묻혀 있는 사람들을 꺼내주는 기분이었고, 처음엔 장갑 낀 손으로 하다가 나중엔 온 팔로 치웠어. 묘석은 시몬즈라는 한 가족 여섯 명의 것이었어. "다 함께 묻혔어." 네가 말했어. "엄마, 아빠, 자식들 넷."

"이런 게 있는 줄 전혀 몰랐어."

"아마 아무도 모를걸. 내가 처음 봤을 때 나뭇잎 속에 묻혀 있었으니까. 마지막으로 죽은 사람이 에마이고 그게 1923년이야."

나는 고개를 끄덕였어. 내 이름과 너무 비슷해서 기분이 이상했지. 너도 그런 생각이 들었을까 궁금했어.

"이걸 보고 우리가 힌두 사람이 아니었다면 하는 생각이 들었어. 그래서 우리 엄마가 다른 곳에 묻힐 수 있게 말이야. 하지만 엄마는 자기 유골을 꼭 대서양에 뿌려달라고 했어."

나는 이해 못 하겠다는 표정으로 너를 쳐다봤고 너는 계속했지. 엄마가 유방암에 걸렸고 암이 지금 온몸으로 번지고 있다고. 그래서 인도를 떠난 거라고. 가만 놔두는 것 외엔 별로 할 수 있는 게 없다고. 인도에서 사람들은 엄마가 죽어간다는 걸 알고 있었어. 하지만 거기 남아 있었으면 결국 친구들과 가족들이 바닷가에 있던 아름다운 집에 모여들어, 그녀를 피할 수 없는 운명에서 보호해주려고 할 거였고 엄마는 그걸 원하지 않았어. 사람들에게 숨 막히는 관심을 받는 것도 그랬고, 당신 부모에게 죽어가는 모습도 보이고 싶지 않아서 결국 미국으로 오자고 했어. "매사추세츠 종합병원에서 새 의사를 만나고 있어. 아빠는 집을 본다고 하고 나가서 엄마를 병원에 데려가기도 해. 엄마는 봄에 수술을 할 거야. 하지만 조금 더 사실 수 있을 뿐이야. 엄마는 아무한테도 이 사실을 알리고 싶어하지 않아. 끝까지 말이야."

우리 사이에 드러난 이 사실에 나는 마치 얼굴을 얻어맞은 것처럼 충격을 받았어. 나는 울기 시작했어. 처음에는 눈물이 언 뺨을 타고 조용히 흘러내렸지만, 나중에 소리 내어 울었어. 네 앞에서 흉한 모습을 보이면서 말이야. 추운데 콧물이 흘렀고 눈은 빨개졌어. 난 눈물이 흐르지 않게 두 손을 뺨에 올린 채 엉엉 울었어. 네가 그런 내 한심한 모습을 보다니 너무 끔찍하다고 생각하면서 말이야. 네가 한 번도 내 사진을 찍은 적이 없었는데도 행여나 카메라를 들어 나를 찍으면 어떡하나 속으로 걱정까지 했어. 물론 너는 아무것도 하지 않고 아무 말도 없었어. 넌 이미 충분히 말했으니까. 너는 그대로 서서 에마 시몬즈의 무덤만 내려다봤어. 이윽고 내가 울음을 그쳤을 때 너는 우리 집 쪽으로 걷기 시작했어. 나는 네가 발견한 길을 뒤따라갔지. 그러곤 우린 헤어졌어. 서로 위로해주지도 않은 채, 너는 집 앞에 눈을 치우러 나는 뜨거운 물에 샤워를 하러 집으로 들어갔어. 엄마들은 빨갛게 부은 내 얼굴을 보고는 너무 추워서 그런 줄 알았지. 아마 너 때문에, 또는 너희 엄마 때문에 울었다고 생각할지도 모르겠지만 그건 아니었어. 그때 난 슬픔이나 연민을 느끼기엔 너무 어렸어. 우리 집에 죽어가는 여자가 있다는 사실이 너무나 무서웠어. 너희 엄마 곁에 서 있던 순간이 떠올랐어. 탈의실에서 내가 처음 브라를 해보던 날, 우리는 웃옷을 벗은 채로 함께 서 있었어. 그 질병 옆에 그렇게 가까이 있었다는 게 너무 끔찍했어. 네가 그런 얘기를 해준 것도 화가 났고, 진작 해주지 않은 것도 참을 수 없었어. 그런 걸 아는 게 부담스러웠던 동시에 그동안 몰랐던 사실에 배신감도 느꼈어. 그래서 너를 다시 미워하기 시작했어.

2주 후에 너는 가버렸어. 너희 부모님은 노스쇼어에, 매사추세츠의 유명한 건축가가 지었다는 집을 샀어. 지붕은 완전히 평평했고 벽은 온통 유리였어. 2층 방은 내부 발코니를 따라 늘어서 있었고, 거실 천장은 6미터쯤 되었어. 물이 보이는 전망은 없었지만 너희 엄마가 원하시던 대로 수영장이 있었어. 너희 가족이 그곳에서 첫 밤을 보내던 날 우리 엄마는 음식을 가져갔어. 너희 엄마가 요리에 신경을 쓰지 않도록 말이야. 엄마는 그게 얼마나 큰 도움이 되었는지 알지 못했지. 우리는 너희 집과 주변을 보며 감탄했어. 하지만 메아리가 울리던 텅 빈 방들은 곧 질병과 슬픔으로 가득 찰 터였지. 지붕에 창이 난 침실이 있었는데, 너희 엄마는 그 밑에 자기 침대를 놓을 거라고 했어. 모든 게 너희 엄마가 2년 동안 즐겁게 살다가도록 하려는 배려였어. 우리 부모님이 결국 그 소식을 알았을 때, 너희 엄마가 죽어가던 병원으로 달려갔을 때도 네 이야기를 부모님께 말하지 않았어. 그런 의미에서 나는 너한테 의리를 지킨 거야. 그때 우리 부모님은 그저 지인일 뿐이었어. 몇 주 동안 어쩔 수 없이 함께 살았지만 그 후 각자 길을 간 거지. 너희 엄마는 여름에 놀러 와서 수영을 하라고 했지만 증세는 의사의 예측보다 빠르게 나빠졌고 너희 부모님은 외부와 교류를 끊다시피 했어. 여전히 병은 알리지 않고 사람들을 부르는 일도 없었어. 한동안 우리 엄마 아빠는 계속 서운하다 불평을 하셨어. "그렇게 해줬는데도." 잠들기 전에 그렇게 말씀하시면서. 하지만 방을 되찾은 나는 벽 반대편 네가 잠들던 침대에 누워 있었고, 더 이상 엄마 아빠의 말소리는 내 귀에 들리지 않았어.

한 해의 끝

❦

나는 아버지의 결혼식에 가지 않았어. 사실 어느 일요일 아침 아버지의 전화를 받기 전까지 아버지가 결혼을 했다는 것조차 몰랐어. 그때 난 스와스모어 대학의 졸업반이었어. 누가 방문을 주먹으로 두드리는 소리에 잠이 깼었고, 같은 층에 사는 애가 내 성을 부르는 소리가 들렸어. 전화를 받기도 전에 난 그게 아버지라는 걸 알았지. 9시 전에 전화를 걸 사람은 아버지밖에 없었으니까. 아버지는 언제나 아침 일찍 일어났어. 5시에서 7시까지가 하루 중 가장 얻는 게 많은 시간이라며 그 시간에 신문을 읽거나 산책을 했어. 봄베이에 살 때는 마린 드라이브를 따라 산책했고 노스쇼어에 살 때는 동네의 한적한 길들을 따라 걸었지. 어머니와 나에게 함께 산책을 가자고 말은 했지만 아버지는 혼자 있는 시간을 더 즐기셨어. 이제는 물론 달라졌지. 옛날에 좋아했던 혼자 있는 시간은 이제 아버지에게 일상이고 감옥이었어. 이제 아버지가 산책도 힘들어한다는 걸

난 알고 있었어. 어머니가 돌아가신 후 아버지는 잠도 거의 못 주무셨으니까. 아버지와 통화를 한 지도 몇 주가 넘었어. 조부모님 네 분다 살아계셨고 아버지는 그분들을 뵈러 캘커타에 가 있었어. 코드에 거꾸로 매달린 수화기를 들면서 난 아버지가 매사추세츠에 무사히 도착했다는 소식을 예상했지, 갑자기 내게 새 어머니와 두 여동생이 생겼다는 소식일 거라곤 상상도 못 했어.

"네가 놀라겠지만 전할 소식이 있다." 아버지는 이렇게 말을 꺼냈고, 나는 처음에 조부모님 중 한 분이 편찮으신가 했어. 특히 외가 쪽에선 마흔두 살짜리 외동딸을 잃은 상실감을 견디기 힘들어하셨거든. 어머니가 돌아가시고 얼마 안 돼서 아버지와 함께 캘커타에 간 건 내가 해야 했던 일 중에서도 가장 힘들었어. 어린 시절 어머니가 자란 집에 가서 당신을 키운 사람들을 만나는 일. 그분들은 아버지와 내가 있기 전부터 어머니를 죽 사랑해오던 분들이었고, 1962년부터, 그러니까 어머니가 결혼했을 때부터는 거의 애도 상태로 살아오셨지. 가끔 어머니는 신화 속에 나오는 페르세포네처럼 보스턴이나 봄베이에서 돌아가 그분들을 찾아뵙곤 했어. 한동안 어렸을 때 쓰던 방에서 지내면서 집을 환하게 했어. 화장대에 크림과 파우더를 늘어놓으며 예전에 쓰던 잔에 차를 따라 마시면서. 매사추세츠에서 외가에 전화를 해서 어머니가 돌아가셨다는 소식을 전했을 때도, 두 분은 조금만 있으면 딸이 비행기를 타고 와서 저 문으로 다시 한 번 걸어 들어올 거라는 기대를 버리지 않으셨어. 아버지와 내가 집에 갔을 때도 할머니는 어머니가 아직 택시 안에 있느냐고 하셨어. 거실 벽에 실물보다 큰 어머니의 사진이 월하향 화환에 싸여 걸려 있는 데도 말이야. "할머니, 어머니는 이제 안 계세요." 내가 이렇게 말하니 그제야 두 분은 딸의 죽음에 처음으로, 구슬피 울기 시작하셨어. 아버지와 내가 못 했던 일. 어머니와 함께 매일 투병을 하다 보니 우리는 정작 애도할 권리조차 잃어버렸던 거야.

할아버지와 할머니는 괜찮으시다고, 나를 보고 싶어하고 사랑을 전해달라고 했어. 그러더니 아버지는 치트라 얘길 했어. 2년 전 남편을 잃었다고, 암이 아니라 뇌염이었다고 했어. 치트라는 학교 선생이었고, 서른다섯이었어. 아버지보다 거의 스무 살이 어렸지. 딸들은 일곱 살, 열 살이었어. 아버지는 내가 묻지도 않은 질문에 차례로 성실하게 대답하듯이 말했어. "신경 써달라는 얘기도 아니고, 좋아해달라는 얘기도 아니다." 아버지가 이렇게 말했어. "너는 이제 성인이고 내가 필요한 만큼 너는 치트라를 필요로 하지 않을 거다. 하지만 언젠가 이 결정을 이해해주길 바랄 뿐이다." 아버지는 내가 폭발할 거라고 예상한 게 분명했어. 아버지 탓을 하고, 전화를 쾅 끊어버릴 거라고 말이야. 하지만 아버지의 말에 격한 감정은 들지 않았어. 다만 봄베이에서 처음 어머니가 죽어가는 걸 알았을 때 느꼈던 메슥거림이 희미하게 찾아왔어. 그 느낌은 그때 내 안에 스며든 후 한 번도 완전히 가신 적이 없어.

"지금 거기 있어요?" 내가 물었어. "뭐라고 인사라도 할까요?" 예의상이 아니라 거의 도전하듯 이렇게 말했어. 난 아버지의 말을 완전히 믿을 수가 없었어. 어차피 어머니가 돌아가신 후 아버지가 전화로 하는 말들을 믿기 힘들 때가 많았거든. 예를 들어 내가 집에 가면 함께 가는 이탈리아 레스토랑에서 저녁을 먹었다고 할 때나 아니면, 텔레비전 앞에서 아몬드 한 캔을 놓고 마시는 조니 워커를 다 못 마셨다고 했을 때.

"앞으로 2주 있으면 온다. 크리스마스 때 집에 오면 만날 수 있을 거야." 아버지가 이렇게 말하고 나서 덧붙였어. "영어를 썩 잘하지 못한다."

"내가 벵골 어 하는 것보다 못 해요?"

"아마 그럴 거야. 앞으로 배울 거다, 물론."

목까지 치민 말을 내뱉지는 않았어. 어머니는 어렸을 때부터 영어를 배웠다고, 미국에 와서 배울 필요는 없었다고.

"아이들이 좀 더 잘한다." 아버지가 계속했어. "인도에서 영어 학교를 다녔고, 1월부터 여기서도 학교에 다니도록 등록했다."

아버지가 치트라를 만난 건 몇 주 전이고, 결혼식을 올리기 전에 두 번 만났다고 했어. 그냥 신고만 한 다음 호텔에서 조촐하게 저녁 식사를 했다더군. "모두 다 친척들이 한 일이다." 잘못한 건 아버지가 아니라는 식이었지. 이 말이 지금까지 아버지가 한 어떤 말보다 기분이 나빴어. 아버지는 절대 호락호락한 사람이 아니었고, 당신이 요구하지 않았으면 누구도 새 신붓감을 구해줄 생각은 하지 않았을 거야.

"난 지쳤다, 코쉭." 아버지가 말했어. "매일 밤 텅 빈 집에 돌아오는 데 지쳤다고."

과연 어느 쪽이 더 나빴을까 궁금해지더라. 아버지가 사랑에 빠져 재혼하는 것과, 함께 있어줄 사람을 구하려고 생판 모르는 사람을 데려다놓는 것 중에. 아버지와 어머니는 정략결혼을 했지만 어느 정도의 로맨스가 없지 않았어. 아버지가 누군가의 결혼식에서 어머니를 처음 본 후, 그 다음 주 어머니 집으로 찾아가 청혼을 했어. 서로 언제나 애정이 있었지만 아버지는 어머니가 병에 걸린 후 진정으로, 걷잡을 수 없이 사랑에 빠졌던 것 같아. 그래서 난 내가 태어나기 전에 희미해졌어야 할 연애 감정을 두 눈으로 목격할 수 있었어. 아버지는 그때 어머니에게 홀딱 빠져서, 봄베이에 있던 아파트에 꽃을 들고 들어왔고 아침엔 어머니와 침대 위에서 늑장을 피우다가 직장에 늦곤 했어. 그때 10대였던 내가 방해가 된다고 느낄 정도로 어머니와 단둘이 있기를 원했지.

"내가 생각을 해봤는데……." 아버지가 계속 말했어. "네 침실이 제법 크니까 아이들 둘에게 그 방을 주면 어떨까 싶다. 네가 집에 올 때 손님방을 쓰면 많이 불편하겠니, 코쉭? 어차피 네 물건들도 거의 가져갔고, 잘 데가 문제인데. 네가 싫다면 관두겠다." 아버지는 나에게 새 가족이 생겼다는 사실보다 내가 새 방을 어떻게 생각할지 더 걱정하는 것 같았어.

"괜찮아요."

"진심이냐?"

"괜찮다고 했잖아요."

나는 기숙사 방으로 돌아왔어. 그날 아침 내 침대 위엔 여자애가 있었어. 내가 옷을 주워 입고 전화를 받으러 맨발로 복도로 나갔을 때까지 잠들어 있었는데, 어느새 엎드려서 한 손에 펜을 쥐고 내가 하다 만 크로스워드를 풀고 있었어. 스페인어 수업에서 만난, 제시카라는 아이였어.

"누구야?" 제시카가 나를 보며 물었어. 그녀의 등 뒤로 창문에서 강한 햇살이 비스듬히 들어왔고, 그늘 진 얼굴이 거의 보이지 않았어.

"우리 아버지." 나는 옆으로 다시 기어 들어갔고, 내가 옆에 웅크리고 누워 있을 동안 제시카는 여전히 퍼즐을 풀었어. 낯선 살 냄새가 아직도 자극적이었어. 제시카는 우리 가족에 대해서 전혀 아는 것이 없었어. 아버지가 최근에 캘커타에 다녀온 것이나, 내가 대학에 들어오기 전 우리 어머니가 돌아가셨다는 사실도. 주말을 몇 번 함께 보냈지만 나는 제시카에게 이런 이야기를 한마디도 하지 않았으니까. 그날 아침, 그녀 몸에 기대어 조금 울고 난 다음 그녀에게 말을 했어.

시험이 끝난 후 나는 매사추세츠까지 운전해서 올라갔어. 중간에 코네티컷에 있는 제시카 부모님의 농장에 그녀를 떨어뜨려줬어. 내가 스와스모어에 가기로 했을 때 아버지는 나에게 미국에 와서 바로 산 아우디를 주었어. 아버지는 주말과 명절 때 펜실베이니아에서 집에 오려면 차가 있어야 한다고 말했지만, 어머니가 만지거나 알았거나 또는 탔던 물건들을 하나 더 없애는 구실일 뿐이었어. 마지막으로 병원에 다녀오던 날, 아버지는 액자와 앨범에 들어 있던 사진들을 모조리 꺼내 구두 상자에 집어넣었어. "몇 장 골라라. 사진이 너에게 중요한 걸 알고 있다." 그렇게 말하고 구두 상자를 테이프로 붙인 다음 옷장 깊숙이 넣어버렸어. 어머니의 옷과 핸드백, 화장품과 향수가 들어 있는 상자들을 처분하는 데도 시간을 지체하지 않았고. 그 즈음이 내가 너를 마지막으로 본 때였을 거야. 다른 사람들처럼 어느 날 너와 너희 어머니가 집에 와서 오후 내내 서랍 속 물건들을 골라내고, 스웨터와 숄이 어울리나 가슴에 대보고 샤넬 넘버 파이브의 향기가 어울리는지 피부에 발라봤지. 너나 너희 엄마, 그리고 다른 벵골 여자들에게 필요 없는 건 인도에 있는 자선 단체로 보냈어. 뉴잉글랜드 지방엔 그 많은 사리들을, 또 거기 어울리는 블라우스와 페티코트를 기증할 곳이 없었으니까. 이건 어머니의 말씀에 따른 거였어. "그 예쁜 감들이 커튼이 되는 건 원하지 않는다." 병원 침대에 누워 있던 어머니는 이렇게 말했어. 어머니의 유골은 아버지의 동료 짐 스킬링 씨가 마련해준 보트를 타고 글라우체스터 연안에 나가 뿌렸어. 하지만 어머니가 갖고 있던 금붙이는 캘커타로 보냈고, 거기 있는 우리 가족의 하녀와 요리사와 청소부로 일하던 불쌍한 여자들에게 나누어주었어.

어머니의 소유물을 처분하는 건 어렵지 않았어. 봄베이에서 여기 오고 나서 어머니는 장신구를 하거나 사리를 입을 일이 거의 없었어. 초대받은 파티엔 거의 가지 않았으니까. 마지막엔, 학교에서 집에 돌아오면 어머니는 담요로 몸을 감고 앉아 수영장을 바라보고 있곤 했어. 기력이 없어 들어가지도 못하는 수영장이었지. 가끔 나는 바람을 쐬려고 어머니를 모시고 나갔어. 집 뒤에 있는 자작나무와 소나무 사이를 조심스레 걸어 나지막한 돌담 위에 앉아 있곤 했어. 기력이 되는 날에 어머니는 나에게 차로 바닷가에 데려다달라고 했어. "내 루비 목걸이하고, 진주와 에메랄드 세트를 간직했다가 네가 결혼할 사람에게 주어라." 언젠가 그곳으로 산책을 나갔다가 어머니가 말했어. "결혼하려면 아직도 멀었어요." 내가 이렇게 말했더니 어머니는 자기 죽음에 대해서도 그렇게 말할 수 있었으면 좋겠다고 했어. 결국 나는 어머니의 말을 지키지 못했어. 어머니가 돌아가시고 옷장 속 여행용 가방에 숨겨놓았던 그 납작한 빨간 보석함들을 열고 내용물을 볼 수가 없었어. 거기서 뭔가를 꺼내 미래의 행복을 준비해놓는 일은 차마 할 수가 없었어.

오후 늦게 나는 우리 집으로 접어드는 길을 따라 올라갔어. 딱딱하게 굳어버린 눈이 군데군데 남아 있는 길을 몇 킬로미터쯤 가다가 멀리 불빛이 하나 보이면 그게 우리 집이야. 가기에 쉽지도 않고, 흔히 생각하기에 매력적인 곳도 아니지. 고르지 않은 땅에 돌계단을 만들었고 그 옆으론 진달래 같은 꽃들이 웃자라 있어. 그리로 올라가면 현관이 나와. 진입로에 차가 있는 걸 보니 아버지가 계신 거였지. 아버지는 덧문 뒤에서 내가 가방을 들고 들어오는 모습을 지켜보고 있었어.
"우리는 네가 더 일찍 올 줄 알았다." 아버지가 말했어. "점심때쯤 온다고 하지 않았니."
그때 나는 그 말을 실감했어. 저 집 안에 다른 사람이 있다는 걸, 아버지가 주저하지 않고 '내'가 아니라 '우리'라고 말하도록 하는 사람이 있다는 걸 말이야. 나는 오는 길에 제시카네 집에 들렀고, 거기서 두 시간 있었다는 말을 하지 않았어. 대신 차가 막혔다고 했지. 나 때문에 아버지가 회사에서 일찍 들어오신 건가 했어. 아니면 그날 아예 가지 않았을 수도 있고. 아버지의 차림새로 봐선 알 수가 없었어. 양복 대신 주말에 입듯이 진한 푸른색 바지에 크림색 스웨터를 입고 계셨어. 지난번보다 흰 머리가 더 많아졌지만 박력 있게 잘생긴 얼굴은 여전했어. 물론 나이가 드셨으니 코 옆의 살도 늘어지고 흐린 녹색 눈동자―이 눈동자 때문에 어머니는 아버지 쪽에 아일랜드 계 피가 흐른다고 주장하셨지―엔 예전보다 호기심이 덜했지. 불과 몇 주 전에 실크 쿠르타를 입고 머리엔 신랑이 쓰는 토포르를 쓰고 있는 아버지 모습을 상상해봤어. 결혼식 때 누가 사진을 찍었는지, 아버지가 사진들을 보여줄지 궁금하기도 했어.

집에 들어서니 강한 음식 냄새가 진동했어. 난 집 안에서 나는 음식 냄새에 익숙지 않았어. 그걸 빼면 다른 건 별로 바뀐 건 없었어. 숲을 찍은 내 흑백 사진들이 여전히 현관 복도 한쪽 벽에 나란히 걸려 있었어. 어머니가 굳이 고집하셔서 액자에 넣어놓은 거였지. 집은 언제나 좀 차가운 분위기였지. 곳곳에 붙박이장이 있어 일상적인 삶의 흔적을 감춰주었어. 이제 거기 살지 않아서 그런지 집이 새삼스럽게 커 보였고, 거실의 2층 높이 천장이며 나무가 내다보이는 거대한 유리 벽은 개인 집이기보단 공공건물 같은 느낌이었어. 유리 벽을 따라 설치한 붙박이 소파엔 스무 명은 너끈히 앉을 수 있었는데, 실제로 어머니의 장례식 때 그렇게 했어.

내가 코트를 벗자마자 아버지가 받아 옷장 안에 걸었고, 식탁으로 안내했어. 어머니는 현대 건축에 어울리는 가구들을 원하셨고, U 자형 까만 가죽 소파와 머리 위에서 아치를 그리는 커다란 크롬 스탠드, 완두콩처럼 생긴 유리 탁자, 그리고 섬유유리로 만든 식탁과 의자 세트 등을 들여놓았지. 또 식탁 위에 절대 식탁보를 깔지 않았는데, 이젠 식탁보가 덮여 있었어. 무슨 인도 문양이 찍힌 천이었는데 침대보 같기도 했고, 식탁 끝까지 덮여 있지도 않았어. 어머니는 식탁 한가운데 과일과 꽃을 한가득 올려놓곤 했었는데, 이제는 스테인리스 쟁반 위에 평범한 소금 병과 피클 병 두 개가 놓여 있었어. 매운 망고와 달콤한 라임이었는데 상표엔 얼룩이 져 있었고 뚜껑 없이 숟가락만 기름 속에 꽂혀 있었어. 식탁 한쪽 끝에 한 명 먹을 자리만 차려져 있었더군. 접시 위에 반투명한 루치기름에 튀겨 부풀린 인도의 통밀빵가 쌓여 있었고 달과 채소를 담은 작은 그릇들이 반원형으로 놓여 있었어.

"앉아라." 아버지가 이렇게 말했어. "배고프겠다." 아버지는 떨리는 것 같았어. 나도 그랬고. 아버지 손엔 술잔이 들려 있지 않았고 이 시간이면 거실 탁자 위에 나와 있을 조니 워커 병도 보이지 않았어.

나는 그대로 서서 식탁을 내려다봤어. 별로 먹고 싶은 생각이 없었어. 난 이제 인도 음식엔 익숙하지 않아. 학교에 있을 때는 카페테리아에서 먹었고, 어머니가 돌아가신 후 집에 오면 아버지와 함께 나가서 먹거나 피자를 사다 먹곤 했어. 그래서 이사 올 때 어머니가 그렇게 좋아하시던 그 굉장한 가스레인지는—그릴을 넣어 쓸 수도 있어서 어머니는 꼬치를 만들 거라며 좋아하셨지— 찻물 끓일 때밖엔 사용을 안 했지. 그러다가 식탁 위 천장 한구석에 비샌 자국이 있는 걸 봤어.

"저건 언제 그랬어요?" 내가 물었어.

"한참 됐다."

"안 고치실 거예요?" 건물이나 구조에 민감하셨던 아버지는 그런 문제에 언제나 신경을 쓰시는 편이었어.

"큰 작업이다." 아버지가 말했어. "이 지방에 있는 집들 지붕이 경사가 진 데는 다 이유가 있는 거다."

사람들의 목소리도, 발자국 소리도 들리지 않았어. 부엌에서 요리하는 소리나 물을 틀어놓은 소리도 들리지 않았고. 치트라와 딸들이 집에 있는 수많은 붙박이장 속에 몰래 숨어있는 것 같았어. 붙박이장이 삼켜버린 다른 것들과 함께 말이야. "어디 있어요?" 결국 내가 이렇게 물어야 했어.

그때 부엌에 달린 여닫이문을 열면서 치트라가 나왔어. 아버지보다 내 나이에 가깝다는 걸 알고 있었지만 실제로 보니 충격이었어. 머리카락은 길고 까맸고 코가 넙적했어. 그게 아니라면 얼굴은 괜찮은 편이었을 거야. 그렇다고 해도 예쁘다고 하기에 얼굴은 너무 둥글었어. 생각했던 것보다 키가 큰 편이었고, 어머니보다도 조금 더 컸어. 가르마엔 주홍물이 들어 있었어. 우리 어머니는 지키지 않았던 풍습이었지. 그 빨간 파우더 자국이 그녀의 외모에서 가장 눈에 띄는 부분이었어.

"나를 새엄마라고 불렀으면 좋겠어." 그녀가 벵골 어로 말했어. 목소리는 우리 어머니보다 저음이었어. 약간 허스키한 목소리가 묘하게 사람 마음을 안정시키는 데가 있더군. "다른 의견이 있니?" 그녀는 친절하게 웃으며 내 반응을 살폈어. 나는 고개를 저었지. 웃지는 않았어.

"앉으렴." 이번에는 영어로 의자를 가리키며 그녀가 말했어.

나는 아버지 쪽을 돌아보며 물었어. "다 같이 먹는 거 아녜요?"

"우린 먹었단다." 치트라가 다시 벵골 어로 말했어. "운전을 오래 했지. 음식이 더 있어."

그녀는 황급히 부엌으로 들어갔고 나는 의자에 앉았어. 먹고 싶지 않았지만 입안에 침이 돌면서 갑자기 내 눈앞에 놓인 음식이 넉넉한 게 다행스러워졌어. 마지막으로 먹은 게 제시카를 데려다주면서 만난, 제시카의 어머니가 구운 과일케이크 한 조각이었으니까. 케이크가 맛있었고, 제시카의 어머니는 가면서 먹으라고 호일에 더 싸주었지만 그걸 거실 탁자에 놔두고 왔어. 그녀가 어릴 때 쓰던 방에 있는, 기둥이 달린 침대에서 제시카가 키스를 하는 바람에 정신이 없었어.

"먹어라, 코쉭." 아버지가 옆에 앉아서 말씀하셨어. "식는다."
주로 아이스크림을 먹을 때 쓰던 작은 유리그릇에 음식을 담아 늘 어놓은 방식은 나에겐 너무 형식적이었어. 이게 캘커타에서 할아버지들이 드시던, 옛날 식으로 제대로 차린 밥상이었어. 아침에 목욕을 하고 나면 왕처럼 매일 이렇게 드셨지. 나는 어떻게 먹는 게 잘 먹는 걸까 생각했어. 음식을 하나씩 차례로 맛보며 먹을지, 접시에 한꺼번에 담아 먹을지. 이런 생각을 하면서 난 먼저 루치를 먹었어. 아직 따뜻했고 근사하게 부풀어 있었어. 봄베이에서 일요일 아침에 파시 교도 요리사인 자린이 준비한 루치를 먹던 게 생각났어. 부엌에서 자린에게 반죽을 한 번 더 만들라고, 기름이 덜 데워졌는데 튀겨버렸다고 투덜거리던 어머니의 그 경쾌한 목소리가 들리는 듯했어.

치트라가 이번에는 딸들을 데리고 나왔어. 처음 봤을 때 두 여자애들은 키가 몇 센티 차이 날 뿐 거의 분간이 힘들었어. 집은 적당히 따뜻했는데도 아이들은 두꺼운 스웨터에 양말까지 옷을 껴입고 있었어. 잘 어울리지 않는 인도 옷들이었고 곧 쇼핑몰에서 옷을 사면 입지 않을 게 뻔했어. 둘의 스웨터는 비슷한 계통의 촌스러운 분홍색 모직이었어. 아이들은 치트라를 많이 닮지 않았어. 피부가 더 검었고 얼굴은 달걀형으로 더 귀여웠어. 둘 다 빨간색 리본으로, 머리를 양 갈래로 묶고 있었어.

"이거 먹을래?" 내 접시에 있던 루치를 가리키며 물었더니 놀랍게도 그들은 내게 다가와서 손을 내밀었어. 다른 한 손으론 입을 막고 키득키득 웃으면서 말이야. 둘 중에 하나, 그러니까 키가 작은 애가 앞니가 빠진 게 보였어.

"다다 조용히 먹게 놔둬." 치트라가 말했어. 자기를 뭐라고 부를 지는 그렇게 조심스럽게 말해놓고선 내가 아이들의 다다(오빠)라는 사실에는 서슴지 않았어.

"코쉭이라고 불러도 돼." 나는 아이들에게 이렇게 말했더니 아이들은 다시 입을 손으로 가리고 더 크게 웃기 시작했어.

"KD라고 하면 어떨까?" 아버지가 이런 제안을 했어.

우리는 모두 황당한 눈길로 아버지를 쳐다봤어. 우리가 지금 이렇게 모이게 된 이유인 아버지를.

"코쉭 다다를 줄여서 말이야." 아버지의 설명이었어. 이게 방금 떠오른 생각인지, 아니면 아버지가 미리 한참 동안 궁리해서 나온 생각인지 궁금하더라. 하긴 언어에 관해서 좀 창조적인 데가 있는 편이긴 하셨지. 주말에 벵골 어로 시를 써서 어머니에게 읽어주고 말이야. 어머니의 반응으로 봐선 아버지의 시는 재치가 있었던 것 같아. 토목 기사인 아버지가 시인이란 건 우리 가족만 아는 사실이었지. 물어보진 않았지만 아버진 어머니가 돌아가신 후 더 이상 시를 쓰지 않는 것 같았어. 그만두신 게 한두 가지가 아니었지만.

"그거 좋은 생각이네요." 내가 도착한 이래 치트라가 처음으로 아버지에게 직접 말했어. 찬성하는 투가 누가 조금만 잘해도 칭찬을 해주던 사람 같았고, 그때 그녀가 전에 학교 선생이었다는 사실을 기억해냈지. "맞아요, KD가 나아요."

난 그 호칭이 바보 같다고 생각했지만 아버지가 하도 자랑스러워했고, 적어도 치트라가 제안한 것보다는 나았어. "그럼 나는 너희들을 뭐라고 부르지?" 이복동생들에게 내가 물었어.

"난 루파예요." 큰애가 이렇게 답했어. 엄마를 닮았는지 목소리가 허스키했어.

"난 피우예요." 앞니가 빠진 아이는 이렇게 답했고.
"방이 너무 좋아요." 루파가 이렇게 말했어. 약간 뻣뻣하고 감정 없이, 마치 미리 외운 말을 되풀이하듯이. "우리는 너무 감사하고 있어요."

아이들은 내게 영어로 말했는데 인도어 억양이 무척 강했어. 아마 우리가 미국에 와서 너희 집에서 얹혀살 때 내 억양도, 완벽히 미국인이 된 네 귀에는 그렇게 강하게 들렸겠지. 그애들의 억양도 차차 없어지다가 촌스런 스웨터와 머리 스타일과 함께 결국 사라지겠지.

"루파와 피우가 수족관하고 과학박물관을 무척 보고 싶어한다." 아버지가 이렇게 말했어. "언제 네가 데려갈 수 있을지 모르겠구나, 코쉭."

나는 그 말에는 대답을 하지 않았어. "아주 맛있어요." 대신 벵골어로 이렇게 말했어. 다른 집에 가서 음식을 먹고 나면 이렇게 말하라고 어머니가 그러셨었지. 내가 먹은 그릇을 부엌에 갖다놓으려고 일어섰어.

"먹지도 않았잖니." 치트라가 나를 잡으며 말했어. 그녀가 내 손에서 접시를 뺏으려 했지만 나는 놓치지 않고 부엌으로 갔어. 식기세척기 위 찬장에 아버지가 넣어둔 조니 워커를 한 잔 따라 마실 생각이었지.

"뭐가 필요한데? 내가 갖다줄게." 치트라가 나를 따라 들어와 말했어. 치트라가 부엌에 들어와 있는 걸 보니 갑자기 메스꺼웠어. 어머니가 여기서 요리를 하던 기억은 별로 없지만 그래도 부엌은 집안의 어떤 곳보다 어머니의 모습이 많이 서려 있는 곳이야. 창턱에서 아직도 잘 자라고 있는 비취목과 접란은 어머니가 물을 주던 화초들이고 오렌지색과 흰색이 섞인 해를 닮은 벽시계의 디자인은 어머니가 무척 좋아하셨어. 초침이 좀 떨리긴 했지만 아직 벽에서 시간을 잘 가리키고 있었지. 당시에 설거지는 거의 내가 했지만 싱크대 위로 어머니의 손이 움직이는 모습을 머리에 떠올린 적은 많아. 몸을 조리대에 기댄 날씬한 어머니의 모습을 말이야. 나는 치트라에게 대꾸를 하지 않고 찬장을 열어 잔을 꺼내고 다른 장을 열어 스카치를 찾았어. 하지만 거긴 이제 시리얼 상자들과 캘커타에서 가져온 인도 과자 차나추르 봉지밖엔 없었어.

아버지도 부엌으로 들어왔어. "스카치 어디 있어요?" 내가 물었지.

그는 치트라를 쳐다보았고, 둘이서 말없이 신호를 주고받는 듯하더니 그녀가 밖으로 나갔어. "내가 치웠다." 우리 둘만 남자 아버지가 이렇게 말했어.

"왜요?"

"이제 안 마신다. 밤에 잠이 더 잘 오더라."

"언제부터요?"

"이제 한참 됐다. 그리고 치트라를 놀라게 하고 싶지도 않았다."

"놀라게 해요?"

"좀 옛날 식이라서." 아버지는 냉장고 옆 틈새에 세워두었던 접이계단을 꺼내서 그걸 폈어. 그리고 맨 위에 올라가 냉장고 위에 있는 찬장을 열었어. 접이계단을 놓았는데도 반쯤 남은 술병에 겨우 손이 닿았어.

나는 아버지에게 도대체 뭐가 씌었기에 나이가 절반밖에 안 되는, 그것도 구식인 사람과 결혼을 한 거냐고 묻고 싶었어. 하지만 아버지의 손에서 술병을 받으며 대신 이렇게 말했지. "내가 놀라게 하는 건 괜찮았으면 좋겠네요."

"그냥 조심히 마셔라. 특히 아이들 앞에선."

부모님은 조니 워커에 대해서만큼은 별로 조심한 적이 없었어. 내 앞에서도, 다른 어느 사람 앞에서도 마찬가지였어. 어머니가 돌아가셨을 때, 그때 난 겨우 열여덟이었지만 어머니의 자리를 채웠어. 아버지와 함께 있어드리려고 얼음에 묽어진 술을 한 잔, 두 잔 계속 마셨어. 둘 다 자야겠다는 생각이 들 때까지 말이야. 학교에선 스카치를 마신 적이 없어. 주로 맥주를 마셨지. 하지만 집에만 오면 그 맛이 미칠 듯 그리웠어. 광고판이나 잡지에서 조니 워커 광고를 보면 어머니 생각을 안 할 수 없는 것처럼 말이야.

"나는 내일 출근하니까 네가 트리를 좀 사왔으면 좋겠다." 아버지가 말했어. "128번 도로에서 멀지 않은 데 파는 곳이 있더라. 아마 애들도 따라가고 싶어할 거다. 엄청 신이 났더라."

나는 잘 못 알아들었다는 표정으로 아버지를 쳐다봤어. 아버지가 낮에 회사에 가고, 집에 나와 치트라와 애들만 있게 될 거라곤 지금껏 생각지 못했어.

"크리스마스 트리요?" 어머니가 돌아가신 후 지난 3년 동안 집에서 명절을 쇤 적이 없었어. 대신 친지들이 초대하면 응했고, 아침에 다른 가족들은 파자마 차림일 때 우리만 옷을 차려입고 나타나곤 했지. 다른 집 아이들이 선물 상자를 수도 없이 열어볼 때 나는 스웨터나 와이셔츠가 들어 있는 상자를 달랑 하나 받곤 했어. 봄베이에서 어머니는 언제나 크리스마스 날 파티를 했는데 집 전체를 작은 전구로 장식하고 히비스커스 화분 아래 선물을 놔두었어. 어머니는 이때

즈음이면 케임브리지를 다정하게 기억했어. 우리가 두고 온 너희 가족과 다른 가족들 얘길 했고, 추운 날씨나 장식을 한 상점들, 계속 배달되는 카드가 없으니 크리스마스 맛이 나지 않는다고 했어.

"선물도 좀 사야겠지." 아버지가 덧붙였어. "아직 며칠 시간이 있다. 뭐 대단한 걸 살 필요는 없어."

치트라와 아이들이 식당에 모여 아버지와 하는 얘기를 모두 듣고 있을 거라고 생각했지만 그래도 이 말을 하고야 말았어. "저 아이들은 내 나이의 반도 안 돼요. 쟤네들과 함께 놀란 말예요?"

"너한테 뭘 하라는 게 아니다." 아버지는 조용하게 답했어. 내 말에 동요되는 것 같지 않았고 어쩌면 오히려 안도를 했는지도 몰라. 이제 우리가 공식적으로 대립하고 있는 게 분명해졌고 더 이상 아닌 체하지 않아도 되었으니까. 아버지는 마치 이 장면을 머릿속에서 몇 번씩 리허설해서 이제 거의 지루해졌다는 듯이 말했어. "나는 그저 나무를 사 올 수 있겠냐고 너한테 묻고 있을 뿐이다."

난 아직 술을 따르지 않았어. 조리대에 기대어 한 손에는 술잔을, 다른 한 손에는 아버지가 숨겨놨다 건네준 술병을 들고 서 있었어. 그제야 난 술을 따랐어. 어머니가 하던 식으로 얼음 한 알만 넣고, 물은 섞지 않았어. 따른 술을 마신 다음, 한 잔을 더 따랐어.

"살살 마셔라." 아버지가 이렇게 말했어.

나는 아버지 쪽을 쳐다봤어. 어머니가 돌아가시고 나서 아버지의 인상을 바꾼, 어떤 표정이 있어. 슬프다기보단 신경질적으로 체념한 얼굴이랄까. 내가 어릴 때 유리잔을 손에 들고 있다가 놓쳐 깨뜨렸을 때나 또는 피크닉 가기로 한 날 비가 올 때 짓는 표정이었어. 어머니의 병실을 마지막으로 들어서던 그날 아침에도, 아버지는 바로 그 표정을 짓고 있었어. 그 이후로 학교에서 집에 돌아올 때마다 그 표정으로 나를 맞았는데, 내가 아니라 아버지를 실망시킨 어머니를 보고 있는 것 같았어. 그런데 지금 아버지의 얼굴은 그렇지 않았어. "살살 할 수가 없어요." 내가 말했어. 까만 저녁 창에 비친 스스로를 견딜 수 없다는 듯 나는 고개를 세게 저었어. "그럴 만큼 쉽지가 않다고요."

다음 날 아침 일어났을 때 아버지는 이미 회사에 가고 없었어. 한동안 나는 몇 시인지도 모르는 채 침대에 누워 있었어. 처음엔 내가 왜 손님방에 있고 왜 천장을 타고 여자아이들 웃음소리가 들리는지 헷갈렸지. 손님방은 1층에 있었고 부엌 뒤쪽으로 따로 난 공간에 떨어져 있었어. 침대는 더블이었고 매트리스가 바닥 가까이에 있는, 나지막한 플랫폼 침대였어. 건너편 벽은 마당과 수영장으로 나가는 미닫이 유리문이었고, 수영장 위엔 검은 덮개가 덮여 있었어. 처음에 이사 왔을 때 어머니는 손님방에 이상할 정도로 신경을 많이 쓰셨어. 침대를 덮을 연두색 퀼트와, 미닫이문 위에 달 커튼, 침대 옆 협탁 위에 둘 알람시계, 붙어 있는 화장실에 놓을 비누 받침대 등을 직접 쇼핑하셨어. 그러고는 나더러 서랍장 위에 분홍색과 보라색으로 가득한 마두바니^{천연 안료로 염색한 인도의 민화} 그림을 달아달라고 했지. 어머니가 누굴 생각하고 그러는지 알 수 없었지만 그때는 어머니가 좋아할 일이라면 뭐든 하려고 할 때였으니까. 안방 바로 옆에 있는, 그러니까 예전 내 방에 있지 않아도 된다는 게 다행스러웠어. 밤에 어머니가 숨을 헐떡이고 괴로워서 신음하던 소리를 듣던 게 얼마나 끔찍했는지 생각하면 말이야. 지금은 자기 전에 치트라와 아버지가 속삭이는 소리를 듣거나, 이불 속에서 나란히 누워 있을 그들의 몸을 상상해야 했겠지.

내가 알기로 손님방에서 지냈던 유일한 사람은 가리비안 부인이라는 간호사였어. 아버지와 내게 일이 너무 벅차지면서 어머니를 돌봐주러 오던 분이야. 어머니가 집이 아니고 병원에서 돌아가시겠다고 결정하기 전의 일이었지. 가리비안 부인은 갈색 머리를 짧게 자른 중년 여자였어. 남부 억양이 약간 있는. 남편이 아르메니아 사람이었고 시어머니에게 그 다양한 간식 만드는 법을 배웠다고 했어. 타파웨어에 양고기 파이나 포도 잎사귀에 속을 넣어 만든 음식 등을 담아 왔는데, 이제는 어머니가 죽어가던 때를 생각나게 만드는 음식들이 되어버렸어. 아무튼 가리비안 부인은 아버지와 나를 위해 그 음식들을 냉장고에 넣어놓았고, 부탁하지 않아도 빵과 우유를 사다 놓았어. 보통은 저녁때 퇴근했지만, 2주 동안 우리 집에서 지낸 적이 있었어. 어머니에게 모르핀을 놓고 침대용 변기를 치우고 음식 레시피가 적혀 있을 듯한 공책에 뭔가를 적곤 했지. 그 차분하면서도 낙관적인 태도를 보면서 나는 가리비안 부인이 어머니를 저렇게 지켜줄 힘이 있는 사람이 아닐까 생각했어. 병을 고치진 못해도 어머니를 영원히 죽지 않게 하지 않을까. "이때가 가장 힘든 거야." 그녀는 언젠가 내게 이렇게 말했어. "숨을 가다듬고 앞으로 더 힘든 일이 많이 남아 있을 거라 생각하겠지만, 지금이 가장 힘들 때야. 너나 네 엄마한테." 그때는 그 말이 위안이 되지 않았지. 어머니가 폐로 숨을 들이쉬고 내쉴 수 없게 되는 순간보다, 그 지친 눈으로 우리를 볼 수 없게 되는 그 순간보다 나쁜 건 있을 수 없다고 생각했어. 매일매일 어머니의 얼굴을 볼 수 없는 것보다 참기 힘든 건 없다고 생각했어. 아름답던 얼굴이 심하게 일그러져 있었지만 그래도 어머니의 얼굴이었어. 하지만 어머니가 돌아가시고 나서 가리비안 부인의 말이 옳았다는 걸 느꼈어. 죽음을 기다리는 시간보다 끔찍한 건 없었어. 그 이후에 오는 허탈감은 그 당시 우리를 짓누르던 무게에 비하면 견디기 쉬운 거였어.

나는 일어나 스웨터를 입고 미닫이문을 조금 열고 담배에 불을 붙였어. 사방엔 온통 치우지 않은 낙엽이었고, 바람이 일면 낙엽이 공중에 날렸어. 여름방학 때 집에 오면 그래도 수영장이 있어 견딜 만했는데, 작년 여름엔 부모님이 유럽 여행 가신 브루클린의 친구 집에서 보냈더니 아버지는 아예 물도 안 채워놓았어. 어젯밤 저녁을 먹으면서 필터를 갈아야 한다고 하시더라. 이 집에 이사 온 첫해 여름, 어머니는 수영을 정말 열심히 하셨어. 매일 아침식사 전에 수영장을 마흔 번 왕복하셨으니까. 이듬해 여름 어머닌 항암치료 때문에 기력이 없었어. 날이 더우면 물속을 걷거나 다리만 담그고 있다가 그해 여름이 다 갔을 때 돌아가셨지.

안에서 텔레비전 소리가 들렸어. 손님방을 나가면 그들이 보이겠지. 나는 청바지를 입었어. 집에서 팬티 차림으로 돌아다닐 수 없다는 사실에 짜증이 났지. 화장실에 가서 이를 닦고 천천히 면도를 했어. 음식은 싫고 커피 생각만 났어. 어젯밤 저녁이 지나치게 많았거든. 치트라는 아버지와 나와 아이들이 먹을 때 시중을 들고 우리가 다 먹고 나면 혼자서 먹었어. 봄베이에서 하녀들이 하던 식으로 말이야. 식탁에 또 음식이 잔뜩 차려진 게 아닐까 했지만 아침식사는 없었어. 거실에 있는 치트라와 아이들에게 다가갔을 때도 뭘 먹으란 소리는 하지 않았어. 소파 위에 다리를 다 올려놓고 앉아서 〈패밀리

퓨드)를 보고 있었어. 높은 천장 때문에 그들은 더 작아 보였고, 거실에 들어오는 아침 햇살에 하얗게 파묻혀 있었어. 아이들은 옷을 입고 있었지만 치트라는 빨간색과 노란색으로 사라사 염색이 된 촌스러운 실내복을 입고 있었어. 화장기도 없이 치장을 하지 않고 있으니 더 어려 보이더군. 그녀는 차를 마시고 있었고, 옆에는 어머니의 비스킷 통이 열려 있었어.

"좋은 아침." 내가 말했어.

"좋은 아침." 피우와 루파가 합창으로 답했고, 그들의 눈은 재빨리 텔레비전으로 옮겨갔어.

"차를 갖다줄게." 치트라가 컵을 탁자 위에 올려놓고 일어나려 했다. "차를 일부러 안 만들었어. 아버지 말씀이 네가 집에 오면 늦잠을 잔다고 해서."

"괜찮아요. 일어나지 마세요. 안 마셔요."

어젯밤처럼 치트라는 내게 벵골 어로 말했고, 나는 영어로 했어. 미국식 발음을 못 알아들을 수도 있겠다고 생각했지만 알아듣는 것 같았어.

치트라가 인상을 쓰며 모르겠다는 표정을 지었어. "아침에 차를 안 마셔?" 아이들도 텔레비전을 보다 말고 나를 쳐다봤어.

"커피를 마셔요. 학교에서 그렇게 하거든요. 이제 그게 습관이 되어서요."

"하지만 부엌에 커피가 없던 걸. 본 적이 없는데."

"걱정 마세요. 던킨 도넛에 가서 사오면 돼요."

그녀가 물을 틈도 주지 않고 난 계속 말했어. "도넛을 파는 곳이에요. 도넛은 중간에 구멍이 뚫린 케이크 같은 거예요."

"가게가 멀어?"

"몇 분이면 돼요."

"하지만 차를 타고 가야 하지?"

고개를 끄덕이자 그녀는 실망한 표정이었어. "차 없이 아무 데도 갈 수 없나?"

"그렇지요. 운전하세요?"

그녀는 고개를 저었어.

"어렵지 않아요. 면허를 딸 수 있을 거예요."

"아, 아니……." 할 수 없어서 못 하는 게 아니라 너무 품위 없는 일이라 못 하겠다는 듯이 그녀가 말했어. "난 배우고 싶지 않아."

"금방 다녀올게요." 아이들이 나를 올려다보고 있는 걸 알아차리고 나는 머뭇거렸어. "너희들도 갈래?"

"예, 갈래요." 루파와 피우가 동시에 말했어. 그들은 치트라를 쳐다봤고, 치트라는 좋다는 뜻으로 고개를 끄덕였어.

나는 손님방으로 돌아가 지갑과 열쇠를 가지고 나왔어. 아이들은 벌써 코트를 입고 있었어. 그들이 여기 온 후 아버지가 사주었는지 똑같은 빨간색 파카였어. 두꺼운 지퍼와 밝은 나일론의 질감 덕분인지 아이들이 달라 보였고, 갑자기 버젓한 미국 아이들 태가 나더라고. 아이들은 신문지와 빈 음료수 병과 교과서와 카세트테이프가 흩어져 있는 내 차 뒷좌석에 함께 앉았어. "지저분해서 미안." 좌석에 있던 걸 다 바닥으로 떨어뜨리면서 말했어. 아이들은 조심스럽게 안전벨트를 맸어. 루파는 좌석에 끼어 있던 벨트를 꺼내서 피우가 벨트를 매는 걸 도와줬어. 실내복을 입은 치트라는 덧문 안에 서서 우리를 보고 있었어. 그녀는 그저 날 믿고 들어본 적도 없고, 어디 있는지도 모르는 곳으로 자기 아이들을 보내고 있었어. 그래도 손을 흔들며 억지로 웃어 보였어. 내가 클러치를 밟고 후진을 하려는데 치트라가 갑자기 덧문을 열고 고개를 내밀었어. "그러면 여긴 괜찮을까?"

"무슨 말이에요?"

"이 집에서 나 혼자 안전하겠냐고?"

"물론이죠." 나는 이번이 처음이라는 데 놀라서 이렇게 말했어. 거의 비웃을 뻔했지. "즐기시라고요."

"엄마는 우리를 밖에 못 나가게 해요." 피우가 말했어. "엄마랑 함께가 아니면요."

"이웃이 안 보여서 엄마는 무서워해요." 루파가 이어서 말했어.

"그리고 우리가 수영장에 빠질까 봐 무서워하고요."

나는 어떻게 대답해야 할지 몰랐어. 긴 진입로를 후진해서 집에서 빠져나오면서, 시내로 운전을 하면서 아무 말도 하지 않았어. 가장 가까운 던킨 도넛이 15분도 안 걸리는 거리에 있었고 다 왔을 때 너무 금방 와버렸다고 생각했어. 나는 계속 운전을 하고 싶었고 다음 시내 쪽으로 계속 가기로 했어. 어머니와 가끔 바람을 쐬러 가던 해변이 있는 곳이었어. 그곳으로 가려면 고속도로를 타야 했고, 텅 비고 밋밋한 길에서 잠시라도 속도를 내는 것이 좋았어. 아이들은 어디 가는지 묻지 않았고, 각자 창밖에서 눈을 떼지 않았어. 어차피 멀지 않아서 말이 없어도 어색하지는 않았어. 다음 시내로 들어갔고, 멀리 가는 회색 줄처럼 바다가 보이는 길로 들어섰어. 루파와 피우더러 보라고 손가락으로 가리켰지만 그들은 아무 말도 하지 않았어. "드라이브—스루로 지나갈래 아니면 안에 들어가서 먹을래?" 도넛 가게에 도착했을 때 내가 말했어. "어떤 게 좋아?"

"뭐가 더 좋은데요?" 루파가 물었어.

"드라이브—스루로 가면 커피를 받아서 집에 가는 길에 마실 수 있고, 들어가면 앉아서 마실 수 있지."

루파는 드라이브—스루가 좋다고 했고, 피우는 안에 들어가자고 했어. "그럼 이렇게 하자." 내가 말했어. "들어갔다가 나오는 길에 드라이브—스루로 가서 커피를 더 달라고 하자."

아이들은 둘 다 할 수 있어서 좋아하는 것 같았고 차에서 내려 손을 잡고 주차장을 걸어갔어. 던킨 도넛은 주류 판매점과 '베드앤베스앤비욘드', 파티 용품 가게가 함께 달린 쇼핑 플라자에 있었어. 주차장은 막바지 크리스마스 쇼핑을 하는 사람들로 붐볐지만 던킨 도넛 안은 텅 비어 있었어. 스피커에서 크리스마스 캐럴이 흘러나왔는데 그 진부한 멜로디도 루파와 피우에겐 낯설었지. 나는 커피를 주문하고 아이들에게 뭘 먹겠느냐고 물었어. 피우는 발꿈치를 들고 서서, 루파는 입을 약간 벌린 채 혀를 입가에 대고 갖가지 도넛을 쳐다봤어. 이런 상황에선 피우를 안아주는 게 맞는 거 같아서 팔을 벌렸더니 피우는 팔을 번쩍 들어 내게 안겼어. 생각했던 것보다 무거웠고 카운터 위에 앉혔더니 거기서 계속 도넛들을 골랐어.

"KD가 가장 좋아하는 건 뭐예요?"

"보스턴 크림."

"그럼 난 그거."

"나도." 루파가 말했어.

"세 개 주세요." 점원에게 내가 말했어.

우리는 자리에 앉았어. 포마이카 탁자를 사이에 두고 한쪽에 내

가, 건너편에 이복 여동생들이 앉았어. 아이들은 열심히 먹기 시작
했어. 나는 알아들을 수 없는 말을 저희들끼리 주고받으면서 쉬지
않고 다 먹었어. 나도 도넛을 먹었지. 먹으면서 아이들 입이 나보다
얼마나 작은지, 도넛을 다 먹는 데 나보다 얼마나 오래 걸리는지 새
삼 깨달았어. 우리는 모든 게 달랐지만, 어쩔 수 없이 우리를 묶어주
는 사실 또한 이제 부인할 수 없었어. 물론 아버지가 있었지만, 어찌
보면 아버지는 크게 상관이 없었어. 이 아이들처럼 나도 인도에서
매사추세츠로 왔었지. 충격을 모르기엔 너무 컸고, 무슨 말을 하기
엔 너무 어렸을 때. 아이들은 이걸 모두 기억할 거야. 내가 너희 부
모님 댁에 갔을 때처럼 선명하게는 아니겠지만 그래도 기억할 거야.
루파와 피우처럼 나도 부모 중 한 명을 여의었고, 이제 우리는 새 부
모를 맞아야 할 운명이었어. 나는 아이들이 아버지를 얼마나 기억하
고 있을지 궁금했어. 피우는 그때 겨우 다섯 살이었는데 말이야. 3
년 반이 지나고 나니 이제 어머니에 대한 기억도 희미해지고, 어머
니와 보낸 수많은 날 중에서 일상적인 장면 몇 개 밖엔 남지 않는 것
같아. 루파와 피우에 비하면 그래도 난 운이 좋은 편이야. 그렇게 오
랫동안 어머니가 있었잖아. 두 아이들은 죽음이란 걸 인식하고 사는
듯했어. 그저 움직이는 방식만 봐도 뭔가 너무 일찍 상처받았고 아
직 회복되지 않았다는 걸 느낄 수 있었어. 발랄한 아이들이었지만
어딘가 그런 구석이 있었어.

"맛있었어?" 내가 물었어.

두 아이들 모두 고개를 끄덕였고, 피우가 말했어. "이가 또 하나
흔들거려요." 그러고는 입을 벌리더니 초콜릿이 묻은 조그만 아랫
니를 혓바닥으로 눌렀어.

커피가 너무 뜨거워서 뚜껑을 열어 탁자 위에 두었어. 피우는 창밖으로 주차장에 차가 들어오고 빠져나가는 걸 지켜봤어. 루파는 진열된 도넛과 커피포트, 빨간 음료를 담은 통 들을 번갈아 쳐다봤어.
"하나 더 먹을래?"
루파는 내 시선을 피하면서 고개를 저었어. 루파는 피우보다 성격이 내성적인 것 같았고, 가끔 새로운 주변 환경에 시큰둥하다는 인상이었어. "엄마한테 하나 갖다드리고 싶어요."
"위에 색깔 있는 걸로." 피우가 의자에 무릎으로 올라앉으며 손가락으로 가리켰어. "그게 제일 예뻐."
루파는 아니라고 했어. "나는 저기 눈 덮인 게 좋은데."
"여기 1달러짜리가 있다." 내가 엉덩이를 들어 지갑을 찾으며 말했어. "두 개 더 사면 어때?"
"우리는 돈을 만지면 안 돼요." 루파가 대답했어.
"겨우 1달러인데, 뭐. 여기서 저기로 가다가 잃어버려도 괜찮아." 내가 계산대를 보면서 말했어. "대수도 아냐."
"대수?" 피우가 까만 눈썹을 모으며 물었다.
"중요하지 않다고."
아이들은 자릴 미끄러지듯 빠져나가 카운터로 걸어갔어. 둘 다 퍼레이드에서 작은 깃발을 든 것처럼 지폐의 한 귀퉁이를 잡고서 말이야. 나는 카운터를 등지고 앉아 있었는데 몸을 반쯤 돌려서 아이들을 지켜봤어. 루파가 한 번, 그리고 두 번 손가락으로 가리켰고 둘이 함께 점원에게 1달러짜리 지폐를 내밀었어. 점원은 종이봉투의 입구를 접은 다음 누구에게 줘야 할지 몰라 앞으로 내밀었다가 말았어. 결국 루파가 있는 쪽 카운터 위에 올려놓았어.

"왜 아무 말도 안 했어?" 아이들이 돌아왔을 때 물었어.

루파가 내게 잔돈을 주면서 좀 겁먹은 표정을 지었어. "우리가 뭔가 잘못했어요?"

"아니. 하지만 손가락으로 가리키지만 말고 어떤 도넛을 달라고 말로 할 수도 있었지. 점원이 도넛을 주면 고맙다고 할 수도 있었고. 그리고 이런 걸 주문할 때는 언제나 안녕하세요, 인사하면서 시작하는 거야."

루파가 탁자를 내려다봤어. "죄송해요."

"사과하라는 뜻이 아니야. 내 말은 부끄러워할 필요가 없다는 거야. 이럴 때 영어를 해야 늘지. 벌써 잘하긴 하지만 말이야."

"그래도 달라요." 루파가 말했어. "학교에 가면 아이들이 놀릴 거예요."

"난 학교에 가는 게 무서워." 피우가 손으로 눈을 가리고 고개를 저으며 말했어.

아이들에게 용기를 주려는 게 내 의도는 아니었지만 아무 말도 안 하면 너무 잔인할 것 같았어. "자 봐, 너희 기분이 어떤지 잘 알아. 처음에 몇몇 아이들이 웃을지도 몰라. 하지만 상관없어. 나도 놀림을 당했어. 봄베이에서 여기 열여섯 살 때 왔고, 모든 걸 다시 배워야 했어. 난 여기서 태어났지만 그래도 힘들었다고. 떠났다가 다시 돌아온 게 말이야."

"그게 엄마가 돌아가시기 전이에요?" 피우가 공손하게, 조금 슬픈 목소리로 물었어. 마치 자기가 우리 어머니를 알기라도 했듯이, 아니면 자기 아버지 생각이 나서 그랬는지도 모르지.

내가 고개를 끄덕였어.

"엄마는 어떤 분이었어요?"

"어머니는…… 어머니는 우리 어머니였지." 이 질문에 당황했어. 만난 지 하루도 안 된 이 꼬마 아이들 앞에서 난 갑자기 상처 입은 인간처럼 느껴졌어. 하긴 이 아이들이 몇 년 동안 알고 지낸 친구들보다 어쩌면 나에 대해 더 많이 알 수도 있었어. 4년 전 건너편 자리엔 어머니가 앉아 있었어. 바람 부는 날 해변에 산책을 갔다가 들러 차를 마시면서, 얼마나 맛없는지 불평하시면서 말이야.

"사진 있어요?" 루파가 물었어. 그 아이가 잠시 내 눈을 뚫어지게 쳐다봤어.

"아니." 나는 거짓말을 했어. 지갑 속 신분증 뒤에 넣어놓은 사진을 보여주기 싫었어. 봄베이에 있는 우리 아파트에서 파티를 할 때, 어머니가 아프기 전에 찍은 사진이었는데, 멀리서 찍어 얼굴이 잘 보이지 않았지. 어머니가 돌아가신 후 그 사진을 잘라 지갑에 넣어두었지만 한 번도 꺼내본 적은 없었어.

"왜 집에 사진이 한 장도 없어요?" 루파가 물었어.

"아버지가 원하지 않으시니까."

"엄마가 찾았어요." 피우가 말했어. "방마다 다 찾아봤는데 한 장도 못 찾았어요."

우리가 돌아왔을 때 치트라는 창가 붙박이 소파에 앉아 있었어. 얼굴에 걱정했던 기색이 역력했지만 왜 그렇게 늦었느냐고 묻지는 않았어. 피우와 루파는 며칠 못 본 것처럼 저희 엄마에게 달려갔어. 그러더니 엄마가 말할 틈도 주지 않고 도넛을 보여주면서 얼마나 재밌었는지, 내가 얼마나 잘해주었는지 말하고는, 도넛을 살 때 저희들이 직접 돈을 냈다고 자랑을 했어. 아이들이 나를 좋아하는 게 분명했고 딸들 때문에라도 치트라는 나를 좋아하고 싶어했지. 하지만 난 혼자 있고 싶었어. 집 구조가 너무 트여 있어서 따로 텔레비전을 보거나 음악을 듣기란 불가능했어. 그래서 나는 손님방으로 가서 침대 위에 앉아 마당을 내다보며 〈글로브〉를 뒤적였어. 그러다가 조깅을 했지. 차가운 공기 속에서 구불거리는 길을 8킬로미터나 달렸어. 집에 들어오니 치트라와 아이들은 어제 저녁 먹다 남은 음식을 잔뜩 차려놓고 밥과 달 위로 몸을 숙이고는 벵골 식 점심을 제대로 먹고 있었어. 같이 먹자는 치트라의 말에 됐다고 하고 대신 샤워를 하고 나서 손님방으로 전화를 끌고 들어가 제시카에게 전화를 했어.

"그냥 이리로 오면 안 돼?" 제시카가 그랬어. 그랬다면 얼마나 좋았을까. 그냥 차에 올라타고 그녀의 부모님 댁으로 갈 수 있었다면. 하지만 그럴 수는 없었어. 적어도 아직은 아니었어. 복도에 전화를 돌려놓으려 나갔을 때 모두들 2층에 올라가 낮잠을 자는 것 같았어. 인도에서 친척들이 하던 것처럼 말이야. 집에 돌아온 이래 처음으로 소파에서 다리를 쭉 뻗고 텔레비전을 봤어. 그러려던 건 아니었는데 그러다 나도 잠이 들고 말았어. 내가 깼을 때 그들은 내려와 있었고 바로 앞에 있었지만 내가 없는 것처럼 행동을 했어. 밖은 벌써 어둑어둑해졌고 아치처럼 굽은 스탠드는 거실 탁자 위로 빛을 밝히고 있었어. 치트라는 아이들의 머리를 빗기고 다시 묶어준 다음 자기도 머리를 빗었어. 손가락으로 머리를 빗어 내렸는데 그동안 땋고 있어서 몰랐지만 엄청나게 숱이 많았어. 윤기 나는 머리카락이 폭포처럼 쏟아져 내리더니 허리까지 왔어. 그걸 보니 무척 불쾌했어. 어머니의 머리에서 한 움큼씩 빠지던 머리카락이 생각날 수밖에 없었으니까. 돌아가시던 날까지, 병원에서도 흉측한 가발을 쓰고 있었는데 그 인공적인 머리카락이 어머니의 다른 어떤 부분보다 건강해 보였지.

루파가 치트라 뒤에 앉아 엄마의 두피를 마사지하더니 흰머리를 뽑기 시작했어. 치트라는 고개를 뒤로 넘기고 눈을 감고 있었어. 따로 어떻게 하라거나 설명이 필요 없는, 때때로 하는 일이 분명했어. 나는 일어나서 그 모습을 보고 있었어. 언젠가 치트라의 머리가 새하얘지는 걸, 아버지 옆에서 늙어가는 장면을 상상했어. 원래 어머니가 하기로 되어 있던 일이었지. 그 생각을 하니 내가 그녀를 정말로 미워하고 있다는 사실을 새삼 깨달았어. 내 생각을 읽기라도 했다는 듯이 치트라는 갑자기 눈을 뜨고 나를 보더니 창피해 하면서 머리카락을 주워 담았어. 그러고는 일어나서 부엌으로 가더니 쟁반에 찻주전자와 오벌틴우유, 코코아, 설탕 등을 넣어 만든 유음료을 담은 컵들을 갖고 나왔어. 시리얼 그릇에는 차나추르 두 종류가 있었고 작은 접시 위엔 도넛 네 조각이 있었어.

"이제 차를 들겠어?" 그녀가 물었어.

나는 그러겠다고 했고 쟁반 위에 미리 준비해준 컵을 집어 들었어. 따로 데워 온 우유엔 설탕을 너무 많이 넣어 무척 달았어.

"이건 할디람인도에서 가장 큰 사탕, 과자 제조사에서 온 거야." 나에게 시리얼 그릇을 하나 주면서 말했어. "캘커타에서 최고지."

"아니, 안 먹을래요."

"집 안이 추워." 그녀가 계속 말했어. "유리로 바람이 바로 들어와. 왜 커튼을 달지 않았지?"

"그러면 경관이 안 보이니까요." 내가 대답했어.

"계단도 너무 미끄러워." 그녀가 2층으로 올라가는, 공중에 떠 있는 듯한 계단을 가리켰어. "난간도 없고. 루파와 피우가 떨어질까 봐 겁이 나." 나는 흰 벽을 따라 빈 선반처럼 배열된, 두꺼운 나무판자들을 보았어. 어머니는 몸이 그렇게 쇠약할 때도 아무 말 없이 저 계단을 올라 다녔어.

"왜 난간이 없지?" 치트라가 다시 말했어.

"왜냐하면 그걸 우리가 좋아했기 때문이죠." 잘난 척하듯 들린다는 걸 알면서 이렇게 말했어. "바로 그래서 아름다운 거니까요."

우리는 더 이상 할 말이 없어졌어. 같이 앉아서 텔레비전 프로를 하나 봤고 치트라가 코바늘뜨기를 하는 걸 보면서 앞으로 남은 4주를 어떻게 견디나 생각했어. 우리는 모두 아버지가 들어오길 기다렸어. 아버지만이 왜 우리가 함께 앉아서 차를 마셔야 하는지 설명해 줄 수 있다는 듯이 말이야. 아버지가 돌아왔을 때 나더러 나와서 도와달라고 했어. 나가 보니 아버지의 자동차 지붕 위엔 크리스마스트리가 묶여 있었어. "내일 가려고 했는데요." 자동차에 묶어놓은 밧줄 푸는 걸 도우면서 내가 말했어. 나는 장갑을 끼지 않은 맨손이었기에 그 차가운 저녁 공기 속에서 밧줄을 푸는 일이 쉬우면서도 고됐지. 우리는 트리를 집 안으로 끌고 들어가 거실 한쪽에, 돌을 쌓아 만든 벽난로 옆에 세웠어. 치트라와 아이들이 모여들었어.

"하지만 이건 바깥에 있는 나무들과 다를 게 없잖아요." 치트라가 유리 벽을 가리키며 말했어.

"실제로, 달라요." 내가 말했어. "집 정원에 있는 나무는 소나무고, 이건 전나무예요."

아버지가 지하실 어딘가에 받침대와 전등과 트리에 다는 장식들을 모아놓은 상자가 있다고 했어. 이 집으로 이사 온 첫해에 썼던 것들이었지. 우리 어머니가 보낸 마지막 크리스마스였고. 아버지가 그 상자를 버리지 않고 두었다는 게 놀라웠어. 아버지는 나한테 내려가서 찾아보라고 했어. 우리 지하실이야말로 세월이 가면서 쌓인 것이 별로 없이 텅 빈 곳이었지. 이 집에 산 지도 몇 년 되지 않았고, 그 대부분의 시간 동안 어머니는 돌아가시고 없었고 나는 학교에 가 있었으니 물건이 좀체 쌓이거나 할 일이 없었던 거야. 그보단 물건을 치우고 버릴 일들만 있었지. 그래도 내려가 보니 벽 쪽으로 상자들이 꽤 쌓여 있었어. 텔레비전과 스테레오 스피커가 담겨 있던 빈 상자들과 아직 테이프도 뜯지 않은 상자들이었어. 예전에 봄베이에서 부친 별로 중요하지 않은 물건들이었고 아직도 풀어보지 않았던 거야.

나는 자동차 열쇠로 상자 몇 개를 테이프를 찢어 뚜껑을 열어봤어. 하나는 아버지가 옛날에 보던 공학책들이었고 다른 하나는 〈인도 타임스〉의 신문지로 싼 저녁 식기 세트였어. 가장자리에 자잘한 주황색 다이아몬드가 찍혀 있는 이 그릇에 오랫동안 밥을 먹었는데 그동안 완전히 잊고 있었던 거야. 또 내가 고등학교 졸업반 시절 마련했던 암실에서 사용하던 확대기와 집게와 쟁반과 정착제 같은 것도 발견했어. 어머니가 암실에 내려와서 내 곁에 있던 적이 몇 번 있었어. 내가 필름을 현상 릴에 끼우려고 끙끙거리고 있을 때 어머니는 깜깜한 데서 조용히 앉아 계셨어. 우리는 함께 화학 약품의 지독한, 그 부식성의 냄새를 함께 들이마시고 있었던 거지. 그래서 난 장갑을 끼고 일했고. 하지만 어머니의 몸 안에서 일어나고 있었던 일에 비하면 아무것도 아니었어. 나중엔 현상 과정을 잘 알게 된 어머니가 손목시계를 보며 시간을 쟀었고 언제 현상 탱크에 용액을 붓고 언제 뺄지를 알려주었어. 우리 둘 다 언젠가 타이머를 사야 한다는 걸 알고 있었지. "이런 걸 거라고 생각해." 언젠가 어머니가 그 완벽하게 깜깜하고, 아무 소리도 없는 폐쇄된 공간에서 이런 말을 했어. 말하지 않아도 어머니가 죽음을 얘기하고 있다는 걸 알았지. "이런 거였으면 좋겠다고."

내가 찾던 상자는 어머니의 필체로 "X-MAS"라고 쓰여 있었어. 찾기 쉽도록 옆이 아니고 위쪽 구석에 말이야. 그 안에 들어 있는 물건들에는 아무 감정이 없었지만 그래도 보고 싶지 않았어. 안 그래도 하루 종일 칼이나 찻주전자 따위를 만지는 모습에 그랬는데, 치트라가 상자 속에 있는 물건을 만지는 모습에 또 속이 거북해질 것 같았어. 아버지가 집에 들어온다는 전화를 받는 모습조차 보기 싫었으니까. 아버지가 어머니의 흔적을 한창 없앨 때 나는 너무한다고 아버지를 탓했는데, 이제는 아버지가 일을 다하지 않았다는 생각도 들었어.

"못 찾겠어요." 1층으로 올라와 내가 말했어. 아버지는 더 이상 캐묻지도 않고 굳이 직접 내려가 찾아보겠다고 하지도 않았어. 치트라 앞에서 아버지는 다른 사람처럼 굴었고, 삶 속의 사소한 실패는 더 이상 연연하지 않는 것 같았어. 필요한 게 있으면 가게에 가서 사오겠다고 했지. 그래야 집을 한 번 더 벗어날 수 있었으니까. 나는 가게에서 돌아와 아버지와 함께 트리의 가지를 쳤고, 치트라와 아이들은 소파에서 우리가 하는 걸 구경했어. 우리는 받침대에 트리를 세우고 나사를 조인 다음 가지 위로 전등을 둘렀어. 트리 장식으로 누가 직접 만들었거나 특별한 게 없었고 사파이어색 장식 공 한 상자뿐이어서, 가정집 트리라기보단 은행이나 사무실 로비 구석에 세워놓은 트리 같았어. 그래도 루파와 피우는 신이 나서 이제껏 이렇게 예쁜 건 본 적이 없다고 했어. 이내 아버지는 2층으로 올라가더니 선물이 잔뜩 든 쇼핑백을 들고 내려왔어. 선물들은 그걸 산 상점에서 포장한 듯했고, 다 똑같이 녹색과 금색 포장지로 전문적으로 포장되어 리본이 묶여 있었어. 아버지는 이 상자들을 나무 밑에 진열했어. 모두 여덟 개였어. "한 사람에 두 개씩." 아버지가 특별히 누구에게랄 것 없이 이렇게 말했어. 루파와 피우가 일어나서 선물을 보러 갔어. 상자에 달린 꼬리표에 자기들의 이름이 있는 걸 보고 엄청 좋아했지.

"열어봐도 돼요?" 피우가 치트라에게 물었지만 치트라는 답을 몰랐어.

"크리스마스 날 아침까진 안 돼." 내가 말했어. "그때까진 그냥 보기만 해야 해. 조금 흔들어보거나 할 수는 있어."

"너무 예뻐요." 가지를 쳐놓은 트리를 보면서 이제야 감동받은 치트라가 말했어.

"코쉭, 사진 한 장 찍으면 어떠냐?"

나는 고개를 저었어. 내 카메라를, 그러니까 아버지의 오래된 야시카 카메라를 학교에 두고 왔어.

"하지만 넌 항상 카메라를 갖고 다녔잖아." 그 신경질적으로 실망한 표정, 어머니가 죽던 날 짓던 그 표정, 치트라와 결혼하고 나서 사라진 그 표정이 잠시 아버지 얼굴에 스쳤어.

"잊어먹었어요." 사실 난 언제나 카메라를 갖고 다녔어. 아버지와 내가 아무도 만날 일이 없는, 조용한 주말에 집에 올 때도 언제나 갖고 와서 산책 갈 때 갖고 가곤 했어. 이번에는 일부러 놓고 왔었지. 내가 기록하고 싶은 일이 없을 거라고 잘 알고 있었기 때문에.

"이해할 수가 없구나." 아버지가 말했어.

"나도 그래요." 내가 대답했어. "몇 년 동안 사진 찍자는 말은 한 적이 없었잖아요."

"그렇지 않다."

"그래요."

우리는 서로의 사실을 말하며 말다툼을 했어. 이 말다툼의 깊이는 나와 아버지 외엔 아무도 완전히 이해할 수 없었지. 나는 부엌으로 가서 술을 따라 식탁으로 가져갔고, 그때 치트라가 몇 분 후에 저녁이 준비될 거라고 말했어. 저녁 먹을 동안 아무도 말이 없었고, 다 먹은 후엔 전날 저녁과 똑같이 치트라가 접시를 거두어 부엌으로 가져갔어. 덕분에 아버지와 나는 어머니가 가시기 전 마지막 몇 년 동안 못해본 걸 할 수 있었어. 저녁 먹고 쉬는 것 말이야. 어머니가 쉴 수 있도록 접시를 닦아 식기 세척기에 넣는 일은 더 이상 할 필요가 없었어. 나는 식탁에 그대로 앉아 마시던 술을 마셨고, 루파와 피우는 자리를 빠져나가 거실 소파에서 텔레비전을 더 봤어. 아버지는 아이들을 따라 일어나서 신문을 가지고 안락의자에 가서 앉았어. 그리고 리치미어 전자제품 등을 팔던 상점 이름에서 낸 커다란 카메라 세일 광고 면을 찾아 볼펜으로 이것저것에 동그라미를 쳤어.

이틀 후면 크리스마스 이브였고 아버지는 회사에 가지 않고 집에 있었어. 그러더니 치트라와 아이들에게 시내 구경을 시켜준다고 우리 다섯 모두 보스턴에 가자고 했어. 나는 빠질 구실을 찾지 못했고, 아버지 차 뒷좌석에 루파와 피우 사이에 앉아 시내에 나갔어. 멀지도 않은 거리였는데 이 나들이는 이상하게도 중대하게 느껴졌어. 어머니 인생의 마지막 2년 동안, 그러니까 언제나 병원에 들락거릴 동안 우리는 아무 데도 가지 않았어. 가끔 해변에 산책하는 것을 빼면 놀러간 적이 없었지. 휴가와 가장 비슷했던 건 봄베이에서 미국으로 오는 길에 로마를 경유했을 때뿐이었어. 뉴잉글랜드 지방에서 내가 가본 곳은 우리 집 근처, 매사추세츠 종합병원 가는 길밖에 없어. 더 이상 그럴 필요가 없어질 때까지, 그곳에 왔다 갔다 하면서 익힌 길들 뿐이었어.

아버지는 우선 케임브리지로 가서 하버드 대학과 MIT를 보여줬어. 그때 치트라는 이런 학교에 갈 수도 있었는데 왜 굳이 멀리 갔냐고 물었지. 나는 그녀가 나에게 했던 다른 말들처럼 이 말 역시 무시했어. "매사추세츠를 벗어나고 싶어했어." 아버지의 설명이었어. 나는 여러 군데 내려서 돌아다닐 줄 알았는데 치트라가 너무 춥다고 했고 아버지도 그렇다고 했어. 켄달 스퀘어를 한 바퀴 돌고 매스애브뉴 다리로 가서 커먼웰스 애브뉴에서 꺾었어. 거리는 온통 전구와 화환으로 장식되어 있었어. 그러고 나서 퍼블릭가든과 커먼에 갔어. 아버지는 주 의회 의사당의 금색 돔과 비컨 힐의 길을 따라 늘어선 아름다운 집들을 보여주었어. 그 집들 뒤로 아버지와 내가 그렇게 들락거렸던 매사추세츠 종합병원이 있었지. 전화벨 소리에 잠을 깬 어느 날 새벽, 우리는 구름이 진한 오렌지빛으로 물들며 동이 틀 무렵 보스턴에 들어왔었어. 어머니는 그 전날과 똑같이 눈을 감고 침대에 누워 있었지. 하지만 모든 기계엔 불이 꺼져 있었고 그동안 그 방에서 보낸 수많은 조용한 시간들보다 더 조용했어. 어머니의 몸은 겨울에 빠르게 산책을 하고 돌아왔을 때처럼 차가웠어. 나는 바로 그 병원의 창문들을 보고 있었는데, 아버지는 치트라 쪽으로 돌아봤어. "여기가 미국의 브라만들이 사는 곳이라고." 아버지는 자기 농담에 자기가 웃었어. 앞자리에 앉은 치트라는 미소를 지었는데, 내가 봤을 때 그건 사랑에 빠진 표정이었어.

내 크리스마스 선물로 아버지는 스웨터와 셔츠를 사주셨지만 나중에 봉투를 하나 더 건네주었어. 봉투 속엔 100달러짜리 지폐 열 장이 들어 있었어. "이래저래 필요할 거다." 내가 너무 많다고 했더니 아버지는 이렇게 말했어. 아버지는 또 닷새 동안 디즈니월드 여행을 예약했고, 그건 트리 밑에 놓아두었던 장난감에 더하여 아이들에게 주는 또 하나의 선물이었어. "네가 함께 간다면 대환영이다." 아버지가 크리스마스 아침, 소식을 전하면서 이렇게 말했지만 나는 싫다고 했어. 스와스모어에서 겨울에 수업을 들으려면 준비를 해야 한다고 말했지. 아버지는 나에게 함께 가자고 우기지 않았어. 하지만 루파와 피우는 난리가 났지. "왜 가고 싶지 않아요?" 아이들은 계속 이렇게 물었어. 내가 디즈니월드에 가본 적이 없다는 걸 알고는 더 이상하게 생각했지. 아이들은 치트라와 우리 아버지가 이제 부부가 되었다는, 이 점점 확고해져가는 사실에서 저희들을 보호해줄 누군가 필요한 듯했어. 나 역시 그랬지만 말이야. 자기들이 돌아가신 아버지가 남긴 물리적인 유산이었듯이, 아이들에게 나라는 존재는 언젠가 우리 엄마가 존재했었다는 증거였지. "혼자 있으면 외롭지 않겠어?" 치트라도 나에게 이 질문을 한 번 이상 했어. 하지만 아버지처럼 내 계획을 듣고 마음을 놓는 듯했어. 하지만 물론 계획이란 없었지. 집에 그냥 혼자 있는다는 것밖에.

그들이 떠난다는 걸 알고 나니 아이들에게 더 선심을 써도 괜찮겠다는 생각이 들었어. 디즈니월드에 따라가지 않는 대신 하루는 과학박물관에, 또 하루는 수족관에 아이들을 데리고 갔어. 아이들은 흠잡을 데가 없었어. 불평을 하거나 뭘 조르지도 않았고 싸구려 고무 가재 인형을 하나씩 사주었을 때는 정말 좋아했어. 나와 함께 있을 때 피우의 흔들거리던 이가 빠졌어. 하버드 스퀘어에 음반을 사러 갔다가 헤럴스에서 아이들에게 아이스크림을 사줬는데 피우가 콘을 씹어 먹다가 이가 빠진 거야. 나는 냅킨으로 아이 입속에 흐르는 피를 닦아주었고 빠진 이를 주머니 속에 넣었어. 그러고는 집으로 돌아오는 차 안에서 '이의 요정' 아이의 빠진 젖니를 베개 밑에 넣고 자면 요정이 이를 가져가면서 그 자리에 동전을 놓고 간다고 믿는 풍습 얘기를 해주었지. 난 그때 겨우 스물하나였지만, 바로 그 순간 아이를 갖는다는 게 어떤 걸까 생각했던 기억이 나. 아이들이 아버지를 아빠라고 부르기 시작했을 때도 나는 반감을 품지 않았어. 자기들 아빠 얘긴 한 적이 없지만 어느 날 밤 피우가 지르는 소리에 깬 적이 있었어. 피우가 악몽 속에서 빠져나오지 못하고 계속 아빠를 찾고 또 찾았어.

새해 전날 밤을 며칠 앞두고 아버지와 치트라는 아버지 친구 분 댁의 파티에 초대를 받았어. 얼마나 이상했는지 몰라. 치트라가 짙은 녹색 사리를 차려입고 석류석 목걸이를 하고 조심스럽게 계단을 내려오고 우리 아버지가 그 뒤를 따라오던 모습이 말이야. 깔끔하게 머리를 빗어 넘기고 트위드 재킷을 입은 아버지는 계단을 내려와 그녀 옆에 섰어. 어머니가 돌아가신 후 본 적이 없던 재킷이었지. 요즘은 항상 그녀 옆에 서 있는 것 같아. 나는 안 가기로 했지만 루파와 피우는 가기로 했었지. 아이들은 빨간색과 까만색 체크무늬 원피스를 똑같이 입고 머리엔 까만 벨벳 머리띠를 하고 있었어. 아버지가 옷장에서 코트를 꺼내 입으려고 하는데 루파가 치트라에게 물었어. "우리 집에 있어도 돼요?"

"물론 안 되지." 치트라가 말했어. "그건 예의가 아니야."

"하지만 KD는 안 가잖아요."

"하긴 아이들에겐 좀 지루할 수도 있어." 아버지가 말했어. "파티엔 저만한 아이들이 없을 테니까."

"하지만 저녁도 준비 안 했어요." 치트라가 말했어. "아이들이 저녁을 안 먹었잖아요."

"피자를 사다 먹죠." 내가 소파에서 올려다보며 말했어. 루파와 피우에게 눈을 찡긋하면서. "우리끼리 파티하자."

아이들은 손뼉을 쳤고 피우는 이 빠진 자리를 드러내며 활짝 웃었어. 치트라는 나에게 9시까지 아이들을 재우라고 말했고, 아버지와 함께 코트를 입고 파티로 떠났어. 그들이 집을 나가고 나니 이제껏 단둘이 나간 게 처음이구나 하는 생각이 들었어. 나는 그들뿐 아니라 루파와 피우에게도 좋은 일을 한 거였어. 아이들은 구두를 벗고, 스타킹과 드레스는 그대로 입은 채 텔레비전을 봤어. 우리는 감자칩을 돌려가면서 먹다가 다 먹고 나서 전화로 피자를 시켰어. 피자를 가지러 레스토랑에 가려고 코트를 입는데 루파와 피우가 나를 쳐다봤어.

"어디 가요?" 피우가 물었어.

"저녁 가지러 가지."

"우리만 두고요?"

"10분밖에 안 걸려. 금방 올 거야."

아이들은 아무 말도 안 했지만 정말 두려움에 질린 표정이었어. 치트라가 아이들에게 이런 두려움을 심어줬다는 사실에 짜증이 났어. "그래, 가고 싶으면 같이 가자."

차를 가지고 레스토랑에 갔고 결국은 거기서 피자를 먹었어. 나는 피자를 먹으며 맥주를 마셨고 담배를 몇 대 피웠고, 아이들은 커다란 종이컵에 콜라를 마셨어. 아이들은 나에게 디즈니월드에 같이 갈 건지 다시 물었고, 나는 생각해보겠다고, 아이들을 희망에 들뜨게 할 만한 거짓말을 했지. 집에 돌아오니 전화벨이 울렸어. 제시카였고 나는 술을 한 잔 따라서 전화기를 끌고 손님방으로 들어갔어. 아버지가 치트라와 아이들을 데리고 디즈니월드에 간다고 했더니 제시카가 집으로 올라오겠다고 했어. 나도 물론 그녀가 보고 싶었어. 밤에 침대 위에서 그녀 생각이 나기도 했고. 하지만 이 집에서 보고 싶지는 않았어. 물론 그런 말은 하지 않았지. 하지만 그녀는 내가 꺼리는 걸 눈치 챘고 처음으로 말다툼을 했어. 좀 어색한 싸움이었어. 오랫동안 불편한 침묵이 이어졌고 격하게 목소리를 높이진 않았는데도 사람이 지치더라. 디즈니월드에 가지 않는 데도 죄책감을 느꼈고, 제시카가 오는 걸 꺼리는 데도 죄책감을 느꼈어. 하지만 이 둘 중에 하나라도 했다면 더 못 견뎠을 거야. 제시카에게도 아이들에게 했던 것과 똑같은 거짓말, 생각해보겠다고 하고 전화를 끊었어.

술을 한 잔 더 마시려고 문을 열고 나왔을 때 텔레비전을 보던 루파와 피우가 보이지 않았어. 그동안 텔레비전을 보고 있는 줄 알았는데 말이야. 나는 아이들을 부르며 부엌과 화장실을 찾아본 다음 2층으로 올라가 내 옛날 방으로 갔어. 말소리가 들리지 않았고, 시계를 보니 벌써 10시가 다 되었기에 자고 있나 보다 했어. 집에 온 이래 처음으로 방문을 열고 그 방을 들여다봤어. 불이 켜 있었고 내가 쓰던 침대가 보였어. 그 옆엔 접이침대가 딱 붙어 있었어. 벽을 둘러보니 지미 헨드릭스의 포스터와 잡지에서 뜯은, 폴 스트랜드의 사진 〈눈먼 여인〉이 벽에 그대로 붙어 있었어. 옷장 문은 열려 있고 선반에서 뭘 꺼내려고 했던 것처럼 그 앞에 의자가 놓여 있었어. 나는 루파와 피우의 물건들로 방이 완전히 바뀌었을 줄 알았는데, 접이침대와 구석에 가지런히 쌓아놓은 크리스마스 선물을 빼면 아이들의 물건은 보이지 않았어. 그 선물들 옆에 파티 드레스를 입은 루파와 피우가 앉아 있었어. 등을 구부리고 앉아 카펫 위에 놓인 뭔가를 보고 있었는데 나에게는 뭔지 보이지 않았어. "이 사진에선 좀 슬퍼 보인다." 피우가 벵골 어로 루파에게 말하는 게 들렸어. 그러더니 루파가 이렇게 말했어. "KD와 웃는 모습이 똑같아."

"지금 뭐 하는 거야?" 내가 말했어.

아이들은 내가 거기 서 있는 걸 보고 깜짝 놀라더니 떨어져 앉았어. 회색 카펫 위엔 혼자 카드놀이를 하는 것처럼, 아버지가 테이프로 붙여 치워두었던 상자에서 꺼낸 우리 어머니의 사진이 수십 장 깔려 있었어. 멀리서 봐도 그 금지된 모습은 머리를 망치로 때리는 것 같은 충격이었어. 사진 속에서 어머니가 봄베이에 있던 헬스클럽의 수영장에서 수영복을 입고 있었고, 케임브리지의 밤색 나무 계단에서 무릎에 날 앉히고 앉아 있었고, 내가 태어나기 전 아버지와 함께 눈 덮인 덤불 앞에 서 있었어.

"도대체 무슨 짓들을 하고 있는 거야?" 결국 이렇게 소리쳤어.

루파가 그 짙은 눈동자를 깜빡이며 나를 보았고 피우는 울기 시작했어. 나는 방으로 걸어 들어가 사진들을 집었고 내 서랍장 위에 덮어서 올려놨어. 그러곤 바닥에 앉아 있는 루파의 어깨를 쥐고 세게 흔들었어. 아이의 몸은 흐느적거렸고 까만 스타킹을 신은 가는 다리가 맥없이 흔들렸어. 나는 아이를 벽으로 던져버리고 싶었지만 대신 접이침대에 억지로 눌러 앉혔어. 물론 아이의 몸을 너무 세게 쥐고 있다는 걸 알고 있었어.

"말해봐. 이걸 어디서 찾았어?" 나는 아이의 코앞에 얼굴을 들이대고 다그쳤어.

이제 루파도 울기 시작했어. 하지만 옷장을 가리켰어. 나는 옷장으로 걸어갔는데, 카펫 위에 앉아 울던 피우가 고개를 저으며 말했어. "이제 거기 없어." 피우는 언니가 앉아 있는 접이침대로 기어가 그 밑에서 까만 구두 상자를 꺼냈어. 상자를 봉했던 테이프를 떼어낸 가장자리는 종이가 하얗게 벗겨져 있었어. 이번에는 피우를 잡아, 가까이 있으면 상자가 더러워지기라도 하듯 아이를 한쪽으로 밀었어.

"너네는 저 사진들을 볼 권리가 없어." 아이들에게 말했어. "사진들은 너네 게 아니잖아. 알아들었어?"

아이들은 고개를 끄덕였어. 루파는 추위에 떨듯 몸을 떨고 있었고 피우는 입술을 꼭 다물고 있었어. 아이들의 얼굴 위로 눈물이 계속 흘러내렸지만 내 입에선 계속 말이 튀어나왔지. 해서도, 들어서도 안 될 말들이. "그래, 너네도 이제 두 눈으로 똑똑히 봤겠구나. 우리 엄마가 얼마나 예뻤는지. 너네 엄마보다 얼마나 세련되고 예뻤는지. 너네 엄마와는 비교도 안 되지. 너네 엄마는 여기 우리 아버지 빨래나 하고 밥이나 해주러 온 가정부에 지나지 않아. 그게 너네 엄마가 여기 온 이유야. 너네들이 여기 온 이유이고."

한 해의 끝

이제 아이들은 울음을 그쳤어. 까맣게 윤나는 아이들의 머리가 카펫을 향한 채 움직이지 않았고, 아무 말도 하지 않았어. 나는 구두 상자를 들고, 나와 있던 어머니의 사진들을 챙겨서 방을 나왔어. 그 사진들을 집에서 될 수 있는 한 멀리멀리 옮기고 싶었어. 손님방으로 돌아와 급하게 짐을 챙겼고, 아버지와 치트라가 파티에서 금방 돌아올 거라고 나 자신을 타이르면서 차에 올라탔어. 나는 즉흥적으로, 거의 반사적으로 움직이고 있었어. 응급 상황처럼 아드레날린이 치솟는 걸 느끼면서 말이야. 하지만 그러면서 생각해보니 내가 그동안 여기서 도망가고 싶어했다는 사실을 깨달았어. 루파와 피우는 제 방에서 나오지 않았어. 나와서 내가 어디 가는지 보지도, 묻지도 않았어. 차에 시동을 걸 때도 뛰어나와 가지 말라고 붙들지 않았어.

나는 어디로 가야 할지 몰랐어. 하지만 일단 고속도로를 타고 북쪽으로 차를 몰았어. 금세 매사추세츠를 벗어났고 얼마 안 돼서 뉴햄프셔를 지나 메인 주로 가는 다리에 접어들었어. 포틀랜드에 가까워지면서 길은 2차선 도로로 좁아졌고 이따금씩 바다가 보였어. 어둡고 텅 빈 길을 죽 따라 올라가다 보면 이따금씩 교회와 레스토랑과 집들이 모인 동네를 지나쳤어. 바다가 보이지 않아도 짠 내가 났고 바람이 휙, 휙 하는 소리를 냈어. 나무 타는 소리 같기도 했는데, 문을 닫아놓은 차 안까지 소리가 들렸어. 나는 처음에 밤새도록 운전을 하려고 했는데, 점점 피곤이 몰려와 묵을 곳을 찾기 시작했어. 호텔과 모텔은 대부분 겨울이라 문을 닫았고 늦은 시간이라 겨울에 하는 곳들마저 문을 닫았더라. 갓길에 차를 세우고 잠깐이라도 눈을 붙일까 하던 참에 주차장에 24시간 영업 간판을 세워놓은 모텔이 눈에 들어왔어.

다음 날 갈매기 소리에 잠을 깼어. 푹 꺼진 놋쇠 프레임 침대에 앉으니 창문 너머 처음으로 바다가 보였어. 창문은 방에 비해 너무 작아서 모텔 자체가 배 같다는 생각이 들었어. 물살은 거칠었고 하늘보다 회색빛이 한두 톤 정도 진했어. 잠든 동안 바닷물이 이렇게 가까이서 흔들리고 있는 걸 몰랐던 거야. 방은 축축하고 싸늘했고, 벽지에는 흰 바탕에 파란 닻들이 작게 새겨져 있고, 화장실 캐비닛은 텅 비고 녹이 슬어 있었어. 프론트 직원이 모텔에서 몇 킬로 내려가면 레스토랑이 있는데, 거기가 피노브스코트 만 근처라고 말해주었어.

아침을 먹고 나서 나는 동네와 항구를 따라 좀 걸었어. 여름이면 다시 문을 열, 지금은 문이 닫힌 상점들과 집들을 지났어. 하지만 나는 모텔에서 거의 하루 종일 지냈어. 방 안 안락의자에서 바다를 바라보거나 아래층 바에서 술을 마셨어. 전날 밤 있었던 일을 생각하면 나 자신이 너무 두렵고 수치스러워서 구역질이 날 정도였어. 내가 다시 잡고 흔들까 봐 잔뜩 어깨를 오므린 채 고개를 숙이고 있던 루파와 피우가 자꾸 눈앞에 아른거렸어. 아버지와 치트라에게는 하지 못했으면서 아이들에게 대신 퍼붓던 그 말들을 들으면서 말이야. 게다가 무서워할 줄 뻔히 알면서도 둘만 두고 나왔으니, 아이들이 그 집에서 어떡하고 있었을지도 걱정이 되었고. 아버지와 치트라가 파티에서 돌아왔을 때는 어떤 표정이었을지, 아이들이 뭐라고 말했을지 생각이 꼬리를 물었어. 아마 다 말했겠지, 내가 하지 못한 힘든 얘기들을 아이들이 다 했겠지 하는 생각이 들었어. 내가 사라져서 아버지가 걱정하겠다는 생각도 들었지만 사실 아이들에게 한 짓이 더 끔찍하게 느껴졌어. 루파와 피우에게 더 큰 죄를 진 거야. 하지만 이미 일어난 일이었고 지금 내가 뭐라고 한들 돌이킬 수는 없었어.

오후에 나는 공중전화를 찾아 아버지의 회사로 전화를 걸었어. "네 마음이 편치 않다는 거, 이 일이 네게 힘들다는 거 알고 있다." 마치 내가 집을 나오려고 준비라도 했다는 듯 아버지가 말했어. "하지만 최소한 아침까지 기다렸다가 떠날 수도 있었잖니. 인사라도 하고 말이야."

나는 아무 말도 하지 않았어. 할 말이 없었어. 대신 아버지와 치트라가 돌아왔을 때 아이들이 어떻게 하고 있었느냐고 물었어.

"잠들어 있었다." 아버지가 말했어. "그래도 그렇지 아이들을 그렇게 집에 두고 떠날 수가 있냐, 코쉭. 그렇게 밤늦게 말이야. 무슨 일이 일어날 수도 있잖아. 치트라가 굉장히 심란해 하더라. 네가 집을 나간 게 자기 탓이라고, 너를 화나게 할 만한 말이나 행동을 한 게 분명하다면서. 너도 알다시피 치트라도 최선을 다했잖니."

난 그때 알았어. 아이들이 아무 말도 하지 않았다는 걸. 치트라는 내가 아이들에게 그렇게 소리를 질렀다는 걸, 내가 아이들을 공포에 떨게 하고 마음에 큰 상처를 남겼다는 사실을 모르는 거였어.

"우리는 내일모레 플로리다로 떠난다." 아버지가 말했어. "그때까지 돌아올 계획이냐?"

"아니요."

"그러면 학교엔 제시간에 돌아갈 거냐?"

"예."

"그럼 며칠 있다가 다시 얘기하자."

아버지는 전화를 끊었어. 내가 어디 있는지는 묻지도 않았어.

다음 날 아침 나는 다시 차를 타고 나갔어. 며칠 동안 난 같은 일을 계속했어. 해안 도로를 따라 올라가다가 배가 고프면 레스토랑을 찾아 배를 채우고 피곤하면 모텔을 찾아 들어갔어. 아버지가 크리스마스 때 주신 돈을 쓰면서 말이야. 지도는 사지 않았어. 주유소 직원이 계속 가면 캐나다가 나온다고 했어. 가끔씩 바다와 섬과 줄무늬 등대와 해안에서 돌출한 곳이 보였어. 차에서 나가긴 너무 추웠지만 난 그래도 나가서 바다를 보고 길을 찾아 걸었어. 매사추세츠의 노스쇼어와도, 이제껏 본 곳들과도 전혀 다른 풍경이었어. 하늘도 달랐어. 색도 없이, 엄정해 보였어. 하지만 바다야말로 가장 잔인했어. 어떤 때는 완전히 까매지기도 하는 그 바다는 나를 죽일 수 있을 만큼 차고, 나를 산산조각 낼 만큼 거칠었어. 거대한 파도는 모래조차 없는, 바위 해안을 때렸어. 풍경은 갈수록 황량해졌고, 내가 이제껏 본 어떤 풍경과도 달랐어. 하지만 바로 이 이유로 난 그 풍경에 끌렸고, 오랫동안 그렇게 날 사로잡은 건 없었어.

겨울이라 대부분의 어촌은 어업을 중단한 상태였어. 겨우내 가재잡이 배들은 뭍에 정박되어 있었고 빈 나무 망들이 차곡차곡 쌓여 있었어. 가끔씩 카메라가 있었으면 좋겠다는 생각을 했지만 그때 그 시간을 담은 기록은 전혀 없는 거지. 음식은 거의 형편없었어. 하지만 그때 생각을 하면 싸구려 식당에서 먹던, 쓰기만 하고 향은 없는 커피와 시럽에 푹 젖은 와플, 질척거리던 차우더와 기름진 계란 맛이 떠오르곤 해. 이 음식들 전에 먹은 것들은 진짜 음식도 아니었어. 술집만이 그곳에 사람들이 산다는 유일한 증거였는데, 술집이라기보단 누군가의 거실처럼 좁고 낯설었어. 조개껍데기를 재떨이로 쓰고 벽에는 그물이 걸려 있었지. 나는 어부들이나 그 마을에서 평생을 살아온, 술집에 있는 다른 사람들에게 할 얘기가 없었어. 거칠게

튼 손에, 담배연기에 쩐 수염이 얼굴을 거의 덮었고, 억양은 감을 잡을 수가 없었어. 그 사람들은 친절하지도, 불친절하지도 않았어. 내가 튄다고는 생각했지만 그저 텔레비전을 보거나 당구치는 모습을 구경하면서 잠자코 있었어. 누구와 얘기하고 싶은 기분도 아니었고. 그전에 해본 적은 없었지만 혼자 여행하는 걸 즐기고 있는 나 자신을 발견했어. 내가 어디 있는지 아무도 몰랐고, 연락을 하려고 해야 할 수 없었어. 그건 죽은 것과 비슷했어. 그 여행 중에 나는 어머니가 영원히 갖게 된, 엄청난 권력을 조금이나마 맛볼 수 있었지.

캐나다와 국경까지 가는 데 닷새, 다시 내려오는 데 나흘이 걸렸고 아버지가 준 돈은 거의 바닥이 났어. 그사이 언젠가 한 해가 끝나 있었어. 그것조차 술집에서 공짜로 위스키를 한 잔 주기에 알았지. 우리 어머니가 이 근방을 여행했더라면 분명히 아버지에게 내가 지나온 수백 채 집 중에 하나를 사달라고 했을 거란 생각이 들었어. 탁 트인 바다가 내려다보이는 집으로. 어쩌면 다른 수많은 집들처럼 섬 전체를 차지한 집으로. 술집과 식당엔 언제나 바닷가에 있는 집들을 광고하는 팸플릿들이 쌓여 있었어. 공동 주택에서 작은 탑이 있는 맨션까지 다양했어. 읽을거리가 없었기 때문에 난 가끔씩 이 팸플릿들을 뒤적이면서 봄베이에서 떠난 후 집을 찾던 때를 떠올렸지. 네 생각을 했던 건 그때였어. 그해 겨울 혼자 메인 주 바닷가에서 헤매고 있을 때, 5년 전 너희 집에서 지내던 그 겨울과 너를 생각했어.

그때쯤이면 너도 대학에 다니고 있었겠지. 나처럼 겨울방학이었겠고. 하지만 내 기억 속의 너는 루파보다 조금 컸을 뿐이야. 눈이 내린 다음 날, 난 루파나 피우를 울린 것처럼 너를 울렸지. 너희 부모님 댁에서 지냈던 하루하루가 난 미치도록 싫었지만, 지금은 그때가 그리워질 때도 있어. 우리 집은 아니었지만 집처럼 느낀 마지막 장소였어. 어머니가 아프지 않은 척을 하고 모르는 사람들과 지내면서 나는 잠시나마 우리 어머니도 너희 어머니처럼 저렇게 계속 살아갈 수 있을 거라고 믿었던 것 같아. 두 번째 집은 달랐어. 의사들에게 마음대로 전화를 하고 약병들이 여기저기 흩어져 있고, 어머니 병에 필요한 물건들이 집 안 구석구석을 장악했어. 집에 들어간 돈과 어머니가 그 집에 쏟은 노력에도 불구하고 우리는 그 집에서 제대로 살지도 못했고, 그 안에서 한시도 행복할 수 없었어. 그 집은 어머니가 완전히 딴 세상으로 가버리기 전 그걸 준비하는 곳일 뿐이었어. 우리가 같이 갈 수도 없었고, 어머니는 세상을 떠나 우리에게 돌아올 수도 없어.

캐나다 국경에 가까이 갔을 때 펀디 만이 내려다보이는 절벽을 따라 걷다가 특별히 아름다운 곳을 발견했어. 푯말을 보니 미국의 가장 동쪽 끝에 있는 공원이라고 했어. 솔향이 진동하는 소나무 숲을 따라 난 길은 걷기에 쉽지 않았어. 나무들은 위가 뾰족했고 밑의 가지들 위엔 눈이 흩뿌려 있었어. 바람은 모든 걸 찢고 씹어 먹은 것 같았고, 바다는 저 아래 있었어. 그곳에 가는 길에서는 아무도 마주치지 않았어. 한동안 나는 그곳에 서서 파도가 밀려왔다가 밀려나고, 두터운 하얀 거품이 바위에 와서 부딪히는 걸 보고 있었어. 그 끝도 없이 멈추지 않는 움직임이 나를 오히려 차분하게 했어. 다음 날 나는 다시 그곳으로 갔어. 이번에는 어머니의 사진이 들어 있는 구두 상자를 들고 갔어. 나는 바닥에 앉아 상자를 열고 사진을 꺼내 한 장 한 장 넘기기 시작했어. 마치 쌓여 있는 우편물을 나중에 다시 보려고 대강 훑어볼 때처럼 말이야. 하지만 사진은 너무 많았고, 몇 장을 훑어본 후에 나도 아버지처럼 더 볼 수가 없었어. 손가락에 힘을 조금만 덜 주어도 그 사진들은 거친 바다 위로 날아가버렸을 거야. 이미 어머니의 유골이 있는 곳이었어. 하지만 나는 그것도 견디지 못할 것 같았어. 그래서 사진을 다시 상자에 담았고, 딱딱한 땅을 파기 시작했어. 나뭇가지 하나와 끝이 날카로운 바위로 팠고 구멍은 대단하지 않았지만 상자 하나 들어갈 만한 깊이는 되었어. 상자 위에 흙과 돌을 덮었어. 상자를 다 묻었을 때 그 위를 달빛이 비추었어. 나는 그 빛의 도움을 받아 차 있는 곳까지 걸어서 돌아왔어.

대학 졸업식 날 몇 주 전에 아버지에게 전화가 왔고 집을 판다고 했어. 아버지와 치트라와 아이들은 보스턴 근교에 있는 덜 외지고, 좀 더 평범한 집으로 이사한다고 했어. 근처에 벵골 인들도 살고 인도 식품점도 있다고 했어. 이런 것들은 치트라에게 중요했어. 바다에 가까운 위치나, 현대적인 건축이 우리 어머니에게 중요했던 것처럼 말이야. 나는 아버지의 새집으로 함께 들어갈 건 아니었어. 졸업 후에 남미를 여행할 계획이었으니까. 크리스마스에 일어난 일은 다시 얘기를 꺼내지 않았고, 아예 없었던 일처럼 되어버렸어. 치트라와 아이들은 아버지와 함께 졸업식에 와서 잔디밭 위 접이의자에 앉아 내가 단상으로 올라갈 때 박수를 쳐주었어. 내가 학사모를 쓰고 가운을 입고 사진을 찍을 때 옆에서 함께 포즈를 취해주었고. 루파와 피우는 예의 바르게 행동했어. 그날이 나를 위한 날이라는 것도 존중을 해주었고. 하지만 전에는 만난 적이 없는 사람들처럼 굴었어. 아이들이 치트라나 아버지에게 내가 한 말이나 한 행동에 대해 아무 말도 하지 않았고, 그 일은 우리 셋 사이에 비밀로 남아 있을 거라는 걸 알고 있었어. 또 그 침묵이 나를 보호하는 동시에 벌을 주기 위한 방법이란 사실도. 그날 밤의 기억은 우리 사이에 존재하는 유일한 끈이었고, 덕분에 다른 모든 관계는 지워진 것 같았어. 루파와 피우는 저희들끼리만 얘기를 했어. 이제 발음은 미국식이 되었지만, 그들은 오히려 막 도착했을 때보다 내게서 더욱 멀어지고 말았어. 내게 형제에 가장 비슷한 게 있었다면 그 이복동생들인데 말이야. "모두 더 붙어봐." 아버지가 새 카메라를 들고 이렇게 말했고, 내가 루파와 피우의 어깨 위에 손을 두를 때 그들의 어깨는 뻣뻣했어. "우리는 이제 앞으로 나가는 거다, 코쉭." 졸업식이 끝나고 아버지가 나에게 말했어. "새로운 길을 찾아서." 말은 안 했지만 우리 부자는 치트라에게 고마워했어. 어머니가 이 세상에서 마지막으로 집이라 부른 그곳, 그곳에 남아 있던 어머니의 흔적을 벗겨내고 그 문을 닫을 수밖에 없게 해준 것에 대해서.

뭍에 오르다

❦

그녀는 또 거짓말을 하고 로마에 왔다. 이번 가을 학기에 연구비를 받을 수 있었고 그래서 웰슬리 대학에서 수업을 하지 않아도 되었다고 했다. 하지만 헤마가 이탈리아에 온 건 그런 공식적인 이유가 아니라 단지 게토 유대인 격리 거주 지역. 로마에는 1555년 처음 설치되었다에 있는 동료의 아파트가 비어 있었기 때문이었다. 그녀는 그럴듯한 구실을 만들어냈다. 그리스 로마 문화 연구소에 초빙 강사로 왔다고 했더니 네빈이나 부모님은 더 이상 묻지 않았다. 부모님에게 교수라는 직업은 알 수 없는 것이었고, 뭔가 대단하면서도 그들과는 무관한 세상이었다. 딸이 박사를 땄고 종신교수 후보가 되었다는 사실만이 중요했다. 동료인 조반나는 아메리칸 아카데미에서 도시관을 이용할 수 있도록 조처를 해두었고, 로마에서 연락할 사람들의 전화번호를 챙겨주었다. 그렇게 해서 헤마는 10월에 갑자기 휴학을 하고 노트북과 옷을 챙겨 바다를 건너왔다. 크리스마스 직전엔 캘커타로 갈 예정이었다. 평생 매사추세츠에서 사시던 부모님이 지금 그곳으로 돌아가 지내고 있었다. 그리고 1월, 헤마는 그곳에서 네빈과 결혼식을 올릴 예정이었다.

이제 11월이었고 일주일 후면 추수감사절이었다. 헤마는 이번 학기에 피해 온 삶을 생각했다. 웰슬리 캠퍼스의 잎이 떨어진 나무들과 벌써 군데군데 얼어붙은 와반 호수, 학생들이 『라틴어 입문』에 나오는 'id factum esse tum non negavit' 그는 그렇게 된 사실을 부인하지 않았다 같은 문장을 붙잡고 씨름하는 동안 교실 창문 너머로 어둠이 내리던 모습들이 떠올랐다. 로마에서도 낙엽은 졌고, 테베레 강변에는 치우지 않은 구리색 낙엽이 쌓여갔다. 하지만 날씨는 나른할 정도로 따뜻했다. 카디건만 입고 거리를 돌아다닐 수 있었고, 헤마가 매일 점심을 먹으러 가는 레스토랑의 옥외 탁자는 아직도 사람들로 붐볐다.

조반나의 아파트에서 5분 거리에 있는 레스토랑은 고대 건축물인 포르티코 디 오타비아 옆에 있었다. 물론 그녀가 가본 레스토랑은 수없이 많았고 먹어본 카쵸 에 페페 치즈와 후추를 넣은 파스타 나 카르보나라나 튀긴 아티초크 중동 부근 남유럽에서 많이 나는 엉겅퀴의 일종 의 종류도 수백 가지는 됐을 것이다. 하지만 어쩌다 들어간 레스토랑에선 음식이 실망스럽거나 아니면 서툰 이탈리아 어 때문에 난감했던 적이 있었고, 결국 그녀는 아는 집을, 낯설지 않은 집을 찾게 되었다. 이 레스토랑에서 웨이터들은 말하지 않아도 탄산수 한 병, 화이트와인 반 리터짜리를 가져다주었고 재빨리 다른 한 명의 세팅을 치워주었다. 가져온 책을 읽고 있어도 방해하지 않았다. 헤마는 주로 포르티코의 유적을 보면서, 비계로 둘러싸인 손상된 기둥과 그 일부가 없어진 거대한 페디먼트를 보면서 앉아 있었다. 옷을 빼입은 로마 사람들이 유적에는 눈길 한 번 주지 않고 수다를 떨면서 지나갔고, 관광객들은 유적 발굴 현장을 내려다보다가 마르셀러스 극장 쪽으로 걸어갔다. 포르티코 앞에는 작은 광장이 있었는데 헤마가 간신히 번역한 명판에 따르면 1943년 10월, 천 명도 넘는 유대인들이 이곳에서 국외로 추방되었다고 했다.

이 레스토랑을 발견한 게 순전히 헤마 혼자의 힘이었다고 할 수는 없었다. 몇 년 전에 이곳에서 줄리안과 저녁을 먹은 적이 있었다. 처음으로 거짓말을 하고 로마에 왔을 때였다. 이 레스토랑에 다시 올 생각은 아니었지만 조반나가 살던 동네에서 시차에 지친 몸을 끌고 먹을 만한 곳을 찾아다니다가 여길 발견하게 되었다. 그때 그녀는 줄리안과 비밀리에 로마에 왔었고, 그때만 해도 그가 곧 이혼할 거란 확신이 있었다. 5월이었고 도시는 사람들로 붐볐고 챙겨 온 옷들은 이미 너무 더웠다. 그녀와 줄리안은 콜로세움 뒤에 있는 호텔에 묵었고 그는 학술회의에서 논문을 발표했다. 페트로니우스『사티리콘』등의 작품을 남긴 로마의 문인에 관한 연구를 재탕한 거였다. 평소 같으면 그녀도 논문을 발표했을 터였다. 실제로 부모님에게는 그렇게 말씀드렸고 그들은 그런 줄 알았다. 하지만 그녀는 그때 막 박사논문 심사를 끝냈고 몇 개월을 쉴 작정이었다.

그전에 헤마가 로마에 온 적은 딱 한 번 있었다. 브린 모를 졸업하고 친구와 함께였다. 그 첫 번째 방문에서 전공이 같았던 헤마와 친구는 유적지마다 찾아다니며 설명문을 번역해서 읽었고, 파니니와 젤라또만 먹으며 지냈다. 헤마에게 깊은 인상을 남긴 건 그 여행이었고, 줄리안과의 여행에선 별로 남은 게 없었다. 호텔 옥상에서 그와 함께 먹던 아침을 기억했다. 작은 갈색 새들이 발밑을 뛰어다녔고, 눈부신 파란 하늘 밑에 앉아 신선한 리코타 치즈에 모르타델라 소시지와 살라미를 먹었다. 아침부터 너무 짠 고기류를 먹는 게 영 이상했지만 그래도 보면 먹게 되었다. 분홍색 다마스크 벽지와 널찍한 침대가 있던 호텔방도 기억했다. 줄리안은 며칠에 한 번씩 그의 아내와 딸들과 통화를 했다. 그들은 여름마다 버몬트의 던모어 호수 근처에서 가족끼리 함께 지냈는데, 그곳에서 잘 지내고 있는지 묻는 전화였다. 그들은 보통 줄리안이 고른, 동부 해안 쪽에 있는 호텔이나 모텔 방에서 만났다. 줄리안은 헤마가 뉴욕 시립대 대학원에 다닐 때 살던, 룸메이트들이 있는 아파트보다 그런 곳들을 좋아했다. 심지어 첫 데이트도 호텔에서였다. 헤마의 과에서 줄리안의 강연 후 '더 마크' 호텔에서 그에게 저녁식사를 대접했는데, 식사가 끝나고 그는 헤마에게 그곳에서 술을 한잔하자고 했었다.

네빈이 로마에 올 가능성은 전혀 없었다. 만난 날짜로 따지면 약혼하기 전에 다해서 고작 3주를 만난 셈이었다. 그러니까 몇 달 동안 언제나 네빈이 미시간에서 헤마를 보러 왔다. 네빈이 보스턴에 오면 함께 미술관에 가거나 영화, 또는 콘서트에 가거나 저녁을 먹으러 다니며 얌전하게 데이트를 했다. 두 번째 주말을 보낼 때 그는 집 앞에서 헤마에게 굿나잇 키스를 했고 자기 친구네 집에 가서 잤다. 과거에 애인이 있었지만 미래 아내에 대해서만큼은 구식이라고 그는 고백했다. 서른일곱의 나이에 10대 소녀처럼 취급을 받는 게 그녀에겐 신선했다. 헤마는 대학원에 갈 때까지 남자친구가 없었고, 그때쯤은 남자에게 조심스러운 대우를 받기엔 너무 나이가 들어버린 후였다.

뭍에 오르다

로마에 온 후 헤마는 네빈과 이메일을 주고받았고 통화도 몇 번 했다. 앞으로 닥칠 일들 때문에 자못 무게 있는 대화였지만 오래 사귄 사이가 아니었기에 그 무게를 받쳐줄 기반은 부족했다. 그들은 인도 중서부의 휴양지, 고아로 신혼여행을 계획하고 있었다. 네빈이 원했던 거였고, 함께 어느 리조트가 좋을지 고르는 중이었다. 그녀는 네빈이 보고 싶지는 않았지만 캘커타에 가는 건 기다려졌다. 그곳에서 결혼을 하고 그와 함께 비행기를 타고 돌아가 웰슬리에서 다시 수업을 하는 것도 기대가 되었다. 네빈은 부모님이 소위 "벵골인이 아닌 사람"이라 부르는 사람이었다. 그러니까 인도 사람이긴 한데 서벵골 인이 아닌 사람을 그들은 이렇게 불렀다. 네빈의 부모님은 캘커타에 사는 힌두―펀자브 인이었고 네빈은 박사를 하러 미국에 왔었다. 지금은 미시간 주립 대학의 물리학 교수였고, 가을부터 MIT에서 가르치기로 되어 있었다. 헤마와 결혼하기 위해 매사추세츠로 이사 오기로 한 거였다.

헤마는 이 결혼을 정략결혼으로 인정하고 싶어하지 않았지만 마음속으론 알고 있었다. 부모님이 알기 전에 네빈을 만난 적이 있긴 해도 막상 연결을 해준 건 부모님이었다. 부모님이 헤마에게 그가 혹시 연락해도 괜찮겠느냐고 물었을 때 그동안 선은 마다하던, 줄리안이 아내를 떠날 거라고 믿어오던 헤마가 결국 선을 보기로 한 거였다. 부모님은 그녀가 너무 숫기가 없어, 너무 공부만 하느라고 남자를 안 만나서 결혼을 못 했다고 생각했다. 심지어 그녀의 엄마는 헤마의 서른다섯 번째 생일날 여자가 더 좋으냐고 묻기도 했다. 그동안 사귀는 사람이 있다는 사실을 전혀 몰랐고, 그게 유부남이었다는 건 더더구나 상상하지 못했다. 부모님이 도와줘서 뉴튼에 집을 살 때도, 변호사 사무실에서 계약서에 사인을 할 때도, 두 개의 서명란 중 하나에만 사인을 할 때도 결국 거기에 줄리안의 이름도 들어갈 거라고 생각했다. 하지만 이제 부모님도 지구 반대편에 사는데, 남편과 자식 없는 중년 여자로 살 수 없을 것 같았다. 눈이 오면 집 앞을 치우고 때가 되면 융자금을 내는 일 모두 자기 힘으로 할 수 있다는 걸 증명했지만, 이제는 그러기가 싫었다. 그래서 결국 네빈과 결혼하기로 마음을 먹었다.

처음부터 사람들은 헤마와 네빈이 서로에게 매력만 조금 느껴도, 얘기만 좀 통해도 결혼할 거라고들 했다. 그동안 줄리안 때문에 불확실한 세월을 살다 보니 헤마는 사람들의 이런 확신에 오히려 해방감을 느꼈다. 그런 식으로 사랑을 보는 태도를 예전에는 비웃었었는데, 이젠 줄리안과 사랑이 예전에 그랬던 것처럼 호감이 갔다. 그러다 보니 네빈에게까지 매력을 느끼게 되었다. 차분한 갈색 눈과 황갈색 기다란 얼굴, 얼굴에 안정감을 주는 까만 콧수염까지 좋아했다. 네빈 이후 줄리안이 그녀를 갑작스럽게 찾아오는 일은 없어졌다. 어느 오후 초인종을 눌러 그녀의 남은 오후를 다 빼앗아가는 일도, 언젠가는 상황이 달라질 거라 기다리는 일도 없어졌다. 거의 10년이라는 세월이 전화 한 통으로 그렇게 끝났다. "나 약혼했어." 그가 지난번에 주말여행을 가자고 전화했을 때 그녀는 이렇게 말했고, 줄리안은 자기를 속였다고, 어떻게 피도 눈물도 없이 그럴 수 있느냐고 했다. 그리고 다시는 전화하지 않았다.

이제 그녀는 두 사람 모두에게서 자유로웠다. 예전에 이곳에 왔을 때는 북적이는 파티에 서 있는 기분이더니 지금은 과거와 미래에서 모두 해방된 것 같았다. 아무도 없이 일만 가져왔고, 혼자 이렇게 외국에 있는 건 태어나서 처음이었다. 혼자인 시절도 곧 끝난다는 걸 알고 있었다. 로마에서 그녀는 혼자 있는 시간을 즐기면서 별 어려움 없이 조용한 일상에 빠져들었다. 밤에는 욕조에 몸을 담근 후 조반나의 침대에서 잠을 잘 잤다. 방은 좁았지만 천장이 엄청 높았고, 창문을 대신한 거대한 덧문은 햇빛을 잘 가려주었다. 방음은 전혀 되지 않아서 비아 아레눌라로 지나다니는 스쿠터와 자동차 소리며 상점을 열 때 철문 올리는 소리가 그대로 들렸다. 끝도 없이 웽웽거리는 구급차의 사이렌 소리는 이상하게 마음을 가라앉히는 데가 있었다. 로마는 어떤 면에서 캘커타를 연상시켰다. 풍상에 낡은 건물들과 야자수, 도저히 건너가기 힘든 큰 길들. 어린 시절 부모님과 함께 가던 캘커타처럼, 로마는 한편으로는 너무 잘 알고 다른 한편으론 전혀 모르는 그런 도시였다. 헤마는 고대 로마의 언어뿐 아니라, 그 통치자와 작가들, 건국부터 멸망까지 역사를 알고 있었다. 하지만 현실 속 이탈리아에서 그녀는 관광객이었고, 지금 안식년으로 베를린에 가 있는 조반나를 제외하면 로마에 친구는 한 명도 없었다.

아침마다 그녀는 에스프레소를 만들고 우유를 데웠다. 그리고 봉투에 든 네모난 식빵 한 조각을 구워 잼을 발라 먹었다. 8시쯤이 되면 조반나의 책상에 앉았다. 책상은 이제 헤마의 책들과 공책, 노트북, 라틴어 문법책과 사전이 온통 차지해버렸다. 로마에서 할 일도 많고 볼거리도 많았지만 매일 오후 1시까지 이 일과를 유지했다. 오랫동안 이런 식으로 일을 해왔고, 이게 그녀를 지탱해주는 힘이었다. 그녀는 이제 교수가 되었고, 루크레티우스_{로마의 시인, 철학자.}『만물의 본성에 대하여』등의 저서를 남겼으며, 사회제도 등을 합리적으로 설명하고 영혼과 신에 대한 편견을 비판하였다에 관해서 쓴 박사논문은 책으로 출판돼, 조용한 찬사를 받았다. 하지만 그보단 자신이 하는 일은 어떤 면에서 이 세상 무엇보다 충족감을 가져다주었고, 덕분에 매일 책상에 몇 시간씩 혼자 앉아 일을 할 수 있었다. 헤마는 8학년 때부터 중독처럼 라틴어를 읽었다. 퍼즐 같은 문장 하나하나에 의미를 부여하면서 희열을 느꼈다. 그동안 천천히 쌓아온 고대의 단어와 어형변화와 구문론에 대한 지식은 그녀의 뇌 속에 신성한 것으로 자리를 잡고 있었다. 죽은 세상을 되살리는 지식이었다.

요즘 헤마의 관심 분야는 에트루리아였다. 몇 달 전에 보스턴에서 베르길리우스 시에 나타난 에트루리아 관련 사항을 강의로 들었는데, 그 기회를 통해 로마 이전에 존재했던 이 신비로운 문명에 깊은 관심을 갖게 되었다. 에트루리아 인들은 소아시아에서 중부 이탈리아로 건너왔을 가능성이 있는 민족으로 400년 동안 번성했고, 100년 동안 로마를 지배한 후 멸망했다. 남아 있는 문헌은 없었고 언어조차 불분명했다. 그들이 남긴 주요 유산은 무덤과 그 안의 매장품들이었다. 저승까지 고인들을 동반할 장신구와 도자기와 무기들이었다. 그녀는 창자 점쟁이들에 대해 공부하고 있었다. 이들은 동물의 창자나 번개, 임신한 여자의 꿈, 새들이 나는 모양을 보고 미래를 예언하는 사람들이었다. 웰슬리로 돌아가면 세미나를 하나 열고 싶었다. 고대 로마 문화에 에트루리아 사람들이 미친 영향을 다루고 싶었고, 가능하다면 이 연구를 바탕으로 다음 책을 쓰고 싶었다. 그래서 바티칸의 그레고리 박물관에 에트루리아 유물을 보러 갔었고, 역시나 그 시대 유물이 많은 빌라 줄리아 미술관에도 갔었다. 키케로, 세네카, 리비우스, 플리니우스를 뒤적이고, 오컬트주의자이자 원로원 의원이었던 니기디우스 피굴루스의 글을 읽으며 노트북에 메모를 하고 그녀가 읽은 많은 책들의 목록을 기록했다.

그러다 보니 헤마는 아직도 조반나가 적어준 친구들에게 전화를 하지 못했다. 만나서 커피를 마시거나 티볼리나 오스티아로 데려달라는 부탁을 할 수 있는 사람들이라고 조반나가 일러두었다. 헤마는 혼자서 시간을 보내는 데, 일하고 책 읽고 포르티코 옆에서 점심을 먹는 데 만족하고 있었다. 오후에는 걸어서 성당을 보러 다녔고, 걷다보면 좁고 어두운 거리에서 확 트이고 밝은 광장들이 나왔다. 그녀는 버스나 지하철을 타지 않고 어디나 걸어 다녔다. 저녁엔 집에 들어가 간단하게 음식을 만들어서 이탈리아 텔레비전을 보며 먹었다. 점심때는 괜찮아도 밤에는 혼자 나가서 먹자니 어색했다. 줄리안과 만나던 시절에는 혼자 있어도, 남자들은 그녀의 마음이 딴 데 있다는 걸 아는 듯했다. "영업중"이라는 전등에 불을 끄고 그냥 지나가는 택시처럼, 멈추어서 시간을 내줄 거라고 생각하지 않았다. 하지만 지금은 비록 약혼을 했지만 로마 남자들이 그녀를 쳐다봤고, 때로 말을 걸기도 했다. 그렇게 주목을 받는 게 기분이 좋긴 했지만 네빈에게 그만큼 마음이 가 있지 않다는 증거처럼 느껴지기도 했다.

토요일 아침에는 일을 하지 않고 캄포 데이 피오리 광장에 갔다. 누비 재킷을 입고 치장을 한 멋쟁이 엄마들이 하이힐을 신고 유모차를 밀며 킬로당 채소를 사는 광경을 구경했다. 풍성하게 구불거리는 머리를 자랑하는 이 여자들은 쓰고 있는 선글라스 너머에도 주름이 없는, 헤마보다 젊은 여자들이었다. 하지만 그 여자들을 보고 있으면 자신이 영 어수룩하게 느껴졌다. 아이를 키우는 책임감이나 집안 살림도 몰랐고, 심지어 채소 장수들에게 애교를 떨며 흥정을 할 줄도 몰랐다. 그녀는 줄리안과 사귀는 동안 이런 감정에 익숙해져 있었다. 애인이라는 그녀의 위치. 연애를 시작했을 때는 뭔가 성숙해진 듯했지만, 막상 그녀의 성장을 가로막았다. 사랑하는 사람과 공개적으로 삶을 꾸려가거나 아이를 가질 가능성까지도 막혀버렸다. 하지만 네빈이 그것도 바꾸었다. 두 사람 모두 그녀의 나이를 의식하고 있었고, 결혼하자마자 아이를 가질 준비가 되었다고, 네빈은 그녀를 안심시켰다.

하루는 점심을 먹고 기운이 나서 포폴로 광장까지 걸어갔다. 거기서 다시 빌라 줄리아를 한 번 더 보려고 거기까지 걸었다. 박물관에서 헤매는 한때 실제로 누군가의 입에 닿았던, 아직도 그대로인 고대의 컵과 숟가락을 보며 다시 감동을 받았다. 옷을 고정하던 브로치, 향수를 몸에 찍어 바르던 가느다란 막대도 마찬가지였다. 하지만 이번에는 유리 상자 속에 진열된, 신랑과 신부의 형상을 새긴 커다란 관을 보고 눈물을 흘리고 말았다. 네빈이 생각날 수밖에 없었다. 다정하게 앉아 미소를 짓고 있는 젊은 부부가 관 위에 앉아 있는 것처럼 그녀가 하려는 결혼은 어딘가 죽음을 연상시키는 데가 있었다. 물론 얼마든지 활기차게 살 수 있을 거라고 노란 가로등이 켜진 길을 걸어 돌아오면서 생각했지만, 그녀는 그 결혼이 부질없다는 생각만 들었다. 비아 데이 지우보나리에 있는 알리멘타리^{작은 식료품 가}게에서 저녁거리를 샀다. 상추와 스파게티, 또 소스를 만들 재료로 버섯과 크림을 샀다. 조반나 집 건물의 현관을 지나 매표소 같은 창구를 지날 때는 수위 중 한 명이 인사를 했다. 중정에는 돌사자가 계속 입으로 물을 내뿜고 있었다. 다리가 아팠지만 앞에는 돌계단이 무정하게 버티고 있었다. 천장이 높아 3층이 10층처럼 느껴지는, 전등도 없이 어두운 돌계단을 터벅터벅 올라갔다.

물에 오르다

집 기다란 복도에 들어서니 자동응답기가 깜빡이고 있었다. 헤마는 테이프를 감아 메시지를 들었다. 네빈이 아니라 조반나 친구의 목소리였다. 보통 그녀의 친구들은 이탈리아어로 메시지를 남겼고 조반나가 베를린에서 확인했다. 하지만 이 메시지는 영어였고 헤마에게 남긴 거였다. 에도라는 사람인데, 조반나가 전화하라고 적어준 친구들 명단에서 본 이름이었다. 에도는 메시지에서 몇 주 동안 헤마가 전화하기를 기다렸다고 하면서, 별일 없느냐고 물었다. 그는 친절한 사람 같았고, 정말로 걱정하는 목소리여서 헤마는 그에게 전화를 했다. 그녀는 에도에게 잘 지낸다고 안심을 시켰고, 일요일에 그와 그의 부인과 함께 점심식사를 하자는 초대에는 피할 이유도 없고 해서 그러겠다고 했다.

에도의 부인, 파올라는 〈레스프레소〉의 사진 편집자였다. 하지만 코쉭이 그녀를 만난 건 이스라엘 해안에 있는 휴양지 네탄야에서였다. 둘 다 그곳 한 호텔 연회장의 폭발을 취재하러 갔었다. 희생자들은 막 유월절 식사를 하려던 참이었다. 코쉭이 이탈리아에서 일하는 경우는 드물었다. 브레시아에 사는 세네갈 이민자들을 담은 좀 기이한 포토에세이를 찍거나 이라크에서 죽은 군인들의 열아홉 개의 관이 콜로세움 앞을 통과하는 행렬을 찍은 적이 있었다. 지난 5년간 로마는 그에게 어떤 목적지로 가기 전에 거치는 경유지일 뿐이었다. 그가 삿고 다니는 수첩에서 365장의 하늘색 페이지를 죽 세어보면 대부분의 날들을 가자와 서안 지구에서 사진을 찍으면서 보냈다는 걸 알 수 있었다.

사진기자로서 그의 삶은 거의 20여 년 전에 시작되었다. 1987년 아버지가 대학 졸업 후 준 돈을 가지고 남미를 여행했다. 애초에 친구 더글러스와 함께 티후아나에서 출발해 파타고니아까지 가기로 여행 계획을 짰다. 그들은 멕시코에서 몇 달을 보낸 다음 남쪽으로 내려가 과테말라와 엘살바도르를 여행했다. 그곳에서 더글러스는 중부 아메리카는 충분히 봤다고, 미국인이라서 괴롭힘을 당하는 데는 질렸다면서 마드리드로 가는 비행기 표를 샀다. 멕시코와 과테말라에서도 그랬지만 엘살바도르에서도 사람들은 코쉭이 어느 나라 사람인지, 어떤 인종인지 몰랐다. 자기 몸만 한 총을 지니고 다니는 군인들도 그랬고, 코쉭의 카메라를 보고 열심히 포즈를 취해주는 아이들도 마찬가지였다. 그는 혼자서 그 나라를 여행하기 시작했다. 가이드북에서 보니 매사추세츠 주보다 작은 나라였다. 엘살바도르의 수도 서쪽으로 서 있는 화산을 찍었고, 총탄 자국이 있는 건물들, 그리고 그해에 지진으로 반쪽이 난 건물도 찍었다.

그렇게 내전이 심한 나라는 처음이었다. 과테말라에서도 게릴라들이 돌아다닌다는 것을 알았고, 배낭여행자들에게 어떤 곳은 피하라는 얘기를 듣기도 했다. 더글러스와 함께 티칼로 가는 야간 버스를 탔을 때 군인들이 버스를 세우고 승객들을 모두 내리게 한 다음 여권을 보이라고 한 적이 있었다. 술 취한 보초 몇 명이 얼굴에 플래시를 비추었고, 한 보초가 더글러스의 지갑을 보자고 하더니 현금을 꺼내고 나서 지갑을 더글러스의 얼굴에 던졌다. 과테말라에선 그 정도가 최악이었다. 하지만 엘살바도르에선 폭력이 더 횡행했고 더 끔찍한 일들이 벌어졌다. 관광객들은 두려움에 떨었다. 코쉭은 산타아나에서 알게 된 네덜란드 기자 에스펜이라는 사람과 함께 다니며 내전의 역사를 듣곤 했다. 에스펜은 그에게 암살대에 관한 얘기를 들려주었고, 고속도로에 참수된 채 흩어져 있는 시체들과 손톱이 뽑히고 엄지가 등 뒤로 묶인 채 나무에 매달린 10대 아이들의 얘기를 해주었다. 에스펜과 함께 그는 밤에 공군 비행기에서 FMLN^{Farabundo Martí National Liberation, 엘살바도르의 게릴라 조직. 지금은 사회주의 정당이 되었다} 자치지구에 폭탄을 떨어뜨리는 것을 보았고 온두라스와 국경 지역에 걸쳐 있는 포로수용소에도 갔었다. 그는 그곳에 사는 사람들의 두려움을 이해하게 되었고 기관총 소리에 점점 익숙해졌다. 그곳 사람들처럼 언제, 어디서나, 길을 건너거나 잠이 들었을 때 죽을 수 있다는 사실을 받아들였다. 하지만 그때는 자기가 죽을까 봐 두려운 적은 없었다.

어느 날 오후 모라잔 외곽 한 마을에서 에스펜과 함께 점심을 먹으며 앉아 있는데 식탁이 흔들리기 시작하면서 스튜 그릇들이 엎질러졌다. 그때는 이미 가끔씩 찾아오는 약한 지진에 익숙해져 있었다. 모든 걸 잠시 멈추는 지구의 공격이었다. 그들은 숟가락을 집어 들고 다시 먹기 시작했는데, 사람들이 소리를 지르며 그들 앞을 지나갔다. 어딘가 건물이 무너졌을지도 모른다는 생각에 그와 에스펜이 벌떡 일어나 사람들을 따라갔다. 하지만 그 소동은 지진과는 상관없었다. 모퉁이를 돌자 한 젊은이가 길바닥에 쓰러져 있었다. 머리에 총을 맞았고, 조용히 넓어지는 강처럼 피가 그의 두개골에서 흘러나오고 있었다. 하지만 그의 셔츠와 바지엔 피 한 방울, 흙 한 점도 묻어 있지 않았던 길 코쉭은 아직도 기억하고 있었다. 그는 도로 위에 웅크리고 누워 마치 낮잠을 자는 것처럼 눈을 감고 있었다. 목에서 가늘디가는 신음 소리가 흘러나왔고, 손목에서 싸구려 금 손목시계가 재깍거리고 있었다.

사람들이 남자의 주변으로 모여들었다. 의사가 없느냐 소리를 질렀고 아내나 여자친구처럼 보이는, 분홍색 민소매 블라우스를 입은 젊은 여자가 주먹을 입에 물고 울고 있었다. 보통 때처럼 코섹은 카메라를 목에 걸고 있었고 에스펜은 그에게 사진을 찍으라고 했다. 망원렌즈가 없었기에 가까이 다가가야 했고, 그는 거기 모여 있는 사람들이 자신을 막으며 욕을 하고 쫓을 거라고 예상했었다. 하지만 아무도 신경을 쓰지 않았고, 그는 앞으로 기어가 카메라를 남자의 얼굴 위로 가져다 대었다. 그날 오후를 돌이켜 생각해보면 손이 가늘게 떨렸던 것 외엔 그는 상황에 동요되지 않았다. 일단 카메라를 들면 감정의 흔들림 없이 필름을 끝까지 찍을 수 있었다. 사진을 다 찍었을 때 의사를 찾느라 외치던 사람들의 목소리는 들리지 않았다. 남자가 숨을 거둔 후였다.

코섹이 이 사건을 기록한 유일한 사람이었다. 남자의 목숨을 구하진 못했지만 의미 있는 일이었고, 그런 범죄를 줄이는 데 무언가 할 수 있을 거라 생각했다. 에스펜이 그 일을 해줄 만한 사람들을 찾아 사진을 보냈다. 그래도 사진이 세상에 나갈 거란 상상은 못했는데, 일주일 후 암스테르담에 있는 한 가톨릭 신문에 그의 사진 한 장이 나갔다. 그 일로 소액 수표를 받았고, 그러고 나서 유럽의 시사 주간지에서 사진을 샀을 때는 수표의 액수가 올라갔다. 그렇게 해서 사진 찍는 일이 그의 직업이 되었다. 처음엔 그저 일어나서 에스펜을 따라 뉴스거리를 찾아다녔다. 엘살바도르에 머물면서 선거와 교통기관 파업, 그리고 가톨릭 예수회 신부 여섯 명과 그들의 가정부들이 살해된 사건을 취재했다. 얼굴이 으깨지고 목에 칼자국이 나고 성기가 잘린 시신들의 사진을 찍어 인권 기관에 보냈고 친척들

물에 오르다

이 그 사진들로 실종자들의 신분을 확인할 수 있었다. 에스펜의 소개로 〈연합통신〉의 통신원이 되었고, 덕분에 남미에 계속 머무르면서 일할 수 있었다. 처음엔 멕시코, 다음엔 부에노스아이레스에서 통신사와 영자 신문에 실리는 사진들을 찍었다. 서른 살 즈음 그는 〈뉴욕 타임스〉에 들어갔고, 처음엔 아프리카, 다음엔 중동으로 파견되었다. 코쉭은 자신이 찍은 시신들을 다 기억하지 못할 정도였다. 시신들은 얼굴이 통통 붓고, 입에는 흙이 가득했고, 초점을 잃은 눈동자엔 머리 위로 지나가는 구름이 비쳐 있었다.

일 덕분에 그는 계속 미국을 벗어나 살 수 있었다. 편집자를 만나고 장비를 사기 위해 가끔씩 뉴욕에 오는 것이 미국에 오는 전부였다. 뉴욕에 와도 아버지에게 왔다는 말을 하지 않을 때도 있었다. 그래야 매사추세츠까지 아버지의 새로운 인생을 보러 가는 끔찍한 당일 여행을 하지 않아도 되었으니까. 하긴 아버지의 새로운 인생도 이미 새롭다고 할 수 없을 만큼 세월이 흘러 있었다. 그의 아버지는 이제 70대였고 넉넉한 연금으로 대부분의 시간을 골프로 보내고 있었다. 가끔 가다 주고받는 이메일로 코쉭은 큰애 루파가 피터라는 미국 남자와 결혼을 했고 콜로라도에 있는 초등학교에서 미술을 가르친다는 소식을 들었다. 청첩장을 받았지만 일 덕분에 다른 일들을 피했듯이 이 결혼식도 피할 수 있었다. 작은애 피우는 터프츠 대학 의대에 다닌다고 했다. 하지만 코쉭은 아버지의 시야에선 벗어나지 않았다. 아버지가 읽는 시사 주간지 사진 옆에 붙는 작가의 이름을 통해 그가 아직 살아 있고, 어디에 있고, 뭘 봤는지 보고하는 셈이었다.

코쉭은 트라스테베레에 있는 산코시마토 광장 근처에 작은 아파트가 있었다. 제법 큰 테라스가 딸린 아파트였고, 일 사이에 이곳에 들러 쉬었다. 코쉭을 이탈리아에 오게 했던 건 여자였다. 프랑카를 만나기 전에 그는 유럽보다 남미를 좋아했었고 아직도 그동안 배운 스페인 어 탓에 이탈리아 어가 더 늘지 않았다. 프랑카는 그에게 자기를 따라 밀라노로 오라고 했다. 소소 귀족 출신의 그녀를 카메룬에 있는 구제 단체에서 처음 만났을 때, 하트형 얼굴과 깊게 파인 회색 눈, 세련된 화법에 남다른 데가 있다고 느꼈었다. 그는 그동안 지구를 떠돌아다녔지, 여자와 제대로 사귄 적이 없었다. 그러다가 갑자기 프랑카와 한 아파트에 살면서 일요일마다 베르가모에 있는 그녀의 할머니 댁까지 다니게 되었다. 할머니는 폴렌타^{옥수수 죽의 일종}나 구운 토끼 고기를 대접해주었다. 할머니는 평생을 손녀딸 혼수로 쓸 나이트가운과 실내복을 손수 수놓는 일로 소일거리를 하신 분이었는데, 코쉭을 손녀사윗감으로 마음에 들어했었다. 프랑카와 끝은 좋지 않았다. 하지만 그때 그는 헤어질 수 없는 결정적인 이유를 찾지 못했고, 그래서 청혼도 하지 못했다. 그녀는 그를 잡지 못했던 거였고 지금 생각하면 그게 바로 문제였다. 결국 그는 눈물을 흘리며 밀라노를 떠나 로마로 내려오는 기차를 탔다. 처음에는 그냥 일주일만 지내면서 도시 관광이나 한 다음 부에노스아이레스로 돌아가려고 했었다. 하지만 그때 터진 2차 인티파다^{이스라엘 점령 반대 투쟁} 때문에 중동에 왔다 갔다 해야 했고 그 일로 유럽에 남아 있게 되었다. 프랑카에게 그녀의 모국에 남게 되었다는 말은 하지 않았고, 그녀와 마주친 일도 없었다.

코쉭은 물론 로마를 기억하고 있었다. 봄베이에서 매사추세츠로 이사 가던 길에 부모님과 함께 들른 적이 한 번 있었다. 그때 갓 마혼이었던 어머니는 죽어가고 있었지만 체중이 줄었다는 것밖에 다른 징후들은 없었다. 코쉭은 다음 생일에 그 나이가 될 것이다. 그들이 묵었던 호텔이 어떻게 생겼는지, 아침식사를 하던 식당으로 올라가던 대리석 계단은 어땠는지 기억하고 있었다. 판테온의 둥근 천장으로 빛 한 줄기가 강하게 쏟아져 들어오던 풍경과 어머니가 메뉴를 볼 동안 웨이터들이 감동한 표정을 감추지 못하고 어머니를 힐끗거리던 모습을 기억했다. 지아니콜로 언덕을 따라 걸으면서 제비 떼가 하늘 위에 거대한 지문이 날아가듯 지나는 것을 보았다. 그는 그 장소들을 순례하듯 다시 가봤고, 호텔이 스페인 식 계단 근처에 있었던 게 기억이 나서 호텔까지 찾을 수 있었다.

작년에 그의 아버지와 치트라가 캘커타에 가는 길에 로마에 들러 나흘을 보냈다. 그는 잉길테라 호텔에 방을 예약하고 여기저기 그들과 함께 다녔다. 줄을 서서 기다려 콜로세움을 보았고 고대 로마 광장을 구경했다. 함께 다니며 사진을 찍어주었고 그게 마치 일이었던 것처럼 떠나기 전에 아버지에게 필름들을 건네주었다. 레스토랑과 카페에 갈 때마다 이탈리아의 커피 맛을 좋아하지 않는 치트라를 위해 차를 주문해주었다. 하지만 그들은 그의 기억 속에 흔적을 남기진 않았다. 로마의 거리를 걸으면서 아직도 가끔 어머니의 모습을 떠올렸지만 그들의 모습은 생각나지 않았다.

그의 왼쪽 눈에 옷핀 머리보다 작은, 희미한 회색 반점이 떠돌아다니기 시작한 건 아버지와 치트라와 함께 다닐 때였다. 아버지가 키이츠의 묘지에 가고 싶어해서 테스타치오에 갔던 오후 처음 발견했다. 프로테스탄트 공동묘지의 푸른 잔디 위에서 코쉭은 날파리가 머리 위를 날아다니는 줄 알고 손으로 연방 잡으면서, 손가락으로 튕겨버리려 했다. 하지만 반점은 어딜 가나 따라다녔고 조용히 그를 괴롭혔다. 결국 그는 그 반점이 눈 안에 있다는 걸, 없애거나 멈출 수 없다는 걸 깨달았다. 안과 의사는 점액이 엉겨 붙었다가 안구 벽에서 떨어져 나가면서 그런 거라고, 무해한 노화의 징조라고 말해주었다. 의사는 익숙해질 거라고 했고 실제로 어느 정도 익숙해졌다. 벽을 하얗게 칠한 밝은 방에 있거나 선글라스를 안 끼고 나갔을 때를 제외하면 별로 신경이 쓰이지 않았다. 운전을 하거나 사진을 찍는 데는 지장이 없었다. 그래도 그의 몸에 일부에 뭔가 침입한 느낌이었고, 작지 않은 신체적인 타격이었다. 그의 내부에 있는 무엇이 그를 배반해놓고 떠나지는 않겠다는 뜻 같았다.

일요일엔 그의 피아트를 타고 로마 남쪽 근교에 있는 에도와 파올라의 집으로 향했다. 이제는 자유자재로 돌아다닐 수 있는 이 도시를 벗어나면서 약간 서글퍼졌다. 이제 진짜로 떠나기 때문이었다. 내년이면 그는 이곳에 없을 것이다. 홍콩에 있는 국제 시사 주간지에 사진 편집자 자리가 났고, 그리로 오라는 제안을 받아들였다. 도쿄에 몇 번 가본 것을 빼면 그는 동아시아를 거의 몰랐다. 태어나서 처음으로 아침에 일어나 같은 곳으로 출근하는 일을 하게 되고, 처음으로 사무실과 책상과, 그의 일정을 잡아주고 전화를 받아주는 비서를 둘 것이다. 처음으로 그날 무슨 일이 있을지 대충 준비된 상태에서 아침에 일어날 것이고 그런 면에서 그의 아버지가 몇십 년 동안 했던 일이 어떤 것이었는지 맛보게 될 터였다. 그는 일을 혐오하게 될 거라고 상상했다. 파올라는 그가 잘못 생각한 거라고, 사진작가로서 그건 죽음이라고, 자기가 편집자가 된 후로 괜찮은 사진을 찍은 적이 없다며 말렸다. 돈을 많이 벌 수 있었지만 그게 코쉭이 끝린 이유는 아니었다. 아시아로 가기로 한 건 다른 삶을 살고 싶다는 욕구 때문이었다. 적어도 다음 몇 년 동안은 돌아다니지 않고 한곳에 있을 수 있다는 사실 때문이었다.

잡지사에서 이사 비용을 대기로 했지만 피아트를 제외하면 어차피 옮길 것도 별로 없었다. 게다가 피아트는 이미 친구에게 팔기로 했다. 예전에 부모님과 함께했던, 뿌리가 송두리째 뽑히는 것만 같았던 이사와는 달랐다. 처음엔 미국을 떠났고, 7년 후에 그곳으로 돌아왔다. 두 번 다, 어머니가 떨어져 살 수 없다고 생각했던 가구와 그림과 찻잔 세트는 화물선에 실려 천천히 그들을 따라왔다. 그의 어머니는 살림을 꾸미고 다시 꾸며야 했다. 세상의 어디에 있든, 죽어가든 그렇지 않든 상관없었다. 어머니에겐 언제나 집을 아름답게 꾸밀 수 있도록 모든 것이 주어졌고 새 물건들과 벽 치장에서 삶의 활력을 얻었다. 하지만 코쉭은 자기가 살았던 곳을 완벽하게 신뢰한 적이 없었고, 마음을 의지하며 편하게 지내지 못했다. 지금 생각하면 어렸을 때부터 그는 바깥에 있을 때, 삶의 파편이 튀기는 반경 밖에 있을 때가 가장 행복했다. 그게 사진의 가장 좋은 점이었다. 집에서 나갈 수 있다는 것. 그가 태어난 매사추세츠 주 케임브리지에서 얻은 어린 시절의 기억은 모두 밖에서 보낸 시간들이었다. 사슬로 이어진 담장이 개나리와 엉켜 있었고, 인도에는 청어가시문양으로 벽돌이 깔려 있었다. 그가 커먼 공원을 뛰어놀고 있으면 멀리서 그의 이름을 부르는 어머니의 목소리가 들렸다.

그는 난민 수용소에 갈 때마다, 재해를 입은 가족들이 파편 속에서 그들의 물건을 골라내는 광경을 볼 때마다 자기 가족이 이사하던 게 생각났다. 결국 그게 삶이었다. 접시 몇 개와 제일 좋아하는 빗과

슬리퍼 한 켤레와 어린아이의 구슬 목걸이. 그는 자신이 다르다고 믿고 싶었고, 10분 안에 전 세계 어디라도 떠날 준비가 되어 있다고 생각했다. 하지만 그건 불가능하다는 걸, 어디에 내리건 그곳에 애착을 갖지 않기는 불가능하다는 걸 알고 있었다. 그의 트라스테베레 아파트 찬장에 들어 있던 키 작은 연한 색 와인 잔과 오후마다 침대 위에서 점점 작아지던, 햇빛이 그리는 사다리꼴이 그리워질 터였다. 그는 자신이 카메라를 통해 물질세계에 의존하고 있다는 사실을 알고 있었다. 그 세계에서 이미지를 훔치고 저장하고 놓아주지 않으려 했다. 아시아로 옮기는 건 이제 공식적인 사실이 되었다. 모퉁이에서 젤라토 전문점을 하는 집주인은 새로 세들 사람을 구했다. 바로 어저께 타이를 거쳐 가는 비행기 표를 샀다. 홍콩으로 가기 전 12월의 마지막 주를 그곳에서 보낼 예정이었다.

　에도는 요리하는 걸 좋아했다. 그의 고향인 크레모나의 음식이 그의 전문이었다. 코쉭은 이 모임에도 그동안 에도와 파올라가 마련했던 다른 모임들처럼 전 세계의 기자와 사진작가와 학자들이 모여들 거라 생각했다. 다른 때처럼 식탁에서 서너 개의 언어가 오고 갈 것이다. 오늘은 미국인 소설가가 올 거라고 파올라가 말했었다. 추수감사절이 다가오니 집 생각이 나서 애플파이를 가져올 거라고 했다. 또 인도 여자도 올 거라고 했다. 학자이고 에도의 친구의 친구라고. 그는 안경을 쓰고 사리를 입은 중년 여자를 상상했다. 에도처럼 고고학자일 거라고 생각했다. 그는 인도와는 아무 관계가 없었다. 어머니가 죽고 나서 한 번도 가지 않았고 일로 간 적도 없었다. 사진작가는 고향이 어디든 상관없었다. 하지만 로마에서도, 유럽에서도 사람들은 그를 보면 제일 먼저 인도인이라고 생각했다.

에도와 파올라의 집에서 몇 블록 떨어진 곳에 주차를 하고 차에서 내렸다. 동네는 그 나름의 개성으로 아름다웠다. 사이프러스 나무가 늘어선 길들은 널찍했고, 전후에 지어진 콘크리트 건물엔 유리로 만든 현관이 있고 상자를 쌓아놓은 것처럼 발코니들이 겹쳐서 튀어나와 있었다. 이탈리아를 떠나기 전에 이 집에 오는 것도 마지막인 것 같아 사진을 찍고 싶었지만, 카메라는 집에 두고 왔다. 파올라와 에도는 꼭대기 층에 있는, 공원이 내려다보이는 널찍한 아파트에 살았다. 아파트가 있는 길로 접어드는데 코쉭은 보도 위에 서 있는 여자를 보았다. 긴 머리에 얼굴이 가려진 채 지도를 들여다보고 있었다. "세뇨리나, 어디 가시나요?" 그가 물었다.

여자가 당황한 표정으로 올려다보았다. 그는 검은 머리와 꼭 끼는 가죽 코트에도 불구하고 그녀가 이탈리아 사람이 아니라는 걸, 실제로 인도인이라는 걸 깨달았다. 또 그녀에게 존댓말을 쓸 필요가 없었다는 사실도, 그 얼굴이 아는 얼굴이라는 것도.

❦

파올라와 에도의 집에 함께 발을 들여놓은 순간부터 다른 손님들은 그들이 오랜 친구일 거라 생각했다. 손님 중 한 명은 그들이 애인이라고 생각하고, 얼마나 오래 사귀었고 어떻게 만났는지를 물었다. "우리 부모님이죠." 코쉭이 가볍게 답했는데, 헤마는 그 두 단어에 옛날 일이 떠올라서 슬퍼졌다. 그리고 그가 그 말에 아니라고 하지 않은 것, 점심을 먹으면서 늦게 핀 그녀의 아름다움에 놀란 듯, 식탁 너머로 자신을 쳐다보던 시선도 느끼고 있었다. 코쉭은 변한 게 없었다. 자기 집에 마지못해 걸어 들어온, 갸름한 얼굴의 소년 그대로였다. 단지 눈이 조금 피곤해 보였고 눈가가 약간 멍이 든 것처럼 어두워 보였다. 그는 이탈리아 사람의 차림이었고, 청바지에 검은 스웨터를 입고 갈색과 흰색이 섞인, 벨크로 띠가 달린 운동화를 신고 있었다. 그녀는 아직도 그를 처음 본 순간을 기억하고 있었다. 양복에 넥타이를 한, 말 없는 10대 아이가 엄마가 만든 음식을 안 먹겠다고 하던 그때를. 그녀는 그때 열세 살이었고, 그날 저녁 그에게 완전히 반해버렸었다. 그 몇 주 동안 한집에서 같이 살면서 남몰래 좋아하는 감정을 키웠다. 정말 어제 일 같았다.

점심을 먹은 후 코쉭은 헤마를 태우고 돌아오면서 자기 집에 들렀다 가자고 했다. 살구색 집들 사이에 빨래가 널린, 노인네들이 접이의자를 펴고 거리에 나와 앉아 있는 조용한 동네였다. 코쉭이 헤마를 옆에서 기다리게 하고 자물쇠를 여는 모습을 노인들은 말없이 지켜보고 있었다. 그들이 아직 헤어질 수 없는 건 서로에게 분명했다. 몇십 년 동안 보지도, 생각지도, 찾지도 않았지만 뭔가 귀중한 게 거기 있음을 느꼈다. 이 새롭게 생긴 감정이 그대로 방치되어서는 안 되고, 분명 정성을 다해 돌보아달라고 요구하고 있었다. 건물은 조반나가 사는 곳과는 달랐다. 현관은 눈에 띄지 않았고 계단은 그의 작은 아파트로 바로 이어졌다. 아파트엔 방 하나, 욕실 하나, 화구 두 개짜리 가스레인지가 전부였다. 그는 그녀를 테라스로 데리고 나가 맞닿은 지붕들과 광장에 있는 성당의 로마네스크 식 종탑을 보여주었다. "너희 집은 저쪽이야." 그가 그녀의 어깨에 살짝 손을 올리며 방향을 알려주었다. 그는 로마에는 최근에 돌아왔고, 일주일 전에는 아라파트의 장례식을 취재하느라 라말라에 있었다고 말했다. 2만 명의 사람들이 모여들었고 사람들은 관을 조금이라도 보기 위해 벽을 넘고 가시철사를 뜯었다고 했다.

그들은 저녁 즈음까지 테라스에서 얘기를 계속했다. 그녀는 대학과 대학원을 어디서 다녔는지 말했고, 자기가 브린모 대학 1학년일 때 그가 가까이에, 스와스모어에 있었다는 사실을 알게 되었다. 그녀는 뉴욕에서 박사를 했고, 웰슬리에 자리를 구했다고 했다. 하지만 줄리안에 관한 말은 하지 않았다. 너무 오래 사귄 나머지 이제는 거의 이혼한 여자처럼 느껴질 정도였는데, 과거의 공식적인 연대기에 포함되지 않았다. 하지만 나중에 네빈과 결혼할 거라는 말은 했다.

코쉭은 그들이 앉아 있는 조그만 철제 탁자를 건너 그녀 쪽으로 몸을 기울였다. 에도가 만든 호박 토르텔리니와 모스타르다를 곁들인 볼리토 미스토삶은 고기와 채소를 곁들인 이탈리아 음식는 오래전에 소화되었고, 와인을 여러 잔 마셨지만 다시 머리가 맑아졌다. 하지만 코쉭의 냉장고 안에는 먹을 게 아무것도 없었다. 그들의 사이엔 생수 한 병과 유리 잔 두 개, 그리고 소금을 뿌린 비스코티 상자 하나가 놓여 있었다. 그는 담배를 몇 대 피웠다. 그녀는 마치 탁자 표면의 열을 빨아들이듯 손바닥을 그 위에 대고 있었다. 그는 손가락으로 헤마의 손목에 걸린 팔찌를 살짝, 하지만 자기 것이라는 듯이 걸었다. 그 바람에 그녀의 손이 그쪽으로 당겨졌다.

"너 어릴 때도 이걸 끼고 있었잖아."

할머니가 열 살 때 선물로 주신 팔찌는 헤마가 몸에서 빼놓지 않은 유일한 장신구였다. 그녀는 늘 팔찌의 디자인을 좋아했다. 꽃잎이 네 개 달린 꽃이 덩굴과 함께 새겨져 있었고, 자라면서 손목이 굵어지자 팔찌를 잘라 늘였다. "기억하네."

"그런데 왜 약혼반지는 안 끼고 있어?"

"없으니까."

그는 팔찌를 들여다보면서 천천히 돌렸다. "어떤 남자가 반지 없이 청혼을 하나?"

그때 그녀는 청혼은 없었고, 네빈을 잘 알지도 못한다고 설명했다. 그녀는 시선을 돌려 테라스에 놓인, 말라버린 화분을 보며 말했다. 하지만 자신을 쳐다보고 있는, 호기심에 가득 찬, 겁내지 않는 그의 눈빛은 느끼고 있었다.

"그러면 왜 그 사람이랑 결혼하는 거야?"

그녀는 그에게 사실대로 말했다. 이제까지 아무에게도 말하지 않은 진실이었다. "여러 가지 일들을 바로 잡아줄 수 있다고 생각했어."

그는 더 이상 묻지 않았다. 말도 안 되게 바보스런 짓을 하고 있다고 생각하거나 짜릿하게 대담한 일을 하고 있다고 생각하는 헤마의 미국 친구들과는 달리, 그는 그녀를 비판하지도 칭찬하지도 않았다. 솔직하게 사실을 말한 것이, 그녀가 남의 여자라는 사실이 그에게 문을 열어주었다. 문 앞에서 네빈이 아이처럼 한 것과는 전혀 다른, 거칠고 공격적인 그의 키스만이 헤마에게 죄책감을 느끼게 했다. 하지만 그날 저녁 두 사람 사이에서 일어난 일은 새롭고 신선했다. 네빈과 그런 적이 없었고 그래서 비교할 수도 없었다. 네빈은 헤마의 벗은 몸을 본 적도, 벗은 몸을 어루만진 적도, 아름답다고 말한 적도 없었다. 헤마는 그 말을 처음 해준 건 코쉭의 어머니였다는 사실을 기억하고 있었다. 브래지어를 사러 갔던 상점의 탈의실에서 그랬었다고 코쉭에게 얘기해주었다. 그의 어머니에 관한 언급은 이게 처음이었지만 분위기는 어색해지지 않았고, 오히려 그들을 더욱 가깝게 한 것 같았다. 헤마는 그가 말해주지 않아도, 그가 자기의 어머니를 아는 사람과, 그의 기억대로 어머니를 기억하는 사람과 잔 건 처음이라는 걸 알고 있었다. 그들은 나란히 누워 있었다. 그녀의 맨발에 닿은 그의 발은 따뜻했고 놀라울 정도로 부드러웠다. 그는 바로 누워서 자다가 한 번 악몽을 꾸었는지 벌떡 일어나더니 침대 밖으로 튕겨나갔다. 그러곤 다시 잠이 들었다. 밤새 깨어 있던 건 헤마였다. 그의 숨소리를 들으며 누워 있다가 동이 트면서 다시 그의 손길을 갈망했다. 아침에 화장실 세면대에 있는 작은 거울을 들여다보니 입가가 발갛게 부르터 있었다. 그녀는 이 보기 흉한 증거를 보며 행복했다. 이제 그가 그녀의 몸에 흔적을 남긴 것이 반가웠다.

처음에 헤마는 조반나의 책상에 앉아 하던 대로 아침 일과를 계속하려 했다. 하지만 11시가 되면 전화가 울렸고 20분 후에 그녀는 그를 만나러 가리발디 다리를 건너가고 있거나, 아니면 그가 피아트를 타고 조반나의 건물 앞에서 기다렸다. 그녀는 아예 책을 치우고 노트북을 닫았다. 웰슬리로 돌아가기 전까지 아무래도 손댈 일이 없을 것 같았다. 밤이면 그는 외진 레스토랑이나 술집, 사람이 없는 광장으로 그녀를 데려갔고, 그들은 분수대에 앉아 10대처럼 키스를 했다. 또 로마를 벗어나 그녀가 가본 적이 없고, 그가 마지막으로 보고 싶은 곳을 찾아다녔다. 고대 로마 도시인 오스티아와 티볼리에 그녀를 데려다 준 사람은 결국 코쉭이었고, 에트루리아 인들의 공동묘지를 보러 체르베르테리에도 함께 갔다.

헤마는 그에게 이 장소들의 역사와 누가 무엇을, 왜 지었는지 말해주었다. 그녀는 지금 에트루리아를 연구 중이라고 하면서, 로마인들에게 도로를 만들고 농토에 관개시설을 하는 방법을 가르쳐준 건 바로 이들이었다고 했다. 또 에트루리아 인들은 자연을 사랑했고, 조짐과 전조를 믿었으며, 사후 세계에 집착했었다고 했다. 지금 함께 보내는 날들이 가져올 결과에 대해서도 얘기하지 않았다. 또 과거도, 그들이 그녀의 집에서 함께 보냈던 날들도 얘기하지 않았다. 그때 부모님들의 우정은, 그의 어머니처럼 죽어가고 있었다. 그들의 부모님은 단지 나라와 고향이 같았다는 이유 때문에, 그들이 잃어버린 시간과 장소가 같았기에 서로를 좋아했었다. 헤마는 그런 이유로 사람을 좋아한 적이 없었다. 적어도 지금까지는 그랬다.

코쉭의 아파트에 있는 조그만 텔레비전에선 언제나 국제 뉴스 채널이 소리 없이 켜져 있었다. 그의 일이란 지금 일어나고 있는 일들과 앞으로 일어날 일들과 관련 있었다. 이미 쓰인 텍스트나 죽어버린 사람들이나 장소를 반복해서 되살리는 일들이 아니었다. 그걸 보니 헤마는 자기의 삶이나 생각이 얼마나 온실 속에 있나 하는 생각이 들었다. 어느 날 그에게 웹사이트를 보여달라고 했더니 그가 보여주었다. 그는 보라고 하고서 저녁거리를 사러 나갔다. 헤마는 침대 위에서, 침대보를 몸에 두른 채 작게 윙윙거리는 그 노트북을 맨 다리 위에 올려놓았다.

사진은 수도 없었고 신문에서나 읽고 다시는 생각하지 않는, 끔찍한 일들을 담은 이미지였다. 폭탄에 터진 버스와 들것에 실려 가는 사람들, 돌을 던지는 아이들의 모습들. 그는 그녀가 경험한 적이 없는, 그런 가까운 거리에서 이 장면들을 목격했지만 그 안에 있지도, 연루되지도 않았다. 이제 그와 잤기 때문에 이 사진들 속의 이미지가 더 끔찍하게 느껴졌다. 코쉭은 일을 하다가 죽은 동료 사진작가 얘기를 한 적이 있었고, 한 번은 이스라엘 경찰이 그의 카메라를 눈앞에서 부순 적이 있었다고 했다. 그녀는 그가 이제 다른 일을 할 거라는 사실에 기뻤다. 코쉭의 어머니가 그랬을 것처럼, 홍콩에서 회의나 주재하면서 책상에 앉아 일을 하면 더 이상 위험한 일은 없을 거란 사실에 몰래 기뻐했다.

사진 중엔 흙먼지 나는 거리와 마을이 보이는 사진도 있었다. 메마르고 황폐한 풍경 속에 있는 시장과 집들과 사람들을 찍은 사진이었다. 한 노인이 나무 밑에 앉아 오렌지를 까고 있었고, 그 발밑에서 얼룩덜룩한 개가 앉아 졸고 있는 사진, 머리에 스카프를 두른 여자들이 고개를 젖히고 웃고 있는 사진, 쇠문 사이로 고개를 내민 여자아이가 빠진 앞니를 내보이며 웃고 있는 사진 들이었다. 그녀는 사진들을 보면서 그의 능력을 인정하기 시작했고, 그가 모르는 사람들과 이런 식으로 관계를 맺는 심리적인 욕구를 알 것 같았다. 모르는 사람들이 선뜻 그런 모습을 그에게 보이는 데도 이유가 있을 듯했다. 그러자 그가 어느 순간에라도 떠날 준비가 되어 있다는 사실도 이해가 가기 시작했다. 이 또한 그의 심리적인 필요 때문이라는 생각이 들었다. 그는 세든 방에서 빌린 가구들을 놓고 빌린 침대보와 수건을 사용하며 살았다. 한쪽 구석엔 언제나 카메라 가방과 삼각대가 준비되어 있었고 주머니 속엔 항상 여권이 있었다. 벽엔 서안 지구의 상세한 지도밖에 아무것도 걸려 있지 않았다. 만약 시간을 돌려서 네빈을 만나기 전에 로마에서 코쉭을 우연히 만났다고 하더라도 변한 건 없었으리란 생각을 했다. 코쉭은 그동안 여자를 가볍게 만나왔을 거라고, 자기도 수많은 여자 중 한 명일 거라고 생각했다. 무엇보다 그녀는 줄리안 때문에 맛봐야 했던 끔찍한 일을 겪고 싶지 않았고, 바뀌지도 않을 사람에게 이제는 희망을 걸고 싶지 않았다.

문을 열쇠로 열고 코쉭이 다시 그녀의 곁으로 돌아왔다. 그는 조그만 네모난 식탁에 음식이 담긴 봉투를 내려놓았다. 침대를 빼면 의자 두 개와 함께 식탁이 그의 유일한 가구였다. 그는 보자마자 입을 맞추지 않았고, 처음으로 그녀가 거기 있다는 사실에 약간 어색해 했다. 코트를 고리에 걸고 목에 두른 빨간 모직 목도리를 느슨하게 풀었다.

"사진들이 굉장하다." 그녀가 말했다.

"그게 다 돈을 버는 건 아냐."

"이런 거 보고 살아도 괜찮아?"

그가 어깨를 으쓱하면서 찬장을 열어 와인 잔을 두 개 꺼냈다.

"안 괜찮으면 안 되지."

그들은 그날 저녁 집에 있기로 했다. 그가 사 온 빵과 치즈를 먹고, 썰어온 고기를 먹으며 와인을 마셨다. 코쉭은 한참 동안 사진을 카메라에서 웹사이트로 올리고 설명을 다는 작업을 했다. 그녀는 밀착 인화지들을 챙겨 짐을 싸는 일을 도왔고, 오래된 사진 잡지들은 모아 버렸다. 코쉭은 언젠가 책으로 만들고 싶은 사진들을 모아둔 포트폴리오를 보여주었다. 그날 밤 처음으로 그들은 섹스를 하지 않고 잠이 들었다. 원하지 않아서가 아니라 좀 더 서로에게 편해졌기 때문이었다. 그러다가 코쉭이 자신의 몸을 누르는 걸 느꼈다. 그의 숨결과 입술이 목덜미를 더듬고 있었고 그녀는 몸을 돌려 그에게 키스했다. 보통 때처럼 그는 침대 위에서조차 멀리 느껴질 때가 있었다. 그녀의 몸 중에 한곳에 집중했을 때는 자기를 잊어버린 건 아닌가 하는 생각이 들었다. 하지만 그 거리조차 이제는 위협적으로 느꺼지지 않았다. 그는 침대 위에서만 귀에 대고 뜨거운 숨과 함께 그녀의 이름을 불렀다. 토요일 저녁이었고 광장을 채웠던 사람들 목소리가 잦아들었다. 가끔씩 멀리서 개 짖는 소리가 들렸다.

"괜찮지가 않지." 어둠 속에 누워 있던 그가 이렇게 말했다.

"뭐가?"

"사진 찍는 거. 언제나 나쁜 건 아닌데 때로 그럴 때가 있어. 때로 이게 아니라는 생각이 들 때가 있어." 그가 담배에 불을 붙이고 작년 여름에 있었던 얘기를 해주었다. 프레제네에서 차를 몰고 돌아오는데 교통사고를 목격했다고 했다. 사거리에서 차 두 대가 충돌했다. 사람들이 모여들었고, 경찰은 아직 도착하지 않은 상태였다. 차 안에서 아이가 울고 있었고 승객들은 크게 다치지 않았다. 코쉭은 차를 세우고 그곳으로 달려가자마자 사진을 찍었다. "맨 처음 한 일이 그거였어." 그가 헤마에게 말했다. "사람들이 괜찮은지 물어보기도 전에 말이야."

3주가 흘렀다. 12월 어느 저녁 둘이 조반나의 아파트로 들어오는데 네빈에게 전화가 왔다. 어떻게 지내냐는 네빈의 목소리가 응답기에 녹음되고 있을 때 코쉭은 헤마를 문에 밀어 붙이고 재킷과 블라우스의 단추를 풀었다. 젖가슴이 드러났고 손에서 열쇠가 미끄러져 테라코타 바닥에 떨어졌다. 아주 처음부터 몇 주가 지나면 이 관계는 끝날 거라는 사실을 그녀는 잘 알고 있었다. 2주가 더 지나면 모든 건 깨끗한 백지 상태로 돌아갈 테고, 그들은 각자 다른 나라에, 코쉭과 조반나 아파트의 열쇠도 각각 다른 사람들의 손에 있을 터였다. 이 사실을 알기에 네빈의 목소리가 방 안을 채울 때 그녀는 다시 한 번 청바지를 벗어 내렸다. 심지어 코쉭이 매번 콘돔을 낀다는 사실에도 벽을 느꼈다. 그 작은 포장을 뜯느라고 잠시 멈출 때마다 지금 그들이 무슨 짓을 해도 결국 합칠 수 없다는 사실을 예감했다. 이렇게 생각하게 된 건 줄리안 때문이라는 걸 그녀는 알고 있었다. 정직하지 않은 사람을 그렇게 오래 사랑하고 난 후에 배운 몇 가지 중 하나였다.

헤마는 네빈에게 마지막 주는 여행을 할 거라고 말했다. 그가 전화를 하지 않도록 거짓말을 한 거였는데, 코쉭과 함께 여행을 해야겠다는 생각이 떠올랐다. 그들은 북쪽으로, 에트루리아 인들이 세운 도시인 볼테라에 가기로 했다. 그래서 마지막 날들을 이 엄숙하고 친근감을 주지 않는, 외로운 도시에서 보내게 되었다. 그들은 코쉭의 차를 타고 해안을 따라 올라가서 투스카니를 지나, 푸르스름하게 안개가 낀 마렘마를 거쳐 좁은 길을 따라 백악의 언덕이 있는 세시나 계곡을 올라갔다 내려왔다. 멀리서 볼테라가 보였다. 탁 트인 평야 위로 솟은 절벽에 자리 잡은 이 마을은 육지로 둘러싸인 섬 같았다. 거칠고 절제된 건축과 문장紋章, 단단하고 어두운 벽은 헤마에게 새로웠다. 저 중세의 건물은 포럼보다 더 최근의 유적인데도 볼테라는 훨씬 오래된 것처럼 느껴졌고, 관광객이나 세월에 영향을 받지 않고 남아 있는 듯했다. 로마에선 숨어 있는 느낌이었고, 그래서 자유로웠다. 그 도시에서 일어나는 수많은 정사 중 하나일 뿐이었다. 그런데 이 마을에서 둘은 두드러지고 노출된 느낌이었다. 그녀는 또 무정함도 느꼈다. 그들은 볼테라에 살지 않는, 몇 안 되는 사람들에 속했고, 그곳 사람들은 예의 바르지만 단호하게 그들이 지나갈 때를 기다리고 있었다.

거의 소리가 없는 마을이었다. 크게 들리는 발자국 소리와 끈질기게 연달아 울리는 종소리와 휙 하고 지나가는 바람 소리를 제외하면. 그런 높이에서는 언제나 바람이 불었고 얼굴을 덮치고 머리를 흩뜨리고 지나갔다. 크리스마스가 일주일 후였고 마을에선 떠들썩하지 않게 장식을 시작했다. 레스토랑의 탁자 위엔 호랑가시나무가 올려졌다. 그들은 설화 석고를 자르고 다듬는 작업장에 가봤다. 이 반투명한 돌은 볼테라에서 수천 년 동안 채석되어왔다.

마을은 로마보다 추웠다. 돌에서 나오는 한기였다. 그녀는 가죽 재킷 대신 코쉭의 피코트를 입고 다녔다. 어깨에 느껴지는 코트의 무게에 고마워하면서 어렸을 때 그토록 싫어하던 코쉭의 다른 코트를 떠올렸다. 그때는 서로에게 아무 의미가 없었는데, 이제 뭔가 의미 있는 존재가 되었다.

그들은 예전에 수도원이었던 호텔에서 머물렀다. 수녀들이 머물던 쪽에 그들의 방이 있었다. 음식은 담백했다. 토스카나 지방의 수프 리볼리타와 소금을 넣지 않은 빵을 먹고, 오후엔 쓴맛이 강한 핫초코를 마셨다. 이런 음식을 먹고 피곤한 다리를 쉬게 하니 그들도 마을처럼 평온하고 요새처럼 강해진 듯한 느낌이었다. 코쉭은 사진을 조금 찍었다. 헤마는 찍은 적이 없고, 마을보다는 그곳에서 내려다보이는 기막힌 장관을 주로 찍었다. 북쪽으로 카라라 산이 보였고, 어느 맑은 날 오후엔 서쪽으로 50킬로미터쯤 떨어진 리구리아 해가 멀리서 빛나고 있었다. 로마 반원형 극장의 유적을 내려다보았고, 성벽 너머 발쯔를 바라보았다. 땅이 점점 깎여 내려가면서 만들어진 절벽인데, 한 번은 이 때문에 성당이 무너졌고, 언제 이 마을을 다시 깎아먹을지 몰랐다. 에트루리아의 성문이었던 포르타 델 라르

코 밑에는 형체 없이 까맣게 된 두상들이 마치 파수병처럼 그들을, 그들이 두고 온 세상을 내려다보고 있었다.

너무 추웠기 때문에 그들은 주로 성당과 박물관 안에서 지냈다. 구아르나치 에트루리아 박물관을 마지막에 보려고 아껴두었었는데, 그곳에서 선반 위에 진열된 수백 개의 납골 단지를 보았다. 볼테라에 살던 고대인들이 선조의 유골을 모셔둔 단지였다. 이들을 단지라고 부르긴 했지만 실제로는 작은 상자나 관처럼 생겼다. 설화 석고나 테라코타로 만들어졌고 뚜껑 위엔 지나치게 머리가 크고 몸은 조그만 형상들이 조각되어 있었다. 그로테스크했지만 분명히 살아 있는 느낌이었다. 여자들은 베일을 쓰고 손에는 부채나 석류를 들고 있었다. 상자 옆면엔 땅 위에서 일어난 수많은 이주와 덮개 달린 마차를 타고 저승으로 내려가는 모습, 희한한 짐승들과 물고기 꼬리를 단 바다 신들의 모습이 부조로 새겨져 있었다. 그날 박물관에는 헤마와 코쉭 외엔 사람이 없었다. 쉭쉭 소리를 내는 라디에이터와 접이의자에 앉아 있는 경비원을 제외하면. 박물관에는 부부의 관이 하나 더 있었다. 하지만 그건 헤마가 로마에서 본 느긋하고 애정이 깃든 부부의 형상과는 달랐다. 그들은 더 늙고 못생기고, 오랜 결혼 생활 후에도 까칠하고 불편해 하는 기색이었다.

박물관을 나와 그들은 점심을 먹으러 갔다. 프리오리 광장에 있는 레스토랑인데 전에 가본 곳이었고 음식이 맛있었다. 점심을 먹고 나서 로마로 돌아가기로 했고, 그 다음 날 헤마는 인도로 떠날 예정이었다. 그날 아침 그들은 호텔에서 체크아웃을 한 다음 가방은 차에 실어놓았다. 주인이 나와서 지난번에 앉았던 구석 자리로 안내했다. 그들은 까만 양배추를 얹은 브루스케타와 멧돼지 고기를 섞은 부드러운 파파르델을 주문했다. 헤마는 박물관에서 산 엽서를 보다가 한 모금 와인을 마시면서 탁자 위에 엽서들을 늘어놓았다. 그들이 본 것 중에 정말 신기한 것은 청동으로 조각한 소년 상이었다. 몸을 극도로 늘여 빚은 형상으로 팔을 몸 옆에 붙이고 서 있는 소년은 살은 없고 거의 뼈만 앙상했다. 레스토랑 중앙에 있는 긴 테이블에는 좀 시끄러운 사람들이 모여앉아 있었다. 대부분 양복을 입은 30대 남자들이었다.

"사무실에서 하는 크리스마스 파티야." 코쉭이 한동안 대화를 엿듣더니 설명을 해주었다. "은행에서 일해." 그는 계속 듣더니 또 이렇게 말했다. "저 사람들은 여기서 살아왔고 평생 동안 서로 알아왔어. 그리고 여기서 죽을 거야."

"난 그게 부러워." 헤마가 말했다.

"그래?"

"난 저런 식으로 한곳에 속한 적이 없어."

코쉭이 웃었다. "넌 불평할 상대를 잘못 골랐다."

"홍콩이 싫으면 어떻게 할 거야? 어디로 갈 거야?"

"몰라."

"이탈리아로 올 거야?"

"아니."

"왜?"

코쉭이 헤마의 잔에 와인을 따른 후 자기 잔에도 따랐다. 그는 몸을 앞으로 기울여 그녀를 쳐다보더니 마음을 바꾸어 하려던 말을 하지 않았다. 대신 이렇게 말했다. "여기선 일이 끝난 기분이야. 그것뿐이야."

대화 없이, 디저트 와인과 밤 케이크를 한 조각 먹으며 식사를 마쳤다. 그들은 밖으로 나왔다. 노을이 지기 시작했고 마을을 마지막으로 돌아보았다. 파세지아타$^{해질 무렵, 사람들이 모여 마을을 천천히 걷는, 일종의 의식과도 같은 산책}$ 시간이었다. 노인들이 줄줄이 팔짱을 끼고 마을을 행진했다. 남자는 남자끼리, 여자는 여자끼리였다. 헤마와 코쉭의 부모님들이 파티에 가면 그랬던 것과 다르지 않았다. 이들의 겉모습엔 통일성이 있었다. 남자들은 머리에 납작한 모직 모자를 썼고 여자들은 일자 치마와 굽이 낮은 검정 구두나 감색 구두를 신고 있었다. 그들 옆에는 아이들과 손자들이 따라왔다. 여러 세대가 격식 없이 다정하게 어울리는 모습이었다.

"나랑 함께 가자." 코쉭이 말했다.

"어딜?"

"홍콩에." 그러고는 말했다. "그 사람이랑 결혼하지 마, 헤마."

그녀는 걸음을 멈췄다. 길가에 사이프러스 나무가 있는 계단 길 위였다. 밑으로 내려가던 길이었다. 뒤에서 걸어오던 사람들이 '실례합니다' 라고 작게 말하며 지나갔다. 그녀는 갑자기 아찔해서 비틀거렸다. 자기에게 무관심하던 그 소년, 자기 것이 될 수 없다는 사실을 깨달은 순간 정사를 시작한 이 남자, 바로 그가 마지막 순간에 그 이상을 바라고 있는 것이다. 한편으로 그녀는 떨 듯이 기뻤다. 하지만 동시에 그 이기적인 말에, 그녀에게 어떻게 하라고 말하는 사실에 충격을 받았다. 네빈과는 달리, 그녀가 있는 곳으로 오겠다고 하지 않았다.

"지금 대답하지 마." 이렇게 말하며 그녀의 허리에 손을 둘러 자기 쪽으로, 계단 몇 개 아래로 끌어내렸다. "먼저 인도에 가서 생각을 해보라고. 내가 기다릴게."

그녀는 물러섰다. 처음으로 그의 손길이 언짢게 느껴졌다. "너무 늦었어, 코쉭."

그는 손을 뻗어 그녀의 턱을 부드럽게 돌렸다. 헤마는 자기가 사랑하게 된, 그 피곤한 눈을 쳐다보았다. 그의 얼굴은 헤마에 대한 애정과 희망으로 상기되어 있었고, 그때 그냥 술을 마시고 하는 얘기가 아니란 걸, 진정으로 하는 말이란 걸 알 수 있었다. "몇 주가 지나면 늦을 거야. 하지만 아직은 아니야."

코쉭은 헤마의 손을 다시 잡고 걷기 시작했다. 그들은 작은 광장으로 걸어 들어갔다. 그곳엔 다섯 살, 일곱 살, 여덟 살, 열 살짜리 남자아이, 여자아이 들이 북적대고 있었다. 학교가 방금 끝난 것 같았다. 저 나이에 그녀는 코쉭을 알았고, 그의 코트를 입었고, 그에게 자기 침대를 내주었고, 그와 키스를 하는 꿈을 꾸었었다. 이 옛날 일들이 그녀를 괴롭히는 동시에 그녀를 다잡아주었다. 크리스마스가 다가오고 있었고 이탈리아의 아이들은 차가운 날씨에 '본 나탈레'를 외치며 서로 포옹을 했다. 그 어리고 순수한 행복감에 전염된 듯 헤마의 가슴도 그들처럼 뛰었다. 10년이면 이 아이들은 서로 사랑에 빠질 것이고 그 뒤 5년 후면 그들이 낳은 아이들이 그들의 발밑에 있을 거라고, 헤마는 상상했다.

볼테라에서 차로 내려오면서 날이 저물었고 주변 풍경도 사라졌다. 그때 그에게 얘기했다. 그녀가 그럴 수 없는 이유들을, 네빈과는 아무 관계없는 이유를 설명했다. 자기 인생을 포기할 수 없으며, 그렇게 그를 쫓아갈 수는 없다고 했다. 또 그가 쫓아올 거라고 기대하지도 않는다고 했다. 그녀는 그를 바꾸고 싶지 않았고 언젠가, 그를 꼼짝 못 하게 했다는 소리를 듣고 싶지 않다고 했다.

"그렇다고 해서 우리가 전혀 못 본다는 소리는 아니야." 그녀가 말했다. 이런 제안을 하는 것이 두려웠지만, 그렇다고 하지 않는 건 더했다.

"뭐든 합의하는 데는 난 관심 없어." 그가 말했다. 그가 10대 소년이던 시절 이후로 처음 들어보는 차가운 톤이었다. 차를 몰고 내려오면서 그게 그가 말한 전부였다. 밤이 깊어 조반나의 아파트 앞에 차를 세우고 나서 그는 이렇게 말했다. "넌 겁쟁이야." 그녀는 울기 시작했다. 자제할 수가 없었다. 거절한 대가로 그는 그녀를 용서하지 않을 것이다. 설사 지금 그녀가 마음을 바꾼다고 해도 그는 이미 초청장을 거두어들인 후였다. 네빈과 결혼하지 말라면서 그는 결혼하자고는 하지 않았다. 헤마는 공평하지 않다고 생각했다. 그녀가 울 동안 그는 거기 무감동하게 앉아 있었다. 사진을 찍을 때처럼, 그녀가 열세 살이던 그날 아침 그가 눈을 치우고 무덤을 보여줄 때처럼 아무 감정도 없었다. 그녀는 그가 더 이상 할 말이 없다는 걸, 자신이 차에서 내리기만 기다리고 있다는 걸 깨달았다. 그들은 그날 밤을 함께 보내지 않았고, 그녀는 그를 다시 볼 수 있을 거라 생각하지 않았다. 하지만 다음 날 아침 그는 전화를 걸었고 짐은 다 쌌느냐고, 한 시간 안에 그리로 가겠다고 했다.

코쉭은 피우미치노 공항에 헤마를 데려다 주었다. 체크인하는 곳에서 이탈리아 말을 해주고, 공항검색대까지 함께 걸어가 그녀의 입에 가볍게 키스했다. 그러고는 가버렸다. 눈물을 훔치는 헤마를 놔두고. 그녀는 구두를 벗고 주머니 속에 들어 있는 예쁜 동전들을 꺼냈다. 아무것도 살 수 없는 동전들이었다. 공항 트레인을 타고 탑승구를 찾아갔고 창가에 앉아 아스팔트 활주로를 천천히 왔다 갔다 하는 알리탈리아 비행기들을, 다른 승객들이 자리를 찾아 앉는 모습을 보고 있었다. 대부분 인도인들이었다. 그녀는 이탈리아 패션 잡지를 넘기며 혼자 앉아 있었고, 이윽고 탑승이 시작됐다.

비행기로 이어지는 진입로에 들어가고 나서야 헤마는 뭘 놔두고 왔는지 깨달았다. 벗어놓지 않는 그 팔찌였다. 첫날밤 코쉭이 그 팔찌에 손가락을 끼우고 그녀를 끌어당겼었다. 검색대를 통과하기 전 회색 플라스틱 쟁반에 그 팔찌를 놓았던 게 지금 머릿속에 떠올랐다. 돌아서서 반대 방향으로 걸어가 탑승권을 받은 여자 직원에게로 갔다.

"지금 승객들이 자리에 앉고 있어요." 여자가 영어로 말했다. "비행기는 곧 출발합니다."

"놔두고 온 게 있어요." 헤마가 말했다. "장신구예요."

여자가 관심이 간다는 듯 헤마를 쳐다봤다. "어떤 종류죠?"

"팔찌예요." 그녀가 말했다. 한 손으로 비어 있는 팔목을 잡았다.

"앉아 계시던 곳을 체크해드릴까요?"

"아니요." 그녀는 공항 트레인을 탔던 것과 그 길에 봤던 상점들을 모두 기억했다. "검색대에 있어요. 아침에 통과했던."

여자가 고개를 저었다. 헤마의 얘기를 들으며 여자는 하던 일을, 다른 사람들에게 탑승권을 받는 일을 계속하고 있었다. "지금 검색대까지 갈 시간은 없어요. 원하신다면 메시지를 남겨드릴게요."

헤마는 다시 진입로를 내려가 비행기에 탔고 좌석을 찾아 앉았다. 안전벨트를 맬 때 오른팔이 허전했다. 벨트를 채우면 팔찌가 금

속에 부딪히며 소리를 냈었다. 결혼식에선 그보다 열 배가 되는 팔찌를 찰 것이다. 그래도 그녀는 자신의 몸의 일부를 남겨두고 온 기분이었다. 어머니는 예전부터 금을 잃어버리는 건 불길하다고 했었다. 비행기가 이륙하기 시작했고, 그동안 그녀는 비행기가 움직이는 매 순간을 느끼면서 추락하거나 공중에서 폭발하지나 않을지 걱정을 했다. 그러다가 두려움이 가라앉았다. 비행기 중앙에 있는 스크린에는 벌써 지도가 떴고, 로마에서 흰 선이 나와 인도까지 가서 닿았다. 이 단순한 도식이 그녀를 안정시켰다. 지금 갈 길은 그 한 길뿐이라는 게 분명했다.

❦

코쉭은 아는 사람이 아무도 없는 곳에 와 있었다. 카오 락에서 약간 북쪽에 있는 조그만 리조트였고, 받침대 위에 지은 원룸 초가 방갈로에 머물렀다. 바닷가에 온 지 3일째였지만 이미 이곳에서 보내는 일과에, 일어나서 과일과 빵으로 아침을 먹고 뜨거운 모래 위에 수영복을 입고 누워 있는 일에 물려 있었다. 그가 일하게 된 잡지의 지난 호들을 보고 있었다. 하지만 잡지를 보면 대개 졸았다. 면도를 하지 않아서 턱엔 막 자란 수염이 덮여 있었다. 음식은 어린 시절을 약간 떠오르게 했다. 찐 밥, 걸쭉한 갈색과 노란색 카레, 빨갛고 파란 고추가 통째로 들어 있는 소스. 평소 같으면 어린 시절의 기억에 향수를 느끼지 않았다. 어른이 되고 나서 별의별 음식들에 적응해야 했던 그였다. 하지만 여기 음식을 먹으니 이상하게 센티멘털해졌다. 눈에 신경 쓰느라 그나마 잊을 수 있었다. 밝은 햇살을 바로 보고 싶어 선글라스를 벗을 때마다 작은 반점이 눈앞에 왔다 갔다 했다.

해변은 서쪽을 향해 있었다. 저녁이면 그는 맥주를 시켜놓고 물 위로 지는 해를 바라봤다. 바닷물은 잔잔하고 얕았지만 그는 수영장에서 수영하는 게 더 좋았다. 오래전에 베네수엘라 해안에서 물살 밑 강한 역류에 휩쓸려 죽을 뻔한 적이 있었다. 소금물에 목이 막혀 정말 살아서 헤어 나오지 못할 줄 알았다. 옆에서 수영하던 사람이 손을 뻗어 구해주었지만 그 이후로 바다를 믿지 못했고 바다에서 수영한 적이 없었다. 어머니라면 코웃음을 쳤을 것이다. 어머니는 바다를 하도 좋아해서 해조가 가득한 물에서도 수영을 했다. 해변 뒤쪽에선 고무나무가 언덕을 메우며 자라고 있었다. 저 물을 건너면, 안다만 해를 건너면 벵골 만이, 캘커타가 있을 터였다. 그곳에 헤마가 있었다.

이탈리아에서 타이로 오는 비행기에서 화는 가라앉았고, 이제는 그녀가 그리울 뿐이었다. 그는 그런 말을 미리 했어야 했나, 혹시 늦게 말해서 건성으로 들리지 않았을까 걱정스러웠다. 그녀가 거절했을 때 퉁명스럽게 대해 후회가 됐다. 어른이 되어 그의 과거를 조금이라도 아는 사람을 만난 건, 또 지속적인 관계를 갖고 싶은 감정이 들게 한 여자는 처음이었다. 다시 우연히 만날 때까지 기다리고 싶지 않았고, 다른 남자와 공유하고 싶지도 않았다. 볼테라에서 마지막 날들을 보내면서 그는 이런 이야기들을 하고 싶었다. 헤마는 프랑카처럼 그에게 비겁하다고, 지속적인 관계를 맺을 능력이 없다고 말하지 않았다. 하지만 그런 말조차 하지 않은 게 그를 더 슬프게 했다. 그녀 없이 그는 아무 의미도 없었다.

옆 방갈로에는 스웨덴 가족이 묵고 있었다. 남자아이와 여자아이가 수영복을 잊고 챙겨오지 않은 것처럼 팬티만 입고 햇볕을 쬐고 수영을 했다. 아이들은 나이에 비해 키가 컸다. 아이들의 엄마가 리조트에서 음료를 가져다주는 여자에게 하는 얘기를 들은 적이 있었는데, 나이가 겨우 다섯 살, 일곱 살이었다. 엄마는 매력적이었다. 날씬한 몸매에 얼굴엔 주근깨가 있었고 머리는 짧은 쇼트커트였는데, 몇 시간마다 수영복을 갈아입는 것 같았다. 아침마다 그녀는 얇은 수박색 가운을 입고 방갈로 앞 작은 원탁에 앉아 코코넛이나 파파야 같은 과일을 깎아 아이들에게 먹였다. 아이들이 모래 위에서 서로 쫓아다니며 노는 동안 그녀는 의자에 앉아 뭔가 읽었고, 함께 놀자고 귀찮게 하면 읽고 있던 잡지로 장난치듯 때려 아이들을 쫓았다. 여자와 남편은 잘 어울리지 않는 커플이었다. 남편은 뚱뚱했고 피부는 햇볕에 그을었고 밝은 금발 머리가 그의 부인보다 길게, 어깨까지 내려와 있었다. 얼굴은 벌건 덩어리 햄 같았다. 그는 하루 종일 나무 사이에 걸린 해먹에서, 해먹을 팽팽하게 늘이며 잠을 잤다. 코쉭이 보기에 리조트엔 자기와 그 스웨덴 가족밖엔 없었다. 호텔 건물에서 죽 내려와 리조트 끝에 있는 세 번째 방갈로는 비어 있었다.

그는 좀 돌아다닐까도 생각했었다. 크리스마스가 지나고 푸켓에 갈까 생각했지만 지금은 아무 데도 가고 싶지 않았다. 사진을 몇 장 찍었다. 방갈로에서 보이는 전경과 바다에 뜬 타이 식 롱테일보트, 모래 위에서 뛰어노는 스웨덴 아이들을 찍었다. 사원을 찍으러 언덕에 올라갈 생각도, 배를 타고 시밀란 섬에 가고 싶은 생각도 없었다. 3일 동안 그는 리조트 밖에 딱 한 번 나갔었다. 기념품과 잠수 용품을 파는 상점들을 둘러보았는데 지겹기만 했다. 그는 인터넷 센터를 발견했고 헤마가 혹시 이메일을 썼을까 체크하러 들어갈까 했었다. 하지만 그녀에게 이메일 주소를 주지 않은 걸 깨달았고 대신 웹사이트에 새로운 사진들을 올렸다. 볼테라에서 찍은 사진들이었다. 헤마가 그의 옆에 딱 붙어 있었고, 때로 그녀의 머리카락이 바람에 날려 렌즈 앞을 가렸다. 안다만 해를 찍은 사진도 몇 장 함께 올렸다.

그는 여느 날처럼 크리스마스를 해변에서 보냈다. 리조트 안의 레스토랑에선 인조 크리스마스 트리를 하나 세워놓았다. 그는 테라스에서 보름달이 물위에 반짝이는 풍경을 보며 저녁을 먹었다. 옆자리에선 스웨덴 가족들이 저녁을 먹으며 웃고 떠들었다. 아이들의 긴 팔다리는 이제 햇볕에 짙게 그을어 있었다. 가족은 여러 가지 음식을 주문했고 카레 소스를 얹은 생선 한 마리를 시켜 식탁을 어지럽히며 먹었다. 코쉭은 헤마를 생각했다. 결혼과 아이들의 세계에 발을 들여놓고 있을 그녀를, 평생 사랑하지도 않는 사람과 잠을 자고 함께 여행을 다닐 그녀를 생각하니 몸속에서 화가 치밀었다.

저녁식사를 다했을 때 부인이 일어나 남편의 이마에 키스를 한 후 아이들을 데리고 나갔다. "술 한잔 같이하실래요?" 그들이 떠나고 나서 남자가 코쉭에게 소리쳤다.

그들은 냉방 시설이 된 바 안으로 들어가 위스키를 주문했다. 밴드가 연주를 준비하고 있었다. 스웨덴 남자 헨릭은 스톡홀름에 있는 방송국에서 일하는 필름 편집자였다. 그들은 스웨덴과 이탈리아의 언론과 이라크 전쟁에 대해서 이야기했다. "우리 직업이 비슷하군요." 헨릭이 말했다. "이름도요."

코쉭이 고개를 끄덕였다.

가족과 함께 이 리조트에서 크리스마스를 보낸 건 네 번째라고 헨릭이 말했다. "첫해에 라스는 애기였어요."

"다른 가족들이 싫어하지 않아요?"

"뭘요?"

"크리스마스에 타이에 오는 것 말예요."

"처가에서 불평을 하지요. 하지만 그냥 와요. 어차피 스톡홀름에서 길 건너에 사는데요. 우리 부모님들은 이혼해서 둘 다 재혼하셨고요." 헨릭이 그 큰 머리를 가로저었다. "볼 사람이 너무 많잖아요. 당신은요? 가족은 어디 있어요?"

"어머니는 돌아가셨고요. 아버지는 미국에서 사세요."

"하지만 당신은 인도인이지요?"

"예."

"그럼 인도에 살아요?"

"지금은 사는 곳이 없어요. 곧 홍콩에 살게 될 거예요."

"결혼은요?" 헨릭이 물었다.

그가 고개를 저었다.

"하지만 당신은 누군가를 생각하고 있지요. 우리 아내가 그래요. 누군가를 그리워하고 있다고."

그렇게 자기 속이 드러나 보일 거라고, 스웨덴 가족이 자기를 보고 있을 거라고 생각지 못했다. 아니라고 하려다가 이렇게 말했다. "가끔이요."

"곧 다시 만날 건가요?"

"아니에요."

헨릭이 어깨를 으쓱했다. "혼자 있는 것도 좋아요." 그는 위스키를 마셨다.

뭍에 오르다

코쉭은 우울해졌다. 헤마가 지금 여기 그 옆에 있길 바랐지만 홍콩에서 새로 삶을 시작하는 데는 사실 혼자가 편했다. 그곳에서 그녀가 할 일이 없다는 걸, 그리로 왔다면 그녀의 일과 삶을 잃어버릴 거라는 걸 알고 있었다. 밴드가 연주를 시작했고 진부한 음악이 귀에 거슬렸다. 그는 혼자 있고 싶었다. 혼자 누워 생각을 하고 싶었다. "자러 가야겠어요." 그가 말했다.
"굿 나잇." 헨릭이 그에게 말하고 나서 위스키를 한 잔 더 주문했다. "나는 마지막으로 한 잔 더 하고 가겠소."

구름 한 점 없는 날들이 계속됐다. 코쉭은 일어나 아침을 먹으러 레스토랑으로 갔다. 헨릭이 바에서, 어제 코쉭과 헤어질 때 앉았던 그 자리에 앉아 있었다. 하지만 그는 씻고 트렁크 수영복에 하와이 셔츠 차림으로 커피를 마시고 있었다. 빵을 찢으며 그가 물었다. "오늘 아침에 침대가 흔들리는 거 느꼈어요?"
코쉭이 고개를 저었다.
"호텔에서 사람들이 그러네요. 약진이 있었다고." 헨릭이 말했다. "이젠 지나갔대요."
무슨 일이 있는지, 코쉭은 모르고 잤다. 그는 엘살바도르에서, 자신을 사진작가가 되게 한 첫 번째 사진을 찍기 전에 느꼈던 미세한 진동을 떠올렸다. 스튜 그릇이 엎어지고, 흙 한 점 묻지 않은 깨끗한 바지를 입은 청년이 피를 쏟으며 거리에 쓰러져 있었다.
"여기서 멀지 않은 곳에 얕은 산호초가 있어요. 함께 가실래요? 아내와 아이들은 시내로 뭘 사러 간다고 하더군요."
코쉭이 바다를 바라보았다. "전 수영을 잘 못합니다."

헨릭이 웃었다. "수영은 다른 사람이 우리 대신 해줄 거요." 해안에 댄 고기잡이 배들을 가리키며 말했다. "괜찮은 값에 배를 빌려놨어요. 당신은 그곳에서 그냥 쉬면 돼요. 내가 뭘 좀 건질 동안."
아침을 먹고 나서 보트 쪽으로 걸어갔다. 웃통을 벗고 빨간 바지를 입은 10대 타이 소년이 배의 주인이었고, 그는 나뭇잎과 시든 프랜지패니 꽃잎들을 치우고 있었다. 연두색 개구리 두 마리가 배에서 모래밭으로 튀어나왔다. 헨릭은 양손에 한 마리씩 개구리를 퍼 올리듯 잡아 아이들에게 갖다주었고, 아이들은 개구리를 잡는다고 머리를 숙이고 뱅글뱅글 뛰어다녔다. 타이 아이가 보트를 물로 끌어내기 시작했고, 코쉭은 그를 따랐다. 비누거품 같은 하얀 거품이 그의 발목을 감싸며 쉭쉭 소리를 냈다. 그는 카메라 한 대를 가져와 목에 걸고 있었다. 헨릭은 코쉭의 마음이 바뀌지 않을까 하며 스노클링 장비를 한 세트 더 가져왔다.
그들은 배에 올랐고, 배 주인인 아이가 앞자리를 잡았다. 해변에서 헨릭의 아내가 가느다란 팔을 들어 올려 커다랗게 손을 흔들었다. 아이들은 잠깐 쳐다봤고, 헨릭과 코쉭은 안에 가서 자리를 잡았다. 배 위에는 공간이 넉넉했고 헨릭은 빈 좌석들을 가리키며 아내에게 스웨덴 어로 뭐라고 소리쳤다. 헨릭이 아내와 아이들에게 오지 않겠느냐고 묻는 것 같았다. 하지만 그녀는 고개를 저으며 뭐라고 했고, 다시 잡지를 보기 시작했다.
헨릭의 몸집이 너무 커서 코쉭은 잠깐 불안했지만 배는 두 사람의 체중을 감당하는 듯했다. 타이 아이가 노를 들었고 배가 움직이기 시작했다. 코쉭은 선체 밑으로 출렁이는 바닷물을 느꼈다. 그의 몸 가까이에서, 몸에 닿지는 않았지만 그 진동은 몸 전체를 통과했

물에 오르다

다. 리조트가 시야에서 멀어져갔다. 야자수 뒤로 방갈로가 가려졌고, 뛰어놀던 아이들의 모습이 점처럼 보였다. 낯익은 해안은 웃고 있는 납작한 짐승 같았다. 아이는 영어를 조금 했고, 그 전날 비늘돔류의 고기를 보았다고 헨릭에게 말해주었다. 아침 햇살이 이미 뜨거웠고 얼마 지나지 않아 헨릭이 셔츠를 벗었다. 코쉭은 헨릭의 널찍한 분홍빛 등에 땀이 맺힌 걸 보았다. 그들은 아무도 없는 내포를 지나쳐 갔다. "점점 더워지는군요." 헨릭이 말했다. 그는 아이의 어깨를 툭툭 치며 말했다. "여기서 세우고 몸 좀 식힙시다."

아이가 고개를 끄덕였고 노를 세워두었다. 헨릭이 배 끝으로 가더니 수영을 하기 시작했다. 그의 뚱뚱한 몸이 물에 들어가자 능숙하고 빠른 팔놀림과 함께 우아하게 움직였다. 순간적으로 코쉭은 헨릭 옆에서 그의 엄마가 수영하고 있는 것을, 건강하게 살아 있는 어머니의 몸이 움직이는 걸 보았다. 하지만 무지갯빛으로 빛나는 물고기들이 배 옆으로 뛰어오르면서 어머니의 환영은 쉽사리 사라졌다. 그의 몸이 물위에 그림자를 드리웠다. 그는 볼테라의 에트루리아 박물관에서 헤마와 함께 봤던 소년의 형상을 한, 가느다란 청동조각이 생각났다. 조각의 제목이 〈로브라 델라 세라〉 즉 '저녁의 그림자' 였다. 하지만 지금은 카오 락의 아침이었고 코쉭의 몸 위로 해가 내리쬐고 있었다. 그 그림자는 그의 몸에 비해 길지 않았다.

그가 올려다보았을 때 아이가 해안 쪽으로 배를 몰고 있는 걸 봤다. 헨릭이 물속에서 몸을 드러내었고 아무도 없는 내포 쪽으로 물을 헤쳐가고 있었다. 백사장엔 티끌 하나 없었고 뒤쪽에는 석회암 절벽이 솟아 있었다. 코쉭은 얼굴로 카메라를 들어 올려 사진을 찍고는 발밑에 카메라를 내려놨다. 그는 물에 손을 담갔다가 뜨거워진

목과 얼굴을 적셨다. 예상치 않은 짠맛이 혀끝에 닿았다. 셔츠를 벗자 햇살이 바로 피부에 와 닿았다. 헨릭처럼 해안까지 헤엄쳐서 가고 싶었다. 그가 두려워하지 않는다는 걸 어머니에게 보여주고 싶었다. 선글라스를 벗어 카메라 옆에 놓아두었다. 반점이 평소처럼 마구잡이로 움직이지 않고 아래위로 오르락내리락했다. 그는 배의 가장자리를 잡고 다리를 올렸다가 몸과 함께 물속으로 내렸다. 바닷물은 욕조 물처럼 따뜻하고 포근했다. 발이 바닥에 닿았고 그는 배에서 손을 놓았다.

❦

하루 종일 정신이 없었어. 어머니와 이모들이랑 나가서 블라우스를 가봉하고 장신구들을 골랐어. 사리 상점에서 우리는 몇 시간 동안 얇은 푸통 위에 앉아 콜라를 마시고 양고기 롤을 먹으면서 남자들이 보여주는 물건들을 구경했어. 나는 다 좋았지만 빨간색 베나라시를 입겠다고 했어. 하지만 그러는 동안 나는 네 생각만 했어. 내가 실수를 하고 있다는 생각에 두려워하면서. 아직 약간 시차가 있었고, 우리 둘이 함께 먹던 음식들과 좋은 커피와 와인이 너무 먹고 싶었어. 트라이앵굴라 공원에 있는 부모님의 아파트로 돌아오면서, 사람들로 붐비는 거리에서 난 바보처럼 네 얼굴을 찾았어. 우리가 도착했을 때 경비원이 이렇게 말했어. "끔찍한 일이 일어났어요."

형광등이 눈부신, 분홍색으로 벽을 칠한 거실에 들어와 텔레비전을 켜니 인도와 스리랑카의 해안에서 휴가를 보내던 사람들이 비디오카메라로 찍은 장면들이 나왔어. 그런 걸 찍으리라곤 예상하지 못

했겠지. 거대한 파도가 치솟더니 엄청난 속도로 움직였고, 나는 테이프가 빠르게 돌아가는 줄 알았어. 처음에는 인도 남부와 스리랑카만 피해를 입은 줄 알았어. 그곳의 고기잡이 마을이 쓸려 내려가고 비브카난다의 바위 위에 조난당한 관광객들만 봤지. 그러다가 나중에 타이도 피해가 크다는 걸 알게 되었어.

나는 네가 타이에 있는 것조차 몰랐어. 해변으로 간다는 것만 알았지 자세히 물어보지 않았었어. 떠나기로 한 마당에 그런 것까지 알면 뭐하겠느냐는 생각이었어. 다음 날 아침 나는 신문가판대에 가서 신문을 모조리 샀고, 사진마다 옆에 네 이름이 달려 있나 보았어. 네가 운이 좋아서 계속 일을 하고 있기를 기도하면서 말이야. 나는 또 인터넷 센터에 가서 네 웹사이트에 들어가봤고 네가 가장 최근에 올린 사진들을 보았어. 볼테라에서 본 희미하고 가느다란 해안선, 그리고 에트루리아의 신들이었을, 우리 머리 위에 있던 그 까만 얼굴들을 찍은 사진들이었어. 또 다른 해안의 사진들이 있었어. 아이들 둘이 뛰어놀고 있었고, 부드러운 터키석 색깔 바다가 보였어.

그 주가 끝나갈 때 네빈이 나와 결혼하기 위해 인도에 도착했어. 그의 모습을 보니 혐오감이 느껴졌어. 내가 그를 배신해서가 아니라 그가 아직 숨을 쉬고 있다는 사실이, 나 때문에 여기 왔고 앞으로도 살날이 창창하다는 사실이 끔찍했어. 하지만 네빈은 그런 사실조차 모르는 채 너에게서 나를 끌어당겼어. 억지로 그런 건 아니었지만 마치 가을의 마지막 돌풍이 나뭇가지에서 잎을 모두 떨어뜨리듯 단호했어. 우리는 결혼했고, 축복받았고, 내 손이 그의 손 위에 겹쳐졌고 우리의 옷자락이 한데 묶였어. 이 의식들의 무게가 실감이 갔고, 다시 한 번 발밑에 땅이 있음을 느꼈어. 고아로 가기로 한 우리의 신혼여행은 취소했어. 네빈은 그때 오염된 인도 해안에서 수영하는 걸 편치 않게 생각했어.

나는 내 삶으로 돌아왔어. 너 대신 내가 선택한 그 삶으로. 매사추세츠에 또 겨울이 왔어. 너희 가족이 처음 그곳을 떠난 후 30년이 지났어. 2월에 조반나에게서 연락이 왔어. 파올라에게 소식을 들었다면서, 〈뉴욕 타임스〉에 작게 부고가 실렸다고 했어. 그때 나는 네가 이 세상에 없다는 또 다른 증거가 필요 없었어. 네가 없다는 그 사실을, 내 몸속에서 세포들이 합쳐 형체를 만드는 동안 명백하고 준엄하게 느끼고 있었으니까. 그 춥고 어두운 나날 동안 나는 말을 잃은 채 침대에 누워 있었어. 몸속에 생긴 생명으로 앓고 있었지만 너의 죽음 또한 애도하고 있었어. 네빈은 왜 그러느냐고 묻지 않았어. 그때 그는 이미 내 상태를 자랑스러워하고 있었으니까. 인도에 있는 어머니는 내가 어떤지 본다고 자주 전화하셨는데, 어머니도 들었다고 했어. "차우두리 가족 기억나지? 그때 우리 집에서 함께 지냈던 사람들 말이다." 어머니가 이렇게 말을 시작했어. 네 아이일 수도 있었지만 그렇지는 않았어. 우리는 조심스러웠고, 너는 아무것도 남기지 않고 갔어.

물에 오르다

□ 옮긴이의 말 □

풍경과 쉼표, 그리고 삶을 닮은 이야기

난 원래 서사적인 사람이 못 되어서 책을 읽고 나면 감동적인 말이나 이야기보단 어떤 장면이 머릿속에 남는다. 꼭 주제와 관련되는 것도 아닌데 나름대로 그 장면이 책을 한 방에 요약해준다는 착각도 하면서. 이를테면 『죄와 벌』을 읽고 나면 제라늄 화분이 놓여 있던 평범한 노란 방이 생각나고 『적과 흑』 다음엔 끝없는 속삭임이 계속되던 어두운 정원이 떠오른다. 『그저 좋은 사람』을 역자로서가 아니라 '연약한' 독자로서 읽은 후 남는 장면은 우선 뉴잉글랜드 지방의 어떤 풍경들이다.

우선 「지옥-천국」에 나오는 매사추세츠의 평범한 집일 수도 있다. 낙엽이 가득 쌓인 뒤뜰에 노을이 지고, 그 가운데 젊디젊은 엄마가 트렌치코트를 조여 입고 노을을 향해 서 있다. 또는 「그저 좋은 사람」에서 스프링클러가 물을 뿜는 잔디밭을 두 남매가 뛰어다니며 노는 장면일 수도 있다. 부모의 생각처럼 어떤 나쁜 일도 일어나지 않을 것 같은, 그대로 정지해도 좋을 것 같은 풍경. 또는 「한 해의 끝」에 등장하는 차갑고 불투명한 회색빛 하늘과 바다의 풍경이다. 나무는 올라갈수록 끝이 가늘어지고, 바람은 획, 획 소리를 내고 지나가고, 술집에서 만난 사람들의 거친 얼굴엔 표정이 없다.

시애틀도 나오고 로마도 나오는데, 유독 뉴잉글랜드 지방의 풍경이 남는 데는 이유가 있다. 우선 책 속의 인물들이 주로 캘커타와 매사추세츠 사이에 걸쳐 존재하는 어떤 인생들이기 때문이다. 줌파 라히리는 인도의 벵골 인 2세로 런던에서 태어났지만 두 살 때 미국으로 건너왔다. 대학 도서관에서 사서로 일하던 아버지 밑에서 로드아일랜드 주에서 자랐고 뉴욕 바나드 대학을 졸업한 후 매사추세츠 주 보스턴에서 8년 동안 대학원에 다녔다. 지극히 깨끗하고 아름다운, 전형적인 백인 동네 로드아일랜드에서 인도 아이로 자라며 줌파는 힘들어했고, 대학에서 영문학을 전공한 그녀가 결국 작가가 되기로 결심한 것은 보스턴에서였으니 뉴잉글랜드 지방은 지금의 줌파를 형성한 풍경이라 해도 과언이 아니다.

한편, 내게 있어 뉴잉글랜드의 풍경은 바로 '미국'의 풍경이다. 인종이든 문화든 온통 뒤섞여 있어 포근한 뉴욕을 떠나면 바로 마주치는 풍경. 아름답지만 아직도 새롭고 가끔씩은 두렵기까지 한. 줌파의 인물들이 그렇듯 나 역시 이질적인 문화를 감당해야 하는 사람이고, 이 풍경들은 그저 나무에 물이 있는 경치를 넘어서 어떤 구체적인 인상, 감정과 경험으로 존재한다. 그 평범하고 평화로운 풍경 속엔 언제나 다소 폭력적으로 느껴지기도 하는 미국의 문화가 숨어 있다.

『그저 좋은 사람』의 번역을 마치기 얼마 전, 그 바쁜 와중에 버몬트로 여행을 하게 되었다. 그곳에 '주말 주택'이 있는 친구의 초대였다. 아직 한 번도 가본 적이 없는 미국의 또 한 주를 여행하는 기회였고, 오랜만에 미국 여행을 한다고 생각하니 약간 긴장까지 되었다. 뉴잉글랜드 지방에 간다고 관광객처럼 헨리 데이비드 소로의 책을 들추어보고, 아이폰에는 그 청교도적 풍경에 어울릴 만한 클래식 음악을 챙겼다. 들뜬 마음에 계란을 삶고 혹시 생각날지 모른다고 금방 담근 물김치를 작은 병에 담았다. 하지만 친구들에게 버몬트는 그저 뉴욕에선 가질 수 없는 넓은 집이 있고, 차를 타고 마음껏 쇼핑하며 주말을 보내는 곳일 뿐이었다. 가는 길엔 타코를 먹고 끝도 없이 나오는 팝송과 야구를 논하며, 붐비지 않는 극장에서 할리우드 영화를 보는 곳이었다. 버몬트에 처음 와보는 내 눈에 산세며 들꽃들이 신기할 거라고 그들은 상상도 하지 못했다. 이번 여행은 거의 『그저 좋은 사람』의 데자뷰였다.

이 책의 원제 '길들지 않은 땅Unaccustomed Earth'은 책머리에 내건 너대니얼 호손의 문구에서 왔다. 호손은 감자처럼 인간도 '길들지 않은 땅'에 뿌리를 내려야 더 번성한다고 했는데, 줌파는 이 책에서 이에 동의하는 것이 아니라 감히 도전장을 내민다. 과연 뿌리를 옮겨 사는 것이 한 가족에게 긍정적이기만 한지, '길들지 않은 땅'에 뿌리를 내리는 일이 도대체 어떤 것인지, 감자처럼 터프할 수만 있는 것인지. 그것이 줌파가 찬찬히 그러나 가차 없이 파고드는 문제이다. 그래서 줌파의 책을 번역하는 일은 두 배 세 배가 힘들다. 때로 당황스러울 정도로 세밀한 묘사가 쉼표와 함께 전개되는 글을 옮기는 일도 노동이지만, 내 삶과 겹치는 이야기는 그 많은 쉼표처럼 삶 속을 파고들었다. 그것이 내 삶에 윤곽선을 부여하면서 다시 이 책을 옮기는 일을 더욱 사적인 경험으로 만들었다. 번역을 한창 진행 중일 때 일기처럼 써놓은 글의 제목을 보니 "줌파는 힘들어"였다.

그런데 정작 줌파가 풀어내는 이야기는 '어렵다'고 할 수 없다. 사막을 헤매거나 하는 관념적인 얘기도 아니고 유행에 앞서가는 실험적인 문체도 아니다. 그보다 살면서 겪는 일을 튀지 않으면서도 우아한 목소리로 풀어간다. 삶이 주는 크고 작은 상실을 뿌리를 옮겨 사는 사람들의 삶 속에 대입해보는 작업이고 거기서 나오는 이야기다. 그 결과 예상치 못했던 기발한 상황이 벌어지기도 한다. 원제와 같은 제목의 단편인 「길들지 않은 땅」에서는 딸과 아버지의 입장이 바뀐다. 얼마 전 엄마를 여윈 딸과 부인을 잃은 아버지가 만나는 상황에서 함께 살 것을 거부하는 건 딸이 아니라 아버지이다. 타향에서 가족을 책임지는 고단한 삶을 살다가 결국 자유를 찾은 아버지의 목소리. 언젠가 일기장에 적었던 말 같기도 한 것이 맥을 턱 놓게 만들었다.

그는 다시 가족의 일부가 되고 싶지 않았다. 그 복잡함과 불화, 서로에게 가하는 요구, 그 에너지 속에 있고 싶지 않았다. 딸 인생의 주변에서, 그 애 결혼 생활의 그늘에서 살고 싶지 않았다. 더구나 아이들이 커가면서 잡동사니로 가득 찰 커다란 집에서 사는 것도 싫었다. 그동안 소유했던 모든 것, 책과 서류와 옷가지와 물건을 최근에 정리하지 않았던가. 인생은 어느 시점까지 규모가 불어난다. 그는 이제 그 시점을 넘겼다.

―68쪽에서

미국을 비롯한 서구의 선진 국가들은 정치적으로 가족의 가치를 내세울지언정, 문화적으로 가족의 유대에 대한 환상은 깨졌다고 볼 수 있다. 가족 간의 유대가 없다는 게 아니다. 내가 예상했던 것보다도 오히려 강하거나, 생각했던 것과는 좀 다를 뿐 절대 희박하진 않다. 하지만 과장된 향수나 어떤 이상적인 틀을 갖고 가족을 바라보지는 않는다. 가족 안에 존재하는 복잡하고 역동적인 감정은 개인적 차원에서 충분히 회의되고 탐구되었다. 이제 그런 정밀한 렌즈를 통해 줌파가 이민 1세와 2세의 가족 관계를 바라보고 있다. 그리고 그 관계는 심리적으로나 물리적으로, 끊임없이 열망하면서도 끊임없이 소원해지는 종류이다.

그런가 하면 모성에 대한 신화도 깨진 지 오래다. 시몬 드 보부아르는 모성을 "나르시시즘과 이타주의와 나른한 몽상과 진정함과 불성실과 헌신과 냉소가 이상하게 조합된 것"이라 오래전에 정의 내렸고, 이젠 웬만한 여자들조차 모성을 일방적인 자기희생이나 헌신이라 생각하지 않는다. 오히려 엄마가 되어 자신에게 좋은 점들을 잘 인식하고 있다. 그중에 하나가 잠시라도 '그저 좋은 사람'이 되어보는 것. 아이를 키우는 처음 몇 년 동안은 적어도, 이 아이에게만은 자신이 그저 좋기만 하고, 선하기만 하고, 절대적으로 필요하고 옳은 존재가 될 수 있다는 걸 여자들은 잘 알고 있다. 그리고 그 순간이 언젠가 끝난다는 것도. 이 책에서 '그저 좋은 사람'의 범위는 가족으로 확장된다.

「그저 좋은 사람」에서 수드하는 남동생을 끔찍이 생각한다. 수드하에게 남동생은 엄마 아빠의 '이상한' 결혼 생활을 함께 목격할 최초의 동지이다. 동시에 미국으로 좀 더 깊숙이 들어가는 통로요, 자기가 못 해본 것들을 이루어줄 대리인이기도 하다. 그리하여 동생에게 부모와도 같은 욕망과 동시에 책임감을 갖는다. 수드하는 동생에게 완벽한 '미국식' 어린 시절을 만들어주려고 노력한다. 자기는 갖지 못했던 미국의 장난감들을 사다 주고, 아빠를 설득해 마당에 그네도 달아주고, 핼러윈이 되면 기발한 의상까지 만들어가면서. 하지만 동생은 누나의 의지나 노력과 상관없이 점차 소통이 불가능한 어떤 존재로 변해간다. 부모나 자식이나 형제가 이런 식으로 멀어져가는 걸 지켜보는 상실감은 어디에나 있다. 하지만 미국에서 외로운 어린 시절을 동생을 통해 극복하려 한 수드하가 겪는 아픔은 새로운 날을 갖는다. 이미 깨져버린 가족의 모습 위로 이제 막 깨지기 시작한 가족의 이미지가 겹쳐진다.

어느새 자신이 더 이상 울고 있지 않다는 걸 깨달았고, 갑자기 정신이 맑아졌다. 2층에서 닐이 침대 속에서 뒤척이는 소리가 들렸다. 조금 있으면 엄마를 찾으며 소리를 치고 아침을 달라고 할 것이다. 아이는 아직 어렸고, 수드하는 아이에게 그저 좋은 사람일 뿐 다른 의미는 없었다. (…) 그녀는 더 이상 자기를 신뢰하지 않을 남편과 이제 막 울기 시작한 아이와 그날 아침 쪼개져 열려버린 자기 가족을 생각했다. 다른 가족들과 다르지 않은, 똑같이 두려운 일들이 기다리고 있는.

—209~210쪽에서

톨스토이가 『안나 카레니나』에서 그랬다. 행복한 가정이 행복한 이유는 대개 비슷하지만 불행한 가정은 이유가 제각기 다양하다고. 하지만 뿌리를 옮긴 가정 뒤엔 불행한 가정보다 어쩌면 더 다양한 이야기가 있다. 그 파란만장함에는 행복과 불행조차 그 말의 무게를 잃는다. 얼마 전에 밴쿠버에서 사시는 엄마와 통화를 하다가 책이 잘 팔리겠냐고 묻는 질문에 나는, "잘 모르겠어요"라고 해놓고는 적당한 말을 찾다가 결국 "해피엔딩이 아니라서"라고 답했다. "아니, 왜 해피엔딩이 아니니?" 딸이 손대는 모든 것이 해피하길 바라는 엄마가 정색을 하셨다.
"아이, 엄마도. 이민 와서 산다고 다 좋고 행복한 건 아니잖아요."
"아, 그거. 그래, 그런 소설 같은 이야기, 여기도 너무 많다."
2부의 이야기들이 '그런 소설 같은' 이야기일지 아니면 정말 삶 같은 이야기인지 모르겠다. 독립적이면서도 연결된 세 편의 이야기들은 이민 온 두 가정의 삶이 오랜 세월에 걸쳐 교차되는 가운데 펼쳐지는데, 그야말로 뿌리를 잃은 사람들의 삶과 사랑과 죽음을 노래한 비가悲歌이다. 줌파가 데려가는 대로 매사추세츠에서 메인으로 로마로 볼테라로, 그리고 타이와 인도까지 지구를 한 바퀴 돌면서 나까지 사뭇 여독을 겪었다. 매사추세츠 주의 어느 겨울, 눈 쌓인 어느 가족의 무덤 앞에서 나도 헤마와 함께 엉엉 운 기분이고, 코쉭이 가출했을 때는 구글로 메인 주의 사진들을 찾아가며 그를 쫓아다녔다. 처음으로 코쉭이 바다를 본 날 여관방의 분위기가 아직도 생생하고 죽은 어머니의 사진을 묻던 그 언 땅의 차가움도 기억한다. 결국 코쉭의 방황은 일종의 '죽음 연습'이 되었다. 동시에 어머니에 대한 사무치는 그리움에서 비롯한, 어머니와의 권력 다툼이었다.

내가 어디 있는지 아무도 몰랐고, 연락을 하려고 해야 할 수 없었어. 그건 죽은 것과 비슷했어. 그 여행 중에 나는 어머니가 영원히 갖게 된, 엄청난 권력을 조금이나마 맛볼 수 있었지.

—351쪽에서

코쉭의 '죽음 연습'은 일생을 통해 계속된다. 그 때문에 코쉭은 일생의 중요한 사랑 헤마를 잃고, 헤마 역시 뿌리가 흔들린 아이처럼 그를 붙잡지 못한다.

체호프를 연상시킨다는 평을 듣는 줌파 라히리는 이제 미국 문학을 짊어질 새로운 기수로 확고하게 자리를 굳힌 듯하다. 이전 두 권의 책에 이어 『그저 좋은 사람』에 쏟아진 비평가들의 찬사 역시 눈이 부실 정도니까. 그러면서도 줌파는 광범한 독자들에게 사랑받는 보기 드문 작가이다.(그녀의 이전 작품 『이름 뒤에 숨은 사랑』은 미국 내에서만 80만 부가 팔려나갔다고 한다.) 누군가 그랬지만 줌파의 매력은 '작은 붓질'에 있다고 했다. 모든 작가는 관찰자이지만, 줌파는 잔인할 정도로 탁월한 관찰자이다. 언젠가 인터뷰에서 자기는 어렸을 때부터 무슨 일이 일어나도 관찰하는 거리를 두고 있다고, 그래서 삶을 살고 있는 것 같지 않다고 했다. 어떤 아픔이 있었기에 세상에서 발을 빼고 한 걸음 뒤로 물러나게 되었는지 함께 마음이 아프기도 하다. 하지만 다시 잔인하게도 그녀의 상처야말로 우리에겐 커다란 선물이어서, 우리는 지독히 삶을 닮은, 그렇기에 삶을 넘어서는 이야기를 경험할 수 있게 되었다. 「길들지 않은 땅」에서 아버지가 설거지할 때 그릇에 모두 비누를 칠할 때까지 물을 틀어놓지 않는다는, "스펀지 문지르는 소리만 조용히" 들린다는 얘기를 읽은 후 내 인생의 일부는 영원히 변해버렸다. 이제 설거지를 할 때마다 같은 습관이 있는 우리 아빠를 떠올리게 되었고, 멀리 계신 아빠의 존재를 더 가까이 할 수 있게 되었으니. 책을 읽으며 이런 경험을 한둘쯤 한 건 비단 나만이 아니었을 것이다.

2009년 여름, 브루클린 작업실에서
박상미

이 책에 쏟아진 찬사

굉장한 작품. 예리한 관찰력, 차분하고도 정교한 문체로 라히리는 세대 간의 충돌에 초점을 맞춘다. 인물의 감정과 그 주변 세계에 대한 정확한 묘사가 돋보인다. 잊기 힘든 사람들의 잊을 수 없는 이야기.
오프라 매거진

평이한 언어로 진실을 밝히며, 누구나 공감할 이야기로 가장 깊숙한 곳을 건드린다. 세밀한 응시를 한시도 늦추지 않는 작가 줌파 라히리는 감정이입이 뛰어난, 보기 드물게 성숙한 작가다. 인물 탐구와 세밀한 묘사는 이 시대 어느 작가보다 뛰어나다.
워싱턴 포스트 북월드

「그저 좋은 사람」은 이제까지 이민 소설이라 분류되어 온 장르를 초월하여 보편적인 인간의 감정을 담았다. 이 작품 속의 인물들은 단순히 이민자들이 아니다. 이들은 스스로의 고유함, 사회 적응, 독립성으로 고민하는 인간으로서 보편성을 획득한다. 라히리는 미세한 필치로 거대한 호를 그리는 천재적인 작가다.
시카고 트리뷴

별 네 개를 주어도 모자란 작품. 라히리의 작품을 읽고 있으면 최면에 걸린 기분이다. 실제보다 색이 더 선명하고 냄새는 더 진하고 시간은 더 느리게 흐르는 꿈을 꾸는 듯하다.
피플

라히리의 최고작. 보스턴에서 봄베이로, 봄베이에서 다시 보스턴으로 끝없이 움직이는 삶을 들여다보며, 때로는 타지에서 더 편안함을 느끼는 인물들과 그 심리를 섬세하게 파헤친다. 완숙의 경지에 이른 이야기꾼인 라히리는, 한때 죽었던 장르인 단편소설을 되살리는 데 어느 동시대 영어권 작가보다 크게 공헌했다. 삶과 죽음과 또 다른 탄생을 담아내는 이 책으로 다시 한 번 우리 삶 속에 파고든다.

보그

아름다운 작품이다. 라히리의 작품 속에서 슬픔은 독자의 가슴을 파고든다. 타향에서 살아가는 사람들의 이야기에 부모의 죽음이나 실연처럼 우리 삶에 자리한 좀 더 보편적이고 본질적인 슬픔을 더한 결과다.

보스턴 글로브

말할 수 없이 아름다우면서도 초월적인 힘을 갖는 작품. 라히리는 빛나는 문장으로 잊을 수 없는 이야기를 빚어내는 작가이다. 한마디로 굉장하다.

필라델피아 인콰이어러

인간의 감정에 대한 이해와 이를 묘사하는 기교의 완성을 보여주는 확고한 증거다.

뉴욕 타임스

라히리는 이야기 속에 끼어들지 않고 한 걸음 뒤로 물러서 있는 작가다. 그래서 인물을 비롯한 이야기 속 모든 것이 더욱 진실에 가깝게 존재한다. 풍성하면서도 모호하고, 설명이나 해답은 주어지지 않는 현실의 모습을 닮았다. 라히리는 변화하는 미국 문단의 새 기수다.

타임

우아한 문체로 써 내려간 가슴 아픈 이야기. 세밀하고 유려하면서도 누구나 읽을 수 있는 작품이다. 라히리는 수수께끼처럼 알 수 없는 인간사를 명징한 시선으로 꿰뚫어 본다.

마이애미 헤럴드

눈부시도록 예민한 필치로 그린 작품. 라히리는 지문조차 남기지 않고 인물을 빚어낸다. 작가가 만들어낸 인물뿐 아니라 서사의 울타리 안에서 그들이 커가는 모습을 곁에서 지켜본 듯하다.

뉴욕 타임스 북리뷰

라히리의 소설은 명료하고 감정이 풍부하면서도 풍자적이다. 독서의 재미를 처음 깨닫게 해준 책들처럼 독자들을 이야기 속으로 끌어들인다.

뉴욕 타임스 리뷰오브북스

심오하고 강력하고 오랫동안 머릿속을 떠나지 않는 여운을 남긴다. 라히리는 작가로서 역량이 절정에 달했다.

로스앤젤레스 타임스 북리뷰

우아하게 마음을 뒤흔드는 작품. 대가의 필치로서 그 효과는 강력하다. 라히리 작품 속의 인물들은 정교하게 새로운 정체성을 만들어가지만 아직도 버려두고 온 관습에 이끌린다.

엔터테인먼트 위클리

가슴 아픈 이야기. 정밀묘사로 그려진 비가이다. 라히리는 벵골 인 부모와 미국 태생의 아이들 사이의 갈등을 조용하고 정확한 목소리로 묘사한다.

크리스천 사이언스 모니터

라히리는 인물들의 온갖 심리에 따라 목소리의 높낮이를 조정하며 이야기한다. 완벽할 정도로 세밀한 묘사로 각 작품에서 인물의 전 생애를 훌륭히 담아냈다. 정교한 관찰과 감정의 파장이 빚어낸 우화다.

애틀랜틱

벵골 인으로 태어났건 미국인으로 태어났건 라히리의 주인공들은 자신의 선택과 가족의 기대 사이에 팽팽하게 당겨진 줄 위를 걷는다. 거기서 비틀거리든 성공하든 우리의 심금을 울린다.

굿하우스키핑

지극히 아름답다. 「그저 좋은 사람」은 작가로서의 역량을 최대한 발휘한 작품이다.

샌프란시스코 크로니클

라히리는 이 잊을 수 없는 인물들의 영혼 속으로 파고든다. 이들은 이주와 죄의식, 두려움에 괴로워하면서도 숨통을 조이는 전통과, 미래에 대한 공포와 흥분 속에서 균형을 찾으려 하고 있다. 「그저 좋은 사람」에서 라히리는 이 시대 중요한 미국 작가로 다시 한 번 자리매김한다.

북포럼

라히리의 역작이다. 이 시대 미국, 9.11테러 이후 뿌리가 흔들린 미국의 불안감을 누구보다도 명징한 시선으로 잡아냈다.

슬레이트

줌파 라히리가 「그저 좋은 사람」으로 다시 해냈다. 강력한 흡인력으로 이 책에 실린 작품에 빨려 들어가 완전히 매혹당한다. 그곳에서 풀려나며 우리는 방금 조그만 걸작을 경험했다는 느낌을 지울 수 없다. 최고 수준에 이른, 그야말로 눈부신 걸작이다.

오리거니언